ENCRUZILHADAS

JONATHAN FRANZEN

Encruzilhadas

Tradução
Jorio Dauster

Copyright © 2021 by Jonathan Franzen

O autor é grato a Will ("I Think This Answers Your Question") Akers, e a John Chetkovich e Anna Paganelli, pela ajuda com fatos e antecedentes.

Grafia atualizada segundo o Acordo Ortográfico da Língua Portuguesa de 1990, que entrou em vigor no Brasil em 2009.

Título original
Crossroads

Capa
Rodrigo Corral

Preparação
Ciça Caropreso

Revisão
Paula Queiroz
Aminah Haman

Dados Internacionais de Catalogação na Publicação (CIP)
(Câmara Brasileira do Livro, SP, Brasil)

Franzen, Jonathan
    Encruzilhadas / Jonathan Franzen ; tradução Jorio Dauster. — 1ª ed. — São Paulo: Companhia das Letras, 2023.

    Título original: Crossroads.
    ISBN 978-65-5921-524-9

    1. Ficção norte-americana I. Título.

23-144005   CDD-813

Índice para catálogo sistemático:
1. Ficção : Literatura norte-americana   813

Eliane de Freitas Leite – Bibliotecária – CRB-8/8415

Todos os direitos desta edição reservados à
EDITORA SCHWARCZ S.A.
Rua Bandeira Paulista, 702, cj. 32
04532-002 — São Paulo — SP
Telefone: (11) 3707-3500
www.companhiadasletras.com.br
www.blogdacompanhia.com.br
facebook.com/companhiadasletras
instagram.com/companhiadasletras
twitter.com/cialetras

Para Kathy!

ADVENTO

Quando Russ Hildebrandt fez a ronda matinal em sua caminhonete Plymouth Fury e passou pelas casas dos paroquianos enfermos ou senis, o céu, entrecortado pelos galhos nus dos carvalhos e olmos de New Prospect, estava prenhe de promessas úmidas graças à colisão de dois sistemas plúmbeos frontais que garantiriam um Natal com neve. Certa pessoa, a sra. Frances Cottrell, frequentadora da igreja, havia se voluntariado para ajudá-lo a entregar brinquedos e latas de comida à tarde na Comunidade de Deus; embora sabendo que apenas como pastor ele já tinha o direito de se regozijar com aquele gesto feito de livre e espontânea vontade, Russ não poderia haver pedido um presente de Natal melhor do que quatro horas a sós com ela.

Depois da humilhação que Russ sofrera três anos antes, o pastor principal da igreja, Dwight Haefle, havia aumentado a cota de visitas pastorais de seu assistente. O que exatamente Dwight fazia com o tempo que Russ lhe poupava, além de tirar férias mais frequentes e trabalhar em seu longamente aguardado volume de poesia lírica, não era claro para ele. Mas Russ apreciava o modo faceiro com que era recebido pela sra. O'Dwyer, uma mulher amputada e presa por um grave edema a uma cama de hospital instalada no que tinha sido sua sala de jantar. Ele apreciava a rotina de ser útil, em particular àqueles que, ao contrário dele, eram incapazes de lembrar qualquer coisa ocorrida três anos antes. No asilo de idosos de Hinsdale, onde a mistura de odores dos enfeites natalinos com galhos de pinheiros e fezes geriátricas o fazia lembrar das latrinas coletivas nos altiplanos do Arizona, Russ passou às velhas mãos de Jim Devereaux o novo álbum de fotografias dos membros da igreja, que vinha sendo usado para estimular as conversas, perguntando se ele se recordava da família Pattison. Para um pastor que se entusiasmava com o espírito do Advento, Jim era uma fonte ideal, um poço de desejos onde qualquer moeda jogada ali jamais chegaria ao fundo nem ressoaria.

"Pattison", disse Jim.

"Eles tinham uma filha, Frances." Russ debruçou-se sobre a cadeira de rodas do paroquiano e folheou o álbum até a letra C. "Ela agora usa o nome do marido — Frances Cottrell."

Russ jamais falava o nome dela em casa, mesmo quando seria natural fazê-lo, com medo do que sua mulher pudesse ouvir em sua voz. Jim aproximou os olhos da fotografia de Frances com seus dois filhos. "Ah... a Frannie? Me lembro da Frannie Pattison. O que aconteceu com ela?"

"Voltou para New Prospect. Perdeu o marido um ano e meio atrás — uma coisa horrível. Ele era piloto de provas da General Dynamics."

"Onde é que ela está agora?"

"De volta para New Prospect."

"Ah, sei. Frannie Pattison. Onde ela está agora?"

"Voltou para casa. Agora se chama sra. Frances Cottrell."

Russ apontou de novo para a fotografia dela e repetiu: "Frances Cottrell".

Eles iam se encontrar no estacionamento da Primeira Reformada às duas e meia. Como uma criança incapaz de esperar pelo Natal, Russ chegou lá às 12h45 e comeu dentro do carro o almoço trazido numa sacola. Em seus dias ruins, que tinham sido muitos nos últimos três anos, ele recorria a um desvio complexo — entrava na igreja pelo salão de festas, subia uma escada, percorria um corredor ladeado por pilhas dos Hinos dos Peregrinos, agora proibidos, atravessava um depósito onde ficavam guardadas as estantes de partitura estragadas e um presépio exibido pela última vez onze Adventos antes (uma porção de ovelhas de madeira e um boi manso, todo cinza pelo acúmulo de pó, que lhe inspirava um triste sentimento de fraternidade), depois descia uma escada estreita onde só Deus podia vê-lo e julgá-lo, entrando na plataforma do altar pela porta "secreta" nos lambris atrás da cruz e saindo por fim pela entrada lateral — tudo para evitar o escritório de Rick Ambrose, o diretor de programas para a juventude. Os adolescentes que costumavam se agrupar naquele corredor eram jovens demais para terem testemunhado a humilhação de Russ, porém sem dúvida conheciam a história — e ele não podia olhar para Ambrose sem trair sua incapacidade de seguir o exemplo do Salvador de ambos e perdoá-lo.

Hoje, entretanto, era um dia muito bom, os corredores da Primeira Reformada ainda estavam vazios. Ele foi diretamente para sua sala, pôs uma folha na máquina de escrever e refletiu sobre o sermão que faria no domingo depois do Natal, quando Dwight Haefle estaria mais uma vez de férias. Esparramou-se na cadeira e passou as unhas pelas sobrancelhas, apertando o alto do nariz, tocando o rosto cujos traços angulosos ele aprendera tarde demais ser atraentes para muitas mulheres, não apenas para sua esposa, e imaginou um sermão sobre a missão de Natal na Zona Sul da cidade. Ele pregava demais sobre o Vietnã, demais sobre os navajos. Pronunciar com ousadia no púlpito as palavras *Frances Cottrell e eu tivemos o privilégio...* pronunciar seu nome enquanto ela ouvia sentada na quarta fileira de bancos, e os olhos da congregação, talvez com inveja, a associassem a ele — esse era um prazer que infelizmente sua esposa impediria; ela lia seus sermões antes e também estaria sentada num banco, sem saber que ele e Frances teriam se encontrado hoje.

Nas paredes de sua sala havia pôsteres de Charlie Parker com seu saxofone, de Dylan Thomas com seu cigarro pendurado nos lábios; um retrato menor de Paul Robeson, emoldurado junto com o panfleto que anunciava sua presença na igreja Judson em 1952; o diploma de Russ do Seminário Bíblico de Nova York; e uma fotografia ampliada dele com dois amigos navajos no Arizona em 1946. Dez anos antes, quando assumira o cargo de pastor assistente em New Prospect, essas afirmações cuidadosamente escolhidas de sua identidade haviam impressionado os adolescentes cuja aproximação com Jesus Cristo tinha feito parte de suas funções. Mas para os rapazes que agora entupiam os corredores da igreja, com calça boca de sino, macacão e bandana, elas só significavam obsolescência. Rick Ambrose, com seu cabelo preto e oleoso e um reluzente bigode à la Fu Manchu, tinha em sua sala um toque de jardim de infância, as paredes e estantes enfeitadas com as pinturas medíocres de seus jovens discípulos, com pedras, ossos ressecados e colares de flores silvestres cheios de significado afetivo que eles haviam lhe dado, os pôsteres lustrosos que promoviam concertos para levantar recursos e sem nenhuma relação discernível com qualquer religião que Russ conhecesse. Depois da humilhação que sofrera, ele havia se escondido em sua sala e padecia em meio aos ícones desbotados de uma juventude que só sua esposa agora achava interessante. E Marion não contava, porque ela é que o forçara a ir para Nova York, Marion é que o familiarizara com Robeson, Parker e Thomas, Marion é que se excitava com as histórias do marido sobre os navajos e o instou a seguir sua vocação para o sacerdócio. Marion era inseparável da identidade que se comprovara humilhante. Coube a Frances Cottrell redimi-la.

"Meu Deus, esse é você?", ela disse na primeira vez que foi à sala dele no verão anterior, ao examinar a foto tirada na reserva navajo. "Parece um Charlton Heston jovem."

Ela o havia procurado para aconselhamento sobre luto, outra das funções dele, e não a predileta, uma vez que sua perda mais dolorosa até então havia sido a de Skipper, o cachorro de sua infância. Ele se sentiu aliviado ao ouvir que a maior queixa de Frances, um ano depois da flamejante morte do marido no Texas, era a sensação de vazio. Ao sugerir que ela participasse de um dos grupos femininos da Primeira Reformada, Frances fez um gesto negativo com a mão. "Não vou tomar café com senhoras idosas", disse. "Sei que um dos meus filhos está entrando no ginásio, mas só tenho trinta e seis anos." De fato, sem nada caído, nada protuberante, nada balofo, nada enrugado, ela era uma visão de vitalidade em um vestido bem justo e sem mangas de tecido estampado com motivos florais, mãos de garoto, pequenas e quadradas. Era óbvio para Russ que ela voltaria a se casar em breve — o vazio que ela sentia provavelmente era um pouco mais que a falta de um marido —, porém se recordou da raiva que sentira quando sua mãe lhe perguntara, cedo demais, depois da morte de Skipper, se ele gostaria de ter outro cachorro.

Havia um grupo feminino, ele disse a Frances, diferente dos outros, conduzido pelo próprio Russ, que cooperava com membros da igreja do centro da cidade que fazia parceria com a Primeira Reformada, a Comunidade de Deus. "As senhoras não tomam café", explicou. "Pintamos casas, capinamos o mato, removemos o lixo. Levamos idosos para consultas médicas, ajudamos as crianças com a lição de casa. Fazemos isso uma terça-feira sim, uma terça-feira não. E, deixe eu lhe dizer, espero com ansiedade por essas terças-feiras.

É um dos paradoxos de nossa fé — quanto mais se dá aos menos favorecidos, mais preenchido de Jesus Cristo a gente se sente."

"Você fala o nome dele com tanta facilidade", disse Frances. "Tenho comparecido às cerimônias do domingo há três meses e ainda estou esperando sentir alguma coisa."

"Nem meus sermões a comoveram."

Ela enrubesceu um pouco, de maneira encantadora. "Não foi isso que eu quis dizer. Você tem uma bela voz. É só que…"

"Sinceramente, é mais provável que você sinta alguma coisa numa terça-feira do que num domingo. Eu mesmo prefiro estar lá na Zona Sul a fazer sermões."

"É uma igreja de negros?"

"Sim, é uma igreja de negros. Kitty Reynolds é nossa líder."

"Eu gosto da Kitty. Fomos colegas na turma avançada de inglês."

Russ também gostava de Kitty, embora sentisse que ela desconfiava dele como representante do sexo masculino. Marion o levara a pensar que Kitty, solteira até hoje, era provavelmente lésbica. Ela se vestia como um lenhador para as visitas que eles faziam de duas em duas semanas à Zona Sul, e rapidamente se apossara de Frances, insistindo que ela fosse e voltasse em seu carro, e não na caminhonete de Russ. Ciente da desconfiança de Kitty, ele havia cedido espaço para ela, esperando pelo dia em que ela estivesse se sentindo indisposta.

Na terça-feira depois do Dia de Ação de Graças, quando um resfriado forte andava à solta, só três senhoras, todas viúvas, haviam dado as caras no estacionamento da Primeira Reformada. Frances, com um boné de lã axadrezado de caçador, igual ao que Russ tinha quando criança, se instalou no banco do carona do Fury sem tirar o boné, talvez devido ao vazamento no sistema de aquecimento do carro que embaçava o para-brisas se ele não mantivesse uma janela aberta. Ou será que ela sabia o quanto a sua aparência adoravelmente andrógina com aquele chapéu era um soco na boca do seu estômago e um teste à sua fé? As duas viúvas mais velhas talvez soubessem, porque, ao longo do caminho, passando pelo Midway e pela rua 55, atazanaram Russ, no banco de trás, com perguntas aparentemente propositais sobre sua esposa e seus quatro filhos.

A Comunidade de Deus era uma igreja pequena, sem torre, com paredes de tijolos amarelos, construída originalmente por alemães e tendo ao lado um centro comunitário com telhado de asfalto. Sua congregação, composta sobretudo de mulheres, era liderada por um pastor de meia-idade, Theo Crenshaw, que fazia o favor de aceitar a caridade do grupo de moradoras de condomínios de luxo sem jamais agradecer. Uma terça-feira sim, outra não, Theo simplesmente presenteava Russ e Kitty com uma lista de prioridades do que devia ser feito: eles estavam ali não para levar uma mensagem de fé, e sim para servir. Kitty tinha marchado ao lado de Russ em favor dos direitos civis, mas ele havia precisado explicar às mulheres de seu grupo que, embora fosse difícil de entenderem o inglês falado ali, isso não significava que era necessário falarem em voz alta e mais devagar a fim de serem entendidas. Para as mulheres que compreenderam isso, e aprenderam a superar o medo de caminhar por aquele quarteirão da rua Morgan na Zona Sul, o grupo tinha sido uma poderosa experiência. Às mulheres que não tinham compreendido — algumas tendo entrado no grupo apenas por razões competitivas, por não quererem ficar de fora —, ele havia sido obrigado a infligir a mesma humilhação que sofrera nas mãos de Rick Ambrose, pedindo-lhes que não voltassem.

Como Kitty a mantivera grudada a seu lado, Frances ainda não tinha sido testada. Quando chegaram à rua Morgan, ela saiu do carro com relutância e esperou que Russ pedisse sua ajuda antes de ela mesma ter a iniciativa de ajudá-lo e às outras viúvas que carregavam caixas de ferramentas e sacos de roupas de inverno usadas para o centro comunitário. Sua hesitação suscitou uma enxurrada de dúvidas em Russ — de que ele houvesse confundido estilo com substância, boné com espírito aventureiro —, mas elas se dissolveram com um sopro de compaixão, quando Theo Crenshaw, ignorando Frances, determinou às duas viúvas mais velhas que fossem catalogar uma remessa de livros de segunda mão para a escola dominical da paróquia. Os dois homens iriam instalar um novo aquecedor de água no porão.

"E Frances...", disse Russ.

Ela estava zanzando perto da porta de entrada. Theo a olhou de cima a baixo com frieza. "Há uma porção de livros."

"Por que você não vem nos ajudar, a Theo e a mim?", Russ perguntou.

A avidez do gesto afirmativo dela com a cabeça confirmou o instinto altruísta de Russ, desfazendo a suspeita de que ele realmente só quisesse exibir sua força e habilidade com as ferramentas. No porão, ficou apenas de camiseta e aplicou um abraço de urso no velho e horroroso aquecedor recoberto de amianto, retirando-o de sua base. Com quarenta e sete anos, ele não era mais uma árvore jovem e alta: seu tórax e ombros tinham se expandido como um velho carvalho. Mas não havia muito que Frances pudesse fazer senão olhar, e, quando o cano de entrada se partiu perto da parede, exigindo o trabalho com um formão e com uma ferramenta para juntar os segmentos, ele acabou demorando para perceber que ela tinha ido embora do porão.

O que Russ mais gostava em Theo era seu caráter reservado, o que poupava Russ da vaidade de imaginar que os dois poderiam ser bons amigos apesar da questão inter-racial. Conhecendo os fatos essenciais sobre Russ — que ele não temia trabalho pesado, que sempre tinha vivido perto da pobreza, que acreditava na divindade de Jesus Cristo —, Theo nunca fazia perguntas discursivas nem mostrava o desejo de respondê-las. Por exemplo, sobre o menino retardado da vizinhança, Ronnie, que entrava e saía da igreja a qualquer hora, às vezes parando para balançar o corpo de um jeito especial, de olhos fechados, ou para pedir alguns centavos a uma das senhoras da Primeira Reformada, Theo apenas dizia: "Melhor deixar o menino em paz". Quando Russ, de todo modo, havia tentado saber mais e perguntou a Ronnie onde ele morava, quem era sua mãe, o menino respondeu: "Tem um trocado pra mim?". E Theo disse a Russ de forma mais enfática: "Melhor deixar ele em paz".

Essa era uma instrução que Frances não havia recebido. Na hora do almoço, eles encontraram ela e Ronnie no térreo, sentados no chão do centro comunitário com uma caixa de lápis de cera. Ronnie vestia um anoraque de segunda mão, claramente vindo de New Prospect, e se balançava apoiado nos joelhos enquanto Frances desenhava um sol alaranjado numa folha de jornal. Theo parou subitamente, começou a dizer alguma coisa e sacudiu a cabeça. Frances ofereceu a Ronnie seu lápis e olhou com ar feliz para Russ. Ela tinha encontrado sua maneira de servir e de se entregar, o que também o deixou feliz.

Theo, caminhando com ele rumo à plataforma do altar, não estava nada feliz. "Você tem que falar com ela. Diga para não se meter com o Ronnie."

"Não consigo ver que mal isso pode fazer a ele."

"Não é uma questão de fazer mal a ele."

Theo foi para casa encontrar sua mulher e comer uma refeição quente, enquanto Russ, não querendo desencorajar o gesto caridoso de Frances, levou a sacola com seu almoço para a sala das aulas dominicais, onde as viúvas mais velhas tinham empreendido uma completa reorganização. Quando a pessoa está doente do corpo, se entrega ao toque de estranhos; e quando está doente de pobreza, abre mão do ambiente onde vive. Sem pedir permissão, as viúvas haviam reorganizado todos os livros das crianças, criando etiquetas brilhantes e atraentes para eles. Quando se é pobre, fica difícil ver o que é preciso ser feito até que alguém lhe mostre fazendo. Não pedir permissão não era uma coisa natural para Russ, porém era a contrapartida de não esperar nenhum agradecimento. Aventurando-se por um quintal cheio de espinheiros e ervas daninhas que chegavam à altura de seu ombro, ele não perguntava à senhora idosa, dona do terreno, que arbustos e que peças de metal enferrujadas valiam a pena manter, e quando o serviço terminava, com frequência a idosa não lhe agradecia. No máximo poderia dizer: "E não é que ficou melhor?".

Ele conversava com as duas viúvas, quando ouviram uma porta bater no térreo e uma voz de mulher se elevar, raivosa. Russ se pôs de pé num salto e correu para a sala comunitária. Frances, segurando uma folha de jornal, se afastava de uma mulher jovem que ele nunca vira antes, uma figura magérrima de cabelo sujo. Mesmo à distância, ele sentiu o cheiro de bebida alcoólica que ela exalava.

"Ele é o *meu* filho, entende? *Meu* filho."

Ronnie ainda estava de joelhos, com os lápis de cera na mão, balançando-se.

"Calma, calma", disse Russ.

A mulher jovem se voltou para ele. "Você é o marido dela?"

"Não, sou o pastor."

"Bom, diz a seja lá quem ela for pra não chegar perto do meu filho." Voltou a se dirigir a Frances. "Sai de perto do meu filho, sua desgraçada! O que é que você está segurando aí?"

Russ se interpôs entre as duas mulheres.

"Minha senhora. Por favor."

"*O que é que você está segurando aí?*"

"É um desenho", disse Frances. "Um desenho bonito que o Ronnie fez. Não foi, Ronnie?"

O tal desenho nada mais era que diversos rabiscos vermelhos. A mãe de Ronnie estendeu o braço e o arrancou da mão de Frances. "Isso não é seu."

"Não é mesmo", disse Frances. "Acho que ele fez para você."

"Ela ainda está falando comigo? É isso que eu estou ouvindo?"

"Acho que todos aqui precisamos nos acalmar", disse Russ.

"*Ela* precisa tirar essa cara branca de merda da minha frente e parar de mexer com meu filho."

"Desculpe", Frances disse. "Ele é tão doce. Eu só estava..."

"*Por que ela ainda está falando comigo?*" A mãe rasgou o desenho em quatro pedaços e pôs Ronnie de pé com um puxão. "Já te falei pra ficar longe dessa gente, não falei?"

"Não sei", Ronnie respondeu.

Ela deu um tapa nele. "*Não sabe?*"

"Minha senhora", disse Russ, "se bater outra vez no menino, vamos ter um problema."

"Já sei, já sei, já sei." Ela começou a caminhar em direção à porta da frente. "Vamos, Ronnie. Chega disto aqui."

Depois que os dois se foram, Frances caiu no choro e ele a abraçou, sentindo que o medo se desfazia em soluços, mas notando também como o corpo esbelto dela se ajustava bem aos braços dele, sua cabeça delicada à mão dele, deixando-o também à beira das lágrimas. Eles deviam ter pedido permissão. Ele devia ter mantido um olhar protetor sobre Frances. Devia ter insistido para que ela fosse ajudar as outras senhoras com os livros.

"Não sei se sou talhada para isso", ela disse.

"Foi só falta de sorte. Eu nunca tinha visto essa mulher."

"Mas tenho medo deles. E ela sabia disso. Você não tem, e ela o respeitou."

"Vai ficar mais fácil se você vier outras vezes."

Ela sacudiu a cabeça, não acreditando nas palavras dele.

Quando Theo Crenshaw voltou do almoço, Russ estava envergonhado demais para contar o incidente. Ele não tinha nenhum plano que envolvesse Frances, nenhuma fantasia específica, nada mais que o desejo de ficar perto dela, e agora, por conta de sua vaidade e de seu erro, havia arruinado a chance de vê-la duas vezes por mês. Ele era ruim por desejar uma mulher que não fosse a sua esposa, mas também era ruim até em ser ruim. Que tática terrivelmente passiva tinha sido aquela de levá-la ao porão! Imaginar que obrigar Frances a vê-lo trabalhar faria com que ela o quisesse, da mesma forma que vê-la fazendo qualquer coisa o fazia querê-la: isso era ser o tipo de homem que uma mulher como ela não ia querer. Frances havia se entediado enquanto o observava, e ele merecia a culpa pelo que aconteceu depois.

No Fury, durante a demorada volta para New Prospect, ela se manteve em silêncio até uma das viúvas perguntar se o filho dela, Larry, que cursava a décima série, estava gostando do Encruzilhadas. Era novidade para Russ que o filho de Frances houvesse entrado para o grupo de jovens da igreja.

"Rick Ambrose deve ser um gênio", Frances disse. "Acho que na minha época não havia nem trinta jovens nesse grupo."

"Você fez parte dele?", perguntou a viúva mais velha.

"Negativo. Não havia muitos garotos bonitos. Aliás, nenhum."

Vinda de Frances, a palavra *gênio* corroeu o cérebro de Russ como um ácido. Ele deveria ter suportado estoicamente. Mas em seus dias ruins não conseguia deixar de fazer coisas de que mais tarde se arrependeria. Era quase como se as fizesse *porque* depois iria se arrepender delas. Retorcendo-se com a vergonha passada, humilhando-se na solidão, era assim que ele reencontrava o caminho de volta à misericórdia de Deus.

"Vocês sabem", ele disse, "por que o grupo se chama Encruzilhadas? É porque Rick Ambrose achou que a garotada podia relacioná-lo com o nome de uma música de rock."

Tratava-se de uma escabrosa meia verdade. O próprio Russ havia proposto o nome.

"Por isso perguntei ao Rick — eu tinha que perguntar — se ele conhecia a música do Robert Johnson. E ele me olhou perplexo. Porque para ele, sabe como é, a história da música começou com os Beatles. Mas acreditem em mim. Eu ouvi a versão do Cream de 'Encruzilhadas'. Sei exatamente do que se trata. É um bando de caras da Inglaterra roubando um autêntico mestre do blues negro dos Estados Unidos, fingindo que a música é *deles*."

Frances, usando o boné de caçador, não tirava os olhos do caminhão à frente deles. As viúvas mais velhas mantinham a respiração suspensa, enquanto o pastor assistente desancava o diretor do programa de jovens.

"Acontece que eu tenho a gravação original do Johnson cantando 'Cross Road Blues'", ele se vangloriou com ar de repulsa. "Dos tempos em que morei em Greenwich Village; vocês sabem, eu já morei em Nova York, e nas lojas de quinquilharias de lá eu encontrava discos antigos de 78 rotações. Durante a Depressão, as companhias fonográficas foram a campo e fizeram gravações incríveis e autênticas — Leadbelly, Charley Patton, Tommy Johnson. Eu trabalhava no Harlem num programa para crianças, elas iam para lá depois que acabavam as aulas na escola, e todas as noites eu ouvia esses discos em casa. Era como se eu me transportasse para o Sul da década de 1920. Havia tanta *dor* naquelas velhas vozes! Aquilo me fez entender a dor com que eu estava lidando no Harlem. Porque é disso que os blues falam. É isso que se perdeu quando as bandas de brancos começaram a imitar o estilo deles. Não consigo ouvir nenhuma dor nas músicas novas."

Fez-se um silêncio incômodo. Os últimos raios de sol de novembro morriam com cores de lápis de cera atrás das nuvens no horizonte dos subúrbios. Russ agora já tinha mais do que o suficiente para se envergonhar depois, mais do que o suficiente para ter certeza de que merecia sofrer. O senso de inevitabilidade no fundo de seus piores dias, a sensação de estar voltando para o íntimo de suas humilhações, era como ele sabia que Deus existia. Dirigindo em direção à luz que morria, ele já sentia um gosto prévio do encontro que teriam.

No estacionamento da Primeira Reformada, Frances se demorou no carro depois que as outras foram embora. "Por que ela me odiou?", perguntou.

"A mãe de Ronnie?"

"Nunca ninguém falou assim comigo."

"Sinto muito pelo que aconteceu com você", ele disse. "Mas é a isso que me refiro quando falo de dor. Imagine ser tão pobre que seus filhos são a única coisa que você tem, as únicas pessoas que se importam com você e que precisam de você. O que você sentiria se visse outra mulher tratando-os melhor do que você é capaz de tratar? Pode imaginar como se sentiria?"

"Me faria tentar tratá-los melhor."

"Sim, mas isso é porque você não é pobre. Quando se é pobre, as coisas simplesmente acontecem com as pessoas. Elas acham que não podem controlar nada. Estão completamente à mercê de Deus. É por isso que Jesus nos diz que os pobres são abençoados — porque não ter nada os aproxima de Deus."

"Aquela mulher não me deu a impressão de estar particularmente perto de Deus."

"Na verdade, Frances, você não tem como saber. Ela estava obviamente com raiva e confusa..."

"E bêbada como um gambá."

"Bêbada como um gambá ao meio-dia. Mas, se não aprendemos nada com essas terças-feiras, ao menos ficamos sabendo que você e eu não temos condições de julgar os pobres. Só podemos tentar servi-los."

"Então você está dizendo que o erro foi meu."

"De jeito nenhum. Você estava ouvindo alguma coisa generosa em seu coração. Isso nunca é errado."

Ele estava ouvindo alguma coisa generosa em seu próprio coração: ainda podia ser um bom pastor para ela.

"Sei que é difícil entender quando estamos aborrecidos", ele disse com gentileza, "mas a experiência que você teve hoje é o que as pessoas daquele bairro têm diariamente. Palavras injuriosas, preconceito racial. Eu sei que você não desconhece a dor — nem imagino o que você já passou. Se você concluir que já sofreu bastante e achar melhor não trabalhar conosco agora, não vou desmerecê-la por isso. Mas você tem uma oportunidade, se estiver disposta, de transformar sua dor em compaixão. Quando Jesus nos diz para oferecer a outra face, o que realmente está nos dizendo? Que a pessoa que está nos maltratando não tem jeito, que ela é má e que só nos cabe suportar aquilo? Ou está nos lembrando de que aquela pessoa é alguém como nós, uma pessoa que sente a mesma espécie de dor que sentimos? Sei que pode ser difícil enxergar isso, mas essa possibilidade está sempre disponível, e acho que devemos sempre buscar alcançá-la."

Por um momento Frances refletiu sobre as suas palavras. "Você tem razão", disse. "Acho difícil enxergar dessa forma."

E isso pareceu ter posto um ponto-final no assunto. Quando ele telefonou no dia seguinte, como qualquer bom pastor teria feito, Frances disse que sua filha estava febril e que ela não podia conversar naquela hora. Ele não a viu nas cerimônias religiosas dos dois domingos seguintes, e ela faltou à viagem do grupo à Zona Sul. Russ pensou em telefonar de novo, nem que fosse para se reabastecer de vergonha, mas a pureza do sofrimento de perdê-la era parte das tardes escuras e das longas noites daquela estação do ano. Ele a teria perdido mais cedo ou mais tarde — em último caso quando um deles morresse, muito possivelmente bem antes disso —, e sua necessidade de se reconectar com Deus era tão urgente que ele se valeu do sofrimento quase com avidez.

Mas, então, ela telefonou. Fazia quatro dias. Tinha tido um resfriado pavoroso, mas não conseguia parar de pensar no que ele havia dito no carro.

Não achava ter força suficiente para ser como ele, porém sentia haver dobrado uma esquina, e Kitty Reynolds mencionara uma entrega de Natal na Zona Sul. Será que ela podia ir junto?

Russ gostaria de ter se sentido feliz apenas como pastor dela, como seu apoiador, se Frances não houvesse então perguntado se ele podia lhe emprestar alguns discos de blues.

"Nossa vitrola toca discos de 78 rotações", ela disse. "Pensei que, se vou fazer isso, eu devia tentar compreender melhor a cultura deles."

Russ estremeceu ao ouvir a expressão *cultura deles*, mas até ele não era tão ruim em matéria de ser ruim a ponto de não saber o que significava compartilhar música. Ele subiu até o terceiro andar (impossível de ser aquecido) daquele desajeitado casarão fornecido pela igreja e passou uma boa hora de joelhos selecionando e voltando a selecionar discos de 78 rotações, tentando imaginar dez que tivessem uma probabilidade maior de inspirar em Frances os sentimentos que ele já tinha por ela. Sua conexão com Deus desaparecera, embora isso não fosse preocupante no momento. A preocupação se chamava Kitty Reynolds. Era imperativo que ele tivesse Frances só para si, mas Kitty era esperta e ele incompetente enquanto mentiroso. Qualquer estratagema que tentasse, tal como lhe dizer que se encontrassem às três e sair com Frances às duas e meia, sem dúvida despertaria suspeitas em Kitty. Ele se deu conta de que não tinha escolha senão abrir mais ou menos o jogo com ela, dizendo que Frances havia sofrido um pequeno trauma no centro comunitário e que ele precisava ficar a sós com ela quando Frances corajosamente revisitasse a cena do incidente.

"Tenho a impressão", Kitty havia dito no telefone, "que você trabalhou mal."

"Tem razão, trabalhei mal. Agora preciso recuperar a confiança dela. É encorajador que Frances queira voltar, mas ainda é uma coisa delicada."

"E ela é bonitona e estamos no Natal. Se fosse qualquer outra pessoa que não você, Russ, eu ia ficar preocupada com suas motivações."

Ele havia se perguntado sobre as implicações das palavras de Kitty — se ela o considerava excepcionalmente bom e confiável ou excepcionalmente assexuado, carente de masculinidade e nada ameaçador. De qualquer modo, o efeito tinha sido tornar seu iminente encontro com Frances mais excitantemente ilícito. Como preparação, havia levado às escondidas de casa para a igreja a seleção final de discos de blues, assim como um velho e surrado casaco de pele de carneiro do Arizona, que, assim esperava, lhe daria um quê especial. No Arizona, tinha gozado desse toque especial e, com justiça ou não, acreditava que o havia perdido por causa do casamento. Quando Marion, depois de sua humilhação, decidira lealmente odiar Rick Ambrose, chamando-o de charlatão, Russ tinha reagido com aspereza e declarado que Rick podia ser muitas coisas, mas não um charlatão — a verdade pura e simples era que ele, Russ, perdera o toque especial e não conseguia mais se relacionar com os jovens. Ele se autoflagelava, ressentindo-se com Marion por ela interferir no prazer que aquilo lhe causava. Sua subsequente vergonha diária, seja ao passar pela sala de Ambrose, seja ao percorrer um caminho covarde e alternativo para evitá-la, o tinha conectado com os sofrimentos de Jesus Cristo. Era um tormento que nutria sua fé, enquanto o afago tão delicado da mão de Marion em seu braço, ao tentar reconfortá-lo, era um martírio sem benefício espiritual.

De sua sala, à medida que finalmente se aproximavam as duas e meia, a folha ainda em branco em sua máquina de escrever, ele podia ouvir o afluxo dos adolescentes do Encruzilhadas depois das aulas zumbindo em volta do pote de mel de Ambrose, o som dos passos apressados, os palavrões gritados que o sr. Fodaporramerda encorajava ao pronunciá-los incessantemente. Mais de cento e vinte jovens pertenciam agora ao Encruzilhadas, entre eles dois filhos do próprio Russ; e ele estivera tão concentrado em Frances, tão alucinado pelo encontro que teriam, que só agora, ao se levantar de sua mesa de trabalho e vestir o casaco de pele de carneiro, lhe ocorreu que ele e ela podiam dar de cara com seu filho Perry.

Criminosos incompetentes sempre ignoram as coisas óbvias. A relação com sua filha, Becky, tinha ficado estremecida desde que ela entrara para o Encruzilhadas, assim à toa, em outubro, mas ao menos ela tinha consciência de como o havia ferido profundamente ao entrar, e ele raras vezes a via na igreja depois da escola. Perry, contudo, não tinha o menor tato. Com um QI de 160, Perry via coisas demais e ria do que via de um jeito desdenhoso demais. Perry seria capaz de puxar conversa com Frances com seu jeitão aparentemente franco e respeitoso, mas, de algum modo, nem uma coisa nem outra, e sem a menor dúvida iria reparar no casaco de pele de carneiro.

Russ poderia ter usado o caminho alternativo para chegar ao estacionamento, mas o homem que recorria àquilo não era o homem que ele desejava ser naquele dia. Ergueu os ombros, esqueceu de propósito os discos de blues, a fim de que ele e Frances tivessem um motivo para voltar à sua sala depois de escurecer, e enfrentou a densa nuvem de fumaça dos cigarros de uma dúzia de jovens acantonados no corredor. Não havia sinal de Perry. Uma moça gorducha, com bochechas cor de maçã, estava alegremente deitada no colo de três rapazes sentados no velho e desconjuntado sofá que alguém, malgrado as tranquilas objeções de Russ dirigidas a Dwight Haefle (o corredor era uma via de escape em caso de incêndio), tinha posto ali para a garotada aguardar sua vez de ser confrontada por Ambrose e sua sinceridade brutal mas amorosa na privacidade da sala dele.

Russ avançou com os olhos cravados no chão, driblando tornozelos revestidos de calças azuis e pés metidos em tênis. Mas, ao se aproximar da sala de seu adversário, pôde ver, pelo canto do olho, a porta entreaberta; e depois ouviu a voz dela.

Parou, mesmo não querendo.

"É incrível", ele ouviu Frances dizer com voz animada. "Há um ano eu praticamente tinha que encostar um revólver na cabeça dele para que viesse à igreja!"

De Ambrose, através da porta, só eram visíveis as bainhas puídas da calça jeans e a bota gasta. Mas a cadeira em que Frances estava sentada ficava de frente para o corredor. Ela viu Russ, fez um aceno e disse: "Nos vemos lá fora?".

Só Deus sabe a expressão que ele tinha no rosto. Seguiu caminhando. Passou às cegas pela entrada principal e se viu do lado de fora do salão de festas. Uma água escura penetrava aos borbotões pelos furos de seu casco. A estupidez de nem haver imaginado que ela podia ir se encontrar com Ambrose! A certeza clarividente de que Ambrose a roubaria dele. A culpa de ter endurecido seu coração para a esposa que ele jurara amar. A vaidade de crer que seu casaco de pele de carneiro o fazia parecer algo mais que um palhaço ridiculamente presunçoso, obsoleto e repulsivo. Teve vontade de arrancar o casaco e ir buscar o de lã que usava normalmente, mas era covarde demais para passar de novo pelo corredor, temendo que, se fosse pelo caminho alternativo e visse o boi empoeirado do presépio, no estado em que estava, poderia chorar.

Ah, meu Deus, ele rezou dentro de seu repugnante casaco. *Por favor, me ajude.*

Se Deus atendeu à sua prece foi relembrando-o de que a forma de suportar o sofrimento consistia em se rebaixar, pensar nos pobres, prestar serviço. Ele foi até o escritório do secretário da igreja e levou caixas de brinquedos e de comida enlatada para o estacionamento. A cada minuto se tornava mais profunda a recém-nascida maldade daquele dia. Por que ela estava com Ambrose? O que estariam conversando que tomava tanto tempo? Todos os brinquedos pareciam novos ou suficientemente indestrutíveis para serem vistos como novos, mas Russ conseguiu sobreviver por mais alguns minutos examinando as caixas de alimentos, eliminando as doações preguiçosas ou impensadas (cebolas de coquetel, castanhas d'água), alegrando-se com o peso das latas grandes de carne de porco e feijão, massas, metades de pera em calda — o pensamento de como cada uma delas seria bem recebida por alguém realmente com fome e não apenas faminto de espírito como ele.

Eram 14h52 quando Frances se aproximou, saltitante como um menino, cheia de vigor. Estava usando o boné de caçador e, naquela tarde, uma jaqueta de lã que combinava com ele. "Cadê a Kitty?", ela disse alegremente.

"Kitty ficou com medo de que não haveria lugar para ela com todas essas caixas."

"Ela não vem?"

Incapaz de encarar Frances, ele não tinha como saber se ela estava desapontada ou, pior, desconfiada. Sacudiu a cabeça.

"Que bobagem! Eu podia ir sentada no colo dela."

"Você se importa?"

"Se me importo? É um privilégio! Estou me sentindo *muito* especial hoje. Venci uma crise."

Ela fez um pequeno movimento de balé, delicado e airoso, como se dobrasse uma esquina. Russ se perguntou se aquele sentimento dela era anterior à visita a Ambrose ou se tinha sido causado por ela.

"Então muito bem", ele disse, batendo a porta de trás do Fury. "Talvez devamos ir andando."

Era uma referência sutil ao atraso de Frances, a única que ele tencionava se permitir, e ela não a captou. "Há alguma coisa que eu deva levar?"

"Não. Só você mesma."

"É a única coisa que nunca saio de casa sem levar! Deixe só eu verificar se tranquei meu carro."

Ele a observou caminhar com passos ágeis até seu carro, mais novo que o dele. O estado de espírito de Frances parecia mais eufórico que o dele não somente naquele momento, mas possivelmente em toda a sua vida. Sem dúvida, mais eufórico que o de Marion jamais tinha sido.

"Ha, ha!", Frances exultou ao longe. "Trancado!"

Ele fez o sinal de positivo com os polegares. Nunca erguera seus polegares para ninguém. A coisa lhe pareceu tão estranha que ficou sem saber se havia feito certo. Olhou ao redor para ver se mais alguém, em especial Perry, testemunhara o gesto. Ninguém à vista, a não ser dois adolescentes a caminho da igreja com seus estojos de violão, que talvez intencionalmente não olharam na sua direção. Conhecia um deles desde que frequentara a escola dominical na segunda série.

Como seria viver com alguém que sabia ser alegre?

Ao entrar no Fury, um floco gordo e isolado de neve, o primeiro de uma multidão que o céu vinha prometendo o dia todo, pousou em seu antebraço e se dissolveu de imediato. Frances, entrando pelo outro lado, disse: "Esse seu casaco velho é uma beleza. Onde você arranjou isso?".

Decidido: a alma é independente do corpo e imutável. Primeiro orador afirmativo: Perry Hildebrandt, Ginásio de New Prospect.
Cof cof.
Por mais tentador que seja, não vamos cometer o erro de entender mal a experiência, familiar a qualquer fumador de maconha, de estar num lugar fazendo alguma coisa — digamos, lutando para abrir um saco de marshmallows na cozinha do Ansel Roder — e então, no mesmo instante, descobrir seu corpo executando uma tarefa totalmente diferente num cenário totalmente distinto. Tais elisões espaço-temporais, ou (em linguagem corrente porém enganosa) "apagões", não precisam sugerir uma divisão entre alma e corpo. Qualquer teoria mecanicista da mente que se preze pode explicá-las. Em vez disso, comecemos por considerar uma pergunta que pode, à primeira vista, parecer trivial, irrespondível ou mesmo absurda: Por que eu sou eu, e não outra pessoa? Tratemos de contemplar as profundezas estonteantes dessa pergunta...

Era curioso como o tempo ficava mais lento, quase parava, quando ele se sentia bem: maravilhoso (mas também não, devido à noite insone que se anunciava) o número de voltas na pista que sua mente era capaz de dar nos segundos que levava para subir uma escada. O pulsante imediatismo de tudo, corpo e alma em sintonia, a pele registrando cada grau da temperatura que caía à medida que se aproximava do terceiro andar da Casa Paroquial de Merda; nas narinas, o cheiro de mofo no ar frio que fluía em direção à porta situada ao pé da escada e que ele deixara aberta caso sua mãe voltasse para casa inesperadamente; nos ouvidos, a certeza de que ela não tinha voltado; nas retinas, a luz de dezembro ligeiramente menos soturna nas janelas mais próximas do céu, menos sombreadas pelas árvores; na alma, a familiaridade quase déjà-vu de subir aquelas escadas sozinho.

Certa vez (e uma só vez) ele havia perguntado às autoridades domésticas se poderia ocupar um dos quartos do terceiro andar, ou de fato não havia perguntado, e sim indicado racionalmente como era adequado o terceiro andar para o terceiro filho que ele inelutavelmente era; e quando a resposta foi pronunciada de forma solene por sua mãe — não, meu querido, é frio demais no inverno e quente demais no verão, além do que o Judson gosta de dividir o quarto com você —, ele tinha aceitado sem protestar ou pedir de novo, porque, em sua própria avaliação racional, na família ele era aquele filho que não tinha direito de reclamar um quarto só para si por não ser nem o mais velho nem o mais novo nem o mais bonito e por estar acostumado a funcionar num nível de racionalidade inacessível aos outros.

Não obstante, em sua mente o terceiro andar lhe pertencia. Muitas baforadas de fumaça usada tinham sido expelidas pela janela do quarto de depósito, muita cinza misturada à poeira cheia de pólen do peitoril, e o escritório do Reverendo Pai, em que agora entrou atrevidamente, não tinha segredos para ele. Havia lido — em parte por curiosidade, em parte para avaliar como era capaz de ser um verme indigno — toda a correspondência pré-nupcial entre sua mãe e seu pai, exceto por duas cartas que ainda estavam dentro dos envelopes fechados. Procurando, com escasso otimismo, por revistas *Playboy*, ele havia exumado as pilhas de *The Other Side* e *The Witness*, frutos de mentes tão ressequidas que nem uma gota de doçura podia ser espremida delas, juntamente com um ano de exemplares da *Psychology Today*, num dos quais se demorara no exame das palavras *clitóris* e *orgasmo clitórico*, infelizmente não ilustradas. (O pai de Ansel Roder guardava sua coleção de *Playboys* em caixas de papelão para arquivos, com dobradiças nas tampas e rótulos para cada ano, o que era impressionante mas desencorajava furtos.) Os discos de jazz e blues do reverendo eram um monte de objetos mudos de plástico e capas apodrecidas, enquanto os casacos velhos no armário de teto inclinado não atraíam sua cobiça por serem destinados a um homem muito maior que ele, capaz de sentir literalmente em seus ossos que seria o nanico da prole dos Hildebrandt, e cujo surto de crescimento no ano anterior se assemelhara ao rojão que alça voo num ângulo precário e morre com um estalido. O armário só o interessava em dezembro, quando o chão estava coalhado de presentes.

Um fato digno de nota, possivelmente relevante para a questão da imutabilidade da alma, era que uma pessoa chamada Perry Hildebrandt tinha existido na Terra durante nove natais, com a consciência alerta e funcionando em cinco deles, antes que lhe ocorresse que os presentes surgidos debaixo da árvore na véspera do Natal *já deveriam estar na casa, ainda não embrulhados, durante dias ou mesmo semanas antes de fazerem sua aparição*. A cegueira dele nada tinha a ver com Papai Noel. A família Hildebrandt sempre tratara Papai Noel como um embuste. No entanto, bem depois de ter chegado à idade em que se devia entender que presentes não compram a si mesmos nem se embrulham sozinhos, ele tinha aceitado o surgimento anual deles como, se não um evento milagroso, um fenômeno semelhante ao acúmulo de urina na bexiga, parte do curso natural das coisas. Como não entendera, com nove anos, uma verdade tão óbvia para ele com dez? A desconexão epistemológica era absoluta. Sua pessoa com nove anos lhe parecia um estranho total, e não de forma simpática. Era uma figura vagamente ameaçadora para o Perry mais velho, que não podia se livrar da suspeita de que, embora o rosto de querubim nas fotos de 1965 fosse sem dúvida o seu, os dois Perrys não possuíam a mesma alma. De algum modo ocorrera uma troca. Sendo assim, de onde viera sua alma atual? E para onde tinha ido a antiga?

Abriu a porta do armário e ficou de joelhos. A nudez dos presentes no chão era uma triste premonição do futuro nu que os esperava depois da breve e falsa glória de serem embrulhados. Uma camisa, um pulôver de mangas compridas de um tecido parecido com veludo, meias. Um suéter com padrão de losangos, mais meias. Uma caixa com laço de fita de uma loja classuda — coisa fina! Algumas sacudidelas indicaram se tratar de uma peça leve de vestuário, certamente para Becky. Indo mais fundo, desamassou as sacolas de livros e discos, entre os quais viu o álbum do Yes que ele havia mencionado à sua mãe numa daquelas conversas indiretas de que ambos gostavam. (Transmitir uma lista de Natal sem se referir ao Natal era um jogo muito elementar, mas, apesar disso, o Reverendo Pai não era capaz de participar sem piscar o olho, e Becky logo estragaria tudo: "Está tentando me dizer o que quer de Natal?". Só sua mãe e o irmão menor tinham a necessária competência lúdica.) Pensando bem agora, era uma pena que ele houvesse insinuado o disco do Yes antes de haver tomado sua nova decisão. O Yes ia bem com um baseado, mas ele temia que a música da banda pudesse perder brilho se ouvida de cabeça limpa.

No fundo do armário estavam os itens mais pesados, uma malinha amarela da Samsonite (sem dúvida para Becky), o que parecia ser um microscópio de segunda mão (tinha que ser para o Clem), um toca-fitas e gravador portátil (insinuado, mas não levado em conta!) e — ah, essa não! — um jogo de futebol americano elétrico. Pobre Judson, ainda suficientemente novo para ganhar algum jogo, mas Perry já conhecia aquele da casa de Roder e tinha quase desmaiado de tanto rir da bosta que era. O campo de metal vibrava com a eletricidade, fazendo o ruído de um barbeador, e em cima dele se enfrentavam duas equipes de pequenos jogadores de plástico, com grama de plástico oblonga colada em seus pés; os passadores de bola eternamente imobilizados na máscula postura de quem vai fazer o lançamento, os carregadores levando uma "bola" que mais parecia um montinho de cotão encontrado no fundo do bolso, deixando que ela caísse com frequência ou, absolutamente desorientados no início da jogada, disparando na direção de seu próprio campo de defesa e marcando um ponto a favor do adversário. Nada era mais hilário para alguém estupidamente doidão do que assistir a alguém se comportando como se estivesse estupidamente doidão. Mas Judson, é claro, não iria jogar aquilo depois de fumar um baseado.

Como dado positivo, nenhum sinal de uma câmera. Perry tinha bastante certeza de que só ele sabia o que seu irmão menor mais queria, porque Judson era um ser humano superior a quem não ocorreria se engajar em insinuações egoísticas com sua mãe, e o estilo paterno era tão antimaterialista que listas de Natal nunca eram solicitadas. Entretanto havia alguma coisa como má sorte, palpites intuitivos, por isso ele havia precisado revisar o armário — uma pequena infração, menor ainda no contexto do bem geral.

Porque esta era sua nova decisão: ser bom.

Ou, não sendo possível, então menos mau.

Embora os motivos para sua decisão sugerissem que a maldade era uma coisa subjacente e talvez incurável.

Por exemplo: a relutância que ele sentia agora, ao se pôr de pé e voltar à escada varrida por correntes de ar, em liquidar suas reservas. A liquidação era uma sentença que tinha aplicado a si próprio, uma multa punitiva determinada no auge da decisão, mas agora ele se perguntava se de fato era necessária. Possuía na carteira a nota de vinte dólares que sua mãe lhe passara discretamente para as compras de Natal, mais onze dólares que conseguira não gastar no envenenamento de seu sistema nervoso central. A câmera que ele e Judson haviam admirado na vitrine da New Prospect Photo custava 24,99 dólares, sem o imposto nem os rolos de filme. Mesmo que encontrasse uma moldura usada e barata para o retrato a guache de sua mãe e comprasse livros de bolso para os demais — e sua irritação em ter que comprar alguma coisa para Becky, Clem e o reverendo já era uma sinistra violação de sua decisão —, não havia dinheiro suficiente.

Havia uma forma mais em conta. Judson também gostaria de ganhar o Risco, um novo jogo que custava menos da metade da câmera, para jogar com Perry no quarto que dividiam, coisa que ele faria de bom grado como um presente adicional ao irmão e por também gostar daquele jogo. Mas, juntamente com qualquer outro jogo que envolvesse guerra ou morticínio, qualquer brinquedo que disparasse projéteis ou se pudesse imaginar que fosse capaz de fazê-lo, quaisquer representações de soldados, aviões de combate, tanques etc. — em suma, todas as coisas que um garoto normal como Judson mais queria —, Risco estava proibido em casa devido ao violento pacifismo do reverendo. Perry dispunha de um arsenal de argumentos racionais: será que o objetivo de *todos* os jogos não era uma espécie de vitória militar? Por que o extermínio virtual no xadrez e nas damas escapava à proibição? Era obrigatório considerar os agradáveis losangos envernizados de Risco como "exércitos", em vez de peças abstratas num jogo de estratégia topológica em que se usavam dados? Ah, que bom se fosse possível discutir com seu pai sem enrubescer e chorar de raiva, odiando-se por ser mais inteligente que o velho, mas também menos bom que ele! Seria um belo presente para Judson uma brigalhada na manhã de Natal.

Concluindo, relutantemente, que não havia como manter suas reservas, ele fechou a porta da escada e encontrou Judson onde o deixara, no quarto dos dois, lendo um livro sob a luminária de leitura feita em casa que Perry havia improvisado para ele em cima da cama com gavetões. O canto do quarto que pertencia a Judson lembrava a cabine do *Spray*, o barco em que seu herói, Joshua Slocum, deu a volta ao mundo — tudo no lugar, roupas dobradas e guardadas sob a cama, livros de bolso de cinquenta centavos organizados por ordem alfabética pelo título, carros Dinky estacionados numa pequena prateleira em diagonais paralelas, o despertador com toda a corda. Fora dali, rugia o mar de Perry, para quem dobrar roupas era uma perda irracional de tempo e arrumar seus pertences uma coisa supérflua, uma vez que ele se lembrava exatamente onde os tinha deixado. Suas reservas estavam debaixo da cama, no cofre de madeira compensada com cadeado que ele tinha construído como seu projeto final na aula de trabalhos manuais da oitava série.

"Ei, garoto, desculpe perturbar você", ele disse da porta. "Mas preciso que você vá para outro lugar."

O livro de Judson era *A incrível viagem*. Ele franziu a testa significativamente. "Primeiro você me diz que eu tenho que ficar aqui e agora diz que eu tenho que sair."

"Só um minuto. Ordens estranhas precisam ser cumpridas na época do Natal."

Judson, sem se mexer, disse: "O que você está com vontade de fazer hoje?". Uma pergunta indireta.

"Agorinha mesmo", disse Perry, "estou com vontade de fazer uma coisa que só posso fazer com você fora do quarto."

"E mais tarde?"

"Tenho que ir à cidade. Por que você não vai até a casa do Kevin? Ou do Brett?"

"Os dois estão doentes. Quanto tempo você vai ficar na rua?"

"Talvez até a hora do jantar."

"Tenho uma nova ideia de como armar o jogo. Posso fazer isso enquanto você está fora e jogamos depois do jantar?"

"Não sei, Jay. Talvez."

Um desapontamento dolorido no rosto de Judson fez Perry rever sua decisão.

"Quer dizer, vamos sim", disse. "Mas só arma o jogo depois, tudo bem?"

Judson fez que sim com a cabeça e pulou da cama com o livro. "Prometido?"

Perry prometeu e trancou a porta. Desde que tinha fabricado muito espertamente uma cópia de Stratego usando papelão de camisas, seu irmão estava louco para jogar com ele. Como era sabidamente um jogo de bombas e mortes, corria o risco de ser confiscado pelas autoridades domésticas, e não foi necessário dizer a Judson para mantê-lo em segredo. Havia muitos irmãos mais novos piores em New Prospect. Judson não só era para Perry a melhor prova da realidade do amor, como um menino encantador e bem disciplinado, quase tão inteligente quanto ele, e muito mais capaz de dormir à noite. Tanto que Perry às vezes desejava *ser* o irmão mais novo dele.

Mas, afinal, o que é que isso significava? Se a alma não passava de um artefato psíquico criado pelo corpo, era tautologicamente evidente por que a alma de Perry estava nele e não em Judson. No entanto, não parecia ser autoevidente. A razão pela qual ele se perguntava se a alma podia ser independente e imutável era sua constante sensação de como era estranho e aparentemente aleatório que sua alma tivesse aterrissado onde aterrissou. Por mais que tentasse, sóbrio ou alterado, nunca conseguia resolver — nem articular bem — o mistério de ele por acaso ser Perry. Por exemplo, não era nem um pouco claro para ele o que Becky tinha feito para merecer ser Becky, ou quando exatamente (numa encarnação anterior?) havia recebido esse privilégio. Ela apenas se viu sendo Becky, em volta de quem o céu girava; isso também o deixava confuso.

Um tênue e delicioso odor de gambá se desprendeu de suas reservas quando ele abriu o cofre. Elas consistiam em oitenta e cinco gramas de maconha em saquinhos duplos e vinte e um Quaaludes, o resto de uma compra no atacado que, como todas as anteriores, lhe custara uma ansiedade e vergonha quase insuportáveis. Ele as examinou com a franca incredulidade de que iria se desfazer daquilo em troca apenas da suposta alegria de dar presentes de Natal. Muitíssimo cruel a sua decisão. Pensou que talvez amasse ficar doidão um pouco menos do que amava o irmão, mas não tinha certeza se, quando sua mente estivesse a mil por hora e uma noite na cama parecesse um mês de noites, ele não amasse mais dois Quaaludes. Ora, esta era a questão: enfiar a porra das reservas no bolso do anoraque ou dormir naquela noite. A maconha renderia trinta dólares, mais dinheiro do que necessitava. Por que não guardar alguns ludes? Aliás, por que não guardar todos?

Onze dias antes, num estranho paralelo com a loteria cósmica na qual sua alma tinha tirado o nome *Perry*, ele havia apanhado o nome *Becky H* no meio de uma porção de papeluchos dobrados no chão coberto de linóleo do salão de festas da Primeira Reformada. (Qual a probabilidade disso? Uma em cinquenta e cinco — cem milhões de vezes maior que a chance de ser *Perry*, mas ainda assim bem baixa.) Tão logo tinha visto o nome da irmã, ele se aproximara sub-repticiamente da pilha na esperança de trocar seu pedaço de papel por outro, mas um conselheiro do Encruzilhadas estava lá para evitar esse tipo de trapaça. Em geral, quando chegava a hora de escolher parceiros para um exercício de "duplas", Rick Ambrose mandava todo mundo selecionar alguém que não conhecesse bem ou com quem não tivesse feito dupla ultimamente. No entanto, no domingo anterior, um dos alunos da décima segunda série e membro do círculo mais destacado, Ike Isner, havia se queixado com o grupo de que as pessoas estavam escolhendo muitos parceiros "seguros" e evitando os arriscados. No melhor estilo dos julgamentos stalinistas fajutos, com uma demonstração de fortes emoções, Isner confessou que ele mesmo era culpado daquilo. O grupo imediatamente o cobriu de elogios por sua corajosa sinceridade. Então alguém propôs um sorteio, contra o qual se manifestou outro destacado membro, argumentando que todos deviam assumir a responsabilidade por suas escolhas, em vez de depender de um sistema mecânico. Mas a proposta ganhou por larga margem, e Perry, como de hábito, esperou para ver em que direção soprava o vento antes de erguer a mão a favor.

Becky havia sido uma das poucas pessoas a votar contra. Vendo agora seu nome no papelzinho, Perry se perguntou se ela teria previsto exatamente tal eventualidade, mas, naquela rara instância, sua irmã tinha sido mais lúcida que ele. Em todo o salão de festas da igreja as pessoas corriam para se juntar a seus parceiros. Becky olhava inocentemente ao redor para ver qual seria o dela. Enquanto Perry se aproximava, viu que ela começou a se dar conta da situação. Sua expressão, como a dele, queria dizer: *Ai, que merda!*

"Muito bem, ouçam todos", Ambrose gritou. "Nesse exercício, quero que cada um diga ao parceiro alguma coisa que realmente admira nele. Primeiro um, depois o outro. E aí quero que cada um diga ao parceiro alguma coisa que ele está fazendo que seja um obstáculo para conhecê-lo melhor. Estou falando de *obstáculos*, não de acusações maldosas. Todo mundo entendeu? Todos compreenderam o que vem antes?"

O grupo era suficientemente grande para permitir que Perry e Becky tivessem conseguido se evitar facilmente desde a noite, seis semanas antes, em que ela tinha feito o mundo tremer ao entrar para o Encruzilhadas. Ele mesmo havia ficado chocado, porque Becky era sem a menor dúvida a filha predileta do Reverendo Pai e sabia muito bem quanto ele odiava Rick Ambrose; a deserção do próprio Perry ao entrar para o Encruzilhadas apenas acentuara certa frieza existente entre os dois, enquanto a de Beck constituía uma traição brutal. Mais universalmente chocante foi a simples visão do rosto dela num domingo à noite na Primeira Reformada. Perry estava lá. Viu as cabeças se voltarem, ouviu os murmúrios de pasmo. Foi como se Cleópatra aparecesse num dos comícios de Jesus na Galileia, uma rainha com coroa e tudo sentada no meio dos malucos e leprosos, tentando passar despercebida; porque também Becky vinha de um mundo diferente — a realeza social do Ginásio de New Prospect.

Quando mais jovem, Perry não havia sido um estudante com um comportamento igual ao da irmã. Junto com Clem, de quem ela era bem próxima, os dois constituíram uma unidade genérica de "irmãos mais velhos", notável sobretudo por estarem sempre à frente de Perry, os melhores com as tesouras, os melhores na amarelinha, os melhores (muito melhores) em controlar emoções e estados de espírito. Só quando entrou para o ginásio é que ele começou a enxergar Becky como uma pessoa distinta, acerca de quem o mundo mais vasto tinha fortes opiniões. Ela era a líder das animadoras de torcida da Lifton Central e podia vencer qualquer concurso de popularidade. A mesa de almoço em que Becky se sentava era de cara ocupada pelas meninas mais bonitas e pelos meninos mais confiantes. Estranhamente, ela própria era considerada muito bonita. Para Perry, a moça alta e ossuda com quem ele dividia com impaciência um banheiro, e cujo rosto lembrava o de uma bruxa quando ele a corrigia numa questão de fato ou de gramática, era uma coisa vagamente repugnante, porém o grupo de rapazes mais velhos da Lifton Central com quem ele logo se enturmara, entre os quais Ansel Roder, o assegurava de seu engano. Perry nunca conseguiu concordar com eles, embora mais tarde admitisse que a irmã tinha alguma coisa especial — uma aura de excepcionalidade, uma força ao mesmo tempo atraente e inacessível (ninguém jamais ousou declarar que era seu namorado), uma espécie de valor que nada tinha a ver com dinheiro (dizia-se que ela não era arrogante como as demais animadoras de torcida, como se nem reparasse na atenção que provocava sem fazer esforço) —, porque mesmo ele, Perry, o insignificante satélite irmão, adquiria um brilho próprio ao refletir a preeminência de Becky.

Em New Prospect, as palavras *Becky Hildebrandt* eram mágicas no sentido mais rigoroso do termo; o simples fato de pronunciá-las garantia o comparecimento em massa a determinada festa ou, na aula de trabalhos manuais, induzia ereções anunciadas por seus portadores (infelizmente de forma audível a Perry). Carregando metade do nome dela, Perry foi de cara notado na Lifton Central, quando não pelo grupo de garotos das oitava e nona séries cujos pais tinham alta renda e casas grandes, o que lhes garantia status superior. Começou como mascote do grupo, mas bem cedo provou ser igual ou melhor que eles. Ninguém era capaz de manter uma tragada de cachimbo nos pulmões mais tempo do que ele, ninguém bebia mais do que ele sem falar enrolado, ninguém conhecia mais palavras da língua inglesa do que ele. Até mesmo seu cabelo cor de palha, encorpado e com uma ondulação natural, era mais bonito que o de seus amigos quando cresciam até os ombros. Roder ficou tão cansado de afastar seu cabelo liso e sem brilho da frente dos olhos, que por fim raspou a cabeça: era o mais esquisito de todos e parecia o G.I. Joe.

Perry achou apropriado que todos seus amigos fossem mais velhos que ele. Becky podia ter fornecido o acesso a eles, e talvez nunca se esquecessem de quem Perry era irmão, mas, a seu modo, ele também possuía alguma coisa excepcional. Isso se tornou mais evidente na nona série, quando o último de seus amigos foi cursar o científico. Cercado de contemporâneos de menor inteligência, sem ninguém que o ajudasse a ficar doidão na hora do almoço, ele se sentiu como um astronauta que havia andado tempo demais na Lua e perdido o voo de volta. Foi quando começou seu problema com o sono. Por várias semanas entre janeiro e março, felizmente agora quase esquecidas, enfrentou as primeiras noites cem por cento sem dormir até de madrugada; madrugadas em que se sentia fisicamente incapaz de levantar as pálpebras; numerosas manhãs em que voltava trôpego à Casa Paroquial de Merda, subia a escada até o terceiro andar e, coberto por um tapete velho, dormia até a hora do jantar; muitos incidentes de adormecer durante suas invariavelmente pouco proveitosas aulas, uma torturante conversa com o diretor da escola e seus pais, durante a qual ele cochilou por alguns minutos; vez por outra uma fobia intensa de sua mãe; e sermões de seu pai feitos com voz controlada. Não era impressionante que, apesar de tudo, ele tivesse continuado a tirar dez em todas as matérias naquele período escolar? Devia agradecer às suas noites insones. Havia também o alívio psíquico de se encontrar com os amigos depois das aulas e nos fins de semana, mas naqueles meses sombrios esses encontros eram encobertos por sua sensação de querer — de *necessitar* — quantidades maiores daquilo que os outros estivessem fumando ou engolindo mais do que eles pareciam necessitar. Sem exceção, todos os seus amigos tinham condições de comprar mais drogas. Só ele, cuja ânsia por alívio não atingia o máximo até que estivesse sozinho em casa e se confrontasse com outra noite torturante, tinha como pai um camundongo de igreja.

Por volta da época em que decidiu que não tinha escolha senão começar a traficar drogas, três de seus melhores amigos entraram para o Encruzilhadas. Bobby Jett, por causa de uma garota de quem ele vinha dando em cima, Keith Stratton, pelo fascínio de nove dias sem supervisão na excursão de primavera do Encruzilhadas ao Arizona, e David Goya, cuja mãe frequentava a Primeira Reformada, como uma punição não terrivelmente punitiva por múltiplas violações do toque de recolher. Sob a direção de Rick Ambrose, o Encruzilhadas havia começado a abalar as categorias sociais tradicionais. Candidatos aparentemente insólitos à irmandade cristã davam as caras, faziam uma tentativa. Entre os que ficaram, para a surpresa de Perry, estavam seus três amigos. Ainda farreavam nos fins de semana, mas o centro de gravidade de suas conversas havia se alterado. Referindo-se calorosamente à excursão ao Arizona, de forma menos direta ao treinamento de sensibilidade que faziam nos domingos à noite, e mais libidinosamente a algumas garotas gostosas dos quadros do Encruzilhadas, eles fizeram Perry se sentir excluído de alguma coisa divertida.

Depois de uma angustiante primavera e de um verão em que inalou vapores do escapamento do cortador de grama, em que se embebedou e releu Tolkien, ele propôs a Ansel Roder que os dois deviam dar uma olhada no Encruzilhadas. Roder recusou enfaticamente ("Esse negócio de cultos não é comigo"), por isso Perry, em sua primeira noite de domingo na décima série, foi sozinho à sala de teto abobadado no terceiro andar de que o Encruzilhadas havia se apropriado na igreja de seu pai. O ar estava azulado de tanta fumaça de cigarro, as paredes e as abóbadas do teto cobertas com citações pintadas à mão de e.e. cummings, John Lennon, Bob Dylan, até mesmo de Jesus, além de frases mais inescrutáveis e sem identificação do autor, como Por que supor? Conheça os fatos. A MORTE MATA. Antes que Perry percebesse, estava sendo *abraçado* por David Goya, alguém com quem até então ele naturalmente evitara ter contato físico. Nos minutos seguintes, foi apalpado e apertado, teve contato com seios excitantes de uns vinte corpos femininos, mais do que havia tocado em toda sua vida. Muito agradável! Depois de cumprimentos e providências administrativas, o grupo desceu as escadas com passos decididos, uns cem jovens, homens e mulheres indo para o salão de festas da igreja, onde toques de vários formatos continuaram por mais duas horas. O único momento desconfortável foi quando Perry, apresentando-se ao grupo, mencionou que seu pai era o pastor assistente "daquela igreja". Olhou de relance para Rick Ambrose e foi fuzilado por um par de flamejantes olhos negros, ligeiramente contraídos em sinal de perplexidade ou de suspeita, como se perguntassem: *Seu pai sabe que você está aqui?*

O reverendo não sabia. Uma vez que Perry parecia incapaz de discutir com ele sem chorar, costumava esconder tudo o que podia o maior tempo possível. No domingo seguinte, a fim de evitar quaisquer perguntas, disse à mãe que ia jantar na casa de Roder, e de fato ficou lá para comer uma pizza congelada e aparentemente beber um bom volume de gim com suco de uva diante da televisão em cores no porão bem mobiliado da família Roder. Embora fosse conhecido por beber bem, as coisas começaram a acontecer tão depressa quando ele chegou no Encruzilhadas, que depois foi incapaz de se lembrar de tudo. É possível que tenha tropeçado ou cambaleado. Viu-se confrontado por dois conselheiros mais velhos, ex-integrantes do grupo, e informado de que estava bêbado. Rick Ambrose abriu caminho em meio à rapaziada e o levou para o corredor.

"Não me importa se você quer se embebedar", disse Ambrose, "mas não vai fazer isso aqui."

"Tudo bem."

"Afinal, por que veio para cá? Veio por quê?"

"Sei lá. Meus amigos…"

"Eles estão bêbados?"

O medo da punição estava acabando com seu porre. Sacudiu a cabeça.

"É claro que não estão", disse Ambrose. "Eu devia simplesmente mandar você para casa."

"Desculpe."

"De verdade? Quer mesmo conversar sobre isso? Quer fazer parte desse grupo?"

Perry ainda não tinha decidido. Mas sem dúvida era agradável receber a atenção do líder bigodudo sobre quem seus irreverentes amigos falavam com admiração, por uma vez ter uma discussão franca com um adulto: "Sim", respondeu. "Quero."

Ambrose o levou de novo ao salão cheio de fumaça e interrompeu o programa regular para uma das confrontações plenárias que constituíam o coração da práxis do Encruzilhadas. Os assuntos em questão eram o uso de álcool, respeito pelos pares e por si próprio. Garotos que Perry mal conhecia se dirigiram a ele como se o conhecessem muito bem. David Goya lhe disse que era uma pessoa formidável, mas que ele, David, às vezes ficava preocupado por achar que ele, Perry, usava drogas e álcool para evitar suas reais emoções. Keith Stratton e Bobby Jett seguiram a mesma linha. A coisa não parava. Embora em certos aspectos Perry nunca tivesse passado por algo tão horrível, também se entusiasmou com o volume e a intensidade da atenção que estava merecendo como aluno da décima série e iniciante ali apenas por ter bebido umas doses de gim. Quando caiu no choro, autenticamente envergonhado, o grupo reagiu com uma espécie de êxtase de apoio, os conselheiros dando parabéns por sua coragem, as garotas correndo para abraçá-lo e para afagar sua cabeça. Era um curso-relâmpago na economia básica do Encruzilhadas: a exibição pública de emoção comprava aprovação unânime. Ser consolado e acarinhado por um montão de duplas, na maioria gente mais velha e muito bonita, era tremendamente agradável. Perry queria mais daquela droga.

Quando o grupo retomou as atividades, Rick Ambrose o reteve, prendendo-o numa gravata evidentemente destinada a ser vista como um gesto afetuoso.

"Você se saiu muito bem", disse Ambrose, soltando-o.

"Pra ser sincero, achei que eu fosse ter uma punição rigorosa."

"Não achou aquilo rigoroso? Eles realmente baixaram o cacete."

"Acho que me deram uma boa surra."

"Mas tem uma coisa." Ambrose baixou a voz. "Não sei se você sabe, mas houve um clima desagradável quando seu pai saiu do grupo. Isso me incomoda e eu realmente não sei o que fazer. Se você quer ficar aqui, preciso saber que seu pai está de acordo. Preciso saber que você está aqui por vontade própria, e não porque há algum problema entre você e ele."

"Ele nem sabe. Eu nem estava pensando nele."

"Bom, vai precisar acertar isso. Ele precisa saber. Estamos entendidos?"

A conversa de Perry com o reverendo, mais tarde naquela noite, foi misericordiosamente breve. Seu pai formou com os dedos um trêmulo teto de campanário e o olhou com tristeza. "Eu estaria mentindo", disse, "se não lhe contasse que sua mãe e eu estamos preocupados com você. Acho que você precisa de algum propósito na vida. Se é isso que deseja ser, não vou impedir." A análise de Perry foi que o pai lhe dava tão pouca importância que o fato de ele passar para o campo inimigo nem merecia que ficasse com raiva.

Quando Becky entrou para o Encruzilhadas, ele já aprendera a controlar o jogo. O objetivo era se aproximar do centro do grupo, tornar-se um dos mandachuvas, seguindo as ordens exemplificadas por Ambrose e pelos conselheiros. As regras exigiam comportamentos que iam de encontro à intuição. Em vez de reconfortar um amigo com lorotas, você lhe dizia verdades indesejáveis. Em vez de evitar os desajustados sociais, os incorrigivelmente canhestros, você os procurava e se relacionava com eles (certificando-se, é claro, de que os outros reparavam nisso). Em vez de escolher amigos como parceiros nos exercícios, você (ostensivamente) se apresentava a novatos, manifestando a certeza de que eles tinham um *valor inquestionável*. Em vez de ser forte, você choramingava. Enquanto as lágrimas de Perry na noite do porre de gim tinham sido catárticas, as posteriores vieram com mais facilidade e constituíam uma moeda de troca melhor como meio de se aproximar do núcleo central. Por se tratar de um jogo, ele era bom naquilo e, embora as intimidades obtidas mediante cálculos teóricos não fossem as mais estimulantes, Perry sentia que as outras pessoas valorizavam genuinamente suas percepções e eram genuinamente afetadas por suas demonstrações emocionais.

A pessoa que ele temia não estar enganando era aquela cuja aprovação de fato importava, Rick Ambrose. Ele o admirava entre outras coisas por sua fé intelectualmente plausível em Deus. O próprio Perry ainda não tinha ouvido nada vindo de Deus. Talvez as linhas tivessem caído ou quem sabe simplesmente não existisse ninguém do outro lado. Numa tediosa tarde de verão, ele tinha percorrido página por página de uma revista religiosa de seu pai e, para fins meramente histriônicos, substituíra com uma caneta esferográfica todas as referências a "Deus" por "Steve". (Quem era Steve? Por que cargas d'água gente que parecia mentalmente sã falava tanta coisa sobre Steve?) Porém a ideia de Ambrose era tão elegante que Perry se perguntava se ela conteria alguma substância. A ideia era que Deus podia ser encontrado nos relacionamentos, não na liturgia e nos rituais, e que a maneira de cultuá-Lo e se aproximar Dele consistia em emular Jesus Cristo em suas relações com os discípulos, exercitando a honestidade, a acareação e o amor incondicional. Ambrose tinha um jeito de falar sobre essas coisas sem dar a impressão de ser louco. Inspirara Perry a bolar uma teoria de como todas as religiões funcionavam. Aparece um líder suficientemente desinibido para empregar palavras de todos os dias numa forma nova e contrária à intuição, o que entusiasma as pessoas ao redor a usarem elas próprias essa retórica — e o simples fato de usá-la cria sensações diferentes de qualquer coisa que elas já tenham conhecido em seu cotidiano; elas acham que sabem quem é Steve. Perry estava totalmente fascinado por Ambrose, sentindo que sua própria excepcionalidade o fazia merecer um lugar ao seu lado; por isso ficou desapontado quando Ambrose, depois daquela noite do gim, pareceu evitá-lo. Foi forçado a concluir que Ambrose detectava a forma fraudulenta com que Perry fazia o jogo do Encruzilhadas e não confiava nele. A outra provável explicação — que Ambrose tinha escrúpulos em avançar na família do Reverendo — havia sido demolida pela atenção visivelmente intensa que ele dedicava a Becky desde que entrara para o grupo.

E agora o perigoso sistema de sorteio, a favor do qual Perry tinha erradamente votado, o pusera junto com ela. Sendo um pequeno verme furtivo e curioso, ele conhecia todos os cantos da Primeira Reformada. No salão de festas, atrás de uma porta que parecia trancada mas não era, havia um espaçoso armário para casacos, para o qual ele levou a irmã depois que as outras duplas se espalharam pelo primeiro andar da igreja. Sentaram-se de pernas cruzadas no chão coberto de linóleo, debaixo de fileiras de cabides de madeira vazios. Uma lâmpada nua iluminava uma tigela de ponche empoeirada, embalagens de copos de papel e dois guarda-chuvas órfãos.

"Muito bem", ele disse, olhos cravados no chão.

"É, muito bem."

"Podíamos usar algum sistema para marcar os papéis e evitar isso."

"Concordo."

Agradecido por ela haver concordado, ele olhou para Becky. Ela ainda não tinha um guarda-roupa adequado para o Encruzilhadas, nenhum macacão, nenhuma calça de pintor, nenhuma jaqueta militar, mas pelo menos estava usando um suéter velho com alguns furos. Ele ainda não acreditava que ela tivesse entrado para o Encruzilhadas, aquilo subvertia a ordem natural das coisas.

"Eu realmente admiro como você é inteligente", ela disse num tom de voz de quem repete alguma coisa decorada, sem olhar para ele.

"Obrigado, irmã. E eu admiro, realmente admiro, como você é sempre sincera. Você tem uma porção de amigos falsos, mas não é falsa. Isso de fato é assombroso." Vendo a boca de Becky endurecer, ele acrescentou: "Não foi isso o que eu quis dizer. Eu não quis criticar seus amigos. Estava tentando dizer alguma coisa positiva sobre você".

A boca de Becky continuava endurecida.

"Talvez devêssemos partir logo para os obstáculos", ele disse. "Suspeito que seja um terreno mais fértil."

Ela concordou com a cabeça. "O que é que eu estou fazendo que seja um obstáculo para você me conhecer melhor?"

Perry se deu conta de que o enunciado do exercício deixava a desejar. Por exemplo, partia do princípio que ele e Becky *quisessem* se conhecer melhor.

"Eu diria", disse ele, "que o fato de que você parece não gostar de mim e de sempre dar a impressão de estar vagamente aporrinhada comigo, inclusive agora mesmo, e não ter tentado manter uma conversa pessoal comigo nos últimos três ou quatro anos, pelo menos nenhuma de que eu me lembre, poderia ser considerado uma espécie de obstáculo."

Ela riu, mas de modo pouco convincente, como se um soluço também tivesse sido uma opção. "Me declaro culpada nos termos da acusação", ela disse.

"Você não gosta de mim."

"Eu quis dizer por nunca termos tido uma conversa pessoal."

O rosto dela, que ele agora tinha a rara oportunidade de observar bem de perto, era impecável. Seus olhos buscaram alguma mácula (o dele possuía várias erupções) ou algum traço subjacente que o prejudicasse (lábios finos, queixo quadrado, nariz torto), e nada encontraram. O mesmo se aplicava ao cabelo longo, liso e reluzente, de uma cor mais rica que o amarelado ligeiramente indeterminado do dele: ela possuía o cabelo platônico de uma adolescente com o qual as outras invejosamente comparavam o delas. Perry podia ver por que o mundo considerava Becky atraente, mas também por que era errado fazê-lo. Uma ausência de negativos não era necessariamente algo positivo. Podia ser uma coisa que apenas não oferecia resistência ao olhar. Como uma bola de soprar invisível na ponta de um fio: intrigadas pela visão de um fio tenso na vertical que acabava em nada, as pessoas o contemplavam de todos os ângulos e concluíam, de tanto observar, que devia ser alguma coisa altamente desejável.

Ele também não gostava dela.

"Então é alguma coisa que *eu estou fazendo*", ela disse. "É essa a ideia?"

"Nessa metade do exercício, é. Estou indicando o que me parece um obstáculo."

"Bem, uma coisa que é uma espécie de obstáculo para mim é o seu modo de falar. Você tem ideia de como soa?"

"Pois então comecemos com as acusações maldosas."

"É disso que estou falando. O modo como você acabou de falar. Como se fosse um aristocrata inglês."

"Eu tenho uma pronúncia do Meio-Oeste, Becky."

A mácula da vermelhidão invadiu o rosto dela. "Como você acha que nos sentimos estando com alguém que sempre nos olha de cima para baixo, como se achasse graça de nós? Que está sempre com um sorrisinho irônico, como se soubesse alguma coisa que não sabemos?"

Perry franziu a testa. Objetar que ele não olhava Judson de cima para baixo, exceto no sentido mais literal, concederia a ela o ponto mais importante.

"Que se comporta como se eu fosse uma débil mental porque tirei nota sete em química."

"Química não é uma matéria pra qualquer um."

"Mas você tira dez nela, não tira? Sem nem se esforçar. Cagando pra isso."

"Pode ser. Mas você também podia tirar dez se quisesse mesmo. Não acho você burra, Becky. Isso é falso."

Ele sentia que estava ficando emotivo, e não havia pontos a ganhar com isso, ali com sua irmã na privacidade do armário de pendurar casacos.

"Estou falando dos meus sentimentos", ela disse. "Você não pode dizer que um sentimento é falso."

"É verdade. Quer dizer que você acha que o fato de eu ser bom na escola é um obstáculo."

"Não. Estou dizendo que nem sinto você *lá*. É como se você estivesse a mil quilômetros de todos nós. Estou dizendo que isso não me faz querer conhecer você melhor."

Embora gozasse de todos os privilégios sociais concebíveis no ginásio, Becky não estava apenas brincando no Encruzilhadas, não estava ali só por curiosidade — isso ele tinha que admitir. Ela vinha fazendo um esforço real, sendo franca sobre seus sentimentos, praticando a honestidade e a acareação, mesmo que ainda falhasse em matéria de amor incondicional. Ela estava na fase inicial de fervor do Encruzilhadas. Ele mesmo tinha atravessado essa fase tão rápido, que em outubro, durante o primeiro retiro de fim de semana do grupo num centro de reuniões cristão à beira de um lago, em Wisconsin, ele havia sentido uma espécie de pena nostálgica do seu colega da décima série, Larry Cottrell, que se aproximou dele solenemente com uma pedra quebrada. O frio no lago havia partido alguns seixos, e um dos mandachuvas tivera a inspiração de dar a alguém metade da pedrinha e manter a outra, como símbolo de que cada um era a metade de um todo único — e aquilo virou moda na hora. Perry, que não conhecia Cottrell bem, ficou emocionado ao receber meia pedra dele seguida de um abraço, mas não pela razão pretendida. O que o emocionou foi a ingenuidade de Cottrell. Perry sabia se tratar de um jogo e Cottrell ainda não. Poderia ficar igualmente emocionado com o fervor de Becky se apenas pudesse entender por que ela, a rainha inquestionável da última série, havia condescendido em entrar para o Encruzilhadas.

Ele estava prestes a perguntar por quê — confrontando-a —, quando ela se lançou na mais extraordinária diatribe.

"O *obstáculo*", ela disse, "é que eu não acredito realmente que você seja uma boa pessoa. Você faz ideia de como tem sido uma loucura para mim no Encruzilhadas? Na minha primeira noite aqui, sabe o que as pessoas ficaram me dizendo? Como meu irmão mais novo era incrível. Emocionalmente sincero, fácil de se relacionar, incrivelmente solidário. E eu me perguntava: estamos falando da mesma pessoa? Na verdade, fiquei pensando se eu não era uma irmã ruim. Quem sabe nunca tivesse me dado ao trabalho de conhecer quem você era de fato. Talvez estivesse muito envolvida comigo mesma para reparar em como você era emocionalmente sincero. Mas sabe de uma coisa? Acho que não é nada disso. Acho que tenho sido exatamente a irmã que você quer que eu seja. Será que eu já disse uma só palavra a papai ou mamãe sobre o que todo mundo sabe sobre você? Bem que eu podia. Poderia ter dito: olha, papai, sabe que o Perry é o maior viciado em drogas da Lifton Central? Sabe que ele não passa um dia do ano sem se drogar? Que sobe para o terceiro andar depois que você vai dormir e usa drogas lá em cima? Que seus amigos são jovens alcoolistas e que todo mundo na escola sabe disso? Eu protegi você, Perry. E tudo o que você faz é rir ironicamente de mim. Você ri ironicamente de todos nós."

"Não é verdade", ele disse. "Acho vocês todos pessoas melhores do que eu. 'Rir ironicamente'? Mesmo? Você acha que eu rio ironicamente do Jay?"

"Judson é como seu bichinho de estimação. Você o trata exatamente assim. Usa o Jay quando precisa e o ignora quando não precisa. Você usa seus amigos. Usa as drogas deles, usa a casa deles. E, juro por Deus, está usando o Encruzilhadas também. É suficientemente esperto para conseguir fazer isso, mas eu percebo o que você está fazendo. Naquele primeiro domingo, quando o pessoal estava falando para mim de como você era incrível, pensei que eu estava louca. Mas sabe quem mais concorda comigo? Rick Ambrose."

Embora o chão de linóleo fosse frio, o armário pareceu superaquecido para Perry, carecendo de oxigênio, batisférico.

"Ele acha você um problema", disse Becky, implacável. "Foi o que me falou."

A mente de Perry começou a trilhar o caminho de imaginar em que circunstâncias ela ouvira isso de Ambrose, porém parou e deu meia-volta. É como se ele tivesse nascido deserdado por sua irmã. Tão logo havia encontrado um jogo em que era craque, um lugar onde o valorizavam por sua habilidade nesse jogo, um adulto a quem ele realmente admirava, aparecia sua irmã e, da noite para o dia, fazia Ambrose voltar-se contra ele, se apropriava de Ambrose.

"Então não é que você não gosta de mim", ele disse, a voz trêmula. "Não é esse o obstáculo. O obstáculo é que você me *odeia*."

"Não. É que..."

"Eu não *odeio* você."

"Nem o conheço suficientemente para ter algum sentimento por você. Acho que ninguém o conhece de verdade. Acho que as pessoas que acreditam que te conhecem estão enganadas. E, cara, você é bom em matéria de usá-las. Alguma vez na vida você fez alguma coisa para alguém que lhe custasse alguma coisa? Tudo o que vejo em você é uma pessoa egoísta, autocentrada e com um prazer egoísta."

Dobrando-se para a frente, Perry se rendeu às lágrimas na esperança de que pudessem abrandar a posição de Becky, de que provocassem um abraço de redenção. Mas não surtiram efeito. Ele lutou para pensar em alguma coisa que tivesse feito para machucá-la, alguma coisa mais visível que os pensamentos ocasionalmente desagradáveis que tinha sobre ela, alguma coisa que explicasse o ódio dela. Incapaz de pensar em uma única coisa, foi forçado a concluir que Becky o odiava por princípio, porque ele era um verme ruim e egoísta. E que ela agora estava prestando um testemunho apenas com o objetivo de corrigir a injustiça abstrata de que outras pessoas o elogiassem.

"Sinto muito", ela disse. "Sei que deve ser difícil ouvir isso. Afinal, você é meu irmão. Mas talvez tenha sido bom você pegar meu nome esta noite, porque eu tenho vivido com você minha vida inteira. Consigo enxergar você melhor do que as outras pessoas conseguem. Eu... eu quero mesmo conhecer você melhor. Você é meu irmão. Mas antes preciso ver que existe uma pessoa que vale a pena conhecer."

Ela se pôs de pé e o deixou no armário como uma cidade arrasada por uma bomba de hidrogênio. Em meio aos escombros, ele reconstruiu dolorosamente a essência do que ela havia dito. *Ela sabia muito mais das atividades extracurriculares dele do que Perry poderia imaginar.* (A única bênção é que Becky parecia não saber que ele vendia drogas para os alunos da sétima série.) *Ambrose achava que ele era um "problema".* (O único consolo era a certeza de que Ambrose ficaria furioso se soubesse que ela tinha traído sua confiança.) *Seu suposto bom comportamento no Encruzilhadas não servia para nada.* (Ao menos ela havia contado que as pessoas falavam bem dele.) *Ele era uma pessoa má. Simplesmente usava Judson.*

Com vergonha e autocomiseração demais para sair do armário, ele ouviu o grupo voltando a se reunir no salão, o zumbido alegre das duplas que tinham trabalhado com sucesso em seus relacionamentos, os comandos de Ambrose, o hábil dedilhar de guitarras, todos cantando "Todas as boas dádivas" e "Você tem um amigo". Perguntou-se se alguém teria reparado na ausência dele. Embora ainda não fosse um mandachuva, era um dos alunos do décimo ano com maior probabilidade de estar presente, uma estrela bem brilhante do céu do Encruzilhadas, e ele certamente notaria se, digamos, uma das estrelas de Órion se apagasse. Quando a reunião terminou, ele ficou esperando uma batida na porta do armário — Becky com remorsos, um conselheiro preocupado, um Ambrose tranquilizador, um membro que o valorizasse ou mesmo alguém que visse a faixa de luz sob a porta quando o salão ficasse às escuras. O fato de que ninguém foi procurá-lo, nem uma só pessoa, lhe pareceu uma confirmação definitiva da avaliação de Becky: ele não era alguém que valia a pena conhecer.

Foi em parte para provar que a irmã estava errada, em parte para se tornar uma pessoa em quem Rick Ambrose confiasse (e talvez preferisse a Becky), que ele tomou uma nova decisão naquela noite. Não pelos motivos mais puros, sem dúvida, mas era necessário começar de algum lugar.

Deixando só dois Quaaludes em seu cofre como um presentinho de Natal a si próprio, ele permitiu que Judson regressasse ao quarto dos dois e saiu às pressas, vestindo o anoraque sob o céu que ameaçava neve, rumo à casa de Ansel Roder. Uma peculiaridade da Casa Paroquial de Merda era que, embora mais necessitada de demolição que de reforma, ela ficava numa área mais chique da cidade do que a residência do pastor principal. Todos os seus velhos companheiros de vício moravam ali perto. Devido à relutância em liquidar as reservas, ele deixara passar o começo das férias de Natal e agora não tinha certeza se encontraria seus clientes regulares atrás do campo de beisebol da Lifton Central, porém Roder era sempre o sr. Liquidez. A mansão revestida de estuque de Roder tinha um torreão redondo com telhas de terracota. Em seu interior havia aposentos com vigas nos tetos em que os móveis menos valiosos eram mais elegantes que os da família de Perry. O aquecimento era de tal qualidade que Roder chegou à porta da frente descalço e de peito nu, como G.I. Joe em férias na praia. "Exatamente o homem por quem eu estava procurando", disse. "Meus alto-falantes estão fazendo um barulho estranho."

Perry seguiu o amigo enquanto subiam as largas escadarias. "Os dois?"

"É. Mas só quando ligo a vitrola; com a fita, não."

"Isso ajuda. Deixe eu dar uma olhada."

Ele não tinha tempo nem vontade de fazer o papel de médico de equipamentos de som, mas uma das maneiras pelas quais equilibrava as contas com seus amigos era aplicando sua destreza versátil aos probleminhas deles, enguiços de aparelhos eletrodomésticos, canos de aquário entupidos, caligrafia para cartazes, falsificação da assinatura dos pais, interpretação de sonhos, qualquer coisa que envolvesse cola ou pinças. No segundo andar, em seu quarto, Roder tocou em alto volume um trecho de "Whiskey Train" em seu potente estéreo, e Perry prontamente diagnosticou e consertou a frouxidão no braço da agulha. Sem cerimônia, tirou as reservas do bolso do anoraque e as jogou na cama de Roder.

Roder arregalou os olhos. "Esse é um presente de Natal principesco, Perry."

"Minha esperança é que você comprasse de mim."

"*Comprar?*"

Entre os dois, tacitamente, havia a questão da permanente generosidade de Roder, e a questão de Perry sempre aceitá-la quando tinha suas próprias drogas e não as dividia com ninguém.

"Preciso de dinheiro", explicou. "Quero comprar uma coisa para Jay no Natal."

"*Realmente.* Então está vendendo... É como aquele conto 'O presente dos Magros'?"

"Magos."

"Não seria engraçado se Jay vendesse seu, sei lá, para comprar um narguilé para você? Et cetera."

"'O presente dos Magos' é mesmo uma história sobre a ironia."

Roder remexeu nas reservas, talvez contando o número de pílulas. "Precisa de quanto?"

"Quarenta dólares seria o bastante."

"Por que simplesmente não empresto a você?"

"Porque somos amigos e eu não sei quando te pagaria de volta."

"Vai cortar grama outra vez no próximo verão?"

"Tenho que guardar dinheiro para pagar a universidade. Há um déficit nos meus rendimentos."

Roder fechou os olhos, tentando entender tudo. "E como você conseguiu comprar essa porra toda? Anda *roubando?*"

As palmas das mãos de Perry começaram a suar. "Nada a ver."

"Mas não acha um pouco estranho se você acabasse queimando esse troço comigo depois de eu ter comprado de você?"

"Não vou fazer isso."

Roder emitiu um muxoxo cético. Era o momento de Perry anunciar, nos termos de sua decisão, que nunca mais iria queimar nada com ninguém. No entanto, de novo a relutância.

"Olha", disse, "sei que não posso ser tão generoso quanto você. Mas, se considerar a coisa racionalmente, não sei que diferença faz para você de quem você comprou, se o resultado é o mesmo."

"Mas faz, e me surpreende que você não entenda por quê."

"Não sou burro. Estou analisando a coisa de forma racional."

"Sabe, por um instante achei, sinceramente, que você estava me dando um presente."

Perry percebeu que havia ferido os sentimentos do amigo, que eles tinham chegado a uma encruzilhada. *Você está disposto a deixar para trás a amizade passiva?* A voz de Rick Ambrose em sua cabeça. *Tem coragem de arriscar o testemunho ativo de uma relação genuína?* Ele não tinha ido à casa de Roder com a intenção de terminar a amizade entre os dois (passiva, cúmplice, baseada no consumo de drogas). Mas a verdade é que tudo o que haviam feito juntos ultimamente era ficar doidões.

"Então, que tal trinta dólares?"

O rosto de Perry também estava suado. "Em parte um presente, em parte..."

Roder havia se virado e aberto uma gaveta da cômoda. Deixou cair duas notas de vinte dólares na cama.

"Você podia simplesmente ter pedido os quarenta dólares. Eu teria dado isso a você." Pegou as reservas e pôs na gaveta. "Desde quando você é *traficante?*"

Outra vez do lado de fora, enquanto descia a Pirsig Avenue, Perry tentou reconstruir por que, quinze minutos antes, ele não pensara em simplesmente pedir o dinheiro a Roder, talvez como um "empréstimo" que ambos sabiam nunca seria quitado, e depois jogar as reservas na privada e dar a descarga, obtendo o mesmo resultado sem ferir o amigo: por que não tinha imaginado que Roder reagiria como reagiu, coisa que agora fazia todo o sentido para ele? Não importa o Perry de nove anos; o Perry de quinze minutos atrás era um estranho para ele! Será que sua alma se modificava cada vez que ele alcançava um novo insight? A própria definição de alma era sua imutabilidade. Talvez a raiz da confusão que sentia estava na mistura entre a alma e o conhecimento. Será que a alma era uma dessas ferramentas criadas para executar uma única tarefa, *saber que eu sou eu,* sendo mutável em todas as outras formas de conhecimento?

Enquanto seguia para o centro comercial de New Prospect, fosse devido às limitações de seu intelecto no tocante aos mistérios da alma, fosse pela dificuldade de reconciliar sua nova decisão com a irrefletida ofensa aos sentimentos de um velho amigo, ele sentiu um pequeno puxão para baixo dentro de si, uma engrenagem falhando, a primeira sombra anunciando o fim da euforia. Em geral, gostava do brilho das lojas numa tarde escura de inverno. Quase todas continham coisas que ele desejava e, naquela época do ano, todos os lampiões da rua exibiam galhos de pinheiros e eram encimados por laços vermelhos que lhe falavam ainda mais alto sobre comprar, receber, sobre coisas novas em folha e úteis para ele. Mas agora, conquanto ainda não tivesse tomado por esta sensação, ele pensou em como seria se sentir insensível às lojas, não querer nada delas, de como as luzes do comércio lhe pareceriam então menos brilhantes, de quão mortos seriam os galhos de pinheiros nos lampiões.

Como se esse sentimento pudesse ser deixado para trás, ele correu até a New Prospect Photo. A câmera que encontrara para Judson era uma Yashica *twin-lens reflex* em perfeitas condições. Estava em um pequeno pedestal branco na vitrine em meio a vinte outras câmeras usadas e novas, e Judson concordara que ela era uma beleza. Quando Perry entrou na loja, mal olhou para a vitrine, mas o branco de um pedestal atraiu sua atenção.

A Yashica se fora.

Presente dos Putos dos Magos.

A loja cheirava ao ácido que vinha do quarto escuro nos fundos. Seu proprietário, um homem com uma careca luzidia, tinha um ar de quem se sentia oprimido e irritado, coisa compreensível numa época em que as farmácias e os shoppings estavam matando seu negócio. Claro que, quando levantou os olhos da lente que estava limpando e viu Perry, um adolescente de cabelo comprido, pensou primeiro que podia ser um ladrãozinho ou alguém que tomaria seu tempo à toa. Perry o tranquilizou ao lhe desejar, com a entonação que chateava Becky, uma ótima tarde. "Estava querendo comprar aquela Yashica *twin-lens reflex* que estava na vitrine."

"Sinto muito", disse o proprietário. "Vendi hoje de manhã."

"Isso é muito desagradável."

O dono da loja tentou interessá-lo numa Instamatic vagabunda e, depois, em algumas câmeras feias e mais antigas, enquanto Perry tentava não demonstrar como se sentia ofendido por essas sugestões. Tinham chegado a um impasse, quando seus olhos bateram num objeto bonito sob o tampo de vidro do balcão: uma câmera de cinema compacta, fabricada na Europa. Chassi de metal polido. Abertura ajustável. Lembrou-se do velho projetor no quarto de depósito, resquício de uma época mais otimista, em que os Hildebrandt ainda poderiam ter se tornado uma família que se reunia para ver filmes caseiros e antes que o reverendo, atacado por vespas, tivesse deixado a câmera cair de um barco a remo.

"Essa aí custa quarenta dólares", disse o proprietário. "Quando nova, custava o dobro em dólares da década de 1940. Mas é uma Regular 8. Precisa carregar a câmera pondo o filme dentro de um saco."

"Posso ver?"

"Custa quarenta dólares."

"Posso ver?"

Quando Perry deu corda na mola principal e olhou pelo delicioso visor, ficou com muita vontade de ter a câmera para si. Será que Judson a dividiria com ele? Exatamente o tipo de pensamento que sua decisão insistia em que devia ser banido.

Por isso o baniu. Saiu da loja quarenta e oito dólares mais pobre, mas palpavelmente mais rico de espírito. Imaginando a surpresa de Judson ao receber não a câmera que haviam ambicionado, mas uma coisa ainda mais elegante e sofisticada, ele teve a certeza de que, pela primeira vez na vida, estava feliz por causa de outra pessoa. A neve tinha começado a cair do céu de Illinois, brancas cristalizações de água tão pura quanto ele próprio se sentia por haver se livrado das reservas. Seus pensamentos tinham se tornado mais morosos, atingindo por enquanto uma velocidade média. Ficou por instantes na calçada, em meio aos flocos de neve que se derretiam, e desejou que o mundo simplesmente parasse.

Da rua veio o ronco de um motor bem conhecido. Ele se voltou e viu o Fury da família freando no sinal da Maple Avenue. A parte de trás do carro estava repleta de caixas de papelão. Seu pai estava ao volante usando um casaco velho cuja falta Perry não tinha notado no armário do terceiro andar. No banco do carona, sentada em um ângulo para encarar seu pai, um braço passado pelo encosto, estava a mãe bonitona de Larry Cottrell. Ela acenou alegremente para Perry e logo depois o reverendo o viu. Nenhuma tentativa de sorriso foi feita. Perry teve a nítida impressão de que apanhara o velho fazendo alguma coisa errada.

Naquela manhã, Becky havia acordado antes do nascer do sol. Era o primeiro dia das férias, no passado seria um dia para dormir, mas neste ano tudo era diferente. Ficou deitada no escuro ouvindo os estalidos e chiados do radiador, o tilintar penoso dos canos abaixo dele. Como se pela primeira vez, apreciou como era bom estar confortavelmente instalada em casa numa manhã fria. Sentiu também como era bom o frio, que tornava o conforto possível: as duas coisas se combinavam como duas bocas.

Até a noite anterior, ela havia relegado as sessões de amassos à categoria de atividades não obrigatórias. Durante cinco anos tinha visto gente à sua volta dando amassos e conhecia garotas que alegavam ter ido até o fim da linha, porém ela não sentia vergonha de sua inexperiência. Vergonha desse tipo era uma espécie de armadilha em que as garotas caíam. Mesmo as verdadeiramente bonitas tinham receio de se tornar impopulares se não agissem da forma como os rapazes queriam que elas agissem. Como sua tia Shirley havia dito: "Se você se vende barato, é esse o valor que o mundo vai lhe dar". Becky nunca tivera como objetivo ser popular, mas, quando a popularidade chegou, descobriu que tinha um instinto natural para gerenciá-la e desenvolvê-la. Ser a namoradinha de algum atleta parecia um evidente beco sem saída. Ela não poderia imaginar como era doce cair, o quanto desejava permanecer caindo e como depois se sentiria transformada ao se ver sozinha na cama.

A luz clareou as janelas sem muita convicção, mantendo monocromático o pôster da Torre Eiffel acima da escrivaninha, a aquarela original da Champs-Élysées que Shirley deixara para ela, o papel de parede com desenhos de pôneis que havia pedido ao pai como presente de dez anos, quando era muito nova para compreender que teria que viver com aquilo para sempre. Na luz cinzenta, o papel de parede ficava mais perdoável. O céu nublado era exatamente o que ela desejava para o dia seguinte à noite em que sua vida tinha se tornado mais séria. Nenhum sol para marcar a hora, nenhuma mudança em seu ângulo para arrancá-la do estado de ter sido beijada.

Quando o despertador tocou no quarto dos pais, uma porta adiante da dela, não foi aquele costumeiro som cruel de todas as manhãs, mas a promessa de tudo o que o dia poderia trazer. Ao ouvir o zumbido do barbeador do pai e os passos da mãe no corredor, ficou surpresa por não haver reparado, até então, em como a vida cotidiana era preciosa e como tinha a sorte de fazer parte dela. As pessoas eram boas. Ela própria era boa. Sentiu-se benevolente com toda a humanidade.

Entretanto, antes de se levantar da cama, esperou que o motor do carro da família pegasse com um guincho na frente da casa e a mãe subisse para se vestir, porque desejava prolongar sua solidão naquele novo estado. Amarrou o cinto do penhoar japonês de seda que Shirley comprara para ela e, sem fazer nenhum ruído, descalça, foi até o banheiro do térreo. A pessoa que se sentou para urinar era uma mulher que havia sido beijada por um homem. Temerosa de descobrir que a mudança era tão invisível fora como importante dentro de si, evitou os olhos daquela pessoa no espelho.

O cheiro remanescente de torradas e ovos a afastou da cozinha e a mandou de volta para o quarto. Era como se seu estômago estivesse sensível porque ela tinha milhares de coisas para começar a fazer ao mesmo tempo. Mas a única em que conseguia de fato pensar em fazer era contar a alguém que tinha sido beijada. Queria contar primeiro ao irmão, mas ele ainda não voltara para casa da universidade. Postou-se na janela da frente e observou um esquilo enraivecido fazer outro subir às pressas pelo tronco de um carvalho. Talvez se tratasse de uma bolota roubada, ou talvez sua mente tivesse ido para lá porque ela mesma havia roubado. O nervosismo no estômago era em parte a adrenalina de um ladrão. Por um instante, o esquilo agressor pareceu contente em deixar as coisas como estavam, porém o conflito se intensificou — perseguição acelerada tronco acima, mais perseguição horizontal, um salto na direção dos arbustos que ladeavam a entrada para a garagem.

Perguntou-se se ele já teria acordado, o que estaria pensando sobre ela, se lamentava alguma coisa.

Do lado de fora de sua porta, Judson estava acordado e falava com a mãe sobre biscoitos doces. Becky não gostava de tarefas domésticas e ficava agradecida por ter um irmão que gostava, sobretudo em dezembro, quando sua mãe tinha o ônus de manter certas tradições que havia inventado para a família, como o preparo de biscoitos açucarados com o formato de árvores de Natal e doces com o formato de bengala. Até onde Becky podia dizer, as festas representavam para a mãe apenas mais uma tarefa, e lhe pareceu que sua própria sensação de bem-estar era alguma coisa abstrata, porque teria sido gentil ela ir se sentar na cozinha, talvez ajudar com os biscoitos, coisa que não queria fazer.

Em busca de um meio-termo, vestiu sua melhor calça jeans desbotada e foi até a sala de visitas com os pedidos de admissão nas universidades (era provável que Perry, a única pessoa que ela estava evitando, não aparecesse antes do meio-dia), instalando-se na poltrona junto à árvore de Natal, cuja decoração era outra tarefa de sua mãe. O cheiro que se desprendia da árvore a fez se lembrar da excitação que sentia, junto com Clem quando crianças, ao ver os presentes empilhados debaixo da árvore; mas agora ela era bem mais velha. A luz que penetrava pelas janelas era mortiça, os sons do preparo dos biscoitos estranhamente distantes. Ela podia estar sentada em algum lugar bem ao norte que cheirasse a coníferas. No rescaldo do beijo, era como se estivesse se vendo de um ponto tão elevado que dava para observar a curvatura da Terra, o mundo tridimensional antes nunca visto se espalhando em todas as direções a partir de sua poltrona.

Ela estava pedindo admissão a seis universidades, cinco delas particulares e caras. Ainda em outubro, os catálogos das universidades tinham sido objetos românticos, promessas com sabores diversos de fuga de uma família na qual ela não cabia mais e de uma escola cujas possibilidades sociais tinha exaurido. Mas depois havia descoberto o Encruzilhadas, que diminuíra sua impaciência para ir embora de New Prospect; e agora, ao abrir a pasta de solicitações, descobriu que o beijo tinha encurtado o futuro de forma mais drástica. Tudo mais além do dia seguinte parecia irrelevante.

Fale-nos sobre uma pessoa que você admira ou com quem aprendeu alguma coisa importante.

Ela removeu a tampa mastigada de uma esferográfica Bic e começou a escrever num caderno de espiral. Sua letra alta e arredondada lhe pareceu infantil naquela manhã. Riscou o que havia escrito e tentou fazer letras mais finas e inclinadas, mais para a frente, mais como a mulher que sentiu ser na noite anterior, no estacionamento atrás do Grove.

A pessoa que eu mais admiro é
Minha família morou no sul de Indiana até quando eu tinha oito anos. Meu pai era o pastor de duas pequenas paróquias rurais. Era uma região de fazendas, mas havia bosques e riachos para explorar com meu irmão Clem. Ao contrário de muitos irmãos, Clem nunca se aborreceu quando eu o seguia. Clem não tinha medo de nada. Ensinou-me a ficar quietinha se uma abelha me incomodasse. Ele gostava de todos os tipos de criatura. Chamava os animais de "criaturas" e tinha curiosidade com relação a todos eles. Certo dia achou uma aranha grande e a deixou andar em cima dele, perguntando depois se podia pô-la no meu braço. Aprendi que as aranhas não mordem se não forem ameaçadas. Havia um tronco sobre um riacho fundo que Clem atravessava como se não fosse nada. Me mostrou como cruzar o riacho sentando no tronco e me arrastando. Acho que a maioria dos irmãos ficariam felizes em deixar sua irmã menor para trás, mas não Clem. Ele tinha uma luva de beisebol que

Foi tomada pelo cansaço. Suas palavras também pareceram infantis. Imaginou que as universidades ficariam encantadas caso escrevesse a respeito do irmão e que seria fácil explicar por que admirava Clem, mas não estava achando mais isso naquela manhã. Talvez porque Clem tivesse vindo para casa no Dia de Ação de Graças e lhe contado, em estrita confiança, que tinha uma namorada em Champaign, a primeira de sua vida. Ela devia se sentir feliz demais por ele, mas na verdade teve a impressão de ter sido deixada um pouco para trás. Até então, apesar de ser mais jovem, ela se considerava a mais esperta e a mais adiantada do ponto de vista social.

Os amigos de Clem no ginásio tinham sido sobretudo do tipo cu de ferro, sujeitos com caspa até nas lentes dos óculos e cheiros corporais desafiadores. Ela sentia pena de que ele não arranjasse companhia melhor, mas Clem declarava não ter inveja da posição social de Becky e apenas algum interesse "sociológico" nos amigos dela. Quando voltava tarde para casa em algum sábado à noite, ela sempre via luz sob a porta do seu quarto. Se batesse, ele deixava de lado o livro que estava lendo ou o problema científico que estava estudando e ouvia, como só ele era capaz de fazer na família, as historinhas dela sobre a vida na corte do rei Artur. Ele fazia avaliações lúcidas sobre os amigos dela que na hora Becky rechaçava ("Ninguém é perfeito"), mas que depois, sozinha, reconhecia serem válidas. Ele era especialmente duro com sujeitos como Kent Carducci, que não parava de convidá-la para sair e que, segundo Clem, atormentava o amigo dele, Lester, no vestiário. Ainda na décima série, ela um dia se aproximou de Kent na hora do almoço e explicou, na frente dos camaradinhas dele, por que nunca sairia com ele: "Porque você faz bullying e é um palhaço". Embora Kent aparentemente tivesse continuado a bater com a toalha úmida na bunda de Lester, Becky, bem sintonizada com a hierarquia do ginásio, detectou que o grupo dominante começara sutilmente a evitá-lo. Ela ficou tentada a comunicar essa vitória a Clem, mas sabia que ele desdenhava até mais o conceito de grupo dominante do que qualquer um de seus membros. No entanto, como reconhecia que aquele era o campo em que ela exercia sua proeminência, Clem nunca a pressionou para abandoná-lo. Como era grata por isso! Sabia que aquela era uma das cem maneiras pelas quais ele a amava. Às vezes Becky acabava cochilando na cama dele e, ao acordar, via que tinha sido carinhosamente coberta com uma manta, enquanto Clem dormia no tapete ao lado da cama. Se não tivesse tanta certeza de que tudo o que Clem fazia era bom e correto, talvez tivesse se preocupado que houvesse algo de esquisito na amizade deles, no fato de que ela se sentia próxima a ele quase como se fossem casados e de um modo que não era saudável, de não sentir repugnância física pelo corpo alto e magérrimo do irmão, pelo rosto cheio de marcas e espinhas dele, como qualquer irmã sentiria.

Mesmo depois que foi para a universidade, ele continuou sendo sua estrela-guia. Houve algumas festas bem desregradas, sem a presença dos pais, a que ela achou necessário comparecer porque ninguém da décima primeira série e quase ninguém da décima segunda tinha sido convidado. Em princípio, Clem odiava esse tipo de exclusividade até mais que seus pais, porém, enquanto o pai dava a Becky lições delicadas sobre a necessidade de se lembrar dos menos afortunados e a mãe reclamava que ela estava cheia de si, Clem compreendia como era importante para Becky ser o centro de tudo. "Só tome cuidado", ele disse. "Não esqueça que você é melhor do que toda aquela cambada." Até certo ponto, ela era protegida nas festas por ter sido a mais votada na eleição das animadoras de torcida da escola, sendo por conseguinte e automaticamente, cocapitã do time, apesar de ainda estar na décima primeira série. Caso erguesse a voz para dizer que odiava uma música, *voilà*, alguma mão invisível levantava o braço da vitrola e punha um disco do Santana. Mesmo assim, a pressão para fazer alguma cagada era intensa. Talvez ela não houvesse rejeitado os baseados já acesos que lhe eram oferecidos se Clem não a tivesse alertado sobre os efeitos de longo prazo da maconha no cérebro ainda não serem bem conhecidos. Na famigerada festa de Ano Novo na casa dos Bradfield, onde havia vômito na neve do quintal e um nojento Jogo da Verdade no porão, ela poderia ter ido para o segundo andar com Trip Bradfield, que tinha vinte anos e era persistente, se não o tivesse visto pelos olhos de Clem.

A festa na casa dos Bradfield tinha sido a última daquele tipo à qual ela compareceu. Sua tia Shirley morreu algumas semanas depois e Becky abandonou a equipe de animadoras de torcida, dedicando-se com mais seriedade aos estudos. Foi Shirley quem a ensinou que ficar em casa e ler um bom livro, deixando as pessoas curiosas sobre onde você estava, podia levá-la mais longe do que se fosse atrás de todas as festas. Não mais dispensada das regras de trabalho da família por causa de suas obrigações como animadora de torcida, ela arranjou um emprego depois das aulas numa loja de flores da Pirsig Avenue. Já estava segura de sua popularidade tempo suficiente para saber que não corria o risco de ser esquecida. De fato, o oposto. Ao deixar a equipe, ela tirou parte do brilho de todas as garotas que ficaram. Shirley havia lhe dado um casaco de lã merino azul-marinho que ia até os tornozelos, e quando ela caminhava pela Pirsig vestida nele depois da escola, acompanhada apenas de Jeannie Cross, sua melhor amiga e leal lugar-tenente desde a sétima série, Becky podia sentir como as duas eram vistas pelos carros cheios de colegas que passavam por elas. A definição de Shirley para aquilo tinha sido *aura de mistério*.

Ela se forçou a pegar de novo a caneta. Seus planos para o dia se baseavam em terminar a redação antes do almoço.

Numa ~~quente e úmida~~ tarde de verão, Clem e eu estávamos explorando a área perto de uma casa de fazenda onde havia um cão grande e feroz preso por uma corrente. Até mesmo Clem teve um pouco de medo daquele cachorro. ~~Bem,~~ ~~d~~De algum modo, o cão não estava preso naquele dia e, depois de pular uma cerca, começou a correr atrás de mim. Mordeu meu tornozelo e eu caí. Eu poderia ter ficado gravemente ferida se Clem não tivesse se jogado em cima do cachorro e começado a lutar com ele. Quando a mulher do fazendeiro chegou para nos socorrer, era Clem que estava gravemente ferido. O cão tinha mordido seu rosto e seus braços, fazendo com que ele precisasse levar ~~trinta quarenta cinquenta~~ quarenta pontos. Teve a sorte de o cachorro não ter aleijado um braço ou atingido uma artéria. ~~Até hoje, sempre que vejo as cicatrizes em seus braços e bochecha me lembro de como ele~~

Sempre faz a coisa certa sem se importar com o que os outros pensam dele

Defende garotos que são importunados sem medo dos que fazem bullying (exatamente como o cachorro)

~~Ele me ajudou a entender que há coisas mais importantes na vida do que ser a~~

Por que aquilo que escrevia tinha que soar como se ela fosse uma boboca? Arrancou a página ofensiva do caderno. Da cozinha veio o cheiro do forno sendo aquecido, a manhã se esvaindo. Ela se sentiu injustamente bloqueada pela ruindade do que estava na página, como se não fosse ela quem registrara aquelas palavras ali.

Depois sua mãe chegou, trazendo um jarro d'água para a sala. "Ah", ela disse. "Você já está de pé."

"Estou", disse Becky.

"Não ouvi você se levantar. Tomou o café da manhã?"

Sua mãe já estava com as roupas que usava para se exercitar, uma blusa de moletom sem forma, calça larga de tecido sintético. Era uma aparência que, Becky achava, resumia bem a diferença entre sua mãe e sua tia, que era esbelta, a mãe era corpulenta e jamais usaria uma blusa daquelas. Enquanto sua mãe se ajoelhava para regar a árvore de Natal, Becky desviou os olhos da iminente exposição das carnes lombares. Outra diferença, essa trágica, entre sua mãe e Shirley era que a mãe estava viva. Shirley havia se mantido magra por fumar dois pacotes de Chesterfield por dia.

Sua mãe perguntou se ela tinha algum plano para se divertir.

"Trabalhar nos meus pedidos de admissão", Becky disse. "Fazer compras de Natal."

"Bom, mas trate de voltar para casa às seis, assim vai ter tempo de se arrumar para a festa dos Haefle. Vamos sair assim que seu pai chegar."

"Eu vou a uma festa?"

A mãe dela se pôs de pé com o jarro. "Dwight convidou todos com as famílias. Perry vai ficar em casa com Judson, e não sei a que horas Clem vai chegar."

"Sinto muito... que festa é essa?"

"Para todos os clérigos. Clem foi conosco no ano passado."

"Eu falei que ia fazer isso?"

"Não. Eu é que estou lhe dizendo agora que você vai."

"Bem, sinto muito, mas tenho outros planos. Vou ao concerto do Encruzilhadas."

Manteve os olhos longe de sua mãe, porém foi capaz de imaginar a expressão em seu rosto.

"Seu pai não vai ficar nada feliz com isso. Mas, se é essa a sua escolha, vamos voltar da casa dos Haefle por volta das oito e meia."

"O concerto começa às sete e meia."

"Não há mal em chegar elegantemente atrasada. Perder uma hora para manter uma aparência de paz nesta época do ano não me parece ser pedir muito."

Becky inclinou a cabeça teimosamente. Ela tinha suas razões, mas não iria explicá-las.

"Como está indo a redação?", perguntou a mãe.

"Vai bem."

"Posso ajudar você com isso, se quiser me mostrar o que já escreveu. Quer que eu ajude?"

Isso foi dito num tom mais melífluo, com a intenção de ser uma oferenda de paz, mas Becky o interpretou como um lembrete de que sua mãe escrevia melhor do que ela, de que Becky não era melhor em nada que sua mãe valorizasse. "Estou pensando", Becky disse, como em revide, "em talvez escrever sobre a tia Shirley."

A mãe acusou o golpe. "Pensei que estivesse escrevendo sobre o Clem."

"É um depoimento pessoal. Posso escrever sobre o que eu quiser."

"Verdade."

Sua mãe saiu da sala. A luz nas janelas clareara um pouco, e Becky ficou contente em sentir que seu ânimo ainda estava intacto. Não é que sua mãe fosse uma má pessoa. Ela simplesmente não entendia o quanto os planos de Becky eram muito mais agradáveis do que ir à festa na casa dos Haefle.

Depois do ataque do cachorro em Indiana, quando a mordida no rosto de Clem foi limpa com iodo e costurada, os braços envoltos em curativos, seu pai tinha voltado de uma reunião na igreja e gritado com ele. *Como você deixou isso acontecer? O que estava fazendo naquela fazenda? Entreguei a você a responsabilidade sobre sua irmã! Ela podia ter morrido! Acontece o tempo todo — crianças até maiores do que Becky são mortas por cachorros! Você estava pensando no quê?* Tudo isso para um garoto de dez anos que tinha se machucado muito ao protegê-la. Depois veio a decreto: a partir de então Clem estava proibido de levar Becky para fora dos limites da propriedade deles, exceto até a estrada rural para irem à escola e voltar. Quando Becky pensava sobre a incomum amizade com Clem, sua mente voltava para a palavra *proibido*. As coisas proibidas eram com frequência exatamente aquelas que o coração mais desejava. As coisas se tornavam mais atraentes *porque* eram proibidas por alguma autoridade cruel e sem compreensão. Quando adolescente, ver a luz sob a porta de Clem bem tarde num sábado à noite era como ver o brilho chamativo de algo proibido. Ela e Clem estavam unidos contra a autoridade que queria separá-los.

Depois do decreto, seu pai decidiu substituir Clem como a pessoa com quem ela passeava. Para Clem, todas as coisas fora de casa eram uma aventura — cipós em que se balançar, poços velhos cuja profundidade podia ser medida jogando seixos dentro deles, centopeias terríveis a serem descobertas debaixo das pedras, vagens a serem cheiradas e depois abertas, cavalos a serem atraídos com uma maçã. Para o pai, a natureza não passava de uma coisa gloriosa mas não específica criada por Deus. Ele falava a Becky sobre Jesus, o que a incomodava, e sobre a vida dura dos fazendeiros locais, o que era mais interessante, porém não tão sábio da parte dele. As histórias que ela podia contar a outras crianças no pátio da escola — os Boylan tinham um filho num asilo de loucos, a sra. Boylan só se alimentava por um canudinho, a mãe de Carl Jackson era na verdade a avó dele — tinham lhe dado o primeiro gostinho da popularidade. Fatos verdadeiros e chocantes sobre adultos eram um sucesso no curso primário.

Depois que a família se mudou para Chicago, seu pai mantivera a "tradição" de levá-la para passear nas tardes de domingo, em geral uma simples volta no Scofield Park. Declinar seu convite quase nunca valia a pena, por causa da culpa que a mãe a fazia sentir. Becky já se sentia suficientemente culpada por se importar muito pouco com a igreja e menos ainda com as pessoas oprimidas; o que ela realmente apreciava era o fato de que o pai a tratava como adulta, a respeitava como tal e continuava contando coisas que talvez não devesse. Ouviu um bocado sobre os sonhos dele de uma vida maior a serviço do cristianismo, suas frustrações por ser o pastor assistente num bairro opulento e habitado sobretudo por brancos — e ela levava tudo o que ouvia para Clem. ("Ele é um *frustrado*", disse Clem, "por ter mulher e quatro filhos." Ou de forma mais maldosa: "Mamãe gosta que você seja a pessoa com quem papai faz longas caminhadas, porque sabe que ele não pode fugir com você".) Em troca, apesar de provocada, ela nada dizia ao pai sobre seus próprios sonhos e frustrações.

Destampou a caneta com os dentes mais uma vez. A primeira leva de biscoitos doces estava assando.

Em 16 de janeiro vai fazer um ano que minha tia Shirley faleceu.

Isso já era melhor. Tinha seriedade e criava uma simpatia imediata pela pessoa que buscava admissão à universidade.

Ela estava sozinha no mundo, havendo perdido seu único e verdadeiro amor na Segunda Guerra Mundial. Eu tive o privilégio de conhecê-la mais tarde na vida, aprendendo com ela a importância da cultura e da elegância, a crença em mim mesma, a coragem diante da solidão e da doença. ~~*Pense minha mãe o que pensar,*~~

~~minha tia não comprou minha afeição.~~ *Eu de fato a amava. Todos os verões, começando quando tinha dez anos, eu passava uma semana no seu apartamento em* ~~Nova York~~ *Manhattan, pequeno mas mobiliado com bom gosto.*

Era verdade que Shirley, ao longo dos anos, comprara muita coisa para ela. E também era verdade que nenhum irmão de Becky tenha ganhado qualquer coisa. E verdade que as roupas novas que ela trazia de Nova York precisavam ser lavadas antes mesmo que as usasse, para eliminar o fedor dos Chesterfields. E que, na primeira visita em 1964, ela chorou todas as noites no sofá-cama da tia (Shirley o chamava de "conversível", como se fosse um carro), com saudade de Clem e por causa da fumaça no apartamento fechado, que lhe fazia arder os olhos. Verdade que, ironicamente, foi sua mãe quem insistiu em que ela aceitasse outra vez o convite de Shirley no verão seguinte como um gesto de caridade. (Só mais tarde, depois que Becky passara a aguardar com ansiedade as viagens a Nova York, sua mãe começou a usar palavras como *fútil* e *irrealista* ao falar da irmã.)

Mesmo no começo, Becky tinha ficado fascinada pela tia. Na primeira e última visita de Shirley à casa de fazenda em Indiana, ela segurou Becky pelos seus ombros de sete anos, olhou com seriedade no fundo dos olhos dela e a informou de que a menina estava fadada a ser uma beldade. Foi incrível. Ao contrário de sua mãe, que nunca havia deixado de ser apenas a esposa do pastor, Shirley tinha tido uma carreira como atriz na Broadway, aparentemente nunca como estrela, mas uma carreira de verdade, e Becky tinha se assombrado com a imperiosidade com que ela abria caminho pela massa humana na Feira Mundial de 1964, e de que maneira, quando um garçom ou um balconista se referia a Becky como sua filha, Shirley meramente lançou uma piscadela a Becky, que até então havia seguido o exemplo de Clem e abominava desonestidade. A diferença entre desonestidade e faz de conta, disse Shirley, residia na imaginação artística. Embora fosse óbvio que Becky não possuía essa espécie de imaginação — em Nova York preferia as múmias do Metropolitan aos pintores europeus, os dinossauros do outro lado do parque às múmias, e a loja de departamentos Macy's aos dinossauros —, Shirley lhe disse que isso nada tinha de ruim, porque o mundo das artes e do teatro era todo controlado por homens cruéis, muitos literalmente, perdão pela palavra, uns filhos da puta. E que o melhor para uma mulher era ser a que mandava e apreciava do que a protegida e a não apreciada. Coisa que Becky entendeu, embora Shirley nunca trocasse isso em miúdos, como: ela estaria melhor sendo rica do que talentosa.

Quanto dinheiro sua tia possuía e de onde ele provinha foi algo que ela desconheceu por muito tempo. O apartamento era pequeno, porém Shirley tinha cartões de crédito de todas as lojas de departamentos. Os móveis não pareciam caros, mas os sapatos e as joias eram. A cada visita de Becky, a tia a levava para um jantar luxuoso, porém nunca cozinhava uma refeição. Em vez disso, as duas folheavam um fichário maravilhosamente repleto de cardápios para entrega. E qualquer outra coisa de que Becky necessitasse (leite e biscoitos nos primeiros anos, mais tarde refrigerantes e absorventes femininos) era encomendada para ser entregue em casa com uma chamada telefônica e paga em dinheiro vivo na porta da frente à prova de ladrões. Graças à forma com que estremecia ao se recordar, Shirley transmitia seu permanente horror pela casa de fazenda de Indiana onde previra o destino da sobrinha; a máquina de lavar e secar roupas Maytag, sujeita a convulsões e com seus cilindros de borracha rachados pelo tempo, aparentemente lhe causara uma impressão particularmente traumática. Em compensação, suas roupas de cama chegavam limpas e embrulhadas em papel pardo amarradas com barbante.

Além das compras, do que Becky mais gostava em suas visitas de verão era não precisar fingir que não ligava para status social e que não desejava uma vida futura em que pudesse desfrutar dele. Shirley, metodicamente, a interrogava sobre as profissões dos pais de amigos e amigas dela, bem como sobre o tamanho das casas em que moravam, fazendo Becky ter consciência de que New Prospect não era uma utopia do Meio-Oeste onde reinava a igualdade, como ela poderia ter imaginado, mas um lugar onde o dinheiro contava socialmente e onde apenas uma bela aparência ou alguma habilidade esportiva seriam capazes de compensar sua falta. Na décima série, usando recursos que Shirley havia proporcionado com esse fim, e passando por cima da amarga desaprovação de sua mãe, Becky se inscreveu na escola de dança de New Prospect, chamada Messieurs et Mademoiselles, que tinha sessões mensais. No início, os amigos dela acharam uma bobagem, mas acabaram entrando também. Ainda como emissária de Clem, mas igualmente inspirada pela opinião da tia de que os esnobes eram inseguros e de que os verdadeiros aristocratas eram refinados, ela não evitava os dançarinos mais sebosos e desajeitados, como faziam suas amigas (embora notasse, e apreciasse o que isto significava para seu status, que um rapaz desajeitado ficava ainda mais sem jeito quando ela o surpreendia escolhendo-o como par). A inclusão praticada na M&M era não apenas refinada como também mais valiosa do que a exclusividade para a construção de sua popularidade — o que se comprovou nos resultados da eleição para animadora de torcida no ano seguinte. Ser ao mesmo tempo *temida* e *querida* era uma espécie de feito, representando em sua mente um feliz equilíbrio entre as duas pessoas muito diferentes cujos exemplos importavam para ela.

Na última visita de Becky a Nova York, entre um e outro cigarro, sua tia havia chupado uns losangos medicinais malcheirosos. Apesar da umidade de julho, havia um pigarro em sua garganta do qual não conseguia se livrar. Olhando para trás, Becky se perguntou se Shirley sabia o que aquilo significava, porque a tia não conseguia guardar na cabeça que Becky ainda tinha dois anos de ginásio pela frente, e não somente um. No próximo verão, Shirley disse, logo depois que Becky se formasse, queria levá-la para um grande giro pela Europa: Londres por causa dos teatros, Paris por causa do Louvre, Salzburg por causa da música, Estocolmo por causa das noites brancas, Veneza por causa da atmosfera, Roma por causa das antiguidades. O que ela achava? "Acho", Becky respondeu, "que você quer dizer daqui a *dois* verões." É triste admitir, mas ela não compartilhava da impaciência da tia. Ver Paris era uma boa ideia, mas o favoritismo de Shirley não estava caindo bem em casa, e um grande giro pela Europa significaria um nível totalmente diferente de despesas. Além disso, à medida que ficava mais velha, as sementes de crítica plantadas por sua mãe haviam se transformado na percepção de que Shirley era meio doida e de que não tinha amigos íntimos. Becky ainda a amava e valorizava seus insights. Compreendia, como aparentemente sua mãe era incapaz de fazer, o quanto Shirley invejava a irmã mais nova por ter um marido e uma família; sabia o quanto ela era sozinha. Mas, num mundo ideal, Shirley e seus cigarros não eram a companhia que Becky teria escolhido para visitar a Europa.

Quatro dias depois de Becky voltar de Nova York, antes mesmo de escrever sua carta de agradecimento para a tia, sua mãe recebeu um telefonema de Shirley e caiu no pranto ao terminar. Suas lágrimas eram apropriadas, mas mesmo assim surpreendentes: uma lição sobre o poder do amor fraterno superando a antipatia fraterna. A própria Becky não chorou ao receber a notícia da mãe: o câncer lhe parecia tão aterrador quanto irreal. Suas lágrimas vieram mais tarde, enquanto escrevia a carta de agradecimento e tentava imaginar como iria terminá-la (Fique boa logo? Espero que em breve você esteja se sentindo bem?), e outra vez, quando Shirley lhe mandou um exemplar do guia *Fodor's* para a Europa, repleto de frases sublinhadas e anotações, junto com uma carta em que discorreu em detalhes sobre as passagens de trem na Europa e falou em vencer o câncer e em como seria importante, nos difíceis meses à frente, ter alguma coisa em vista para o "próximo verão".

Naquele outono, a mãe de Becky se tornou real para ela, uma pessoa de uma capacidade de independência que até então ela não tinha sido. Fez duas longas viagens a Nova York, onde Shirley estava fazendo a radioterapia. Quando Becky perguntou se podia ir também, sua mãe não somente não a desencorajou, como disse que seria um presente maravilhoso para a tia. Porém Shirley não quis que Becky fosse, não quis que a visse no estado em que se encontrava, não queria que se lembrasse dela daquele jeito. Becky poderia ir na primavera, quando os tratamentos tivessem terminado e ela tivesse recuperado alguma coisa de sua forma habitual. Se tudo corresse bem, as duas iriam fazer a viagem da vida delas nas capitais históricas da Europa.

Ela morreu sozinha num quarto do Hospital Lenox Hill. Não houve enterro. Foi como Eleanor Rigby.

Quando eu era mais jovem, pensava que a elegância dela não exigia nenhum esforço, mas, ao conhecê-la melhor, vi que não era nada disso. Agora penso em todas as coisas que ela fazia dia após dia para passar uma impressão corajosamente boa. Todos os materiais de maquiagem no banheiro, o vaporizador de Chanel nº 19, as meias que jogava fora se tivessem um só fio corrido, as velhas luvas brancas que usava para ler o jornal e não ficar com os dedos sujos de tinta, a xícara com borda dourada em que tomava chá com o dedo mindinho levantado como uma dama. E para quê? Simplesmente para manter sua dignidade num mundo onde ia sozinha ao teatro ou a um concerto. Não admira, eu pensava, que suas pequenas rotinas significassem tanto para ela. Ela me transmitiu muitas percepções sobre minha própria vida, mas também sobre a vida de pessoas que acordam sozinhas todas as manhãs e reúnem coragem para sair da cama, para se fazer presentes. Sempre fui abençoada por ter muitos amigos. Eu era "popu-

lar", e às vezes me sentia vaidosa por causa disso. Tudo mudou quando Shirley morreu. Ela me fez admirar de maneira diferente as pessoas solitárias no mundo.

A mãe de Becky tinha ido a Nova York pela última vez, a fim de cremar o corpo de Shirley e tratar de seus bens. Voltou para casa com uma velha mala de palha de Shirley que continha um casaco de vison, a aquarela, brincos de prata, um bracelete de ouro e outras recordações, todas para Becky, que chorou quando sua mãe as mostrou.

"Eu entendo por que você está chorando", disse sua mãe com frieza. "Mas você não deveria ver a sua tia com uma aura romântica. Tudo o que ela fez foi cometer *erros* a vida inteira. Na verdade, erro pode ser uma palavra muito branda para descrever o que ela fazia."

"Pensei que você estava triste", disse Becky.

"Ela era minha irmã. Impossível não sentir pena dela." O coração de sua mãe pareceu amolecer, mas só por um instante. "Eu devia saber que as pessoas não mudam."

"O que você quer dizer com isso?"

"Shirley era o tipo de mulher que não queria saber de outras mulheres. Só queria saber de homens. E teve muitos na sua época de ouro. Mas, curiosamente, nenhum deles ficou com ela. Os bons descobriam depressa o tipo de pessoa com quem estavam lidando, os ruins a desapontavam, e ela odiava homossexuais. Nunca conheci o homem com quem ela se casou, mas acredito que ele tinha algum dinheiro de família. Deixou para ela uma pensão anual quando morreu no Pacífico, e foi bom que tivesse deixado, porque ela não era uma atriz mesmo. Era um rostinho bonito que sabia decorar suas falas. Quando seu pai e eu nos mudamos para Nova York, ela estava 'entre um papel e outro'. E ainda estava entre papéis quando fomos embora. Vivia num mundo de fantasia onde ninguém reconhecia seu talento e todos os homens ou a exploravam ou a decepcionavam. Mas talvez o próximo fosse diferente. Era uma das pessoas mais infelizes que conheci."

A frieza dessas palavras chocou Becky. "Mas é muito triste", disse.

"Sim, é mesmo", confirmou sua mãe. "Por isso eu não me importava de você ir lá no verão. Você tem uma cabeça boa, um bom coração, e só Deus sabe como ela era solitária."

"Se ela não gostava de outras mulheres, por que gostava de mim?"

"Eu também me perguntava por quê. Mas pessoas como ela nunca mudam."

Oito meses se passaram até Becky conhecer a razão da frieza de sua mãe. Foi no dia em que fez dezoito anos, que caiu num sábado. Jeannie Cross havia organizado uma festa fabulosa à qual compareceria todo mundo que importava. Todos queriam ver Hildebrandt ficar bêbada, esse era o objetivo declarado de Jeannie, e — Deus a perdoe — a intenção particular de Becky. Ao contrário de seu dissoluto irmão menor, ela sempre fora sensível à posição do pai como um homem do clero, à inadequação de a filha de um pastor ficar de porre. Mas agora já tinha idade para votar, e seus instintos sociais lhe diziam que era hora de misturar um pouco as coisas. Encerrado o turno do almoço no Grove — ela tinha largado o emprego de florista e arranjado outro menos idiota —, correu para casa a fim de tomar um banho, vestir-se e jantar cedo com a família. A casa paroquial parecia estranhamente vazia. Havia raios de sol de outubro na sala de visitas, um cheiro tênue de bolo assado. Ela subiu para o seu quarto e ficou surpresa ao ver a mãe sentada em sua cama.

"Você precisa subir comigo", ela disse.

"Preciso tomar um banho", Becky disse.

"Você pode fazer isso depois."

No terceiro andar, encontraram seu pai esperando no escritório, as janelas abertas, o ar fresco do outono lutando contra a atmosfera abafada naquilo que se assemelhava a um sótão. Ele fez sinal para que Becky se sentasse. A mãe fechou a porta e continuou de pé. Becky ficou bastante alarmada. Era como se estivesse sendo punida pelo excesso de bebida que ainda não tinha ingerido.

"Marion?", disse seu pai.

Sua mãe limpou a garganta. "Como você sabe", ela disse a Becky, "minha irmã me designou como inventariante. O que tenho a lhe dizer vou dizer como inventariante. Sua tia lhe deixou muito dinheiro. Agora que você tem dezoito anos, o dinheiro é seu. O testamento não especifica que seja mantido num fundo. Tudo o que diz... Russ, pode ler?"

Seu pai abriu uma gaveta fechada à chave e retirou um documento.

"'Para minha sobrinha Rebecca Hildebrandt deixo a soma de treze mil dólares para um grande giro pela Europa, a ser feito em minha memória.' É tudo o que foi dito. Nenhuma menção a fideicomisso ou fundos."

Becky abriu um largo sorriso, não pôde impedir.

"Depositei ontem na sua conta de poupança", disse a mãe.

"Uau!"

"Era minha obrigação legal", disse a mãe. "O advogado explicou que podíamos esperar até você fazer dezoito anos, mas não mais. As instruções da Shirley foram claras."

"Uau. Muito simpático da parte dela."

"Não tem nada de simpático", disse seu pai. "É uma herança tola, precisamos falar sobre isso."

"Treze mil dólares", disse a mãe, "é quase tudo o que sua tia possuía. Deixou uns poucos mil dólares para vários museus, mas você é a maior beneficiária. Se você morresse antes dela, todo o dinheiro iria para os museus."

Agora Becky viu o problema. Caso não tivesse visto, sua mãe tratou de deixá-lo bem claro: Shirley não apenas ignorara Clem, Perry e Judson, mas havia determinado que Becky usasse o dinheiro para uma coisa frívola. Tinha vivido num mundo de fantasia até o fim, e mesmo depois. "Ela sabia muito bem como eu ia me sentir com isso. Era parte da equação."

Portanto, tudo tem a ver com você, Becky pensou.

Seu pai talvez tenha pensado a mesma coisa, porque sugeriu que Marion deixasse os dois a sós. Quando ela saiu, ele engatou o tom delicado de pai para filha. "Não consigo acreditar que você já tem dezoito anos. Parece que foi ontem que trouxemos você do hospital."

Quantas vezes Becky já tinha ouvido que parecia ontem?

"Mas aqui está você com dezoito anos, e quero que pense com muito cuidado sobre esse dinheiro. Você não está legalmente obrigada pelas palavras do testamento de sua tia, e treze mil dólares me parece um bocado de dinheiro para gastar numa viagem à Europa. A menos que se hospede no Ritz, daria para viajar por dois anos com essa quantia."

Hospedar-se no Ritz, pensou Becky, era exatamente o que Shirley havia pensado.

"Não posso lhe dizer o que fazer, mas acho que você poderia honrar as intenções de Shirley usando uma pequena parte do dinheiro para ir ao exterior no próximo verão. Se quisesse fazer alguma coisa simpática para sua mãe, poderia levá-la consigo. Mas, repito, não estou lhe dizendo o que fazer…"

É sério?

"Mas há também uma questão de justiça. Sei que você gostava muito de Shirley, e ela de você, mas de fato eu acho que ela devia estar tentando ferir sua mãe com esse testamento. Sua mãe e eu amamos todos os filhos igualmente, e achamos que vocês todos devem ser tratados de forma idêntica. Para o bem ou para o mal, não somos uma família rica. Sua mãe e eu queremos que todos estudem numa universidade, e um quarto da herança faria uma grande diferença para cada um de vocês. Não posso lhe dizer qual é a coisa certa a fazer..."

É sério?

"Mas espero que você pense cuidadosamente em como vai proceder. Faz isso por mim?"

"Está bem", disse Becky.

"Sei que não é fácil. Treze mil dólares é um monte de..."

"Já entendi", ela disse. "Não precisa falar mais nada."

"Só quero que você saiba que sou muito..."

"Já disse que entendi. Está bem?"

Ela se pôs de pé num salto, correu para o quarto e abriu com um repelão a primeira gaveta da cômoda, onde guardava sua caderneta de poupança. De fato o saldo havia sido atualizado: era de 13 753,60 dólares. Dinheiro que havia ganhado quando foi batizada, dinheiro dos seus aniversários, pagamentos pelas horas passadas com aquele avental verde ridículo de florista, gorjetas e salários do Grove, tudo isso somava 753,60 dólares. Querida tia Shirley! Ela sabia o que Becky queria, e foi até melhor por ser inesperado. Becky nunca sonhara, nem por um instante, que sua tia houvesse lhe deixado algum dinheiro; a pequena mala de tesouros tinha sido suficiente. Só agora, ao imaginar a cifra na caderneta reduzida a uma triste mixaria, sua mente se reacendeu com racionalizações gananciosas. Talvez ela não fosse legalmente forçada a seguir a letra do testamento, mas não estaria moralmente obrigada a honrar o espírito do que foi determinado? Não seria um insulto à memória de Shirley se submeter à vontade do pai? E por que ela devia dar qualquer coisa ao seu pequeno irmão maconheiro, que provavelmente, de qualquer maneira, poderia obter uma bolsa integral em Harvard? Não haveria mais dinheiro para Judson no futuro, quando o pai tivesse sua própria igreja e houvesse menos bocas para alimentar? A única pessoa com quem ela se sentia inclinada a dividir era Clem.

Na festa daquela noite, ela bebeu rapidamente dois copos de gim com Seven Up, depois do que foi possível ir mais devagar sem ser notada. O principal efeito do álcool foi criar uma sensação potente mas nebulosa de importância, de estar prestes a ter uma grande e deliciosa epifania. À medida que a excitação passou, a sensação de importância também definhou, deixando para trás um pequeno e amargo insight: ela estava entediada. Não se importava com quem estivesse namorando quem, que tipo de peça havia sido pregada no time da Lyons antes da partida de futebol americano. O mundo estava cheio de lugares melhores.

É por causa de uma herança que recebi da Shirley, depois de sua morte trágica, que tenho condições de considerar a possibilidade de frequentar uma universidade particular. Ela nunca cursou uma universidade, tendo sido uma atriz conhecida na juventude e se dedicado inteiramente à sua carreira, mas amava as coisas superiores na vida e entendia mais de arte, teatro, música e alta-costura do que ~~muitos peritos~~ qualquer pessoa que eu tenha conhecido. Foi com ela que aprendi a sonhar grande e realmente me tornar alguém. É um privilégio ter a oportunidade de me educar de uma forma que ela nunca pôde, conhecendo mais sobre o mundo. Pretendo aproveitar essa oportunidade por completo.

Leu o que havia escrito e torceu o nariz. Não parecia existir um caminho de volta para o sentimento puro que havia tido por Shirley até sua mãe empaná-lo com críticas. Ou talvez a manhã seguinte ao dia em que tinha sido beijada simplesmente não fosse uma boa hora para sentir admiração. Considerando o estado em que se encontrava, até ficou feliz de haver escrito alguma coisa.

Fechou o caderno e foi para a cozinha, onde Judson estava pondo açúcar colorido numa bandeja de biscoitos. Pela porta aberta do porão subiam os sons da máquina de lavar roupa.

"Estão muito bonitos, Jay", ela disse.

"Preciso de um utensílio melhor. Gruda na colher."

"De qual você gosta menos? Aposto que posso fazer ele desaparecer."

"Esse aqui", ele respondeu, apontando.

Ela comeu o biscoito e imediatamente teve vontade de comer outro.

"Há alguma coisa especial que você queira no Natal? Alguma coisa que não contou a ninguém?"

"Ninguém pergunta."

"Perry não perguntou?"

Judson hesitou e sacudiu a cabeça.

"Eu estou perguntando", ela disse.

"Lápis coloridos", ele disse, prestando atenção aos biscoitos. "Com cores interessantes."

"Entendido. Esta fita se autodestruirá em cinco segundos."

"Se você ou qualquer de seus agentes da força for apanhado ou morto, o ministro dirá que não tem nenhum conhecimento de suas ações."

"Acho que eles são agentes da Missão Impossível."

"Foi o que eu imaginei."

"Você é um bom menino", ela disse, esbanjando bom humor.

"Obrigado."

Como a mãe ia subindo com passos pesados a escada do porão, ela fugiu mais uma vez para o quarto. Vendo a cama desarrumada, teve vontade de se deitar de novo, para voltar ao seu beijo. O dia já parecia estar durando mais que o normal, e mal começara.

Todos supunham, e especificamente seu pai, por causa do ciúme que sentia, que Rick Ambrose era a razão pela qual o Encruzilhadas tivera uma explosão de popularidade. De acordo com Clem, no entanto, havia duas razões, e a outra era Tanner Evans. Os pais de Tanner foram membros da Primeira Reformada e ele frequentara a escola dominical com Clem, tendo participado com o pai de Becky do primeiro campo de trabalho no Arizona. Tanner era um sujeito simpático, de boa família, e também um músico talentoso, o garotão mais sofisticado da New Prospect, um dos primeiros a usar cabelo comprido e calça boca de sino. No entender de Clem, o Encruzilhadas bombara quando Tanner convidou seus amigos músicos, homens e mulheres, brancos e negros, para as reuniões de domingo. O Encruzilhadas se tornou um evento tanto musical quanto religioso. A sofisticação de Tanner fazia contrapeso à intensidade de Ambrose.

Tanner havia adiado sua ida à universidade a fim de aprimorar suas habilidades e compor canções. Apresentava-se regularmente nas noites de sexta-feira nos fundos do Grove, onde eram servidas bebidas alcoólicas. Ele e sua namorada, Laura Dobrinsky, a contrapartida feminina dele no Encruzilhadas, tocavam juntos numa banda chamada Bleu Notes. Laura era baixa e meio gorducha, mas tinha uma impressionante cabeleira ondulada e um rosto enfeitado por óculos de armação de arame com lentes cor-de-rosa. Sua voz, ao cantar um solo, fazia as paredes tremerem e partia corações. Ela era uma das primeiras hippies de New Prospect, um sim ambulante à pergunta: "Você tem muita experiência?". Era difícil imaginar Tanner com qualquer outra pessoa, por isso, quando Becky foi trabalhar no Grove, começou a cruzar com ele, que lhe perguntou como ia Clem na universidade e mandou lembranças a seus pais, ela pressupôs que era apenas uma irmã menor com quem Tanner, sendo um sujeito simpático, estava sendo simpático.

Na noite anterior a seu aniversário de dezoito anos, depois que terminou seu turno de trabalho, ela se postou na porta dos fundos do Grove e ouviu a última música tocada pela banda Bleu Notes antes do primeiro intervalo. A voz e o bigode de Tanner lembravam James Taylor, e ele usava um casaco de camurça com franjas. Suas mãos eram fortes e magras de tanto tocar guitarra, os lábios carnudos e fascinantes quando cantava. Terminada a música, Becky se virou para ir embora, quando o ouviu chamá-la. Tanner veio driblando as mesas do bar e fez sinal para que se sentasse com ele. Laura Dobrinsky havia desaparecido.

"Há uma pergunta que venho querendo lhe fazer", ele disse. "Por que não participa do Encruzilhadas?"

Becky franziu a testa. "Por que eu deveria participar?"

"Hum... porque é uma experiência incrível? Porque você é membro da Primeira Reformada?"

Na verdade, ela não era membro da igreja. Era claramente uma pessoa tão distante de religião que seus pais nem haviam se dado ao trabalho de pressioná-la para participar.

"Mesmo que eu quisesse fazer parte do Encruzilhadas, coisa que não quero", ela disse, "não faria por causa do meu pai."

"O que seu pai tem a ver com isso?"

"O grupo não o expulsou?"

Tanner fez uma careta. "Eu sei. Foi uma situação bem ruim. Mas estou perguntando a você, e não a ele. Por que não quer entrar para o Encruzilhadas?"

Verdade que Clem havia participado do grupo de jovens antes de se chamar Encruzilhadas, e ele era ainda menos religioso que ela. Mas Clem gostava de ajudar os pobres, sobretudo nas excursões ao Arizona, e era generoso por natureza (ou deliberadamente perverso) na escolha de suas companhias.

Becky detestava a aparência do pessoal do Encruzilhadas, as calças de pintor deles, as blusas de flanela, assim como o jeitão de superioridade no refeitório do ginásio, a proximidade ostensiva, a indiferença deles com a hierarquia. Embora o próprio Clem houvesse criticado a hierarquia, ele nunca se mostrara arrogante com seus membros dominantes. A turma do Encruzilhadas, sim.

"Eu apenas não quero", ela disse a Tanner. "Não faz meu gênero."

"Como sabe que não faz seu gênero se não tentou?"

"Por que você se importa se eu devo tentar ou não?"

Tanner deu de ombros, agitando as franjas do seu casaco de camurça. "Ouvi falar que Perry está indo. Pensei: 'Isso é legal, mas e a Becky?'. Me pareceu estranho que você não participasse do grupo."

"Perry e eu somos muito diferentes."

"Certo. Você é Becky Hildebrandt. A rainha das festas. O que todos os seus amigos iriam dizer?"

Era agradável que ele tivesse prestado atenção a ponto de conhecer a posição social dela. Mas Becky sempre odiou ser objeto de qualquer gozação. "Não vou entrar para o Encruzilhadas. Não tenho que lhe dizer por quê."

"Não será porque você tem medo do que possa conhecer sobre si mesma?"

"Negativo."

"Mesmo? Acho que você está com medo."

"Eu sou o que sou."

"Deus também disse isso."

"Você acredita em Deus?"

"Acho que sim." Tanner se inclinou para trás na cadeira. "Acho que Ele está nos nossos relacionamentos, se eles são honestos. E o primeiro lugar em que tive relacionamentos honestos e me senti perto de Deus foi no Encruzilhadas."

"Então por que puseram meu pai para fora?"

Tanner deu a impressão de estar genuinamente pesaroso. "Seu pai é um grande sujeito", disse. "Adoro ele. Mas as pessoas não conseguiam criar um vínculo com ele."

"Eu consigo criar um vínculo com ele. Então acredito que há algo de errado comigo também."

"Opa. Isso é um clássico ataque passivo agressivo. Você não escaparia com uma dessas nem por cinco minutos no Encruzilhadas."

"Perry é um tremendo embromador, e parece estar se dando muito bem lá."

"Quando olho para você, vejo a menina que tem tudo, a garota que todas as outras gostariam de ser. Mas por dentro você sente tanto medo que mal consegue respirar."

"Talvez eu esteja prendendo a respiração até poder escapar desta cidade."

"Você foi escolhida para coisas maiores e melhores."

Ela não estava acostumada a zombarem dela. Em qualquer lugar de New Prospect, a mera ameaça de seu desdém tinha peso. "Só para você saber", ela disse num tom gélido que quase sempre só sentia necessidade de empregar com sua família, "não gosto que zombem da minha cara."

"Desculpe", disse Tanner. "Simplesmente me parece um desperdício você prender a respiração por um ano. O esperado é que você esteja vivendo. Essa é a maneira de honrar a Deus — estar presente no aqui e agora."

Enquanto Becky tentava pensar numa resposta ferina, Laura Dobrinsky reapareceu. A grande nuvem de sua cabeleira cheirava a maconha fumada no frio ar outonal, que claramente havia endurecido os mamilos visíveis através da blusa de crepe e por debaixo da jaqueta desabotoada de motociclista. Ela se sentou de costas para Tanner, montada numa perna dele.

"Estou dizendo à Becky que ela precisa entrar para o Encruzilhadas", disse Tanner.

Só então Laura pareceu ter reparado em Becky. "Não é para todo mundo", ela disse.

"Você amou", disse Tanner, suas belas mãos cruzadas sobre o ventre de Laura.

"Gostei da intensidade. Nem todos gostam. Houve quem se fodeu com aquilo."

"Quem, por exemplo?"

"A Brenda Maser. Ela teve uma crise nervosa no retiro da primavera."

"Teve é um faniquito", disse Tanner, "porque o Glen Kiel a largou um dia antes do retiro para ficar com a Marcie Ackerman."

Laura perguntou se Becky conseguia imaginar alguém chorando como um bezerro desmamado por vinte horas seguidas. "Começou com uma gritaria", ela disse. "A pessoa grita e depois para, só que Brenda não parou. Eu vim no carro do Ambrose com ela ao voltar para casa. A gente a abraçava, a deixava sozinha, nada funcionava. No final só ficamos lá ouvindo ela chorar. Meio que querendo estrangulá-la para que ela parasse. Chegamos na casa dela e Ambrose a entregou aos pais. Como se dissesse: aqui está a filha de vocês, parece haver um problema, não fazemos a menor ideia do que seja."

Becky tentou imaginar Clem num retiro, gritando, e não conseguiu.

"Não foi uma crise nervosa", disse Tanner. "Brenda foi à escola na manhã seguinte."

"Ah, tá bom." Laura presenteou Becky com um sorriso cômico e excessivamente brilhante. "Só vinte horas chorando. Como não é uma crise nervosa?"

Outra coisa que Becky havia gostado na tia era seu desdém. Shirley o exibia constantemente, com frequência empregando uma linguagem picante. Depois que ela morreu e sua mãe pronunciou sua sentença, Becky entendeu como o desdém tinha sido um mecanismo de sobrevivência da tia, que dispunha de poucas outras defesas contra um mundo que não se importava com ela. Para a própria Becky, o desdém era uma medida usada mais em emergências, só quando alguém, de forma direta, tentava fazê-la se sentir mal. Ao sair do Grove naquela noite, abalada por um incomum sentimento de inferioridade, ela tentou invocá-lo, porém não havia nada a desdenhar em Laura Dobrinsky exceto sua pouca altura, o que Becky, mesmo naquela emergência, viu que não era justo. Laura era a Mulher Natural sobre quem Becky a tinha visto cantar com seu vozeirão, e também não havia nada a desdenhar em Tanner. Foi para a cama naquela noite se perguntando se Tanner tinha razão sobre ela — se ela realmente estava com medo da vida. O enfado que sentira em sua festa de aniversário na noite seguinte foi outro sinal de que precisava começar a viver.

Se Shirley não houvesse lhe deixado treze mil dólares, ela talvez não tivesse escolhido o Encruzilhadas como o local onde começar. Intuía que aparecer no Encruzilhadas causaria um choque delicioso naqueles que prestavam atenção a esse tipo de coisa. Se por acaso gostasse de lá, Tanner seria mais respeitoso com ela e, se achasse que era uma idiotice, bem, então teria algo para desdenhar. Porém sabia como seu pai detestava Rick Ambrose. Não estava exatamente *proibida* de entrar no Encruzilhadas, mas bem poderia ter sido.

Só depois de ele ter feito aquele discurso sobre o dinheiro de Shirley é que Becky resolveu desafiá-lo. Não que achasse que ele estava errado. Entendia que sua tia maluca a tinha elegido como favorita e que lhe cabia tornar tudo mais justo repartindo o dinheiro. No entanto, sentia-se traída de uma forma que não a feria menos por infantilidade. Quantas vezes sua mãe lhe havia dito que ela era particularmente querida pelo pai? Quantos passeios idiotas tinha dado supondo serem muito importantes para ele? Se tivesse sabido que ele ia se intrometer na herança dela antes mesmo que pudesse se entusiasmar com ela, nunca teria ido a todos aqueles passeios. Que sentido tiveram, se tudo o que resultou deles foi um sermão sobre justiça? Seu pai nem mesmo esperou que ela encontrasse seu próprio caminho rumo a um impulso generoso. Foi vapt-vupt, divida o dinheiro com seus irmãos. E se era para falar de justiça, quem havia feito tudo por Shirley, escrito para ela, sacrificado dias valiosos de férias de verão por ela, ficado acordada em seu conversível com os olhos e o nariz agredidos pela fumaça? Se seu pai gostava tanto dela, não deveria ao menos ter reconhecido isso?

Ela convidou Jeannie Cross para irem juntas ao Encruzilhadas. Jeannie teria enfrentado uma saraivada de balas pela amiga, e poderia preferir isso a visitar um grupo de juventude cristã, mas Becky explicou que Tanner Evans a havia desafiado a ir. Jeannie ficou devidamente impressionada.

"Você tem andado com o Tanner Evans?"

"Só o encontrei por acaso. Conversamos."

"Ele não está com aquela sujeitinha?"

"Laura? Está. Ela é legal."

"Quer dizer..."

"Já disse que foi por acaso."

"Você sairia com ele se ele pedisse?"

"Ele não vai pedir."

"Já posso ver a coisa toda", disse Jeannie. "Vocês dois juntos."

"Você não viu como é o jeito dele com a Laura."

"Você sabe do que estou falando. Alguma hora você vai ficar com alguém. E, meu Deus... Tanner Evans? Quase já vejo vocês dois juntos."

Da mesma forma como agora, de repente, Becky também via. Bastava imaginar como aquilo seria visto por pessoas como Jeannie, seria a confirmação triunfal de seu status, uma lição punitiva para todos os rapazes de menor gabarito que imaginaram poder namorá-la — e o pensamento se instalou em sua mente. Por que, afinal, Tanner a desafiara a tentar o Encruzilhadas? Isso não era uma prova de seu interesse por ela? Até mesmo as zombarias dele — talvez principalmente elas — eram uma prova disso.

Desde o envolvimento de Clem com o grupo, ela sabia que era preciso usar roupas simples, mas ela não era a guardiã de Jeannie. Quando Jeannie foi apanhá-la no Mustang prateado que seus pais haviam lhe dado, a amiga vestia um elegante conjunto de calça e blusa com um colete de brocado que devia ter custado uma fortuna, além de estar pesadamente maquiada. Becky sentiu pena de Jeannie, mas não era ruim ter uma amiga com roupas exageradas para se sentir mais adequada do que ela. A sala de reunião do Encruzilhadas estava entupida de pessoas cujo nome ela conhecia e para quem já dirigira risinhos amigáveis nas salas de aula e nos corredores, mas que jamais sonhara em encontrar socialmente. Num canto havia um grupo de corpos entrelaçados, como num jogo desordenado de Twister, no qual seu irmão Perry estava por baixo, empenhado numa luta de cócegas com uma garota gorda de macacão, o rosto dele vermelho de felicidade, numa visão bem estranha. Becky e Jeannie se sentaram com duas ex-amigas da Lifton Central. Uma delas, Kim Perkins, animadora de torcida que descambara para a promiscuidade e para as drogas, deu um abraço de boas-vindas em Becky e acariciou sua cabeça como se ela, e não Kim, tivesse sido a transviada. Kim também tentou abraçar Jeannie, mas Jeannie ergueu a mão para evitar o contato.

E assim as coisas continuaram. No salão de festas do térreo, Becky se entregou às atividades, embora Jeannie não conseguisse. Quando as pessoas grudaram uma folha de papel nas próprias costas e passaram a escrever mensagens nas costas umas das outras com canetas de ponta de feltro, Becky garatujou *Espero que nos conheçamos melhor!* ☺ *Becky* em vários papéis, parando apenas para que escrevessem algo nas costas dela, enquanto Jeannie, com ar infeliz em seu conjunto de calça e blusa, se pôs de lado franzindo a testa e olhando para a caneta como se seu funcionamento fosse um mistério. Depois o grupo formou um círculo de corpos entrecruzados, a cabeça de um sobre a barriga do vizinho. O único objetivo do exercício consistia em começar a rir como grupo e sentir sua cabeça subindo e descendo na barriga do vizinho que ria, enquanto outra cabeça subia e descia sobre sua barriga. Mas para Becky, posicionada entre dois rapazes com quem jamais falara, pareceu estranho que tivesse passado a vida cercada de barrigas, todas bem conhecidas de seus donos como a dela por si própria, todas potencialmente passíveis de serem tocadas, mas que quase nunca o eram. Estranho que uma possibilidade sempre presente só raramente fosse aproveitada. Ficou com pena quando o exercício terminou.

"Agora vamos nos dividir em grupos de seis", disse Rick Ambrose. "Quero que cada um de nós no grupo fale sobre alguma coisa que fizemos de errado. Alguma coisa de que temos vergonha. E depois que cada um de nós fale sobre alguma coisa que fizemos de que nos sentimos orgulhosos. A ideia aqui é ouvir, entendido? Realmente ouvir. Nos reunimos todos aqui de volta às nove."

Não querendo ficar num grupo em que não conhecesse ninguém, Becky se agarrou ao que Kim Perkins estava formando e deixou Jeannie se arrumar como pudesse. Um amigo de Perry, David Goya, tentou entrar no grupo de Kim, mas Rick Ambrose se pôs diante dele e barrou seu caminho. Becky não esperava que o próprio Ambrose participasse do exercício. Ela e os outros o seguiram até o segundo andar e se sentaram no corredor do lado de fora da sala de seu pai. Ao ver o nome de Russ na porta, o peito de Becky se contraiu devido às consequências do que estava fazendo com ele. Ela tinha todo o direito de tentar o Encruzilhadas, mas uma traição era uma traição.

Rick Ambrose era menor do que figurava na demonologia de seus pais. Era como um pequeno sátiro de bigode preto e cascos altos. Seguindo suas próprias instruções, ele ouviu atentamente enquanto um garoto durão que Becky só conhecia de vista contou como quebrou o vidro das janelas da Lifton Central com uma atiradeira depois de tirar uma nota péssima em física, seguido por Kim Perkins com a história de ter tido relações sexuais com um conselheiro do campo de férias de verão cuja namorada era conselheira da cabana dela.

"E você achou isso errado?", perguntou Ambrose.

"Claro que foi sacanagem minha", disse Kim.

"Eu estou ouvindo você", disse Ambrose, "mas o que estou escutando soa mais como uma bravata. Alguém também está escutando a mesma coisa?"

O que Becky estava escutando era mais como um estupro na forma da lei. A má reputação de Kim vinha de longe, mas de certa forma Becky não acreditara inteiramente nos rumores sobre ela. Becky era três anos mais velha do que Kim era quando esteve naquele campo de férias de verão, e Becky ainda nem havia beijado ninguém. Que história poderia contar quando chegasse sua vez? Comportamento irresponsável nunca fizera parte de seu estilo.

"Gostei de poder ter ele", disse Kim. "Gostei de como foi fácil. Talvez eu tenha me orgulhado disso. Mas quando voltei para minha cabana e vi a namorada dele, aí me senti péssima. Ainda me sinto péssima. Odeio ter sido alguém que era capaz de fazer isso com qualquer pessoa. Só porque eu podia."

"Agora estou ouvindo bem", disse Ambrose. "Becky?"

"Também estou ouvindo."

"Quer nos dizer alguma coisa sobre você?"

Ela abriu a boca, porém não saiu nada. Ambrose e os outros aguardaram.

"Na verdade", ela disse, "eu agora estou me sentindo mal por causa da minha amiga Jeannie. Fiz ela vir comigo esta noite e não sei para onde ela foi."

Olhou para suas mãos. A igreja estava muito silenciosa, os outros grupos dispersos, suas revelações de culpa um murmúrio distante.

"Acho que ela pode ter ido para casa", disse Kim.

"Certo, então agora estou me sentindo pior ainda", disse Becky. "Ela é minha melhor amiga e eu... acho que sou uma péssima amiga. Aonde quer que eu vá, quero que todo mundo goste de mim, e essa é a minha primeira vez aqui... quero que gostem de mim. Mas devia estar cuidando da Jeannie."

A garota ao lado dela, em cujas costas ela havia escrito sem saber como se chamava, pousou a mão de leve em seu braço. Becky estremeceu e soltou uma espécie de soluço. Era mais emoção do que talvez a situação justificasse, porém qualquer coisa no Encruzilhadas fazia as emoções virem à tona. *Eu quero que gostem de mim* tinham sido as palavras mais sinceras que ela pronunciara em toda a vida. Reconhecendo a verdade delas, curvou o corpo para a frente e se entregou à emoção, enquanto outras mãos a tocaram, mãos de consolo e aceitação.

Só Ambrose se conteve. "O que você está esperando?", perguntou.

Ela enxugou o nariz. "Como assim?"

"Por que não está procurando por sua amiga?"

"Agora?"

"É, agora."

O Mustang prateado ainda estava no estacionamento. Quando Becky se aproximou do lado do motorista, Jeannie ligou o motor e baixou o volume do rádio, que tocava "Save the Country". Abriu o vidro da janela.

"Desculpe", disse Becky. "Você não precisa esperar por mim."

"Você vai ficar?"

"Tem certeza de que não quer voltar? Fico perto de você."

Desça o rio da glória, proclamou o rádio.

Jeannie fez que não com a cabeça. "Pensei que você só estivesse fazendo isso porque o Tanner a desafiou."

"Ele me desafiou a *tentar*. Não a ficar só uma hora."

"Uma hora foi mais que suficiente para mim."

"Sinto muito."

"Está perdoada", disse Jeannie. "Mas juro por Deus, Bex, melhor não dar uma de religiosa pra cima de mim."

Para sua surpresa, ela se tornou religiosa. Começou entediada e querendo que gostassem dela, porém já na primeira noite foi forçada a interagir com jovens menos afortunados que ela, forçada a ouvi-los e forçada, em troca, a expor a pessoa que ela realmente era, sem a proteção do status, e por isso, exatamente como Tanner prometera, viu-se forçada a aprender coisas sobre si própria, nem todas lisonjeiras. O Encruzilhadas não parecia uma entidade religiosa — não havia uma Bíblia à vista, e noites inteiras transcorriam sem referência a Jesus Cristo —, mas nisto Tanner também estava certo: simplesmente por tentar falar de forma sincera, render-se à emoção, apoiar outras pessoas na sinceridade e na emoção delas, Becky experimentou seus primeiros lampejos de espiritualidade. Sentia-se justificando a fé que Clem desde sempre depositara nela como uma pessoa de substância.

Cento e vinte jovens participavam do Encruzilhadas inspirados por um único líder. Nas duas horas das noites de domingo, todos os membros esperavam receber um minuto que fosse da atenção de Ambrose. Nas semanas seguintes, Becky teve em média muito mais que isso. Por duas vezes Ambrose a escolheu como par, elogiou sua coragem de entrar para o grupo e a chamou em debates mais amplos, cumprimentando-a por sua sinceridade. Ela teria mais consciência de gozar tal vantagem se não sentisse uma afinidade natural com ele. As pessoas também tinham medido e comparado o tempo que passavam com Becky; portanto ela conhecia o prazer, mas também o ônus, que isso representava. Além do mais, entrara dolorosamente tarde para o Encruzilhadas — tinha dois anos perdidos de Ambrose para compensar.

Enquanto isso, seu pai mal falava com ela. Na teoria Becky estava triste por magoá-lo, porém não sentia falta dos engodos da proximidade. Ele precisava perceber que ela tinha dezoito anos e o direito de viver a própria vida. O antigo decreto também precisava de punição.

O ato que verdadeiramente exigiu coragem ocorreu no refeitório da escola algumas semanas depois. Ela já havia parado de se maquiar de manhã e passado a só usar calça jeans, nunca saia, mas jamais se sentiu tão claramente visível como no dia em que plantou sua sacola de almoço entre Kim Perkins e David Goya. Eles agiram como se nada tivesse acontecido, porém todos os olhos da mesa habitual de Becky cravaram-se nela, em particular os de Jeannie Cross. Embora Jeannie pudesse estar grata por Becky deixar vago um degrau na escada que sua amiga poderia ocupar, não foi assim que Jeannie viu a coisa. Continuara a levar Becky para a escola em seu Mustang, e Becky ainda gostava de ouvir as fofocas que ela contava. No entanto, uma linha havia sido cruzada quando Becky se sentou na mesa do Encruzilhadas. Jeannie referia-se ao Encruzilhadas como *kumbayá*, aquele fumo feito de ervas e flores, o que não teve graça nem na primeira vez em que usou a palavra. E, embora não tivesse nenhuma prova, Becky desconfiava de que Jeannie já não lhe contava todos os segredos de que tomava conhecimento.

Em compensação, com seu rebaixamento autoimposto, ela subiu no conceito de Tanner Evans. Não apenas a ideia de estar com Tanner permanecia presente, como também, depois que ela se declarou publicamente membro do Encruzilhadas, tal ideia havia adquirido maior urgência. Algumas pessoas que a estavam desvalorizando por ter se tornado religiosa poderiam pensar duas vezes se a vissem com Tanner Evans. Tratava-se de um cálculo, mas seus sentimentos logo aderiram a ele. Imaginou pegar as mãos de Tanner e tocar na ponta de seus longos dedos, um a um. Imaginou as mãos dele cruzadas sobre o ventre dela, como o tinha visto fazer com Laura Dobrinsky. Imaginou-o escrevendo uma música sobre ela.

No Grove, na sexta-feira depois de sua primeira reunião no Encruzilhadas, ela resistiu à vontade de procurá-lo e dizer o que havia feito. Havia gostado da reunião e planejava comparecer à próxima, mas, tão logo viu Tanner chegar com seus violões, ficou na dúvida se não tinha capitulado com muita facilidade. Se oferecesse mais resistência, talvez ele continuasse pressionando-a e fazendo gozações.

A banda Bleu Notes tocou sem a Mulher Natural naquela noite. Quando a primeira parte da apresentação terminou, Becky estava pondo as cadeiras do restaurante vazio em cima das mesas. A vontade estava lá, mas ela resistiu. E foi premiada quando Tanner foi procurá-la.

"Oi", ele disse, "estive com o Rick Ambrose. Sabe o que ele me contou?"

"Não."

"Que você foi mesmo! Não acreditei. Pensei que eu tinha irritado você."

"E irritou."

"Bom, mas pelo jeito funcionou."

"É, por uma vez. Não tenho certeza se vou voltar."

"Não gostou?"

Ela deu de ombros, tentando se manter firme.

"Você ainda está chateada comigo", ele disse.

"Ainda não entendi por que você se importa que eu entre ou não para o Encruzilhadas."

Pôs uma cadeira sobre a mesa, sentindo que ele a observava atentamente. Esperou que ele perguntasse o que ela tinha achado do Encruzilhadas. Em vez disso, ele perguntou se ela queria ficar para assistir à segunda parte da apresentação.

"Não estou autorizada a ir ao salão dos fundos", ela respondeu. "A não ser para receber os pedidos de drinques."

"Você trabalha aqui. Ninguém vai barrar você."

"Onde está a Laura?"

"Foi passar o fim de semana em Milwaukee."

"Bom, então acho melhor eu não ir."

Tanner afastou os olhos, piscando. Ele tinha cílios maravilhosos.

"Está bem", disse. "Isso é legal."

No caminho para casa, e até tarde da noite, ela repassou o que tinha acontecido. Sua oportunidade havia aparecido e desaparecido tão repentinamente que não tivera tempo de raciocinar. Havia dito não porque não considerava ético se insinuar pelas costas de Laura? Ou porque a ideia de ser uma reposição temporária, um quebra-galho, era insultuosa? Se pelo menos ela não tivesse dito não tão depressa! Evitar os assédios masculinos se tornara um reflexo porque, até agora, eles mereciam mesmo ser evitados. Mas e se ela tivesse ficado para a segunda parte da apresentação? E depois conversasse com Tanner e os outros componentes da banda, deixando que ele a levasse para casa, vendo-o no dia seguinte, e no outro, enquanto Laura estivesse em Milwaukee?

Não teve uma segunda chance. Na sexta-feira seguinte, Laura estava de volta ao Grove, fazendo duetos com Tanner e depois acompanhando-se ao piano enquanto cantava "Lá no teto", que Becky evitou ouvir mesmo de longe, fugindo para o banheiro. Naquele domingo, ela quase não foi ao Encruzilhadas, porque não parecia haver mais nada a ganhar com Tanner se comparecesse à reunião. No entanto, quando deu sete horas, sentiu uma pontada de solidão real, sentimento a que não estava habituada. Vestiu o único agasalho ligeiramente surrado que tinha, uma jaqueta de veludo cotelê que ficara pequena para Clem, e saiu às pressas rumo à Primeira Reformada, chegando bem a tempo de Rick Ambrose escolhê-la para fazer dupla com ele.

A instrução era *Partilhe alguma coisa com que esteja lutando e em que o grupo possa ajudar*. Ambrose levou-a para sua sala, que ele tinha o privilégio de usar para os exercícios de dupla, e se ofereceu para ser o primeiro a partilhar. Mantendo os olhos negros baixos de um modo pouco característico, em vez de cravados nos dela, ele falou como se sentia amedrontado com o tamanho e a intensidade do grupo que ajudara a criar, com o poder que tantos jovens haviam lhe dado sobre a vida deles. Era difícil para ele manter a humildade e se preocupava que seu relacionamento com Deus estivesse sofrendo, porque as relações horizontais dentro do grupo eram muito envolventes. "É mais fácil rezar quando a pessoa se sente fraca", ele disse. "É mais fácil rezar pedindo força do que humildade, porque a humildade é justamente aquilo de que você necessita para rezar. Entende o que estou dizendo?"

"Ainda não tentei rezar realmente", Becky disse.

"Esse é o próximo passo", disse Ambrose. "Não apenas para você. Esse grupo começou como uma fraternidade cristã, mas ganhou vida própria. Estou um pouco preocupado com o que desencadeamos. Com o que *eu* desencadeei. Estou preocupado que, se não acabar nos levando de volta a Deus, isso não passe de um tipo intenso de experimento psicológico. Que pode perfeitamente terminar tanto ferindo as pessoas como as libertando."

Mesmo para os padrões do Encruzilhadas, a revelação pareceu extrema a Becky. Ficou lisonjeada por sua franqueza com ela, que entendeu como outro sinal da afinidade entre os dois. Mas ela era apenas uma aluna de ginásio, não sua conselheira espiritual.

"Sei que é um assunto desagradável", ela se ouviu dizendo, "mas uma coisa em que meu pai é bom é em manter a religião acima de tudo. Isso sempre me incomodou. Mas será que não foi uma boa contribuição que ele deixou para o grupo?"

Ambrose fez uma careta. "Compreendo o que você está dizendo."

"Quero dizer, é muito legal o que você está fazendo. Eu não sou de rezar. Gosto de não ter que fazer isso. Mas..."

Mas o quê? Sugerir que seu pai fosse readmitido no Encruzilhadas? Estremeceu ao pensar nele e em suas conversas sobre Jesus Cristo nas reuniões das noites de domingo. Ela sairia do grupo no minuto em que ele voltasse.

"E você?", Ambrose perguntou. "Está lutando contra o quê?"

Para mostrar reciprocidade à franqueza de Ambrose, ela lhe contou o que sentia por Tanner Evans. Que ele havia sido a razão de ela ter entrado para o Encruzilhadas. Que, se não estivesse enganada, Tanner também se interessava por ela. Que desejava estabelecer um relacionamento com Tanner, mas não achava correto se meter entre ele e Laura. O que devia fazer?

Se Ambrose ficou surpreso, não demonstrou. "Gosto muito do Tanner", disse. "Não sei se alguém já teve uma experiência melhor do que ele neste grupo. Se todos fossem como ele, eu não me preocuparia com o rumo que estamos tomando. Ele realmente encontrou o caminho de volta para Deus, e fez isso de uma bela maneira, de um jeito leve."

"Mas a Laura...", Becky insinuou.

"A Laura me aporrinhou o tempo todo. E respeito isso. Se a Laura tem um problema com alguém, a pessoa vai ficar sabendo logo."

"Está bem."

"Mas Tanner é suave, e isso tem seus prós e contras. Não sei lhe dizer o que é correto fazer. Mas posso lhe passar a minha impressão: Laura é quem sempre comandou aquele relacionamento. Para Tanner foi mais como o caminho de menor resistência."

Informação útil.

"Talvez", Becky disse, "eu deva simplesmente me manter distante?"

"Se quer segurança, sim. Você quer segurança?"

Ela já sabia que *segurança*, assim como *agressão passiva*, era um palavrão no Encruzilhadas. Segurança era o oposto a correr riscos, sem os quais o crescimento pessoal não acontecia.

"Não é tarefa sua esconder seus sentimentos", disse Ambrose. "Cabe a Tanner lidar com eles e com os próprios sentimentos dele."

Como seu pai, ele havia lhe dito o que fazer enquanto declarava que não, mas não a aborreceu que Ambrose tenha feito isso. O problema estava em como mostrar seus sentimentos. Ela adorava segurança! Toda a sua vida tinha se organizado em volta disso! Mas, tendo jogado fora a chance com Tanner, agora cabia a ela algum tipo de iniciativa, e não lhe agradava a ideia de ela ir atrás dele. Seria extremamente inseguro, sem falar da dificuldade de administrar a situação caso Laura estivesse por perto — e, de todo modo, ela não sabia se faria bem. Então, em vez disso, e como uma medida apenas parcialmente insegura, decidiu escrever uma carta para ele.

Querido Tanner,
    Eu estava mentindo quando disse que ainda estava aborrecida com você. Na verdade, tenho para com você uma grande dívida de gratidão por me levar ao Encruzilhadas. Depois de apenas três semanas, sinto que estou crescendo como pessoa e assumindo novos riscos. Você tinha razão ao dizer que eu estava simplesmente prendendo a respiração. Bom, parei de fazer isso. Estou tentando ser mais franca a respeito dos meus sentimentos, e um deles é que eu gostaria de conhecê--lo melhor. Se você sentir o mesmo, talvez possamos nos encontrar em alguma hora e fazer um passeio ou coisa parecida. Eu gostaria muito.
    Sua amiga (espero),
    Becky

A carta, que escreveu e copiou três vezes para acertar o tom, a aterrorizou. Fechou-a num envelope, o rasgou para ler de novo, voltou a fechá-la em outro envelope e depois a escondeu em sua cômoda. Estava esperando para entregá-la pessoalmente a Tanner, na próxima vez em que o visse, quando Clem voltou da universidade para o Dia de Ação de Graças.

Ficou feliz que seu pai o tivesse trazido da estação ferroviária, assim pôde excluí-lo quando convidou Clem para dar uma volta com ela. Desde o verão, Clem tinha deixado crescer uma espécie de barba, e o cabelo ficara mais comprido, além de haver adquirido um casaco preto de marinheiro. Ele parecia bem mais velho do que apenas três meses. Enquanto caminhavam sob a luz baixa do fim do dia — ele com seu casaco de marinheiro, ela com a jaqueta de veludo cotelê que havia sido dele —, Becky teve a sensação eufórica de sua condição iminente de adulta, da recém-descoberta força dos dois como um par de irmãos mais velhos. Eles eram a próxima geração. Tinham que ser tratados com respeito.

Pelas cartas da mãe, Clem havia sabido que Becky entrara para o Encruzilhadas. Aprovou, embora se perguntasse por que ela tinha feito aquilo.

"Estava com raiva do papai", ela disse.

"Por quê?"

"Estou mais interessada em saber por que *você* entrou lá. Quero dizer, agora que estou lá e sei do que se trata. Alguns daqueles exercícios..."

"Até o papai sair, os exercícios não eram uma coisa tão importante. Fiquei pelo trabalho e pela música. O treinamento de sensibilidade era simplesmente um preço a pagar. Havia muitos outros caras como eu que podíamos escolher como companheiros e conversar sobre livros ou política."

"Você alguma vez participou de um exercício de gritar?"

"Com esse eu não me importava. Era melhor que abraçar. Você saía pela sala abraçando as pessoas. O problema é que a) havia garotos que ninguém queria abraçar e b) como você podia saber se a pessoa queria ser abraçada? Você tinha que perguntar se ela queria, e a resposta devia ser sim. Lembro que eu cheguei perto da Laura Dobrinsky, perguntei pra ela e recebi um não como resposta. Ela disse que só topava fazer coisas que realmente tivesse vontade. Eu agradeci, que bom que isso ficou claro entre nós, Laura. Eu realmente estava preocupado, sem saber se você queria me abraçar."

"O que você acha da Laura?"

"Ela tem um grande dom para humilhar as pessoas. Você não acredita como ela falava com o papai. Estava no centro de toda aquela confusão."

"Eu não sabia disso."

"Não foi só ela, mas a Laura sem dúvida foi a líder."

Embora na época Clem houvesse lhe explicado, Becky tinha apenas uma vaga noção do motivo que levara seu pai a sair do Encruzilhadas. Seu entendimento foi que ele pregava demais e Rick Ambrose havia lhe pedido que saísse. Ela não estava se sentindo muito leal a ele, mas se ofendeu ao pensar em Laura ferindo seu pai. "O que ela fez?"

"A cena toda foi horrível. Não dá nem para te contar."

"Tenho conversado com o Tanner Evans no Grove. Ele e a Laura tocam lá todas as sextas-feiras."

"Bom sujeito o Tanner."

"Eu sei. É meio estranho que esteja com a Laura."

"Como assim?"

"Bom, quero dizer, os dois são músicos. Mas ele é tão simpático, e alto, e ela tão... quase uma anã. Entende o que estou dizendo?"

Clem respondeu asperamente. "Não é culpa de a Laura ter essa altura, Becky."

"Não, claro que não."

"Você não devia se prender às aparências."

Becky sentiu-se fustigada. Tinha feito, pensou, uma observação inofensiva — que a aparência de Tanner era extremamente agradável e a de Laura nem tanto. Só quis que Clem concordasse que eles pareciam estranhos juntos. Em vez disso, ele se pôs a relatar como Tanner e seus amigos músicos tinham dobrado o tamanho do Encruzilhadas. Ela gostou de ver confirmado o status social de Tanner, mas Clem dava a impressão de haver mudado mais do que só no físico. Não era apenas a barba, o cabelo, o casaco de marinheiro. Era que ele parecia mais interessado em falar do que em ouvi-la. Sentados a uma mesa de piquenique no Scofield Park, vendo as sombras das árvores se alongarem sobre a grama amarelada, ela conheceu a razão disso.

O nome da razão era Sharon. Estava no terceiro ano da Universidade de Illinois, e ele a conhecera numa aula de filosofia. Contando a Becky como tivera a ousadia de convidar Sharon para sair, e como naquele dia tiveram uma discussão acirrada sobre o Vietnã, e como era maravilhoso encontrar uma mulher capaz de sustentar um debate com ele, Becky teve a sensação sem precedentes de não querer detalhes, de estar ela própria menos interessada em ouvir. A antipatia que sentiu de Sharon, assim como o desconforto que lhe causou ouvir sobre a felicidade de Clem, eram inadequados. Pareciam confirmar, olhando para trás, a inadequação de outras coisas na amizade dos dois. Quando ele passou a discorrer entusiasticamente sobre como tinha sido uma revelação sentir pela primeira vez uma poderosa atração animal, e um intenso prazer animal (com o que aparentemente se referia a um ato sexual completo), e que revelação isso seria algum dia para Becky, quando ela estivesse preparada, para conectar-se com sua natureza animal, os ouvidos dela começaram a zumbir e ela precisou se afastar da mesa de piquenique.

Clem pulou da mesa e a seguiu. "Sou um tremendo idiota", disse. "Você não queria ouvir nada disso."

"Tudo bem. Fico contente de que você esteja feliz."

"Só queria contar para alguém, e você é a pessoa a quem eu sempre quero contar. Você sempre vai ser essa pessoa, Becky. Sabe disso, não sabe?"

Ela fez que sim com a cabeça.

"Tudo bem se eu lhe der um abraço?"

Levou um segundo para ela entender a piada. Riu, e as coisas voltaram a ficar bem entre eles. Por isso Becky contou sobre o dinheiro de Shirley e o que o pai havia dito. A resposta de Clem foi: "Foda-se. Quero que ele se foda".

Tudo estava bem com eles outra vez.

"Falando sério, Becky, isso é uma sacanagem tão grande! O dinheiro é seu. Você mereceu ele inteirinho, a Shirley amava você. Você pode fazer o que bem entender com ele."

"E se eu der metade para você?"

"Para mim? Não me dê nada. Vá para a Europa, vá para uma grande universidade."

"Mas e se eu *quiser* que você aceite? Você podia se transferir para uma universidade melhor no ano que vem."

"Não há nada de errado com a Universidade de Illinois."

"Mas você é mais inteligente do que eu."

"Negativo. Nunca tive uma vida social."

"Mas se a Universidade de Illinois é boa para você, por que não seria para mim?"

"Porque... eu não me importo com essa rapaziada vinda das fazendas. Não ligo para o tipo de quarto em que durmo. Você devia ir para a Lawrence ou para a Beloit. Esse é o tipo de lugar em que vejo você."

Também era o tipo de lugar em que ela se via.

"Mas com seis mil e quinhentos dólares", ela disse, "eu ainda podia ir para esses lugares. E você podia economizar sua metade para o mestrado."

Só então Clem entendeu que ela estava lhe oferecendo milhares de dólares. Com voz mais calma, ele explicou que ela tinha duas opções: ficar com todo o dinheiro ou dividi-lo igualmente. Escolhê-lo iria magoar Perry e Judson, cairia muito mal. E como três mil dólares não era uma quantia que fosse fazer diferença para ninguém, apesar do que o velho pudesse pensar, ela devia ficar com toda a quantia.

A análise dele fez todo o sentido — Clem era de fato mais inteligente que ela, além de ter mais consideração pelo sentimento das outras pessoas e ser menos ganancioso —, e Becky se sentiu indiscutivelmente feliz de ficar com todo o dinheiro. Mas sua gratidão a fez querer partilhá-lo ainda mais com ele.

"Não posso aceitar", ele disse. "Não vê como cairia mal?"

"Mas papai vai me matar se eu ficar com tudo."
"Deixe eu falar com ele."
"Você não tem que fazer isso."
"Não, eu quero. Estou de saco cheio dessa merda moralista e beata."

Já era noite quando voltaram para a casa paroquial. Clem seguiu direto para o terceiro andar e, sentada em sua cama um andar abaixo, foi estranho para Becky ouvir o pai e ele brigando por sua causa. Becky não conhecia Sharon nem queria conhecer, mas lhe parecia improvável que Sharon entendesse de verdade como Clem era bom. Ele desceu e apareceu na porta do quarto dela.

"Pus ele nos trilhos", disse Clem. "Me avise se papai voltar a aborrecer você."

Sua caderneta de poupança, que vinha irradiando mal-estar na gaveta, se tranquilizou quando a soma de cinco dígitos ficou assegurada. Ela era dona daquela quantia, e isso lhe parecia correto uma vez que era a irmã que mais queria o dinheiro e que tinha a ideia mais clara do que fazer com ele — e agora Clem, o único juiz que importava, havia garantido que aquilo estava certo. Seu pai não poderia ser mais frio com ela do que já era e, quando a mãe manifestou sua própria infelicidade, Becky a desarmou convidando-a para ir com ela à Europa no próximo verão e prometendo gastar o resto do dinheiro em educação. Embora originalmente essa não fosse a ideia, o convite se comprovou uma jogada brilhante. Marion não tinha um grande interesse egoísta em visitar a Europa, mas a vida em família era como um microcosmo do ginásio. Sua mãe não era popular e o convite de Becky foi generoso.

Na noite seguinte ao Dia de Ação de Graças, ela levou sua assustadora carta ao Grove e a pôs no bolso do avental. Muito nervosa, misturou pedidos, por duas vezes levou o molho de salada errado ao mesmo cliente e deixou de ganhar a gorjeta de um pai irado que teve que ir atrás dela para receber a conta. Por que ela ainda estava trabalhando no Grove? Tinha treze mil dólares. Se simplesmente pudesse entregar a carta, pensou, poderia também abandonar o emprego. Mas a sala dos fundos estava repleta de amigos e fãs de Tanner vindos das universidades para passar o feriado com a família e, quando a primeira parte da apresentação terminou, um monte de admiradores bloqueou o caminho dela até ele.

Em algum ponto perto dela, enquanto hesitava pelos cantos, veio a voz de Laura Dobrinsky. "Ouvi dizer que você entrou para o Encruzilhadas."

Becky olhou para baixo e enrubesceu. A baixinha de óculos cor-de-rosa em quem ela tencionava passar uma rasteira estava acendendo um cigarro.

"Tanner convenceu você, não foi?"

"Bom, é a minha igreja."

Laura sacudiu o fósforo e franziu a testa. "Você frequenta a igreja?"

"Está falando aos domingos?"

"Não sabia que você frequentava a igreja."

"Acho que você não me conhece."

"Quer dizer que sim?"

Becky não viu por que aquilo interessava. "Estou dizendo que você não me conhece."

"É, e talvez eu também não conheça o Encruzilhadas. Fico bem feliz de ter saído quando saí."

Mais uma vez Becky sentiu uma onda de calor. "Sinto muito... Você tem algum problema comigo?"

"Só de modo geral. Espero que seja uma boa experiência para você."

Deixando Becky trêmula, Laura mergulhou no meio dos rabos de cavalo oleosos e jeans bordados que cercavam Tanner, distribuindo alguns dos abraços que não tinha tido vontade de dar em Clem. *Só de modo geral?* Até agora, pelo menos, Becky não havia feito nada mais ameaçador que entrar para o Encruzilhadas. Era quase como se a Mulher Natural tivesse sentido o cheiro da carta que ela levava.

Não vendo a menor chance de pegar Tanner sozinho, voltou para casa com a carta. O envelope agora tinha uma mancha de azeite, mas ela não aguentava abri-lo de novo. Também não aguentava guardar a carta por mais uma semana. Pensou em mandar pelo correio, mas não sabia se Tanner ainda morava com os pais: tinha apenas uma vaguíssima ideia da vida dele fora do Grove. Estava prestes a procurar o nome de Tanner no catálogo telefônico, quando se lembrou das palavras *frequentar a igreja*.

De manhã, perguntou à mãe se ela já tinha visto Tanner nas cerimônias dominicais. Com um olhar e uma pausa, a mãe sinalizou que a curiosidade de Becky sobre Tanner tinha sido notada. "Não na cerimônia das nove", respondeu. "Mas acho que o vi aos domingos. Você pode perguntar a seu pai."

Nada a ver com seu pai aquela história. No domingo de manhã, depois que os pais tinham ido com Judson participar da primeira cerimônia, e enquanto Clem e Perry dormiam, ela pôs um vestido recatado e foi andando até a Primeira Reformada com a carta na bolsa. Exceto pelo culto de Natal à meia-noite (que, como tudo no Meio-Oeste, acontecia uma hora mais cedo), ela não tinha comparecido a nenhuma cerimônia desde que a escola dominical terminara. Os rostos dos velhos paroquianos se iluminaram com prazer e surpresa quando ela atravessou o vestíbulo acarpetado do templo. Sua mãe, com um vestido de igreja, e o pai, com as vestes sacerdotais, conversavam com alguns frequentadores do culto das nove que tinham se demorado no intervalo para o café. Judson lia um livro sentado num canto, esperando a hora de ser levado para casa. Ao ver Becky, o sorriso astuto de sua mãe deixou claro que ela sabia a razão de sua presença ali.

Pegando um programa distribuído pelos ajudantes, ela se sentou na última fileira de bancos e esperou para ver se havia entendido bem a curiosa pergunta de Laura. Será que ela também viria? Da forma como se referiu a *frequentar a igreja*, Becky duvidava. O organista começou a tocar alguma coisa cujo compositor sua tia saberia identificar, enquanto os retardatários ocupavam os bancos. A cada um que chegava, Becky se virava para ver se era Tanner, até que se deu conta de que estava se virando para trás com demasiada frequência. Alisou a saia, dobrou o programa até transformá-lo num pequeno triângulo e fixou os olhos na enorme cruz de madeira e bronze pendurada atrás do altar. Quanto mais a contemplava, mais estranha ela parecia. O fato de ter sido fabricada em algum lugar, com as mesmas ferramentas que faziam armários e móveis úteis... Fabricante de cruzes: que emprego estranho das nove às cinco! E pago de que forma? Com o dinheiro que as pessoas inexplicavelmente, em troca de nada, depositavam nas bandejas de madeira e bronze das coletas de óbolos, possivelmente fabricadas pelo mesmo operário.

O Tanner que entrou sozinho na igreja pouco depois das onze horas quase não se parecia com o Tanner que ela conhecia. Estava usando um casaco esporte axadrezado bem careta e uma gravata de verdade, embora de má qualidade e com o nó frouxo. Acomodou-se no banco do outro lado do corredor, e Becky voltou a olhar para a plataforma do altar, onde seu pai e o reverendo Haefle entravam por uma porta lateral, mas sua pele soube exatamente quando Tanner se virou e a viu: ela se sentiu invadida por uma onda de calor. A música cessou e Tanner, sem erguer de todo o corpo, atravessou o corredor e foi se sentar ao lado dela.

"O que é que você está fazendo aqui?", ele sussurrou.

Ela sacudiu a cabeça para fazê-lo se calar.

"Deus todo poderoso", seu pai entoou em tom de prece no púlpito; e isso foi tudo o que ela escutou antes de seus ouvidos ensurdecerem. Ele era um homem alto e bonito, mas, para Becky, a túnica negra que usava e a devotada sinceridade de sua maneira de falar mais do que negavam qualquer posição que tivesse como homem no mundo. Permaneceu imóvel, mas crispada por dentro, contando os segundos até que ele se calasse. Com uma lucidez proporcionada por seu retorno depois de longa ausência, se deu conta de quanto sempre devia ter odiado ser filha de um pastor. Os pais de seus amigos projetavam edifícios, curavam doenças, processavam criminosos. Seu pai era como um fabricante de cruzes, só que pior. Sua fé sincera e santimonial exalava um odor que sempre ameaçou grudar nela, como o cheiro dos Chesterfields, só que pior, porque não saía nem lavando.

Mas então, quando a congregação se pôs de pé para cantar "Gloria Patri", Tanner, ao lado dela com seu ridículo casaco esporte, soltou a voz com força e clareza, enquanto ela murmurava timidamente. E quando Becky tentou erguer a voz para entoar *Como era no começo, é agora e sempre será*, ela sentiu uma centelha estranha de desejo, enterrado em alguma parte de seu ser, o desejo de pertencer a alguma coisa e acreditar nela. Perguntou-se se o desejo talvez sempre tivesse estado lá, se tinha sido apenas seu pai, a vergonha que sentia dele, o que a impedira de satisfazê-lo. Talvez se a cruz de bronze, sua fabricação, não fosse tão idiota... O assombroso talvez era que, dois mil anos depois da crucificação de Jesus, as pessoas ainda enchessem as bandejas de coleta de óbolos para fazer cruzes em homenagem a Ele.

Em outra centelha, viu que Laura não gostava de Tanner frequentar a igreja; que aquilo podia ser uma coisa que os separava; que ela, Becky, caso se abrisse para a possibilidade de crer, poderia ganhar uma vantagem imprevista; e que, portanto, poderia ser mais aconselhável, afinal de contas, não entregar a carta a Tanner agora, uma vez que isso sugeriria que entregá-la tinha sido a única razão de Becky ter ido à igreja. Em vez disso, voltaria todos os domingos de manhã.

Os dois dividiram um hinário para cantar "Pela beleza da Terra", o cabelo de Becky tocando o ombro de Tanner enquanto se mantinha inclinada. Depois o reverendo Haefle pronunciou o sermão. Durante o ano em que fora obrigada a assistir a cerimônias inteiras, Becky tinha ouvido imóvel os sermões do pai com medo de que sua inquietação afetasse os demais fiéis, o que a envergonharia como membro da família Hildebrandt, mas os intermináveis tijolaços de abstração lírica de Dwight Haefle a tinham derrotado. Ouvindo-o agora, na esperança de que, alguns anos mais velho, ele pudesse haver alcançado maior discernimento, Becky o seguiu até Reinhold Niebuhr e depois se distraiu admirando as mãos de Tanner. Teve que fazer força para não tocar nelas. Com seu casaco e sua gravata, ele parecia um menino vestido pela mãe para ir à igreja. Haefle havia abordado a importância da humildade, não era um dos temas prediletos de Becky, embora algo em que precisaria trabalhar caso a religião se tornasse uma coisa mais séria para ela; e lhe ocorreu que, para Tanner, deixar em casa a jaqueta com franjas e a bota estilosa tinha a ver exatamente com o que Haefle estava falando. Com exceção daquela uma hora semanal, a sofisticação de Tanner era indiscutível, mas ele se rebaixava para ir à igreja, coisa que pareceu extremamente bonita para Becky. Levantando-se com ele para recitar o padre-nosso, ela já poderia ser sua namorada, para não dizer a esposa de muitos anos, e a ofensa pela qual pedia perdão ao Pai consistia em roubá-lo de Laura.

"Você aqui", ele disse quando a cerimônia terminou.

"É isso aí, tudo está mudando. Estou tentando coisas novas."

Ele a olhava como se não conseguisse entendê-la. Isso era bom.

"Tenho uma grande dívida de gratidão com você", ela disse. "Por me fazer tentar o Encruzilhadas. Estou aprendendo a ser mais aberta com meus sentimentos. E…" Hesitou, o rosto em fogo. Ele continuou a observá-la. "Você vai estar aqui no domingo que vem?"

"É o que eu faço sempre."

Ela concordou com a cabeça, enfaticamente demais, e se levantou. "Está bem, então nos vemos."

Na saída, parou um pouco no vestíbulo para que o pai a visse, esperando ganhar algum crédito por haver comparecido a um culto, mas ele estava envolvido com Kitty Reynolds e com uma loura baixinha e bonita que Becky não reconheceu. Seu pai sorria, a mulher loura aparentemente um ímã para os olhos dele. Quando eles pousaram por um instante em Becky, o sorriso morreu. Ao voltar para a mulher, o sorriso ressuscitou.

A mensagem era inconfundível: ele a deixara de lado e seguira em frente. Ao sair da igreja, a palavra "babaca" pipocou em sua mente. Clem a pronunciara como uma blasfêmia, mas era nova para ela. Seu crescente interesse pela Primeira Reformada, que deveria agradar seu pai, era claramente menos relevante que a rixa com Rick Ambrose. E sendo ele um pastor cristão...

"Sim, Tanner estava lá", Becky anunciou à mãe ao chegar em casa antes que se irritasse com a pergunta dela.

"Isso é bom", disse a mãe. "Ele está arruinando o retrospecto quase perfeito do Rick Ambrose de fazer com que os jovens se afastem dos serviços religiosos."

Becky não mordeu a isca. "Tenho certeza de que Tanner ficaria muito contente em saber que conta com sua aprovação."

"Imagino que ele preferiria contar com a sua", disse Marion. "Como entendo ser o caso."

"Não quero conversar sobre isso", disse Becky, saindo da sala.

Alguns dias depois, ela pegou um resfriado tão forte que precisou faltar ao trabalho no Grove e não pôde ir à igreja no domingo. Uma vez recuperada, passou a ficar na Primeira Reformada depois das aulas, juntando-se às garotas do lado de fora da sala de Ambrose, que gentilmente explicava as histórias por trás das fofocas do Encruzilhadas, ajudando-a a entender o que era engraçado e o que era chocante. Certo dia, quando se cansou de ser a recém-chegada, foi até o salão de festas e encontrou uma equipe de três garotos, liderados por seu irmão, fazendo pôsteres para o concerto de Natal. Na teoria, ela deveria ter ajudado, porque precisava acumular "horas" para a excursão ao Arizona — a fim de ser elegível, cada membro tinha que cumprir ao menos quarenta horas de serviço ou trabalho pago para o grupo —, mas Perry era a única coisa no Encruzilhadas de que ela não gostava. Ele era o irmão brilhante em tudo, inclusive em arte (o desenho do pôster era dele), mas ultimamente a simples visão de Perry fazia seu couro cabeludo contrair-se e formigar, como se ela fosse um cão na presença de algo sobrenatural, como se ela dividisse a casa com um psicopata cujo brilho era sustentado por todo tipo de feitos sombrios. Conhecia alguns deles, mas suspeitava que não todos. Perry desviou os olhos da tela de serigrafia, a mão vermelha da tinta do Natal, e lançou um sorriso forçado para Becky. Ela deu meia-volta e fugiu.

Quando foi admitida na sala de Ambrose e ele perguntou como iam as coisas em casa, Becky se viu dizendo que estava preocupada com a mãe. Apenas duas semanas antes teria considerado uma traição passar qualquer informação sobre a família ao inimigo do pai. Agora certamente se comprazia em fazê-lo.

"Mamãe mantém as aparências", ela disse. "Mas, por trás da fachada, tenho a impressão de que ela está desmoronando, e Clem está convencido de que papai vai abandoná-la. Pode ser apenas a cabeça do Clem, mas ele insiste nisso."

"Clem é inteligente", disse Ambrose.

"Eu sei, eu o amo demais. Mas estou preocupada com mamãe. Ela é tão dependente do papai, só assume uma posição quando ele critica Perry. Ela acha Perry um gênio. E ele é uma espécie de gênio, mas faz um monte de cagadas de que ela nem desconfia."

"Tem certeza de que ela não desconfia?"

"Através de mim ela nunca soube de nada, disso eu tenho certeza."

"Você o protege."

"Não é a ele que estou protegendo. Tenho pena dela... já está sofrendo bastante. Não quero que Perry também a machuque."

"Acha que podemos ajudá-lo?"

"O Encruzilhadas? Acho que ele só entrou porque seus amigos já participavam, e aí, de repente, ele é o queridinho de todos. Sei lá... será que isso é bom?"

Ambrose esperou, seus olhos escuros fixados nela.

"Simplesmente", ela disse, "uma parte de mim não acredita nisso."

"Nem eu", disse Ambrose. "No minuto em que ele pisou aqui, eu disse a mim mesmo: 'Esse menino é um problema'."

Becky ficou pasma. Não podia acreditar que Ambrose confiasse suficientemente nela a ponto de dizer uma coisa dessa. Desorientado por alguns instantes, seu coração confundiu Ambrose com Tanner. A sinceridade dele com ela era uma versão potente da poção mais suave de Tanner. Não havia uma aliança na mão direita de pelos negros, mas ela ouvira dizer que Ambrose tinha uma namorada no seminário onde ainda estudava. Era um pouco como ficar sabendo que Jesus Cristo tinha uma namorada.

Uma explosão de risos femininos do outro lado da porta fez com que ela se lembrasse de que era uma de muitas. Como se desejasse evitar uma expulsão, a fim de preservar sua dignidade ela se despediu rapidamente e saiu correndo da igreja, reorientando seu coração.

No domingo seguinte, terminado o serviço, ela e Tanner se sentaram no último banco e conversaram por mais de uma hora. Quando alguém apagou as luzes da igreja e as derradeiras vozes se extinguiram à distância, eles permaneceram sob a luz mais solene dos vitrais. Becky ficou aliviada de não precisar fazer aquela coisa do Encruzilhadas de dizer a Tanner que desejava conhecê-lo melhor.

Uma troca de impressões passadas revelou o interessante fato de que Becky, mesmo ainda na décima primeira série, tinha parecido a Tanner alguém impossível de ser abordado. Quando ela objetou que *ele* era essa pessoa, Tanner riu e negou, como convinha à sua natureza modesta, mas ela viu que ele gostou. Enquanto falavam sem se aprofundar sobre o Encruzilhadas e os amigos de Tanner que agora atuavam como conselheiros no grupo, a mente de Becky trabalhava furiosamente abaixo da superfície. Parecia lógico, até mesmo irresistivelmente lógico, que duas pessoas aparentemente tão inacessíveis tivessem tudo para se juntar. Mas e se estar juntos significava apenas ser amigos?

Ela viu que não tinha escolha senão se arriscar. Num tom estudadamente casual, perguntou a Tanner por que Laura não vinha à igreja com ele.

"Ela foi criada como católica", ele disse, dando de ombros. "Ela odeia a religião institucionalizada."

Becky aguardou.

"Laura é bem mais radical que eu. Estava pronta para ir para San Francisco assim que terminamos o ginásio. Dormir numa caminhonete, fazer parte dos acontecimentos."

"Por que você não foi?", disse Becky, mal respirando.

"Sei lá. Acho que não faz muito o meu gênero — ir para a casa de alguém e ficar acordado a noite toda. Isso é bom uma vez por semana, ou se a pessoa toma drogas, mas eu prefiro dormir e acordar cedo para ensaiar. Tenho muito ainda para progredir como músico."

"Você já toca maravilhosamente bem."

Ele a encarou, agradecido. "Está falando sério?"

"Claro! Adoro ouvir você."

Observou-o enquanto ele absorvia aquilo. Pareceu cair bem. Ele se aprumou e disse: "Quero gravar um álbum demo. É o meu foco agora: doze músicas suficientemente boas para serem gravadas antes de eu fazer vinte e um anos. Eu tinha medo de que, se caíssemos na estrada, perderia isso de vista".

"Dá para entender."

"Mesmo? Não sei bem se a Laura entende. Ela é muito talentosa, mas não faz questão de se profissionalizar. Se dependesse de mim, estaríamos nos apresentando três ou quatro vezes por semana. Blues, jazz, músicas de sucesso, qualquer coisa. Trabalhando duro, formando ouvintes. A única coisa que interessa aos donos de bar é fazer dinheiro, e Laura odeia isso. Se alguém pedir para ela cantar uma música da Peggy Lee, ela vai rir na cara da pessoa. Mas eu..."

"Você é mais ambicioso", Becky sugeriu.

"Talvez. Laura está fazendo uma porção de coisas, trabalha na linha telefônica de emergência, tem um grupo de mulheres. Para mim, basta trabalhar na minha música e tentar me sentir mais perto de Deus. Você sabe, eu realmente gosto de frequentar a igreja. Gosto de ver você aqui."

"Também gosto de ver você."

"Verdade? Eu estava começando a me preocupar de que você não gostasse."

Ela olhou no fundo dos olhos dele, tacitamente lhe dizendo que ele nada tinha a temer. Só Deus sabe o que poderia ter acontecido se não tivessem ouvido passos na sacristia, um reverberar de metal. Dwight Haefle, já sem a túnica, havia trancado uma das portas do templo. "Vocês não precisam sair", ele disse. "As portas abrem por dentro."

Entretanto, Tanner já estava de pé, e Becky também se levantou. O momento deles havia sido frágil demais para agora ser recomposto. Ao saírem da igreja, ele contou como Danny Dickman, Toby Isner e Topper Morgan haviam fumado maconha e bebido uísque na igreja na noite anterior à terceira viagem para o Arizona, e como Ambrose, no estacionamento da igreja, ao lado dos ônibus com os motores ligados e cheios de gente, havia levado o grupo a admoestar os réprobos e a debater se eles deviam ser proibidos de viajar. A confrontação tinha durado duas horas. Topper Morgan chorou tanto que rompeu uma veia no globo ocular. As portas da igreja tinham começado a ser trancadas.

Becky voltou para casa frustrada por não ter obtido uma declaração clara de Tanner sobre Laura. Precisava saber mais. Reconhecidamente ela era inexperiente em matéria de amor, mas seu orgulho, sua ética e seu senso básico de ordem insistiam em que, antes de consentir em ser adicionada, Laura teria que ser explicitamente subtraída. A única migalha útil de informação que ela vislumbrara é que Tanner ainda morava com a família. Como ele não dividia um teto com Laura, não havia nenhuma atitude decisiva que ele devesse tomar. Mas isso fazia uma renúncia formal ainda mais necessária; para ela, era um imperativo. Portanto foi com um sentimento confuso de autotraição, de observar uma pessoa que ela desaprovava moralmente e não compreendia, que ela permitiu que Tanner a beijasse antes de ele haver satisfeito tal exigência.

No Grove, cinco noites depois da conversa aparentemente crucial dos dois na igreja, ela tinha visto Laura Dobrinsky ficar na ponta dos pés para encostar o rosto no de Tanner, e ele se deixar acariciar com um sorriso feliz. Becky sentiu-se apunhalada. Fugiu para o banheiro e derramou as primeiras lágrimas por um homem. Na tristeza que se seguiu, faltou ao culto do domingo e à reunião do Encruzilhadas, à qual culpou por não lhe haver alertado para o fato de que assumir riscos podia causar a dor de uma punhalada. Becky se arrastou nos últimos dias de aula antes das férias.

Então, na noite anterior, ela substituíra uma garçonete no Grove. Não era sua noite habitual. Quando Tanner entrou no restaurante, sozinho, não foi com a expectativa de encontrá-la ali. Entendendo que era só má sorte, pediu que uma garçonete veterana, Maria, atendesse a mesa dele. Sentia que Tanner a olhava, mas não olhou para ele, nem uma vez, até o último cliente ir embora. Ele estava todo relaxado, um exemplo de compostura, o prato de sobremesa vazio à frente. Acenou para que ela se aproximasse.

"O que foi?", ela perguntou.

"Você está bem? Procurei por você na igreja no domingo."

"Não fui. Não tenho certeza se vou continuar."

Sentia na garganta um gosto de infância, um gosto horrível de autopunição que só crescia.

"Becky, eu fiz alguma coisa? Você parece zangada comigo."

"Nada disso. Só cansada."

"Telefonei para sua casa. Sua mãe disse que você estava aqui."

Não havia nenhuma lei que a impedisse simplesmente de se afastar. Ela se afastou.

"Ei, escuta", disse Tanner, levantando-se num salto para ir atrás dela. "Vim aqui ver você. Pensei que fôssemos amigos. Se está zangada comigo, podia ao menos me dizer por quê."

Maria os observava da mesa que estava limpando com um pano. Becky seguiu para a cozinha, mas Tanner não teve medo de entrar lá. Ela se virou para ele.

"Adivinha", disse asperamente.

Ela sabia o quanto valia. Era necessário que ele dissesse que tinha acabado com a Mulher Natural. Menos que isso seria insuficiente.

"Seja o que for", ele disse, "me desculpe."

"Obrigada por se desculpar."

"Becky..."

"Que é?"

"Eu realmente gosto de você."

Não era suficiente. Ela pegou um pano e voltou à sala para limpar as mesas. Não era suficiente, e então ela ouviu a força com que ele bateu a porta da frente ao sair. Ouviu a mágoa de ele haver telefonado para sua casa e ter vindo procurá-la e, mesmo assim, sido tratado tão mal — e de repente a pessoa que ela era mas não entendia saiu correndo para fora do restaurante. Tanner estava encostado na lateral de sua Kombi, de cabeça baixa. Ao som dos passos de Becky, mais rápidos que a sensatez dela, ele ergueu os olhos. Ela se jogou direto nos braços dele. Uma brisa se levantara do Sul, mais primaveril que outonal. As mãos sobre as quais sonhara estavam em sua cabeça, em seu cabelo. E então, assim de repente, da forma menos planejada e menos pensada, aconteceu.

Foi acordada pelo telefone. Tinha dormido de costas, atravessada na cama, e abriu os olhos para ver um céu plúmbeo emoldurado pela janela e entrecortado pelos galhos escuros. Sua mãe batia à porta.

"Becky? É a Jeannie Cross."

Ela foi atender o telefone no quarto dos pais e esperou que a mãe desligasse no andar de baixo. Jeannie estava telefonando por causa de uma festa naquela noite na casa dos Carduccis. Becky ficou feliz que Jeannie ainda a incluísse e gostaria de aceitar o convite por conta da amizade delas. Mas ia a um concerto.

"Tem algum concerto?"

"Do Encruzilhadas", Becky respondeu.

Silêncio.

"Entendi", disse Jeannie.

"Mas sabe de uma coisa? Eu vou com o Tanner."

"Tanner Evans?"

"É, ele é o músico principal e vai me levar."

"Bom, bom, *bom*."

Becky ficou tentada a falar mais, porém talvez já houvesse ido além da conta. Tanner ainda não sabia que estava levando Becky ao concerto. Na mente dela, o longo beijo deles tinha sido definitivo. Porém muita coisa ficara sem ser dita, e ela não se sentiria segura até que o mundo a visse entrar na Primeira Reformada de braços dados com ele. Perguntou se Jeannie queria fazer compras com ela. Foi quase engraçada a avidez com que Jeannie disse que sim depois de todas aquelas semanas de separação.

"Combinado", Becky disse. "Vou me encontrar com o Tanner às quatro."

"Uau, Bex. Muito ocupada com *alguém*!"

"Eu sei", ela respondeu com uma voz feliz. "É estranho."

"Amanhã, então? Não vou fazer nada o dia todo."

Becky tomou um banho demorado e executou um delicado trabalho diante do espelho do banheiro, aplicando uma maquiagem que a favorecia sem ser, assim esperava, ostensiva. Perry bateu rudemente à porta trancada, ofereceu alguns comentários que ela ignorou e foi embora. Ao se vestir, ela também cuidou de obter um equilíbrio entre a elegância e o estilo do Encruzilhadas. Precisava exibir uma boa aparência por pelo menos dez horas, a começar, principalmente, às quatro da tarde. Quando enfim desceu para a cozinha, sua mãe estava vestindo um casaco velho horrível.

"Estou atrasada para a minha aula", sua mãe disse. "Posso contar com você aqui em casa às seis?"

Becky encheu a boca com um biscoito açucarado.

"Eu não vou à festa dos Haefle."

"Sinto muito, mas isso não é negociável."

"Não estou negociando."

"Então você pode discutir isso com seu pai."

"Não há nada para discutir."

Sua mãe suspirou. "Você sabe, querida, que deixar um rapaz esperando não é a pior coisa do mundo. Sei que você não pensa assim, mas há sempre um amanhã."

"Obrigada pela informação."

"Então ele conseguiu se encontrar com você ontem?"

"Pensei que você estivesse atrasada para a sua aula de ginástica."

A mãe suspirou mais fundo e virou as costas. Becky sentiu pena de ser obrigada a lhe dar uma fria. Tinha uma boa vontade infinita, mas sua mãe estava errada. Amanhã era tarde demais para a tarefa que ela precisava executar. Tanner não era o músico principal do concerto, ele dividia essa posição com Laura Dobrinsky. Becky necessitava de cada minuto que pudesse ficar com ele antes de o concerto começar.

Era chegada a hora de agir. Um rasgão vermelho se abrira sob as nuvens no horizonte a Leste, iluminando os talos de milho quebrados visíveis à distância da janela do quarto de Clem enquanto ele datilografava as últimas frases de seu trabalho de conclusão do curso de história romana. Na luz incerta, a escrivaninha estava coalhada de restos de borracha vermelha e cinzas da cor das nuvens. Seu regrado companheiro de quarto, Gus, já havia partido para as férias em Moline, tendo Clem aproveitado sua ausência para fumar um cigarro após outro a noite toda, atacando com nicotina e raiva, por se contradizerem, suas fontes primárias, Tito Lívio e Políbio; raiva também porque as horas de sono com que contava haviam sido reduzidas de seis para três e finalmente para zero; e raiva, sobretudo, consigo próprio por ter passado a segunda-feira buscando prazer na cama de sua namorada e se permitindo acreditar que seria capaz de pesquisar e escrever um ensaio de quinze páginas em dois dias de trabalho de doze horas cada um. O prazer que sentira na segunda-feira agora não significava nada. Seus olhos e garganta estavam em brasa, o estômago prestes a se autodigerir. O trabalho que ele havia escrito sobre Cipião, o Africano, era um entrelaçamento mal fundamentado de frases repetitivas pelo qual teria sorte se recebesse uma nota sete. Sua mediocridade era a confirmação final de uma coisa que ele sabia havia semanas.

Sem se dar tempo de pensar, sem nem mesmo se levantar para esticar o corpo, pôs na máquina de escrever uma folha de papel fino, em que as palavras podiam ser apagadas.

23 de dezembro de 1971

Conselho Local do Serviço de Recrutamento
Edifício dos Correios dos Estados Unidos
Berwyn, Illinois

Prezados Senhores,
    Escrevo para informá-los de que, a partir de hoje, deixo de pertencer ao quadro discente da Universidade de Illinois, não mais fazendo jus, consequentemente, à dispensa como estudante que me foi concedida em 10 de março de 1971. Estou pronto para servir nas Forças Armadas dos Estados Unidos caso convocado. Nasci em 12 de dezembro de 1951. Meu número de recrutamento é 29 413 88 403. Por favor, informem se/ quando gostariam de que eu me apresente para o alistamento.
    Atenciosamente,

Clement R. Hildebrandt
215, Highland Street
New Prospect, Illinois

Ao contrário de seu trabalho de curso, a carta tinha a clareza de uma longa reflexão anterior. Mas datilografá-la constituía uma ação? As palavras eram pouca coisa mais substanciais no papel do que tinham sido em sua cabeça. Só depois de recebidas e respondidas elas teriam poder sobre ele. Até que ponto, exatamente, era possível dizer que ele havia agido?

Contemplou por algum tempo a camada de nuvens sobre os longínquos milharais, a neblina junto ao solo que a agricultura industrial parecia gerar no inverno, um nevoeiro que era em parte umidade, em parte nitratos. Assinou a carta, endereçou o envelope e colou os selos que tinha comprado para escrever aos pais.

"É isso que o filho de vocês está fazendo", disse. "É assim que deve ser."

Sentindo-se menos solitário por ter ouvido uma voz, apesar de ser a sua, se aventurou a ir ao banheiro. As luzes eternamente acesas davam a impressão de estarem mais brilhantes agora que todo mundo tinha ido para casa. Cabelos de seus companheiros de andar haviam aderido à beirada da pia em que jogou água no rosto. Considerou a possibilidade de tomar um banho, mas sua temperatura corporal estava baixa e pensou que poderia ter uma tremedeira caso tirasse a roupa.

Estava saindo do banheiro quando o telefone do corredor tocou. O volume altíssimo da campainha lhe causou um tremor de apreensão, pois sabia que só poderia ser Sharon: ela já tinha telefonado à meia-noite para um relatório de atualização e uma conversa de encorajamento. No que se referia a Sharon, datilografar a carta sem a menor dúvida constituía uma ação. Ele ficou parado do lado de fora do banheiro, imobilizado pela campainha do telefone, esperando que cessasse. Depois do desastre da segunda-feira desperdiçada, não tinha nem uma migalha de fé em sua capacidade de resistir ao prazer que extraía dela. O único plano seguro agora era fazer as malas, pegar o primeiro ônibus disponível para Chicago e informá-la do que tinha feito por uma carta enviada de New Prospect.

Para sua surpresa, uma porta se abriu no fim do corredor. Vestido com um calção de ginástica, um colega saiu às pressas e atendeu o telefone. Viu Clem e sacudiu o fone em sua direção.

"Desculpe", Clem disse, correndo para pegá-lo. "Pensei que não houvesse mais ninguém aqui."

O colega voltou a seu quarto e fechou a porta.

"Terminou?", Sharon perguntou ansiosamente.

"Terminei. Faz dez minutos."

"Oba! Aposto que você está precisando tomar um café da manhã."

"O que preciso mesmo é dormir."

"Vem tomar o café da manhã. Quero cuidar de você."

Uma onda de vertigem o invadiu. O simples som da voz dela fazia seu sangue correr para o ventre. Mudança de planos.

"Está bem", ele disse. "Mas eu preciso lhe contar uma coisa."

"O que é?"

"Conto quando chegar aí."

Quando voltou ao quarto, parecia que um fogo de carvão tinha sido aceso ali. Abriu a janela e vestiu o casaco de marinheiro que Sharon havia escolhido para ele. A elevação de sua pressão sanguínea, que se espalhava por todos os tecidos do corpo, estava certamente relacionada ao sexo, mas também, talvez, ao que ele iria contar a ela. A carta que escrevera continha elementos de agressão, e a agressão sabidamente provocava ereções nos homens. A carta poderia resultar em sua ida para o Vietnã, onde, embora nada houvesse de excitante em ser morto, ele poderia ser chamado a se defender com uma arma. Em sua mente racional, sabia que matar era moralmente errado e psicologicamente devastador, porém suspeitava que seu lado animal tinha uma opinião diferente.

Levando a carta e seu trabalho de conclusão de curso, saiu do prédio pela escada dos fundos, que nunca perdera seu cheiro de concreto fresco. A umidade do ar matinal penetrou direto em seu casaco e atingiu o âmago de Clem, mas era um alívio se ver livre daquele túnel enfumaçado que sexo e noitadas tinham feito de sua existência desde que as aulas haviam terminado. No silêncio do campus deserto, pôde ouvir os sinais tênues da grandeza de Illinois, o ribombar de um trem de carga, o gemido dos caminhões de dezoito rodas, o carvão transportado do Sul, as peças de automóveis vindas do Norte, gado engordando e as espantosas safras de milho no centro do estado, todas as estradas levando à cidade plantada à beira do lago. Fazia-lhe bem descobrir o mundo maior diante de seus olhos; sentia-se menos maluco assim.

Depois de enfiar o trabalho por baixo da porta da secretaria do departamento de estudos clássicos, ele desceu a alameda em frente ao prédio de línguas estrangeiras e encontrou uma caixa dos Correios. A próxima coleta seria às onze horas, e não era um feriado. Encarou a caixa dos Correios e refletiu sobre sua liberdade existencial de agir ou não agir. A coisa poderosa a fazer era pôr a carta na caixa. Ele poderia se maldizer no futuro — por mais infeliz que se sentisse agora, a vida no exército estava fadada a trazer coisas piores —, mas, se uma ação era moralmente correta, um homem forte era obrigado a executá-la no presente. Caso não enviasse a carta agora, se veria diante de Sharon apenas com a intenção de enviá-la, e ele já tinha percorrido essa estrada pavimentada de intenções.

Fechou os olhos e caiu no sono instantaneamente, acordando a tempo de não desabar no chão. Viu na mão a carta para o setor de alistamento. A garganta da caixa dos Correios fez um ruído de ferro enferrujado ao engolir a carta. Ele deu meia-volta e saiu correndo, como se pudesse escapar do que tinha feito.

No curso de filosofia que ele frequentara na primavera anterior, havia uma ratinha de cabelo encaracolado que se sentava na mesma fileira dele, quase sempre com um boné pregueado de estilo francês e que olhava para ele o tempo todo. Uma tarde, quando o professor barbudo com colar de contas dissertava sobre o livro A *náusea*, de Sartre, elogiando a ideia de que o que entendemos por existência nada tem a ver com a verdade nua e crua do que é a existência, Clem levantou a mão para discordar. A realidade, ele disse, operava segundo leis passíveis de serem descobertas e testadas pelo método científico. O professor pareceu pensar que isso provava sua questão mais ampla — nós *impomos* nossas leis da ciência a uma realidade desconhecida e inflexível. "Mas e a matemática?", perguntou Clem. "Um mais um é sempre dois. Não inventamos a verdade dessa equação. Descobrimos uma verdade que sempre esteve lá." O professor fez piada, dizendo que havia entre eles um platonista, e os hippies na sala se voltaram para encarar o sujeito quadradão que o desafiara, enquanto a ratinha mudava de lugar para ir se sentar ao lado de Clem. Terminada a aula, ela o cumprimentou por sua independência intelectual. Ela adorava Camus, mas era incapaz de perdoar Sartre por seu comunismo.

Sharon era uma aluna excepcional, a primeira pessoa em sua família nuclear a cursar uma universidade. Crescera numa fazenda nas cercanias da cidadezinha de Eltonville, no sul do estado, onde os comunistas eram muito malvistos. No restante do semestre, os dois se sentaram lado a lado nas aulas, e quando ela pediu o endereço da casa dele, Clem ficou feliz em fornecê-lo, pois nunca tivera uma amiga além de Becky. Na carta que Sharon depois lhe enviou, quando ele estava em New Prospect, trabalhando com pá e enxada no viveiro local, Sharon escreveu sobre o calor e a desolação na fazenda de sua família durante o verão. A mãe morrera quando ela tinha doze anos, seu irmão Mike estava no Vietnã, o pai e um irmão mais novo tocavam a fazenda, enquanto uma empregada croata cozinhava e limpava a casa. Seu pai sempre a dispensara dessas tarefas e, devido a seu tédio quando criança e à tristeza quando adolescente, ela encontrara refúgio na leitura. Tinha a ambição de ser escritora ou, se não pudesse, de ensinar inglês na Europa. Já havia prometido nunca mais passar um verão em Eltonville.

Clem respondeu e recebeu uma segunda carta, tão longa que tinha exigido três selos no envelope. Começava com perguntas e, depois de atravessar um fluxo de consciência carente de pontuações e de maiúsculas, terminava com uma passagem de Camus copiada em francês. Ele quis reservar uma noite para responder, mas nunca surgiu a oportunidade: conversava com seu amigo Lester ou via televisão com Becky, que restringira sua vida social. Só quando voltou à universidade e viu Sharon caminhando sozinha na praça central do campus, ele se deu conta do erro de sua inação. Ela lhe lançou um olhar magoado e, como aquilo não era correto, como ele não era alguém que magoasse os outros, foi lhe pedir desculpa. Sharon a aceitou com um dar de ombros, dizendo: "Acho que fiz uma ideia errada de você". Se havia um desafio implícito nessas palavras, ou se era o que as pessoas chamam de culpa mas na verdade consistia apenas no interesse egoísta de não ser malquisto, ele se viu forçado a convidá-la para uma pizza.

O que deu início à briga dos dois foi a jaqueta verde-oliva que ele usava quando foi à pizzaria. Para participar de uma demonstração contra a guerra na primavera anterior, ele tinha grudado na jaqueta um símbolo da paz feito com fita isolante, e Sharon não gostou daquilo. Não suportava os pacifistas da universidade. Todas as manhãs, ela disse, acordava com medo de ouvir que seu irmão tinha sido morto ou aleijado no Vietnã. Mike não era de ler, gostava de caçar e pescar, não tinha nenhuma ambição além de herdar a fazenda, mas era a pessoa mais doce e mais honrada que ela conhecera na vida — e os pacifistas só sentiam desprezo por ele. Quem eram eles para cuspir em alguém como seu irmão? Todos eles haviam conseguido uma dispensa como estudantes, fumavam maconha e mantinham relações sexuais enquanto gente como seu irmão estava morrendo, e eles nem mesmo sentiam gratidão. Achavam-se moralmente superiores. Rapazes brancos dos condomínios de luxo exibindo seus símbolos da paz enquanto outros rapazes lutavam uma guerra por eles: isso a enojava.

A primeira reação de Clem ao discurso de Sharon foi de condescendência. Sendo mulher e sentimental, ela pelo jeito não entendia como a guerra era grotescamente imoral, ou que seu irmão tinha tido a liberdade de se recusar a servir. Ele, Clem, no lugar do irmão dela, teria se recusado. Mas Sharon não cedeu. Seu irmão amava o país e era um homem de verdade: diante do chamado do dever, se apresentou. E todos aqueles rapazes negros das comunidades e índios das reservas que serviam com ele? Estes nem sabiam que havia a opção de não servir. O resultado é que gente como Clem ficava ao mesmo tempo a salvo *e* se sentindo moralmente superior.

"Qual foi o seu número na loteria do recrutamento?", ela perguntou.

"Terrível: dezenove."

"Quer dizer que, neste exato momento, alguém está na selva porque seus pais mandaram você para a universidade."

"Mas de qualquer forma eu não teria ido."

"É a mesma coisa. Alguém está lá porque você não foi. Alguém como Mike. Você fala muito que a guerra é 'grotescamente imoral'. Que tal a grotesca imoralidade de fazer com que gente pobre e sem formação educacional, como os negros, sejam aqueles que vão lutar na guerra? Por que isso não é igualmente grotesco? Por que você não protesta contra *isso*?"

"Está mais ou menos implícito, não acha?"

"Não. Nunca ouvi ninguém aqui falar sobre isso. Só ouço manifestações de desprezo pelos militares."

Ela era uma mulher pequena e feminina, mas seus pensamentos tinham originalidade. No Arizona, durante a excursão de primavera do grupo da igreja, ele tinha trabalhado para um navajo, Keith Durochie, que perdera um filho no Vietnã. Com apenas dezessete anos, desconfortável diante da perda de um pai, Clem havia tentado consolar Durochie lamentando como era injusto morrer numa guerra como aquela. Durochie ficou taciturno e silencioso. Clem tinha dito a coisa errada, mas não sabia por quê. Ouvindo Sharon, compreendeu que, em vez de consolar Durochie, ele havia desonrado a morte de seu filho. Que babaca tinha sido!

"Me desculpe mesmo por não ter respondido à sua carta", ele disse.

Os olhos castanhos de Sharon estavam fixados nos dele. "Me leva para casa?"

Já naquela primeira noite ele havia tido a perturbadora sensação de que precisava agir; que tinha entrevisto uma verdade moral que não podia ser ignorada nem apagada da memória. Talvez pudesse ter sido poupado se seu número de recrutamento fosse mais alto, mas a bolinha dezenove da loteria seguira uma trajetória incalculável ("aleatória") para coincidir com o dia do aniversário dele — e seu coração se comoveu com o rapaz sem educação formal que estava servindo no lugar dele. Clem não queria ser como o pai, que apenas professava ser solidário com os menos favorecidos. Abrir mão de sua dispensa como estudante era um preço loucamente alto a pagar para ser mais consistente que o pai, mas, quando chegaram à casa de Sharon, numa das ruas mais miseráveis de Urbana, sua intuição moral estava lhe dizendo para pagar o preço.

No alto da escada da varanda da frente, ela se virou para trás e o beijou. Ele estava um degrau abaixo, a escada compensando a extrema diferença de altura entre os dois. O beijo foi o começo de uma longa suspensão da sentença que ele havia decretado para si mesmo. Quando finalmente se desgrudou dela, com a promessa de telefonar no dia seguinte, a ideia do Vietnã tinha sido banida pela doçura de sua boca, pelo cheiro acolhedor de sua pele, pela forma com que sua pequena e audaciosa língua tinha aberto os lábios dele, pela enorme surpresa de tudo aquilo.

A casa dela era uma ruína com paredes de madeira, tendo no térreo uma loja de bicicletas administrada por hippies, dormitórios coletivos para hippies no segundo andar e quartos para hippies no terceiro, enquanto Sharon, que detestava hippies, ocupava o único aposento habitável no quarto andar. Ela parecia ao mundo uma criaturinha inofensiva, mas tinha seu jeito de obter o que queria. No ano anterior, depois que sua república feminina a expulsou por violar as regras, os hippies haviam lhe dado o melhor cômodo da casa. Entre outras coisas, era o local perfeito para fazer sexo sem interrupção. Mais tarde Clem iria reconhecer a sabedoria dos regulamentos paternos que, embora fossem normas ultrapassadas de comportamento, serviam para impedir que os jovens universitários caíssem num poço de prazer e negligenciassem os estudos. Entretanto, na segunda vez que subiu ao quarto de Sharon, ele o fez na maior inocência. Depois de algumas horas de esfregação na cama, ainda vestidos, Sharon foi ao banheiro e voltou usando apenas um roupão felpudo. Acontece que ela havia ficado impaciente com os amassos, além de ter a pele irritada em volta dos lábios e do nariz. Ela empurrou Clem de costas sobre a cama e abriu o fecho do cinto dele. Clem disse: "Mas espera…". Ela disse que estava tudo bem, que tomava pílulas. Tinha perdido a virgindade com dezessete anos, quando fazia intercâmbio em Lyon, na França. A família que a recebera tinha um filho mais velho que cursava a universidade mas morava em casa; ele foi seu amante por dois meses e meio, até serem pegos em flagrante. A cagada que se seguiu fez com que a mandassem de volta para Eltonville. Uma vergonha monumental, ela disse, mas valeu a pena. Depois de trocarem cartas por um ano, seu amante arranjou alguém e ela teve aventuras que não se dispôs a relatar. Clem, deitado de costas, cinto aberto, ainda tentava tornar tudo mais lento, prolongar uma discussão que lhe parecia obrigatória, quando ela tirou o roupão e se deitou em cima dele. "É fácil", ela disse, "vou mostrar a você." Rapidamente ele se viu contemplando a nudez inteira de uma garota que ele teria imaginado conhecer parte por parte, com muitos pedidos de permissão por semanas ou meses. Vê-la nua daquele jeito foi uma sobrecarga visual tão grande que ele precisou fechar os olhos. Ela se mexeu para cima e para baixo sobre a ereção dele, até que houve um rasgão fenomenal no tecido do universo. Ela tombou para a frente e o beijou com uma boca de fato bem esfolada. Ele quis saber se ela tinha gostado do que acabara de acontecer. Ela disse que sim, muito. Mas ele insistiu, ela tinha...? "Tudo tem sua hora certa", ela disse. "Vou mostrar a você."

Para uma jovem de vinte anos criada numa fazenda do sul de Illinois, Sharon sabia bastante sobre sexo. Uma parte ela aprendera na França, o resto em livros. Para Clem, a coisa mais chocante que ela sabia era que realmente — realmente — gostava de ter sua vagina lambida. Lamber uma vagina não aparecia nem no radar mais potente de Clem; embora tivesse visto num dicionário a palavra latina que designava o ato, para Clem ela não havia passado de uma palavra. Se pressionado, talvez tivesse dito que era uma técnica usada por amantes experimentados, uma espécie de droga potente cujo portão de acesso eram as relações sexuais normais. Com certeza não teria imaginado fazer isso com uma garota que ainda confundia o nome dos dois irmãos dele. E menos ainda teria imaginado que iria gostar muito. A única coisa melhor do que ver, cheirar e provar a vagina de Sharon era o momento em que enfiava seu pênis nela. E ali residia o problema.

Ele agora via que sua suposta autodisciplina, os rigorosos hábitos de estudo que seus pais e professores sempre haviam elogiado não tinham sido disciplina nenhuma: ele havia se destacado na escola porque *tinha prazer* em aprender as coisas, e não por ter uma força de vontade superior. Tão logo Sharon o apresentou as formas mais intensas de prazer, ele descobriu como os músculos de sua vontade eram vergonhosamente mal desenvolvidos. Descobriu-se faltando às aulas no laboratório de química orgânica por nada, simplesmente para dar uma longa caminhada com ela, mesmo sem sexo, só para estarem juntos. Teve sua primeira experiência de felação numa manhã em que deveria estar na aula de história romana. Deixou de se preparar para o exame de meio do ano em biologia celular porque naquele momento enfiar o pênis na vagina de Sharon lhe causava mais prazer do que estudar. O que isso dizia acerca de seu autocontrole era bastante ruim. Pior ainda era como minava seu argumento moral mais forte a fim de manter a dispensa — a ideia de que podia servir melhor à humanidade trabalhando com afinco na universidade, tornando-se um líder no campo da ciência, do que servindo como recruta no Vietnã. Se não era capaz de manter uma média de notas minimamente decente, na verdade não fazia jus à dispensa.

Sharon, por sua vez, era maravilhosamente imperturbável. Não podia ser recrutada e só fazia os cursos em que uma escritora bem-dotada recebia automaticamente nota máxima. Era capaz de esboçar um ensaio simplesmente falando sobre o assunto com Clem, enquanto ele precisava estudar para valer, sozinho, a fim de memorizar os radicais orgânicos. Ela era uma leitora genuína, acostumada à solidão e que preferia não ter amigos a se cercar de gente menos notável que ela. Clem não fez bons amigos na Universidade de Illinois, mas um colega que estudava ciência, Gus, havia lhe pedido para dividirem o quarto, com certeza na esperança de aprofundar a amizade dos dois. Mas agora Gus mal falava com ele porque Clem o tinha magoado ao passar todo o seu tempo com Sharon. Ela era tão ávida por prazer quanto Clem, embora isso não parecesse descarrilar sua vida como acontecia com a dele. Ela nunca tinha pressa de estar em outro lugar, e ele começou a ansiar pelo senso de tempo de Sharon, pela serena indiferença dela ao relógio, quase tanto quanto ansiava por seu corpo. Enquanto ele podia permanecer encolhido dentro da vida bem ordenada de Sharon, como se fosse a dele mesmo, sem nunca sair do quarto dela, sentia-se tranquilo. Só quando saía de lá é que a ansiedade o invadia, e apenas voltando ao quarto dela encontrava alívio.

Embora fosse negar com veemência caso ela perguntasse, outra razão pela qual ele preferia o quarto dela era que ficava sem jeito na companhia de Sharon em público. A dificuldade não estava no que ela era. Clem tinha orgulho de sua inteligência, orgulho de seu rosto bonito e corpo ainda mais bonito, orgulho de seus modos limpidamente não afetados. A dificuldade residia no que ela era em relação a ele, ou seja, trinta e seis centímetros mais baixa. Nunca, nem uma só vez, ela havia se referido à diferença de altura entre os dois. E ele se odiava até mesmo por ter consciência disso. A maneira como o mundo julgava as pessoas pela aparência física, sobre a qual elas não possuíam controle e que nada tinha a ver com a mente ou com a personalidade delas, era totalmente injusta. Na teoria, ele estava feliz por ser bem mais alto que Sharon porque isso demonstrava seu compromisso com a igualdade e com a união de mentes verdadeiras, sem se importar com qualquer impedimento físico. Na prática, também, quando estavam a sós na cama, a pequenez quase ilícita de seu corpo nu era um excitante adicional. Mas em público, por mais que tentasse, ele não conseguia não pensar que as pessoas os observavam e tiravam conclusões sobre ele.

No Dia de Ação de Graças, quando foi para casa em New Prospect e se encontrou com Becky, agora uma mulher feita, seu desconforto se tornara enorme. Becky e suas amigas, em especial Jeannie Cross, eram tão resplandecentes que poderiam pertencer a uma espécie diferente, e Becky fizera um comentário atipicamente mordaz sobre a diferença de altura entre Tanner Evans e Laura Dobrinsky. Embora Clem não visse a hora de contar à irmã que tinha uma namorada, sentiu de imediato que Becky não se interessava por Sharon — não desejava conhecê-la, não queria ouvir falar dela, não a aprovaria. Quando ele não se conteve e falou com entusiasmo da inteligência de Sharon, descrevendo o quanto era encantadora, a profundidade do poço sensual em que caíra, suas palavras soaram vazias e abstratas. Toda a conversa foi extremamente embaraçosa. Ele saiu dela com vergonha de sua sexualidade, por extensão com vergonha da própria Sharon, e ainda mais dolorosamente cônscio da incongruência física entre os dois. O relacionamento deles, que até então parecera ilimitado, agora dava a impressão de ser temporário, como se Sharon fosse apenas sua "primeira namorada", a pessoa doce mas dimensionalmente inadequada com quem ele perdera a virgindade. De modo intencional ou não, Becky o levara a analisar seus sentimentos por Sharon, e viu que eles deixavam a desejar. Não eram fortes o bastante para que declarasse à irmã: "Não me importa seu julgamento superficial, ela é a pessoa que eu amo". E não eram poderosos o bastante — não sugeriam com suficiente intensidade que juntos teriam um futuro duradouro — para servir como argumento contra sua renúncia à dispensa de convocação como estudante. Eram mais uma fuga, uma suspensão temporária de seu dever moral.

Ele regressara à universidade com um plano rigoroso: só se encontraria com Sharon duas noites por semana, e sem dormir em sua casa, e estudaria dez horas por dia a fim de tentar obter nota máxima em todos os exames finais e trabalhos de fim de curso. Se fizesse isso, poderia manter sua média acima do ponto que, embora basicamente arbitrário, seria sua última defesa plausível contra o ato que, de outra forma, seria forçado a praticar.

O plano era sensato, mas não, como se viu, realizável. Quando foi à casa de Sharon, parecia que estavam separados havia cinco meses e não cinco dias. Ele tinha mil coisas para lhe contar e, tão logo tirou a calça de veludo cotelê, teve a impressão de que tinha sido cruel e tolo se preocupar com a diferença de altura. Só quando voltou a seu quarto, na tarde seguinte, lamentou sua falta de força de vontade. Recalibrou o plano, impondo-se onze horas diárias de estudo, e manteve a programação até sexta-feira, quando se permitiu outra noite com Sharon. Ao se separar dela, no domingo à tarde, teria que estudar quinze horas por dia a fim de cumprir o esquema. Disse a si próprio que estava vivendo o momento, como um existencialista, e saboreando a companhia dela enquanto durasse, porém sentiu que havia algo mais sombrio acontecendo. Algo quase maldoso — como se, ao se render ao senso de tempo elástico de Sharon, garantindo dessa maneira que suas notas sofreriam (o que não lhe deixaria outra opção moral senão abandonar a universidade), ele secretamente estivesse se preparando para puni-la. Ela não fazia ideia do que a média de notas significava para Clem, mas iria entender em breve e lamentar não ter insistido para que ele estudasse.

O que tornara a iminente punição mais cruel foi o fato de que Sharon vinha dando sinais de amá-lo de uma forma antiquada, romântica e possessiva. Apesar de se anunciar como um espírito livre, uma aventureira sexual que lia Colette, e apesar de ser sofisticada demais para usar uma linguagem melosa, ela parecia ter uma visão de longo prazo para os dois. Tão logo lhe contou sobre a conversa com a irmã no feriado do Dia de Ação de Graças, sobre a herança da tia, ela se fixou na ideia de ir à Europa com ele. Respeitava-o por haver recusado o dinheiro oferecido por Becky, mas por que não aceitar ao menos uma excursão grátis? Não seria maravilhoso estarem juntos na França? Os dois visitando os mesmos lugares que sua mãe e sua irmã, embora seguindo um programa próprio? Sempre que ela voltava a essa ideia, acrescentando ou subtraindo alguma parada no mítico itinerário, Clem simplesmente fechava os olhos e sorria. No fundo de seu coração, já sabia que iria escrever para o setor de recrutamento. A razão fundamental para fazer isso era ser moralmente correto. Havia outras razões importantes relativas ao pai e a Sharon, a quem desejava provar como tinha levado a sério as posições que ela defendera, esperando que ela admirasse a integridade de seu ato e o comparasse favoravelmente ao irmão Mike. Entretanto, nos últimos dias do semestre, à medida que a realidade de seus fracassos acadêmicos se cristalizava, o que mais o atraíra para abrir mão da dispensa tinha sido, ridiculamente, *evitar ir à França com sua namorada e sua irmã.*

O céu matinal estava ficando mais escuro, e não mais claro, quando ele chegou à casa dela. Tinha uma chave que nunca usava — apesar do roubo recente de uma bicicleta, os hippies se recusavam a trancar a porta de trás. Ele penetrou na escuridão da cozinha deles e passou às pressas pela pilha de pratos encrustados de queijo em toda a pia e em volta dela, os quais existiam numa espécie de equilíbrio hippie, um estado permanente em que novos pratos sujos eram acrescentados exatamente na mesma proporção em que alguém se dava ao trabalho de lavar os antigos. Os hippies eram serenamente absortos demais em si mesmos para até mesmo saber seu nome. Mas ele recebia muitos sorrisos cúmplices de passagem, e ficou feliz em não dar de cara com ninguém ao subir as escadas. Sentia que a soma de sua identidade naquela casa consistia em ser o cara que estava trepando com aquela pessoinha do quarto andar, coisa que era desconfortavelmente próxima de uma síntese correta.

Sharon, vestindo um pijama de flanela, misturava alguma coisa no balcão de madeira compensada na pequena cozinha improvisada do lado de fora do quarto. Clem parou para beijar seus cachos e abraçá-la por trás. Em sua mente desordenada, ele já era metade soldado, chegando para fazer o que os soldados faziam com uma mulher, mas ela se desvencilhou alegremente. "Estou preparando torrada com açúcar e canela."

"Não garanto que aguente comer nada agora."

"Quando foi a última vez que você comeu?"

"Em alguma hora de ontem. Comi um sanduba de salada de atum."

"Você precisa comer. Mas primeiro…" Ela se agachou para abrir sua pequena geladeira. "Comprei champanhe."

"Champanhe."

"Para comemorar." Ela lhe entregou a garrafa gelada. "Você não acreditou em mim, mas eu sabia que você era capaz."

Datilografar quinze páginas de um trabalho de conclusão de curso medíocre em sessenta horas não parecia um grande feito para Clem. "Champanhe em Urbana", ele disse.

"Exatamente."

Tomar qualquer bebida alcoólica às nove da manhã no estado em que ele estava não era aconselhável, mas Sharon tinha ideias definitivas de como as coisas deviam ser feitas, e ele não desejava desapontá-la. Ele tirou a folha de alumínio que envolvia a rolha.

"A nós", ela disse quando ele encheu dois copos de geleia. "A Cipião, o Africano!"

"Nem me fale desse nome. Passei a noite toda datilografando Cipão e tendo que apagar."

"Então só a nós."

Ela ficou na ponta dos pés para um beijo que ele se inclinava para lhe dar. Ele captou um cheiro leve e excitante de esperma deteriorado que lembrava vagamente comida de gato, que ele depositara várias vezes nela na segunda-feira. Sharon levou seu copo e a garrafa para o quarto, ele a seguiu como um cachorrinho. Ela se sentou na cama, apoiada nos travesseiros, enquanto ele mexia nos seus pés, massageando as solas nuas com os polegares. O champanhe a fazia ainda mais deliciosa. Longe de facilitar o anúncio da notícia que ele tinha a lhe dar, ela o convidava a calcular quando ele teria que sair dali para interceptar o carteiro que esvaziaria a caixa dos Correios a fim de pegar de volta sua carta. Com base na teoria de que suas células cerebrais necessitavam de glicose prontamente absorvível para readquirir suas plenas funções, ele bebeu tudo de um gole.

Ela imediatamente voltou a encher o copo dele. "Você não disse que tinha uma coisa para me contar?"

Ele se deixou cair na cama e olhou para o teto inclinado, as imagens girando. A luz que penetrava pela mansarda parecia desligada de qualquer hora específica graças à cor acinzentada e à confusão do relógio corporal dele; sentia como se hoje ainda fosse ontem e que a manhã se seguira à tarde sem a ocorrência intermediária de uma noite.

"Também tenho uma coisa para contar", ela disse.

Ocorreu a Clem que ele nunca tinha beijado os pés dela — pequenos e arqueados, solas macias e geladas, um bálsamo para as bochechas acaloradas dele. Ela riu e afastou os pés.

"Desculpe", ela disse. "Faz cócegas."

Ele não tinha base de comparação, mas podia se preocupar com o fato de que nem todas as garotas — talvez poucas — fossem tão delicadamente diretas quanto Sharon sobre aquilo de que gostavam e não gostavam. Podia se preocupar com o fato de que poucas poderiam ser mais generosas, mais inclinadas a perdoar os erros dele, mais tolerantes com o desejo incessante dele de trepar, mais interessadas em sentirem prazer elas próprias, menos dadas a lágrimas e beicinhos, menos emocionalmente exigentes do que Sharon. Na verdade, podia se preocupar com o fato de que os três meses que agora chegavam ao fim tinham sido um pequeno Éden, um paraíso terrestre onde ele tinha tido a sorte dos idiotas de aterrissar e estava sendo um imbecil em destruí-lo. Pensou na manhã de novembro em que a tinha visto mancar a caminho do banheiro, como uma velha, e compreendera como ela ficara extremamente dolorida por sua busca de um derradeiro e insignificante orgasmo. Lembrou-se de como ela voltara mancando para a cama, e como ele se arrependera e pedira perdão, e como ela simplesmente tinha levado na brincadeira: *C'est l'amour*. Ele estava vivendo num Éden ao avesso, cuja Eva tinha comido a maçã e partilhara seu delicioso conhecimento com ele. Por que, ah, por que, ele precisava destruir tudo aquilo?

Calculou que poderia sair do quarto dela até mesmo às 10h45 e ainda chegaria à caixa dos Correios antes que o carteiro aparecesse por lá. Por outro lado, podia passar a manhã inteira com ela e escrever uma segunda carta dizendo que mudara de ideia e mantinha sua dispensa.

"Você está caindo de sono?", ela perguntou.

"Nem um pouco."

"Deixe eu preparar uma torrada para você."

"Não, estou bem. O champanhe é como uma bomba de glicose."

Pressionou a palma da mão entre as pernas dela, testando a elasticidade dos pentelhos encaracolados sob a flanela. Aproximou-se para uma olhada mais de perto enquanto descia a calça do pijama. Ah, a beleza do que havia desvendado! A inesgotabilidade do convite que oferecia! Verdade que, se ele fosse tão franco sobre suas preferências como Sharon era sobre as dela, pediria que ela não tirasse a blusa do pijama. Clem estava em termos amigáveis o bastante com os seios dela, mas ganhara acesso a eles tão rápido que não tivera tempo de se tornar devidamente fascinado por eles como se fossem um tesouro a ser desenterrado, e desde então eles pareciam um tanto irrelevantes. Gostava mais deles dentro do sutiã. Melhor ainda era tê-la coberta em cima e sem nada embaixo, como uma fêmea de fauno universitária, uma aluna excepcional da cintura para cima e uma criatura dos sonhos molhados dele da cintura para baixo. Mas nunca tinha achado um jeito de expressar essa preferência sem ser ofensivo, e ela dava a impressão de preferir ficar nua em pelo.

Sharon se desfez da blusa do pijama e puxou os ombros da camisa dele. Gostava que ele também ficasse nu — e considerava especialmente inaceitável que mantivesse a meia —, mas naquela manhã ele não teve vontade de tirar a roupa. Sentia um gosto de agressão e resolveu fazer o que queria, mesmo não sendo capaz de dizer o que ela devia fazer. Visualizou um soldado fodendo de bota, protegido pela farda. Quando ela puxou de novo a camisa dele, Clem resistiu.

"Está com frio?"

"Não."

Ele deu início ao único trabalho que ultimamente despertava sua ambição. Abaixo do horizonte do tórax de Sharon, descendo para o vale de seu umbigo e subindo por um bosque de pelos rijos muito próximos para entrar em foco, estendiam-se as planícies brancas e móveis de seu ventre. As mãos dela, de cada lado, agarraram a cama enquanto Sharon regulava o contato com a língua de Clem. Ele se surpreendeu com as reservas de energia de seu próprio corpo, prova da primazia da função reprodutiva de todo organismo. Por mais que houvesse chicoteado as células de seu cérebro com cigarros, elas se mostraram demasiado gastas para funcionar a contento nas páginas finais sobre Cipião, o Africano; no entanto, aqui estavam os músculos de seu pescoço e língua, incansáveis, labutando graças à promessa de um prêmio a ser dado não a eles, mas a seu pênis. Seu pescoço adiou a dor, as têmporas o martelar do champanhe, os olhos a volta do ardor, até que ele pudesse obedecer ao mais profundo imperativo animal e liberar sua loucura fervente.

Ela soltou um grito agudo. Por um instante, sacudida por seu próprio galvanismo, o corpo de Sharon pareceu se desmembrar. Ele se demorou para empurrar a língua tão fundo quanto possível a fim de provar o que o pênis não podia, movendo-se depois para olhar no fundo de seus olhos. Eram como contas de um castanho muito escuro, seu riso torto, como se ele o houvesse quebrado. Clem pôs um travesseiro sob as nádegas dela, como Sharon gostava, e baixou a calça até o meio da perna. Chegava às raias do milagroso o modo como o corpinho dela o acomodava por completo. Deixou todo o seu peso cair sobre ela e se imobilizou, tentando gravar na memória a sensação de uma penetração total. Perguntou-se quantos meses ou anos se passariam até ele sentir isso de novo com alguém.

"Você está bem?", ela perguntou.

"Estou. Só dando uma paradinha."

"Sabe o que eu fiquei imaginando? Que estávamos em Paris. Um temporal tinha nos apanhado e voltamos ao hotel encharcados até a alma. Fiquei imaginando você me fazer gozar enquanto a chuva caía mais e mais forte nos bulevares."

Nem mesmo a palavra "gozar" foi capaz de se sobrepor ao impacto negativo de se imaginar com ela em Paris. Os quatro na fila para entrar no Louvre. Becky alta, límpida e radiosamente bem-humorada, sua mãe analisando um guia da cidade e fazendo algum comentário irônico sobre o livro — ele odiava imaginar Sharon nesse cenário. Odiava se imaginar condenado, todas as manhãs, a permanecer deitado numa cama francesa que tinha sido palco de muitas fodas, onde tudo era quente, vermelho e insone, com esperma ressequido nos lençóis; condenado a querer, em vez disso, estar onde quer que Becky estivesse, talvez no térreo, no salão de café da manhã com guardanapos limpos e baguetes, ela e a mãe deles tendo uma conversa animada de que ele gostaria de participar. A Becky perto de quem ele nunca lamentava estar, porque proximidade era tudo o que desejava da irmã. Quando visualizava a si mesmo e Sharon entrando naquele salão parisiense de café da manhã, cheirando aos cigarros pós-trepadas, os olhos dos dois vermelhos e empapuçados, a imagem radiante de Becky recuava e se apagava como a de um anjo. Mesmo no mundo real ele a estava perdendo — vinha perdendo desde aquela noite de setembro quando Sharon tirou o roupão. Quanto mais Sharon entrava em cena, menos Becky podia permanecer nela. Seu pênis estava amolecendo.

"Ah, meu bem", disse Sharon, "você deve estar tão cansado!"

Ele concordou com a cabeça, feliz que ela pensasse assim.

"Mas tenho uma ideia", ela disse. "Estava pensando que nós dois podíamos voltar para cá logo depois do Natal. Quer fazer isso? Podíamos passar o dia todo estudando matérias das aulas que teremos e ficarmos juntos de noite. Não quero que você sinta que está ficando para trás nos estudos por minha causa."

Ele tinha queimado toda a glicose. O imperativo se reduzira a nada.

"Mas não era isso que eu queria dizer a você." Ela ajeitou o corpo para olhar no fundo dos olhos dele. "Posso dizer uma coisa importante? Já venho querendo dizer há semanas."

Ele aguardou com um misto de medo e tédio.

"Estou apaixonada por você", ela disse. "Tenho permissão para dizer isso?"

Era exatamente o que ele temia.

"Eu amo tanto você, meu querido!"

Era exatamente o que ele temia, mas de algum modo o efeito foi o oposto do que ele teria esperado. Uma onda de bem-estar masculino invadiu seu corpo. A consciência de que possuía inteiramente aquela pessoa, a excitação daquela conquista, e algo mais selvagem, o repentino fortalecimento de sua capacidade de infligir dor a ela: tudo isso o atingiu como uma explosão de testosterona. O imperativo o assaltou com violência e, sem refletir, Clem o obedeceu com uma penetração mais profunda. Como era diferente estar dentro de uma mulher em quem ele provocara a paixão, como seus nervos genitais agora se sentiam absolutamente conectados a ela! Era quase como se, até aquele momento, ele nunca tivesse feito sexo. O prazer era absurdo.

"Então, o que você acha?", ela perguntou.

"Acho você maravilhosa", ele disse, continuando a trepada.

"Certo." Ela assentiu de leve com a cabeça, como se para si mesma.

Clem fez uma pausa e baixou o rosto para beijar a boca que pronunciara as palavras mágicas. Ela virou o rosto.

"Por que você não quis tirar a roupa hoje?"

"Não sei. Pareceu mais excitante, sei lá."

De novo o aceno leve de cabeça.

"Sharon", ele suplicou. Sabia que era necessário terem uma conversa, e que não seria uma conversa agradável, mas sua *fortíssima preferência* era tê-la um pouquinho depois. Para expressar essa preferência, ele fechou os olhos e voltou a movimentar os quadris. O prazer não diminuíra, mas ela falou outra vez.

"Quero que você diga que também me ama."

Clem abriu os olhos. Desde setembro, quando a agulha de seu cérebro havia ficado presa numa ranhura tocando Sharon, ele sentia o impulso de dizer que estava apaixonado por ela. Suprimira-o porque, seguindo a liderança dela em tudo, havia entendido que declarações românticas não eram *comme il faut*. Verdade que, depois de sua crise no feriado de Ação de Graças, ficara feliz por ter mantido a boca fechada. Mas agora sentia, em seus próprios nervos, como poderia ser fundamental para Sharon ouvir dele as palavras mágicas. Tão fundamental, de fato, que achou que seria capaz de pronunciá-las com alguma sinceridade.

"Nem precisa ser verdade", ela disse. "Só estou curiosa para saber como é ouvir isso."

Ele concordou com a cabeça e disse: "Não estou apaixonado por você".

Levou algum tempo para se dar conta de que cometera um *lapsus linguae*. De verdade ele não tinha querido dizer aquilo. Ficou horrorizado.

"Mas diga que está", ela falou.

"Estava tentando dizer isso. Só que saiu errado."

"Só um pouquinho de nada, não é?"

Ele esticou os braços, olhou para baixo onde ficava o ponto peludo do contato deles e voltou a sacudir a cabeça, negando uma amarga verdade dentro de si. "Eu... eu não sei o que eu sou. Acho que não posso dizer isso."

O rosto dela se contorceu, como se queimado pela verdade.

"Desculpe", ele disse.

"Tudo bem." Ela conseguiu produzir um sorriso irônico. "Eu tentei."

"Meu Deus, Sharon, me desculpe mesmo."

"Está tudo bem de verdade. Pode continuar e acabe."

Ela era generosa até o fim, mas, mesmo em seu estado de suprema excitação, ele entendeu como seria errado extrair mais prazer dela naquele momento. Começou a retirar o pênis.

"Não, acaba", ela disse, tentando puxá-lo de volta. "Simplesmente esqueça que eu disse aquilo."

"Não consigo."

Ela estava chorando. "Por favor. Quero que você acabe."

Ele não conseguia. Lembrou-se da conversa sobre sexo com a sua mãe, ou do que valeu como tal, antes de ele ir para a universidade. Independentemente do que pudesse ouvir no campus, ela disse, sexo sem compromisso era vazio e ruinoso. Essa era a antiga sabedoria. Quanto às regras sobre a presença de visitantes nos dormitórios, ele estava se dando conta, tarde demais, de que os velhos não eram tão idiotas. Debaixo dele havia uma moça chorando para comprovar isso.

Sair da cama fez com que ele tomasse consciência da obscenidade de sua ereção. Enquanto Sharon continuava chorando deitada, ele puxou a calça jeans para cima e vestiu o casaco de marinheiro. No quarto de algum hippie no andar de baixo, uma bem conhecida nota do contrabaixo começou a tocar, era o mesmo álbum do The Who que vinham ouvindo fazia semanas. Ele sacudiu o maço de cigarros de Sharon, tirou um com os lábios e acendeu o fósforo. Em setembro havia experimentado um dos Parliaments dela e gostado. Quando entendeu que apenas fumar e fazer sexo não lhe conferiam virilidade, já estava miseravelmente viciado.

"Posso preparar uma torrada para você?", ele perguntou.

Nenhuma resposta. Sharon havia se coberto com o lençol e virado o rosto para a parede, o choro identificado apenas pelo ligeiro sacudir de seus cachos. A cama era um colchão de casal dentro de uma caixa com molas, a escrivaninha uma porta de madeira compensada apoiada em cavaletes, as estantes eram tábuas de pinheiro com suportes de blocos de concreto. Ele se lembrava da primeira vez em que viu os livros dela, a enorme quantidade de exemplares de bolso em francês, a brancura austera das lombadas. Na época, três meses atrás, ele não podia imaginar nada mais voluptuoso numa mulher que uma grande inteligência. Mesmo agora, se ambos fossem feitos apenas de cérebros e órgãos genitais, ele poderia imaginar um futuro para os dois.

Perguntou-se se devia simplesmente ir embora — se era a coisa certa a fazer ou um ato de covardia. Tinha planejado romper com ela por meio de uma carta porque desejava falar de mente para mente, com racionalidade, bem longe do poço convidativo. Mas agora a havia ferido, ela estava chorando. Será que a situação falava por si própria? Será que qualquer conversa adicional só seria mais nociva? Sentou-se na beira da cama, encheu seus injuriados pulmões de fumaça e esperou para ver o que ela faria. De novo a liberdade existencial, falar ou não falar. Do andar de baixo ainda se ouvia a batida do The Who.

"Não vou voltar no semestre que vem", ele se ouviu dizer. "Estou saindo da universidade."

Sharon imediatamente rolou na cama e o encarou, o rosto banhado em lágrimas.

"Estou abrindo mão da minha dispensa", ele disse. "Vou fazer seja lá o que eles queiram que eu faça, o que provavelmente significa ir para o Vietnã."

"Isso é uma loucura!"

"Ah, é? Você mesma disse que era a coisa certa a fazer."

"Não, não, não." Ela se sentou e apertou o lençol contra o peito. "Já é insuportável que o Mike esteja lá. Você não pode fazer isso comigo."

"Não estou fazendo com você. Estou fazendo porque é o certo. Meu número na loteria do recrutamento é dezenove. É exatamente como você disse — eu já devia ter ido."

"Meu Deus, Clem, não. Isso é loucura."

Na infância de Clem, quando seu irmão genial já era grandinho o suficiente para jogar xadrez e novo o suficiente para ser derrotado, antes de dar o xeque-mate, Clem sempre perguntava a Perry se ele tinha certeza do último movimento que havia feito. Considerava uma pergunta gentil para um irmão mais velho fazer, até que um dia Perry caiu no choro — quando pequeno, Perry vivia chorando por qualquer coisa — e disse a Clem para *parar de ficar repetindo aquilo*. Agora não estava claro para ele por que havia imaginado que a reação de Sharon seria diferente.

"O Vietnã não vai me matar", ele disse. "Suspendemos as operações em terra."

"Quando é que você começou a pensar nisso? Por que não me falou?"

"Estou falando agora."

"É porque eu falei que estava apaixonada por você?"

"Não."

"Foi um erro eu ter dito aquilo. Nem sei se é verdade. É porque essas palavras existem, estão por aí em toda parte, e a gente começa a pensar como seria pronunciá-las. As palavras têm seu próprio poder — elas *criam* o sentimento só por serem ditas em voz alta. Me desculpe por ter tentado fazer com que você as dissesse. Adoro que você tenha sido sincero comigo. Adoro... ah, merda." Tombou na cama, chorando de novo. "Eu *estou* apaixonada por você."

Ele deu a última tragada no cigarro e o apagou cuidadosamente no cinzeiro.

"Não foi nada que você falou. Já mandei a carta."

Ela o olhou com ar perplexo.

"Pus na caixa dos Correios quando vim para cá."

"Não! Não!" Ela começou a bater nele com suas mãos pequenas, sem causar dor. O cheiro de sexo que subia dela e a agressão das palavras que ele pronunciara voltaram a excitá-lo. Pensou nas vezes em que tinha andado em volta do quarto com ela empalada em seu pênis, em como o pequeno corpo dela tornara possível aquela coisa maravilhosa. Temeroso de cair mais uma vez no poço depois de quase se libertar dele, agarrou os pulsos de Sharon e obrigou que ela o encarasse.

"Você é uma pessoa maravilhosa", ele disse. "Mudou totalmente a minha vida."

"Isto é uma despedida!", ela gemeu. "Não quero nenhuma despedida!"

"Vou escrever para você. Vou contar tudo."

"Não, não, não."

"Não vê que isto não é a mesma coisa? Amo quem você é, mas não estou apaixonado por você."

"Agora eu queria nunca ter conhecido você!"

Ela se jogou ao pé da cama. A pena que ele sentia era infinitamente mais real que a ideia de se tornar soldado. Sentia pena dela por ser tão pequena e por amá-lo, assim como pelo dilema lógico em que a havia posto e pela ironia de que Sharon, ao lhe apresentar formas mais existenciais de conhecimento, o havia transformado na pessoa que a abandonaria. Queria ficar e explicar, conversar sobre Camus, relembrá-la da necessidade de exercitar a escolha moral, fazê-la compreender a dívida que tinha com ela. Mas não confiava em sua natureza animal.

Curvou-se e pressionou seu rosto nos cabelos dela. "Eu realmente amo você", ele disse.

"Se me amasse, não iria embora", ela retrucou com voz clara e raivosa.

Ele fechou os olhos e na hora sentiu que quase adormecia. Forçou-se a abri-los. "Preciso ir para o meu quarto fazer as malas."

"Você está partindo o meu coração. Espero que saiba disso."

A única maneira de escapar do poço era se pôr de pé, ser forte e sair. Quando abriu a porta e a ouviu gritar *Espera!*, quase fraquejou. Ao fechar a porta, foi tomado por espasmos que reconheceu com surpresa serem soluços. Totalmente autômatos, tão incontroláveis quanto o vômito, mas menos conhecidos — ele não chorava desde o dia em que Martin Luther King foi assassinado. Em meio a uma névoa salgada, desceu às pressas as escadas cobertas de carpetes úmidos, atravessou uma barreira palpitante de sons do The Who em que agora se ouviam os agudos, deixou para trás o cheiro acre da maconha matinal consumida nos aposentos coletivos e chegou à fria e cinzenta Urbana.

Cinco horas depois, no terminal rodoviário onde começara a nevar, ele entregou a mochila e uma enorme mala (que tinham lhe proporcionado um gostinho de treinamento de recruta ao serem carregadas através do campus) e ocupou uma das últimas poltronas vazias no ônibus para Chicago. Ficava no corredor, em plena área de fumantes, com um bebê uivando no banco de trás. Clem estava sentindo tanto a falta de Sharon, sofrendo tanto pela esperança perdida de um encontro futuro, estava tão persistentemente prestes a chorar, que melhor seria estar apaixonado por ela. Embora fosse impossível que a concentração de fumaça que já havia no ônibus aumentasse, ele tirou um cigarro de seu casaco de marinheiro, abriu o cinzeiro da poltrona e tentou reprimir suas emoções com nicotina. A monstruosa tarefa de partir o coração de Sharon ficara para trás, mas hoje ainda havia mais trabalho pela frente.

Camus era absolutamente admirável, e seu pensamento fazia sentido quando Clem e Sharon conversavam sobre o assunto. No entanto, a sós, Clem via um problema com Camus. Talvez por ser francês, Camus era um cartesiano que não saíra do armário: pressupunha a existência de uma consciência unitária que deliberava racionalmente sobre escolhas morais, quando na verdade os motivos reais das pessoas eram complexos e incontroláveis. Clem, seguindo a linha de raciocínio de Sharon, tinha uma boa justificativa moral para abrir mão de sua dispensa como estudante. Mas, se dispusesse apenas do argumento moral, talvez não tivesse escrito para o setor de recrutamento. Outras fortes escolhas morais estavam disponíveis. Por exemplo, poderia trabalhar para fazer as pessoas mais conscientes da imoralidade das dispensas; poderia simplesmente romper com Sharon porque o relacionamento deles atrapalhava seus estudos. A *escolha específica* que ele havia feito mirava diretamente seu pai.

Durante um longuíssimo tempo, mais de dezesseis anos, Clem havia admirado o pai exatamente por sua força. No começo, em Indiana, onde a casa paroquial se deteriorava mais depressa do que seu pai podia compensar com manutenção, Clem tinha se impressionado, até mesmo se assustado, com a visão dos grandes músculos do pai contraindo-se ao fincar uma picareta ou martelar um prego, com a torrente de suor que corria por seu corpo ao capinar ervas daninhas num dia quente de agosto. O suor possuía um cheiro singular, indefinível — não fedorento, era mais o cheiro de um cogumelo novo ou de chuva recém-caída, mas de qualquer modo perturbador para Clem devido à sua intensidade. (Muito depois, quando trabalhou no viveiro de New Prospect, foi uma revelação sentir exatamente o mesmo cheiro em suas camisetas empapadas de suor. Até onde sabia, ninguém no mundo, exceto ele e seu pai, produzia aquele cheiro. Tinha dúvida até se alguém conseguia senti-lo.) Um empurrão do pai no balanço o mandava tão para o alto que ele se agarrava às correntes com medo de cair. Um leve movimento do pulso do pai, e a bola de beisebol chegava a Clem com tamanha força que a palma de sua mão ardia apesar de estar coberta pela luva. E os gritos. A voz do pai, elevada com raiva (sempre dirigida a Clem, nunca a Becky), era um som tão tonitruante que uma surra, coisa que o pai acreditava não se devia impor a uma criança, talvez fosse preferível.

Em Chicago, ele também viera a apreciar a força moral do pai. Ao ler no ginásio *O sol é para todos*, reconheceu Atticus Finch e se sentiu orgulhoso. Suas opiniões políticas eram uma réplica perfeita das do pai, e deviam ser autênticas porque sobreviveram aos elogios de sua mãe. Ele compartilhava a repugnância do pai pela Guerra do Vietnã e sua crença de que a luta pelos direitos civis era a questão fundamental daqueles tempos. Durante a campanha do pai para acabar com a segregação racial na piscina pública de New Prospect, ele próprio saiu tocando a campainha das casas, distribuindo panfletos e repetindo literalmente as palavras paternas sobre preconceito racial. Embora não tivesse o raio de ação do pai, um púlpito onde pregar, não houvesse tomado um ônibus para ir ao Alabama, ele seguia seu exemplo em menor escala. Os alunos da Lifton Central que perseguiam *bichas* e *maricas* bem cedo aprenderam a se manter longe dele. Quando via alguém fraco sendo atormentado, ficava tão furioso e tão insensível à dor que era capaz de topar qualquer briga. Em geral, não era amigo dos meninos que defendia — eles eram párias sociais por alguma razão. Fazia simplesmente o que o pai lhe ensinara que era certo fazer.

Os únicos pontos de atrito entre eles eram a religião e Becky. Nada metafísico fazia o menor sentido para Clem, nem Deus nem Pai, e menos ainda o absurdo Espírito Santo; e alguma coisa havia dado errado desde o início com respeito a Becky, algum ciúme ou superproteção do pai. Ao ficar sozinho com Becky, Clem se tornava consciente de uma peculiar dualidade em si mesmo. Sairia na mão com qualquer um que falasse mal de seu pai, mas não conseguia parar de minar o respeito da irmã pelo cristianismo do pai.

O que tornava isso ainda mais estranho era que sua própria ética era basicamente cristã: admirava muito Jesus Cristo como um professor de moral e defensor dos pobres e marginalizados. Mas havia um diabinho de perversidade dentro dele, um alter ego sarcasticamente divergente que brotava quando estava a sós com Becky. Expôs a ela a falta de provas sobre as forças imateriais, a falta de uma firme corroboração das histórias da Bíblia, a impossibilidade de se comprovar a proposição de que Deus existe, a falta de credibilidade dos "milagres" quando confrontados com experimentos científicos. E tinha funcionado. Ele fez de Becky uma jovem ateia, sendo isso mais uma coisa que os unia, mais uma coisa a amar na irmã — o modo pelo qual seu lábio superior se repuxava sempre que Deus era mencionado na mesa do jantar.

Se o ateísmo dele era mais circunspecto, se devia em parte ao respeito por Jesus e, em parte, porque ele e seu pai trabalhavam bem demais juntos. O pai era paciente ao ensiná-lo a usar as ferramentas, e Clem, por mais cansado que estivesse, se recusava a ser o primeiro a parar quando ambos estavam mexendo com terra, colhendo folhas mortas ou pintando paredes. Ele queria a aprovação paterna tanto para sua ética de trabalho quanto para suas posições políticas, apreciando a frequência e o entusiasmo com que o pai a expressava — nesse sentido, não podia pedir um pai melhor. Ao iniciar a décima série, seu pai teve a inspiração de reorientar o grupo de jovens da igreja para um campo de trabalho no Arizona, e Clem não viu nenhuma razão para que a metafísica o impedisse de participar.

Rick Ambrose havia entrado na mesma época. No primeiro ano, quando era seminarista em tempo integral e conselheiro do grupo em tempo parcial, Ambrose usava cabelo curto, barbeava o rosto e obedecia ao pastor assistente. No entanto, depois do tumulto político no verão seguinte — Clem fizera campanha em favor de Eugene McCarthy, trabalhando ao lado do pai, que em agosto teve o lábio partido enquanto tentava separar policiais e manifestantes no Grant Park —, Ambrose voltou ao grupo com cabelo comprido e um bigode à la Fu Manchu. Alguns rapazes da igreja, em especial Tanner Evans, adotaram a mesma aparência. Sentia-se uma agitação diferente nas noites de domingo, uma nova impaciência com a autoridade, à medida que rapazes de cabelo comprido de outras igrejas, ou de nenhuma igreja, começaram a aparecer nas reuniões, porém nunca ocorreu a Clem se preocupar com o pai. Quem se importava se um pastor ordenado ainda carregasse uma Bíblia e começasse cada reunião com uma prece metafísica? Martin Luther King era religioso e ninguém o tinha admirado menos por causa disso. Clem não conhecia ninguém que trabalhasse com mais paixão pela justiça social que seu pai; e quando realmente se amava alguém, a pessoa por inteiro, simplesmente cumpria aceitar as pequenas coisas que se gostaria que fossem diferentes nela. Ele via as expressões de enfado quando seu pai falava sobre religião nos encontros do grupo, mas a própria Becky fazia o mesmo. Isso não queria dizer que não o amava.

Na primavera de 1969, o grupo era tão numeroso que dois ônibus aguardavam no estacionamento da igreja na primeira tarde das férias da Páscoa. Dois campos de trabalho tinham sido planejados para o Arizona, e seria lógico dividir o grupo de acordo com os diferentes destinos. Em vez disso, como rapidamente ficou claro, havia um ônibus do pessoal moderninho — identificado assim quando Ambrose pôs sua bagagem junto a dele, fazendo com que fosse prontamente tomado pela turma do Tanner Evans — e um ônibus do pessoal antiquado, com Clem, seu pai e os garotos mais caretas da Primeira Reformada. Para Clem, um ônibus era apenas um meio de transporte para o ar rarefeito do altiplano, os cheiros de pinheiro *piñon* e pão frito, a chance de carregar pedras e de bater pregos para um povo que seu país tinha roubado e oprimido. Toda a noção de "moderninho" era pueril. Ninguém em New Prospect era mais desejável que sua irmã, e ele sabia perfeitamente, pelas histórias que Becky lhe contava, que os garotos populares não tinham mais substância que os impopulares. Como ele tinha Becky, nunca saíra de seu caminho para fazer amizades na escola, e os poucos bons amigos que possuía não participavam do grupo. No entanto, mantinha relações amistosas com muitos quadradões: mesmo a garota gorda e rabugenta, mesmo o sujeito que não parava de fazer trocadilhos, mesmo o falastrão imaturo, todos tinham coisas interessantes a dizer se você os deixasse à vontade e se dispusesse a ouvi-los. É o que Jesus teria feito, e Clem se sentia bem fazendo isso.

Seu pai, contudo, parecia inquieto e perturbado no ônibus dos quadradões. O motorista era mais lento que o outro e, sentado atrás dele, seu pai abaixava a cabeça a fim de olhar à frente na estrada, como se temesse ficar para trás. Clem logo dormiu. Ao acordar e ver que o pai ainda olhava pelo para-brisa, atribuiu aquilo à excitação, à expectativa. A verdadeira situação só ficou clara de manhã, quando o ônibus deles alcançou o de Ambrose numa parada de caminhões no Panhandle do Texas, e seu pai fez Ambrose trocar de lugar com ele.

Teoricamente, não havia nada de errado nisso. Seu pai era o líder do grupo, sendo sem dúvida correto que compartilhasse sua presença pastoral com o outro ônibus. Mas quando Clem reparou na *avidez* com que seu pai subiu nele, sem olhar para trás, uma luzinha se acendeu. Ele sentiu, em suas entranhas, que o pai não havia trocado de ônibus por ser a coisa certa a fazer. Era porque egoisticamente desejava estar no outro ônibus.

Naquela noite, quando entraram na cidadezinha de Rough Rock, no Arizona, a intuição de Clem se confirmou da pior forma possível. No escuro, em meio a uma nuvem de poeira iluminada pelos faróis, houve uma confusão de malas enquanto o grupo separava a metade que ficaria ali em Rough Rock, com seu pai, e a metade que iria para o acampamento em Kitsillie, no altiplano, com Ambrose. Semanas antes, quando todos se inscreveram para um ou outro local, Clem havia escolhido Kitsillie porque as condições primitivas do lugar o agradavam, mas a maioria dos jovens que tinham viajado no ônibus para Kitsillie o tinham escolhido por causa de Ambrose. Entre eles estavam Tanner Evans e Laura Dobrinsky, os amigos músicos dos dois e as meninas mais bonitas do grupo. O ônibus estava lotado e pronto para sair, só faltava Ambrose, quando o pai de Clem subiu a bordo com sua mochila.

Tinha acontecido, ele disse, uma mudança de planos. Seria melhor, concluiu, que ele liderasse o contingente em Kitsillie, e Rick ficasse em Rough Rock, onde havia um dormitório. Depois de um momento de silêncio e de perplexidade, o motor do ônibus foi ligado em meio aos gritos de protesto de Laura Dobrinsky e suas amigas, porém era tarde demais. O motorista já tinha fechado a porta. Seu pai ocupou a poltrona do corredor ao lado de Clem, dando-lhe um tapinha no joelho. "Isto é ótimo", disse. "Vamos passar uma semana juntos. Bem melhor, não acha?"

Clem não disse nada. Do fundo do ônibus vinham murmúrios femininos insistentes e raivosos. Seu pai o prendera na poltrona da janela e ele pensou que poderia morrer se não escapasse. A vergonha de ser filho daquele homem era coisa nova para ele, e profundamente dolorosa. Não que se importasse com o que o pessoal moderninho pensava dele, mas era o fato de seu pai ter se mostrado tão fraco diante deles ao abusar de sua pequena autoridade para tomar de assalto aquele ônibus. E agora o estava *usando*, sendo todo paternal, fingindo que nada havia feito de errado.

O fingimento continuou no altiplano. O velho dava a impressão de desconhecer deliberadamente como o grupo de Kitsillie estava ressentido por ele haver tomado o lugar de Ambrose. Parecia não se dar conta de que tinha quase cinquenta anos, duas vezes mais velho que Ambrose, algo que não podia ser trocado. Sim, ele era mais forte e mais hábil que Ambrose e, sim, cheio de energia — regressar ao altiplano, refazer o relacionamento com os navajos, caminhar pela terra que adorava sempre o enchia de vigor. Mas todas as manhãs, quando organizava as turmas de trabalho, ninguém se apresentava como voluntário para participar de sua equipe. Quando ia em frente e selecionava ele mesmo uma turma, ocupando-se com as ferramentas e os suprimentos para o dia, ocorria uma coisa curiosa: todas as garotas de sua equipe que eram amigas de Laura Dobrinsky trocavam de lugar com alguém de outra equipe. Embora ele certamente houvesse notado, nunca disse uma só palavra sobre isso. Talvez fosse covarde demais para criar caso. Ou talvez não se importasse com o que as garotas pensavam dele. Quem sabe tudo o que queria era impedir que elas passassem a semana na companhia do querido Ambrose.

O próprio Clem era líder de uma equipe, o único não adulto a quem seu pai atribuía tal responsabilidade. Um ano antes, essa manifestação de confiança o teria agradado muito, mas agora ele meramente ficava agradecido por nunca precisar fazer parte da equipe paterna. Durante o dia, o árduo trabalho físico embotava seu receio de voltar ao prédio da escola onde o grupo estava acampado, porém a vergonha sempre o espreitava na hora do jantar. À luz de seus princípios, ele se acreditava obrigado a comer com o pai, o que os demais evitavam, e a se submeter a uma conversa fraudulentamente animada sobre a vala que o pai estava abrindo para instalar um cano de esgoto. Vendo todos os seus pares rindo e comendo juntos, Clem se sentia singularmente amaldiçoado e isolado. Queria ser filho de outra pessoa... de qualquer pessoa.

Era uma tradição do grupo se reunir em volta de uma única vela depois do jantar a fim de partilhar pensamentos e sentimentos sobre o dia. Todas as noites, em Kitsillie, havia um muro de silêncio erguido pelas garotas moderninhas. No final da semana, seu pai chegou a perguntar à mais bonita delas, Sally Perkins, se tinha alguma coisa a dizer. Sally simplesmente contemplou a vela e sacudiu a cabeça. Sua recusa em falar foi tão ostensiva, a tensão em torno da vela tão aguda, que poderia ter deflagrado uma confrontação aberta caso Tanner Evans não soubesse o momento exato de fazer soar um acorde de seu violão de doze cordas e liderar a cantoria.

Se o pai de Clem ficou aliviado por evitar uma confrontação, não devia ter ficado. A explosão que se seguiu dez dias depois, no primeiro encontro dominical após a excursão ao Arizona, foi mais violenta por ter sido reprimida. Era uma noite incomumente quente para abril, o ar na sala onde o grupo se reunia tão abafado e cheirando a madeira úmida como num sótão. Todos estavam com pressa de descer para as atividades, e a maioria das pessoas se calou quando o pai de Clem deu um passo à frente para fazer sua prece inicial. Ele olhou para Sally Perkins e suas amigas, que continuavam conversando, e ergueu a voz. "Padre-nosso", entoou.

"Esta sala bem que podia ter um ar-condicionado", Sally observou em voz alta, dirigindo-se a Laura Dobrinsky.

"Sally", Rick Ambrose rosnou em um canto da sala.

"Que é?"

"Fica quieta."

Depois de uma pausa, o pai de Clem tentou de novo. "Padre-nosso..."

"Não!", disse Sally. "Me desculpe, mas não. Não aguento mais essas preces idiotas." Ela ficou em pé num salto e olhou em volta. "Mais alguém aqui que não aguenta como eu? Ele já arruinou a minha excursão da primavera. Vou vomitar, literalmente vomitar, se ele continuar."

O desprezo em sua voz foi chocante. O que quer que estivesse acontecendo no país, apesar da forma furiosa com que as autoridades estavam sendo questionadas, ninguém podia falar assim numa igreja.

"Também não aguento mais", disse Laura Dobrinsky se levantando. "Então somos duas. Mais alguém?"

Em massa, as demais garotas moderninhas se levantaram. O calor na sala estava sufocando Clem. Laura Dobrinsky se dirigiu diretamente a seu pai.

"Os navajos mais jovens também não gostam de você", ela disse. "Estão fartos de ouvir sermões. Não querem que um cara branco os trate com esse ar de superioridade, dizendo o que seu Deus branco quer que eles façam. Você tem ideia de como você soa para as outras pessoas? Talvez você tivesse uma boa relação com as pessoas mais velhas, lá atrás. E talvez elas ainda achem isso legal. Mas elas estão *velhas*. Esse papo furado de missionário não cola mais."

Rick Ambrose estava furioso, braços cruzados no peito. O rosto do pai de Clem empalidecera. "Posso dizer uma coisa?", ele perguntou.

"Que tal ouvir desta vez?", Laura respondeu.

"Se eu não sei fazer nada, Laura, acredito que pelo menos sei ouvir. Minha função é ouvir."

"Que tal então se ouvir? Não vejo isso acontecer."

"Laura", disse Ambrose. Laura se virou para ele.

"Está defendendo ele? Porque ele é... O quê? Um pastor ordenado? Pra mim, isso depõe *contra* ele."

"Se você tem um problema com o Russ", disse Ambrose, "deveria falar direto com ele."

"É exatamente o que eu estou fazendo."

"Cara a cara."

"Que se foda, não tenho interesse nisso." Laura se voltou de novo para o pai de Clem. "Não tenho o menor interesse em manter uma relação com você."

"É uma pena ouvir você dizer isso, Laura."

"É mesmo? Sinceramente, não acho que eu seja a única aqui que pensa isso."

"Eu também não", disse Sally Perkins. "Também não quero ter uma relação com você. Na verdade, nem quero ficar neste grupo se você participar."

Agora mais da metade do grupo estava de pé. Sobrepondo-se à confusão, ouviu-se a voz de Ambrose aos berros. "SENTEM-SE. TODO MUNDO SENTADO AGORA, E CALEM A PORRA DESSA BOCA."

Todos obedeceram. Embora Ambrose fosse tecnicamente subordinado ao pai de Clem, todos sabiam quem era o verdadeiro líder do grupo: quem era o forte e quem era o fraco.

"Vamos pular a prece esta noite", disse Ambrose. "Concorda com isso, Russ?"

O velho concordou humildemente com um gesto de cabeça. Ele era fraco! Fraco!

"Você não está *ouvindo* a gente", disse Laura Dobrinsky. "Você não entendeu. Estamos dizendo que ou *ele* vai embora ou *nós* vamos embora."

Ouviram-se gritos de aprovação, e Clem não aguentou mais. Apesar da vergonha que sentira do pai no Arizona, não podia ver uma pessoa fraca sendo massacrada. Levantou a mão e a agitou. "Posso falar uma coisa?"

Imediatamente todos os olhos se fixaram nele. Ambrose acenou que sim com a cabeça e Clem se levantou meio bambo, o rosto em brasa.

"Não acredito como vocês podem ser tão maus", ele disse. "Vão embora porque não gostam de uma prece de dois minutos? Eu também não acredito em preces, mas não venho aqui para rezar. Estou aqui porque somos uma irmandade dedicada a servir aos pobres e marginalizados. E sabem de uma coisa? Meu pai tem se dedicado a isso por mais tempo do que qualquer um de vocês está vivo. É mais dedicado do que qualquer um nesta sala. Acho que isso deve contar para alguma coisa."

Sentou-se de novo. Uma garota ao lado dele tocou em seu braço em sinal de apoio.

"Clem tem razão", disse Ambrose. "Precisamos respeitar uns aos outros. Se não temos coragem de trabalhar nisso de forma coletiva, não merecemos ser chamados de irmandade."

Sally Perkins encarava o pai de Clem. Parecia ter uma satisfação cruel pelo fato de ele não olhar para ela. "Não", disse.

"Sally", disse Ambrose.

"Vamos votar", ela disse. "Quantas pessoas querem ficar neste grupo se *ele* participar?"

"Não vamos fazer isso de jeito nenhum", disse Ambrose.

"Então eu vou embora."

Ela se pôs em pé outra vez. Mais da metade do grupo fez o mesmo. Os olhos do pai de Clem estavam esbugalhados de dor. "Eu gostaria de falar uma coisa", ele disse. "Me ouçam, está bem? Não sei de onde tudo isso está vindo…"

Laura Dobrinsky riu e saiu da sala.

"Sinto muito se eu não sou a pessoa que vocês querem que eu seja", disse Russ. "Acho que ainda tenho muito que aprender com vocês. Me importo profundamente com esse grupo. Temos feito um trabalho magnífico, e gostaria de ajudar para que continuemos a fazer isso. Se querem que Rick conduza as preces ou que Rick lidere o grupo, estou de acordo. Mas se vocês se importam com crescimento pessoal, eu gostaria de ter a chance de também participar. Estou pedindo a vocês que me deem essa oportunidade."

Clem sentiu uma petrificação tão literal que parecia que seu corpo poderia se partir em pedacinhos se recebesse uma martelada. Seu pai estava *suplicando*. E nem assim conseguindo alguma coisa. Sally Perkins havia saído, e metade do grupo a seguia, amontoando-se diante da porta na ânsia de ficar ao lado dela. Seu pai os observou com um ridículo assombro brutal.

Ambrose, cuja posição não era invejável, sugeriu que Russ comandasse um exercício de respiração enquanto ia parlamentar com os trânsfugas. Mais uma vez o velho concordou humildemente com um gesto de cabeça. Entre os jovens da igreja que permaneceram quando Ambrose saiu, Clem se surpreendeu ao ver Tanner Evans.

"Quero que todos nós respiremos", disse o velho, a voz trêmula. "Vou me deitar — todos vamos nos deitar e fechar os olhos. Está bem?"

Era de esperar que ele continuasse falando, liderando o grupo numa visualização. Mas o único som era o zumbido dos desertores no andar de baixo. Enquanto Clem ficou deitado, sentindo calor e tentando respirar, sua mente voltou a Becky: o modo como seu pai sempre quis que ela fosse a amiga especial dele, tendo aparentemente se ressentido por Clem ser o amigo especial dela, tentando separá-los e manter um relacionamento particular com cada um dos dois; e que estranho ter feito isso se Becky era popular e Clem sabia se virar sozinho. Nenhum deles necessitava de uma atenção extraordinária como, por exemplo, o irmão mais novo precisava. Perry era muito bem-dotado, mas pobre de espírito, e o pai deles, que em público falava tanto em ajudar os pobres, só encontrava defeitos em Perry. E agora a mesma coisa tinha acontecido no grupo: em vez de cuidar dos socialmente necessitados, seu pai havia tentado afastar os jovens populares de Ambrose e pegá-los para si. Ele não era apenas fraco. Era nojento — uma fraude moral.

Ouvindo passos, Clem se sentou e viu o pai seguindo Ambrose para fora da sala. Ninguém agora fingia mais estar fazendo o exercício de respiração. Tanner Evans olhou para Clem e sacudiu a cabeça.

"Sabe de uma coisa?", Clem disse. "Não quero falar sobre isso. Pode ser?"

Houve murmúrios de alívio. Seus pares entendiam.

"Não vou sair do grupo", acrescentou. "Mas acho que agora vou para casa."

Saiu da sala cambaleando e desceu as escadas como se tivesse sido dispensado por motivos médicos. De volta à casa paroquial, foi direto para seu quarto e trancou a porta, pegou um romance de Arthur C. Clarke na estante e se perdeu em outro mundo. Duas horas passaram voando, até que ouviu uma batida na porta.

"Clem?", disse o pai.

"Vá embora."

"Posso entrar?"

"Não. Estou lendo."

"Só quero agradecer a você, Clem. Quero agradecer o que disse hoje à noite. Pode abrir a porta?"

"Não. Vá embora."

A dor causada pela fraqueza de seu pai foi como uma doença, persistindo nas semanas subsequentes. Na reunião do domingo seguinte, ele se lembrou de Tim Schaeffer, um garoto do grupo que tinha sido operado por causa de um câncer no cérebro e que voltou a frequentar as reuniões até dois meses antes de morrer. Todos queriam fazer par com Clem nos exercícios de construção de confiança, mas ninguém lhe dava porra nenhuma se ele não mostrasse o desejo de revelar seus sentimentos. Rick Ambrose lhe disse, em particular, que presenciara poucos atos de maior coragem e força moral do que ele ter se levantado para defender o pai. Ambrose passou a lhe fazer confidências, pedir sua ajuda em decisões de logística e inventar piadas afetuosas por causa de seu ateísmo. Nunca foi mencionado, mas ficou óbvio para Clem que Ambrose reconheceu sua necessidade de uma nova figura paterna.

Ele não respeitava mais Russ. Tendo vislumbrado sua fraqueza fundamental, agora a via em todos os momentos. Viu como ele explorava a gentileza de Becky para arrastá-la nas caminhadas de domingo, viu como se distanciava de sua mãe nas funções da igreja para conversar com as esposas de outros paroquianos, viu como enxovalhava o nome de Rick Ambrose por ser querido pelos jovens, o ouviu lembrando a pessoas que não precisavam ser lembradas de que ele tinha marchado junto com Stokely Carmichael e acabado com a segregação racial na piscina, viu como se olhava no espelho do banheiro, tocando as espessas sobrancelhas com a ponta dos dedos. O homem cuja força Clem admirara parecia agora um exemplo gritante de tudo o que existia de ruim. Clem não suportava ficar no mesmo cômodo que ele. Estava abrindo mão de sua dispensa como aluno para mostrar ao pai o que um homem forte fazia.

A fumaça do ônibus que rumava para Chicago e o tempo do lado de fora reforçavam um crepúsculo precoce. A neve que tombava nos campos de milho tornava menos nítidos os sulcos na terra e o restolho, as distantes manjedouras. A menininha na poltrona atrás de Clem tinha inventado uma palavra, *bã*, e se apaixonado por ela. Toda vez que a pronunciava — *Bã!* —, soltava um gritinho de renovado prazer em intervalos perfeitamente calculados para mantê-lo desperto. Sem que Clem fizesse qualquer coisa, o ônibus o levava adiante, em direção à incumbência de contar aos pais que havia escrito ao setor de recrutamento, para longe da violência que cometera com Sharon. A profundidade da violência tornava-se mais e mais aparente, sua dor mais lancinante. O único alívio que podia imaginar era a bênção de Becky.

Desgostosa consigo própria, a pessoa acima do peso chamada Marion escapou da casa paroquial. No café da manhã tinha comido um ovo cozido e uma torrada muito lentamente, dando pequenas mordidas, seguindo o conselho de uma escritora que, na revista *Redbook*, declarara haver perdido dezoito quilos em dez meses e tinha sido fotografada vestindo uma espécie de macacão da Barbarella, que mostrava sua cintura futuristicamente semelhante à de um inseto. Ela também aconselhara, em vez de almoçar, a tomar uma lata de uma bebida anunciada nacionalmente por seus efeitos emagrecedores, fazer três horas de exercícios físicos vigorosos por semana e repetir mantras do tipo *Se comeu e pediu bis, vai ver logo em seus quadris*, além de comprar e embrulhar um presentinho para si própria, para ser aberto quando conseguisse perder determinado número de quilos. Exceto por uma década grátis de pílulas para dormir, não havia nenhum presente que Marion desejasse o bastante para servir como prêmio, mas ela ia obedientemente, todas as terças e quintas-feiras de manhã, nas aulas de ginástica da igreja presbiteriana, e teria ido hoje se Judson não estivesse em casa. Privada de seu meio sanduíche com maionese, a que faria jus como contrapartida por aquela uma hora de queima presbiteriana de calorias, ela havia almoçado dois talos de aipo com requeijão nos sulcos. Isso quase foi suficiente para fazê-la encarar uma tarde sem tentações, mas um dos biscoitos que havia assado para Judson se quebrara ao meio. Vendo-o partido no suporte de resfriamento em meio a seus companheiros intactos, ela se condoeu. Como Criadora deles, comê-lo seria uma espécie de misericórdia. Mas o gosto açucarado havia despertado seu apetite. Quando a náusea a atingiu, tinha comido outros cinco biscoitos.

De tênis e com seu casaco de gabardina muitas vezes remendado, ela passou por árvores cujos troncos estavam escurecidos pela umidade condensada e por fachadas residenciais que não mais prometiam a estabilidade conjugal da década de 1940, quando tinham sido construídas. Seus passos eram mais bamboleantes que largos, mas pelo menos ela não precisava se preocupar se estava sendo vista ou não. Exceto se fosse por pena de ela não possuir um carro, ninguém prestava a menor atenção na esposa de um pastor caminhando sozinha. Tão logo as pessoas identificavam sua posição na comunidade, situando-a na extremidade "Muito Simpática" da importantíssima gama de simpatias, ela se tornava invisível para todos. Sexualmente, não havia nenhum ângulo pelo qual um homem na rua pudesse vê-la de relance e ter a curiosidade de vê-la de outro ângulo, nenhum detalhe que aliviasse o que ela e o tempo tinham feito de si própria. Nessa questão, ela se tornara invisível especialmente para seu marido. Invisível também para os filhos — tornada indistinta pela nuvem quente e densa de mãezice através da qual eles a percebiam. Embora achasse possível que ninguém em New Prospect antipatizasse vivamente com ela, não havia ninguém que pudesse chamar de amiga íntima. Por mais que sempre lhe faltasse dinheiro, ela era ainda mais pobre em matéria de amizade, daqueles pequenos segredos que os amigos trocam para construir a confiança mútua. Ela possuía muitos segredos, mas todos eram grandes demais para serem revelados com segurança pela mulher de um pastor.

O que ela tinha em vez de amigos, secretamente, era uma psiquiatra, e estava atrasada para a sessão. Detestava correr, a sensação dos baques continuados de suas partes pesadas, mas ao entrar na Maple Avenue acelerou seus passos curtos e rasos que, compreensivelmente, queimavam mais calorias por unidade de distância que o simples caminhar. As casas da Maple exibiam uma desenfreada competição decorativa, arbustos, cercas e beirais de telhados infestados de trepadeiras de plástico verde carregadas de frutos de cores foscas. Não era claro para Marion se o encanto das luzes de Natal à noite compensava a feiura das instalações elétricas nas horas do dia, que eram muitas. Nem era claro se para as crianças a excitação do Natal era o suficiente para compensar a desiludida trabalheira que ele significava para os adultos, que também era muita.

Diminuiu o passo na Pirsig Avenue. A única pessoa em New Prospect que sabia que ela estava consultando uma psiquiatra era a recepcionista da próspera clínica dentária de Costa Serafimides, localizada num prédio baixo com fachada de tijolos perto da estação ferroviária. A esposa do dr. Serafimides, Sophie, recebia seus pacientes psiquiátricos numa sala pequena e sem identificação em meio a salas idênticas em que placas de tártaro eram retiradas e cáries obturadas. Qualquer um que visse Marion na sala de espera deduziria que ela estava lá para um desses tratamentos. Uma vez dentro do consultório de Sophie, ela ouvia o rangido de sapatos com sola de borracha, o zumbido dos motores sustentados por roldanas, o cheiro agradável do antisséptico usado pelos dentistas. No consultório havia duas poltronas de couro, estantes com manuais, diplomas emoldurados (Sofia Serafimides, doutora em medicina) e um armário baixo com gavetas cheias de remédios. Era como um confessionário moderno, um lugar não totalmente isolado onde a pessoa podia ter o interior de sua cabeça esmiuçado, com pagamento não em futuras ave-marias, mas dinheiro vivo, na hora.

Com vinte e poucos anos, Marion era uma católica praticante das mais sérias. Na época, acreditava que a Igreja tinha salvado sua vida, ou pelo menos sua sanidade mental. Porém mais tarde, depois de conhecer Russ e de se tornar uma protestante sensata, passou a ver seu catolicismo juvenil como outra forma de loucura, mais sustentável que aquela que a havia levado a um hospital com vinte anos, porém igualmente mórbida. Era como se, em sua fase católica, ela vivesse sob uma abóboda que transformava os dias mais ensolarados em dias sombrios. Tinha ficado obcecada pelo pecado e pela redenção, propensa a se deixar dominar pelo significado de coisas insignificantes — uma folha que tombava a seus pés, uma canção que ouvira ser tocada em dois lugares distintos no mesmo dia — e paranoide com a sensação de que Deus estava observando tudo o que ela fazia. Quando se apaixonou por Russ e recebeu a bênção maravilhosamente concreta de se casar com ele, um filho saudável após outro, cada qual suficientemente precioso para ter bastado, ela havia fechado uma porta mental e deixado para trás os anos em que o sol fora escuro e em que seu único amigo, se é que se pode chamar de amigo um Ser infinito, tinha sido Deus. A moça que rezava sem parar com vinte e dois anos representava sobretudo a pessoa que ela tinha a bem-aventurança de não ser mais.

Só na primavera anterior, quando Perry começou a ter dificuldades para dormir e problemas na escola, ela reabrira de novo a porta mental, a fim de comparar os sintomas dele com os que ela se lembrava de ter tido; e só depois da primeira visita a Sophie Serafimides, na pequena sala com cheiro de clínica dentária, ela sentiu uma verdadeira nostalgia de seus anos católicos. Recordou-se de como eram tranquilizadoras as transações no confessionário e de como havia amado a imensidão da estrutura da Igreja e sua majestosa história, que tinham feito os pecados dela, ainda que graves, parecerem gotículas num balde imenso com substanciais precedentes ao longo dos séculos. O cristianismo tal como pregado e praticado por Russ dava pouquíssima ênfase ao pecado. Tempos atrás, Marion tinha sido inspirada intelectualmente pela convicção de Russ de que um evangelho de amor e comunidade estava mais próximo dos ensinamentos de Cristo do que um evangelho de culpa e maldição eterna. Mas ultimamente começara a ter dúvidas. Amava os filhos mais do que amava Jesus, cuja divindade permanecia algo questionável e em cuja ressurreição do reino dos mortos ela em essência não acreditava, embora acreditasse piamente em Deus. Podia sentir Sua presença dentro dela e a seu redor o tempo todo. Deus estava ali — não menos agora, em seus cinquenta anos, do que quando tinha vinte e dois. E amar a Deus mesmo que um pouquinho só, mesmo que fosse apenas quando ela se perguntava se O amava mesmo, era amá-Lo mais do que ela amava qualquer pessoa, até seus filhos, porque Deus era infinito. Ela se perguntava se as boas igrejas protestantes, como a Primeira Reformada, não estariam cometendo o erro de dar muita ênfase aos ensinamentos éticos de Jesus, com isso afastando-se demais do conceito do pecado mortal. A culpa, na Primeira Reformada, não era de todo diferente da culpa na sociedade de cultura ética. Era uma versão liberal de culpa, uma emoção que inspirava as pessoas a ajudar os menos afortunados. Para um católico, a culpa era mais que um sentimento. Era a consequência inescapável do pecado. Era uma coisa objetiva, plenamente visível para Deus. Ele a vira comer seis biscoitos açucarados, e o nome desse pecado era gula.

Atravessando a zona comercial da Pirsig Avenue, ela tentou não olhar para as vitrines, cuja exposição de mercadorias a censurava pelos presentes que estava dando aos filhos. Era verdade que Russ era contra a comercialização do Natal e havia separado uma parca quantia para as compras, mas isso era injusto com as crianças, principalmente com Judson, que crescia num bairro tão afluente. Ela havia comprado para ele um jogo de futebol americano que o vendedor da loja de brinquedos lhe garantiu que era o que todos os meninos desejavam, embora Judson fosse provavelmente inteligente demais para desfrutar dele por muito tempo. Para Becky havia comprado uma mala bonita e que estava em liquidação, talvez porque seu tamanho não fosse muito útil. Para Clem, em reconhecimento por suas ambições científicas, comprou um microscópio de segunda mão que devia ser obsoleto quando comparado aos da universidade. E para Perry — ah, Perry desejava tantas coisas e teria feito um uso criativo de todas elas, e ele era tão atencioso com ela, os dois tinham tanta sintonia, que ele só havia insinuado presentes que sabia que ela poderia comprar. Ela lhe comprou o gravador de fita cassete mais barato, o tipo de produto que uma loja de aparelhos de som exibe para garantir aos compradores de outros gravadores de fita cassete que eles não estão levando o pior. E o tempo todo, nos fundos de sua gaveta de meias, ela guardava um envelope com oitocentos dólares em dinheiro vivo que ainda não havia gastado em suas sessões com Sophie Serafimides, a quem estava pagando para ser sua amiga.

Por trás desse egoísmo havia círculos mais profundos de culpa. Ela mentia e roubava, e no passado fizera coisa pior. Mentiu para o marido desde o momento em que o conheceu, e havia mentido para a filha quinze minutos antes, a caminho da porta dos fundos — "Estou atrasada para a minha aula de ginástica". Estava atrasada, é verdade. Duas horas atrasada para a aula de uma hora! Os dólares no bolso de seu casaco de gabardina eram vinte dos mil e quatrocentos que recebera do joalheiro da Wabash Avenue, para quem havia levado as pérolas e os anéis de diamante que separara ao esvaziar o apartamento da irmã em Manhattan. Naquela hora, como inventariante, disse a si mesma estar reparando uma injustiça perpetrada pela irmã; que Becky já receberia muito dinheiro e não necessitava de joias caras. O roubo ainda seria perdoável se Marion tivesse levado adiante sua intenção de gastar o dinheiro com Perry, Clem e Judson, aos quais Shirley não havia deixado nada. Em junho, quando a psicóloga tinha sugerido que consultas semanais seriam mais valiosas que uma receita de soníferos e explicou seu esquema de honorários,

Marion disse que tinha condições de pagar vinte dólares por semana, pois de fato contava com um pequeno fundo. Assim, depois dessa primeira "hora" com Sophie, não foi mais possível negar a malignidade de seu roubo.

Graças à sua corridinha na Maple Avenue, ela chegou à clínica dentária apenas cinco minutos atrasada. O estacionamento estava mais vazio que de costume, a sala de espera ocupada apenas por uma mãe e um menino lendo uma revista infantil, aparentemente despreocupado com os desconfortos orais que o aguardavam. O fato de a mãe e o menino serem negros demonstrava o liberalismo do casal Serafimides, cuja formação educacional os havia levado aos bairros mais ricos, mas também, como Marion sabia, por ter perguntado, para longe da ortodoxia grega em que foram criados; ambos pertenciam à sociedade de cultura ética. A recepcionista, exemplo de discrição, uma sessentona também de origem grega, indicou com um gesto silencioso de cabeça que Marion podia ir diretamente ao *sanctum*. Sophie Serafimides, uma mulher gorducha que enchia a poltrona, tinha uma bela pele morena e uma grande massa de cabelos crespos. Embora tivesse ficado impressionada com seu sobrenome angélico ao encontrá-lo nas Páginas Amarelas, Marion a escolhera por causa de seu primeiro nome. Os psiquiatras que a haviam tratado em Los Angeles eram homens com uma condescendência masculina tão insuportável que causava surpresa ela ter recuperado sua sanidade mental. Achar uma profissional mulher em New Prospect era quase um milagre, e ela ainda não saberia dizer se havia "transferido" para Sophie qualquer um de seus problemas com sua mãe, uma pessoa fria e que evitava a realidade, morta em 1961 por causa de um câncer do fígado, quando as duas nem se falavam mais. Sophie Serafimides era cem por cento ligada na realidade. Irradiava — exemplificava — o calor e o bom senso mediterrâneos, o que poderia ser insuportável, mas não de um modo pelo qual Marion a pudesse culpar.

Nada agradava mais à gorducha do que receber um novo sonho para analisar, mas Marion não tinha nenhum para ela naquele dia e, de todo modo, preferia a confissão. Depois de pendurar o casaco, se sentou e confessou que estava usando as roupas de exercício porque havia mentido para Becky sobre aonde iria. Confessou que tinha engolido — enfiado pela boca, devorado — seis biscoitos açucarados. Sophie deu um sorriso agradável ao ouvir tais confissões. "O Natal só acontece uma vez por ano", sugeriu.

"Sei que você acha que eu sou obcecada demais com isto", disse Marion. "Sei que você acha que não vem ao caso, mas sabe quanto pesei hoje de manhã? Sessenta e cinco quilos! Tenho me matado de fome desde setembro, fazendo agachamentos e abdominais, evitando doces — e só perdi dois quilos e setecentos gramas em três meses."

"Já conversamos sobre essa necessidade de dar números às coisas. A forma pela qual usamos os números para nos punir."

"Me desculpe, mas para uma pessoa da minha altura sessenta e cinco quilos é objetivamente um bocado."

Sophie sorriu com simpatia, as mãos cruzadas na barriga, cuja dimensão não parecia envergonhá-la. "Comer biscoitos é uma reação interessante à sensação de estar acima do peso."

"Bom, Becky estava uma chata — de repente ficou insuportável. Eu poderia lidar com isso se ela estivesse apenas irritadiça ou querendo guardar segredos, mas Tanner Evans telefonou para a nossa casa ontem à noite, procurando por ela, e só a ouvi chegar depois da meia-noite. E hoje de manhã ela estava de pé cedinho, o que não é comum. Ela não me conta nada, mas é óbvio que está na maior felicidade. E eu fiquei pensando em como é gostoso se apaixonar pela primeira vez — como não há nada mais gostoso no mundo."

"Sim."

"Tanner é um ótimo rapaz. Talentoso, frequenta a igreja, é realmente muito bonito. Quando penso na minha própria adolescência, que desastre ela foi... Becky é o oposto total. É uma boa pessoa que faz boas escolhas. Tenho orgulho dela. Fico feliz por ela."

Sophie sorriu simpaticamente. "Tão orgulhosa e feliz que precisou comer seis biscoitos."

"Por que não? Posso me matar de fome por um ano e nem por isso voltar a ter dezoito anos."

"Você realmente quer ter dezoito anos de novo?"

"Se pudesse voltar e ser como a Becky? Apagar minha vida e começar de novo? Com certeza."

A gorducha pareceu resistir ao impulso de discutir o assunto. "Está bem", disse. "E o que mais?"

Marion já sabia a resposta. "O que mais" era sempre Russ. Na sala de espera, tinha visto pacientes saindo da clínica com expressões mais angustiadas que os trabalhos dentários eram capazes de justificar, todas mulheres de meia-idade. Deduzira disso que a clientela de Sophie consistia principalmente de esposas, esposas deprimidas, esposas cujos maridos as tinham abandonado ou estavam prestes a fazê-lo à medida que a epidemia de divórcios varria New Prospect. Com uma clientela como essa, era compreensível que Sophie visse todos os maridos como suspeitos a priori. Para um martelo, tudo parecia um prego. Na primeira "hora" em que estiveram juntas, Marion sentiu que Sophie antipatizou com Russ sem nunca o ter visto. Nas "horas" subsequentes, ela tentou explicar que o casamento não constituía um problema, que Russ não era como os outros maridos, que ele apenas tinha sido atingido por uma crise profissional humilhante, enquanto Sophie, com seu jeito afável e sorridente, havia perguntado a Marion por que, se não estava preocupada com o casamento, ela aparecia todas as quintas-feiras para falar do assunto. Por fim, em agosto, Marion admitiu que algo se passava com Russ — ele estava aprumando mais o corpo, cuidando mais de sua aparência, enquanto dava a impressão de sentir uma forte repugnância dela e de reagir com rispidez a qualquer pequena coisa que ela dissesse. Por isso, não tinha mais tanta certeza do que ele poderia fazer. Para Sophie, isso representava uma "reviravolta" em Marion, que admitia com elegância que valia a pena ela lutar por seu casamento. Sugeriu que Marion saísse mais de sua casca, criasse uma vida independente, desse a Russ um novo contexto no qual ele a visse. Quem sabe, já que o dinheiro era mesmo um problema, ela não arrumasse um emprego de meio período? Ou fazia um curso de extensão universitária? O plano de Marion para salvar seu casamento era perder nove quilos até o Natal. Sophie, que pesava muito mais que Marion (e aparentemente ainda era atraente para seu marido, o dentista rijo e baixinho), aprovara o plano com relutância. Se ela queria emagrecer, devia fazer isso para seu prazer pessoal, como uma forma de ter o controle de sua vida.

"Acho que Russ mentiu para mim no café da manhã", Marion disse a fim de agradar sua amiga por quem ela pagava e que considerava cada queixa sobre Russ um sinal de progresso… em que direção? A um reconhecimento realista de que seu casamento estava morto? "No instante em que ele desceu, vi que estava animado. Ele tem um jeito de sacudir as pernas quando está feliz, é como um menino. Ou como o Elvis — não consegue manter os quadris parados. Russ estava usando a camisa que eu lhe dei de aniversário porque sabia que ia ficar bem nele, o azul reflete a cor dos seus olhos. Mas aquilo me pareceu estranho porque hoje ele só tinha visitas pastorais, uma entrega para a igreja no centro de Chicago e um coquetel à noite, quando teria mesmo que trocar de roupa. Por isso perguntei se ele tinha outros planos, e ele respondeu que não, o que me fez pensar na entrega, porque a Frances Cottrell está naquele círculo. Frances..."

"A jovem viúva", disse Sophie.

"Exatamente. Ela vai destruir o casamento de alguém, e agora ela está no círculo dos serviços que Russ lidera no centro da cidade. Por isso perguntei quem mais iria fazer a entrega com ele. E foi como se estivesse esperando a pergunta, ele praticamente me interrompeu para dizer: 'Só a Kitty Reynolds'. Kitty também faz parte do círculo. Está aposentada agora, ela dava aulas no ginásio. O negócio foi a rapidez com que Russ respondeu. E também havia a camisa, e as pernas se mexendo."

"Sei."

"Bem, ele nunca a menciona. Frances. Por acaso a vi no estacionamento um dia, quando eles estavam de saída para o centro da cidade. A única vez em que se referiu a Frances foi quando lhe perguntei sobre ela naquela noite."

"Ela é jovem."

"*Mais jovem.* Tem um filho no ginásio."

"Jovem é jovem", disse Sophie. "Costa adora falar do primeiro dia quente da primavera, quando as jovens saem com suas roupas de verão. Levanta o moral de um homem estar perto de mulheres mais jovens e atraentes. Não há nada necessariamente de errado nisso. Eu mesma gosto de ver esses vestidos de verão."

Era interessante como Sophie, que fazia o papel de acusadora quando Marion defendia Russ, dava a volta e advogava tolerância quando Marion ia contra ele. Ela se perguntou se isso era uma estratégia terapêutica sutil ou simplesmente um modo de fazer com que ela voltasse todas as semanas com vinte dólares.

"Acho que ainda não atingi esse plano superior", ela disse com um tom irritado de voz. "Sabe o que eu acho que me fez comer os biscoitos? Acho que foi ter que encarar, com a Becky, mais uma pessoa feliz já de manhã."

"Você preferia quando o Russ estava sofrendo."

"Talvez. Sim. Será que nós estabelecemos que eu não sou uma pessoa má? Se fizemos isso, eu devia estar distraída naquela hora."

"Você se considera uma pessoa má."

"Eu *sei* que sou uma pessoa má. Você não tem ideia de quanto eu sou má."

O sorriso de Sophie deu lugar a uma expressão mais reprovadora. A sequência de seus franzimentos de testa terapêuticos era comicamente previsível. Marion sentia-se infantilizada por aquilo.

"Eu poderia ter comido toda a fornada de biscoitos", disse. "Só não comi porque não sobraria nenhum para o Judson. Mas sem dúvida eu poderia ter comido todos. Dois quilos e setecentos gramas para me matar de fome por três meses, e ninguém notou. Não que eu mereça ser magra. A coisa repugnante que vejo no espelho todas as manhãs é o que eu mereço."

Sophie deu uma olhada no caderno espiral sobre a mesinha a seu lado. Não tinha escrito nada no caderno desde o verão. Havia um indício de ameaça em seu olhar.

"Aliás, não sou só eu", disse Marion. "Acho que todo mundo é mau. Acho que a maldade é a condição fundamental da humanidade. Se eu realmente amasse Russ, não deveria estar satisfeita de vê-lo feliz outra vez? Mesmo que isso significasse ele estar com a viúva jovem e loura, e mentindo sobre isso para mim? Não quero mesmo que ele seja feliz. Só quero que não me deixe. Quando o vi usando aquela camisa hoje de manhã, desejei nunca ter lhe dado de presente. Se continuar casado comigo é o que o faz sofrer, prefiro que sofra."

"Você fala desse modo", disse Sophie, "mas não tenho certeza de que acredita nisso."

"E também, para sua informação", disse Marion elevando a voz, "estou lhe pagando um dinheiro que não tenho condições de pagar para estar aqui, por isso realmente não me interessa ouvir como você e seu marido são bem ajustados."

"Você deve ter interpretado mal o que eu disse."

"Não, eu entendi muito bem."

Sophie olhou mais uma vez de relance para seu caderno de notas. "O que você me ouviu falar?"

"Que não é deprimida. Que tem um casamento feliz. Que não faz ideia do que seja olhar para uma garota num vestido de verão e desejar que ela tenha uma vida horrível. Uma vida tão horrível quanto a sua. Que você é suficientemente sortuda para nem saber como tem sorte. Que nunca teve que descobrir como todo amor humano é egoísta, como *todas* as pessoas são *más* e como o único amor que você pode ter certeza de que não é egoísta é o amor a Deus, o que não chega a ser um grande prêmio de consolação, mas é de fato tudo o que temos."

Sophie sorveu o ar devagarinho. "Você está me dando um bocado de material hoje", disse. "Gostaria de entender melhor de onde isso está vindo."

"Odeio o Natal. Não consigo emagrecer."

"Sim, não tenho dúvida de que isso é uma frustração. Mas estou sentindo alguma coisa a mais aqui."

Marion virou o rosto na direção da porta. Pensou no dinheiro em sua gaveta de meias e no gravador de fita cassete vagabundo que comprara para Perry. Não era tarde demais para sair dali e ir comprar um conjunto de bons componentes estereofônicos ou uma câmera realmente de qualidade. Alguma coisa que ele de fato gostasse de ter, alguma coisa que, de forma minúscula, compensasse a escuridão que ela havia posto na cabeça dele por ser sua mãe. Os outros filhos se dariam bem, mas ela temia muito que Perry não conseguisse, e era insuportável saber que vinha dela a instabilidade que sentia nele. Se continuasse a ver Sophie, o dinheiro terminaria no verão, e tudo o que ela teria para mostrar como resultado dele seriam os momentos bissemanais em que Sophie, com um estranho movimento de mão para trás, sem nem olhar, abria uma gaveta do armário baixo e pegava mais um punhado de amostras grátis de Sopor™, metaqualona, 300 mg. As amostras eram a única coisa inquestionavelmente útil que Marion obtinha com seus vinte dólares semanais. Uma receita teria sido mais barata, porém ela não queria ser uma mulher com uma receita. Preferia fingir que sua depressão e ansiedade eram temporárias e que as amostras de remédio não passavam de uma forma ad hoc de lidar com elas. Os sintomas mais assustadores de Perry tinham diminuído, e no outono ele entrara para o grupo de jovens da igreja, e ela se permitiu acreditar que Sophie tinha razão — que o problema era seu casamento. Acreditara que Sophie podia ajudá-la a *ficar melhor*. Mas ela não estava melhorando. Os comprimidos de Sopor realmente ajudavam a dormir mais profundamente do que, no passado, o ato de se confessar. Mas pelo menos no confessionário ela tinha conseguido falar as piores verdades sobre si própria. Podia ser tão louca e infeliz quanto quisesse sem ninguém esperar que lutasse para *salvar seu casamento* — que ela agora acreditava não ser possível salvar, pois nunca o merecera, para início de conversa, tendo-o conseguido através de uma fraude. O que ela merecia era punição.

"Marion?", disse Sophie.

"Não está funcionando."

"O que não está funcionando?"

"Você. Isto. Eu. Tudo."

"O período de festas é muito difícil. O fim do ano é difícil. Mas os sentimentos que ele desperta podem ser úteis, se trabalhados."

"Uma reviravolta", Marion disse com amargura. "Estamos assistindo a outra reviravolta?"

"Você se acha uma pessoa má", Sophie provocou. Vinte dólares era o valor mais baixo de seus honorários, mas evidentemente Marion ainda comprava com ele o direito de ser ofensiva como ela nunca se permitira ser com ninguém, e ainda receber em troca sorrisos amáveis.

"É um fato, não um sentimento", ela disse.

"O que você quer dizer exatamente com isso?"

Marion fechou os olhos e não respondeu. Depois de algum tempo, começou a pensar o que aconteceria se ela continuasse a não dizer nada, se ficasse em silêncio até o fim de sua "hora" e então saísse do consultório sem dizer uma palavra. Tinha comprimidos de Sopor para mais uma semana. E estava muito tentada a se recusar a dar a Sophie qualquer coisa mais para com que ela *trabalhar*, tentada a fazer a gorducha simplesmente ficar ali contemplando uma paciente de olhos fechados, a puni-la por não tê-la ajudado a ficar melhor, tentada a deixar claro quão pouco ela havia melhorado; ser a pessoa que não dava e não a esposa e a mãe a quem nada era dado. Cada minuto potencialmente terapêutico em que ficasse calada eram mais quarenta centavos desperdiçados, e o desperdício proposital de minutos era tentador da mesma forma autodestruidora que tinha sido comer os biscoitos. O único desperdício mais maldosamente satisfatório do que não dizer nada até o fim de sua "hora" teria sido ficar em silêncio desde o instante em que se sentou. Queria ter feito isso.

Depois de vários minutos de silêncio, marcados somente pelo zumbido dos equipamentos dentários ao longo do corredor, ela ergueu ligeiramente as pálpebras para dar uma olhadela em Sophie, e viu que seus olhos também estavam fechados, uma expressão neutra no rosto, as mãos frouxamente entrelaçadas sobre o colo como se para demonstrar seus poderes de paciência profissional. Muito bem, dois podiam jogar aquele jogo.

No verão, no primeiro calor da amizade remunerada entre as duas, Marion havia contado a Sophie a verdade sobre certas coisas a respeito das quais mentira descaradamente para Russ ou deixara de mencionar e agora jamais poderia lhe contar. Os fatos principais eram que ela havia passado catorze semanas num hospital psiquiátrico de Los Angeles em 1941 depois de um grave episódio psicótico; e que, ao contrário do que contara a Russ no Arizona pouco depois de conhecê-lo, não tinha tido um breve e fracassado casamento com um homem inadequado em Los Angeles. De fato, tinha havido um homem realmente casado, embora não com ela, mas Marion sentiu-se obrigada a alertar Russ de que ela era uma mercadoria já usada. Havia feito sua "confissão" em meio a uma legítima tempestade de lágrimas, temendo que a circunstância de ter sido "casada" e "divorciada" levaria seu bom e bonito rapaz menonita a recuar horrorizado e recusar-se a vê-la de novo. Misericordiosamente, o coração piedoso de Russ e sua atração sexual por ela tinham suplantado tudo. (Foram os pais dele, menonitas mais rigorosos, que mais tarde recuaram.) Ela acreditou ter se tornado outra pessoa no Arizona, firmemente plantada na realidade graças à conversão ao catolicismo, e que os eventos horríveis de Los Angeles não importavam mais. Quando ofereceu a Russ metade da verdade de metade de sua história, parou de frequentar o confessionário.

Só depois que se viu na salinha de Sophie, mais de vinte anos depois, ela se deu conta de como precisava desabafar. Uma vez que a confidencialidade dos pacientes era tão estrita quanto a do confessionário, podia ir em frente com segurança e contar tudo à gorducha, mas algumas coisas tinham ficado somente entre ela e Deus (e, no passado distante, no Arizona, entre ela e o padre que servia como intermediário de Deus). A absolvição que Sophie havia lhe dado não era de seus pecados, e sim de seu receio de ser maníaco-depressiva. Pelo jeito, ela tinha apenas depressão crônica, com tendências obsessivas e levemente esquizoides. Comparados com o distúrbio bipolar, esses termos constituíam um alívio.

Até certo ponto, a história que contara a Sophie no verão, e que a médica anotara em seu caderno, era a mesma que contou ao jovem Russ. Começava com seu pai, Ruben, que cursava a Berkeley na época do grande terremoto e era o filho competente de um judeu alemão, viúvo, que trabalhava como sapateiro em San Francisco. Ruben torcia pelo time de futebol americano da Berkeley, os Golden Bears, e teve a ideia de iniciar seu próprio negócio fazendo uniformes para atletas. Como a nação era apaixonada pelas atividades esportivas de escolas ginasiais e universidades, depois de se diplomar ele alcançou algum sucesso vendendo os uniformes para as escolas. As universidades, porém, eram controladas pelas velhas famílias californianas, que tocavam seus negócios num ambiente onde judeus não entravam. Marion considerou que tinha sido em parte um cálculo frio de negócios, em parte ambição social, e supostamente alguma pequena dose de atração sexual, o que levou Ruben a dar em cima de uma jovem "artística" daquele ambiente. A mãe de Marion, Isabel, era uma californiana da quarta geração de uma família cujas vastas propriedades na cidade e no condado de Sonoma haviam sido quase totalmente dissipadas — mal administradas, liquidadas fora de hora, doadas para instituições de caridade a fim de ganhar status social, erroneamente divididas entre descendentes incapazes — quando ela conheceu Ruben. Um dos irmãos de Isabel controlava de forma implacável o que havia sobrado das terras da família em Sonoma e o outro era pintor de paisagens com pouco dinheiro e fama ainda menor. A própria Isabel tinha vagas aspirações musicais, porém tudo o que pelo jeito havia feito na vida era frequentar eventos culturais em San Francisco, andar nos carros de amigos mais ricos e passar longos fins de semana nas casas de campo deles. Como exatamente Ruben foi parar numa dessas casas Marion nunca soube, mas, dois anos depois, ele tinha faturado um casamento vantajoso, de modo a fechar contratos com os departamentos esportivos das universidades Stanford e da Califórnia. Quando Marion nasceu, ele era o maior fabricante de equipamentos esportivos a oeste das Montanhas Rochosas. Construiu para Isabel uma casa de três andares na Pacific Heights, e foi lá, como menina rica (por algum tempo), que Marion cresceu.

Em suas recordações, a casa era mais sombria que um céu católico. Cortinas grossas contribuíam para reduzir a luz do sol, já debilitada pelo nevoeiro, que incidia sobre os pesados móveis de carvalho então na moda. Sua mãe parecia ver tanto ela quanto Shirley como aberrações que seu corpo havia inexplicavelmente abrigado duas vezes por nove meses, o nascimento de ambas uma lamentável interrupção de sua vida social, mas, por outro lado, um alívio similar à passagem de uma pedra no rim. O coração de seu pai poderia ter espaço para duas filhas se a primeira, Shirley, não o tivesse preenchido imoderadamente. A condição obsessional (expressão da gorducha) dele era útil para seus negócios, a Western All-Sport, ao qual ele dedicava entre sessenta e setenta horas por semana, mas em casa servia para fazer Marion sentir-se invisível. A queridinha de Ruben era Shirley. Quando ele olhava diretamente para Marion, com frequência era para perguntar: "Onde está sua irmã?". Shirley realmente era a mais bonita desde criança. E aceitava a adoração como algo que lhe era devido. Na manhã de Natal, não abria às pressas sua montanha de presentes com a avidez normal de uma criança. Desembrulhava um por um como um vendedor meticuloso, examinando-os com cuidado para ver se não tinham vindo com defeitos de fábrica e organizando-os por categoria, como se os conferisse com uma nota fiscal mental. Seus repetidos "Obrigada, papai" soavam como a campainha da caixa registradora. Marion escapava dessa imoderação concentrando-se numa única boneca, num único brinquedo, enquanto sua mãe bocejava com ostensivo tédio.

O Natal, para sua mãe, era uma separação forçada das quatro amigas com quem fazia tudo. Elas vinham de velhas famílias com fortunas menos dilapidadas e, embora três delas tivessem marido e filhos, as cinco se amavam como uma unidade. Tinham sido o quinteto maravilhoso da turma de 1912 da Lowell, onde em conjunto decidiram que, se o mundo tinha algum problema com o fato de elas serem tão maravilhosas, esse era um problema do mundo, e não delas. Por isso, pelo resto da vida nunca se cansaram de almoçar juntas, fazer compras juntas, frequentar palestras e teatros juntas, ler livros juntas, promover boas causas cívicas juntas. Com o tempo, Marion compreendeu que o lugar de sua mãe no quinteto sempre fora o mais precário — ela começara com menos dinheiro e se casara com um judeu — e, em consequência, o mais fanaticamente defendido. Isabel morria de medo de ser o estepe e, no Natal, se martirizava com as três amigas cujos maridos também eram bons amigos, com os encontros do não quinteto que poderiam estar ocorrendo sem ela.

Estragar Shirley de tanto mimá-la não era a única coisa que seu pai não conseguia parar de fazer. Quando Marion tinha seis, sete anos, ele parecia nunca dormir. Ao acordar de madrugada, ela podia ouvir o pianista autodidata tocando ragtime dois andares abaixo. Ele também era um arquiteto autodidata, e passava outras noites sozinho com seus instrumentos de desenho, projetando eternamente uma casa ainda maior. No trabalho, comprava empresas acima e abaixo da dele — sua meta obsessiva era criar uma cadeia nacional de lojas de artigos esportivos — e também fazia investimentos mais especulativos, para os quais empregava o faro especial de um analista para selecionar as melhores ações e fazer compras oportunas em margem. Fumava charutos enormes e usava um casaco de pele de guaxinim para assistir aos jogos de futebol americano da Universidade da Califórnia, às vezes levando Marion para sentar-se ao lado dele nos assentos situados bem na altura do meio do campo, uma vez que nem Shirley nem sua mãe se interessavam por esportes. Falava sem parar durante as partidas, numa linguagem técnica bem acima da compreensão de uma menina de sete anos. Sabia o nome de todos os jogadores do Golden Bears e carregava um caderninho em que anotava A ou O para explicar a Marion como uma jogada tinha se desenrolado ou para planejar novas jogadas que tencionava mostrar ao técnico da equipe, Nibs Price, em cujo lugar, Ruben confidenciou a Marion, ele faria coisa melhor. Nunca se comportava com grosseria, mas, com sua voz alta e excitada, Marion notava com desconforto que outros torcedores olhavam para ele o tempo todo.

Como a economia da nação se assemelhava a uma doença mental! Mais tarde ela se perguntou por quanto tempo ainda, caso o mercado de ações não tivesse entrado em parafuso, teria durado a fase maníaca de seu pai; e se, caso a doença dele tivesse se manifestado depois, ele teria dado um jeito de ser maníaco em meio a uma depressão econômica. Eram hipóteses difíceis de considerar porque a coincidência entre a quebra do mercado e a quebra de seu pai parecia inevitável demais quando se olhava para trás. Nas semanas que se seguiram à Terça-feira Negra, ele tentou devidamente salvar o que pôde de suas ações altamente alavancadas, mas sua voz, ao telefone do escritório de casa, através do qual se comunicava com Nova York antes de ir para o trabalho, soava como na época em que ele tomou as providências para o enterro de seu pai. Marion voltou da escola e o encontrou na sala de visitas, em mangas de camisa e de suspensórios, contemplando a lareira fria. Às vezes ele lhe falava sobre o infortúnio peculiar que o atingira, e o pouco que ela entendia, com oito anos, de compra em margem e futuros de mineração ainda era mais do que sua mãe e sua irmã mais velha desejavam saber. A mãe se tornou ainda mais difícil de ver e Shirley se mostrou friamente desapontada com o reduzido fluxo de bens que lhe chegavam às mãos, com a penúria do Natal de 1929, com a evaporação da casa de veraneio de Larkspur em cuja piscina tinham lhe assegurado que ela nadaria no verão seguinte.

Prova da capacidade de seu pai foi que, mesmo quando a luz em seus olhos se apagou, ele não apenas conseguiu salvar a casa como pôs carne na mesa e continuou a pagar as aulas de dança e canto de Shirley. Passou a trabalhar como gerente de vendas da Western All-Sport, que ele tinha vendido por menos de seu valor contábil a fim de cobrir as perdas. Num estado mental parecido com o que levaria Marion a ser hospitalizada mais tarde, ele lutava para se levantar da cama todas as manhãs nos dias úteis, lutava para se barbear, lutava para tomar o bonde e lutava para participar das reuniões de uma companhia que não tinha esperança de voltar a possuir, lutando, por fim, para voltar para casa, onde encontrava uma esposa impiedosa, uma filha predileta cuja frustração o torturava e Marion, que se sentia responsável pelo que havia acontecido. Por ser invisível, ela notara coisas que os três não tinham notado. Sabia que algo não estava certo.

À medida que seu pai também se tornava invisível — um fantasma de pele cinzenta que dormia no escritório da casa, falava aos sussurros, sacudia a cabeça quando lhe pediam para repetir o que dissera —, ela fez o possível para cuidar dele. Ia buscá-lo na parada do bonde à noite e lhe perguntava como iam seus queridos Golden Bears. Batia à porta terrivelmente fechada de seu escritório e enfrentava o mau cheiro para lhe levar uma fruta que havia cortado. Ele sempre preferira frutas a qualquer outro tipo de comida, o frescor e a variedade dos produtos californianos, e mesmo agora uma centelha reluzia em seus olhos quando ela o exortava a comer a pera cortada. Ele não sorria ao comê-la, mas balançava afirmativamente a cabeça como se obrigado a admitir: a pera estava boa. E Marion, com dez, onze e doze anos, já tinha consciência de quão inextricavelmente entrelaçados estavam o bem e o mal. Quando conseguia que seu pai tivesse prazer com um pedaço de fruta, era impossível dizer se a sensação agradável que ela tinha era apenas de puro amor ou também a satisfação de ser uma filha melhor que a irmã.

Assim como a Grande Depressão, os anos negros pareciam não ter fim. No outono de 1935, Shirley embarcou num trem noturno para o Leste, tão feliz de escapar de San Francisco quanto Marion de vê-la ir embora. Com um resto de sua velha magia financeira, o pai tinha levantado a quantia necessária para pagar um semestre no Vassar College, cumprindo assim uma promessa feita tempos atrás a Shirley. Mas o esforço acabou com ele. Poucas semanas depois da partida de sua queridinha, nada era capaz de induzi-lo a se vestir e a comparecer ao trabalho. Isabel, que por seis anos tratara as ameaças a seu padrão de vida como sua contrariedade com o bridge, um jogo de cartas em que, deploravelmente, *só quatro mulheres por vez podiam jogar*, finalmente foi forçada a se familiarizar de novo com a realidade. Obteve um pequeno empréstimo com seu irmão em Sonoma, que odiava judeus, e persuadiu os donos da Western All-Sport a dar a seu marido uma pequena licença. Embora Marion sempre houvesse sentido que ela e Shirley tinham tirado um bilhete muito ruim na loteria das mães, nutria uma relutante admiração pela criatividade de Isabel nas horas de aperto. O instinto de autopreservação de Isabel, as batalhas no fim exitosas para manter sua posição no quinteto eram não só elogiáveis como dignas de pena. Por isso, como sempre, Marion se culpou pelo que o pai fez.

O problema é que ela descobriu o teatro. Shirley supostamente era a talentosa da família, Marion a invisível, mas, tão logo a irmã partiu para Vassar, Marion e sua melhor amiga se candidataram a atuar na encenação escolar de outono de *As cinco pimentinhas*. Talvez pelo fato de ser baixa, Marion conquistou o papel da menor e mais adorada Pimenta, Phronsie, e descobriu que também tinha talento. Com uma sensação bem conhecida de ambiguidade, insegura se estava fazendo alguma coisa boa ou má, tornou-se uma pessoa diferente nos ensaios, fazendo-se visível para os outros atores, entrando numa espécie de transe de extroversão. Isso aconteceu no teatro da escola, e ela se apaixonou pelos cenários instáveis que cheiravam a tinta, pelos interruptores enormes da mesa de iluminação, pela folha de alumínio pendurada nos bastidores que era sempre uma graça fazer soar como um trovão. Depois das aulas, em vez de ir para casa cuidar do pai, ela ficava para ensaiar e pintar cenários.

No início de dezembro, no primeiro ensaio já com as roupas da peça, ela era Phronsie, preparando-se para encantar uma plateia real, quando uma funcionária da escola com tranças grisalhas entrou no teatro e pediu que ela descesse do palco. Era uma tarde chuvosa, já escuro às quatro e meia. A funcionária a levou em silêncio para casa, onde as quatro amigas de sua mãe já estavam reunidas. Sentada junto à lareira fria, sua mãe, com uma expressão vazia no rosto, tinha uma folha dobrada de papel no colo. Houve um acidente, ela disse. Talvez envergonhada por estar usando subterfúgios diante das amigas, sacudiu a cabeça e se corrigiu. Com a mesma expressão vazia no rosto, disse a Marion que seu pai se suicidara. Abriu os braços, convidando Marion a se aproximar para um abraço, mas ela deu meia-volta e saiu correndo da sala. Para ir até o escritório do pai, para encontrá-lo lá e mostrar que elas estavam erradas, precisava subir dois lances de escadas, mas lhe pareceu que ia para baixo, descendo veloz por um túnel rumo à sua punição. Podia ouvir, estranhamente ao longe, os gritos da menina sendo punida.

Naquela manhã, o capitão de um barco tinha visto um homem puxando um caminhão vermelho de criança num píer abaixo do Forte Mason. Quando o capitão olhou de novo, cedo demais para que o homem já tivesse voltado, o caminhão estava parado na extremidade do píer. Duas horas depois, quando um corpo foi retirado da água, a polícia deduziu que o caminhão tinha sido usado para levar a pesada corrente que o homem havia prendido em volta do pescoço e dos ombros antes de pular. O caminhão, um brinquedo sólido feito de aço, sua pintura vermelha ainda brilhante, tinha sido um antigo presente de Natal para Shirley, mais tarde uma base para vasos de gerânios atrás da casa. Marion nunca leu o bilhete que o pai deixou enquanto sua mãe estava fora, tomando café da manhã com as amigas. Mas aparentemente não foi um pedido de desculpas nem uma despedida, mas simplesmente uma confissão sobre a situação financeira que ocultara dela. As dívidas da família eram impagáveis, tudo estava hipotecado, havia múltiplas obrigações, uma rede de fraudes e bancarrota. Os últimos dólares imagináveis tinham pagado o primeiro semestre de Shirley na Vassar.

Na história que Marion contou a Sophie sobre si própria, uma história que havia inventado no hospital e em seus anos de introspecção católica, sua culpa estava estreitamente vinculada à sua capacidade de dissociar. Duas noites depois da morte do pai, com o ruído seco de um interruptor de luz ela se transformou em Phronsie Pepper, dizendo a si mesma que o espetáculo tinha que continuar, e conseguiu ser adorável no palco por duas horas. Depois de cada uma das três apresentações, ela voltava à sua dor e culpa. Mas agora sabia que havia um interruptor dentro dela que podia ser acionado quando quisesse. Podia desligar sua consciência e fazer coisas más pelo prazer momentâneo que elas lhe dessem. O truque da dissociação foi o começo de sua doença, embora ela ainda não soubesse disso.

Ela e Shirley puderam terminar o semestre em suas respectivas instituições, mas a casa estava prestes a ser desapropriada, os móveis vendidos em leilão. Sua mãe a informou secamente de que iria se hospedar por algum tempo na casa de sua amiga mais rica; Shirley, que não se dera ao trabalho de voltar para casa a fim de acompanhar o enterro (que alguns primos até então desconhecidos de seu pai haviam se prontificado a pagar), pretendia encontrar trabalho e moradia em Nova York. Mas o que fazer com Marion? Sua avó materna estava senil, e Marion seria uma hóspede excessiva na casa da amiga de sua mãe. As únicas pessoas que poderiam acolhê-la eram os irmãos de sua mãe. Se Isabel a houvesse mandado para o tio no Arizona, James, o pintor de paisagens, Marion ainda poderia ter se salvado de si mesma. Mas ela achava que Jimmy era homossexual, inadequado como guardião, por isso seu irmão mais novo, Roy, em Sonoma, concordara em receber Marion em sua casa até que ela terminasse o ginasial.

 Roy Collins era um homem de muitos ódios. Odiava seus antepassados por terem jogado no ralo o dinheiro que devia ser seu. Odiava Roosevelt, sindicatos, mexicanos, artistas, bichas e gente falsa da alta sociedade. Odiava especialmente os judeus e sua irmã, uma mulher falsa da alta sociedade que se casara com um deles. Mas ele não era um desses sujeitos fracos, como seu irmão veado ou o cunhado suicida, que fugiam dos deveres de família de um homem de verdade. Tinha quatro filhos que sustentava trabalhando duro na distribuidora de implementos agrícolas fundada com a ninharia que seus avós haviam lhe deixado. Embora sua mulher e seus filhos fossem medrosos demais para discordar dele, Roy gostava de relembrá-los, em quase todas as refeições, de como trabalhava duro. Marion não o achou particularmente adequado como guardião, porém ele de fato tinha dinheiro. Era o oposto de seu pai, bem mais rico do que se poderia imaginar pela simplicidade da casa em Santa Rosa. Ele mantivera seus negócios solventes ao longo da pior fase da Depressão e, como único responsável legal pelos pomares e vinhas da família, tinha tomado emprestado de si próprio tão pesadamente, em favor do fundo da família, que seu nome passou a constar como proprietário das terras. Marion só soube disso quando foi para o Arizona, mas tal situação explicava em parte por que Roy a tinha alimentado e vestido por três anos e meio — e por que ele odiava tanto a irmã e o irmão. Seria difícil roubar deles se não os odiasse.

 Até os quinze anos, Marion tinha sido a filha mansa e fácil, mas morar com Roy Collins virou uma chave dentro dela. Os dois brigaram por causa dos cigarros que ela começou a fumar. Brigaram por causa da maneira como ela usava a meia, por causa dos amigos que trazia para casa da Escola Santa

Rosa, do batom que ele não conseguiu provar que ela tinha roubado da farmácia. Depois de virada a chave, ela mal sabia o que estava gritando. Na nova escola, gravitou em torno das meninas que faziam teatro, as mais audaciosas, e dos rapazes que davam em cima delas. Ela própria tinha boas credenciais em matéria de ousadia, porque vinha da cidade e seu pai tinha se suicidado. Fumava loucamente e usava o suicídio para perturbar as pessoas. Pensava que, se fosse suficientemente má, suficientemente odiosa, Roy poderia desistir e mandá-la para outro lugar. Mas ele sabia o que ela queria e sadicamente se recusava a satisfazê-la. Muito mais tarde, imaginou que ele tinha sentido atração sexual por ela; as pessoas eram cruéis com quem temiam amar.

Sua melhor amiga, Isabelle Washburn, era mais bonita e mais alta que Marion, uma loura reluzente com um narizinho fino que deixava os rapazes loucos, porém Marion era mais inteligente e mais audaz, fazendo Isabelle rir. Isabelle se achava uma atriz, embora não se desse ao trabalho de participar da Sociedade Dramática. Preferia ir ao cinema, onde os bilheteiros, em homenagem a seu nariz, com frequência deixavam ela e Marion entrar sem pagar. A antiga personalidade de Marion era agora pouco mais que uma lembrança, mas para ela o teatro continuava a ser o lugar que a fizera não prestar atenção ao pai, um local de culpa, por isso, embora pudesse brilhar na Sociedade Dramática, nunca tentou atuar em outra peça. Em vez disso, se engajou no drama da vida real de discutir com rapazes, provocar rapazes e, por fim, apaixonar-se por um rapaz, Dick Stabler, que morava na mesma rua dos Collins.

Dick possuía sobrancelhas cerradas e uma voz rouca, com um ligeiro ceceio congênito que fazia os joelhos dela tremer; tinha a aparência e a maneira de falar que ela imaginava em Heathcliff. Os pais dele, com boas razões, desconfiavam de Marion, e o último ano dela na escola foi um drama continuado de subterfúgios e locais secretos onde podia ficar a sós com Dick, beijá-lo e deixar que ele tocasse em seus seios. Ela tinha chegado à conclusão de que era excessivamente interessada em sexo — às vezes, ficava literalmente vesga por conta de seus desejos, doente mesmo, morrendo de vontade. Estava pronta a fazer qualquer coisa que Dick quisesse, inclusive se casar, mas ele estava a caminho da universidade e de uma esposa mais gabaritada. Na primavera, uma noite os pais dele ouviram um barulho na sala de visitas, bem depois da meia-noite, o pai de Dick desceu sub-repticiamente para investigar, acendeu a lâmpada mais luminosa de toda a cidade de Santa Rosa e deu com ela e Dick no sofá, vestidos mas na horizontal. Depois desse episódio embaraçoso, e sob a pressão contínua da desaprovação dos pais, a paixão de Dick por ela arrefeceu. Marion acabou se sentindo suja e má. O tio, num de seus ataques de fúria, chegou a usar a palavra *puta*; e ela, em vez de gritar também com Roy, como fizera em inúmeras ocasiões, caiu num pranto de autocensura.

A mãe, em San Francisco, ainda estava hospedada na casa da amiga. Em suas raras cartas a Marion, declarava que sentia muita saudade de sua *bebê*, mas que não podia tomar a liberdade com seus anfitriões de convidar sua bebê para ficar com ela, e também não iria se sujeitar à hostilidade de Roy indo a Santa Rosa. Quando Marion pegou um ônibus para o centro da cidade a fim de se encontrar com ela para almoçarem no Tadich's um mês antes de terminar o ginasial, já haviam se passado oito meses desde que a vira pela última vez. Estava lá para discutir seu futuro, mas a mãe, cujo cabelo tinha ficado branco e cujas bochechas exibiam provas avermelhadas de consumo matinal de álcool, trazia notícias excitantes sobre Shirley em Nova York. Depois de alguns anos difíceis como vendedora de perfumes na loja Gimbel, Shirley agora estava na Broadway — num papel pequeno, sem dúvida, mas já lançada como atriz, com a perspectiva de papéis mais relevantes. O orgulho materno de Isabel, qualidade até então ausente nela, poderia ter parecido comovente para Marion, sugerindo, como de fato sugeriu, uma mulher desesperada para manter amigas cujos filhos frequentavam as universidades da Ivy League, se Marion não tivesse se sentido tão furiosamente apagada pela notícia. Sentiu que alguém, provavelmente ela própria, devia matar tanto Shirley quanto a mãe para vingar o que as duas tinham feito com seu pai. Sua "talentosa" irmã, em particular, precisava ser morta. Quando um garçom trouxe uma travessa de peixes fritos, uma especialidade do restaurante, ela bateu a cinza do cigarro em cima deles.

Em Santa Rosa, Roy Collins vinha minando Marion ao se valer de sua vergonha e autocensura, quase a tendo convencido de que na verdade ela teria muita *sorte* se fosse trabalhar como funcionária administrativa na distribuidora dele depois de formada. Um sonho anterior, que era ir para Los Angeles com Isabelle Washburn e tentar qualquer emprego na indústria cinematográfica, havia ficado em suspenso durante os meses de sua obsessão por Dick Stabler. Ela pouco tinha visto Isabelle e se tornado mais realista. Embora o fumo desbragado houvesse reduzido seu peso para quarenta e sete quilos no consultório do médico, uma avaliação criteriosa das panturrilhas e dos tornozelos projetados na tela do Cine Califórnia a fizera suspeitar que suas pernas eram muito semelhantes às das camponesas para serem bem-vistas em Hollywood. Isabelle, entretanto, cujas pernas eram melhores, ainda tencionava seguir para Los Angeles, e nunca tinha voltado atrás no convite a Marion. Sentada no Tadich's, com a ponta do cigarro empapada de manteiga e salsa derretida enquanto sua mãe tagarelava sobre os eventos do comitê musical do Francisca Club, evidentemente aterrorizada demais pela carranca de sua bebê para tocar no assunto do futuro da filha, Marion sentiu uma raiva tão assassina que tomou ela própria sua decisão. Iria para Los Angeles, acionaria a chave e veria o que ia acontecer. Ela se faria visível e certamente iria matar alguém. Só não sabia quem.

Isabelle tinha um plano para ser descoberta por Hollywood envolvendo um primo que era médico do William Powell; embora houvesse generosamente permitido que Marion participasse dele, pareceu pouco entusiasmada ao saber que ela a acompanharia. Em Los Angeles, no Hotel Jericho, para o qual haviam se retirado depois de serem informadas de que todas as casas para candidatas a estrelas tinham lista de espera, Isabelle não ria mais das coisas que Marion dizia. Quando seu primo médico a convidou para almoçar, Isabelle decidiu que, afinal, era melhor encontrar-se a sós com ele. Entendendo o que isso significava, e acrescentando Isabelle à sua lista de pessoas que precisavam ser assassinadas, Marion se mudou para uma pensão de mulheres na Figueroa Street. Compareceu a algumas agências que anunciavam em jornais, porém havia um milhão de garotas como ela. Terminados os trezentos dólares que Roy Collins lhe dera, jurando cheio de raiva que nunca mais lhe daria nada, ela arranjou um emprego no escritório da Lerner Motors, na época a maior revendedora da General Motors em Los Angeles. Com seu primeiro pagamento, comprou uma pilha de peças teatrais antigas por cinco centavos cada uma e as leu em voz alta no quarto, tentando recapturar aquele sentimento de extroversão, mas ela necessitava de um teatro e não tinha ideia do que fazer para chegar lá. Como será que Shirley havia feito? Alguém a descobrira no balcão de perfumes?

Seu primeiro Natal sozinha não foi tão ruim a ponto de mais tarde não poder ser visto como bom. Uma secretária da Lerner a tinha convidado para jantar com a família, porém ela já tivera sua dose suficiente de Natais com outras famílias. À tarde, foi de bonde até o fim da linha em Santa Monica e se sentou num banco em frente ao mar, sozinha, controlando a quantidade de cigarros e escrevendo em seu diário. Leu o que escrevera exatamente um ano antes, quando Dick Stabler lhe dera uma corrente banhada a prata, e ela dera a ele um exemplar encadernado em couro de Khalil Gibran, e quando o desejo de ser tocada por Dick tinha dado cor a cada minuto. Fazia um tempo bom em Santa Monica, os longínquos cumes nevados flutuando sem o corpo das montanhas acima da névoa do inverno. Tudo parecia mais ou menos em equilíbrio. Uma brisa soprada do Leste mantinha a neblina marinha à distância e o avanço descendente do sol se fazia tolerável, um lembrete menos alarmante da vida que escapava dela, pela eterna repetição das ondas se quebrando com o ritmo de uma respiração na praia larga e plana. A pressão que ultimamente estava sempre em sua cabeça, a solidão e alguma coisa mais indefinível, um temor de baixa intensidade, eram compensados por sua calma exterior. Ela era uma garota suficientemente interessante para si mesma a ponto de sentar-se ali sozinha, suficientemente bonita a ponto de atrair os olhares dos homens que passavam com suas famílias (tão suficiente que nenhum a incomodava por muito tempo) e suficientemente inteligente a ponto de saber que ser descoberta enquanto se está sentada num banco não passava de devaneio. Quando o sol enfim se pôs, ela entrou no primeiro restaurante que viu aberto e comeu fatias de peru com molho enlatado, purê de batata e geleia de cranberry.

"Marion?", disse Sophie Serafimides.

Um dos quadris de Marion tinha ficado dormente e formigava. Ela estava acostumada a ter um braço ou um pé dormente, mas não um músculo do quadril, não desde a última vez em que engravidara. Suspeitou que a culpa era de seu peso.

"Infelizmente nossa hora está quase terminando", disse Sophie.

Marion mudou de posição, permitindo que o sangue voltasse ao quadril, e abriu os olhos. Nevava sobre os trilhos do lado de fora da janela. Os flocos brancos pareciam acelerados pelas frestas semicerradas das venezianas.

"Eu gostaria de saber o significado do seu silêncio", disse Sophie. "Se acha que pode me contar, podíamos ter uma sessão dupla. Tive alguns cancelamentos… Você é minha última cliente hoje."

"Eu só trouxe vinte dólares."

"Bem", Sophie sorriu simpaticamente. "Você pode pensar nisso como um presente de Natal, se quiser."

Marion estremeceu.

"Esse período de festas parece ter uma representação especial para você", disse Sophie. "Vai me dizer qual é?"

Marion voltou a fechar os olhos. O Natal que passou sozinha em Santa Monica foi entendido mais tarde como o último dia em que ela e o mundo exterior tinham estado em equilíbrio. Nas primeiras semanas de 1940, uma tempestade caótica atrás da outra inundou de chuva o sul da Califórnia. As ruas estavam escuras e escorregadias na noite em que ela ficou até tarde na Lerner Motors para datilografar os documentos relativos à venda absurda que Bradley Grant havia realizado. A chuva caindo de lado martelava a janela de sua pensão bem depois da meia-noite, quando ela escreveu no diário: *Aconteceu uma coisa horrível e não sei o que fazer. Não pode acontecer nunca, nunca mais.*

Bradley Grant era o campeão de vendas da Lerner. Embora Marion fosse solitária, passara a comer o sanduíche do almoço numa sala sem uso do departamento de peças. Lá ao menos não dividia com ninguém a companhia de um livro, até que Bradley Grant começou a se intrometer. Bradley era quinze anos mais velho, porém mantinha o corpo elegante de um adolescente e um rosto cuja beleza era difícil de avaliar: na dimensão de seus traços, em especial em sua boca larga, havia alguma coisa que lembrava um personagem de história em quadrinhos. Quando ele viu Marion com uma coletânea de contos de Maupassant, invadiu seu santuário de almoço para dissertar sobre o autor francês. Ele era um leitor ávido, um literato por formação. Deu a ela a impressão de estar mais interessado em si próprio, tão necessitado de usar seu estoque de palavras que precisava vascular o departamento de peças a fim de encontrar uma forma de extravasá-las. Um dia ele levou para ela seu exemplar de *Homenagem a Catalunha*, do escritor inglês George Orwell. Estava preocupado com a ascensão do fascismo na Europa, sobre o qual ela não sabia praticamente nada. Marion leu devidamente o livro de Orwell e começou a prestar atenção na primeira página do jornal de modo a parecer menos ignorante para Bradley. Certa vez, ele comentou que uma moça tão inteligente e bonita como Marion devia trabalhar no escritório da frente da loja, e no dia seguinte ela foi transferida para lá. Na Lerner, os vendedores menos exitosos suavam em bicas, trocando de camiseta ao meio-dia com medo de serem postos na rua às sextas-feiras, mas Bradley Grant era tão valioso para a revendedora que ali só o dono, Harry Lerner, mandava mais que ele. Depois da transferência, Marion continuou comendo seu sanduíche do almoço nos fundos. Ter se tornado datilógrafa e arquivista do escritório da frente estava bem longe de sua ideia do que era ser descoberta.

No dia em que uma pessoa nasce, apenas uma data no calendário, a de seu aniversário, é significativa, mas à medida que Marion foi vivendo, outras datas se tornaram para sempre felizes ou infelizes — a data em que seu pai se matou, a data em que se casou, as datas em que os filhos nasceram —, até que o calendário ficou abarrotado de importância. Na noite de 24 de janeiro, um jovem com um chapéu de feltro encharcado entrou no showroom da Lerner pouco antes do horário de fechar. Um vendedor de menor gabarito se aproximou dele, mas foi rechaçado. Na Lerner, eles chamavam qualquer homem que entrasse para se vangloriar de seu conhecimento de carros, para ser papa-ricado por alguns minutos ou somente para escapar do mau tempo, sem a menor intenção de comprar, de um Jake Barnes — aquele personagem do livro de Hemingway *O sol também se levanta*. Bradley Grant, que cunhara esse apelido e já fechara três vendas naquele dia, caminhou devagar até a mesa de Marion com uma maçã e a comeu meticulosamente enquanto analisava o jovem Jake Barnes. "Gosto do sapato dele", disse, jogando o caroço da maçã na cesta de papéis dela. "Você precisa ir a algum lugar?" Nunca havia algum lugar aonde Marion precisasse ir. Um minuto depois, Bradley já estava com a mão no ombro do Jake Barnes e o ajudava a entrar num Buick Century novinho em folha. Ela viu as feições de Bradley assumir expressões artificiais de assombro, indiferença, compaixão e advertência severa. Com um caminhar que o fazia andar depressa sem parecer que corria, voltou para onde ela estava e disse que mantivesse o showroom aberto e um gerente à disposição. "Jake e eu vamos dar uma voltinha para pegar o dinheiro", disse, afastando-se suavemente mais uma vez. Uma hora depois, ele e o jovem comprador estavam de volta à loja e Marion datilografava a papelada.

"Essa foi fácil, hem?", Bradley exultou quando o comprador foi embora. Ele batia uma mão na outra como quem vai jogar os dados. "Quer apostar como consigo vender outro carro hoje?" A energia dele a fazia lembrar a de seu pai nos anos anteriores à da quebra da bolsa. Só restavam os dois na loja, e ele não podia vender um carro sem a autorização do gerente. "Está valendo uma costela para você", ele disse a Marion. "Quanto você quer apostar?" Antes que ela pudesse responder, ele pegou um guarda-chuva e saiu às pressas do showroom. Da porta da frente, fumando um cigarro, ela o viu abordando os carros que paravam na esquina da Hope com a Pico, viu motoristas baixando os vidros das janelas, o viu gesticular para os carros deles e depois na direção da revendedora. Era uma loucura, e ela não sabia para quem Bradley fazia aquilo, se para ele ou ela, mas observá-lo fez emergir seu medo latente. Mais tarde, no Arizona, ela veio a pensar que a visão de Bradley na rua, de guarda-chuva, tinha sido uma premonição do puro mal. As pessoas que não eram católicas a sério não compreendiam que Satã não era um tentador encantadoramente letrado ou um diabo engraçado de cara vermelha com um tridente na mão. Satã era uma dor sem limite, a aniquilação da mente.

"Este senhor se deu conta de forma muito sensata que não quer mais dirigir um Pontiac", disse Bradley, conduzindo ao showroom um homem corpulento e careca que cheirava a álcool. Ele levara menos de trinta minutos para encontrar um cliente, mas estava bem molhado com a chuva de vento e os borrifos vindos da rua. Pediu a Marion que oferecesse um café ao cavalheiro enquanto — piscou para ela — ele ia dar uma palavrinha com o gerente, e depois pediu que ela pegasse as chaves do Oldsmobile 1935 de duas portas cor de cereja que o cavalheiro desejava trocar pelo Pontiac. O cavalheiro, ele acrescentou, pagaria com um cheque pessoal. Os dois homens voltaram ao pátio dos fundos, onde o carro vermelho estava estacionado. Marion poderia ter ido embora e deixado Bradley fechar a venda sozinho, caso Roy Collins não a tivesse transformado numa infratora de regras. Quando o trouxa foi embora dirigindo seu Oldsmobile, Bradley exibiu uma garrafa de uísque chata, de meio litro, e duas xícaras de café limpas. Encarapitada numa cadeira aquecida pelo traseiro gordo do trouxa, junto à mesa de Bradley, ela podia ver uma pequena fotografia tirada em estúdio dele com a mulher e dois meninos. Perguntou-se se ainda estaria de pé a proposta da costela ou se ela havia sido esquecida. Acendeu outro cigarro e bebericou o uísque. "Tomara mesmo que esse cheque tenha fundos."

"Vai ter", disse Bradley, "mas eu cubro o valor se não tiver. Mesmo sem ele, tivemos algum lucro."

"O carro dele valia mais?"

"Só tem um ano! Eu podia ter oferecido a ele uma simples troca, mas aí ele ia começar a pensar: 'Opa, espere um minuto...'. Por isso inventei uma cifra e deixei que ele me fizesse baixar até a metade."

"Sujeira", ela disse.

"De jeito nenhum. Metade da graça de ter uma marca melhor de carro é saber que você pôde pagar por ela."

"Você estava lhe fazendo um favor."

"É psicologia. Esse trabalho é pura psicologia. Meu problema é que eu sou bom pra cacete nisso. Você me viu na rua? Já viu uma coisa parecida?"

Ela fez que não com a cabeça e tomou outro gole de uísque.

"É como uma compulsão", disse Bradley. "Estou nisso e não consigo sair porque sou bom pra cacete. As pessoas sabem que estão sendo tapeadas e mesmo assim me deixam ir adiante. Quando elas vêm aqui, juraram solenemente a si próprias que vão ser duronas, que vão barganhar até o fim. Mas elas só compram carro uma vez por ano, ou a cada dez anos, ou talvez nunca tenham comprado um carro, e aqui estou *eu* vendendo carro um dia sim e outro também. Os sujeitos não têm a menor chance! Como eu trato de enfraquecê-los, eles voltam para casa e mentem para a mulher. Contam que fizeram um negócio. Só havia um carro vermelho na revendedora, e o cara tinha porque tinha que levar um carro vermelho. E, porra, só havia um! E o que vamos fazer amanhã de manhã? Botar outro vermelho lá. Juro que esse emprego está matando a minha alma."

Marion pôs a xícara na mesa dele com a intenção de não beber mais. Pensou se mencionaria a comida ou simplesmente iria para a cama com fome, mas as palavras continuavam a brotar de Bradley em profusão. No Michigan, disse ele, havia escrito peças de teatro e publicado poemas na revista de sua universidade, vindo depois para Los Angeles a fim de obter um emprego como escritor na indústria cinematográfica. Sua alma ainda vivia naquela época, mas então conheceu uma garota que tinha sonhos próprios, uma coisa levou a outra, e agora ele não passava de mais um integrante da porra da classe média, enganando as pessoas para se sustentar. À noite lhe ocorriam ideias, ideias para roteiros originais — como, durante a Guerra Civil espanhola, a filha do embaixador de Hitler na Espanha se apaixona secretamente por um agente republicano; os fascistas estão mantendo a mulher e o filho do agente como reféns; ele pede que a filha do embaixador os ajude a fugir da

Espanha; ela não tem certeza se o sujeito a ama de fato ou só a está usando para salvar sua família. Ele tinha milhões de ideias, mas... a que horas iria trabalhar nelas? No fim do dia sua alma estava muito debilitada. A única migalha de decência humana que restava nele, a única maneira pela qual sabia não ser a pior pessoa do mundo era como amava seus meninos. Os dois eram um peso para ele, sem dúvida, drenavam sua energia criativa, mas a responsabilidade era a única coisa que o separava da perdição. Marion entendia o que ele estava dizendo? Os meninos não eram negociáveis. Seu casamento não era negociável. Ele nunca abandonaria Isabelle.

Houve um recrudescimento repentino no medo de Marion. "Sua mulher se chama Isabel?"

A mulher no retrato tirado em estúdio realmente se parecia um pouco com Isabelle Washburn. Era mais velha e mais gorda, mas igualmente loura e com um nariz pequeno. Enquanto Marion contemplava o retrato, Bradley se levantou, contornou a mesa e se agachou a seus pés.

"Há tanta alma em seus olhos", disse. "Sua alma está tão viva, eu vejo você e parece que estou morrendo. Eu sou... meu Deus! Tem ideia de quanta alma você possui? Olho para você e acho que não posso viver se não a tiver para mim, mas sei que não posso ter... porque... Ou a menos que. Porquê. A menos que. Entende o que eu estou falando?"

Nenhuma quantidade de uísque poderia vencer o medo de Marion, mas ela bebeu o que restava na xícara. A vista da rua estava encoberta pelos reluzentes modelos de carros em exposição, mas havia ângulos através dos quais alguém na calçada poderia ver Bradley aos pés dela sob as luzes do showroom.

"Diga alguma coisa", ele sussurrou. "Qualquer coisa."

"Acho que eu devo ir para casa."

"Está bem."

"E talvez procurar outro emprego."

"Meu Deus, não, Marion. Eu morro se não puder ver mais seu rosto. Por favor, não faça isso. Juro que não vou incomodá-la."

Era estranho pensar que o homem agachado a seus pés vinha tendo tais pensamentos sobre ela. Ele era uma pessoa fascinante, mas afinal, mesmo descontando o fato de ele ser casado, não passava de um vendedor de carros. Ela tinha suportado o surto de medo com seu bom senso intacto. Fez menção de se levantar, mas Bradley agarrou uma de suas mãos e a manteve sentada. "Escrevi uma coisa sobre você", disse. "Posso ler o que escrevi?"

Interpretando o silêncio dela como consentimento, ele recitou um poema.

Uma mulher caminha, seu nome é Marion
Seus cabelos são pretos mas cheiram ao sol brilhante
Que fura as nuvens com supremo esplendor
Seus olhos baixos mas cheios de luz
E de trevas, sua mente um amplo céu
Ao mesmo tempo sereno e ameaçador: intocável

"Quem escreveu isso?", ela disse.
"Eu escrevi."
"Você escreveu isso."
"A primeira coisa que escrevo desde sei lá quando."
"Escreveu isso sobre mim?"
"Foi."
"Repete."

Ele recitou outra vez, com uma sinceridade acanhada que o fazia definitivamente bonito. Ela estava tendo uma reação atrasada ao uísque, a abertura de certas comportas. A aparente inclinação do piso do showroom parecia provar que os carros estavam com o freio de mão puxado. Apesar de ter visto Bradley persuadir duas vezes em três horas um estranho a desejar alguma coisa que não deveria ter desejado, ela se perguntou se ele realmente teria talento como escritor. O sujeito desse poema era específico, não intercambiável. Ela própria se sentira um misto de trevas e luz, ampla como o céu, e ele havia captado isso.

"Mais uma vez", ela disse.

Pensou que ouvir pela terceira vez poderia lhe dizer, com certeza, se ele tinha mesmo talento. Na verdade, ter ouvido de novo não lhe disse nada, porque tudo o que ouviu é que Bradley escrevera um poema sobre ela. Recostou-se na cadeira e deixou que o uísque fechasse seus olhos. "Uau", admitiu. A chave dentro dela estava desligada, outra forma de dizer que não se importava com nada. Seu pai com uma corrente em volta do pescoço, morto no fundo da baía. A irmã inalcançável por mais que Marion corresse. Ela não ligava. Quando Bradley a ajudou a se levantar e a beijou, foi como se seu corpo tivesse voltado a despertar exatamente no ponto da enorme intensidade sexual a que chegara com Dick Stabler. Era horrível como um homem que a desejasse era tudo o que seu corpo queria. Sentiu que não havia limite para o quanto queria se apertar contra Bradley, precisava de um abraço mais forte, e Bradley não lhe negou. Ele a empurrou de costas contra o peso inamovível de um reluzente Cadillac 75 e a apertou onde Dick Stabler não ousara. Havia uma coisa que seus quadris podiam fazer, mas que nunca tinham feito. Deixá-los fazer, soltá-los por completo mesmo de pé, mesmo vestida, com Bradley entre seus joelhos com a calça ainda úmida, foi uma sensação monumental. Roy Collins, na véspera da partida dela de Santa Rosa, havia previsto o que aconteceria se ela não tivesse cuidado em Los Angeles. Roy não usara de novo a palavra *puta*, porém deixou muito claro que, se Marion se metesse em alguma encrenca, não deveria esperar mais nenhuma ajuda dele. E agora ali estava ela abrindo as pernas para um homem casado. Acima da cabeça de Bradley, quando ele a abaixou à altura do pescoço dela, Marion viu os movimentos irregulares do relógio de parede do escritório a caminho das onze da noite, horário em que ela ficaria trancada do lado de fora da pensão. Estava se sentindo mal de tanta fome depois que o uísque evaporara.

Como se pondo um marcador de páginas num romance, ela o afastou e, sem dizer uma palavra, foi pegar um cigarro. Ele também não disse nada enquanto apagava as luzes brilhantes, trancava a porta da frente e a conduzia até seu LaSalle 1937. Ao chegarem à pensão, só faltavam dez minutos para que a gerente da noite fechasse a porta de vez.

Ela apagou o terceiro cigarro que vinha acendendo um no outro. "Não sei como vou ao trabalho amanhã de manhã."

"Como você vai todos os dias", ele disse.

Havia um problema a ser resolvido antes que aquilo piorasse, porém ela suspeitava que o problema não tinha solução — o fato de ela não ser mais forte do que o homem que entrara na Lerner e tinha visto um único carro vermelho. Em vez de desperdiçar os últimos minutos numa conversa sem sentido, ela deslizou no banco e abraçou Bradley. O carro tremeu devido às rajadas de vento e ela acompanhou o movimento. Dentro da pensão, tão logo fechou a porta, ela se tocou do modo que tinha aprendido na sequência frustrada dos encontros com Dick Stabler. Mas aqueles tinham sido dias mais inocentes. Agora ela se sentia solitária demais para se concentrar em dar vazão à sua ânsia sexual, assustada demais com sua maldade para se render àquilo. Ela precisava era chorar — e essa foi a primeira vez em que a queda ocorreu.

Era uma da manhã e ela não sabia o que acontecera por duas horas. Seu triste quartinho — a mobília trincada e descascando, os tecidos saturados de fumaça de cigarro, a lâmpada brilhante demais, porém mal posicionada para ela ler na cama — se revelava um conjunto de lugares aleatórios que ela poderia contemplar, enfiar a cara neles, bater com a testa. A coberta estava amontoada num canto. Não havia um cigarro aceso, mas o cinzeiro estava derrubado na cama, com uma avalanche fétida de guimbas e cinzas na base do travesseiro. Sua impressão era de alguém que se defendera loucamente de espíritos maus que batiam à janela sob a forma de chuva soprada pelo vento. Agora ela estava dolorosamente esfomeada, mas não parecia ferida. *Ninguém no mundo é mais solitário do que eu*, ela escreveu no diário.

A manhã seguinte trouxe uma interrupção entre as tempestades. Ela comeu um prato grande de ovos antes de seguir para o trabalho, e o céu sobre a cidade, os surpreendentes espaços azuis entre as nuvens que corriam velozes eram um lembrete encorajador dos invernos mais inocentes de San Francisco. Ela imaginou que seria bom mudar de rotina, almoçar com as outras garotas do escritório e se certificar de que nunca estaria a sós de novo com Bradley Grant. No entanto, quando chegou à Lerner e tentou dar bom dia ao gerente, descobriu que a queda não a deixara incólume.

Ela mal conseguia falar. O impulso que deveria levar à fala se transformava em engulhos e rubores, uma sensação de aperto no peito, uma recordação involuntária de abrir as pernas. Durante toda a manhã, entrando e saindo do escritório, sua mente estava tão confusa com a consciência de si mesma que, quando abria a boca, o cérebro se atrasava e depois disparava para a frente, impulsionado pela ansiedade de que suas palavras fossem ininteligíveis. A cada vez, descobria que havia falado de forma razoavelmente adequada, e a cada vez isso parecia uma sorte incrível.

Na hora do almoço, na sala de estar com as outras moças, se sentou com uma atitude de atenção amistosa e tentou acompanhar a conversa delas. Mas seus olhos se recusavam a olhar para quem quer que estivesse falando.

"... à venda na Woolworth, você não acha que eles..."

"... dois centímetros e largo demais, como é que alguém pode medir três vezes e conseguir..."

"... a mim para a estreia na última quinta-feira, ele conhece o cara que..."

"… mas aí suas mãos ficam com cheiro de laranja o dia inteiro, mesmo que você lave…"

"… Marion?"

Sem erguer os olhos, ela se voltou na direção da garota, Anne, que dissera seu nome. Anne era a que a havia convidado para passar o Natal com sua família. Anne era bondosa.

"Desculpe." Apesar de um grande esforço para respirar, a voz de Marion soou embargada. "O que é que você disse?"

"O que aconteceu na noite passada?", Anne repetiu com um sorriso simpático.

"Ah." O rosto de Marion pegou fogo. "Ah."

"O sr. Peters disse que Bradley ainda estava vendendo às nove da noite."

Marion achou que sua cabeça iria estourar. "Estou tão cansada", ela se percebeu falando.

"Aposto que sim", disse Anne.

"O que é que você disse?"

"Não sei onde esse homem arranja tanta energia. É um *demônio* para vender."

A sala era um campo minado de olhos femininos fixados nela. Tentou falar mais, porém rapidamente se deu conta de que era inútil. Tudo o que pôde fazer foi se levantar e voltar para sua mesa. Atrás dela, assim Marion imaginou, houve uma discussão horrorizada sobre sua falta de vergonha.

Embora ela houvesse passado um longuíssimo tempo sozinha em Los Angeles, não se considerava tímida. Sua nova condição lhe dava a impressão de que todo mundo que falava com ela era de algum modo Bradley Grant; cada troca de palavras, por mais trivial que fosse, era como um ensaio da conversa horrorosa que ela temia ser obrigada a ter com ele. Um ano depois, no hospital, um dos psiquiatras lhe perguntou se ela não preferia ser como as outras moças, nem sempre tão mortalmente séria — nada havia de errado numa conversa fiada —, a alegria era atraente numa jovem, não seria simpático fugir de seus pensamentos deixando-se levar por um papo descontraído? Marion teve vontade de fazer uma queixa-crime contra o psiquiatra. Acontece que ela sabia que nem todos os homens exigem uma companhia alegre. Perguntou-se quantas outras mulheres na enfermaria tinham conhecido um homem do tipo que se excitava por uma taciturnidade mórbida; um homem com gostos literários, para quem a loucura era romântica; ou do tipo sensual, para quem águas paradas indicavam profundezas sexualmente agitadas; ou do tipo cavalheiresco, que sonhava em salvar alguém ferido.

Bradley era todos esses tipos de homem. Ao menos duas outras garotas da Lerner eram mais bonitas que Marion e, como Anne lia tantos livros quanto ela, algo mais deveria ter atraído Bradley. Ele havia detectado a loucura em Marion antes que ela própria a sentisse. Sem que ela soubesse, sua nova condição a tornou mais interessante para ele, e não menos. Em 31 de janeiro, outra data fatídica, ela voltou de uma demorada permanência no banheiro à tarde e viu em sua mesa um envelope com seu nome datilografado. Bradley estava no pátio da revendedora com um cliente, enquanto vendedores de menor peso se encontravam nas janelas, vendo a vida deles descer pelo ralo. Como lhe pareceu provável que estivesse sendo demitida, ela abriu o envelope para se certificar. Vendo um poema batido à máquina, deveria tê-lo jogado na cesta de papéis ou ao menos esperado até a noite para ler. Em vez disso, voltou ao banheiro com ele e se trancou num dos compartimentos.

SONETO PARA MARION

Sonho que estou ao volante e esqueci como dirigir
Ou nunca aprendi. Estou sonhando que voltei a ter
Dezenove anos. O carro, jovem e poderoso,
Parece se dirigir sozinho e, quando por fim
Descubro os freios, já comecei a girar,
Massa indistinta de palmeiras ao vento e sinais de trânsito.
E você é quem dirige, não eu. Dentro de você
Uma calma eficiência, como naquela noite...
Ah, aquela noite, enquanto eu rodopiava
Você era velocidade e segurança. Será que sonhei
Isso também? Nos seus braços que me sustentavam eu soube
Do que antes havia duvidado: sou mais jovem do que pareço.
Sonhar com a felicidade, despertar e flutuar no espaço
É saber que se pode ser feliz acordado.

Sentada no banheiro, ela tentou ir além da simples existência do poema e entender o que Bradley estava dizendo. A palavra que não fazia nenhum sentido para ela era "eficiência". Ela mal era eficiente em falar! Não lhe ocorreu que Bradley poderia simplesmente ter empregado um substantivo errado. Perguntou-se se ele queria dizer que ela era capaz de salvá-lo: se de algum modo, no showroom de uma revendedora de carros, ela afinal tivesse sido descoberta por um homem com talento suficiente para realizar o sonho dele de escrever roteiros para Hollywood, um sonho que seu casamento havia sufocado, mas que Marion poderia fazer reviver, realizando ao mesmo tempo seu próprio sonho. Não era isso que o poema dizia? Que alguns sonhos eram tão vívidos que se tornavam realidade?

Voltou ao escritório sentindo-se eufórica, uma iniciante em eficiência, e se desapontou quando teve dificuldade em decifrar o que o gerente lhe dizia. Agora era a euforia, não a vergonha, que embaralhava sua mente, enquanto o fato mais geral e importante — que havia algo doentio num cérebro tão facilmente embaralhado — continuava a escapar à sua compreensão. Quando Bradley voltou ao showroom com seu cliente, ele era como um ímã poderoso e ela uma agulha de ferro. O campo magnético a repelia quando ela se voltava na direção de Bradley e a atraía quando lhe dava as costas.

À noite, perto do fim do expediente, o campo se aproximou de sua mesa. "Sou mesmo um idiota", ele disse.

O gerente, o sr. Peters, estava de pé ali perto, podendo escutar tudo. Bradley sentou-se de lado na mesa. "Prometi uma costela a você na semana passada. Provavelmente deve ter pensado Ah, sei, mais uma promessa de vendedor."

"Não estou com vontade de comer costela", Marion conseguiu dizer.

"Desculpe, boneca, sou um homem de palavra. Ou você precisa ir a algum lugar?" Era esperteza dele se aproximar dela com o sr. Peters por ali, que era mais velho e sexualmente cego com relação a ela. Tornava o convite inocente. "Pensei em irmos ao Dino's, se para você está bem." Bradley voltou-se na direção do sr. Peters. "O que você acha, George? O Dino's é bom para uma carninha?"

"Se você não se importa com o barulho", disse o sr. Peters.

A chuva caía forte e reta, transformando o pátio num lago raso com correntezas que ondulavam sob as luzes do showroom e iam se quebrar nos ralos de escoamento. Marion sentou-se ao lado de Bradley no LaSalle preto dele, estacionado de frente para uma cerca e num canto não iluminado do pátio, enquanto a chuva martelava o teto do carro. Em sua cabeça, ensaiou uma frase curta, *Na verdade não estou com fome*. E mesmo em sua cabeça tropeçou nas palavras.

Bradley perguntou se ela havia lido seu poema. Ela assentiu com a cabeça. "É um gênero complicado, o soneto", ele disse, "se a pessoa é rigorosa em matéria de ritmo e rima. Antigamente, a ordem das palavras era mais flexível, sabe? *Em mim vedes onde outrora cantavam doces pássaros*, mas quem é que fala assim agora? Duvido que alguma vez alguém disse *em mim vedes*."

"Seu poema é bom", ela disse.

"Gostou?"

Ela fez que sim de novo.

"Posso pagar um jantar para você?"

"Na verdade... na verdade não estou com fome."

"Sei."

"Que tal só me levar para casa?"

A chuva ficou mais forte e depois parou de repente, como se o carro estivesse passando por baixo de uma ponte. Quando Bradley se inclinou na direção de Marion, ela se encolheu, fugindo da força magnética.

"Isto é errado", ela disse, reencontrando a voz que costumava ter. "Não é correto."

"Você não gosta de mim."

Ela não sabia se gostava. De algum modo, não era uma questão pertinente.

"Acho que você tem talento como escritor."

"Com base só em dois poeminhas?"

"Mas você tem. Eu nunca seria capaz de escrever um soneto."

"Claro que seria. Seria capaz de fazer um agora mesmo. Um-dois, um-dois, um-dois, um-dois, rima A. Um-dois, um-dois, um-dois, um-dois, rima B."

"Não estrague tudo", ela disse.

"O quê?"

"Não estrague o que escreveu para mim. É tão bonito!"

Ele tentou beijá-la de novo, e dessa vez Marion precisou empurrá-lo.

"Marion", ele disse.

"Não quero ser esse tipo de garota."

"Que tipo?"

"Você sabe que tipo." Seu rosto se contraiu com as lágrimas. "Não quero ser uma vagabunda."

"Nem em um milhão de anos você seria esse tipo de garota."

Ela apertou o rosto para desfazer a contração. "Você não sabe quase nada sobre mim."

"Posso ver dentro da sua alma. Você é o oposto desse tipo de garota."

"Mas você disse que seu casamento é inegociável."

"Eu disse, sim."

"Você escreve poemas para sua mulher?"

"Faz muito tempo que não."

"Eu não me incomodo que você me escreva poemas. Gosto disso. Na verdade, adoro. Eu queria…" Sacudiu a cabeça.

"Queria o quê?"

"Queria que você escrevesse uma peça ou o roteiro de um filme, e eu fosse a estrela dele."

Bradley pareceu perplexo. "É isso que você quer?"

"É só um sonho", ela se apressou em dizer. "Não é nada real."

Ele pôs as mãos no volante e curvou a cabeça. Seria tão fácil abrir a porta um pouquinho e dizer que não estava seguro a respeito de seu casamento… Ele deve ter sentido que ela não estava bem. Talvez tenha se dado conta de que mentir para uma garota louquinha não era jogar limpo.

"E se eu fizesse isso, se escrevesse um papel para você? Quem sabe a filha do embaixador alemão… Talvez eu possa fazer isso se conseguir visualizá-la no papel. É o que está me faltando, alguma coisa bonita na qual inspirar, em vez de tudo de feio que encontro em casa. Não recebo nenhum apoio de Isabelle. Ela nem gosta quando leio um livro. Tem ciúme de um livro! E como fica zangada quando tento lhe falar sobre uma nova ideia! É como se ela fosse o dr. Freud e eu o paciente, só porque tenho ideias para um roteiro. 'Ah, meu Deus, o paciente está apresentando os sintomas outra vez. Pensamos que o tivéssemos curado de sua ambição, e agora ele teve uma recaída.' Ela é tão amarga com seus sonhos que não suporta que eu ainda tenha os meus."

"Você a ama?", Marion perguntou. Ouvir-se fazendo essa pergunta a fez se sentir mais velha e mais sábia: eficiente.

"Ela é boa com os meninos", disse Bradley. "É uma boa mãe. Talvez um pouco ansiosa demais — qualquer espirrozinho é um sinal seguro de uma coqueluche. Você não imagina como a pessoa mais interessante do mundo pode se transformar rapidamente na pessoa mais chata que você já encontrou na vida."

"Ela era interessante então."

"Não sei. Não sei. Hoje com certeza ela não é."

Marion poderia simplesmente haver lhe oferecido amizade e inspiração. Ainda não estava suficientemente louca a ponto de acreditar que poderia ser a estrela num filme escrito por ele. O lance genial de Bradley como vendedor foi descrever uma pessoa que ela passou a ter vontade de matar. Ele não sabia que sua mulher tinha o mesmo nome da mãe de Marion e da colega de escola desleal, mas, tão logo lhe apresentou uma Isabelle mais detalhada para odiar, a porta se abriu e os pensamentos mais loucos entraram por ela aos borbotões. A ideia de que Marion realmente era mais eficiente que ele. A ideia de que ele era bondoso demais para enfrentar a verdade óbvia. A ideia de que só ela poderia salvá-lo da infelicidade, de que só ela poderia salvá-lo como escritor, por acreditar nele e por ajudá-lo a confrontar a verdade de seu casamento sem amor. Que tipo de bruxa vingativa tinha ciúme de um *livro*? Isabelle precisava ser assassinada por causa disso, e a maneira de Marion fazê-lo foi se mover no banco do carro. Ela era pequena o bastante para se ajoelhar sobre ele, magra o bastante para se encaixar entre Bradley e o volante, e, uma vez em seus braços, a dimensão da relevância moral desapareceu.

Bradley Grant desvirginou-a no banco de um LaSalle Series 50 de 1937, com as janelas embaçadas, no pátio da Lerner Motors. O ato doeu menos do que certas garotas em Santa Rosa a tinham feito crer, mas depois, no banheiro da pensão, ela encontrou mais sangue do que esperava. A porcelana branca ficou manchada de vermelho quando enxaguou a calcinha. Só de manhã percebeu que sua menstruação tinha chegado.

Não havia muita margem para que seu estado se agravasse, mas em fevereiro ele piorou. Ela se sentiu aprisionada num cubo de metal se enchendo de água e com apenas um diminuto bolsão de ar em cima para que ela respirasse. O ar era a sanidade. Todo instante ela esbarrava em limitações, e as mais cruéis eram o pouco tempo que tinha sozinha com Bradley. Trabalhava o dia inteiro a cem passos de distância dele, mas Bradley dizia que precisavam ser muito cuidadosos. Na hora do almoço, ela o imprensava num canto de seu antigo santuário no departamento de peças, mas o cômodo tinha uma janela através da qual eles podiam ser vistos. Harry Lerner havia proibido a venda de mais carros depois de encerrado o expediente, e Bradley vivia encontrando motivos para voltar para casa à noite. Por fim, eles recorreram de novo ao banco do LaSalle. Embora parecesse muito mais arriscado numa noite de luar sem os vidros embaçados, ela o segurou ali até as 22h45. Na semana seguinte, em seu dia de folga, Bradley a levou a um motel em Culver City, mas mesmo lá ela se sentiu oprimida, porque não bastava ter relações sexuais. Eles precisavam discutir o futuro, uma vez que, sem dúvida, Bradley agora compreendia que não era mais possível continuar casado com Isabelle, e fazerem sexo não deixava tempo para conversarem. Só quando voltaram ao carro ela perguntou se ele tinha escrito de novo.

"Ainda não", Bradley respondeu.

Era uma resposta razoável e sincera, mas a perturbou demais. A distância para a pensão estava ficando cada vez menor enquanto ele dirigia, o tempo para conversa estava se estreitando, o cubo se enchendo de água.

"Não sei se eu consigo", ele disse.

"Você tentou?"

"Só consigo pensar em você."

"Também é tudo em que eu consigo pensar. Quer dizer, em você."

"Simplesmente não sei se sou capaz de fazer isso."

"Sei que você é."

"Não de escrever", ele disse. "Isso. Não sei se tenho condições de amar duas mulheres ao mesmo tempo."

Menos que uma golfada de ar era o que restava no cubo. Tudo o que Marion conseguiu dizer foi "Ah".

"Está me rasgando em dois", ele disse. "Nunca encontrei ninguém que eu quisesse tanto quanto você. Tudo sobre você é exatamente certo. É como se eu tivesse nascido com seu rosto gravado no meu cérebro."

Ela não sentia o mesmo por ele. Se passasse por Bradley na rua um ano antes, não teria olhado duas vezes. Por um instante, como se fora de seu corpo, ela vislumbrou os contornos da coisa dentro dela, a obsessão que estava crescendo lá, e a reconheceu como um objeto estranho aos desejos de uma pessoa normal. Mas aí, num piscar de olhos, estava dentro dela outra vez.

"Vamos voltar para o motel", ela disse.

"Não podemos."

"Não foi o bastante. Preciso de mais tempo com você."

"Também quero mais. Mas não podemos. Já estou atrasado."

Atrasado queria dizer Isabelle. A perspectiva de ceder Bradley pareceu tão ameaçadora para a vida de Marion que, se ela assassinasse Isabelle, seria um ato de legítima defesa. Ela começou a respirar com dificuldade, a ter palpitações.

"Marion", ele disse. "Sei que é difícil para você, mas é ainda mais difícil para mim. Está me rasgando em dois."

Ele falou mais, porém a respiração de Marion afogou tudo. Carros pretos e prédios brancos, bêbados nas ruas carregando sacos de papel e mulheres com meia de seda, *amando duas pessoas* e *me rasgando em dois*. Ou ela tinha respirado tão fundo que desmaiou ou outra queda estava ocorrendo. A mão que Bradley pousou na dela, em frente à pensão, queimava de tão fria. Ela ainda não podia ouvir o que ele estava dizendo, só sabia que precisava escapar.

A segunda queda foi pior, o número de horas inexplicadas maior, e depois ela encontrou arranhões nos nós dos dedos e um hematoma na testa. Na manhã seguinte, chegou uma hora atrasada ao trabalho e chorou de forma desproporcional quando o sr. Peters lhe fez uma censura amena. Na hora do almoço, temendo sufocar se ficasse lá dentro, temendo morrer se Bradley tentasse falar com ela, fugiu da revendedora e caminhou sem rumo por ruas com nomes e números. A neve das tempestades pintava os flancos das montanhas fantasmagóricas, mas o sol de março era forte, a primavera já se anunciando. Ela começava a respirar mais livremente quando viu de relance um rosto bem conhecido. A pessoa que vinha em sua direção, na faixa de pedestres da Grand Avenue com a Ninth Street, era Isabelle Washburn. Marion baixou a cabeça, mas Isabelle a fez parar segurando seu braço.

"Ei, garota. Não vai nem dizer olá?"

Por baixo de um casaco leve com um brilho ao mesmo tempo cor de lavanda e verde, Isabelle usava um vestido de bolinhas verdes sobre fundo branco nada barato. Ela tinha feito cachos laterais no cabelo e adotado um jeito de falar com a boca mais aberta, que parecia copiado dos filmes. Marion ficou sabendo que ela culpava o palerma do primo, e não sua total falta de talento como atriz, pelo fracasso do plano de ser descoberta, mas estava ganhando bem como modelo fotográfico e morando com outras garotas num bangalô atrás do Cine Egípcio. Poderia ter sido imaginação de Marion, enferma por causa de sua própria irresponsabilidade, mas as reiteradas referências de Isabelle a seu senhorio lhe deram a impressão de que ele era alguma coisa mais do que apenas o dono do imóvel. Seu novo jeito artificial de falar sugeria um coração endurecido por experiências penosas. "Ou seja, é assim como estou agora", ela disse. "E com você, como andam as coisas?"

"Estou bem", disse Marion, o que era tão engraçado que ela quase riu.

"Aterrissagem suave e tudo mais?"

"Ótima, ótima. Sim. Tenho um emprego estável. Para o qual, aliás, está na hora de eu voltar."

Isabelle franziu a testa. "Quê que é isso na sua cabeça?"

"Não sei dizer."

Isabelle remexeu em sua bolsa. "Deixa eu pôr alguma coisa nisso."

Ali mesmo na esquina, Marion deixou que sua amiga de outrora aplicasse uma maquiagem no hematoma em sua testa. A camaradagem desinibida do gesto a emocionou. Isabelle levantou o queixo de Marion com o dedo e a inspecionou com um olhar profissional. "Um pouquinho melhor", disse, fechando o estojo de maquiagem. "Sabe, precisamos nos ver um dia desses. Você me fazia rir tanto! Lembra do Hal Chalmers e da Pokie Turner? Dick Thtabler? Você precisa me visitar, se for para aqueles lados. Estou bem atrás do Egípcio, na Selma, é uma casa pintada de um vermelho berrante, impossível não ver."

Isabelle dava a impressão de haver esquecido que descartara Marion nove meses antes. Naquele meio-tempo, a vida dela tinha sido tão movimentada que a escola ginasial pertencia a um passado histórico; agora, na verdade, Marion achou extraordinário que um dia houvesse imaginado que elas continuariam amigas depois de formadas. Mas não tinha mais vontade de matar Isabelle. Em vez disso, ficou triste com o que a vida estava fazendo dela. Nove meses depois, quando a vida fez ainda pior com Marion e ela não teve a quem recorrer, não se lembrou apenas da bondade apressada de Isabelle na esquina da Ninth Street com a Grand Avenue. Lembrou-se também de que Isabelle morava num bangalô pintado de vermelho berrante atrás do Cine Egípcio.

Ela se tornara — havia feito de si mesma — um problema com que Bradley precisava lidar. Poucos dias depois da segunda queda, uma cliente loura de uns trinta anos entrou no showroom. Como quase todos os compradores na Lerner eram homens, Marion não tinha visto Bradley usar sua magia com uma mulher desde que ficara obcecada por ele. De repente, a plasticidade de desenho animado de seus traços faciais pareceu grotesca. Depois que a cliente foi embora, sem comprar, o ódio de Marion pela mulher dele atingiu o ponto de fervura e queimou um fusível em sua cabeça. Quando Bradley se dirigiu ao banheiro dos homens, Marion entrou junto e passou os braços em volta de seu pescoço, tentando trepar nele. Perguntou quando iriam fazer sexo de novo. Ela necessitava desesperadamente fazer sexo e, com medo de ser flagrado com ela no banheiro masculino, ele concordou. Voltaram a Culver City naquela noite. O prazer que ela extraía do sexo crescia exponencialmente a cada encontro. Bradley confessou que, até aquela noite, nunca tinha entendido o que era a paixão. Admitiu que estava totalmente louco por ela. Quando a levou para casa, disse que ela não podia mais trabalhar na Lerner e que precisava morar em um lugar melhor.

Ela se empregou como estenógrafa numa administradora de imóveis onde trabalhava um ex-vendedor da Lerner, amigo de Bradley. Esse amigo arranjou uma quitinete para ela em Westlake, e Bradley pagou três meses de aluguel adiantado, destacando as cédulas do maço que mantinha dobrado no bolso da frente. Tecnicamente, isso a transformou numa espécie de prostituta, mas para ela as contas representavam os dólares que não iriam para sua mulher e os filhos, dólares que lhe pertenciam por direito, amortizáveis num futuro em que ela seria sua esposa. A garantia de Marion era a forma pertinente com que eles eram feitos um para o outro. Em abril, maio e junho, ela sentiu a pertinência também da cama retrátil do apartamento em meio às marcas de cigarros queimados no carpete e no oleado com quadradinhos que cobria a pequena mesa de jantar. Depois do sexo, as palavras que, em outros lugares, ela lutava para pronunciar vinham com facilidade. Bradley lhe trazia novos livros para ler, e agora ela acompanhava a guerra na Europa com avidez porque o assunto interessava a ele. O mais excitante para Marion era o roteiro espanhol de Bradley, no qual ela faria o papel da filha do embaixador alemão. À medida que as ideias conjuntas deles para a história se tornavam mais detalhadas, ela fazia anotações taquigráficas na cama, uma estenógrafa nua. Trabalhar no roteiro a excitava tremendamente, e a Bradley também. Quando ele tomava o caderno e o lápis da mão dela para pô-los de lado, ela se entregava a ele num estado de extroversão, imaginando-se a filha do embaixador, como se ela fosse a atriz que representava a si mesma no filme. No trabalho, não era difícil encontrar um tempinho livre para datilografar as anotações sobre a história, às vezes acrescentando algumas novas ideias de sua lavra. Os homens solteiros do escritório talvez soubessem de sua situação com Bradley — ela parecia invisível para eles. Era a garota taciturna com grande competência na taquigrafia de Gregg e que não errava a grafia das palavras.

Em julho, Bradley levou Isabelle e os meninos numa viagem de carro a Sequoia e Yosemite. Marion havia suplicado que ele aproveitasse as férias para começar a escrever o roteiro, que ela havia esboçado totalmente para ele, mas Bradley disse que devia umas férias aos meninos, e lá foram eles. Enquanto ela não precisou passar mais que quatro dias sem vê-lo, enquanto o fato de terem sido feitos um para o outro era confirmado com regularidade, ela evitara novas quedas. Mas um fim de semana sozinha, depois de uma semana sem esperança de ver Bradley, se revelou interminável. O próprio sol lhe parecia algo maligno pelo modo como se demorava insolentemente nas janelas, tardando a se pôr. Ela não conseguia ler um livro ou ir ao cinema. A passagem do tempo precisava ser vigiada de perto. Sentava-se em completa imobilidade, tentando nem mesmo piscar, até que seu medo de fraquejar na vigilância se tornava apocalíptico, como se o mundo pudesse acabar se ela movesse sequer um músculo do pé. Estava muito, muito deprimida. Por alguma razão, estava particularmente avessa aos banhos, à sensação de água na pele.

Bradley devia voltar no sábado à noite, dia 27, e prometera vê-la no domingo. Ela passou a noite de sábado deitada, de olhos abertos, porque fechá-los significava vê-lo na cama com sua Isabelle, significava considerar as incontáveis horas que Isabelle havia tido para minar a confiança dele como escritor e significava se permitir a suspeita de que Isabelle estava certa: vê-lo como ele realmente era e ver a si mesma como ela realmente era, uma jovem solitária que trocava seu corpo por uma fantasia. O tempo era o inimigo quando estava sozinha porque a fantasia demandava esforço para ser mantida, e a força de Marion era finita. De manhã, sem dormir, sem tomar banho, ela cozinhou dois ovos e comeu, voltando a se deitar. O sol exibiu um novo truque maldoso, mudando de posição repentinamente, pulando para a frente, como se desejasse zombar dela porque Bradley não chegava. O sol já se punha quando ela ouviu uma batida à porta, a chave girando na fechadura. Como devia estar a aparência dela quando ele a viu na cama! Cabelo desgrenhado, olhos empapados, lábios ressequidos, louca. Ele se ajoelhou no chão e beijou seu rosto. Ela não sentiu nada.

"Desculpe por não ter vindo antes", ele disse. "Tivemos um problema com camundongos. Cocô de camundongo por toda a cozinha. Finalmente encontrei o ninho deles no espaço atrás da gaveta do catálogo telefônico. Quatro filhotinhos no meio do papel mastigado do catálogo. Tentei tirar os bichinhos com uma colher para jogar no quintal, mas eles começaram a fugir — foi horrível. Tive que esmagar um a um com a colher, o que é bem difícil quando a gente mete a mão dentro de um armário sem ver o que está fazendo e com uma mulher gritando no seu ouvido."

Quantas vezes você fodeu com ela?, alguém perguntou em voz alta. A palavra atroz indicava não ter sido ela, mas quem mais poderia ter sido?

"Queria ter vindo antes", disse Bradley, como se não houvesse escutado a pergunta, "mas a confusão estava tão grande! Os meninos brigando, ficaram tempo demais dentro do carro. Meu Deus, os camundongos. Os pais ainda estão lá em algum lugar do armário. Não posso ficar muito tempo."

"Afinal de contas por que ficar, não é mesmo?", ela sem dúvida disse.

"Me desculpe. Sei que foi duro para você, mas também foi duro para mim."

"Você não sabe o que significa duro."

"Marion. Querida. Eu sei." Com a mão que liquidava camundongos, ele afastou dos olhos dela alguns fios de cabelo e afagou sua cabeça. "Fiz uma maldade… uma maldade com você. Você é tão bonita, tão frágil, tão séria. Ah, meu Deus, como você é séria! E eu não passo da porra de um vendedor de carros."

Ela começou a chorar histericamente. Isso roubou parte do pouco tempo de que dispunham, mas foi uma descarga depois da paralisia ressequida de que ela padecera por duas semanas. Restaurou suas sensações e, gradualmente, teve o benefício cruel de fazer Bradley ficar por muito mais tempo do que pretendia — de complicar as mentiras que teria que contar em casa —, porque ele não conseguiu resistir à fragilidade dela. O rosto banhado em lágrimas de Marion o impeliu a lhe arrancar as roupas do corpo, mesmo com ela séria. Enquanto a possuía, Marion se concentrou intensamente no rosto dele, alerta para qualquer sinal sutil de que o prazer que ele extraía dela houvesse diminuído. O próprio prazer dela se tornara relativo. A única coisa que importava era Bradley.

Três noites depois ele a surpreendeu ao aparecer no escritório e convidá-la para irem comer um hambúrguer. Enquanto seguiam de carro para o Carpenter's, a inteligência animal dela a alertava para que nada de bom resultaria daquela alteração surpreendente na rotina deles, em guerra contra a esperança de que por fim ele tivesse encontrado coragem para deixar Isabelle. Sua inteligência animal estava certa. Estacionados no drive-in depois de Bradley comer seu hambúrguer com mordidas nervosas de lobo, enquanto o dela permanecia intocado no colo, ele lambeu o ketchup cor de sangue em seu próprio dedo e disse que tinha refletido muito nas férias. Disse — ah, o que foi mesmo que ele disse? — *fazer com que eles sofressem a dor de... eu fiz a cama e agora tenho que me deitar... merece um homem que seja digno da sua... cem por cento, não cinquenta por cento, porque cinquenta por cento não é... ficar sozinho de novo com você porque... você nunca vai deixar de ser a pessoa... não é justo com você... não é justo com... nunca vou ser um... realisticamente... realístico... simplesmente não é justo com... eu devia ter sabido... pior coisa... terrível... realisticamente tão terrível... superar... nunca superar...* Enquanto as feições elásticas de Bradley assumiam diversas expressões, ela sentia em seu próprio rosto variedades de vermelhidão — tomate, escarlate, carmim, granada, beterraba —, como se ela fosse um camaleão. Imaginando como sua aparência devia estar cômica, começou a rir.

Ele a olhou fixamente, e a preocupação no rosto dele aumentou a hilaridade de Marion. Ela fez um gesto com a mão frouxa, como as pessoas que não conseguem parar de rir fazem como forma de se desculpar, e tentou manter o controle. "Me desculpe", ela disse. Outra risada escapou de seus lábios. "Estava pensando nos filhotes de camundongo."

"Meu Deus. Por que você está rindo disso?"

"Porque... pobre de você. Ter que esmigalhar os bichinhos com uma colher!" Ela soltou uma risadinha contida e depois riu mais forte, o que a fez se dobrar para a frente. Talvez estivesse cônscia de que Bradley não poderia abandoná-la enquanto ela agisse como louca, mas estava tomada por uma verdadeira hilaridade. Sem dúvida ele pensaria duas vezes antes de ser visto em público de novo com Marion. Esse pensamento também foi hilário para ela.

"Será que devo me preocupar com você?", ele disse quando ela por fim recuperou o controle.

"Deve se preocupar é com você", ela disse. "Eu sou bem maior que um camundongo."

"O que isso quer dizer?"

"O que lhe parece querer dizer?"

Ele deu uma olhada na direção do Ford de duas portas estacionado à sua esquerda, as costas uniformizadas de uma funcionária inclinando-se diante da janela do carona.

"Preciso que você acredite que nunca vou superar isso", ele disse com uma expressão muito séria. Marion ajustou sua expressão para equiparar-se à dele, mas seu severo franzir de testa pareceu tão ridículo que ela soltou mais uma risada.

"Por favor, por favor, por favor", ele disse.

"Estou tentando ficar séria, mas talvez eu tenha entendido você mal."

"Temos que parar", ele disse.

"Ah! Por quê?"

"Já lhe falei. Foi a primeira coisa que eu falei. Não vou destruir minha família. Não vou abandonar a mãe dos meus filhos."

"Você também falou que ia morrer se não pudesse estar comigo. Quer dizer que agora vai morrer?"

Ele cobriu o rosto com as mãos. Se alguma vez Marion realmente tivesse gostado dele, agora sem dúvida não era o caso. Mas gostar ou não gostar era mais irrelevante do que nunca. Ela podia perceber claramente os contornos de sua obsessão por ele. Seria sensato arrancá-la de seu crânio, mas o objeto se tornara grande demais para ser removido sem lhe arrebatar a cabeça. Apesar de sua doentia enormidade, o objeto também era bonito demais para ela.

"Eu provavelmente vou morrer se não ficar com você", ela disse num tom objetivo.

"Não, não vai. Você vai achar alguém melhor para você."

"Mas você entende o que estou dizendo?"

"Sinceramente, não estou acompanhando tudo."

"Você está errado", ela disse, abrindo a porta do seu lado. "Isso é tudo. Sei que você está errado."

A caminho de casa, passando pelo Westlake Park, ela não se sentiu deprimida. Sentiu-se nervosamente eufórica, como um general na véspera de uma batalha decisiva. Ela e Bradley estavam atravessando uma crise que exigia toda sua inteligência para ser superada. Sair voluntariamente do drive-in, não ter feito uma cena aos berros, implorando para que ele reconsiderasse, parecia, olhando para trás, uma tática inspirada. Agora só precisava ser paciente. O trabalho dele, os deveres como pai de família e toda a atenção que dedicava a ela... Bradley tinha sido pressionado demais para que tivesse tido tempo de exercer seu talento como escritor. A fantasia de que, depois de um mês de separação, ele regressaria ao apartamento dela no meio da noite, sem avisar, motivado pelo roteiro que havia escrito e desesperado para ouvir a opinião dela, a fantasia de ambos lerem as páginas juntos e Marion achá-las magníficas era tão irresistível, tão agradavelmente passível de ser repetida e refinada, que ela mal conseguiu dormir naquela noite. De manhã, teve vontade de saltitar a caminho do trabalho. Em vez de enfiar a cara num jornal, conversou com as outras secretárias e sorriu para os homens solteiros.

Por várias semanas ela viveu em permanente euforia — sustentada pela certeza de que sua estratégia de não infernizar Bradley, de deixá-lo refletir sobre ela e sentir remorso, de permitir que ele ficasse sozinho a fim de escrever, o traria de volta. Imaginando que de alguma forma ele poderia vê-la e ficar enciumado, concordou em que um dos homens rapazes do escritório a levasse para jantar e assistir a um filme. Posteriormente, não conseguiu se lembrar de nada que o sujeito dissera, o que a levou a pensar que ela própria havia falado sem parar sobre Hitler, Ribbentrop e Churchill. Talvez tivesse. O homem não a convidou outra vez, o que não a incomodou nem um pouco, porque ele praticamente não existia. De um modo mais geral, as bordas da existência tinham começado a se desfiar, a falta de sono cobrando seu preço. Por fim, numa noite de setembro ela decidiu sair cedo do trabalho para ver Bradley na Lerner Motors. A data, 9/9, era irresistivelmente auspiciosa.

Bradley estava tomando café com o sr. Peters e empalideceu ao vê-la. Nervosa mas ainda com seu resíduo de euforia, ela cumprimentou as outras moças como se fossem grandes amigas. Uma delas portava um anel de noivado, outra estava grávida e prestes a deixar o emprego, um vendedor menos exitoso tinha sido posto na rua. A fim de conciliar sua necessidade urgente de falar com a total falta de coisas pessoais a dizer, Marion expressou opiniões incisivas, extraídas dos jornais, sobre a situação na Europa e o imperativo de uma intervenção norte-americana. Uma a uma, as moças se desculparam e se afastaram, até que só restou Anne. Com delicadeza, ela observou que Marion não parecia bem, e Marion admitiu que vinha tendo problemas para dormir. Anne perguntou se ela queria ir à sua casa e tomar uma sopa.

"Não, eu vim ver o Bradley", disse Marion. "Ele está me devendo uma costela."

Anne assumiu uma expressão séria.

"Ele é um homem de palavra."

"Por que, em vez disso, você não vai comigo até lá em casa?", Anne perguntou.

"Outro dia", disse Marion, afastando-se. Sua cabeça estava sendo martelada, o corpo parecia feito inteiramente de calcário. Teria preferido estar dormindo se o sono fosse uma possibilidade. Bradley, junto a um Cadillac 75 ainda não vendido, estava com um homem ruivo, um óbvio Jake Barnes, e o ouvia com um êxtase cômico. Ele tinha aquela capacidade de fazer com que todo cliente se sentisse tremendamente interessante. Marion se aproximou do Jake Barnes e disse: "Desculpe, mas acho que eu estava aqui antes do senhor".

O olhar de Bradley passeou em torno sem se fixar nos olhos dela em nenhum momento. "Marion", ele disse.

O Jake olhou para o relógio. "Está bem."

"Não, não." Bradley pousou a mão nas costas dela e a encarou. "Você tem que esperar", ele disse, como se falasse com uma criança.

"Não é o que eu estou fazendo?"

"Simplesmente... espere. Certo?"

Ela esperou, fumando um cigarro, em um dos sofás de couro para clientes. A mucosa de sua boca também estava ressequida como se feita de calcário. A falta de sono havia despedaçado seu mundo anteriormente contínuo em fragmentos cortantes. Os olhares preocupados de Anne e do sr. Peters, em suas respectivas mesas, resvalavam nela como setas atiradas contra um objeto de calcário.

Sem saber como chegara lá, ela se viu do lado de fora com Bradley, na calçada depois de dobrada a esquina ao sair da Lerner. Os topos dos prédios que sombreavam a rua reluziam ao sol que se punha. O ar estava acre com o cheiro da descarga dos carros.

"Ah, querida", ele estava dizendo. "Você parece tão cansada!"

"Desculpe."

"Não quis falar por mal. É que... você anda comendo direito?"

"Eu como ovos. Gosto de ovos. Desculpe."

"Você fica pedindo desculpas quando eu é que devia pedir."

"Desculpe."

Bradley cerrou os olhos com força.

"Ah, meu Deus."

"O quê?", ela perguntou ansiosamente.

"Ver você outra vez está me matando."

"Você vai para casa comigo?"

"É melhor eu não ir."

"Não precisa ficar muito tempo."

Ele suspirou. "Tem uma reunião de pais e professores que eu prometi a Isabelle que eu iria."

"É uma reunião importante?", ela indagou com genuína curiosidade.

A longa espera terminara. Ela aguardou pacientemente do lado de fora da cabine telefônica enquanto ele mentia para a esposa. Ela também foi paciente no carro. Ele é que se mostrou impaciente — tão logo entraram no edifício dela, a empurrou contra a parede junto às caixas de correio e a beijou com ferocidade. Ela ainda se sentia ressequida, mas para Bradley aparentemente a pele de Marion era maleável, e isso bastava.

Só que não bastava. O objetivo de sua espera tinha sido alcançado, mas a espera forçara a conexão entre a obsessão dela e seu objeto mais além do ponto de ruptura. O ato sexual, repetido várias vezes antes que ele fosse embora do apartamento, só lhe deu prazer pelo que significava. A pessoa de carne e osso em cima dela, o resfolegante vendedor de carros com bafo de café era um estranho no mundo em que ela vivia naquele momento. Embora sem dúvida Marion representasse alguma coisa para Bradley, ela tinha passado do ponto de tentar imaginar que coisa seria essa.

Mais tarde, no Arizona, ela não se lembrava de por que havia dito a ele que não precisava ter cuidado. Talvez, por estar confusa sobre tantas coisas, também se confundira com a época da menstruação. Talvez, por saber que Bradley não amava a alternativa de ser cuidadoso, e não ousando diminuir o prazer dele no encontro, ela simplesmente torceu para que ocorresse o melhor. Ou talvez, embora sem a menor dúvida não se recordasse de querer engravidar, sua inteligência animal houvesse cometido um erro desastroso de cálculo sem ela ter consciência disso. Mas também havia o fato de que, apesar da óbvia perturbação mental dela, Bradley tinha acreditado quando ela lhe disse que ele não precisava ter cuidado. Será possível que ele também, inconscientemente, queria um bebê? No Arizona, na falta de uma lembrança clara, ela concluiu que sua gravidez havia sido o plano de Deus para ela, Seu modo de testá-la: que a vontade Dele se manifestava nas ações de Seus filhos, independentemente das razões que eles tivessem. Isso resolveu o assunto.

Quando contou a história de seu colapso nervoso a Sophie Serafimides, não foi difícil omitir a gravidez porque muitas outras coisas tinham acontecido para explicar que ela tivesse ido parar numa enfermaria trancada à chave. Houve uma noite, bem tarde, uma semana depois do primeiro reencontro deles, em que Bradley apareceu em sua porta com uma garrafa de uísque pela metade. Houve uma segunda noite desse tipo. Houve as duas semanas em que ela não o viu e, depois, a carta pavorosa que ele lhe enviou. Houve sua segunda ida à Lerner Motors, que não correu bem, e a terceira ida, quando tentou fazer Bradley cheirar a mão com que ela havia tocado suas partes íntimas e foi posta para fora pelo sr. Peters. Houve a subsequente catatonia na administradora de imóveis, que resultou em sua dispensa do emprego. Houve a sequência de dias da qual ela quase não conseguia se lembrar, dias intermináveis no apartamento cujo aluguel em breve precisaria ser pago. Por fim, houve a tarde quente de novembro em que ela foi à casa de Bradley, cujo endereço encontrara no catálogo telefônico, para ter uma palavrinha com a esposa dele.

As casas bem-arrumadas e quase idênticas da Keniston Avenue lhe deram a impressão de casas de brinquedo ou cenários cinematográficos. Estava muito assustada quando tocou a campainha da casa de Bradley, porém não conseguia atinar com outro modo de mostrar a ele que estava errado. Paradoxalmente, necessitava recrutar a ajuda de sua esposa. Quando Isabelle soubesse que Bradley estava apaixonado por outra mulher, ou seja, por Marion, cujo rosto havia sido gravado no cérebro dele no dia em que nasceu, ela entenderia a loucura que era o casamento deles. Imaginar Bradley divorciado era mais agradável e menos penoso para Marion do que imaginar por que sua menstruação estava atrasada. Tinha esperança de que fosse apenas por estar emocionalmente estressada e se alimentando mal — ouvira falar de casos assim — já que suas chances com Bradley dependiam de ela ser sua libertação. Um bebê faria com que se sentisse preso e enojado, e ela nunca poderia ser a filha do embaixador alemão com uma barriga de grávida.

Para sua grande surpresa, um menino louro de sete, oito anos abriu a porta para ela. Nas mil vezes em que tinha visualizado a cena, só Isabelle fizera isso.

O menino a olhou fixamente. Ela também olhou fixamente para ele. O momento pareceu durar uma hora.

"Mamãe", o menino gritou por cima do ombro. "Tem uma senhora aqui."

Ele se foi e Isabelle Grant apareceu com um pano de cozinha na mão. Era gorda na altura da cintura, não tão alta quanto Marion imaginara. Tal como Isabelle Washburn, dava a impressão de ser mais digna de pena do que de ser assassinada. Isso também era inesperado. "Deseja alguma coisa?", ela perguntou.

O rosto de Marion exibiu os vermelhos camaleônicos, nem um pouquinho engraçados para ela naquele instante.

"Senhora?", disse Isabelle. "Está se sentindo bem?"

"Seu, hã, marido", disse Marion.

"Sim?"

"Seu marido não a ama mais."

Agora alarme, suspeita, raiva. "Quem é você?"

"É muito triste. Mas você o aborrece."

"Quem é você?"

"Eu, bem... entende o que estou dizendo?"

"Não. Deve ter errado de casa."

"Você não é a Isabelle Grant?"

"Sou, mas não conheço você."

"Bradley me conhece. Pode perguntar a ele. Sou a pessoa por quem ele está apaixonado."

A porta foi batida. Achando que não havia sido suficientemente clara, Marion voltou a tocar a campainha. Ouviu do lado de dentro passadas ligeiras de crianças. A porta se abriu de súbito. "Seja você quem for", disse Isabelle, "faça o favor de ir embora."

"Desculpe", disse Marion com um genuíno remorso. "Eu não deveria ter tentado feri-la. Mas o que foi feito está feito. Você simplesmente não o satisfaz. Talvez, a longo prazo, seja melhor para você também."

Dessa vez a porta não foi batida, apenas fechada mansamente. Ela ouviu a tranca ser passada. Depois de alguns minutos em que não teve consciência da passagem do tempo, se viu ainda plantada sobre o capacho da porta de entrada. Era tudo tão frustrante! Durante dias ela havia imaginado que falar com a esposa de Bradley iria refazer totalmente o mundo; que seu sofrimento mental, que vinha crescendo sem parar desde que ele lhe enviara aquela carta pavorosa, cessaria de imediato e ela estaria num mundo onde as decisões eram fáceis. Mas o sofrimento continuava lá. Agora tinha tomado a forma de não ter ideia do que fazer em seguida. Gostaria de apenas permanecer de pé no capacho, mas estava suficientemente sã para admitir como tinha sido ruim ter ido à casa de Bradley — só conseguira causar sofrimento em Isabelle, sem aliviar o seu. Ela foi para a calçada. Ao chegar a um pequeno parque, viu uma cerca viva atrás da qual poderia se deitar discretamente. Descansou o rosto num tufo de grama entre duas áreas cobertas de terra. Embora houvesse um cocô de cachorro suficientemente perto para que ela sentisse o cheiro, lá ficou até cair a noite.

Quando voltou para casa, viu o LaSalle de Bradley estacionado na frente de seu prédio. Ele poderia ter entrado no apartamento, mas estava ao volante. Fez um sinal de cabeça indicando que ela devia entrar no carro. Marion estava assustada, mas entrou. Apertou-se contra a porta, tentando se fazer menor.

"O que você quer?", ele perguntou com raiva.

"Desculpe."

"Não, sério. O que você quer? Me diga que diabo você quer."

"Desculpe."

"É tarde demais para pedir desculpa. Agora estou com uma baita encrenca nas mãos. Juro por Deus, Marion, se você chegar perto da minha mulher outra vez, vou chamar a polícia."

"Desculpe."

"O mesmo vale para a Lerner. Vamos chamar a polícia, e sabe o que eles vão fazer? Botar você num hospital. Você não está boa da cabeça. Me dói muito dizer isso, mas não está."

"Estou vomitando muito", ela concordou. "Está difícil manter a comida no estômago."

Ele suspirou, frustrado. "Pela última vez: não podemos nos ver de novo. Nunca, jamais. Você está entendendo?"

"Sim. Não."

"Nenhum contato de espécie alguma. Está entendendo?"

Ela sabia que era importante dizer sim, porém não podia dizer com sinceridade.

"O que você precisa fazer agora", ele disse, "é ir para a casa da sua família. Pode fazer isso por mim? Quero que vá para San Francisco e deixe sua família cuidar de você. Você é uma pessoa muito boa. Está me matando ver o que aconteceu com você. Mas o que fez hoje simplesmente não é aceitável."

O peito dela se contraiu com uma nova preocupação: ela finalmente havia libertado Bradley, mas agora estava ruim demais da cabeça para que ele a quisesse. A ironia da situação cresceu e subiu à garganta como um refluxo estomacal. Sete palavras escaparam de sua boca como numa ânsia de vômito: "Agora ela vai se divorciar de você?".

"Querida... Marion. De quantas maneiras eu preciso lhe dizer isto? Não podemos ficar juntos."

"Você e eu."

"Você e eu."

Marion começou a hiperventilar, e ele enfiou a mão no bolso. O maço de dinheiro que pôs entre os dois era bem gordo. "Quero que fique com isto", ele disse. "Compre uma passagem de primeira classe para o Norte, e assim que chegar a San Francisco quero que procure o melhor psiquiatra que puder. Alguém que possa ajudá-la."

Ela olhou para o dinheiro.

"Me desculpe", ele disse. "Mas não há mais nada que eu possa dar a você. Por favor, aceite."

"Eu não sou nenhuma puta."

"Não, você é um anjo. Um anjo doce que está numa pior. Estou falando sério... se houvesse outra coisa que eu pudesse lhe dar, eu daria. Mas isso é tudo o que tenho."

Marion por fim entendeu que ela nada mais era para ele do que uma prostituta a ser paga. O dinheiro no banco lhe parecia um réptil perigoso, repugnante. Ela achou a maçaneta e quase caiu de costas ao sair do carro. Com a mão repugnante, ele estendeu o dinheiro na direção dela. "Por favor, Marion. Pelo amor de Deus."

Quando um dia ela se livrou da queda, provavelmente na manhã seguinte, se sentiu inexplicavelmente melhor. Era como se seu ódio ao homem que havia tentado lhe pagar houvesse criado uma rachadura na obsessão por Bradley Grant. A obsessão ainda estava presente, mas enfraquecida, mais claramente observável pelo que era. Dentro do apartamento, embrulhado num panfleto de anúncio e empurrado por baixo da porta, ela encontrou o maço de dinheiro. Cortou metodicamente cada nota em pedacinhos, jogou na privada e deu a descarga. Era um erro terrível que precisava cometer para aliviar seu sofrimento mental.

Nos primeiros dias de dezembro, menos afetada pelo sofrimento, ela foi capaz de voltar a ler o jornal, interessando-se pelo ataque de Mussolini à Grécia, e de se aventurar em busca de emprego. Não possuía as referências de seus ex-empregadores, porém ainda tinha uma boa aparência. Arranjou trabalho como recepcionista num grande mercado da Safeway, oferecendo aos clientes a degustação de produtos alimentícios — e se surpreendeu com o fato de não dar a mínima para aquilo. Gostava de só ter uma única coisa para dizer e de repeti-la o tempo todo. A repetição acalmava seu medo da coisa que agora conseguia admitir estar crescendo dentro dela. Mas a intensidade do cheiro de certos alimentos, em especial o de produtos com carne, a enjoava, e o medo crescia junto com a coisa que crescia dentro dela. Um dia, quando estava espetando palitos em pequenas salsichas, o medo a obrigou a sair da loja, correr até em casa e obedecer às ordens de sua inteligência animal. Golpeou-se no estômago e deu pulos violentos. Engoliu um bocado de amônia, que não conseguiu manter no estômago. Ao tentar mais uma vez, a amônia foi expelida pelas narinas, a explosão em sua cabeça tão forte que ela pensou que estava morrendo.

A narrativa que Marion fez a Sophie foi uma linha reta que ia do oferecimento de dinheiro por Bradley à noite em que ela vagou pelas ruas do centro de Los Angeles debaixo de chuva, delirando sobre temas como prostituição e assassinato, descalça, a blusa encharcada e desabotoada, até ser recolhida pela polícia. No entanto, a linha não havia sido reta. Tinha passado por uma ordem de despejo; uma cena de choro com o administrador do apartamento dela; telegramas para sua mãe e para Roy Collins, pedindo aos dois dinheiro para uma emergência; e um telefonema para Bradley na Lerner Motors. O administrador lhe deu até o fim de dezembro para pagar o aluguel atrasado. Sua mãe, como se viu depois, estava numa estação de esqui com as amigas. Roy Collins mandou por telegrama vinte dólares junto com uma oferta seca de emprego. Bradley desligou o telefone tão logo ouviu a voz dela.

Definitivamente grávida e definitivamente desinteressada em ter um filho dele, Marion pegou um bonde para Hollywood. As ruas estavam secas e a noite caía, os fios prateados e as fitas natalinas nas vitrines emergindo do brilho barato do dia para reluzirem e atraírem. Ela conseguia formular pensamentos racionais e ter sentimentos normais — ressentimento da mãe, pensar nas trevas que haviam se abatido sobre a Europa, o ódio a Bradley e à esposa dele, apreciar as linhas do para-choque de um Cadillac feito sob encomenda que ultrapassava o bonde, a questão da experiência sexual de Shirley ou a ausência de experiência —, mas isso durou apenas alguns segundos, até que o terror de sua situação voltasse a invadi-la e enxotasse aquelas sensações. Ao ver o Cine Egípcio, desceu do bonde e perguntou a um jornaleiro onde ficava a Selma Avenue. Sua maior esperança agora era Isabelle Washburn. Mesmo que Isabelle não pudesse lhe dar dinheiro, poderia oferecer conselhos fraternos e comiseração, coisas de que Marion estava muito necessitada. No escuro, era difícil distinguir a cor das casas, mas depois de certo tempo ela descobriu uma claramente vermelha. As janelas da frente tinham cortinas atrás das quais brilhava uma luz suave e acolhedora. Caminhou até a porta e bateu. Quase imediatamente a porta se abriu: lá estava Satã.

Ela não sabia que era Satã. O homem era baixo, quase um duende, com uma espessa barba branca e bochechas bronzeadas, uma grande e lustrosa calva na cabeça e rugas bondosas em volta dos olhos. "Entre, entre", ele disse, como se a esperasse. Marion disse que procurava Isabelle Washburn. "Isabelle não mora mais aqui", disse o homem, "mas entre, por favor."

"O senhor é o senhorio?"

"Ora, sou eu mesmo. Entre, por favor."

Na sala de visitas havia cadeiras confortavelmente desgastadas, retratos emoldurados de jovens atrizes e modelos, além de um pôster também emoldurado de *King Kong*. Uma garrafa de vinho tinto e uma taça estavam sobre uma mesinha de centro. "Deixe eu lhe servir uma taça", disse o homem, desaparecendo.

Mais nos fundos da casa, se ouvia a água sendo revolvida numa banheira, o ranger de pele ressoando ao raspar na porcelana. O homem de barba branca voltou com uma taça, se sentou e a encheu. Parecia muito feliz em ver Marion.

"Só preciso encontrar Isabelle", ela disse.

"Entendo. Mas você está tremendo como vara verde."

Isso era inegável, e o vinho lhe pareceu uma boa ideia. Sentou-se e tomou um gole. Bem mais fraco que o uísque que havia bebido com Bradley. Quando terminou de explicar como conhecia Isabelle e tinha vindo até a casa vermelha, sua taça estava vazia. O homem fez menção de reenchê-la, e Marion não o impediu. O vinho ajudou-a a subir junto com a maré montante de seu medo, uma boia em alto-mar.

"Infelizmente não sei onde está Isabelle no momento", disse o homem, "seu endereço e tudo mais. Mas conheço uma garota que talvez saiba."

"Seria ótimo", disse Marion, continuando a beber.

"Você é uma jovem muito bonita", ele acrescentou sem nenhuma razão aparente. Marion enrubesceu. O vinho era ao mesmo tempo fraco e não tão fraco. Ela ouviu uma porta se abrir, uma banheira se esvaziando, um ruído leve de pés descalços, uma porta se fechando.

"Então essa garota", ela disse. "A pessoa que sabe onde ela mora."

"Ah, minha querida, você parece *aterrorizada*", disse o homem. "Está assustada? Marion? Por que está tão amedrontada?"

"Só quero encontrar Isabelle."

"Claro. Posso lhe ajudar nisso."

Havia uma certa luz bondosa nos olhos dele, uma espécie de amena jovialidade.

"Sou uma pessoa prestativa", ele disse. "Você não seria a primeira moça a vir aqui com problemas. É isso que está acontecendo? Está procurando Isabelle porque está metida em alguma encrenca?"

Ela não conseguiu responder.

"Marion? Pode me contar. Você está com algum problema?"

O problema dela era grande demais para ser contado. E antes de ele sair dos lábios dela sob a forma de palavras, precisava ser partido em pedaços menores e arrumado numa sequência coerente; e, mesmo que ela fosse capaz de fazer isso, iria contar a um estranho total que levava dentro de si o filho de um homem casado. Enquanto o estranho esperava pela resposta, ela reparou numa espécie diferente e menos bondosa de luz em seus olhos. Notou que a camisa dele estava fora da calça e que ele tinha uma barriguinha de respeito. Devia ter se enganado sobre o interesse romântico de Isabelle pelo senhorio.

"O problema é com um homem, não é?", ele perguntou.

Ela não conseguia respirar e não tinha a menor intenção de responder, nem mesmo com um gesto de cabeça.

"Entendo", ele disse. "E esse seu homem ainda está por aí?"

Será que ela concordou com a cabeça? Pelo jeito, sim. Foi em frente e sacudiu afirmativamente a cabeça.

"Sinto muito", disse o homem.

"Mas a garota que o senhor mencionou. A que sabe onde Isabelle está."

"Quer que eu telefone para ela?"

"Sim, por favor."

Ele saiu da sala. A taça de Marion estava vazia, assim como a garrafa. Enquanto esperava, uma série de ruídos culminou num som de saltos altos contra o assoalho e uma mulher entrou na sala. Parou ao ver Marion. Vestia uma saia justa e um casaco com ombreiras, as duas peças combinando bem. Sua boca, pintada de carmim, era dura. "Você está aqui por causa do quarto?"

"Não", Marion respondeu.

"Sorte sua."

A mulher voltou-se e saiu da casa. O homem regressou com um saca-rolhas e uma segunda garrafa de vinho. Marion aguardou em suspense enquanto ele a abria.

"Nada feito", ele disse, servindo o vinho. "Jane não a vê desde antes do Dia de Ação de Graças. Acha que ela pode ter voltado para Santa Rosa. Parece que ela havia falado sobre isso."

Isabelle voltar para Santa Rosa parecia estranho a Marion, porém tudo lhe parecia estranho. Desejou não ter gastado o dinheiro que Roy Collins enviara para a viagem. Imaginar Isabelle em Santa Rosa fez sentir saudade do lugar.

"Vamos ter que pensar em alguma outra coisa para você", disse o homem.

"Acho que vou para Santa Rosa."

"É, seria um plano. Embora, claro, não temos certeza se Isabelle está realmente lá. Ela pode ter ido para qualquer lugar. Pode até estar aqui mesmo. Tudo o que Jane disse foi que não a vê faz algum tempo."

"Mas parece que... Aposto que ela voltou para casa em Santa Rosa."

"Hum."

Ele tomou um gole de vinho, possivelmente para ocultar um sorriso. Por que estaria sorrindo? Marion se pôs de pé e agradeceu por ele haver telefonado.

"Sente-se, querida", ele disse. "Você não quer voltar para Santa Rosa. É uma cidadezinha de nada — as pessoas fofocam. Você está muito melhor numa cidade grande. Podemos arranjar coisas aqui que seriam difíceis, senão impossíveis, em Santa Rosa. Entende o que estou dizendo?"

Ela entendia. Certa vez Bradley tinha feito a mesma pergunta, e ela havia ficado firme. Voltando a se sentar, acelerada pelo vinho que tinha tomado, aterrissou inesperadamente e se inclinou de lado.

"Não precisa ficar envergonhada", o homem disse. "Tenho esta casa há quinze anos e não há nada que eu não tenha visto. Por isso, por que não falamos com franqueza, você e eu?"

A coisa estava crescendo dentro dela, e era de Bradley. Esse era o fato incontornável. Não queria aquela coisa dentro de si. Fazia com que ela se lembrasse do menino que a tinha atendido na porta da casa dele, o horror de Bradley de ter filhos, o horror do casamento dele, o horror do que ela tinha feito de si mesma.

"Talvez você tenha pulado um período", disse o homem. "Talvez mais de um?"

Ela confirmou com um gemido.

"Quantos?", ele perguntou. "Certamente não mais que dois... você está mais magra que um poste."

Ela confirmou com um gesto de cabeça.

"Gosto de garotinhas bonitas e magras", ele comentou com uma voz mais carregada. "E você sem dúvida faz esse gênero."

Seria mais fácil para ela recitar o Corão do que erguer a vista para encarar o antigo senhorio de Isabelle. Exceto pelo tiquetaquear de um relógio em cima da lareira, a casa estava em silêncio. Ela tinha certeza de que não havia mais ninguém lá.

"A sua sorte é que eu posso ajudá-la", ele disse. "Por acaso conheço exatamente a pessoa — ele é muito bom. Higiene de primeira. Ótimo consultório. Discrição total."

Ela estava respirando rápido demais ou não estava respirando. As palavras do homem vinham de um local distante e se afastavam ainda mais quando ele as pronunciava. "Você tem cento e cinquenta dólares? Isso inclui vinte e cinco para mim. E, vejamos, hoje é quinta-feira, não é? Podemos pôr você novinha em folha até sábado à noite."

Ela ouviu o vinho sendo servido.

"Você tem cento e cinquenta dólares?"

A pergunta lhe chegou com clareza. Ela indicou que não tinha.

"Quanto você tem?" Ele esperou por uma resposta que não veio. "Marion, você tem algum dinheiro?"

A resposta deve ter sido óbvia. Ela o ouviu sair da sala e voltar, sentiu o calor de seu corpo quando se agachou perto dela. "Sei como você está assustada", ele disse. "Está terrivelmente assustada. Compreensivelmente assustada. Vai se sentir melhor se tomar isto."

Ele abriu uma das mãos de Marion e pôs dois comprimidos nela. "É apenas Seconal. Vai ajudar você a dormir."

Ela sentiu o calor da mão dele em seu joelho.

"Imagino que você esteja pensando se eu posso realmente resolver o seu problema. Eu poderia lhe dar referências, mas as outras garotas que ajudei podem ter receio de falar sobre isso. Entendo que você vai ter que confiar em mim. Tenho tocado um negócio honesto aqui por quinze anos. Nunca pego nada sem pagar e nunca dou nada a uma garota sem que ela pague. É a regra desta casa. Tudo aqui é na base do *quid pro quo*."

Por um reflexo de seu corpo, ela retirou a mão que subia lentamente por sua perna. Tão logo a afastou, ele a trouxe de volta.

"Vou passar as festas em Palm Springs", ele disse. "Se ficar comigo até lá, teremos você nova em folha no Natal. É uma promessa solene. Só onze dias. Se me permite dizer, as condições são muito vantajosas para você. Você tem a sorte de ser o meu tipo de garota. Exatamente o meu tipo de garota."

Sua inteligência animal compreendeu perfeitamente o que ele estava propondo. Para concordar, bastava não se levantar e sair. Ergueu a mão e pôs os dois comprimidos na boca. Como seus braços pareceram curtos demais para alcançar a taça, tratou de mastigá-los.

Sua doença mental, somada ao nevoeiro do Seconal, a poupou de se lembrar de muita coisa dos onze dias que ficou na casa vermelha. Recordava-se de ouvir passos do lado de fora de seu quarto, passos do senhorio e das outras moradoras, esses até mais temíveis que os primeiros. Pensando que morreria se o olhar das outras mulheres ao menos roçasse nela, se encolhia ao ouvir o ruído dos saltos altos no corredor e deixou que o senhorio lhe trouxesse a comida no quarto. Coisas repugnantes aconteceram com ela, mas raramente pareceram durar muito tempo. Enquanto permanecesse na casa, ela continuava sendo uma vítima, sem ter o que confessar a seu padre no Arizona — na verdade, teria tido motivos para procurar a polícia. A coisa satânica acerca do senhorio foi que ele tinha acertado uma transação com ela. Satã era muito correto em matéria de contratos e, cumprindo sua parte do negócio, levando-a meticulosamente ao médico e pagando pelo aborto, ele a privou da condição de vítima. Mantendo sua palavra, fez com que a submissão dela à sua lascívia correspondesse à metade da transação, um *quid pro quo* do qual Marion foi cúmplice. Ela não podia alegar ignorância nem inocência. Havia cometido adultério conscientemente com Bradley Grant e depois, conscientemente também se vendido para pagar pelo assassinato de seu bebê.

Satã, ao que parecia, tinha desaparecido para sempre quando ela deixou a cena do crime, a alguns quarteirões da Lerner Motors. Era o fim da tarde do dia 24 de dezembro. Uma frente de tempo ruim havia tomado aos poucos o céu da cidade, cobrindo-o com nuvens em forma de pregas. Os efeitos do último Seconal ingerido de manhã estavam se esvaindo. Ela se sentia um pouco tonta, e a novidade da dor no ventre, embora ainda não forte, foi um sinal maligno. No lugar do medo específico que ela vinha sentindo, agora eliminado, um medo mais amplo avançava devagar no vasto céu de sua mente. Ela ainda tinha seis dólares e alguns trocados na bolsa, mas não se convencia a tomar um bonde. Cambaleando ligeiramente, parando para descansar encostada aos muros dos prédios, rumou para seu apartamento.

Não eram mais do que vinte quarteirões, porém vencer essa distância acabou com Marion, porque ela não conseguia se livrar do homem. O rosto de duende aparecia vitrine após vitrine. Olhos cintilantes. Barba branca. Roupa de um vermelho-vivo com barra de arminho. Pôsteres, cartões comemorativos, latas de doces e manequins de tamanho natural, todos anunciando as carícias dele, a malevolência com bafo de vinho. Ela precisava de mais Seconal para se libertar dele, que a observava de todas as direções. Seu pênis era curto, grosso e escuro, como uma miniatura de seu dono. Ele se postava com a barriguinha num canto, vestido de vermelho, e fazia soar um sino dentro de uma lata vermelha em que os transeuntes depositavam dinheiro. Em toda parte, vermelho. Ela não conseguia escapar do vermelho. Era a cor da casa dele. Era como ele sinalizava que, para onde quer que ela se voltasse, ele já estaria lá. Laços vermelhos, fitas vermelhas. Bengalas doces com listras vermelhas. Estrelas reluzentes e crescentes de lua feitos de papelão metalizado vermelho. A casa vermelha. O carro vermelho. A pia vermelha de sua antiga pensão. O caminhãozinho vermelho. O caminhãozinho vermelho. O caminhãozinho vermelho. O caminhãozinho vermelho. O mal a tinha perseguido a vida toda, e agora o mundo explodia com a cor dele, e não havia refúgio em lugar algum. O mal a encontrou no banheiro dela, no banheiro de seu apartamento. Havia vermelho dentro dela também, e agora vazava. Ela nada mais era que as paredes finas de um balão estourando de tanto vermelho. Suas mãos estavam vermelhas, suas coisas estavam vermelhas. Havia vermelho no chão, vermelho nos ladrilhos onde ela esfregara as mãos. O vermelho aniquilou sua mente. Feliz Natal.

"Pois eu tenho uma recordação", ela disse. "A melhor que tenho do Natal. Quer ouvir?"

"Gostaria de ouvir", disse Sophie Serafimides. "Se você tem certeza de que não vai mais me atacar."

Marion abriu os olhos. Lá fora, a neve caía pesadamente sobre os trilhos da estrada de ferro, que já tinham uma grossa cobertura de glacê de coco.

"Você precisava ser punida", ela disse.

Sophie não sorriu. "Conte a sua recordação."

"Foi em 1946, no Arizona. Russ e eu estávamos juntos por quase um ano — já éramos um casal em todos os sentidos, só não estávamos casados. Ele ainda precisava terminar seu trabalho alternativo, embora a guerra já tivesse acabado, mas as coisas haviam ficado muito negligenciadas no campo. Ele podia tirar alguns dias de folga quase sempre que queria, e para mim era ótimo. Eu o havia convidado para passar o Natal na casa do meu tio Jimmy, mas ele disse que tinha uma ideia melhor. Havia um velho caminhão Willys que o diretor do campo estava disposto a deixar que ele pegasse emprestado, e Russ desejava conhecer mais o Sudoeste. Jimmy nos deu um pouco de dinheiro como presente de Natal, e lá fomos nós. Era importante para Russ, porque seus pais não sabiam sobre mim. A qualquer lugar que íamos tínhamos que fingir que éramos casados. Um tremendo ato de desafio dele, e eu estava apaixonada. Era uma maravilha ter Russ todo para mim, indo para onde desse na telha. Passamos um dia em Santa Fé, e aí fomos até Las Vegas — a Las Vegas do Novo México —, quando a neve chegou. Você conhece essa Las Vegas?"

"Não conheço."

"É uma velha cidadezinha colonial espanhola nas montanhas Sangre de Cristo. Os pneus do Willys estavam na lona e ficamos presos por causa da neve. Só havia um hotel onde gente como nós podia se hospedar, e foi lá que passamos o nosso Natal. O quarto era horroroso, mas tínhamos um ao outro, por isso achei perfeito. O hotel ficava na velha praça principal, com um salão de jantar no térreo, e foi lá que comemos na véspera do Natal. Eu sentia que estar ali com Russ era um prêmio maior do que eu merecia. Havia gelo na beirada das janelas, e verdadeiros caubóis, caubóis de verdade, de casaco comprido, apareceram para jantar. Havia também uma pequena família, talvez presa por causa da neve como nós, uma família de gente branca com duas menininhas. Foi como se aquelas menininhas fossem a família que íamos ter. Como se estivéssemos nos vendo no futuro, e então aconteceu uma coisa impressionante. Lá fora, na praça, havia um grande caminhão que alguém tinha decorado para parecer o trenó do Papai Noel. Duas renas haviam sido montadas na parte da frente do capô, e umas luzes que tinham posto ali faziam parecer que elas estavam voando. Também tinham iluminado o trenó no teto da cabine. Tudo o que a gente via eram as renas, o trenó e um caubói com roupa de Papai Noel acenando com a mão enquanto o caminhão rodava sem parar em meio à neve. E... eu, hã..."

Marion hesitou, evitando o olhar de Sophie.

"Eu nunca gostei de Papai Noel, achava assustador, sinistro. Eu tinha um problema com ele. Mas o rosto daquelas duas menininhas, quando elas puseram os olhos nas renas e no trenó... acho que nunca mais vou ver uma alegria e um assombro tão puros. Os olhos delas se esbugalharam! Uma disse 'Ah! Ah!', e as duas correram para a janela, olhando para fora e repetindo 'Ah! Ah! Ah!' Alegria e credulidade puras. A crença profunda delas no que estavam vendo foi a coisa mais linda! E toda a... toda a... Desculpe, mas toda a *merda* que eu tinha vivido na Califórnia simplesmente foi varrida naquela hora. Era como se eu estivesse renascendo só por assistir à reação daquelas meninas."

"Isso é muito bonito."

"Mas o que isso tem a ver com qualquer coisa?"

A gorducha inclinou a cabeça de modo sugestivo.

"Russ não viu a coisa como eu vi", disse Marion. "Não entendeu nada. E eu não podia lhe dizer o que significava para mim porque não podia contar o que tinha vivido."

"Nunca é tarde para contar."

"Não, com certeza é tarde demais. Aquela véspera de Natal teria sido a ocasião certa para contar. 'Tive um caso com um homem casado, tentei acabar com o casamento dele contando para a mulher e fiquei tão doida que precisaram me internar na manhã de Natal.' Não havia como essa história ser aceita, não pelo Russ."

"Você foi internada no dia de Natal?"

"Eu não tinha mencionado isso?"

"Não, não tinha."

"Bom, então fique sabendo. Foi assim que o leopardo ganhou as manchas que tem."

"O que isso quer dizer?"

"Agora você sabe por que eu odeio o Natal. Podemos chamar isso de uma reviravolta, e eu vou para casa comer mais biscoitos açucarados. Trá-lá-lá, trá-lá-lá. Posso viver feliz o resto da vida."

Sophie franziu a testa.

"Tivemos uma briga horrível naquela noite", disse Marion. "Russ e eu, no Novo México. Foi nossa primeira briga de verdade, e me prometi que não teríamos outra. Acontecesse o que acontecesse, eu não iria levantar a voz para ele outra vez. Eu o amaria e apoiaria, manteria a boca fechada. Porque ele enxergou uma coisa muito diferente quando viu aquelas duas meninas. Disse que estava muito aborrecido com os pais — que eles estavam encorajando as filhas a adorar um ídolo falso. Que estavam mentindo para as filhas e ignorando o verdadeiro significado do Natal, que nada tinha a ver com Papai Noel. E eu enlouqueci de novo. Tinha sentido uma espécie de renascimento mágico — aliás, uma coisa *verdadeiramente cristã*, que implicava perdoar, ah, não perdoar, mas superar... bem..."

Marion sentiu que enrubescia. Os olhos da gorducha estavam cravados nela.

"Foi... Não estou explicando direito. O Papai Noel era... o Papai Noel não era... Eu via que não passava de uma *ilusão*. Era apenas um caubói com roupa de Papai Noel, não... E de alguma forma isso mais as meninas... Eu estava partilhando da alegria e do deslumbramento de outra pessoa. Sabia que era só uma ilusão, mas *justamente* porque era só uma ilusão eu podia ser uma menininha inocente outra vez. E isso era muito importante para mim, e

Russ não entendeu. Eu gritei com ele, perdi o controle. Odiei Russ e percebi que ele estava ficando apavorado, e disse a mim mesma: nada disso, nunca mais vou gritar com ele, nunca. E sabe de uma coisa? Nunca mais gritei. Amanhã faz exatamente vinte e cinco anos que eu venho mantendo a boca fechada."

A gorducha pareceu preocupada. Olhou por cima do ombro para a neve que caía. "Me desculpe se é uma pergunta difícil", disse, "mas sinto que preciso perguntar de novo. Há alguma coisa importante que você não está me contando?"

Uma frieza brotou de Marion. "Que tipo de coisa?"

"Não sei ao certo. Foi apenas... alguma coisa no seu tom de voz. Acho que já o ouvi uma ou duas vezes no passado, e agora ouvi outra vez, muito claramente. Não estou querendo dizer que eu seja uma profissional de primeiríssima categoria. Aliás, caso você não saiba, não acredito que uma única chave abra tudo. Mas nas vezes em que ouvi esse tom de voz específico, frequentemente verifiquei que o paciente teve um tipo de trauma especial."

A gorducha era impiedosa.

"Meu pai se suicidou", Marion disse. "Minha mãe não me amava. Fiquei louca. Não basta?"

"Não, é um bocado", disse Sophie. "E também ouço isso, sem dúvida nenhuma, em sua voz. Mas essa é a sua parte engraçada. A que sobreviveu a uma infância podre e ao que veio depois, mas se ajustou, conseguiu levar uma vida boa, descobriu uma maneira de lidar com o turbilhão em sua cabeça. Essa é a sobrevivente em você. O que eu estava ouvindo era outra coisa, e não estou dizendo que tenho razão. Estou só perguntando."

Marion olhou para o relógio. Dois minutos depois de terminada a segunda "hora" delas. Como se o pequeno consultório fosse a sala de visitas de certo bangalô vermelho, ela se pôs de pé rapidamente e pegou seu casaco no gancho. Enfiou de qualquer jeito um braço e depois o outro nas mangas. Ainda tinha tempo de correr para casa, assaltar sua gaveta de meias e comprar alguma coisa mais decente para Perry. Ao longo de vinte e cinco anos, ela acreditara que sua vida com Russ era a bênção que havia recebido de um Deus clemente, uma bênção que merecera por seus anos de preces e penitências católicas, uma vida que continuava a conquistar todos os dias ao suprimir a maldade que havia dentro de si e manter a boca fechada. Verdade que, ultimamente, ela odiava Russ pelo menos tanto quanto ainda o amava: não havia muita razão para continuar a fingir em benefício dele. Mas ela amava Perry mais do que nunca. O sofrimento dele, pelo qual o lado dela da família era responsável, constituía a punição que Deus havia esperado três décadas para lhe infligir.

"Não precisa ir embora por minha causa", disse a gorducha atrás dela. "Costa e eu ficamos aqui até as cinco."

Marion olhou para a porta, a mão na maçaneta. O escritório era ímpio, e ela sabia o que Deus esperava dela. Precisava se dedicar a Perry e começar a pagar pelos pecados que cometera. No entanto, sair do consultório era abandonar toda a esperança de ficar melhor.

"Talvez seja melhor você me contar sobre o Papai Noel", disse Sophie.

"Ah, olha lá o Perry", disse Frances Cottrell, acenando. "Falando no demônio."

Vendo os cachos alourados de seu filho na esquina da Maple Avenue nem vinte segundos depois que ele e Frances tinham escapado incólumes da Primeira Reformada, Russ se sentiu tentado a furar o sinal vermelho, mas a delegacia de polícia do bairro ficava exatamente do outro lado da rua. Freou e se obrigou a virar o rosto na direção em que Frances acenava, a fim de não parecer culpado. Perry estava de pé na calçada, vendo tudo, com uma sacola de plástico na mão. Russ sustentou o olhar do filho por um momento e depois acelerou.

Falando no demônio?

"Ele é um garoto impressionante", disse Frances. "Acho que Larry se baba todo por ele."

Depois da Maple, o limite de velocidade na Pirsig Avenue podia ser desobedecido com segurança. Flocos de neve mais sortudos evitavam às cegas o Fury, enquanto outros se esborrachavam no para-brisa. Se Perry estivesse parado em qualquer outro lugar que não em um sinal de trânsito, talvez não visse que Frances era a única passageira de Russ. Agora sua única esperança é que Perry esquecesse, e havia poucas chances de isso ocorrer.

"Agora aqui vai uma pergunta complicada", disse Frances.

Russ tirou um pouco o pé do acelerador. "O quê?"

"Já que hoje tenho você só para mim, isto é uma espécie de aconselhamento particular, certo? Mesmo que não estejamos em sua sala. Ainda assim é confidencial?"

"Totalmente", respondeu Russ.

Frances vinha sacudindo e reposicionando as pernas desde que entrara no carro. Seu pé esquerdo, em cima do banco, estava a pouquíssimos centímetros da perna dele. "Queria sua opinião sobre a idade em que os garotos podem experimentar maconha."

"Os meus garotos?"

"Sim, e os outros garotos. O que é cedo demais?"

"Bem, a maconha é ilegal. Acho que nenhum pai ou mãe querem que seus filhos infrinjam as leis."

Frances riu. "Será que você é mesmo tão quadrado?"

O casaco que ele estava usando, o casaco que ela havia admirado, não era o de uma pessoa quadrada. Os discos de 78 rotações de blues que ele selecionara para ela e deixara em sua sala não eram coisa de gente quadrada. Os pensamentos que tinha sobre ela não eram pensamentos de um homem quadrado.

"Não sou contra infringir leis", ele disse. "Gandhi infringiu a lei, Daniel Ellsberg infringiu a lei. Não acho que as normas sejam sagradas. Só não vejo como infringir as leis sobre drogas possa ter algum propósito significativo."

"Uau. Tudo bem."

Ele podia ouvir que ela estava sorrindo, mas a dicotomia entre quadrado e moderninho, a injustiça daquilo, era ofensiva para ele.

"Não há nada de ruim em ser quadrado", ela disse. "Acho simpático. Mas imagino que você nunca experimentou, não é?"

"Ah, não. E você?"

"Não... ainda não."

Havia um quê especial em sua voz. Ele afastou a vista da estrada e viu que ela aguardava sua reação. Parecia muito animada, muito feliz, pronta para brincar. Ele também tinha vindo brincar, mas seu jogo não era flertar. Não tinha a menor fé em suas habilidades nesse campo.

"Sua pergunta", ele disse. "Estava perguntando sobre seu filho?"

"Sim, em parte. Mas também em parte sobre o seu."

"*Meu* filho? Está se referindo ao Perry?"

"Isso mesmo."

Seu filho? Usando drogas? Bem, é claro. Fazia tanto sentido que Russ não podia acreditar que não houvesse suspeitado antes. A porra da Marion.

"Posso lhe contar algumas coisas?", Frances perguntou. "Já que estamos tendo uma sessão confidencial?"

O turbilhão branco na rua à frente deles era denso e desorientador. Russ não desgrudava os olhos dele, mas sentia que Frances se inclinava em sua direção ainda com seu boné de caça na cabeça.

"Lembra-se", ela disse, "de quando o procurei no verão passado?"

"Lembro. Lembro perfeitamente."

"Muito bem, eu estava numa pior, mas não fui muito sincera com você. Na verdade, não fui nem um pouco sincera. Você foi tão gentil sobre o Bobby, sobre a perda de um marido, mas não era por causa disso que eu estava lá. Me sentia perturbada porque havia acabado de descobrir que o homem com quem eu vinha saindo também estava vendo outra pessoa."

As borrachas quebradiças do limpador de para-brisa do Fury estremeceram. Russ desejava fazer uma pergunta esclarecedora, confirmar se *saindo* significava o que ele imaginava, mas não confiou em sua voz. Um dia que havia começado tão bem estava ficando catastroficamente horrível. Por mais idiota que ele houvesse sido em relação a Perry, tinha sido ainda mais idiota em relação a Frances. Nunca lhe ocorrera que outro homem já pudesse ter avançado sobre ela. No verão passado, ela estava viúva fazia pouco mais de um ano.

Ela se encostou no canto de seu banco. "Foi uma dessas coisas que pareceu boa demais para ser verdade. Uma das minhas velhas amigas arranjou nosso encontro, e imediatamente tudo pareceu perfeito — combinamos desde o primeiro instante. Philip é cirurgião cardiovascular e serviu no exército numa das bases em que Bobby havia servido, por isso tínhamos alguma coisa em comum. E um cirurgião cardiovascular é o equivalente médico a um piloto de caça — não é para gente de coração fraco. Philip tem um belo apartamento num dos arranha-céus à beira do lago, um pouco ao norte do Loop, a vista é incrível. Assim que eu vi aquilo, pensei: 'Está bem, contrato assinado!'. Pensando agora, era cedo demais para eu raciocinar daquele jeito, mas eu simplesmente queria que tudo entrasse nos trilhos outra vez. Queria que fôssemos quatro, não três."

Russ tentou imaginar um cenário em que Frances houvesse estado no apartamento do cirurgião cardiovascular sem ter mantido relações íntimas com ele.

"Queria que Larry e Amy o conhecessem. Pensei que podíamos almoçar juntos e ir ao Field Museum. Fiquei insistindo, até que uma noite ele me disse, com um *espírito totalmente aberto*, que eu precisava saber de uma coisa. Aparentemente, em todo o tempo em que estivemos juntos, ele também estava vendo outra pessoa. Uma enfermeira, claro. Mais nova do que eu, claro. Portanto, minha cabeça estava desse jeito quando fui procurar você. Eu realmente estava sentindo falta do Bobby, mas não pelas razões corretas. Eu estava meio que com o coração partido."

A fumaça negra de um caminhão de coleta de lixo à frente de Russ estava sujando a neve antes até que ela chegasse ao chão. "Entendo", ele disse.

"Mas há mais uma coisa que não te contei. As coisas, na verdade, não eram tão maravilhosas entre mim e Bobby. Eu só tinha vinte e um anos quando nos casamos. Ele era o melhor amigo do meu irmão, pilotava aviões que rompiam a barreira do som, era extraordinariamente bonito, e eu a garota que tinha que casar com ele. Bobby ficava fora de casa por muito tempo, mas eu nem ligava — era esposa de um oficial, o que implicava alguns privilégios. Ele estava lotado na base de Edwards quando as crianças nasceram, e eu teria ido com ele para qualquer lugar — não fui eu quem o fez abandonar a Força Aérea. Mas ele quis que as crianças crescessem num só lugar, com uma boa escola, e o salário na General Dynamics era bem melhor. Mas tão logo nos instalamos no Texas ele concluiu que tinha cometido um erro. Sentia falta da vida militar, e eu via que ele me culpava, mesmo não sendo culpa minha. Ano após ano, ele foi ficando mais e mais raivoso. Todo mundo sabia que ele era um garanhão, e não é que eu o provocasse, mas ele me fazia passar por testes de lealdade. Se eu risse muito por causa de alguma coisa que um vizinho falasse, significava que eu estava flertando com ele — e Bobby não relaxava enquanto eu não admitisse que o vizinho era menos homem que ele. Se eu assistisse ao noticiário e comentasse que a guerra não ia bem, ele começava a me interrogar. Os Estados Unidos não eram mesmo o país mais poderoso do mundo? Com o melhor sistema econômico? Nós não somos moralmente obrigados a impedir que os comunistas espalhem seus blá-blá-blás? Ele acreditava sinceramente que a razão pela qual tantos soldados estavam morrendo era que os manifestantes daqui minavam o moral deles lá, e *eu* estava fazendo os rapazes morrerem ao ter dúvidas sobre a guerra. Larry queria ser astronauta, mas como não era excepcional nos esportes, nem um aluno com notas espetaculares, Bobby vivia gritando com ele: 'Você acha que vai conseguir ser astronauta se não chegar arrebentando na segunda base? Acha que o John Glenn alguma vez tirou sete em álgebra?'. Larry era apenas um menino sonhador interessado no espaço, e tinha tanto orgulho do pai, ficava tão desesperado para agradá-lo, que as críticas de Bobby se transformavam em tortura. Você já viu a cabine de comando de um F-111?"

Russ deveria se sentir contente por ela estar se abrindo com ele, porém tudo o que ouvia era que Frances atraía a atenção de pilotos de provas e cirurgiões cardiovasculares. Ele era um pastor assistente com mulher, quatro filhos e sem dinheiro. O que ele tinha na cabeça?

"É incrível", ela disse. "A quantidade de instrumentos que eles têm. A pessoa fica com a impressão de que está em pleno controle, e Bobby era assim conosco. Precisávamos de sua aprovação, e ele nos controlava nos dando essa aprovação sob certas condições. Larry precisava ser um atleta de primeira, eu não podia me divertir com um vizinho. Para mim, a coisa mais terrível sobre o acidente foi imaginá-lo perdendo o controle do avião. Ele deve ter ficado *furioso* demais."

O céu escurecia, o tráfego estava lento. Quantos milhões de dólares custava um F-111? Como uma nação que se dizia cristã podia gastar bilhões de dólares em armas mortíferas? O painel de instrumentos do Fury de Russ consistia em um velocímetro e três indicadores, um dos quais quebrado. O carro necessitava com urgência de freios novos e de novos pneus de neve, mas Marion havia pedido duzentos dólares para as compras de Natal. A quantia lhe parecera excessiva, porém ele tinha consciência de que havia dado a ela muito pouco ultimamente, como também tinha consciência das quatro horas que tramara ficar sozinho com Frances para se dar como presente de Natal. Tinha imaginado que as quatro horas passariam voando. Agora se perguntava como poderia sobreviver a mais um minuto ouvindo sobre o tipo de homem que ela amava. Havia um nó apertado e amargo em sua garganta.

"Tenho falado um bocado sobre isso com a Kitty", disse Frances. "Nunca vou ser uma dessas que queimam sutiã, mas ela me deu alguns livros que estão fazendo bastante sentido para mim. Não que Bobby fosse fisicamente abusivo. Ele apenas era frio, frio, frio. De certo modo, é até pior. Eu era a mulherzinha, e a única coisa que importava era fazer tudo exatamente certo. Era o oposto de um casamento de iguais. Quando olho para trás, me dou conta de que todos os nossos vizinhos achavam que eu estava casada com um bobalhão. Só não pensavam assim os colegas dele, os pilotos, que também eram bobalhões. Quer dizer, claro que é horrível a forma como ele morreu — sinto pena dele. Mas às vezes quase acho que estou melhor sem ele. Será que é um sentimento ruim da minha parte?"

"O casamento é difícil", disse Russ.

"Mas precisa ser difícil? O seu é difícil? Ou... desculpe, talvez eu não deva perguntar isso."

Se Russ tivesse os nervos de um piloto de provas ou de um cirurgião cardiovascular, agora seria o momento de abrir o coração e declarar que seu casamento era uma coisa miserável, mantido apenas pela força do hábito, do voto matrimonial e do dever. Agora seria o momento de fazer seu lance. Mas a queixa que ele tinha de Marion é que ela era pesada e sem alegria, ela não o excitava, cerceava seus impulsos. Russ não via como manifestar essa queixa sem parecer um bobalhão.

"De qualquer modo", disse Frances, "você me fez um enorme favor ao me pôr em contato com a Kitty e me fazer participar do círculo das terças-feiras. Era exatamente do que eu necessitava. Venho tendo aulas no Triton College, e isso também é bom. Somando tudo, eu estava tendo um ótimo outono, mas aí..."

"Eu sei", Russ disse. "Quero pedir desculpa outra vez pelo que aconteceu com o Ronnie. Foi um erro meu."

"Ah, sim. Obrigada. Não precisa pedir desculpa. O que aconteceu é que Philip voltou a me procurar. Telefonou de surpresa e disse que a mente dele agora estava mais clara. Tinha rompido com a enfermeira e queria saber se o meu coração o perdoaria. Achei que não, mas ele me mandou rosas e voltou a telefonar. Realmente aplicou todo o seu charme, e o gelo simplesmente derreteu. No fim de semana seguinte ao Dia de Ação de Graças, depois do troço com o Ronnie, fui à cidade e passei a tarde e a noite com ele."

A neve ainda estava derretendo quando chegava ao asfalto. Mas a previsão do tempo falava em até vinte centímetros de acúmulo de neve. Se Russ e Frances ficassem presos em algum lugar, isso significaria horas adicionais com a namorada de um cirurgião cardiovascular.

"Mas tudo pareceu diferente", ela disse. "Em parte por causa dos livros que eu vinha lendo, mas em parte... em parte pelo que você me deu. Quer dizer, o círculo das terças-feiras e, sei lá, simplesmente o exemplo de um homem diferente. Philip me levou ao Binyon's e, quando o garçom apareceu, tirou o menu da minha mão e fez o pedido por mim. No passado eu teria gostado — teria feito eu me sentir segura. Mas... depois estávamos no apartamento dele, com aquela vista inacreditável, e eu reparei nos retratos de família em cima do piano. Peguei um e devo ter reposto no lugar errado, porque ele veio e rearrumou, sei lá, dois centímetros para trás. Atravessou toda a sala para mexer dois centímetros no retrato. O que provavelmente faz dele um grande cirurgião, mas pensei: 'Ulalá, vai começar tudo de novo'. Sabe o que estou dizendo, não?"

Russ se sentia atirado de um lado para o outro, desesperado num momento, ousando ter esperança no outro.

"Era como se eu quisesse substituir Bobby por alguém igual a ele. Acho que esse tipo de homem me atrai, ou é um dos tipos que me atraem. Bobby também sabia ser charmoso quando tinha agido como um idiota comigo e eu ficava furiosa. Percebi que se eu voltasse para o Philip provavelmente teria mais um filho ou dois — acho que ele quer ter filhos dele —, o que seria o meu fim. Ele iria controlar tudo. Mesmo assim, só voltei para casa perto da meia-noite..."

Depois de ter relações íntimas com o cirurgião? Russ não fazia ideia dos protocolos atuais de namoro.

"Encontrei Larry sozinho vendo televisão. Ele já tem idade para tomar conta da Amy, mas parecia meio estranho. Me curvei para dar um beijo nele e mal acreditei. Ele cheirava a maconha e enxaguante bucal. Tinha fumado depois que Amy foi para a cama! Eu não acreditava. Sabia que ele tinha passado por tempos difíceis depois da morte do Bobby e que ir para uma escola nova na nona série não é brincadeira, mas ele é um bom menino e vem obtendo resultados muito melhores neste ano por causa do Encruzilhadas. Ainda tem uma postura ruim, ainda esconde o rosto atrás do cabelo, mas parece estar amadurecendo. Quando percebi que ele estava doidão, meu impulso foi sentir culpa por ter deixado ele e Amy sozinhos por tantas horas. Falei que estava desapontada por ele ter corrido um risco besta enquanto estava cuidando da irmã, mas que não iria puni-lo. Eu só precisava saber algumas coisas, por exemplo onde ele tinha conseguido a maconha. Mas o cabelo continuava cobrindo o rosto dele, ele não me encarava, não me respondia. Perguntei se havia maconha em casa. Continuou sem responder, e aí perdi as estribeiras. Exigi que me mostrasse onde estava a maconha, o levei até o quarto, e sabe o quê? Ele tinha um saco inteiro! Tirei da mão dele e perguntei outra vez onde ele tinha conseguido aquilo. E sabe o que ele me disse? 'Eu não sou traficante.' Fiquei tão furiosa que o proibi de ver televisão por um mês."

Russ tinha uma sensação incômoda de aonde aquela história iria chegar. A ficha havia caído quando ela mencionou Perry.

"Como eu falei, isso é desagradável", ela disse. "Mas achei que você devia saber."

"Você acha que o Larry pegou a maconha com meu filho."

"Não tenho certeza. Mas os dois vivem juntos, e o Larry — coisa boa — obviamente adora o Perry. Eles voltam da escola e vão direto para o quarto dele. Larry constrói modelos, e sinto o cheiro da cola e da tinta quando estão lá em cima. Não me importo que eles desperdicem tempo construindo modelos. Nem sei se me importo que eles fumem maconha. Larry diz que metade dos garotos já experimentou, o que deve ser exagero, mas entendo que é bastante comum. Só que ter um saco inteiro, um saco grandinho — isso não parece coisa do Larry."

A porra da Marion.

Na primavera anterior, quando o pior do comportamento de Perry veio à tona, Marion havia esfregado a religião na cara de Russ — o acusou de ter uma fixação pelos mandamentos do Velho Testamento, o acusou de se esquecer do perdão do Novo Testamento que ele pregava todos os domingos. Para Marion, Perry precisava de amor e apoio, não de punição. Ele tinha faltado a um total de onze dias na escola e falsificado a letra de Russ em bilhetes que justificavam sua ausência, porém Marion insistia que eram problemas psicológicos e não morais. O garoto era hipersensível e complicado, não conseguia dormir à noite. Marion, apelando por compaixão, propusera que ele tivesse um aconselhamento psiquiátrico (como se houvesse dinheiro para isso). No entender de Russ, a própria Marion era o problema. Desde o começo ela tinha permitido as manhas e os caprichos de Perry, sua choramingação incessante quando bebê, sua superioridade arrogante à medida que crescia. Embora Russ soubesse que os seus quatro filhos, com graus variados, prefeririam Marion a ele, porque a mãe estava sempre perto dos filhos, sempre em casa, enquanto ele estava longe para servir aos outros, a preferência de Perry pela mãe era a mais ostensiva e exclusiva. Russ poderia ter ciúme da proximidade dos dois se gostasse mais de Perry e se Marion ainda o excitasse. Tinha resolvido deixar que os dois se relacionassem como bem entendessem, e agora, como consequência dos mimos dela e da indiferença dele a isso, Perry os havia envergonhado diante dos diretores da escola ginasial.

Ele havia reconhecido claramente a falha moral de Perry e devia ter desconfiado do uso de drogas, mas fora induzido a erro pela história de Marion sobre um menino bem-dotado e sensível que só queria dormir um pouco. Convocando Perry a seu escritório na casa paroquial, onde ele tinha uma pilha de bilhetes escritos à mão para o diretor das primeiras séries do ginásio numa grafia que, era obrigado a admitir, se assemelhava extraordinariamente à sua — Perry sem dúvida era um garoto de muitos talentos —, Russ havia decidido impor àquele filho com cabelo de menina a disciplina que Marion não havia imposto.

"Você não pode ficar dormindo durante o dia", ele disse. "Precisa dormir à noite como todo mundo."

"Papai, eu gostaria muito", disse Perry. "Mas não consigo."

"Há muitas manhãs em que não tenho vontade de me levantar e ir para o trabalho. Mas sabe de uma coisa? Me levanto e vou. Se você simplesmente se obrigar a fazer isso, um dia vai estar tão cansado à noite que vai dormir. E aí volta a ter um horário normal."

"Com todo o respeito, isso é mais fácil de dizer do que de fazer."

"Você é muito inteligente, e é uma pena que não se sinta suficientemente desafiado na escola. Mas parte do crescimento é aprender a se disciplinar. Tudo o que eu vejo é você lendo um livro ou mexendo no seu material de arte. Você devia é estar lá fora, se cansando. Quem sabe não devia entrar para um time de beisebol?"

Perry o encarou com uma incredulidade insolente. Russ tentou conter a irritação.

"Precisa fazer *alguma coisa*", ele disse. "A partir deste verão, quero ver você trabalhando. É a regra na família: nós trabalhamos. Quero que você fixe uma meta de ganhar cinquenta dólares por semana."

"Becky não precisou trabalhar na décima série."

"Becky estava envolvida com as animadoras de torcida, e agora está trabalhando."

"Ela odeia aquele emprego."

"Bem, aí entra a autodisciplina. Você pode não gostar, mas trabalha de qualquer jeito. Não estou tentando punir você, Perry. Faço isso para o seu próprio bem. Quero que comece a procurar trabalho amanhã. Dessa forma já terá alguma coisa acertada quando chegar o verão."

Para desgosto de Russ, Perry começou a chorar.

"Francamente", disse Russ, "estou deixando você sair dessa numa boa. Eu devia era cortar todos os seus privilégios pelo que você fez."

"Isso *é* uma punição."

"Pare de chorar. Você já está bem grandinho para chorar. Isso não é uma punição. Você pode cortar grama, se não achar mais nada. Se cortar grama era bom para o Clem, vai ser bom para você. Garanto que você vai dormir à noite se estiver cortando grama o dia todo."

Marion havia se queixado a Russ, com sua maneira mansa mas teimosa, de que cortar grama era um desperdício absurdo dos talentos de Perry, um ataque doloroso à sensibilidade dele, porém Russ se justificava defendendo a melhoria nos hábitos de Perry. No verão, Perry dormira da meia-noite até tarde da manhã, coisa normal para um adolescente, e em setembro, por iniciativa própria, entrara para o Encruzilhadas. Aliar-se a Rick Ambrose era provavelmente sua ideia de vingança por ter sido obrigado a cortar grama, e Russ se recusara a lhe dar a satisfação de se opor. A verdade é que sentia uma repugnância cada vez maior por Perry, vagamente nauseado por seu corpo de adolescente. As horas que Perry passava depois das aulas no Encruzilhadas, todos os fins de semana em que ia a um retiro do Encruzilhadas, eram um alívio pela afronta corporal que ele representava.

No entanto, Russ agora se perguntava se o que o repugnara era simplesmente o mau caráter de Perry, seu prazer arrogante em guardar segredo sobre o uso de drogas. Era tudo culpa da porra da Marion. Ela era incapaz de ouvir uma crítica a seu precioso filho, e Perry havia se aproveitado da confiança que ela tinha nele; agora, aos olhos de Frances, que se tornara a fonte de alegria da vida de Russ, Perry o tinha reduzido à condição de um quadradão desavisado cujo filho atraíra Larry para as drogas. A porra da Marion! Ele já sentia o prazer cruel de informá-la de que Perry usava drogas, de esfregar a cara dela no resultado de sua paparicação: de fazê-la pagar pela humilhação de ele saber de tudo através de Frances. Ele faria Perry pagar também.

Mas e se Perry retrucasse fazendo insinuações? E se perguntasse a Russ, na frente de Marion, aonde ele estava indo com a sra. Cottrell e um carro cheio de caixas? Russ, que Deus o ajudasse, sentira o impulso de mentir para Marion no café da manhã — dizer que estava levando a comida e os brinquedos com Kitty Reynolds.

"Você não vai virar aqui?", Frances perguntou.

Derrapando um pouco, fazendo tilintar os brinquedos na parte de trás do carro, ele cruzou duas pistas enlameadas para entrar na Ogden Avenue. Buzinas soaram atrás dele.

"Não fique chateado", ela disse. "Rick Ambrose falou que muitos outros pais estão enfrentando a mesma coisa."

O cara que sabia das coisas, Rick Ambrose, sintonizado na juventude contemporânea.

"Você andou conversando com o Rick sobre Larry?", Russ conseguiu perguntar.

"Sim, mas não se preocupe — não entreguei o Perry. Quer dizer, acabei de fazer isso, mas com você. Não com o Rick. Só queria alguma orientação sobre como pensar em meninos de quinze anos fumando maconha. Rick falou que com o Encruzilhadas eu não precisava me preocupar. Parece que eles têm regras muito rígidas sobre drogas e álcool quando estão no Encruzilhadas. Sobre sexo também. Embora, coitado do Larry, não acho que eu precise me preocupar com isso ainda. Nunca o vi nem *olhar* para uma garota. A pessoa que ele adora é o Perry."

Russ lutou para pensar em alguma coisa sábia para dizer, alguma coisa que competisse com a percepção especial de Ambrose sobre os jovens.

"Voltar para casa e encontrar o Larry doidão", ela disse, "realmente me abriu os olhos. Peguei um resfriado desgraçado e, quando por fim fiquei boa, achei que eu tinha virado uma página. Como se eu precisasse pôr minha vida num trilho diferente — envolver-me mais com meus filhos, parar de correr atrás da fantasia de um segundo marido. Quero arregaçar as mangas e meter a mão na massa. Quero me envolver mais com você, com Kitty e com o trabalho que vocês fazem, e perguntei ao Rick se havia algum modo de também me envolver com o Encruzilhadas. Parte disso é sentir que preciso ser uma espécie de pai para Larry e Amy, não só mãe. E outra parte é simplesmente... você alguma vez teve a impressão de que nasceu cedo demais?"

"Você quer dizer: se eu queria ser mais jovem?"

"É, acho que todos nós acabamos querendo isso. Mas estou falando do que anda acontecendo agora. Quero dizer, agora as meninas podem usar as mesmas roupas que os meninos — eu perdi tudo isso. Perdi os Beatles. Perdi morar com um cara antes de decidir se devia casar com ele, o que no meu caso teria sido uma ótima ideia. Tenho a sensação de que nasci quinze anos antes do tempo."

"Mas o que você está descrevendo", disse Russ, "já estava acontecendo no começo da década de 1950. O clima em Nova York, no Greenwich Village, quando eu estava lá, era tudo o que você descreveu, embora, de certo modo, fosse mais puro."

"Talvez em Nova York. Em New Prospect com certeza não estava acontecendo."

"Bom, já eu não tenho certeza de que gostaria de ter nascido mais tarde." Alertou a si mesmo para não exagerar sobre Greenwich Village, uma vez que ele e Marion só tinham morado lá por dois meses, após os dois anos numa residência do seminário na East 49th Street. "O que me irrita na tal cultura jovem é que as pessoas parecem acreditar que ela veio do nada. A garotada de hoje pensa que inventou a política radical, que inventou o sexo antes do casamento, que inventou os direitos civis e os direitos das mulheres. A maioria nem ouviu falar de Eugene Debs, John Dewey, Margaret Sanger, Richard Wright. Quando eu estava em Birmingham em 1963, muitos manifestantes tinham a minha idade ou eram mais velhos. A única diferença real agora é a moda — música diferente, cabelo diferente. Isso tudo é simplesmente superficial."

"Você acha mesmo que essa é a única diferença? Se existisse um grupo como o Encruzilhadas quando eu cursava o ginasial, teria entrado num piscar de olhos. Se eu tivesse lido a Betty Friedan e a Gloria Steinem quando eu tinha vinte anos, toda a minha vida poderia ter tomado um rumo diferente."

Russ franziu a testa. Sabia que Ambrose era uma ameaça, mas a gravidade da ameaça representada por Kitty Reynolds era inesperada.

"Só estou dizendo que os direitos civis e o movimento contra a guerra — e, sim, o feminismo — são fruto de sementes plantadas há muito tempo."

"Está bem, registrado. Mas posso lhe contar outra coisa terrível?"

Ela mudou outra vez de posição, encostando-se na porta do carona e tocando com um pé o cinto de segurança dele. Russ sentiu um repuxão no cinto, por cima do ventre.

"Ainda estou com o saco de maconha do Larry", ela disse. "Acredita nisso? Fui jogar na privada e puxar a descarga, para que ele me ouvisse fazendo isso, mas sei lá por que não fiz. Escondi no meu quarto."

Tudo o que Russ havia acabado de dizer sobre sua juventude era besteira. A idade que ele queria ter era exatamente a de Frances.

"Estou esperando, reverendo Hildebrandt. Vai me dizer que eu fiz uma coisa errada?"

"Legalmente, suponho que há algum risco."

"Ah, fala sério! Ninguém vai arrombar a minha porta."

"Seja como for, o que está planejando fazer com aquilo?"

"Bem, hã... o que acha que eu vou fazer?"

Ele concordou com a cabeça. Sentia alguma responsabilidade pastoral de dever afastá-la do caminho da iniquidade, mas não queria parecer quadradão. "Nesse caso", disse, "creio que minha preocupação reside no fato de que isso complica sua mensagem ao Larry. Se está lhe dizendo que as drogas são ruins para ele..."

"Por isso lhe perguntei quando se é jovem demais para fazer alguma coisa. Porque eu não sou jovem demais. Estou tentando começar minha vida do zero com trinta e sete anos. Tenho a curiosidade de experimentar coisas novas e visualizei uma cena... Estava pensando, sabe, que talvez eu pudesse convidar a Kitty, e você convidaria a sua mulher. Nós quatro poderíamos fazer um pequeno experimento juntos, ver o que é isso que se fala tanto. Se estamos proibindo nossos filhos de fazer alguma coisa, não deveríamos saber o que estamos proibindo?"

"Eu não preciso pular num precipício para saber que as crianças não devem pular em precipícios."

"Mas e se for muito bom? E se nos ajudar a compreender melhor nossos filhos? Ou, sei lá, se expandir nossa mente? Eu estava pensando que, se você estivesse lá comigo, seria legal experimentar. Você é um homem de Deus, e não é uma pessoa medrosa. É o oposto do tipo comum de pastor."

Dificilmente ela poderia ter dito algo que aquecesse mais o seu coração e suas entranhas. A penumbra precoce se acentuava, a neve embranquecia as superfícies metálicas ao longo da rua, a lama pintalgava as calçadas. Voltava a ser um dia maravilhoso.

"Não acho que minha mulher se interessaria", ele disse.

"Tudo bem. Então só você, a Kitty e eu."

Enquanto ele procurava uma razão plausível para também excluir Kitty, Frances lhe deu um leve pontapé brincalhão no quadril.

"A menos que você ache que não precisamos de uma dama de companhia", ela disse.

Uma das revelações da noite anterior, no banco da frente da Kombi de Tanner, tinha sido a excelência dos lábios dele. No passado, os de Becky haviam a aborrecido sobretudo por ficarem rachados ou desgastarem o batom de forma irregular; quando havia brincadeiras de rodar a garrafa para ver quem ia ser beijado, a sensibilidade deles a fazia sentir cócegas ou nojo. Só quando eles se encontraram com os de Tanner, que espelhavam os dela, mas possuíam vontade própria e imprevisível, ela descobriu a conexão que tinham com todos os nervos de seu corpo. Os pelos do bigode dele eram ao mesmo tempo duros e aveludados, sua língua de início tímida e depois mais ousada, seus dentes surpreendentemente próximos ao local da ação. Cada sensação foi uma novidade, cada ângulo de contato sutilmente diverso. A realidade de beijar Tanner Evans foi chocantemente muito melhor que a ideia de fazê-lo. Ela poderia ter feito aquilo por horas, insensível ao desconforto de estar virada de lado no banco do carona, se não houvessem sido interrompidos por barulhos no estacionamento.

"Ei, essa é a Kombi do Tanner", ouviram uma garota falar.

Na escuridão imperfeita, ele se desgrudou de Becky e ficou ouvindo. As vozes da garota e de uma outra se afastaram, possivelmente voltando para o Grove.

"Precisamos sair daqui", ele disse.

Tendo se jogado nos braços dele, Becky entendeu que Tanner não queria ser visto com ela, mas o risco de serem flagrados a excitava. Ela se aproximou e o beijou de novo. Momentos depois as vozes estavam de volta.

"Tanner?", a garota chamou, aproximando-se da caminhonete. "Laura?"

Tanner se desvencilhou e olhou pela janela. Percebendo o pânico dele, Becky se dobrou para a frente e tentou esconder o rosto com o cabelo, mas ele obviamente formava uma cobertura insuficiente. Tateou às suas costas, encontrou a manta navajo estendida no banco do carona e cobriu a cabeça com ela. Debaixo da lã empoeirada ouviu Tanner baixar o vidro.

"Sally, oi", ele disse.

"Vocês estão vindo?" Era Sally Perkins, a boa amiga de Laura Dobrinsky.

"Sim", disse Tanner. "Sim, só estou aqui ajudando uma amiga um instante."

Através da manta de lã, Becky podia sentir os olhos de Sally Perkins cravados naquela ridícula forma encoberta.

"Laura não está aí?", Sally perguntou.

"Ah, não."

"Marcie e eu estamos comemorando. Se quiser se juntar a nós, ela acaba de chegar à idade em que já pode pedir uma bebida no bar."

"Está bem, hã. Pode ser... sim."

"Nos vemos lá dentro?"

Quando Sally foi embora, Becky se sentou rindo e arrancou a manta da cabeça. "Uau!", ela disse. Seria um momento adequado para perguntar sobre o relacionamento entre Tanner e Laura, mas ele também estava rindo. Por ora, Becky pensou, já era o bastante compartilhar um segredo com ele, ser sua cúmplice num crime. Teria uma noite insone de novas sensações para processar e reviver, não parecia muito aconselhável exagerar em sua permanência ali. "Você devia entrar", ela disse.

"Eu nem gosto da Marcie Ackerman."

"Tudo bem." Ela se inclinou e beijou o rosto dele. "Você gosta de mim?"

"Claro! Por que acha que eu vim aqui?"

"Então talvez eu veja você amanhã."

"Com certeza. Nós poderíamos..." Ele baqueou. "Na verdade, amanhã não é muito bom."

"Amanhã eu não tenho nada para fazer até a hora do concerto."

"Esse é o problema. Tenho que trabalhar até as quatro e depois nós vamos nos preparar."

Nós significava sua banda. Significava a Mulher Natural. Os nervos de Becky, supersensibilizados pelos beijos, estavam indefesos contra tal desapontamento.

"Me desculpe mesmo", ele disse. "Que tal sexta-feira?"

"Sexta-feira é a véspera do Natal. Clem está vindo para casa. Vou ficar com a minha família."

"Certo."

"Então acho que só vou ver você sei lá quando." Ela pegou a maçaneta da porta. "Talvez na igreja, se eu decidir voltar para lá."

"Becky…"

"Tudo bem. Eu entendo. Amanhã você está mesmo ocupado."

Quando ela abria a porta do carro, ele agarrou seu ombro. "Só preciso estar na igreja às cinco e meia. Eu posso encontrar você em algum lugar antes disso."

"Não precisa."

"Não, é o que eu quero." Ele tinha uma expressão de súplica. "Eu quero."

Satisfeita com seu poder sobre ele, insegura apenas sobre a extensão desse poder, ela declinou a carona que Tanner lhe ofereceu, deixando-o para Sally e Marcie. Enquanto voltava a pé para casa, sozinha, sua imagem encolhida debaixo da manta navajo ficou menos engraçada, mais perturbadora. Agora ela era oficialmente o tipo de garota que roubava o namorado da outra. Sinceramente ela não sabia se isso a fazia se sentir culpada ou apenas com medo de ser confrontada pela Mulher Natural.

Tinham combinado de se encontrar na Treble Clef, a loja de música onde ele trabalhava. Com a aproximação da hora marcada, Becky se forçou a ficar embromando na livraria de New Prospect, folheando guias turísticos europeus, até se atrasar alguns minutos. Cabia a Tanner agora ficar ansioso, não a ela. A bolsa pendurada no ombro levava os lápis coloridos que Judson havia pedido, uma lapiseira num estojo aveludado para Clem e um álbum da Laura Nyro que ela desejava tanto que nem se importava se Perry o queria. Tinha se restringido a seu orçamento natalino de praxe, apesar dos treze mil dólares na caderneta de poupança, retardando sua última compra até poder pegar uma carona de manhã para o shopping center no Mustang de Jeannie. A condição de coisa nova dos produtos embrulhados em papel celofane dentro de sua bolsa, que era a principal característica dos presentes de Natal — passavam pelas mãos do presenteador sem ser usados, transmitindo uma maravilhosa sensação de surpresa e cheiro bom quando o presenteado os abria —, combinava com a neve fresca sob seus pés, o renascimento do mundo em brancura, quando ela por fim dobrou a esquina para chegar à loja de música. Ser beijada a havia feito se sentir uma pessoa nova em folha, um presente recém-aberto cujo início de vida era iminente. Ao vê-lo fora da loja, esperando na neve ao lado da caminhonete, Tanner também lhe pareceu novo, porque ela tinha um encontro de verdade com ele. Reconheceu o casaco de franjas, o cabelo negro caindo sobre os ombros; mas que diferença havia entre desejar uma coisa e descobrir que ela era sua na manhã de Natal!

Em vez de abraçá-la, ele a ajudou — para não dizer forçou — a entrar na Kombi, correndo depois para o lado do motorista. A neve molhada nas janelas tinha transformado o interior do veículo numa caverna de gelo, privada mas soturna. Nos fundos havia amplificadores e estojos de instrumentos empilhados que pareciam impacientes para ser desembarcados. Depois que Tanner ligou o motor e o aquecedor, Becky esperou que ele se inclinasse em sua direção. Ela tinha feito o primeiro movimento na noite anterior, por isso agora era a vez dele. Todo o seu ser estava pronto a se abrir para Tanner tão logo ele a beijasse. Mas ele sacudia cabeça, batucando no volante.

"Acabei de receber uma notícia", ele disse. "Muito doida."

Ela se virou para ele, mostrando o rosto a fim de sugerir que a notícia dele podia esperar.

"Lembra daquele dia que conversamos na igreja?"

"Se eu me *lembro*?"

"Bom, me fez pensar", ele disse. "Você me fez pensar. Entendi que era hora de dar um passo à frente."

Para Becky, o próximo passo dele era romper definitivamente com Laura Dobrinsky. Se a notícia era que ele havia feito isso sem ela ter insistido, ficaria feliz em ouvi-la.

"Então, você conhece o Quincy, certo?"

Quincy Travers era um dos amigos negros de Tanner, o baterista dos Bleu Notes.

"O Quincy vem tocando com um cara de Cicero cujo primo é agente. Um agente bom mesmo, ele põe o pessoal dele numa porção de bares em Chicago. E sabe o que mais? Ele vai estar hoje aqui. Acabei de receber um telefonema dele. Eu tinha ligado pra ele."

Becky tremeu apesar de estar usando o casaco longo que a tia lhe dera. O assento da Kombi estava muito mais frio que na noite anterior. "Legal, hem?", ela disse.

"Eu sei. Vai ser a maior plateia do ano até agora. É a vitrine perfeita."

Das pequenas frestas do vw só vinha um ar gélido.

"Parabéns", disse Becky.

"Só telefonei por sua causa." Tanner pegou a mão enluvada de Becky nas mãos nuas dele e a apertou, como se para enchê-la de entusiasmo. "Só de eu saber que você entendeu o que estou tentando fazer — isso fez uma tremenda diferença."

Ela apreciou o agradecimento apenas de forma abstrata. Não gostava de estar sentada numa caverna de gelo falando sobre a carreira musical dele e não sobre a noite anterior. Não gostava de imaginá-lo com Laura e os Bleu Notes tocando em bares de Chicago.

"O que há de errado?", ele perguntou.

"Nada. É uma grande notícia."

Ele encostou carinhosamente dois dedos em seu rosto, mas ela o afastou. A neve granulada e escura que cobria a janela era como a celulite retratada na revista *Redbooks* de sua mãe. Tanner pousou o queixo no ombro dela, a boca perto do ouvido. "Quando vejo você, sinto que posso fazer qualquer coisa."

Ela tentou falar, a voz tremeu, tentou de novo. "E a Laura?"

"O que tem ela?"

"Achei que ela era sua namorada."

Ele se endireitou no assento. Do lado de fora, alguns adolescentes berravam na rua coberta de neve.

"Só quero saber onde eu estou", disse Becky. "Quer dizer, depois da noite passada."

"É."

"Então, será que não devemos falar sobre isso? Ou é Encruzilhadas demais?"

"É um bocado Encruzilhadas."

"Só entrei lá por sua causa. Pensei que você amasse aquilo."

"É. Eu sei. Preciso ter uma conversa com ela. Só que... aí é que está."

Uma bola de neve acertou o para-brisa congelado. Ficou lá grudada, uma massa indistinta mais escura, e agora um dedo vermelho estava limpando a neve da janela de Becky. Através do vidro limpo, ela viu um garoto preparando uma bola de neve. Ele a atirou do outro lado da rua, e mais uma acertou um lado da Kombi. Tanner abriu a porta, gritou para os meninos e voltou a fechá-la. "Garotos idiotas."

Becky esperou.

"Então, é difícil", ele disse. "Todo mundo vê a Laura como uma pessoa intensa, assustadora, mas há um lado dela que é realmente inseguro. Realmente vulnerável. E... bom, e aí é que está."

"Com quem você quer ficar?", Becky perguntou com firmeza.

"Eu sei. Sei o que preciso fazer. É que... esta noite não é hora de eu ter essa conversa com ela. Laura nem liga se temos um agente ou não, mas o resto da banda sim, e ela é muito radical, é capaz de simplesmente largar tudo. O que significa... lá se vão nossos teclados, lá se vão minhas harmonias. Mesmo que ela tocar, se estiver aporrinhada comigo vai ser uma droga."

Realisticamente, Becky sabia que não havia nenhuma pressa. O fato de terem se beijado, o fato de estar sentada agora com ele na Kombi, o fato de estarem tendo aquela conversa, tudo aquilo era a prova dos avanços que ela havia feito no coração dele. Bastava não ter decidido ir ao concerto com ele! Agora era tarde demais para apagar o fervor com que se imaginara entrando na igreja de braços dados com Tanner, mostrando ao mundo que ele lhe pertencia e contando tudo a Jeannie Cross de manhã.

"Não há outros agentes?"

"Há um monte de outros agentes", disse Tanner. "Mas esse cara, Benedetti, é considerado muito bom, e isso não é como tocar no Grove. Darryl Bruce está aqui, vindo da universidade, e vai ser o principal na guitarra, enquanto Biff Allard está trazendo suas congas. Vamos ter o som todo esta noite e uma audiência perfeita."

"Pensei que a coisa principal fosse o seu disco. Seu demo, com suas músicas."

"Sim, ainda é. Mas você tem razão... preciso pensar grande. Preciso tocar quatro vezes mais, criar uma plateia, fazer contatos."

Becky esperou que ele não pudesse ver, à luz soturna da caverna, que ela estava contraindo os músculos do rosto para não chorar. "Mas... se a Laura faz parte da banda... e vocês vão tocar em vários lugares... como é que a coisa vai funcionar?"

"Posso encontrar alguém para substituí-la. Só não posso fazer isso nas próximas três horas."

Um guincho embaraçoso escapou da garganta de Becky. Ela a limpou ruidosamente. "Então", ela disse, "você vai romper com ela?"

Como Tanner não respondeu, ela se virou para ele e viu que seus olhos estavam cerrados, as mãos apertadas entre os joelhos.

"É meio importante para mim saber", ela disse. "Depois do que aconteceu na noite passada."

"Eu sei. Eu sei. Só que é difícil. Quando você está com uma pessoa há tanto tempo, e ela ainda está tão ligada em você. É duro."

"Ou talvez você apenas não queira romper."

"Não é isso. Juro por Deus, Becky. Simplesmente essa é uma noite ruim para fazer isso."

A necessidade de chorar podia ser tão urgente quanto a necessidade de urinar. Ela pegou a bolsa. "É melhor eu ir."

"Você acabou de chegar."

"Tudo bem. Há uma recepção que eu disse à mamãe que não podia ir por causa do concerto. Ao menos eu posso fazer ela feliz."

"Não estou dizendo que você não pode ir ao concerto."

"Você quer que eu vá e finja que nada aconteceu? Ou será que eu devo enfiar uma manta em cima da cabeça outra vez?"

Ele agarrou o próprio cabelo e puxou.

"É quase como se você tivesse vergonha de mim", ela disse.

"Não, não, não. É só que..."

"Já sei, é uma noite ruim. Eu realmente tinha expectativas para esta noite, mas agora... não tenho mais."

Antes que ele pudesse detê-la, Becky saltou da Kombi. Deixando a porta aberta, apertou os olhos para se proteger da neve que a fustigava e correu para a aleia atrás da livraria, onde o carro dele não poderia segui-la. Só esperava que o estivesse desapontando tanto quanto ele a desapontara. Tinha se sentido muito *segura* de como o encontro se desenrolaria: a deliciosa retomada dos beijos, seguida por declarações de assombro por seus caminhos terem no fim se encontrado, seguida ainda mais tarde pela entrada triunfal na igreja com ele. Agora nem a neve era romântica, e sim um doloroso incômodo. Tudo tinha virado uma merda.

Ela sentia a umidade penetrar em sua única bota decente, que possivelmente estava se estragando de forma irreparável enquanto ela atravessava os longos quarteirões a caminho de casa na neve que caía obliquamente. Estava ficando escuro demais para enxergar bem, e o esforço físico para não escorregar e cair reteve suas lágrimas até ela chegar à casa paroquial. Tivera a esperança de que Tanner poderia estar à sua espera na Kombi, para se desculpar e implorar que ela fosse ao concerto com ele — e que se danassem as consequências! Mas, exceto pelo triste raspar distante de uma enxada no chão e duas marcas recentes de pneu, quase recobertas outra vez pela neve, seu quarteirão da Highland Street era um cenário de desolação. Só havia luz no quarto de Perry e Judson.

Dentro de casa não havia sinal da mãe. Será que ela ainda não tinha voltado da aula de ginástica? Becky agora se sentia envergonhada de ter sido tão reticente com ela, tão convicta de que sabia como lidar com Tanner. A mãe parecia ser a única pessoa com quem poderia partilhar com segurança seu desapontamento. Varreu com a mão a neve do cabelo e subiu correndo a escada, passando pela porta fechada do quarto do irmão. Ao ver sua cama, onde algumas horas antes sonhara inocentemente em ir ao concerto, seu desencanto escapou aos borbotões.

Deitada na cama, chafurdou na convicção de que Tanner ainda estava apaixonado por Laura, que ele se importava mais pelos sentimentos de Laura que pelos dela. Pensou que não estava chorando muito alto, mas, depois de alguns minutos, ouviu uma leve batida na porta. Ficou rígida.

"Becky?", disse Perry.

"Vá embora."

"Você está bem?"

"Estou. Me deixa em paz."

"Tem certeza?"

Ela não estava bem. Um som angustiado escapou de seus lábios, o desapontamento voltando a irromper. Deve ter sido audível para Perry, porque ele entrou no quarto e fechou a porta. A irritação de Becky fez cessar as lágrimas.

"Vá embora. Eu não disse que você podia entrar."

Aumentando sua irritação, Perry se sentou a seu lado na cama. A repugnância de arrepiar a pele que sentiu era provavelmente uma reação normal à proximidade de um irmão pubescente, e a coisa anormal era ela não ter a mesma reação com Clem, mas a ruindade que sentia em Perry tornava a repulsa especialmente intensa. Ela se encolheu e enxugou o rosto no travesseiro.

"O que está acontecendo?", ele perguntou.

"Nada que você iria entender."

"Compreendo. Você acha que eu não tenho empatia."

Becky suspeitava de que ele não tivesse empatia, mas essa não era a questão. "Estou chateada com alguma coisa que não tem nada a ver com você."

"Estou sentindo que existe uma barreira para que nos conheçamos melhor."

"Saia do meu quarto!"

"Piada, irmã. Foi uma piada."

"Entendi a piada. Está bem? Agora, por favor, saia do meu quarto."

"Preciso lhe dizer uma coisa. Mas tenho a nítida impressão de que você vem tentando se manter longe de mim."

De fato, ela estava evitando Perry mais do que o habitual desde a noite em que ele a tirara como par naquele exercício do Encruzilhadas. Durante o exercício, ela tinha se orgulhado de confrontá-lo com o egoísmo e egotismo dele, se excitado em pensar que o Encruzilhadas lhe dava poderes para se transformar em alguém que dizia as verdades na família. Imaginou que o estava ferindo, até onde um gênio amoral podia ser ferido, porém tivera a esperança de que seu depoimento sincero pudesse contribuir para o crescimento pessoal de Perry. No entanto, desde aquela noite a visão dele a perturbava. Por mais correta que tivesse sido a avaliação de seus defeitos, por mais que a verdade devesse ser trazida à tona, Becky sentia que de algum modo ela, e não ele, havia feito alguma coisa errada.

"Aqui está o que venho querendo dizer. Para colocar a coisa da forma mais simples possível, você estava certa. Na conversa que tivemos no armário de casacos, de que você certamente se lembra. Cheguei à conclusão de que você estava certa."

Sua entoação sofisticada era repulsiva. Ela se afastou dele e se pôs de pé. "Onde está o Judson?"

"Judson está estudando o tabuleiro do Stratego. Ele adora o aspecto do planejamento."

"E a mamãe? Ela voltou para casa?"

"Não vi sombra dela o dia todo."

"Que estranho", disse Becky, encaminhando-se para a porta.

"Me desculpe", Perry deu um salto e bloqueou a fuga dela. "Ouviu o que eu acabei de dizer?"

"Saia por favor da minha frente."

"Acho que tenho direito a dois minutos da sua atenção, Becky. Você disse que queria ter um relacionamento comigo. Você disse: 'Você é meu irmão'. Essa é uma citação direta."

"Isso é coisa do Encruzilhadas. O que se espera é que você diga que quer ter um relacionamento com todo mundo."

"Ah, então, na verdade, você não quer ter um relacionamento comigo."

"Será que você não pode me dar um tempo? Estou tendo um dia realmente de merda hoje."

"E essa é a sua resposta? Simplesmente ir embora?"

Simplesmente ir embora era um tabu bem conhecido no Encruzilhadas. Becky revirou os olhos e disse: "Ótimo. Obrigada por dizer que eu estava certa. Não tenho certeza de que estava, mas obrigada por dizer isso. Agora você me deixa, por favor, ir assoar o nariz?",

Perry deu um passo para o lado, mas a seguiu até o banheiro. Por nenhum motivo compreensível, a banheira e a pia, da era da Depressão, tinham sido instaladas num canto apertado, deixando sem uso uma vasta área de ladrilhos agora rachados e descoloridos. Perry fechou a porta e se sentou na cesta de roupa suja, enquanto Becky assoava o nariz.

"Quando eu digo que você estava certa, quero dizer que você tinha razão sobre eu nunca ter levado você suficientemente a sério. Podemos esquecer minhas razões para isso — elas não me honram. Basta dizer que nunca lhe dei o crédito que você merece. Você estava certa em me repreender por isso."

"Perry, por favor. Você não precisa fazer isso."

"Preciso, sim. Fui injusto com você. E você foi sincera comigo."

Ela ergueu os braços num gesto de frustração. Hora errada e lugar errado para um exercício de pares do Encruzilhadas.

"Preciso que você acredite", ele continuou, "que estou tentando me tornar uma pessoa melhor. Que levei a sério tudo o que você me disse. Não vou chateá-la com todos os detalhes, mas fiz algumas mudanças. Jurei que não vou mais me drogar, por exemplo."

Ela estreitou os olhos. "É disso que se trata? Você estava com medo que eu o caguetasse?"

"Nem um pouco."

"Tem certeza?"

"Tenho!"

"Bom, que seja. Fico contente em saber que você andou pensando. Fico feliz por minha crítica ter sido construtiva."

"Mas eu preciso da sua ajuda. Preciso..."

Ele se interrompeu, o rosto enrubescendo. Becky rezou para que ele não começasse a chorar. Naquela vez em que ele tinha chorado no Encruzilhadas, outras cem pessoas estavam lá para executar a tarefa de tocar nele. Era estranho que alguém tão visivelmente emotivo, tão propenso a chorar tanto em público quanto em privado lhe desse a persistente impressão de que as emoções estavam desligadas de alguma coisa real dentro dele. Aquilo a fazia sentir como se houvesse algo de errado com a cabeça *dela*.

"É muito difícil", ele disse, "viver na mesma casa com você e me sentir como se fosse seu inimigo. Mas, se vamos estar juntos também no Encruzilhadas, precisamos encontrar uma maneira de nos relacionar melhor." Perry respirou fundo. "Quero ser seu amigo, Becky. Você aceita ser minha amiga?"

Tarde demais, ela viu que tinha sido encurralada. Sabia perfeitamente, assim como ele, que o maior tabu no Encruzilhadas era rejeitar uma proposta de amizade. Era preciso aceitar o oferecimento mesmo que no fundo você não quisesse passar tempo nenhum com a pessoa. Se ela rechaçasse a proposta de Perry e depois no Encruzilhadas exercitasse o amor incondicional, aceitasse sem reservas o valor de todos no grupo, se tornasse "amiga" de quem quer que lhe pedisse, Perry iria saber que ela era uma hipócrita. Ela *seria* uma hipócrita. Astutamente ou não, Perry a encurralara.

Vencendo sua repugnância natural, assim como Jesus fizera com os leprosos, ela se acocorou aos pés dele junto à cesta de roupa suja. "Tenho muitos problemas de confiança em relação a você", ela disse.

"E com boas razões. Me desculpe."

"Mas você está certo. Devemos tentar nos conhecer melhor. Se você quer tentar, eu também topo."

Então ele deixou escapar um soluço, só um, como se tivesse engolido em seco. Desceu da cesta e a abraçou.

"Obrigado", disse com o rosto encostado no ombro dela.

Não foi tão ruim retribuir o abraço dele. Quaisquer que fossem as coisas precocemente ilícitas que ele tivesse feito em segredo, ainda era um ser humano, em essência ainda um menino. Perry era pequeno para um Hildebrandt, verdadeiramente o irmãozinho dela. Sentir os ombros estreitos dele em seus braços despertou um sentimento maternal em Becky. Perry tentou se agarrar à irmã quando ela se levantou.

"Queria saber onde a mamãe está", ela disse. "Tem certeza de que ela não voltou para casa?"

"Jay falou que não a viu. É possível que tenha ido direto para a casa dos Haefle."

"Não com roupa de ginástica."

"Bom ponto."

Becky era obrigada a admitir que depois do abraço deles se sentia ligeiramente mais à vontade com Perry.

"Estranho", ela disse. "Mamãe fez a maior onda comigo para eu estar em casa até as seis horas."

"Para quê?"

"Para eu ir à recepção."

"A troco do que você ia fazer isso? Ia perder metade do concerto."

O desapontamento voltou a brotar dela. Virou o rosto para escondê-lo do irmão. "Não vou ao concerto."

"*O quê?*"

"Não quero falar sobre isso."

"Por isso é que você estava chorando?" Ele deu um salto e pousou sua pequena mão quente no ombro dela. "Quer me contar o que aconteceu?"

Ela quase riu. "Quer dizer, agora que somos amigos? Essa é bem espertinha, Perry."

"Acho que mereço isso, mas você me entendeu mal."

"Um amigo respeita os limites da outra pessoa."

"Sem dúvida. Só queria que você me desse uma chance. Sei que não ganhei sua confiança. Não ganhei a confiança de ninguém. Mas quando ouvi você chorando pensei: 'Ela é minha irmã'."

"Judson deve estar querendo saber quando você vai voltar."

"Estou indo agora mesmo. A menos que você queira me contar..."

"Não quero."

"Tudo bem, mas olhe. Se mudar de ideia sobre o concerto, vou estar aqui com o Jay. Podemos ir juntos depois que você voltar."

Voltando a seu quarto e se deitando na cama, Becky tentou entender a repentina delicadeza de Perry com ela. Se fosse antes, iria imaginar que ele tinha algum motivo oculto e egoísta. No entanto, ao abraçá-lo havia captado uma centelha do valor intrínseco de todos os seres humanos. Perry não conseguiria deixar de ser aquele carinha de mão quente e linguagem rebuscada, porém a vulnerabilidade que revelara a ela não pareceu mero fingimento. Caminhar até a igreja com seu irmãozinho maconheiro, estar com ele sob a neve era uma cena bem grotesca, mas a possibilidade de se tornarem amigos a excitava exatamente por ser tão precária. Ela sempre tivera em Clem o único irmão de que necessitava, porém agora ele estava muito distante, preocupado com sua namorada evidentemente fascinante. A maior barreira para seu relacionamento com Perry havia sido o sentimento de que ele a desprezava por ser pouco inteligente. Talvez tudo o que ela precisasse era de algum sinal de que Perry a respeitava e se interessava por ela como pessoa. Agora que ele lhe fizera uma sinalização, quem sabe os dois realmente pudessem ser amigos. Talvez toda a família pudesse ser mais feliz, a começar pela dupla improvável de Perry e ela.

A sensação de bem-estar com que acordara de manhã, até perdê-la na caverna de gelo da Kombi de Tanner, estava voltando. Sentiu um lampejo de gratidão pelo Encruzilhadas, que a ensinara a assumir riscos. O risco assumido com Tanner lhe causara dor, mas, no clarão de sua bem-aventurança, ela via que tinha reagido de forma exagerada, que o havia pressionado demais na noite errada, que dera excessiva importância à imagem externa de ir ao concerto na companhia dele. Por outro lado, o risco de confrontar Perry no armário de casacos da igreja o encorajara a assumir o risco de oferecer a ela sua amizade. Para o bem ou para o mal, mas sobretudo para o bem, o Encruzilhadas estava tornando sua vida mais rica.

Às seis horas, embora não houvesse sinal nem do pai nem da mãe, ela se levantou para se fazer apresentável. O espetáculo de devastação refletido no espelho do banheiro a desencorajou, porém ela escovou o cabelo, aplicou de novo a maquiagem e foi bater à porta do quarto de Perry e Judson.

"Quem é?", Perry perguntou incisivamente.

"A polícia dos jogos de guerra. Vou entrar."

Ao abrir a porta, ela viu, em torno do tabuleiro feito em casa, Perry apoiado num cotovelo e Judson ajoelhado, os tornozelos cruzados debaixo do corpo numa posição que teria matado de dor qualquer pessoa com mais de dez anos. Com um movimento sutil da cabeça, ela chamou Perry para o corredor. Ele se pôs de pé num salto.

"Você tem algum colírio?", ela perguntou em voz baixa.

"Tenho, por acaso tenho, sim."

Ela aguardou enquanto ele subia correndo a escada para o terceiro andar, traindo desse modo onde escondia sua parafernália. A cumplicidade dessa troca, bem como a cumplicidade de conhecer o segredo do jogo de guerra dele e de Judson estavam lhe dando uma sensação do que poderia ser a vida numa família mais feliz, com ela no centro.

"Pode ficar com ele", disse Perry, voltando com um vidrinho. "Meus tempos de usar colírio terminaram."

"Você não está preocupado com a mamãe? Por ela nem ter telefonado?"

"Você acha que ela caiu dura num monte de neve?"

"É só estranho."

Perry franziu a testa. "A que horas é a recepção?"

"Seis e meia."

"Então aqui está uma ideia. Por que você não vai ao concerto e deixa que Jay e eu vamos à casa dos Haefle? Sem sombra de dúvida, estou me baseando apenas nas aparências, mas tenho a ligeira impressão de que você de fato não quer perder esse concerto."

"Não acho que os Haefle queiram crianças lá."

"Supondo que você não esteja me incluindo nessa categoria, acho que está subestimando Jay. Ele é uma alma velha."

Becky examinou seu irmão de cabelo comprido. Sentir-se uma aliada de seu poder cerebral, em vez de zombada ou ameaçada por ele, era uma sensação esquisita. "Você faria isso por mim?"

Era doloroso recordar, mas Russ tinha gostado muito de Rick Ambrose.

Tempos atrás, em Nova York, no seminário da East 49th Street, Russ e Marion eram o casal em cujo apartamento outros jovens seminaristas se reuniam três ou quatro vezes por semana para fumar, ouvir jazz e inspirarem uns aos outros com visões progressistas de um renascimento do cristianismo mediante ações de cunho social. Esbelta e bonita, com uma bagagem de leituras mais profunda e eclética que os outros, usando calça corsário e suéteres volumosos que evocavam as imagens rurais de Dylan Thomas, Marion causava inveja nos colegas de seminário de Russ. O que quer que os dois fizessem era *ipso facto* a coisa sofisticada a ser imitada. Mesmo levantar acampamento e se mudar para o interior de Indiana, o que ele se sentiu obrigado a fazer quando Marion engravidou e ele teve rejeitados seus pedidos de remoção para postos mais exóticos, foi visto como um lance ousado. Somente quando Marion se encafurnou na maternidade é que ela ficou mais pesada e mais desgastada — e quando Russ precisou produzir cinquenta sermões por ano, reescritos por Marion e pronunciados em duas igrejas para um rebanho combinado de menos de trezentos fiéis às oito e meia e às dez da manhã de todos os domingos —, é que a vida que no passado ela tornara ampliada para Russ, se tornou inescapavelmente pequena. Sempre que, implorando favores de um ou outro pastor de igrejas próximas, ele conseguia dar uma escapada da fazenda em Indiana a fim de participar de congressos em Columbus ou em Chicago, quando não de manifestações a favor dos direitos civis, Russ se lembrava amargamente das vantagens que os dois haviam perdido.

Na próspera New Prospect, embora ele continuasse trabalhando em favor da justiça social, a sonolência política da Primeira Reformada o tinha praticamente derrotado quando Rick Ambrose chegou para despertar os paroquianos. Enquanto a alienação de Russ em relação ao espírito daquele bairro afluente tinha uma origem honesta em sua infância menonita, a de Ambrose era adotada. Ele fora o rebelde sem causa de uma família feliz de um endocrinologista de Shaker Heights, em Ohio. Na noite de sua formatura no curso ginasial, ele e a namorada subiram na motocicleta de Ambrose, pegaram a estrada que atravessava Shaker Heights e deixaram a cidade. Um mês depois, numa estrada de Idaho, ele e a garota foram ultrapassados por quatro adolescentes num Chevrolet a cento e sessenta quilômetros por hora, que mais à frente se chocou contra a lateral da caminhonete de um fazendeiro que cruzava a estrada. No encostamento, contemplando a morte dos jovens, Ambrose ouviu um claríssimo chamado de Deus. Sete anos depois, em seu treinamento para se tornar pastor, sentiu-se convocado a trabalhar com adolescentes problemáticos. Quando entrou na sala de Russ para aceitar o cargo de diretor do programa de juventude, ele adulou Russ. Uma congregação em Oak Park lhe havia oferecido um emprego com remuneração maior, porém Ambrose escolhera a Primeira Reformada porque, disse ele, admirava o compromisso expresso de Russ com a paz e a justiça. Disse: "Acho que vamos compor uma grande equipe".

Entusiasmado com a sensação de ser reconhecido e fascinado pelo cintilante carisma de seu jovem companheiro, Russ imaginou que poderiam se tornar amigos e o convidou seguidamente para jantar na casa paroquial. Quando Ambrose por fim aceitou, demorando-se à mesa depois que as crianças tiveram permissão de se levantar, a atenção dele se voltou tanto para Marion que Russ se sentiu desconfortável com o pouco interesse que ele mesmo vinha dedicando a ela. Marion nunca fora de flertar, mas deu a impressão de estar agradavelmente energizada pela intensidade de Ambrose. Depois que ele se foi, Russ ficou surpreso ao ouvir que Marion não havia gostado do visitante. "Aquele brilho dele parece um truque de controle mental que ele deve ter visto em algum lugar e se apaixonado. É bem um truque de vendedor de carros — o sujeito faz as pessoas sentirem medo de não terem a sua aprovação. Elas fazem de tudo para conseguir essa aprovação e nem param para se perguntar por que diabo elas querem aquilo."

Era verdade que, apesar de seu jeitão direto e dos palavrões que falava, havia algo insondável em Ambrose, e Russ nunca descartou totalmente a consciência da origem opulenta de Ambrose em comparação à dele mesmo. Mas Russ possuía um coração ávido e generoso que o tornava adequado para a função de pastor, e Ambrose tinha razão: eles formavam uma boa equipe. Seus estilos de supervisão eram complementares — o de Ambrose psicológico e mais chegado ao conhecimento das ruas, o de Russ mais político e orientado pela Bíblia. E ele ficava grato por Ambrose se ocupar dos garotos mais complicados do grupo de juventude, deixando-o, assim, liderar os demais com seu exemplo.

Depois de ouvir as histórias de Russ sobre sua época com os navajos, Ambrose propôs que o grupo criasse um novo foco, estabelecendo um campo de trabalho no Arizona. Russ adorou tanto a ideia que logo se esqueceu de que não era dele. Afinal, o Arizona lhe pertencia. Ao chegarem à árida reserva, onde os demais se depararam com um ambiente desértico e um grau de privação que nunca haviam experimentado, Russ sentiu quarenta pares de olhos adolescentes de um bairro rico esperando receber dele coragem e orientação. Verificou-se que Ambrose, embora se fizesse passar por um cara durão que não temia o trabalho manual, era incapaz de pregar um prego sem antes entortar dois. Com frequência, ia pedir a ajuda de Russ, ou até mesmo de Clem, para executar tarefas aparentemente elementares. Conquanto a inépcia de Ambrose mais tarde se tornasse um problema real — e possivelmente o catalisador da humilhação de Russ —, na primeira excursão da primavera serviu para acentuar a competência do pastor Russ.

No outubro seguinte, tantos adolescentes faziam fila para entrar no grupo que Russ se preocupou que o corpo de bombeiros fizesse uma inspeção de surpresa. Além do número em si, o que o excitava era o tipo de jovem que estava se inscrevendo. Músicos de cabelo comprido, uma porção de garotas louras da Igreja Episcopal e até mesmo alguns negros, e eles não estavam buscando renascimento espiritual. Queriam convidar oradores dos bairros pobres e do movimento pela paz, queriam questionar sua afluência de bairro rico. Durante seis anos, em seus sermões Russ tentara despertar a congregação de adultos da Primeira Reformada para as implicações de seus privilégios. Agora, de repente, pela primeira vez desde Nova York, ele estava no centro do local sofisticado. Sabia que devia agradecer a Ambrose por isso, mas também sabia que os relatos sobre a excursão ao Arizona haviam tido grande repercussão na escola e que a promessa de uma segunda excursão fazia crescer o número de membros. Em novembro, depois de uma agitada reunião num domingo à noite, Ambrose, que raramente sorria, se voltou para Russ com uma expressão cômica.

"Bem louco, hem?"

"Incrível", disse Russ.

"Contei catorze garotos que não estavam aqui na semana passada."

"Incrível demais."

"Foi o Arizona", disse Ambrose com ar mais sério. "Aquela excursão mudou completamente a dinâmica. Foi o que tornou a coisa toda real."

Russ, já nas nuvens, foi à estratosfera. Arizona era o *seu* lugar. Ele, tanto quanto Ambrose, havia mudado a dinâmica. Em sua euforia, durante o inverno e começo da primavera ele mergulhou no espírito dos tempos. Arriscou-se a conversar sobre seus sentimentos, abriu-se para novos estilos musicais. Descobriu que, fechando os olhos e erguendo um punho ao falar do dr. King ou de Stokely Carmichael, cuja mão certa vez apertara, exercia um poderoso efeito sobre os jovens. Embora nunca soasse de todo convincente, passou a usar palavras de baixo calão como *babacada*. Deixou o cabelo crescer sobre o colarinho e deu início a uma barba que durou até Marion comentar que ele estava parecido com são João Batista. Ficou chateado a ponto de tirar a barba e sentiu que Marion estava puxando tudo para baixo. Ele preferia a excitação causada pelo interesse que vinha recebendo da nova fornada de garotas no grupo. Elas diziam nomes feios tanto quanto os garotos, falavam alto e faziam insinuações sexuais nas trocas com os rapazes; no entanto, como moradoras de um bairro rico, a ingenuidade delas era até maior que a dele quando tinha a idade delas. Nenhuma havia decapitado uma galinha nem visto um banco tomar a propriedade ancestral de algum fazendeiro. Russ acreditava que podia lhes oferecer a profundidade de uma experiência autêntica que faltava a Ambrose, mais novo. Dava mais atenção aos pensamentos que expressava nas orações das noites de domingo que nos sermões das manhãs de domingo (cujo material, de todo modo, era responsabilidade sobretudo de Marion), porque o sonho que tivera certa feita em Nova York, a visão de um país transformado pela ética vigorosamente cristã estava viva na garotada de calça jeans que lotava o salão de festas da Primeira Reformada, e não nas cabeças grisalhas e sonolentas que ocupavam os bancos da igreja.

Entre as novas convertidas ao grupo havia uma garota, Laura Dobrinsky, muito ligada a Tanner Evans e que por isso se tornou instantaneamente popular. Quando se conheceram, Russ a recebeu com um abraço que ela não retribuiu e, nos encontros subsequentes, ele se sentira incomodado pela forma abertamente hostil com que Laura o olhava. Parecia estranhamente pessoal, diferente de qualquer experiência anterior de que se lembrasse. Pelas discussões sobre a psicologia de adolescentes que costumava ter com Ambrose, Russ formulou a hipótese de que Laura tinha algum problema com o pai e o projetava nele. No entanto, numa tarde de março, dez dias antes da excursão ao Arizona, ele saiu da biblioteca da igreja, onde consultava referências a serem incluídas num sermão, e ouviu Laura Dobrinsky pronunciando as palavras: *Aquele cara é um merda, um idiota inacreditável.* Pelo silêncio que se fez quando ele virou no corredor e viu ali meia dúzia de garotas sentadas no chão, assim como pelos olhares que elas trocaram e as risadinhas que reprimiram imperfeitamente, Russ concebeu a dolorosa suspeita de que Laura tinha se referido a ele. Especialmente doloroso foi ver, entre as garotas sorridentes, a loura e popular Sally Perkins, que semanas antes, depois das aulas, fora à sua sala e se abrira com ele sobre sua infelicidade em casa. A maioria dos jovens populares preferia procurar Ambrose com seus problemas, e Russ se sentira surpreso e satisfeito por Sally ter ido até ele.

Voltando à sua sala, tentou se animar com a ideia de que Sally Perkins não teria ido procurá-lo se o considerasse um idiota e que, mesmo que Laura Dobrinsky pensasse isso, era uma bobagem deixar que uma garota com problemas de raiva brutalmente não resolvidos o magoasse, e, além do mais, ela talvez não estivesse se referindo a ele, quem sabe o idiota em questão era Clem, o que explicaria o embaraço das garotas ao verem seu pai; mas ele ainda estava perturbado quando Rick Ambrose bateu na porta.

Sentando-se, com uma expressão aflita, Ambrose disse a Russ que vinha ouvindo algumas queixas — não queixas, preocupações — sobre o estilo pastoral de Russ. Alguns jovens pareciam pouco confortáveis sobretudo com as orações semanais. O próprio Ambrose nada tinha contra elas, mas sugeria que Russ considerasse a hipótese de "maneirar um pouco" a linguagem das Escrituras. "Compreende o que estou dizendo?"

Dificilmente Ambrose poderia ter achado momento pior para criticar Russ. "Reflito muito sobre essas orações", disse Russ. "Quando cito as Escrituras, é sempre em relação direta com o tema que você e eu escolhemos para a semana."

Ambrose assentiu com a cabeça, em concordância. "Como eu disse, não tenho nenhum problema com essas orações. É apenas uma coisa de que você precisa saber. Alguns jovens que estamos atraindo não têm a menor formação religiosa. Obviamente, a esperança é de que encontrarão o caminho para uma fé autêntica, mas as pessoas precisam encontrar seu próprio caminho. E isso leva tempo."

Por causa da observação de Laura, Russ se sentiu mais zangado do que as palavras cuidadosas de Ambrose mereciam. "Não me importo", disse. "Esta é uma igreja para crentes, não um clube social. Prefiro perder alguns membros a perder de vista nossa missão."

Ambrose franziu os lábios e deixou escapar um assobio silencioso.

"Quem está se queixando?", perguntou Russ. "Mais alguém além da Laura Dobrinsky?"

"Laura sem dúvida é a mais ativa."

"Bom, eu não ficaria triste se ela fosse embora."

"Ela é uma parada, concordo. Mas a energia que traz é realmente valiosa."

"Não vou mudar meu estilo porque uma garota raivosa está se queixando de mim."

"Não é só ela, Russ. Precisamos lidar com isso antes de irmos para a excursão da primavera. Me pergunto se você estaria disposto…" Ambrose olhou fixamente para o chão. "Me pergunto se não deveríamos dedicar uma parte do nosso encontro do domingo para discutir onde nos encontramos, como grupo, em matéria de expressões da doutrina cristã. Você poderia ouvir a Laura, ela poderia ouvir você. Acho que seria de fato uma conversa muito útil para o grupo antes de entrarmos nos ônibus."

"Não estou interessado num debate público aos berros com Laura Dobrinsky."

"Vou estar lá para garantir que não saia dos trilhos. Prometo que vou apoiá-lo. Eu simplesmente..."

"Não." Russ levantou-se aborrecido. "Me desculpe, mas não. Não me soa bem. Estou contente em deixá-lo fazer o que está fazendo e lhe peço que me deixe fazer as minhas coisas."

Ambrose soltou um suspiro, como se para sugerir que se recusava a aprovar aquilo, porém não disse mais nada. Como estava havendo muitos sussurros às suas costas, Russ ficou com a impressão de que faria bem em fortalecer suas relações com os elementos mais turbulentos do grupo. No encontro dominical seguinte, o último antes do Arizona, fez incursões amistosas nesse segmento. Se as vibrações negativas que captou eram reais ou apenas produto de sua paranoia, o esforço deu a seus movimentos a falta de jeito de uma marionete, um quê de idiotice. Sentado no grande círculo do grupo no final do encontro, ele procurou os olhos de Sally Perkins, na esperança de trocarem um sorriso cordial, mas ela parecia decidida a não olhar para ele.

Na tarde da sexta-feira antes do Domingo de Ramos, consciente dos vínculos emocionais que se criam em viagens longas, Russ se postou entre os dois ônibus de turismo no estacionamento da Primeira Reformada e esperou para ver qual deles seria escolhido pela garotada com quem precisava se contatar melhor, a fim de também embarcar nele. Mas as forças normalmente visíveis da física social de adolescentes estavam espalhadas pelo estacionamento. Os pais conversavam em meio a malas empilhadas ao acaso, irmãos menores subiam e desciam dos ônibus, gente atrasada chegava em carros que vinham buzinando, todos infernizavam Russ com perguntas sobre a logística. Ele estava acondicionando bujões de vinte litros de tinta no bagageiro de um dos ônibus, quando às suas costas as forças sociais ocultas produziram uma fileira de rapazes de cabelo comprido diante da porta do outro ônibus, o que Ambrose havia escolhido.

Tarde demais ele se deu conta de que deveria ter discutido com Ambrose como fariam a distribuição do grupo nos ônibus, de que deveria ter insistido na oportunidade de refazer seu relacionamento com a turminha de Laura Dobrinsky. Sentiu-se um exilado rumando para o Oeste noite adentro no ônibus desprezado. Mesmo tendo conseguido mudar de lugar com Ambrose na manhã seguinte, a cena no outro ônibus foi insatisfatória. A garotada tinha passado a noite em claro, rindo e cantando, e àquela altura só queria dormir.

Tanner Evans gentilmente se sentou a seu lado, mas logo ele também dormiu. Ao chegarem à reserva, Russ já temia olhar por cima do ombro para os jovens nos bancos de trás. Era um alívio saber que a maioria deles iria com Ambrose para a escola experimental em Kitsillie, no altiplano.

À espera deles no acampamento de Rough Rock, estava o amigo navajo de Russ, Keith Durochie. A caçamba da caminhonete Ford de Keith estava cheia de material de encanamento, alguns novos, outros catados por toda parte. Keith informou Russ de que ele e os outros anciãos da tribo esperavam que fossem instalados na escola um cano de esgoto, uma pia e um banheiro. Quando Russ disse que Ambrose, e não ele, iria comandar o pelotão em Kitsillie, Keith deixou clara sua insatisfação. No ano anterior, tinha visto as habilidades de Ambrose.

Russ fez sinal para que Ambrose se aproximasse e explicou a situação. "O que você acha de fazer esse trabalho de encanamento lá no alto?"

"Eu precisaria de ajuda", disse Ambrose.

"Essa é a obra necessária lá em Kitsillie", Keith disse a Russ. "É o que temos para este ano."

"Então é o que vamos fazer", disse Russ.

"Tomei conta do equipamento o inverno todo."

"Eu topo tentar", disse Ambrose. "Com Keith e Clem, provavelmente vai dar certo."

Keith lançou um olhar significativo para Russ — Clem tinha dezessete anos — e se voltou para Ambrose. "Você fica aqui", disse com firmeza. "Deixa o Russ ir para Kitsillie."

"Está bem."

"Rick", disse Russ. Ele não queria ser o sujeito branco discutindo com um navajo, mas a garotada que ia para Kitsillie havia contado estar com Ambrose. "Acho que precisamos conversar sobre isso."

"Não tenho nenhuma experiência como encanador", disse Ambrose. "Se essa é a obra que precisa ser feita, eu ficaria mais tranquilo trocando de lugar com você."

Keith se afastou, certo de que a questão havia sido resolvida, e Ambrose correu para se juntar aos jovens com quem inesperadamente passaria uma semana em Rough Rock. Russ poderia ter ido atrás dele e pedido que falasse com a turma de Kitsillie, fazendo-o explicar por que tinha decidido não acompanhá-la, porém depositou sua fé em Deus. Achou que a vontade Dele poderia ter se manifestado através de Keith, guiando o curso dos eventos e oferecendo a ele, Russ, uma providencial oportunidade de criar relações melhores com os jovens mais populares. Obedecendo à Sua vontade, pôs a mochila nas costas e subiu no ônibus para Kitsillie; e lá ficou imediatamente claro que Deus tinha planos mais duros para ele.

A semana no altiplano foi uma tortura. Todo mundo, inclusive seu filho, achou que ele estava mentindo acerca da razão de haver substituído Ambrose, e dizer a verdade verdadeira — que Keith Durochie não levava fé em Ambrose — teria sido injusto com Keith e desleal com Ambrose. Russ continuava encantado com Ambrose, ainda o considerava um amigo digno de ser protegido. Mas não era um idiota em outras questões. Viu com que virulência o grupo se ressentia de sua presença. Viu como Laura Dobrinsky e suas amigas se esforçavam para não trabalhar com ele, sentia o ódio delas todas as noites nas conversas à luz das velas — e sabia que tinha a obrigação pastoral de suscitar o assunto. Tentou várias vezes conversar a sós com Sally Perkins, que não fazia muito tempo confiara suficientemente nele para lhe fazer uma confidência, porém ela dava um jeito de escapar. Temendo que coisas terríveis pudessem ser ditas na sua cara durante uma confrontação coletiva, preferiu suportar o sofrimento em silêncio até que Ambrose pudesse contar a eles a razão de ter ficado em Rough Rock.

Quando afinal as duas turmas se reuniram, Russ estava deprimido demais para implorar a Ambrose que fizesse uma declaração esclarecedora. Esperou que Ambrose fizesse isso espontaneamente, mas ele tinha tido uma semana estupenda em Rough Rock — tinha conquistado a metade da garotada que ainda se relacionava com Russ, ganhando espaço em seu campo e parecendo desconhecer o sofrimento do pastor. Ao testemunhar os abraços ostensivamente jubilosos com que a turma de Kitsillie recebeu Ambrose, Russ lamentou a generosidade de seu próprio coração. Lastimou não ter ouvido o alerta de Marion. Só agora via que ele e seu jovem associado desde o começo estavam às voltas com uma competição da qual só um deles tinha consciência.

E mesmo assim, sabendo que Ambrose não era seu amigo, que nunca tinha sido seu amigo, ele ficou chocado com a audácia da traição que sofrera. No primeiro encontro dominical depois da excursão ao Arizona, quando Laura e Sally se puseram de pé para lacerar o coração de Russ e atirar em seu rosto o ácido adolescente que traziam guardado, Ambrose nada fez para impedir isso; ficou simplesmente num canto com uma expressão de repúdio, possivelmente ao próprio Russ. E quando a maioria do grupo deixou o salão, que fervia numa onda de calor de abril, Ambrose não se posicionou a favor do colega nem dos jovens de boas maneiras da igreja que o empregava, e sim a favor dos arruaceiros de fora da igreja, dos rapazes metidinhos a besta, das garotas mais populares, fazendo com que Russ perguntasse a Deus o que fizera para merecer tal punição.

Recebeu a resposta, ou ao menos uma resposta, infindáveis minutos depois. Ambrose voltou até onde Russ estava e pediu que o acompanhasse ao andar de baixo. "Tentei avisá-lo", ele disse enquanto desciam a escada. "Realmente acho que isso podia ter sido evitado."

"Você falou que me apoiaria", disse Russ. "Disse que não deixaria sair dos trilhos. Com essas palavras."

"E você se recusou a conversar."

"Eu diria que isso não vem ao caso!"

"A coisa é séria, Russ. Você precisa ouvir o que a Sally acaba de me dizer."

O ar estava um pouco mais frio no segundo andar. Ambrose levou Russ para sua sala sem ventilação, onde Laura e Sally se encontravam sentadas no sofá, e fechou a porta. Laura lançou um sorriso cruel de vitória para Russ. Sally olhou de cara amarrada para suas mãos.

"Sally?", disse Ambrose.

"Realmente não vejo por quê", disse Sally. "Já encerrei com esta igreja."

"Acho que Russ tem o direito de ouvir diretamente de você."

Sally fechou os olhos. "Acontece que meus nervos estão em frangalhos. Aquela excursão da primavera virou um pesadelo. Foi como meu pior pesadelo quando ele entrou no ônibus. Eu não acreditava."

"Houve uma razão para trocarmos de lugar", disse Ambrose. "Ele era melhor no tipo de trabalho que precisava ser feito no altiplano."

"Sim, sem dúvida. Tenho certeza de que ele encontrou alguma razão. Mas o que eu senti é que não conseguia me livrar dele."

A sala estava insuportavelmente quente. Russ estava triste, assustado e perplexo.

"Sally, olhe para mim", ele disse. "Por favor, abra os olhos e olhe para mim."

"Ela não quer abrir os olhos", disse Laura num tom de voz moralista.

"Só queria que ele me deixasse em paz", disse Sally. "Tive uma sensação de arrepiar na vez em que fui à sala dele. E aí eu mal acreditei quando ele me seguiu até Kitsillie."

Pior que a recusa de olhar para Russ eram as palavras *ele*, *dele*, que o reduziam a uma condição de total impessoalidade.

"Não entendo", ele disse a Sally. "Você e eu tivemos uma boa conversa na minha sala, e teria sido errado eu não buscar dar sequência a ela. É o que faço como pastor. Não sei por que você acha que de algum modo eu estava dando a isso um caráter individual."

"Porque foi como eu senti", ela disse. "Quantas maneiras eu preciso inventar para dizer que você me deixe em paz?"

"Eu não tinha consciência de que estava pressionando você. Só queria me mostrar disponível. Que sou uma pessoa em quem você pode confiar e com quem pode se abrir."

"Esse é o problema", disse Laura. "Ela não confia em você."

"Laura", disse Ambrose. "Deixe que a Sally fale por ela."

"Não, para mim chega", disse Sally, pondo-se de pé num salto. "Ele arruinou minha excursão da primavera. Ele me faz sentir uma sensação ruim em relação a todo esse grupo. Para mim chega."

Ela saiu depressa da sala. Com um olhar de desprezo à coisa que era Russ, Laura também se levantou e foi embora. No silêncio que se seguiu, pareceu a Russ que só ele suava. Quando Ambrose se inclinou para trás na poltrona e entrelaçou os dedos na nuca, o tecido próximo aos sovacos de sua camisa de jeans estava seco de dar inveja.

"Não sei o que fazer, Russ."

"Eu só tentei ajudá-la."

"Sério? Ela diz que você se queixou da sua vida sexual com Marion."

O suor escorreu de tantos poros de Russ que ele teve a impressão de estar mudando de pele. "Está maluco? Isso é simplesmente mentira."

"Só estou repetindo o que ela falou."

Surpreso com a acusação, Russ tentou clarear a mente, tentou se recordar das palavras exatas de sua conversa com Sally.

"Isso não é correto", ele disse. "O que eu falei para ela foi... falei que o casamento é uma bênção, mas também pode ser uma luta. Que o inimigo, num longo relacionamento, é o tédio. Que às vezes não há suficiente amor num casamento para superar o tédio. Então... você tem que entender. O contexto era esse."

Ambrose aguardou, de cara amarrada.

"Falávamos sobre o divórcio dos pais dela, da raiva que ela sente por eles, e pensei que nos aproximávamos de um momento crucial. Quando ela me perguntou se eu já tinha ficado entediado no meu casamento, senti que precisava partilhar alguma coisa sincera com ela. Achei que era importante para ela saber que mesmo um homem do clero, um pastor que respeita..."

"Russ, Russ, Russ."

"E o que eu devia fazer? Não responder com sinceridade?"

"Em termos. Há outras maneiras de fazer isso."

"*Ela* me perguntou: 'Você sente tédio no seu casamento?'."

"Me desculpe, mas não é assim que ela se lembra. Ela entendeu que você estava dando em cima dela."

"Você ficou maluco? Tenho uma filha de quinze anos!"

"Não estou dizendo que você estava dando em cima dela. Mas você percebe por que ela pode ter entendido desse jeito?"

"*Ela* é quem veio *me* ver. Se alguém estava dando em cima de alguém, era... Sabe o que eu acho que aconteceu? Foi Laura. Tão logo ela viu Sally se aproximando de mim, confiando em mim, Laura a pôs contra mim. A pessoa com cabeça suja aqui é Laura. Sally estava perfeitamente confortável comigo até Laura dominá-la."

Ambrose não pareceu muito entusiasmado com a teoria de Russ. "Sei que você não gosta da Laura."

"Laura é que não gosta de mim."

"Mas dê um passo para trás e olhe para você. O que foi que passou pela sua cabeça para falar do seu tédio sexual com uma garota vulnerável de dezessete anos? Mesmo que ela estivesse cantando você, coisa em que eu não acredito, a sua responsabilidade era acabar com aquilo. Para valer. Imediatamente. Sem a menor ambiguidade."

Não importava que a pose crítica de Ambrose não passasse de um truque. Sob a pressão de tudo aquilo, Russ deu um passo atrás e ficou mortificado com o que viu: não o avanço sexual sub-reptício de que era acusado (as garotas no grupo eram um tabu para ele por um milhão de motivos), mas a estupidez de um dia ter imaginado que poderia ser tão "pra frente" quanto Ambrose. Em mais de uma ocasião, ele ouvira Ambrose confessar ao grupo que havia sido um adolescente bobalhão, arrogante e insensível, e Russ tinha visto como o grupo ficava excitado não somente com a franqueza dele, mas também com sua imagem de destruidor de corações femininos. Eufórico com a atenção de uma garota popular, Russ achou que também ele havia dominado a habilidade da franqueza, podendo de certo modo superar sua timidez de adolescente e se tornando, retroativamente, um rapaz à vontade com garotas do tipo de Sally Perkins. Em seu arrebatamento, admitira, ao menos de forma implícita, que Marion não o excitava mais. Tinha sentido a necessidade de descartar Marion, de se livrar dela, para se parecer mais com Ambrose; e agora sua vaidade estava vergonhosamente exposta. Só pensava em escapar, encontrar um ar mais puro, buscar alívio na compaixão de Deus.

"Acho que preciso me desculpar", ele disse.

"Tarde demais", disse Ambrose. "Muitos não voltarão."

"Talvez você devesse explicar a eles por que não foi para Kitsillie. Se ouvissem de você..."

"Kitsillie não é o problema. Não ouviu o que eles disseram? O problema é o seu estilo pastoral. Simplesmente não é compatível com os jovens que estou tentando alcançar."

"Os jovens avançadinhos."

"Os jovens problemáticos. Os que precisam de um adulto com quem se relacionar. Há muitos outros que apreciam um estilo mais tradicional. E você vai se dar bem com eles. Apenas o número de jovens deve ser suficientemente pequeno para que você possa lidar com todos sozinho."

"O que é que você está querendo dizer?"

"Estou dizendo que não posso continuar trabalhando aqui."

Os olhos de Ambrose estavam cravados nele, porém Russ se sentiu repugnantemente suado para erguer os seus. A viagem que ele vinha fazendo desde outubro era a de um bobalhão pegando carona no carisma de outro homem. Visualizando o triste grupinho de enjeitados que permaneceria depois dessa noite, ele só podia enxergar vergonha. Mesmo os que ficassem nunca o respeitariam depois do que tinham testemunhado.

"Você não pode ir embora", ele disse. "Ainda está sob contrato."

"Fico até terminar o ano escolar."

"Não", disse Russ. "Agora é o seu grupo. Não vou lutar por ele com você."

"Não estou dizendo que você devia se afastar. Estou dizendo que eu vou encontrar outra igreja."

"E estou dizendo para você ficar com o grupo. Não quero ele para mim." Com medo de chorar, Russ se levantou e caminhou em direção à porta. "Você não disse uma porra de uma palavra em minha defesa lá em cima."

"Tem razão", disse Ambrose. "Sinto muito por isso."

"Sente porra nenhuma."

"É uma infelicidade que todo o grupo tenha sido empurrado para essa situação. Sei que é cruel para você."

"Não quero sua compaixão. Na verdade, pode enfiar no cu."

Essas foram as últimas palavras que dirigiu a Ambrose. Saiu da igreja naquela noite com uma vergonha tão devastadora que não viu como poderia pisar lá de volta. Seu impulso era pedir demissão da Primeira Reformada e nunca mais ter nada a ver com adolescentes. Mas não podia forçar a família a se mudar de novo — Becky, em especial, estava se dando esplendidamente bem na escola — por isso na manhã seguinte procurou Dwight Haefle e pediu que Ambrose passasse a ser o único responsável pelo grupo de jovens. Haefle, alarmado, perguntou por quê. Admitindo sua vergonha, sem entrar em detalhes, Russ disse que não conseguia se relacionar com os alunos do curso ginasial. Disse que continuaria a tocar a escola dominical e as aulas de crisma, que teria prazer em realizar um número maior de visitas pastorais e que talvez gostasse de iniciar um programa de cooperação voltado para os moradores do centro da cidade.

"Sei", disse Haefle. "Talvez alguns sermões a mais também?"

"Sem dúvida."

"Mais trabalho de comitês?"

"Certamente."

Haefle, que tinha sessenta e três anos, pareceu refletir sobre o fracasso de Russ e a perspectiva agradável de ele trabalhar menos. "Rick de fato está fazendo um trabalho de primeira", disse.

Da sala do pastor principal, Russ foi até a secretária da igreja e pediu a ela que instruísse Ambrose a lhe encaminhar por escrito qualquer futura comunicação. Mais tarde, naquele dia, depois de receber a mensagem, Ambrose bateu à sua porta, que Russ havia trancado. "Oi, Russ", ele disse. "Você está aí?"

Russ não respondeu.

"Comunicação por escrito? Que merda é essa?"

Russ sabia que estava sendo infantil, mas seu sofrimento e ódio tinham uma totalidade infinita em nada aliviada pela perspectiva adulta, e abaixo deles havia a doçura de estar entregue à compaixão de Deus: de se fazer tão solitário e desprezível que só Deus poderia amá-lo. Recusou-se a falar com Ambrose no dia seguinte à humilhação e para sempre. Embora executasse suas tarefas com vigor, iniciando um círculo de mulheres para trabalhar no centro da cidade, alcançando novos picos de eloquência política em seus sermões, fazendo jus a seu salário e provando que todos ainda o valorizavam, ele evitava Ambrose e baixava os olhos quando se encontravam por acaso. Com o tempo — Russ podia sentir — Ambrose começou a odiá-lo por ser odiado por ele. Isso também era agradável, porque proporcionava uma companhia a Russ e o ajudava a sustentar seu próprio ódio. Apesar de ter alguma esperança de que a congregação desconhecesse a rixa entre os dois, não havia como ocultá-la nos escritórios da igreja. Dwight Haefle sempre tentava intermediar um armistício convocando reuniões, e o caráter vergonhoso das recusas de Russ, bem como o conhecimento de que ele devia estar parecendo infantil demais aos olhos de Haefle e dos funcionários administrativos, até mesmo do servente, aumentavam a sua infelicidade. Seu desentendimento com Ambrose era como um cilício, como um pedaço de arame farpado enrolado no peito. Ele sofria, e ao sofrer se sentia perto de Deus.

O tormento para o qual não havia recompensa vinha de Marion. Nunca tendo confiado em Ambrose, ela o culpava pela humilhação de Russ. Ele deveria se sentir grato pela lealdade dela, mas em vez disso se sentia ainda mais só. A dificuldade é que ele nunca poderia lhe contar a história real da vergonha que Ambrose e Sally haviam lhe infligido, porque a história girava em torno de ele ter admitido à garota, num acesso de reconhecida falta de discernimento, que ele e sua mulher raramente mantinham relações sexuais. Havia sido, é óbvio, uma traição terrível a Marion. Contudo, por uma curiosa alquimia, à medida que os meses transcorriam, ele passou a achar que a própria Marion tinha sido a causa de sua humilhação por haver perdido todo o encanto para ele. Na ilogicidade da alquimia, quanto mais Marion era culpada, menos culpada era Sally. Por fim, uma noite Sally apareceu num sonho usando um inocente suéter axadrezado, mas que lhe acentuava os seios, e deu a entender, derretendo-se toda, que preferia ele a Ambrose e que estava pronta para ser sua. Algum vestígio de superego que nunca dormia desviou o sonho de sua consumação, porém ele acordou num estado de excitação máxima. Arrastando-se para fora da cama, consciente de sua condição, atenuada pela escuridão da casa paroquial, ele fez uma visita onanista ao banheiro. Na pia surgiu a evidência concreta da queixa de Sally contra ele. Viu que a trazia dentro de si o tempo todo.

Todo homem em busca de salvação tinha uma fraqueza especial que o fazia se recordar de sua insignificância perante o Senhor e complicava sua comunhão com Ele. A fraqueza especial de Russ lhe havia sido revelada em 1946, no Arizona, onde sua susceptibilidade à beleza feminina agravara a crise de fé na religião de seus irmãos. A imagem dos olhos negros e orvalhados de Marion, a boca que era um convite ao beijo, a cintura esbelta, o pescoço fino, os ossos frágeis do pulso — tudo chegara zumbindo como uma vespa enorme e incessantemente móvel e penetrou na alcova até então casta de sua alma. Nem as imaginadas chamas do Inferno nem a possibilidade real de romper com seus irmãos foi capaz de fazer cessar o zumbido da vespa. Embora a consequência fosse o afastamento permanente de seus pais, ele havia resolvido sua crise espiritual adotando uma forma de fé cristã menos rigorosa, mas ainda assim legítima, solucionando o problema de sua fraqueza ao se casar legalmente com Marion.

Ou assim pareceu. Na esteira do sonho que destroçava o tabu, viu que não havia realmente derrotado sua fraqueza — apenas a reprimira da consciência. Agora o sonho havia aberto os olhos de Russ. Com quarenta e cinco anos, via beleza em toda parte — nas mulheres de quarenta anos que olhavam para ele de forma surpreendentemente amistosa na Pirsig Avenue, nas balzaquianas vislumbradas nos carros que passavam, nas voluntárias de vinte anos do hospital. Agora era atacado não por uma única vespa, mas por um enxame caótico e envolvente delas. Por mais que tentasse, não tinha condições de cerrar as janelas de sua alma para não vê-las. E então apareceu Frances Cottrell.

Enquanto dirigia o Fury em meio à neve pesada que caía na Archer Avenue, ele ainda sentia os efeitos do leve pontapé que ela dera de brincadeira em seu quadril. Três carros à frente, um caminhão cor de laranja exibia luzes amarelas piscantes e jogava sal no asfalto, embora ainda não estivesse à vista nenhum trator limpa-neve. Como Frances se calara, ele achou necessário dizer alguma coisa, quando nada para desativar a carga de dinamite que fora acionada quando ela tocou com o pé as vizinhanças do órgão genital de seu pastor, mas os pneus sem tração do carro estavam escorregando sensivelmente. Se os dois ficassem presos na neve e se atrasassem muito, a saída se transformaria numa desventura a que Marion, na próxima vez em que visse Kitty na igreja, poderia naturalmente mencionar, tomando então conhecimento de que Frances, e não Kitty, o havia acompanhado. Como se ele e o Fury formassem uma unidade, Russ ordenou a si próprio que mantivesse o controle. Era fundamental evitar freadas bruscas, porém a dinâmica dos eventos era assustadora: Perry fornecendo drogas ao filho de Frances; a dolorosa conversa que Russ agora seria obrigado a ter com ele, o convite de Frances para fumar maconha com ela, e, o risco de que, se Russ recusasse o convite, ela fosse procurar outra companhia em sua busca pela juventude; o fato perturbador de que ela *já* procurara em outro lugar havia menos de uma hora. Ela estivera conversando com Rick Ambrose, contra cuja sofisticação Russ demonstrara abundantemente não estar em condições de competir.

"Ah", ele disse quando parou com segurança num sinal de trânsito, "quer dizer que você teve uma boa conversa com o Rick?"

"Tive."

"Imagino que ele não tenha mencionado que ele e eu não nos falamos mais."

"Não, eu já sabia disso. Todo mundo sabe."

Lá se foi sua esperança de que a rixa entre eles não fosse de conhecimento geral.

"Por que você perguntou isso? Não tenho permissão de falar com ele e ser sua amiga?"

"Claro que não é isso. Você pode falar com quem quiser. Saiba apenas que tudo com Rick Ambrose só tem a ver com Rick Ambrose. Ele sabe ser muito sedutor e você pode pensar que ele é seu amigo. Mas trate de defender a sua retaguarda."

"Ora, reverendo Hildebrandt", ela disse num tom cantante. "Acredito realmente que você está com ciúme."

O sinal ficou verde e ele pisou no acelerador. Os pneus de trás rangeram e patinaram um pouco.

"Quer dizer, ciúme do Encruzilhadas. Rick tem cento e cinquenta jovens o adorando todos os domingos. Você pega oito velhas senhoras duas vezes por mês. Eu também teria ciúme se fosse você."

"Não tenho ciúme. Não há nenhum outro lugar onde eu quisesse estar neste momento."

"Muito simpático da sua parte dizer isso."

"É para valer."

"Está bem. Mas então por que a animosidade com o Rick? Eu não tenho nada a ver com isso, mas se ele é muito bom no que faz e você é também muito bom no que faz... não vejo problema."

Mesmo num trecho reto da rua, o carro começou sutilmente a rebolar, querendo rodopiar.

"É uma longa história", disse Russ.

"Em outras palavras, não se meta."

A recusa de Russ em perdoar Ambrose, que durante quase três anos havia organizado sua vida interior e recebido apoio diário de Marion, pareceu tola quando se imaginou explicando-a a Frances. Mais do que tola: pouco atraente. Viu que, para ter alguma chance com ela, talvez precisasse abrir mão de seu ódio. Mas seu coração não queria isso. A perda seria enorme, jogaria fora mil dias em que regara cuidadosamente seu rancor, os tornaria sem sentido quando olhasse para trás. Havia igualmente o perigo de que, se fizesse as pazes, Frances se sentiria ainda mais livre para admirar Ambrose, e ele, Russ, acabaria sem nada — nem com sua justificada dor nem com Frances como compensação particular por suportá-la. Ele e Ambrose ainda competiriam e Russ seria o perdedor nessa disputa.

"Não quero ser a intermediária de coisa nenhuma, mas o Encruzilhadas tem sido tão bom para o Larry, e você tão bom para mim... Me parece que deveria haver alguma solução."

"Rick não gosta de mim e eu não gosto de Rick. É simplesmente uma antipatia."

"Mas por quê? Por quê? Vai contra tudo o que você diz em seus sermões. Vai contra o que você me disse sobre dar a outra face. Não consigo parar de pensar nisso. É a razão pela qual quis vir com você hoje."

O local no quadril onde ela o chutara ainda formigava. Entendeu que ela dizia se sentir atraída pelo que ele tinha de bom e que, a fim de fazer algo muito ruim — desrespeitar seus votos matrimoniais —, agora se exigia que ele praticasse uma boa ação.

"Significa muito para mim", ele disse, "que você tenha vindo hoje."

"Ah, que bobagem. É uma honra."

"Você falou em se envolver com o Encruzilhadas." Um tremor em sua voz traiu sua ansiedade. "você tomou mesmo essa decisão?"

"Meu Deus, você está com ciúme de verdade!"

Mais uma vez — *mais uma vez* — ela cutucou o alto de sua coxa com o dedão do pé.

"Minha única tarefa", ela disse, "é ser mãe. Só trabalho com você e Kitty duas vezes por mês, por isso, sim, perguntei ao Rick se poderia trabalhar no Encruzilhadas como conselheira. Ele não pareceu muito entusiasmado, mas como eles sempre levam alguns pais na excursão ao Arizona, ele me pôs na lista."

"Para a excursão da primavera", disse Russ, contrariado.

"Sim!"

Arizona era o *seu* lugar. A ideia de ela ir para lá com Ambrose era atroz.

"Me desculpe", ela disse, "sei que não compete a mim salvar o mundo, mas você deveria participar dessas excursões. Obviamente você ama os navajos, viveu lá por não sei quantos anos. Se você e Rick pudessem acertar as coisas, poderíamos ir todos juntos para lá. Não seria divertido? Eu adoraria."

Ela pulou no banco com uma energia tão adorável, que Russ ficou confuso. *Aqui vos trago novas de grande alegria — paz na Terra entre todos os homens.* Os faróis dos carros que vinham na pista contrária da Archer Avenue estavam muito juntos, em cada veículo um motorista preocupado. Não havia nada de natalino no caos promovido pelo tempo. A alegria das festas estava em Frances, em seu questionamento infantil da rixa entre Russ e Ambrose — e um tentáculo de sua alegria atingia o coração empedernido de Russ. Seria possível? Ele poderia finalmente perdoar Rick Ambrose? Caso sua recompensa na Terra fosse Frances? Uma semana no Arizona com aquela mulher cheia de esperanças, divertida, deliciosa para os olhos? Ou talvez mais que uma semana — talvez metade de uma vida? Seria ela a segunda chance que Deus estava lhe concedendo? A chance de transformar sua vida? De fazer amor alegremente com uma mulher alegre? Russ vinha se odiando e a Ambrose durante mil dias nublados por Marion, imaginando estar perto de Deus, enquanto o tempo todo, em todos os segundos de todos os dias, um simples sinal de seu coração no caminho do perdão, que constituía a essência da mensagem de Cristo para o mundo, o verdadeiro significado do Natal, estivera lá para ser escolhido livremente.

"Vou pensar nisso", ele disse.

"Por favor, faça isso. Não há uma razão neste mundo para que você e Rick não se deem bem."

Nos romances medievais, as damas exigiam de seus pretendentes uma tarefa impossível de ser executada, a recuperação do Santo Graal, a morte de um dragão. Parecia a Russ que aquela dama loura, com seu boné de caçador, exigia que ele matasse um dragão em seu coração.

O prefeito Daley não limpava a neve de Englewood até que as ruas dos bairros dos brancos estivessem com o asfalto à vista. Russ ziguezagueou pelas ruas laterais, onde a neve era mais pulverulenta e permitia melhor tração, mantendo seu impulso ao furar os sinais fechados. Quando chegou à Comunidade de Deus, eram quase cinco da tarde. Para estar em casa às sete, de modo a que a saída não se transformasse em alguma coisa que Marion fosse comentar com Kitty Reynolds, ele precisava descarregar o Fury rapidamente.

A porta do centro comunitário estava trancada, a luz acima dela apagada. Russ tocou a campainha, e eles aguardaram na invisibilidade da neve que tombava, Frances batendo os pés para espantar o frio, até que a luz foi acesa e Theo Crenshaw abriu a porta.

"Já tinha quase desistido de você", ele disse para Russ.

"É mesmo, nevada das boas."

Uma impressão que Russ já tivera — a de que Theo relutava em admitir a presença de Frances — foi confirmada quando ele se virou e empurrou com o pé uma cunha de madeira para baixo da porta.

"Eu sou a Frances", ela disse alegremente. "Lembra de mim?"

Theo fez que sim com um gesto de cabeça sem olhar para ela. Ele vestia um suéter de veludo e uma calça de ginástica mal ajustados ao corpo. Parecia imune à vaidade que levara Russ a usar sua melhor camisa e o casaco de pele de carneiro para o encontro com Frances. A triste condição de um pastor do centro da cidade — amado aos domingos pelas mulheres de sua congregação, mas, de outro lado, absolutamente solitário em sua igreja, sem assessores, sem um assistente, com um salário anual insignificante, sendo seu principal sustento o espiritual — era especialmente chocante numa noite impiedosa de dezembro. Russ pensou que não havia ninguém que ele admirasse mais do que Theo, ninguém que ele conhecesse que fosse mais verdadeiramente cristão. Theo o fazia se sentir tão privilegiado quanto Rick Ambrose o fazia se sentir inferiorizado, e imaginava como Frances, moradora de um afluente bairro de ricos, com sua adorável figura loura, devia ser uma aparição desagradável para Theo.

Russ ficou contente ao vê-la pôr imediatamente a mão na massa e levar as caixas às pressas ao centro comunitário. Tinha a esperança de que Theo, vendo o animado empenho dela, poderia no futuro conceder-lhe um maior reconhecimento. Como sempre, a entrega de alimentos e brinquedos era uma operação simples. Russ não esperava agradecimentos pelas doações, enquanto Theo não esperava que se demorassem na interação social. Quando todas as caixas foram levadas para dentro, Theo pôs as mãos nos quadris e disse: "Bom. Algumas senhoras estarão aqui amanhã de manhã, para quem quiser dar uma passada".

"E nós o veremos aqui de novo na terça-feira", disse Russ. Bateu as mãos e se virou para Frances. "Vamos?"

Viu que ela segurava um pequeno embrulho fino, envolto em papel de Natal e com uma fita vermelha.

"Você me faria um favor?", ela pediu a Theo. "Pode dar isto ao Ronnie amanhã? Diga que é da senhora com quem ele fez os desenhos."

Russ não tinha visto o embrulho em nenhuma das caixas. Ela devia ter trazido no bolso do casaco. Gostaria que ela o tivesse mencionado para ele, porque Theo estava franzindo a testa.

"Acho que não é uma boa ideia."

"É só um conjunto de canetas de ponta de feltro. São ótimas para livros de colorir."

"É simpático", disse Theo. "Algum garotinho ou garotinha ficaria feliz em ganhar isso."

"Não, é para o Ronnie. Comprei especificamente para ele."

"Muito bem. Mas acho que você devia pôr isto junto com os outros brinquedos."

"Por quê? Ele é um menino tão doce... por que não posso lhe dar um presentinho?"

Ela pareceu inocentemente surpresa, inocentemente ferida. Russ foi invadido por um impulso tão forte de proteger Frances que lhe ocorreu estar de fato apaixonado por ela.

Theo não teve um impulso similar. "Eu entendi", ele disse, "que você e a mãe do Ronnie tiveram uma discussão."

"É um *presente*", disse Frances.

"Já lhe pedi uma vez para deixar o menino em paz. Agora estou pedindo outra vez, delicadamente."

A mágoa de Frances estava se transformando em raiva. Era uma emoção que Russ nunca tinha visto nela e cuja visão o excitou. Imaginou-a com raiva *dele*, toda a gama feminina de emoções exposta diante de seus olhos no tipo de briga que os amantes às vezes têm.

"Por quê?", ela perguntou. "Eu não entendo."

Theo revirou os olhos para Russ, como se ela fosse a mulher dele e lhe coubesse controlá-la.

"Frances", disse Russ, aproximando-se dela. "Talvez devamos confiar no Theo a esse respeito. Não conhecemos a situação."

"Qual é a situação?"

"A situação", disse Theo, "é que a Clarice, a mãe do menino, não quer que você fale com ele. Ela veio se queixar comigo sobre isso."

Frances riu. "A troco do quê? Porque ela é uma mãe muito perfeita?"

Sua zombaria também excitava sexualmente Russ, embora fosse pouco atraente do ponto de vista moral. Ele pousou a mão no ombro de Frances e tentou afastá-la. "Nós dois podemos falar sobre isso depois", disse.

Ela se desvencilhou da mão dele. "Me desculpe, mas como pode estar certo de que um menino que devia estar numa escola especial, recebendo atenção especial... como pode estar certo de que ele ande pelas ruas durante as horas de aula pedindo esmolas?"

"Frances", disse Russ.

"Agradeço sua preocupação", disse Theo sem se abalar. "Sugiro que vocês voltem para casa. É uma longa viagem nessa neve."

"Devemos mesmo ir andando", Russ concordou.

Frances então dirigiu sua raiva para Russ. "Isso parece certo para *você*? Por que alguém não chama o serviço social? Não é uma coisa que as autoridades deveriam saber?"

"Chamar uma autoridade?" Theo sorriu para Russ como se fosse uma piada. "Você acha que o Estado de Illinois tem um sistema de proteção infantil que funcione?"

"Do que você está rindo?", Frances perguntou a Russ. "Eu disse alguma coisa engraçada?"

Ele apagou o sorriso. "De forma nenhuma. Theo só está dizendo que não é um sistema perfeito. O número de funcionários é insuficiente e não atende à demanda. Podemos falar sobre isso no carro."

Mais uma vez Russ tentou encaminhá-la para a porta e mais uma vez Frances se livrou da mão dele. "Eu quero saber", ela disse, "por que não posso dar a um menino necessitado um presentinho bobo de Natal."

O relógio do centro comunitário marcava 17h18. Cada minuto a mais complicava o problema que Russ teria com Marion, e ele sabia que devia insistir para irem embora. Porém de novo sua dama exigia que ele executasse uma tarefa difícil — ficar a seu lado contra um pastor do centro de cidade com quem ele havia penado para cultivar um relacionamento.

"Entendo seu ponto de vista sobre o presente", ele disse a Theo. "Mas nisto estou com a Frances. Não parece certo que o Ronnie fique andando pelas ruas sozinho."

Theo lhe lançou um olhar desapontado e se voltou para Frances. "Você quer tomar conta do menino? Topa isso? Um menino retardado de nove anos do South Side? Está pronta para encarar isso?"

"Não", ela respondeu. "Seria demais para mim assumir isso. Mas posso ajudar..."

"Ele já foi acolhido por uma família certa vez. Conhece como funciona esse sistema?"

"Não... Realmente não."

"Estamos aqui para aprender", disse Russ — conseguindo, com uma simples frase, tratar Frances com condescendência e soar como um idiota para Theo.

"Você tem que ir lá embaixo na lista", disse Theo, "para encontrar uma família que aceite um menino como o Ronnie. Vai ser uma família que recebe pagamentos por meia dúzia de garotos... para ter algum lucro, é preciso contar com um bom número. E como se lida com meia dúzia de meninos?"

"Tranca num quarto", disse Russ para não parecer tão idiota.

"Você tranca todos num quarto. Sem esquecer de aplicar castigos físicos."

"Concordo que é um sistema ruim", disse Frances.

"Então trabalhe para modificá-lo, se quer ajudar. Clarice não é tão ruim, apenas era nova demais quando teve o Ronnie. Às vezes ela consegue se aprumar e leva o Ronnie para a escola em Washington Park. Nos dias bons. Nos dias ruins, ele se vira. Ele aprendeu a vir para cá quando ela está drogada, mas cedo ou tarde Clarice sempre vem buscá-lo. O problema são os homens que lhe dão drogas. Ela se perde com isso, e a única coisa que a faz sair é o orgulho de ser mãe. Se ela não tivesse o Ronnie, a esta altura já estaria morta."

"Eu entendo isso", disse Frances. "Só quero dar ao Ronnie alguma coisa de que ele possa gostar."

"Está certo. É tudo o que você quer. E o que eu quero é que a Clarice não se aborreça e diga ao Ronnie para ficar longe de uma igreja onde ele está a salvo."

"Bom, então deixe eu escrever um bilhete para ela. Você tem um pedaço de papel onde eu possa escrever?"

"Frances", disse Russ.

"Ela precisa saber que eu não estou tentando roubar o Ronnie dela. O Theo pode dar o bilhete a ela com o presente."

Theo arregalou os olhos, sugerindo que sua paciência estava chegando ao limite.

"Olhe", disse Russ. "Isso é uma tolice. Se você quer que o Ronnie fique com as canetas coloridas, o Theo pode desembrulhar e dar para ele. Não acho que escrever um bilhete seja uma boa ideia."

"Eu queria que ele tivesse um presente de Natal para desembrulhar."

Theo, chegando a seu limite, sacudiu a cabeça e se afastou. Russ pegou o presente da mão de Frances e correu atrás dele, entrando na igreja.

"Me faça um favor, pegue isso", ele disse, entregando o presente a Theo. "Ela tem boas intenções. Realmente se importa com o Ronnie. Ela apenas..."

"Fiquei surpreso ao vê-la", disse Theo. "Imaginei que você vinha com a Kitty."

"É. Mudança de planos."

A solitária lâmpada fluorescente acesa acima do altar, atrás de um velho piano de armário e um órgão musical, parecia intensificar o frio na igreja.

"Não tenho nada a ver com seus assuntos particulares", disse Theo, "mas gostaria que você abrisse os olhos e dissesse a ela para ficar longe do menino. Se ela não fizer isso, precisa achar outro lugar para ir com suas boas intenções. Não preciso desse tipo de coisa aqui."

Os dois anos de construção de ponte com Theo corriam perigo. Russ sabia exatamente por que Theo estava impaciente com Frances. Ele próprio se impacientara com algumas senhoras da Primeira Reformada que haviam participado do círculo, Juanita Fuller, Wilma St. John, June Goya. Elas tinham falado com pessoas do bairro, inclusive com Theo, com uma espécie de condescendência melosa e maternal, em parte produto do medo, em parte de um racismo repaginado num formato autolisonjeiro. Ele precisou pedir que cada uma deixasse o círculo e, se Theo estivesse se queixando agora de qualquer pessoa que não fosse Frances, Russ teria concordado e se livrado dela. De fato ele acreditava que o sabor da ofensa de Frances era diferente, mais uma questão de extroversão e irreverência. Mas era possível que ele só acreditasse nisso porque estava se apaixonando por ela.

"Vou falar com ela", ele disse.

"Muito bem", disse Theo. "Tenha cuidado ao voltar para casa."

Mais de dois centímetros de neve fresca haviam se acumulado no para-brisa do Fury. A redução do peso na parte de trás do carro tornou seu controle ainda mais precário no caminho de volta. Frances estava sentada na posição normal de passageira, pés no chão, parecendo fria e aborrecida com ele.

"Imagino que eu não possa perguntar", ela disse, "o que os dois homens falaram às minhas costas."

"É, me desculpe", disse Russ. "Theo sabe ser teimoso. Às vezes a gente precisa se submeter ao jeito como ele quer fazer as coisas."

"Tenho certeza de que vocês dois acham que eu sou uma boboca, mas ele não morreria se desse a Ronnie meu presente."

"Seu gesto foi lindo. Tem todo o meu apoio."

"Mas parece que alguma coisa em mim faz os negros me odiarem."

"Nada disso."

"Eu não odeio *eles*."

"Claro que não. Apenas..." Ele respirou fundo para tomar coragem. "Talvez não seja má ideia dar um passo atrás e pensar em como você é vista. Uma coisa é estar em New Prospect, no seu próprio meio, com gente como você, podendo falar o que bem entender. Você pode discordar abertamente das pessoas, e elas vão entender isso como um sinal de respeito. Mas esse tipo de atitude tem outros efeitos quando você está visitando uma comunidade de negros."

"Não posso discordar deles?"

"Não, isso é..."

"Porque nem todas as pessoas negras são tão perfeitas. Tenho certeza de que há muita discordância entre elas."

"Não estou dizendo que você não pode discordar do Theo Crenshaw. Eu mesmo discordei dele hoje."

"Não vi muito sinal disso."

"Estou falando de uma atitude interna. Quando sinto que estou discordando, a primeira coisa que eu faço é reconhecer a minha própria ignorância. Talvez haja alguma coisa na experiência do Theo que o leva a pensar do modo como pensa, alguma coisa que eu não alcanço de imediato. Em vez de sair atirando, eu paro e me pergunto: 'Por que ele sente isso de uma forma diferente da minha?'. E depois eu paro para ouvi-lo. Ele e eu podemos continuar discordando, mas pelo menos reconheci que a experiência de um homem negro neste país é profundamente diferente da minha."

Frances não replicou e Russ ousou ter a esperança de estar se fazendo entender. As razões egoístas para mantê-la no círculo das terças-feiras não faziam sua mensagem menos sincera.

"Você tem um bom coração, Frances. Um coração maravilhoso. Mas não pode realmente culpar Theo por ele ainda não enxergar isso. Se você quer que ele confie em você, precisa tentar mudar de atitude. Comece com a premissa de que você não sabe nada sobre o que é ser negro. Se fizer esse ajuste, garanto que ele vai notar a diferença."

Ela suspirou tão fundo que embaçou o para-brisa. "Eu envergonhei você, não foi?"

"De forma nenhuma."

"Não, foi sim. Posso ver isso agora. Estava tentando ser aquela pessoa que resolve tudo."

Russ se encheu de orgulho. Ele, não Theo, tinha estado certo sobre a verdadeira natureza dela.

"Você não fez nada de errado. Mas, na próxima vez em que se encontrar com Theo, não custaria nada pedir desculpa. Um pedido simples e sincero de desculpa faz milagres. Theo é um bom homem, um bom cristão. Se você modificar sua atitude interna, ele saberá. É muito importante para mim, Frances, muito importante que você continue a vir nas terças-feiras!"

Foi uma branda alusão à estima que sentia por ela, uma esperança de aprofundar a intimidade entre eles, mas Russ se preocupou em haver exagerado; e, de fato, ela não deixou de captar a alusão.

"Ora, reverendo Hildebrandt, as coisas que você diz…"

O desejo o invadiu com enorme força, como se antecipasse o sabor de sua consumação. Pensou nos discos de blues que deixara em sua sala, na desculpa que lhe dariam para levar Frances até a igreja, no desenrolar dos eventos que poderiam ocorrer no aposento às escuras, se ele mantivesse seus nervos sob controle e se os dois não chegassem tarde demais. Sentindo-se um só com o Fury, o instigou a atravessar a 59th Street, onde havia muitos sulcos na neve.

Os sulcos eram mais profundos do que ele previra. Absorveram o impulso do Fury e o fizeram derrapar para o lado. Por alguns momentos difíceis, nem a luta com o volante nem as freadas exerceram o menor efeito. Ele se agarrava ao volante num gesto inútil, enquanto Frances gritava e o Fury deslizava pelo cruzamento como se estivesse em marcha a ré. Ouviu-se um baque, um choque de metal contra metal.

Decidido: a bondade é inversamente proporcional à inteligência. Primeiro orador afirmativo: Perry Hildebrandt, Ginásio de New Prospect.

Comecemos por postular que a essência da bondade é a ausência de egoísmo: amar os outros como se ama a si próprio, praticando ações de caridade onerosas, negando-se prazeres que causam malefícios a outrem, e por aí vai. E depois imaginemos um ato de bondade espontâneo dirigido a alguém com antecedentes de hostilidade — por exemplo, uma irmã — que se adeque à definição de bondade tal como por nós postulada. Se quem age tem pouca inteligência, não precisamos investigar mais nada: essa pessoa é boa. Mas suponhamos que quem pratica a ação não pode deixar de calcular as vantagens egoístas e ancilares decorrentes de seu gesto caridoso. Suponhamos que sua mente trabalhe tão rápido que, mesmo enquanto está executando a ação, ele tenha plena consciência de tais vantagens. Será que sua bondade não fica necessariamente comprometida? Também podemos classificar como "boa" uma ação que pode ter sido praticada com base em cálculos puramente egoístas do intelecto?

Voltando ao quarto, onde Judson estava ajoelhado e curvado sobre o tabuleiro do Stratego feito em casa, Perry refletiu sobre o custo-benefício de substituir a irmã na recepção dos Haefle. No lado do benefício, estava a bondade do ato, a satisfação de aderir à sua nova resolução, o olhar sem precedentes de gratidão com que Becky aceitara seu oferecimento e o progresso em sua campanha egoísta de garantir o silêncio dela a respeito das más ações anteriores dele. No lado do custo, ele teria que comparecer a uma recepção para clérigos com Judson.

"Escuta, garotão", disse Perry, sentando-se do outro lado do tabuleiro. "Preciso de um favor seu. O que você acha de ir a uma festa onde não há nenhum menino da sua idade?"

"Quando?"

"Logo que a mamãe e o papai voltarem para casa. Nós vamos com eles."

A testa de Judson se franziu. "Pensei que íamos jogar uma partida."

"Podemos deixar o tabuleiro embaixo da minha cama. Amanhã ele vai estar lá."

"E por que eu tenho que ir?"

"Porque *eu* tenho que ir. Você não vai querer ficar sozinho em casa, vai?"

Um breve silêncio.

"Não me importo", disse Judson.

"Não mesmo? Você quase teve um troço aquela vez no outono. E nem era de noite."

Judson olhou fixo para o tabuleiro com um risinho estranho, como se o menino que havia se apavorado com alguns ruídos no porão, embora sem dúvida nenhuma fosse ele, não passasse de um objeto divertido — como se a vergonha daquela vez no outono, quando havia sido deixado em casa sozinho tempo demais, poderia passar por cima dele e aterrissar em outro local.

"As comidinhas vão ser boas", disse Perry. "Você pode levar seu livro e encontrar um lugar para ler."

"Por que você precisa ir?"

"É um negócio que estou fazendo para a Becky."

Perry aguardou a pergunta óbvia: por que fazer uma coisa boa para a Becky e não para o seu irmãozinho? Mas não era assim que funcionava a mente de um ser humano superior.

"Podemos terminar a partida antes?"

"Provavelmente não."

"Você prometeu jogar hoje de noite."

"*Começamos* hoje de noite. *Terminaremos* amanhã."

Absorvendo esse sofisma, Judson contemplou o tabuleiro. "Sua vez de jogar", disse.

Cada jogador tinha quarenta peças cuja identidade ficava oculta para o adversário. O objetivo era capturar a Bandeira do oponente mediante o morticínio de peças menores por peças de maior valor, ao mesmo tempo que se evitavam as colisões mortais com as Bombas do inimigo, que eram imóveis e só removíveis pelos pouco valiosos Mineiros. Segundo a estratégia clássica, o jogador plantava a Bandeira na retaguarda de suas forças e a cercava de Bombas, mas Judson agora havia aparentemente entendido a fraqueza desse plano: tão logo o oponente pudesse avançar um Mineiro incólume na direção das Bombas protetoras, sua Bandeira ficava indefesa e a partida estava perdida. Observando a inocente excitação de Judson com sua *nova ideia*, Perry poderia ter fingido surpresa e deixado que ele ganhasse a partida. Em vez disso, antevendo a distribuição mais irregular que Judson fizera de suas Bombas, ele havia disposto seus Mineiros em posições mais avançadas. Era razoavelmente bom ganhar todas as vezes de Judson, ensinando-o assim a não expor sua estratégia, forçando-o a desenvolver suas habilidades até que fosse capaz de ganhar de forma justa. A felicidade de Judson não seria ainda maior por haver sido adquirida com esforço? Ou aquilo era apenas a racionalização de alguém que egoisticamente odiava perder até mesmo de seu irmãozinho?

A caminho do concerto no Encruzilhadas, Becky havia descido a escada com a bota que fazia um barulhão e Perry tinha desativado a terceira Bomba de Judson mediante o sacrifício sem valor de um Mineiro diante de um Capitão, quando o telefone tocou. Ele atendeu na extensão do quarto dos pais.

"Sim, ah… Perry?", disse o pai. Sua voz pareceu estressada e distorcida metalicamente. Ouviam-se ruídos de rua. "Posso falar com sua mãe?"

"Ela não está aqui."

"Ela já foi para a casa dos Haefle?"

"Não. Não vi a mamãe o dia todo."

"Ah, então está bem. Quando a vir, pode dizer para não me esperar? Tive um problema com o carro, ainda estou no centro da cidade. Pode dizer a ela que vá sem mim? É importante que um de nós esteja lá."

"Sem dúvida. Mas e se ela…"

"Obrigado, Perry. Muito obrigado. Obrigado. Obrigado."

Com uma pressa notável, seu pai encerrou a ligação. Igualmente notável tinha sido o olhar culpado que lhe lançara horas antes, quando Perry o vira com a sra. Cottrell no carro da família.

Perry pôs o fone no gancho e refletiu sobre o que fazer. A sra. Cottrell era, sem a menor dúvida, uma raposa — não somente no sentido lascivo da palavra, mas na argúcia. Nos encontros com ela depois que Larry Cottrell havia cometido o erro imbecil de ficar doidão enquanto tomava conta da irmã, Perry tinha sentido um interesse mais agudo dela por ele, uma centelha de picardia em seu olhar. Larry jurara a Perry que não o havia dedurado, porém sua mãe obviamente suspeitava que ele lhe vendera o saquinho de maconha. E agora por acaso Perry descobrira, na esquina da Pirsig com a Maple, uma ligação perigosa entre a sra. Cottrell e o Reverendo Pai. Ser apanhado pelo reverendo agora, depois de sua decisão e de haver liquidado as reservas, seria o máximo da ironia.

Impelido pela preocupação depois de ver seu pai se afastar velozmente pela Pirsig, ele havia postergado o restante das compras de Natal e caminhado até a casa dos Cottrell para ter uma conversinha com Larry. Se a mãe dele tinha uma suspeita e a tivesse comunicado ao reverendo, Perry podia simplesmente negar tudo. A preocupação era a fraqueza de Larry. Caso ele tivesse dito o nome de Perry, apesar de jurar que não fizera isso, as negativas de Perry seriam em vão.

Larry poderia ser a principal prova na acusação feita por Becky de que Perry usava as pessoas. Por algum tempo, Perry o evitara nas reuniões do Encruzilhadas e inventivamente driblara seus convites para serem camaradinhas. Larry era imaturo, falastrão, recém-chegado, tendo assim pouca utilidade para a busca de Perry de se aproximar do centro do grupo. Mas Perry também não poderia rechaçá-lo abertamente sem transgredir os preceitos do Encruzilhadas. Certo dia, depois das aulas, Larry grudou em Perry e em Ansel Roder quando os dois iam para a casa da família Roder. Nesse dia, Ansel exibia um estado de espírito magnânimo. Ao saber que Larry nunca havia fumado maconha e queria muito experimentar, ele o incluiu na passagem do baseado, depois disso Larry envergonhou Perry. Com risadinhas de ofender os tímpanos, ele ofereceu um relato, lance a lance, da reação de sua mente ao ataque químico, e quando Roder por fim lhe disse para calar a porra da boca, em meio a mais risadinhas, Larry narrou a reação de sua mente insultada por aquelas palavras. Deu risadinhas também quando esbarrou no toca-discos de Roder e danificou o LP que estava sendo tocado. Roder levou Perry para um canto e disse: "Não quero esse garoto aqui de novo". Perry era da mesma opinião, mas Larry, desconhecendo serenamente que se portara como um boboca, continuou a infernizá-lo para ser incluído nas festinhas seguintes. Era uma triste figura, perturbado pela morte recente do pai. Vender-lhe drogas seria pura bondade se não tivesse feito sentido também de um ponto de vista racionalmente interesseiro: ali estava um cliente leal, alguém bem conhecido, cuja mãe lhe dava uma mesada apreciável. Fumar com Larry a maconha que lhe vendia também poderia ser considerado um gesto caridoso, uma prova de amizade, se não viesse a calhar com o desejo estratégico de Perry de se tornar menos dependente da generosidade de Roder, além de outros benefícios adicionais. Estava se provando agradável para Perry ter um acólito que o adorava no Encruzilhadas, agradável ver sua atraente mãe de perto na toca de raposa dela, agradável exercitar sua destreza nos modelos de aviões que Larry tinha condições de adquirir com sua mesada, agradável enfiar pincéis nos elegantes vidrinhos quadrados de tinta que ele sempre cobiçara na loja de passatempos. Só depois que Larry foi flagrado por sua mãe — no entender de Perry, de forma quase deliberada, como um meio autodestrutivo de desafiá-la —, o custo da amizade entre os dois superou o benefício. Larry havia prometido à mãe que não compraria mais maconha, e Perry, apesar de perder o cliente, era obrigado a mantê-lo como amigo a fim de que Larry não ficasse magoado e o caguetasse.

A casa dos Cottrell era uma construção com fachada de tijolos brancos em estilo colonial, impressionantemente grande para uma viúva com dois filhos. Larry estava em casa com a irmã mais nova e convidou Perry a se proteger da neve.

"Temos um problema", disse Perry quando entraram no quarto de Larry. "Acabo de ver sua mãe com meu pai."

"É, eles estão fazendo alguma coisa para a igreja no centro da cidade."

"Bom, então eu tenho que perguntar de novo. Nosso segredo está a salvo?"

Um dos tiques de insegurança de Larry era esfregar os sebos que tinha no nariz e em seguida cheirar a ponta dos dedos. Perry também gostava de cheirar seus sebos, mas era melhor que esse tipo de farejamento fosse feito em privado.

"Você entende por que estou perguntando."

"Não precisa ser paranoico", disse Larry. "Está tudo bem, a não ser para mim, que ainda estou proibido de ver televisão por nove dias. Vou perder a final do campeonato de futebol americano universitário."

"Então não houve nenhuma menção ao meu nome."

"Já jurei para você. Quer que eu vá pegar a Bíblia?"

"Não precisa. Eu só não tinha imaginado sua mãe no centro da cidade com meu pai. Os dois sozinhos. Tenho uma sensação ruim de que ainda vamos ouvir mais sobre isso."

"O que você esperava? Você é quem vende drogas."

"Exato, esse é o ponto. Meu risco é potencialmente muito maior que o seu."

"Mas eu é que fui punido."

"Você é quem cometeu o erro, meu amigo."

Larry assentiu com a cabeça, voltando a tocar no rosto. "O que tem aí dentro da sacola?"

"Um presente para o meu irmão. Quer ver?"

Ficou satisfeito de ter a chance de deixar Larry admirar a câmera cinematográfica, dar corda nela e filmar algumas cenas com ele antes que ela se tornasse irrevogavelmente de Judson. Depois de uma hora, que era o mínimo necessário para que a visita tivesse um teor social amistoso, em vez de apenas servir ao objetivo prático que a inspirara, ele caminhou para casa em meio à neve turbilhonante que tombava do céu escuro. Não achava que Larry iria ceder, mesmo sob uma renovada pressão, mas a ironia de ser apanhado agora, quando resolvera se tornar uma pessoa melhor, era persuasivamente vívida para ele. Ainda temia alguma maldade da sra. Cottrell, e havia outra preocupante ponta solta. Desde que Becky o aniquilara como pessoa no armário de casacos da Primeira Reformada, ela parecia mais zangada do que nunca com ele. Imaginou uma confrontação familiar de larga escala em que ele insistiria em sua inocência — com uma espécie de sinceridade retrospectiva, na medida em que ele agora havia abjurado o uso e a venda de substâncias capazes de alterar a mente —, apenas para ser desmentido pela denúncia da irmã.

Desse modo, que dádiva dos céus quando, enfurnado no quarto com Judson, ele ouviu Becky chorando. A troca de palavras que se seguiu terminou com um afetuoso abraço, a sensação de ter sido premiado por sua decisão. Aquilo teria sido totalmente satisfatório caso ele não tivesse se sentido deliciosamente aliviado das preocupações que antes sentia sobre ela. O alívio, o egoísmo que isso representava, constituía uma negação de toda a bondade que ele demonstrara, lançando uma triste luz sobre a sensação de ser recompensado. Será que a verdadeira bondade não deveria ser o próprio prêmio que ela representava? Ele se perguntou se um ato, a fim de ser qualificado autenticamente como bom, não devia vir despido de qualquer interesse pessoal, além de também não gerar nenhum tipo de prazer.

O relógio-despertador do quarto dos pais, que ele sabia estar atrasado dois minutos, mostrava 18h45. Sua mãe estava tão estranhamente atrasada que todas as apostas sobre ela chegar a tempo tinham sido canceladas. Ele cogitou em uma boa ação que com certeza não lhe traria nenhum prazer: ir à casa dos Haefle sem esperar pela mãe. O gesto teria um quê extremamente tênue de egoísmo na forma do crédito que ele poderia receber por assegurar a presença da família Hildebrandt na festa. Como tal crédito seria muito pequeno para ser trocado por qualquer coisa se ele fosse acusado de vender drogas, podia desse modo ser descontado.

No caderno de anotações junto ao telefone, escreveu um bilhetinho para a mãe e foi pegar Judson. "Hora de passear na neve."

"Pensei que íamos esperar a mamãe e o papai."

"Negativo, só você e eu, garotão. Nesta noite a família Hildebrandt somos nós dois."

Um pequeno mistério linguístico era seus pais se referirem a pessoas desagradáveis como *chatos de galocha*. Até Becky, aquele paradigma de pureza, precisava conter uma risadinha quando ouvia a expressão. Mas isso não impedia que eles sempre recomendassem a cada filho: *Não esqueça de pôr a galocha*. Embora Judson não se importasse, Perry tinha vergonha de pôr a sua. Ansel Roder e seus amigos endinheirados usavam botas de caminhada nas montanhas quando nevava.

A neve ainda caía pesadamente quando ele e Judson se aventuraram para fora de casa com suas galochas. Judson correu na frente, chutando blocos de neve, a interrupção da partida de Stratego esquecida na excitação de uma tempestade de inverno. Observando-o cair e se levantar prontamente, Perry lamentou não mais ser pequeno o bastante para cair sem se machucar. Nem se lembrava mais da sensação que era ver o chão tão próximo e não se assustar. Por que tivera tanta pressa de crescer? Era como se nunca houvesse gozado a bênção da infância. Vendo o irmão menor se divertir, sentiu outra puxada para baixo em seu estado de espírito, mais forte do que aquela que sentira quando fazia compras, mas também menos dolorosa, porque foi causada por um sentimento de metempsicose. Com maior certeza do que antes, teve a impressão de que estava indo para baixo, de que era irremediável e essencialmente mau. Porém dessa vez isso importava menos, porque sua alma estava ligada à de Judson pelo amor e pela fraternidade, sendo em algum nível místico intercambiáveis, e seu irmão era uma criança abençoada, literalmente nascida num domingo, e sempre estaria bem mesmo que ele, Perry, não estivesse.

Na escada da frente da casa do pastor principal, entre fileiras de arbustos com luzes natalinas turvadas pela neve, ele se curvou para limpar o anoraque de Judson e ajudá-lo a abrir os fechos da galocha, cobertos de gelo e difíceis de manipular.

"Ainda não entendo por que estamos aqui."

"Porque o papai está com o carro preso no centro e a mamãe está ASPO."

"O que é ASPO?"

Perry tocou a campainha. "Significa 'ausente sem permissão oficial'. Papai disse que era importante a família estar presente. Por um processo de eliminação, só restamos você e eu."

A porta foi aberta por uma enorme coelha branca, a sra. Haefle, de avental vermelho bordado com folhas de azevinho. Perry rápida e incisivamente explicou por que ele e Judson estavam lá, porém a sra. Haefle pareceu não entender bem.

"Seus pais sabem que vocês estão aqui?"

"Eles ficaram presos sem escapatória. Deixei um bilhete para eles."

Ela olhou por cima do ombro. "Dwight?"

O reverendo Haefle apareceu na porta. "Perry! Judson! Que bela surpresa."

Fez com que entrassem e tirassem o casaco. Como o sistema decente de aquecimento era um privilégio do pastor principal, a casa estava quente e úmida. Clérigos e suas esposas enchiam a sala de visitas, obedecendo aos obscuros imperativos sociais da vida adulta, aparentemente se distraindo. O reverendo Haefle levou os meninos para a sala de jantar, que tinha um cheiro acre devido à combustão das latinhas de álcool gelatinoso acesas debaixo das travessas de cobre com almôndegas suecas e batatas com molho de creme e cebolas, além de um caldeirão com alguma coisa quente e alcoólica em cuja superfície boiavam amêndoas e passas inchadas. Pela porta aberta da cozinha, Perry viu copos de vinho e uma garrafa de vodca em cima de um balcão.

"Peguem um prato e tratem de comer", disse o reverendo Haefle. "Doris tem sangue sueco e faz umas almôndegas de primeiríssima — não esqueçam do molho. As batatas são um prato chamado "A tentação de Jannson". Não seria um Natal sueco sem um bocado de creme bem espesso."

Embora devesse estar esfomeado, Judson hesitou educadamente.

"Vamos lá, rapazes. O apetite dos jovens é bem-vindo. Se quiserem companhia da idade de vocês, nossas netas estão no porão."

Pensando no porão horroroso da Casa Paroquial de Merda, Perry visualizou as netas com roupas esfarrapadas e acorrentadas a uma parede suja de pedras. *Sim, elas são mantidas no porão...*

"E o que é isso?", ele perguntou, indicando o caldeirão.

"É um drinque escandinavo de Natal para os adultos. Chama-se gløgg."

Deixados a sós, Judson demonstrou sua inata moderação ao se servir de três almôndegas, uma colher de batatas, algumas cenouras cruas e floretes de brócolis, bem como, numa mesinha com três estantes cheias de doces caseiros, de duas bolinhas aparentemente secas cobertas de açúcar em pó. Enquanto isso, Perry avaliou a incrível intensidade dos vapores de álcool que subiam do caldeirão. Era como enfiar o nariz numa garrafa de álcool para massagem. Só então se deu conta de que havia certa ambiguidade em sua decisão, alguns cenários não explicitamente cobertos pelas cláusulas que ela continha. A saber: ele estaria obrigado a abjurar o álcool? Será que uma canequinha de gløgg, ingerida de estômago vazio para aumentar seu efeito, seria admissível numa noite em que não possuía outro antídoto para uma baixa de ânimo? Com a mão um pouco instável, encheu uma caneca de louça com a substância escura, da cor de vinho tinto, e olhou por cima do ombro. Ninguém estava observando.

Escapando para o corredor, tomou um gole da bebida mais deliciosa que já havia tomado na vida. Tinha traços de cravo e canela e muita vodca. A acidez gástrica em geral nauseabunda do vinho era superada pelo açúcar. Seu rosto se aqueceu de imediato.

"E para onde eu vou?", perguntou Judson, segurando o prato e um garfo.

No final do corredor, descobriram uma escada que levava a uma sala de jogos digna do nome, com tapetes peludos e lambris de pinho nodoso, dominada por uma mesa de sinuca. Esparramadas no tapete, perto de uma lareira vazia mas utilizável, havia duas meninas mais novas que Perry e mais velhas que Judson, jogando General. Quando, no passado, pediam a Perry que fosse brincar com meninas que ele não conhecia, ele normalmente ficava paralisado pelo acanhamento. Impressionou-o a forma natural com que Judson se sentou com elas e se apresentou. Judson era uma criança verdadeiramente abençoada, convencido, e com razão, de que estranhos gostariam dele. Ou talvez a atração do jogo tivesse sido tão poderosa que simplesmente varreu toda a timidez.

De qualquer maneira, embora Perry não tivesse consciência de haver bebido, sua caneca já estava vazia. Ele comeu duas passas encharcadas que estavam no fundo, extraindo delas o precioso líquido. Uma linha fina de espuma marcava o nível de sua dose inicial, tragicamente modesta. E ao voltar para a escada refletiu que, não havendo enchido a "caneca inteira" que a exceção à sua decisão permitia, tinha o direito de reenchê-la. Seu rosto estava em chamas, mas ele ainda não tinha alcançado um grau adequado de bem-aventurança.

Agora, diante dos comes e bebes, dois homens de suéteres disformes e calças pretas clericais escolhiam alguns doces. Perry se aproximou deles e aguardou. Antes que pudesse reencher sua caneca, a sra. Haefle aterrissou a seu lado.

"Já provou as almôndegas?"

Cobrindo a caneca com a mão e a encostando ao quadril, fora da vista, ele tomou emprestado um conceito do marido dela. "Ainda deixando crescer o apetite", Perry respondeu.

Unilateralmente, como se Perry fosse um bebê ou um cachorro, a sra. Haefle encheu um prato para ele. Era uma figura corpulenta, com jeito de coelha, enxerida, um pobre exemplo da herança sueca. Eram muitas almôndegas e batatas a impedi-lo de alcançar a bem-aventurança, mas ele não teve escolha senão aceitar o prato. Em uma nova intromissão, ela o afastou do caldeirão fumegante. "Os outros adolescentes estão no solário", anunciou.

Enquanto ele caminhava, sentiu que ela o seguia a fim de se certificar que ele obedeceria a seus desejos dominadores. Em nada interessado nos adolescentes, Perry cruzou a sala de visitas em direção a uma estante de livros, pôs o prato numa mesinha, escolheu um volume ao acaso e fingiu que estava absorto na leitura. A sra. Haefle tinha sido posta em xeque e continuava a monitorá-lo. Sua vigilância fez com que ele se lembrasse de certos professores da Lifton Central cujo único prazer na vida era a satisfação sádica de negar qualquer prazer aos mais jovens.

Por fim a campainha tocou. A sra. Haefle foi até a porta e Perry voltou correndo à sala de jantar com sua caneca. Duas senhoras de cabelo branco estavam diante dos doces, mas, como não as conhecia nem tinha nenhuma relação com elas, Perry encheu ostensivamente sua caneca com um ainda fumegante gløgg. Ao ouvir a voz da sra. Haefle voltando do armário de casacos, ele fugiu pela cozinha e de lá para a escada do porão, onde se sentou. De baixo vinham o chacoalhar de dados no copinho do General e a tagarelice de Judson soando como as águas de um riacho.

Bem rápido de novo, Perry esvaziou a caneca. Tal como acontecera com todas as substâncias ilícitas que ele provara até então, sua sede de gløgg parecia incomum, anormal. Ocorreu-lhe que, em cima do balcão da cozinha, havia uma garrafa de vodca pura. Pensando que a contabilidade do que constituía "um copo" já tinha ido para a cucuia, ele seguiu em frente, entrou sorrateiramente na cozinha, serviu-se de uma boa quantidade de vodca e bebeu tudo de um gole. Deixou a caneca na pia.

Agora num estado satisfatório de beatitude, seu ânimo subindo um pouco, sua decisão afrontada, mas indiscutivelmente incólume, ele foi testar seu poder de resistir ao álcool com os clérigos na sala de visitas. Junto ao fogo negligenciado da lareira, dois homens, um alto e um baixo, se encontravam lado a lado como se, embora houvessem esgotado o que tinham a dizer um ao outro, ainda não tivessem migrado para pastagens mais verdes de conversação. Perry se apresentou.

O mais alto vestia uma blusa de gola rulê vermelha sob um paletó esporte de pelo de camelo. "Eu sou Adam Walsh, da Luterana da Trindade. Esse aqui é o rabino Meyer, da sinagoga Beth-El."

O rabino, que só tinha cabelo ruivo atrás das orelhas, apertou a mão de Perry. "Feliz Chanuká."

Caso aquilo fosse uma piada, Perry tratou de rir, talvez alto demais. Pelo rabo do olho via que a sra. Haefle o observava com azedume.

"Seu pai está aqui?, perguntou o reverendo Walsh.

"Não, está numa missão pastoral no centro da cidade. Ficou preso na neve."

Seguiu-se uma conversa sobre a neve. Perry ainda não havia desenvolvido a fascinação pelas condições meteorológicas que todo adulto parecia ter.

Depois de manifestar sua opinião inútil de que a neve já formava uma camada de vinte centímetros, ele suscitou a questão da bondade e sua relação com a inteligência. Viera à recepção por motivos egoístas, porém naquele momento viu que podia não apenas ficar num estado de bem-aventurança, mas obter conselhos gratuitos, se é que assim se podia dizer, de dois profissionais.

"O que estou perguntando, suponho", ele disse, "é se a bondade pode ser verdadeiramente sua própria recompensa ou se, de forma consciente ou não, sempre serve a algum propósito pessoal."

O reverendo Walsh e o rabino trocaram olhares em que Perry detectou uma agradável surpresa. Era gratificante desfazer as pré-concepções deles acerca de um rapaz de quinze anos.

"Adam talvez tenha uma resposta diferente", disse o rabino, "mas na fé judaica só existe uma medida de comportamento correto: você adora Deus e respeita seus mandamentos?"

"Isso sugere", disse Perry, "que a bondade e Deus são essencialmente sinônimos."

"Essa é a ideia", disse o rabino. "Nos tempos bíblicos, quando Deus se manifestava mais diretamente, Ele poderia parecer durão — cegando as pessoas por delitos triviais, dizendo a Abraão para matar seu filho. Mas a essência da fé judaica é que Deus faz o que Ele faz, e nós O obedecemos."

"Em outras palavras isso quer dizer que os pensamentos privados de uma pessoa boa não importam desde que ela obedeça a letra dos mandamentos de Deus?"

"Sim, e O cultue. Claro que, no nível da sabedoria popular, um homem pode ser um moralista sem ser um *mensch*, de fato um homem bondoso e honesto. Tenho certeza de que você concorda, Adam — aquele tipo de sujeito que se diz crente e faz todo mundo à volta dele sofrer. Talvez seja isso o que Perry está perguntando."

"Minha pergunta", disse Perry, "é se podemos escapar do nosso egoísmo. Mesmo se trouxermos Deus para a discussão e fizermos Dele a medida de toda a bondade, aquele que O cultua e obedece a Ele ainda quer alguma coisa para si próprio. Tem prazer no sentimento de ser bom ou almeja a vida eterna, ou sei lá o quê. Se alguém for suficientemente inteligente para pensar nisso, sempre vai encontrar um ângulo egoísta."

O rabino sorriu. "Não há como contornar isso quando posto dessa maneira. Mas 'trazemos Deus para a discussão', como você diz — para o crente, obviamente, Deus é quem nos traz para ela —, a fim de estabelecer uma ordem moral em que sua pergunta se torna irrelevante. Quando a obediência é o princípio definidor, não precisamos policiar cada pequeno pensamento privado que temos."

"Mas acho que há mais na pergunta de Perry", disse o reverendo Walsh. "Acho que ele está apontando para o pecado, que é a nossa condição fundamental. Na fé cristã, um único homem até hoje exemplificou a bondade perfeita, e Ele era o Filho de Deus. O resto de nós pode somente ter a esperança de entrever o que é ser verdadeiramente bom. Quando praticamos um ato de caridade ou perdoamos um inimigo, sentimos a bondade de Deus em nosso coração. Todos nós temos uma capacidade inata para reconhecer a verdadeira bondade, mas também somos criaturas do pecado, e essas duas partes de nós vivem constantemente em guerra."

"Exato", disse Perry. "Como posso saber se estou sendo de fato bom ou simplesmente correndo atrás de uma vantagem pecaminosa?"

"Eu diria que a resposta consiste em ouvir seu coração. Somente o coração pode lhe dizer qual é o seu verdadeiro motivo — se ele está em conformidade com Cristo. Acho que minha posição é semelhante à do rabino Meyer. A razão pela qual necessitamos da fé — no nosso caso, a fé em Nosso Senhor Jesus Cristo — é que ela nos dá uma base muitíssimo sólida para avaliar nossos atos. Só através da fé na perfeição de nosso Salvador, só comparando nossos atos com Seu exemplo, só sentindo Sua presença viva em nosso coração podemos ter a esperança de sermos perdoados pelos sentimentos mais egoístas que possamos ter. Só a fé em Cristo nos redime. Sem Ele, estamos perdidos num oceano de segundas intenções dos nossos motivos."

Perry estava apreciando sua capacidade de conversar no mesmo nível com homens que tinham três vezes sua idade, apreciando com que precisão havia calibrado o consumo de álcool, apreciando a facilidade com que suas palavras fluíam sem que a língua se enrolasse. Mas naquele momento, como se sentisse o cheiro de um prazer que necessitava ser erradicado de imediato, a sra. Haefle se aproximava deles. Perry mudou de posição, dando-lhe as costas.

"Entendo o que o senhor está falando", ele disse para o reverendo Walsh. "Mas e se uma pessoa é incapaz de ter fé?"

"Nem todos encontram a fé da noite para o dia. A fé raramente é fácil. Mas, caso você tenha feito uma boa ação e sentido um calor no coração, essa foi uma pequena mensagem de Deus. Foi uma forma de lhe dizer que Cristo está presente em você e que você tem a liberdade e a capacidade de buscar um relacionamento mais próximo com Ele. 'Buscai e achareis.'"

"É mais ou menos a mesma coisa se você for judeu", disse o rabino, "embora nós tendamos a enfatizar que você é um judeu queira ou não queira. É mais uma questão de Deus ir atrás de você, e não de você encontrar Deus."

"Não creio que nossas posições sejam muito dissimilares a esse respeito", disse o reverendo Walsh de modo firme.

Perry tentou ignorar a proximidade da sra. Haefle junto a seus ombros.

"Mas então", ele disse, "e se eu sentir o tipo de calor a que o senhor se referiu mas ele não me levar a Deus? Se não passar de um desses sentimentos que qualquer animal senciente pode ter? Se eu jamais encontrar Deus, ou Ele não me encontrar, me pareceria, ao ouvir suas palavras, que basicamente eu estaria perdido."

"Em princípio, suponho que a doutrina seja essa", disse o reverendo Walsh. "No entanto, você é muito jovem e a vida é longa. Há quase uma infinidade de momentos em que você pode receber a graça de Deus. Basta um único momento."

"Nesse ínterim", disse o rabino, "acho que basta ser um *mensch*."

"Perry?", disse a sra. Haefle, forçando passagem. "Quero que você conheça o filho do reverendo Walsh, Ricky. Ele está na décima terceira série do ginásio da Lyons Township."

A voz dela era melosa, a irritação de Perry mais intensa do que qualquer sentimento de bondade que tivesse experimentado até então. "Como assim?"

"Os jovens no solário."

"Estou sabendo. Estamos aqui no meio de uma conversa. É muito difícil compreender isso?"

Evidentemente, embora não houvesse enrolado sua língua, o gløgg tinha um efeito bem desinibidor.

"Acho que cobrimos os pontos principais", disse o reverendo Walsh. "Mais alguém interessado nos doces?"

Perry apelou para o rabino. "Eu estava entediando o senhor? Minhas perguntas pareceram infantis? Devo ser despachado para o solário?"

"De modo algum", respondeu o rabino. "São perguntas importantes."

Com um gesto de quem tinha sido justificado, Perry se voltou para a sra. Haefle. A animosidade aberta substituíra a falsa doçura dela. "Gløgg não é para crianças", ela disse.

"O quê?"

"Eu disse que gløgg não é para crianças."

"Não sei do que a senhora está falando."

"Acho que sabe."

"Bom, acho que a senhora não devia se meter na vida dos outros." A desinibição do gløgg era uma surpresa que ganhava novos contornos. "Para ser franco, a senhora não tem coisa melhor para fazer do que ficar me seguindo por toda parte?"

O silêncio crescia na sala de visitas em proporção ao tom mais elevado de sua voz.

"O que está acontecendo?", indagou o reverendo Haefle, se aproximando.

"Nada", disse Perry. "Eu estava no meio de uma conversa interessante com o rabino Meyer e o reverendo Adams, quando a sua esposa nos interrompeu."

A sra. Haefle sussurrou alguma coisa no ouvido do marido. Ele sacudiu a cabeça com ar sério.

"Então, Perry", ele disse. "Foi muito bom você ter vindo, mas…"

"Mas o quê? É hora de eu ir embora? Não fui eu que fiz algo errado aqui."

O reverendo Haefle pousou a mão delicadamente no ombro de Perry, com mais força do que o necessário, e Perry se desvencilhou dela. Sabia que precisava se acalmar, porém o calor em sua cabeça era extraordinário.

"É disso que eu estou falando", ele disse em voz bastante alta. "Não importa o que eu faça, sempre o erro é meu. Todos vocês estão salvos, mas aparentemente eu estou perdido. Acham que eu gosto de estar perdido?" Um soluço de autocomiseração escapou de seus lábios. "Estou fazendo o melhor que posso!"

Reinava agora um silêncio total na sala de visitas. Através das lágrimas, ele viu vinte pares de olhos clericais e conjugais fixados nele — entre os quais, perto da porta da frente, para sua vergonha e desalento, os de sua mãe.

Ao longo de ruas tão cobertas de neve que ela conseguia ouvir o tênue silvo coletivo dos flocos aterrissando, e então a Pirsig Avenue, onde carros com os faróis velados pela neve avançavam em ritmo de cortejo fúnebre, Becky caminhou o mais depressa que pôde com seu longo casaco azul. Sentia estar atrasada para um encontro ao qual meia hora antes nem pensava em comparecer. Tinha a necessidade urgente de rever Tanner, de lhe oferecer uma oportunidade para se redimir. Se isso não acontecesse, ela teria que demonstrar que não se importava — mergulhar no concerto, deixar Tanner ver como outras pessoas a valorizavam, deixá-lo na dúvida sobre qual era o lugar dele na vida dela.

Do lado de fora da Primeira Reformada, três pessoas que integravam o Encruzilhadas havia dois anos usavam pás para limpar a neve com um afinco que sugeria se tratar de um trabalho voluntário. Becky ficou satisfeita em poder cumprimentar cada uma pelo nome, por estar desenvolvendo no Encruzilhadas a mesma popularidade abrangente de que gozava na escola. Também sabia o nome das garotas que cuidavam das caixas no vestíbulo, onde se arrecadava o dinheiro. O concerto só começaria dentro de meia hora, mas o vestíbulo já estava ficando repleto de ex-membros do grupo e de convidados pagantes, o ar já empesteado com a fumaça dos cigarros. As luzes dos amplificadores brilhavam em meio às sombras no palco elevado. Os membros atuais do Encruzilhadas, ganhando "horas" para a excursão da primavera, carregavam caixas de refrigerantes e arrumavam as mesas de doces e de pães natalinos, que também tinha valido pontos para seus padeiros.

Becky ficou preocupada ao se lembrar de que ela também precisava começar a adquirir algumas horas. Eram necessárias quarenta, atualmente ela tinha zero, e a excursão da primavera seria dali a três meses. Não era um pensamento atraente, mas tinha a esperança de que pudesse ser feita uma exceção em seu caso.

Kim Perkins e David Goya, que tinham começado a namorar recentemente, atravessavam o vestíbulo para se encontrar com ela. Com um rosto cavalar e cabelo estranhamente fino, David não era alguém que Becky gostaria de beijar, mas imaginava como ele devia representar um porto seguro para Kim. O uso maciço de maconha no passado tinha apagado dele todos os traços de perigo.

"Os loucos tomaram conta do hospício", David disse em tom sério.

"É", disse Becky. "Há alguém aqui com mais de vinte e um anos?"

"Ambrose está se escondendo na sala dele. Tudo indica que estamos sem supervisão."

"Falando nisso...", disse Kim, limpando a garganta de forma significativa. Ultimamente, ela engordara um pouco, como se desejasse reduzir a diferença de aspecto entre ela e David. Sem um traço de maquiagem no rosto, Kim vestia um macacão.

"Sim, talvez você possa nos ajudar", David disse a Becky. "Estamos tendo uma pequena discordância. Kim acha que o concerto é um evento público, não uma atividade do Encruzilhadas. Eu defendo que é claramente uma atividade do Encruzilhadas — é só ver os pôsteres. Como acho que você não tem interesse no assunto, gostaria de saber com quem você concorda."

"Desculpe", disse Becky. "Interesse em que assunto?"

"A Regra Número 2: nem álcool nem drogas nas atividades do Encruzilhadas."

"Ah."

"Eu não deveria ter dito isso. Pode influenciar sua resposta."

"Não sei se você sentiu o cheiro quando entrou", disse Kim, "mas os ex-membros do grupo estão fumando maconha no estacionamento. Como eles fazem antes de qualquer apresentação pública. É disso que se trata."

"É uma reunião na igreja", disse David. "O objetivo é levantar fundos para o grupo. Nada mais tenho a dizer."

"Poxa, gente." Becky estava feliz pela confiança de servir de árbitro entre os dois. "Acho que estou mais com o David."

"Ah, deixa disso", disse Kim. "É sexta-feira à noite."

"Quinta-feira", corrigiu David.

"Só estou dando minha opinião", disse Becky.

"Está bem, mas há outra questão. E se fumamos antes, à tarde, não no terreno da igreja, e ainda estamos um pouco embalados ao chegar aqui. *Isso vai contra as regras?*"

"Você está pisando num terreno escorregadio", disse David.

"Deixe a Becky responder."

"Acho que depende", disse Becky, "do objetivo da regra."

"O objetivo da regra", disse David, "é que os pais não fiquem aporrinhados com o Encruzilhadas."

"Discordo", disse Kim. "Acho que a regra é porque não se pode ter um relacionamento autêntico de revelação se uma das pessoas estiver doidona."

"Mas então por que proibir o sexo? A Regra Número 1. Isso claramente tem a ver com a reputação do grupo."

"Não, é a mesma coisa das drogas. O sexo interfere no tipo de relacionamento que deveríamos desenvolver nas reuniões. É o tipo errado de intensidade."

"Hum."

"Pode ser pelas duas razões", disse Becky.

"A minha opinião", disse Kim, "é que não estamos realizando nenhuma atividade esta noite. Não estamos tentando nos relacionar. Simplesmente vamos ouvir música. Se por acaso fumamos maconha a caminho daqui, *quando não estamos no terreno da igreja*, que diferença isso faz?"

David fez um gesto para Becky. "Concorda? Discorda?"

Becky sorriu.

"Estou começando a achar que Kim tem lá sua razão", disse David.

Ainda sorrindo, Becky olhou para o outro lado do vestíbulo. Em meio à multidão, entre vários ex-membros do Encruzilhadas, viu as costas de um casaco de camurça. Sabia que era o de Tanner porque a tampinha, a Mulher Natural, tinha os braços em volta dele, a cabeleira revolta bem junto às costelas de seu companheiro. Era uma postura de posse confiante. O sorriso se desfez no rosto de Becky.

"Acho que as pessoas devem fazer o que bem quiserem", disse.

"Permissão de uma Hildebrandt!", exultou Kim.

"E principalmente não maculada pelo interesse pessoal", disse David. "Ao menos eu imagino."

O braço do casaco de franjas de Tanner agora abraçava a Mulher Natural. Becky entendeu que ter ido ao concerto havia sido um erro. Gostava de Kim e de David, porém eles não eram seus amigos íntimos. Ninguém no Encruzilhadas era. O máximo que ela tinha esperança de mostrar a Tanner era uma popularidade superficial. Temendo a volta das lágrimas, pensou em se virar e ir embora. No entanto, Kim e David olhavam para ela com ar de expectativa.

"O que foi?", ela perguntou.

"Só querendo saber", disse David com ar despreocupado, "se você gostaria de dividir conosco."

Ocorreu a Becky que eles estavam preocupados com a Regra Número 3: qualquer omissão de relatar a transgressão de uma regra constituía por si própria uma transgressão às regras.

"Vocês estão querendo dizer que não confiam em mim?"

"Nem pensar", disse Kim. "Você mesma disse que não estamos fazendo nada de errado."

"Só estamos lhe fazendo um convite amistoso", concordou David.

Muito tempo atrás, Clem tinha amedrontado Becky sobre a maconha, dizendo que o cérebro humano era um instrumento delicado demais para mexer com ele quimicamente, e ela nunca se sentira muito tentada. Mas agora, embora visse outros rostos conhecidos no vestíbulo, achou que só tinha duas opções: ou voltar para casa, ou acompanhar seus novos amigos. A segurança não era o inimigo? Não havia entrado no Encruzilhadas para se tornar menos assustada? Para assumir novos riscos? Dificilmente seria pior do que ficar ali vendo Tanner ser agarrado por Laura Dobrinsky. Ao menos Kim e David estavam se oferecendo para incluí-la.

"Não, com certeza", ela disse para David. "Quer dizer, sim, obrigada. Gostaria, sim."

Sua concordância significou mais para ela do que para David. Ele apenas se virou e foi atrás de Kim, que já caminhava para a saída de incêndio próxima ao palco. Reagindo a algum sinal invisível, duas garotas mais velhas, Darra Jernigan e Carol Pinella, se descolaram dos grupos em que estavam e foram se juntar a Kim. Quando David e Becky se aproximaram, o cérebro dela já dava a impressão de estar alterado devido ao afluxo de sangue.

Mais além da saída de incêndio e passando pelo corredor onde ficavam as escadas que levavam ao sótão da igreja, eles chegaram a uma segunda porta perigosamente difícil de abrir (levando-se em conta o risco de um incêndio) devido à neve acumulada do outro lado. Lá fora havia uma viela estreita, iluminada somente pelo céu de Chicago, rente à mureta de contenção que marcava o limite do terreno da igreja. Em respeito às regras, todos subiram para o gramado coberto de neve que ficava do outro lado da mureta. Becky se manteve perto de David, sentia-se mais segura com ele por ser um dos melhores amigos de Perry.

"Para todos os efeitos legais", Kim disse às outras garotas, "Hildebrandt deu sinal verde para isto."

Becky soltou uma risadinha forçada e, numa voz que não reconheceu, disse: "Podem me responsabilizar por tudo, está bem?".

"Acho que a presença dela aqui já diz tudo", disse David. De um belo estojo de metal, ele tirou um baseado menor do que os que Becky tinha visto nas festas, e Kim se inclinou para acendê-lo com um isqueiro Bic. O cheiro da fumaça de maconha era outonal. Retendo a tragada nos pulmões, David ofereceu o baseado primeiro para Becky.

"Desculpe", ela disse, pegando o baseado. "Como é que eu faço?"

"Dê uma tragada longa e lenta, depois prenda a fumaça", disse Kim de um jeito amável. Becky tragou, tossiu e tentou um sorvo mais profundo. Foi como se houvesse engolido uma espada em fogo. Sabendo que fumaça era uma coisa letal — as pessoas morriam por inalá-la —, se perguntou se aquele pensamento já era o primeiro sinal do efeito da droga ou um pensamento normal. No entanto, conseguiu, com os olhos marejados, manter a fumaça nos pulmões mais tempo do que David tinha feito. Depois que Kim, Darra e Carol tinham tido sua vez, o baseado voltou para David, que o ofereceu de novo a Becky.

"Hum", ela disse. Sua garganta ardia, como se estivesse queimada. "Posso?"

"Há mais de onde esse veio."

Ela concordou com a cabeça e encheu outra vez os pulmões. Estava fumando maconha! A própria droga ou a excitação de fumar invadia os mesmos nervos que os beijos de Tanner haviam despertado na noite anterior. De repente sua vida estava mudando depressa. Ela estava sendo iniciada em sensações que nem mesmo tinha consciência de serem possíveis.

Quando David agarrou seu braço, percebeu que ia desmaiar de tanto prender a respiração para fazer a coisa do jeito certo. Expeliu a fumaça e inalou o ar hibernal. O que era uma ruela escura parecia quase iluminada pela luz do sol graças à brancura do céu e da neve, como se as trevas tivessem durado apenas aquele momento em que ela ia perder os sentidos. O gosto em sua boca era mesmo de outono. O calor no rosto e atrás dos olhos se assemelhava a uma calda de chocolate derretido. Sentia-se emparedada pela sensação pesada de calor, em nada conectada com os outros insensatos que, bem experimentados, davam tragadas adicionais no baseado cada vez menor. E que agora voltava para ela.

De novo uma risadinha estranha, a dela.

"Está bem", Becky disse. "Por que não?"

A terceira tragada machucou menos sua garganta, e não mais, que as duas primeiras. Isso devia significar que ela estava ficando doidona. A sensação de calda quente parecia ceder, transformada em vapor que saía pelo alto de sua cabeça ou escapava através da pele. Por um instante, sentiu-se totalmente no controle, presente de corpo e alma num país das maravilhas em pleno inverno, segura entre amigos. Perguntou-se o que aconteceria depois.

Do outro lado da porta de incêndio, bem abaixo de onde Becky estava, veio um grito e um baque. A porta se abriu com um repelão e foi travada pela neve: lá estava Sally Perkins.

"Aha!", ela gritou.

Na semiobscuridade, uma massa de cabelos tomou a forma de Laura Dobrinsky. Becky tossiu violentamente.

"Jesus Cristo, Kim", disse Sally, subindo na mureta de retenção. "Esqueceu que as irmãzinhas sempre dividem tudo?"

Estendeu a mão para Laura e a puxou para cima.

"Não vi você", disse Kim.

"Ho-ho-ho, certo."

Becky estava defitivamene doidona. Parecia fora do seu corpo, sem saber onde se colocar. Deu um passo para trás, afastando-se de Laura. Pisou em algum buraco, o que a fez cair de costas num arbusto repleto de neve. O arbusto a abraçou e a manteve de pé, mas de forma instável.

Mais uma vez David havia tirado do bolso seu pequeno estojo.

"Você e Sally têm um nariz bem apurado, hem?", ele comentou com Laura. "Podiam trabalhar na polícia."

"Negativo", disse Laura. "Só sinto o cheiro quando o material é de primeira."

"Bom, então hoje não é o seu dia de sorte."

Ele acendeu o segundo baseado e passou para ela.

"Meu Deus", disse Sally. "Aquela lá é a Becky Hildebrandt?"

"A própria", respondeu David.

"Ora, ora, como podem cair tanto os poderosos!"

Laura expeliu a fumaça, se voltou na direção de Becky e a fuzilou com um olhar aterrador.

"Becky é como o pai dela", Laura disse. "Incapaz de saber quando não querem ela por perto."

Becky se libertou do arbusto e varreu com a mão a neve do casaco. Parecia importante continuar a fazer isso, até o último floco, para se tornar apresentável. Então descobriu que perdera interesse naquilo.

"Oi, Sally", ela disse. "Oi, Laura."

Laura sacudiu a cabeça e lhe deu as costas. Agora ninguém estava realmente olhando para Becky, porém era como se o mundo a examinasse. Como se ela houvesse dito a coisa errada e estivesse em outro lugar, e não ali, desde que tinha pronunciado aquelas palavras. Não havia como dizer onde estivera ou o que fizera lá. Só sabia que havia infringido a lei, envenenado o cérebro, destruído seu encanto mágico. Queria sair correndo e ficar sozinha, mas, se corresse, os outros saberiam que ela estava tendo uma experiência menos legal que a deles, o que seria pior do que ficar. Precisava ser sofisticada, mas não havia nela uma só partícula de sofisticação. Não gostava de estar doidona. Na verdade, ficar doidona tinha sido a coisa mais horrível que já fizera consigo própria. Desejava poder voltar atrás em tudo. Porém sentia que, pelo contrário, estava ficando ainda mais alterada. Em sua mente, os pensamentos estavam dispostos como tipos variados de comida numa bandeja giratória. Não evaporavam, como costuma acontecer com os pensamentos. Simplesmente ficavam ali girando e girando, disponíveis para serem servidos de novo. Por que ela tinha dado aquela terceira tragada no baseado? Por que até mesmo a primeira? Alguma coisa ruim nela, cuja presença parecia agora ter sempre sentido, embora fizesse o possível para ignorar, alguma coisa fútil, ávida e sexual, enraizada num sentimento mais profundo de ódio de si mesma, havia assumido o controle e a levara a tomar as piores decisões.

E então, sem um motivo aparente, ocorreu outro momento de clareza, outra iluminação. Ela se viu como uma das sete jovens um pouco além do limite do terreno da Primeira Reformada. Carol Pinella, Darra Jernigan e Kim Perkins riam descontroladamente. David Goya e Laura Dobrinsky discutiam os diferentes tipos de maconha. Sally Perkins, sem a menor dúvida a garota mais bonita de sua série, três anos à frente de Becky, a fitava com os olhos semicerrados.

"Era *você*", Sally disse.

"O quê?"

"Ontem à noite, na Kombi do Tanner. Era você lá dentro, não era?"

Becky tentou responder, porém só conseguiu formar um risinho amarelo tolamente culpado, que parecia se espraiar por todo o seu corpo. Embora Kim, Carol e Darra ainda estivessem entregues a seu festival de risadas, o nome de Tanner atraiu a atenção de Laura.

"Vi o Tanner ontem à noite no Grove", Sally explicou. "Tinha alguém na Kombi com uma manta em cima da cabeça. Pelo jeito apanhada em flagrante. E sabem quem era?"

"Becky trabalha no Grove", David observou com afabilidade.

"Era *você*", Sally disse.

"Acho que não", Becky resmungou, incendiada pela culpa.

"Não, eu tenho certeza de que era. Você estava sentada tentando se esconder de mim."

Seguiram-se alguns momentos de silêncio. As risadas haviam cessado.

"Acha que estou surpresa?", disse Laura, num tom de voz neutro.

O olhar de Becky se fixara na parede lateral de pedra da igreja. Tudo o que ouvia, inclusive o *acho que não*, permanecia em sua cabeça, mas misturado. Procurou se agarrar às palavras e ordená-las em sequência, mas elas simplesmente rodopiavam em torno de um poço central de horror.

"Ei, você aí", Laura disse. "Rainha do baile. Fiz uma pergunta pra você. Acha que estou surpresa?"

O som dos flocos que caíam era oceânico. Todos os olhos se concentraram em Becky, mesmo os olhos na casa atrás do arbusto, os olhos nas árvores mais ao alto, os olhos no céu. Qualquer coisa que ela dissesse seria catastroficamente reveladora.

"Que família mais fodida", Laura resmungou, pulando da mureta.

"Ei", disse David, "assim também não."

Algum tempo depois, seis deles permaneciam na neve. Becky sentia-se consumida por uma sensação de intolerável nudez e castigo iminente, mas qualquer direção que imaginava tomar parecia ser a errada. Sua mente estava danificada, ela interferira na química do cérebro — ah, como se arrependia de ter feito aquilo! Curvou-se para a frente como se fosse vomitar. Porém, em vez disso, plantou as mãos na beira da mureta e, desajeitadamente, meio de lado, desceu rolando e se aprumou. Passou correndo a porta de incêndio, que Laura Dobrinsky deixara escancarada.

Como à direita de Becky a espreitava um vestíbulo cheio de olhos, ela subiu a escada do sótão da igreja. Por alguns minutos, no escuro depois que a porta se fechou, ela tateou na parede em busca de um interruptor, em seguida se esqueceu de continuar fazendo isso, até que voltou a se lembrar, surpresa de ter se esquecido — *é porque estou doidona demais*. Moveu-se de lado, gemendo, um braço estendido à frente. Colidiu com alguma coisa afiada e metálica, uma estante musical, mas nada caiu no chão. À distância, um feixe de luz azulada. Tentou se orientar por ele, mas o perdeu de vista e questionou sua realidade. A próxima coisa que encontrou foi um objeto frio e sem bordas, comprido, com um som oco. Terminava num tubo curvo e afunilado, aparentemente era o chifre de uma vaca. Comprovou ser um obstáculo bem grande ao avanço dela. Um tempo imenso e incalculável havia se passado desde que ela entrara no sótão, e de repente teve a clara percepção de que o tempo não podia ser medido sem luz. Isso lhe pareceu um insight fundamental. Fez uma anotação mental para se lembrar dele, embora já houvesse perdido a noção do que significava. Se apenas se lembrasse das palavras *o tempo não pode ser medido sem luz*, talvez conseguisse recapturar o sentido delas mais tarde. No entanto, o que veio à sua mente foi a imagem de areia movediça. Uma imagem pavorosamente vívida de areia se esfarelando e sendo sugada para baixo, a instabilidade e precariedade do ato de pensar. Aterrorizada de novo, empurrou o chifre de vaca e pensou que estava livre, até ser apanhada por trás, um dos chifres se prendendo ao bolso de seu belo casaco de lã merino e rasgando uma costura de forma audível. Que merda, ah, que merda, ah, que *merda*! Tropeçou num animal menor, aspirou um bocado de poeira, caiu de quatro. A réstia azul reaparecera. Vinha da fresta sob uma porta, e ela se arrastou até lá.

Mais além da porta, iluminada por um vitral redondo havia uma escada estreitada por pilhas de hinários. Ela desceu até um espaço com lambris de madeira nos fundos do altar. Empurrando a porta "secreta" atrás do púlpito, teve outro insight: a nave da igreja era um *local santificado*. Uma única luz quente iluminava a cruz de bronze pendurada, e todas as outras portas estavam trancadas — disso ela sabia.

Com um arrepio de libertação, Becky passou pelo altar e foi se sentar na primeira fileira de bancos. Momentaneamente a salvo, fechou os olhos e se entregou às ondas de horror que inundavam o negror de sua mente. Entre cada uma delas havia espaço para lamentar o que tinha feito e desejar que fosse desfeito. Mas as ondas continuavam a vir. Esgotaram-na até que o único recurso foi chorar.

Por favor, faça isto parar, por favor, faça parar...

Estava rezando, mas ninguém a ouvia. Depois da onda seguinte de desvario químico, ela endereçou a prece de modo mais específico.

Deus, por favor. Por favor, faça parar.

Nenhuma resposta. Quando recobrou algum controle, achou que havia entendido o porquê.

Me desculpe, ela rezou. *Deus? Por favor? Me desculpe pelo que fiz. Foi uma coisa ruim, e eu não devia ter feito. Se o Senhor conseguir parar isso, prometo nunca mais fazer. Por favor, Deus. Pode me ajudar?*

Nenhuma resposta ainda.

Deus? Eu amo Você. Eu amo Você. Por favor, tenha piedade de mim.

Quando outra onda ruim subiu à sua cabeça, ela olhou para o chão e viu, debaixo dele, não as trevas abissais, e sim uma espécie de luz dourada. A onda era transparente, a maldade irreal. A luz dourada era a coisa real e sólida. Quanto mais fundo sua vista alcançava, mais brilhante a luz se tornava. Ela se deu conta de que vinha procurando Deus fora de si mesma, sem entender que Deus estava *nela*. Deus era pura bondade, e a bondade tinha estado lá o tempo todo. Ela a entrevira de manhã, no bem-estar que havia sentido e, depois, com maior intensidade na gentileza de Perry com ela, na centelha de perdão que sentira. A bondade era a melhor coisa do universo, e Becky era capaz de se mover na direção dela — apesar disso, como ela havia sido má! Má com a mãe, impiedosa com Perry, competitiva com Laura, cheia de cobiça por sua herança, rindo com Clem da fé de outras pessoas, vaidosa, egoísta, negando a Deus, *horrível*. Com um soluço que mais se assemelhava a um paroxismo, um êxtase, abriu os olhos para contemplar a cruz acima do altar.

Cristo morrera pelos pecados dela.

Ela seria capaz? Conseguiria se livrar do mal que havia nela, livrar-se da vaidade e do medo da opinião dos outros, humilhar-se perante o Senhor? Isso sempre lhe parecera impossível, uma expectativa onerosa sem vantagem alguma. Só agora compreendia que aquilo poderia levá-la mais fundo para dentro da luz dourada.

Correu até a cruz, se ajoelhou no tapete do altar, voltou a cerrar os olhos e juntou as mãos em prece.

Por favor, Deus. Por favor, Jesus. Fui uma pessoa má. Sempre me considerei ótima, quis popularidade, dinheiro e posição social. Tive muitos pensamentos cruéis sobre outras pessoas. A vida inteira fui egoísta e insensível. Fui a mais repugnante pecadora, e me arrependo muito, muito mesmo. O Senhor pode me perdoar? Se eu prometer ser uma pessoa melhor e mais humilde? Se prometer servi-Lo com alegria? Vou aceitar as piores tarefas para ganhar horas. Vou amar mais meus inimigos e ser mais aberta com a minha família, vou partilhar tudo o que tenho, viver uma vida limpa e não me importar com o que os outros pensam de mim, se o Senhor me perdoar...

Tinha a esperança de obter uma resposta clara, Jesus falando em seu coração, porém nada aconteceu: a luz dourada se dissipara. Mas ela se sentiu libertada do desvario químico, mais uma vez em paz. Tinha visto de relance a luz de Deus, mesmo que apenas por um instante, e suas preces haviam sido respondidas.

A biblioteca pública era um prédio de fachada de tijolos com janelas altas, construído na década de 1920 e assentado num gramado protegido por cercas vivas à prova de cães. Embora ficasse aberta até as nove da noite nos dias úteis, estava deserta na hora do jantar, um único bibliotecário no balcão em meio ao silêncio dos livros à espera de serem desejados.

Pela pouco usada porta da frente — a maior parte dos frequentadores vinha de carro e estacionava nos fundos — entrou uma pessoa perturbada, cheirando a gabardine molhada e cigarro. Seu rosto brilhava, a neve derretida empapava seu cabelo. Ela sacudiu o corpo todo e bateu os pés num capacho colocado ali por causa da tempestade. Devido às inúmeras horas em que esperou seus filhos escolherem os livros que iriam levar, ela sabia exatamente aonde ir. Na sala de referências, atrás do balcão, havia uma estante com os catálogos telefônicos das principais cidades do país e das cidadezinhas do estado de Illinois. Graças ao dinheiro arrecadado pelos impostos, os catálogos eram mais ou menos atuais.

Ela se agachou diante deles, puxou o mais grosso e o abriu no chão. Depois dos Gordon e Gowan, e antes dos muitos Green, havia uma pequena coluna de Grant. Estava preparada para se frustrar, para ser trazida de volta à razão, mas seu estado de espírito era tão intenso que o mundo parecia se alinhar a ele. E, com certeza, ao lado de uma gota de neve derretida que caiu na página e a enrugou um pouco, estava uma das coisas mais eróticas que ela já tinha visto.

Grant B. 2607 Via Rivera **962-3504**

    De seus lábios escapou um misto de suspiro e zumbido, como a primeira nota de um violoncelo deixado por décadas num sótão. Quanta coisa um nome num catálogo telefônico era capaz de sugerir! As horas, os dias e anos de ser B. Grant, vivo em determinada casa de determinada rua, acessível a qualquer um que conhecesse seu precioso número. Ela não tinha certeza de que se tratava de Bradley, porém não havia motivo para duvidar que sim. Em todas as visitas semanais à biblioteca, em todas as vezes que seus olhos percorreram as estantes ao acaso, ela jamais pensara em procurar por ele. Uma chave para o coração dela vinha estado escondida em plena luz do dia.

    Pegou um lápis e um cartão numa bandeja de madeira, copiou o endereço e o número e depois guardou o cartão no bolso do casaco junto com os cigarros. Na pressa de escapar do consultório dentário, depois de mais de três horas com Sophie Serafimides, ela se esquecera de entregar a nota de vinte dólares. O dinheiro, de toda forma obtido ilicitamente, se mostrara útil quando, ao passar pela farmácia da cidadezinha, ela se recordou de um método mais eficiente de perder peso e reduzir a ansiedade. Havia buscado os meios e agora também possuía um motivo. Em sua mente, já tinha perdido catorze quilos e escrevia uma carta cordial e tagarela para Bradley, fazendo-o saber que ia muito bem, dizendo-lhe algo específico e vívido sobre cada um de seus quatro filhos, tranquilizando-o tacitamente de que se recuperara por completo, construíra uma vida boa e normal, de que não era mais uma pessoa de quem ele devesse temer receber notícias. E você? Ainda escreve poesia? Como vai Isabelle? E seus filhos? Eles já devem ter suas próprias famílias...

    Defronte à porta de trás da biblioteca, numa área onde a neve se distribuía irregularmente por causa do sal, ela acendeu outro cigarro. De fato, vinha desejando isso havia trinta anos. Fazer sua confissão a Sophie tinha levantado a lápide de um túmulo de emoções, dentro do qual, milagrosamente intacta, ela encontrara sua obsessão por Bradley Grant. Descrevê-la com detalhes adequados a Sophie, revivendo os pecados cometidos sob o domínio dessa obsessão, a pusera de novo em contato com seus contornos, e ela se lembrou perfeitamente de como eles se ajustavam à forma da pessoa que ela era. Se havia alguma coisa digna de nota, seu desejo por Bradley estava mais forte depois daquele descanso de trinta anos, mais forte que qualquer sentimento já desgastado que tinha por Russ. Bradley a havia excitado em níveis mais profundos que Russ jamais poderia ou iria alcançar, porque somente com Bradley ela tinha sido inteiramente aquela pessoa louca e pecaminosa. De pé em meio à neve, nos fundos da biblioteca, inalando a fumaça numa noite fria do Meio-Oeste, ela foi transportada de volta a Los Angeles. Era uma mãe de quatro filhos com um coração de vinte anos.

Ao contar a Sophie os acontecimentos que a levaram a destruir a vida embrionária dentro de si e a barganha porca que negociara com o ex-senhorio de Isabelle Washburn, ela teve uma crescente sensação de desconexão entre médico e paciente. Poderia ter imaginado que a história viria à tona com muitos arquejos de culpa, muitas buscas a lencinhos de papel, mas confessar seus piores pecados a uma psiquiatra nada tinha a ver com suas confissões católicas. Não havia em sua alma o terror do julgamento de Deus, nenhuma compaixão pelo sofrimento na cruz do doce Senhor por causa do que ela fizera. Com Sophie, uma mulher laica, uma greco-americana maternal, Marion acentuava mais seu lado perverso. A chave mental que acionara como adolescente permanecia lá para ser utilizada. Contou tudo com clareza, seu ânimo crescendo graças à ressurreição da garota indômita que tinha amado Bradley. Enquanto isso, a expressão no rosto de Sophie ia se tornando mais e mais triste a ponto de divertir Marion. A satisfação de mostrar à gorducha o quanto ela era realmente má a lembrou do prazer de atormentar seu tio e guardião, Roy Collins, com suas demonstrações de mau comportamento. No final, ao relatar como um policial de Los Angeles se vira obrigado a agarrar à força uma garota enlouquecida em meio a uma chuva torrencial, ela chegou a soltar uma risadinha por conta da recordação.

Talvez tenha sido a risadinha que causou o franzir de testa da gorducha.

"Sinto muito pelo que você passou", disse Sophie. "Explica muita coisa, e me deixa ainda mais impressionada com sua resiliência. Mas ainda há algo que eu não compreendo."

"Nós duas sabemos o que isso significa, não é mesmo?"

"O que isso significa?"

Marion imitou de um jeito irônico o franzir de testa terapêutico. "Você não aprova."

"Pelo que você me contou", disse Sophie, sem achar graça, "você foi seduzida por um homem casado quando era muito jovem. Depois se casou com um homem com quem não podia ser a pessoa que é. E agora me diz que foi brutalmente abusada por um predador sexual. Será que isso não parece..."

"Eu sabia o que estava fazendo", disse Marion com orgulho. "Em todos os casos. Sabia que estava errada, e mesmo assim eu fiz."

"Desculpe... mas o que você fez ao Russ?"

"Menti pra ele. E agora ele está mentindo pra mim. E daí?"

"Você lhe ofereceu sua vida e ele aceitou. Agora ele está cansado disso e quer alguma coisa nova."

"Admito que não sou muito feliz com Russ atualmente. Mas você está longe da verdade se o compara àquele senhorio. Russ é como um garotinho."

"Não estou comparando os dois. Aquele senhorio..."

"E você ainda está mais longe da verdade se o compara com o Bradley. Bradley era honrado — ele queria a mesma coisa que eu. Nos apaixonamos, e ele nunca mentiu pra mim. Não foi culpa dele se eu enlouqueci."

"Será mesmo?"

"Mesmo, de verdade. Eu o odiei quando estava caindo aos pedaços, mas, assim que recuperei a sanidade mental, não senti raiva dele. Só fiquei chateada pelo que eu tinha causado a ele."

"Você se sentiu culpada."

"Sem dúvida."

"Por que será que, sempre que um homem a machuca, você reage se sentindo culpada?"

Marion, a cem por hora, ficou impaciente com a lentidão de Sophie. "Não acabei de explicar isso para você? Não sou uma pessoa boa. Eu queria matar meu bebê e fiz isso da única maneira que consegui. Nem mesmo odiei o senhorio, eu apenas estava louca de medo dele. Quer dizer, sim, ele era mau. Mas eu estava vendo minha natureza ruim refletida nele. Era isso que o fazia tão assustador."

Sophie fechou os olhos por alguns instantes. A impaciência era claramente mútua.

"Tente ver o que estou vendo", Sophie disse. "Tente visualizar uma jovem doce e vulnerável não muito mais velha do que sua filha hoje. Pense o quanto ela é assustada e indefesa. Depois imagine um homem cujo primeiro pensamento, ao ver uma jovem como essa, é tirar o pênis e abusar dela. Você não acha que *essa* é a pessoa com quem essa garota se parece?"

"Bom, como eu não tenho pênis..."

"Mas seu primeiro pensamento seria explorar alguém vulnerável?"

"Você está esquecendo o que eu fiz com a mulher do Bradley. Fui até a casa dela e a feri de propósito. Ela era vulnerável, não era?"

"No meu entendimento, Bradley era a pessoa com quem na verdade você estava furiosa."

"Só porque minha cabeça não estava boa."

"A raiva me parece uma reação muito razoável pela forma como ele a tratou."

Marion sacudiu a cabeça. Mal acabara de redescobrir um tesouro e a gorducha estava tentando arrancá-lo de suas mãos.

"Você me contou uma história terrível", disse Sophie. "De acordo com suas próprias palavras, você encontrou o Satã em pessoa. Eu não imaginaria que alguém que se diz religiosa pudesse perdoar o demônio com tanta facilidade."

"Isso é porque você não é religiosa. Eu também posso ficar com raiva da chuva por me molhar. Eu sabia perfeitamente quem ele era. De todo modo, deixei que me possuísse e tive a punição que merecia."

"Você se considera culpada, não ele."

"O que há de errado nisso? Deve existir alguma uma razão para que a raiva seja um pecado mortal. Eu vivia com raiva quando era jovem — tinha vontade de matar as pessoas. Se não tivesse tido tanta raiva, talvez tomasse decisões melhores. Sei que você acha doentio eu me culpar, mas espiritualmente acho mais saudável."

"Pode ser", disse Sophie. "Desde que esteja feliz com o que isso lhe causou."

"E causou o quê?"

"Ansiedade e depressão. Incapacidade de dormir. Ódio de seu corpo. Tenho dificuldade em entender por que uma religião condenaria uma emoção tão natural como a raiva. Pense no movimento a favor dos direitos civis. Você acha que o dr. King não sentiu raiva quando sua gente foi assassinada pelos membros da Ku Klux Klan? Ele pode ter pregado a não violência, mas às vezes, quando um problema é insolúvel, só a raiva pode mudar as coisas."

"Eu nunca compararia a minha situação com a de uma pessoa negra no Alabama. Isso é até ofensivo."

Sophie sorriu de modo afável. "Eu não quis ser ofensiva."

"Eu tive sorte de pelo menos encontrar alguém para se casar comigo depois de tudo pelo que passei. E mesmo assim me casei apelando para mentiras. Dificilmente posso me queixar de me sentir oprimida por Russ — até mesmo a coisa com a amiga viúva dele... Se eu não culpei Bradley por perder o interesse pela mulher dele, por que deveria culpar Russ por perder o interesse em mim? Sou bem mais velha e gorda do que a mulher de Bradley era."

"A raiva é uma emoção", disse Sophie. "Não tem que ser lógica. Nesse momento, por exemplo, estou sentindo muita raiva de quem abusou de você. E também um pouco de raiva de você."

"Por quê?"

"Preste atenção nas suas premissas. Você teve *sorte* de encontrar alguém para se casar com você? Por quê? O que havia de tão errado com você? Porque tinha experiência sexual? Porque tinha sofrido um colapso nervoso? Isso seria um problema se você fosse homem? Você teria tido *sorte* de encontrar uma esposa? E, aliás, por que era tão importante se casar? Porque uma mulher não é realmente uma mulher se ela não consegue achar um marido e procriar? Porque ela..."

Sophie se interrompeu e sacudiu a cabeça, como se tivesse falado demais. E Marion de fato estava desapontada com ela. A gorducha tinha um jeito tão manso e escorregadio, que seu programa conceitual subjacente — fosse ele freudiano, médico, político ou sabe lá o quê — era difícil de identificar. Agora o programa estava exposto. Marion teve a impressão de que se aplicava a todas as esposas ignoradas ou abandonadas que iam ao consultório dela — tamanho único, servia para todas. Será que ela devia se sentir encantada de também caber nele?

"Você deve ficar cansada disso", Marion disse, sem se mostrar afável. "Todas essas mulheres vindo aqui se queixar dos maridos. Semana após semana, maridos, maridos, maridos. Deve ser frustrante para você... que não possamos falar de outra coisa. Que não possamos ver o quanto somos oprimidas."

Sophie, que recuperara a compostura, deu um sorriso ameno.

"É interessante você imaginar que as minhas outras clientes só falem sobre homens."

"Vai me dizer que não falam?"

"Não importa se elas falam ou não. O importante é como você as imagina. Você acredita que eu acho que *você* fala demais sobre homens?"

"Acho que sim", disse Marion. "Você vive me dizendo que eu preciso ter uma vida mais independente. Acho que no fundo você está dizendo: 'Já chega de homens, trate de se libertar'."

"Você não se importa com a ideia da libertação das mulheres."

"Se esse é o seu programa, nada contra. Se funciona para as suas clientes, ótimo para elas."

"Mas não serve para você."

"Aquele senhorio era um psicopata. Nunca mais vi minha amiga, nunca mais vi Isabelle, mas aposto que ele encontrou um jeito de transar com ela. Ela atrasou o aluguel ou precisou de um favor profissional, e ele usou seu poder para se aproveitar dela. Ele era gordo e repugnante, e só mantinha aquela casa para transar com uma porção de garotas. Eu fui uma delas, e o que ele fez comigo foi doentio. Mesmo a parte do sexo que era normal não foi normal. Tudo acontecia na cabeça dele — eu não passava de uma coisa."

"Exatamente."

"Mas digamos que ele vai a um psiquiatra que lhe diz: *O senhor está me deixando com um pouco de raiva. Já não é hora de ter uma vida mais independente? O senhor só fala em garotas!*"

Sophie sorveu o ar lentamente, e lentamente o deixou escapar. "Um bom psiquiatra poderia ajudá-lo a identificar o trauma que ele se sentia compelido a reencenar."

"Ah, lá vamos nós. O que é que *eu* estou reencenando?"

"Tem algum palpite?"

"Não sei. Culpa pelo suicídio do meu pai. É essa a ideia?"

"Se é o que você diz..."

"Parei de me sentir culpada por causa do Russ. E com certeza não me sinto culpada por causa do senhorio. A culpa foi minha, mas é diferente de ter um sentimento de culpa. Trata-se de um fato objetivo. As pessoas por quem me sinto culpada são Perry e o filho de Bradley que matei sem lhe dizer nada. Eles eram inocentes, e sou responsável pelos dois."

Sophie olhou para suas mãos rechonchudas. Escurecera lá fora. Em outra parte da clínica dentária, unidades tardias de dor estavam sendo produzidas com uma broca.

"Sua mãe", disse Sophie. "Você contou que ela estava esquiando com as amigas quando você precisou de ajuda na época da gravidez. Ficou com raiva dela por causa disso?"

"Minha mãe era um pesadelo, autocentrada, alcoolista."

"Interpreto isso como um sim. Você também me contou sobre a raiva que tinha da sua irmã. Mas foi seu pai quem levou a família à falência..."

"Shirley e mamãe o levaram a fazer isso."

"Ele cometeu fraudes e mentiu pra você. Depois o vendedor de carros se aproveitou de você, mesmo sabendo que era uma jovem sensível. Um tarado sexual fez coisas indizíveis com você. Você apoia seu marido há vinte e cinco anos, e agora ele está correndo atrás de outra mulher. No entanto, as únicas pessoas de quem você parece ter raiva são sua mãe e sua irmã. Consegue perceber por que eu não estou entendendo?"

"Acho que eu não sou uma dessas a favor da libertação das mulheres."

"Não estou pedindo que você seja. Estou pedindo que tente ver a si mesma."

"A pessoa que eu vejo não é boa."

"Marion, me ouça." A gorducha se inclinou para a frente. "Quer saber de uma coisa que eu realmente estou ficando cansada de ouvir? Esse seu refrão específico"

"Mas é verdade."

"Será mesmo? Você criou quatro filhos formidáveis. Deu a seu marido tanto quanto qualquer homem merece. Fez tudo o que podia por seu pai. Até cuidou de sua irmã quando ela estava morrendo."

"Mas aquela não era eu. Era eu representando um papel. A Marion de verdade..." Ela sacudiu a cabeça.

"Me fale sobre a Marion de verdade", disse Sophie. "Além de ser uma pessoa 'má', como você a descreveria? Como ela é?"

"É magra", Marion disse enfaticamente.

"É magra."

"Sente tudo intensamente. É uma pecadora, e sincera com Deus sobre isso. Ela espera que Ele entenda que pecar é inseparável de se sentir viva, mas também não se importa se Ele a perdoa ou não, porque ela é alguém incapaz de se lamentar. Provavelmente é uma atriz — quer atenção. É bem louca, mas não de uma forma que faça mal aos outros. Ela nunca pensou em se suicidar."

A gorducha não parecia impressionada.

"Sua irmã era atriz", ela observou. "Você também a descreveu como louca e magra."

"Ah, obrigada por me lembrar."

Sophie fez um gesto sugestivo, sem voltar atrás no que dissera.

"Shirley era mimada e amarga", disse Marion. "Não era uma atriz de verdade."

"Está bem."

"A pessoa que estou descrevendo é o oposto de amarga."

"Está bem. Digamos que essa seja mesmo você. O que você acredita que a está impedindo de ser essa pessoa?"

"Não é óbvio? Tenho cinquenta anos. Se eu me divorciar vai ser um desastre. Mesmo que eu encontrasse um jeito de fazer a coisa funcionar, eu ainda seria responsável por meus filhos, principalmente por Perry. Não há como fugir às consequências da vida que criei."

"Não querendo ser detalhista demais", disse Sophie, dando um sorriso simpático, "mas se a verdadeira Marion é alguém incapaz de se lamentar, por que liga para as consequências?"

"Você pediu que eu contasse a minha fantasia."

"Não, eu pedi o contrário. É interessante que você tenha interpretado que eu lhe pedi para falar sobre uma fantasia."

A resistência da gorducha era extraordinária. Marion poderia ficar falando com ela para sempre, indo e voltando, e nunca chegaria a lugar nenhum. Aquilo não passava de uma perda de dinheiro.

"Tenho dúvida de que precise ser uma coisa ou outra", disse Sophie. "Talvez haja uma forma de você se sentir mais verdadeira e ainda ser uma boa mãe. E se você começasse com o teatro aqui da cidade? Tentasse se envolver com isso e ver até onde pode chegar?"

Esse era o tipo de sugestão — moderada, sensata, expansiva — que Marion poderia dar a um dos filhos, mas não a atraía minimamente a ideia de andar para lá e para cá num palco com outros moradores de meia-idade. Ela queria ser a mulher magra e intensa que fumava um cigarro nas últimas fileiras do teatro, vendo os atores fracassar, até enfim perder a paciência e subir ao palco para ensiná-los a como fazer aquela cena. Uma fantasia? Talvez. Mas talvez não. Certa vez, numa cama retrátil em Los Angeles, seu desempenho havia deixado Bradley Grant hipnotizado.

"O que você está pensando?", perguntou Sophie.

"Estou pensando em deixar você ir para casa."

"Sim, dentro de alguns minutos. Acho que nós..."

"Não." Marion se levantou. "Russ e eu temos que ir a uma recepção para os clérigos. Não acha divertido?"

Marion foi até a porta e tirou seu casaco de gabardine do gancho.

"Garanto que para o Russ não será divertido", ela disse, "a menos que haja uma esposa bonita lá. Senão, vai ser apenas mais uma reunião para ele se sentir inseguro, e nisso não posso ajudar. Sou a humilhaçãozinha gorda com quem ele está casado. Seu único consolo é que eu sou boa em me fazer de simpática, lembrando o nome de cada esposa, atentando para que todos sejam cumprimentados por um Hildebrandt. Mais tarde, ele vai me contar como se sentiu mal por ser o pastor assistente mais velho da festa, como está frustrado, e eu vou dizer que ele merece ter sua própria igreja. Vou dizer como seus sermões são melhores que os de Dwight, como ele trabalha mais duro que o Dwight, o quanto o admiro. Esse é outro papel em que sou loucamente boa. Só que, se a recepção foi mesmo ruim para ele, Russ vai se queixar de que seus sermões são bons apenas porque eu os escrevo. Ha!"

Piscando os olhos, exagerando sua encenação, ela se voltou de novo na direção de Sophie.

"*Ah, não é verdade, meu bem. Todas as ideias são suas, eu só dou uma arrumadinha para que você as expresse com mais clareza. Eu não poderia fazer nada sem você. Sou simplesmente um recipiente vazio que sabe escrever uma frase com mais clareza... Ha!*"

Sua plateia de uma única espectadora a observava com sombria compaixão.

"Você queria alguma coisa furiosa?", Marion perguntou a Sophie. "Eu sei fazer uma furiosa."

Marion havia querido dizer *furiosa* no sentido de quem demonstra *raiva*, mas pelo modo como saiu do consultório, abrindo a porta de repelão e fechando com excesso de força, fez uma louca furiosa. Estava com raiva de si própria por ter usado a palavra *fantasia*, com raiva de Sophie por ter se agarrado a esse seu lapso. Aquele eu que ela desencavara era apenas uma fantasia? Pois eles iam ver. O importante, disse a si mesma ao passar em disparada pela recepcionista grega e enfrentar o mau tempo, era nunca mais comer a porra de um biscoito açucarado, jamais. Era se matar corretamente de fome, ver a comida como uma verdadeira inimiga, ficar incandescente de tanto queimar seu falso e gordo eu. Se era loucura estar obcecada com o seu peso, então que ficasse louca. Seu programa de perda de peso no outono tinha sido uma bobagenzinha, nascida da esperança (sancionada pela gorducha) de fazer reviver o interesse de Russ por ela, de evitar uma separação em que ela tendia a perder muito mais que ele. Seu coração não tinha estado engajado naquilo, e agora ela sabia por quê: nunca havia posto um ponto-final em sua história com Bradley. O homem em quem investira tinha sido uma segunda opção — tão inseguro quanto Bradley era confiante, tão desajeitado para escrever e para fazer sexo quanto Bradley era magnífico. Talvez, naquela época no Arizona, ela necessitasse de um homem que pudesse controlar e que fosse menos brilhante que ela, mas fazia muito tempo que o casamento se reduzira a um mero arranjo: em troca dos serviços dela, Russ não a jogava aos lobos. Ela ainda sentia uma compaixão cristã por ele, porém, ao pensar sobre seu *pênis* vis-à-vis a Frances Cottrell e a outras mulheres bonitas de New Prospect, não era de todo verdadeiro que não existisse comparação com aquele que se aproveitara dela no passado. Nisso a gorducha tinha tido razão.

A velha farmácia da esquina era uma relíquia do passado, quando a família Hildebrandt se mudou para a cidadezinha. No entanto, desde então o dono a reformara com placas horrorosas de plástico, cobrira o chão com linóleo e instalara luzes fluorescentes. Graças ao mesmo espírito progressista, a árvore de Natal no interior da loja era artificial, com folhas nem mesmo de um falso verde, e sim prateadas. Atrás do balcão, fazendo as palavras cruzadas do *Sun Times* com um lápis, havia um homem de orelhas grandes perto de seus trinta anos, velho demais para ainda estar trabalhando como balconista, caso não se tratasse de uma atividade que, de algum modo, ele mesmo houvesse tristemente escolhido. Marion se aproximou do balcão e inspecionou o mostruário de balas com uma indignação militante.

"Quero cigarros", ela disse.

"Que marca?"

"Por estranho que pareça, a única marca que me vem à cabeça é Benson & Hedges. Por causa do comercial na televisão, aquele da porta do elevador."

"Leva algum tempo para se acostumar."
"Os Benson & Hedges são bons?"
"Eu não fumo."
"Qual é a marca mais popular hoje?"
"Marlboro, Winston, Lucky Strike."
"Lucky Strike! Claro! Eu costumava fumar esses cigarros. Um maço deles, por favor."
"Com ou sem filtro?"
"Meu Deus. Não tenho a menor ideia. Que tal um maço de cada um?"

Ao entregar o dinheiro, ela teve vontade de explicar que fazia trinta anos que ela não fumava um cigarro; que havia parado de fumar depois de receber alta de uma ala psiquiátrica trancada à chave e ir morar com seu tio Jimmy no Arizona; que a fumaça de cigarro agravara a asma de Jimmy e tinha um gosto ruim para ela naquela altitude; que ela preenchera o vazio do hábito abandonado com contas de rosário e visitas diárias à igreja da Natividade, uma caminhada de dois mil quatrocentos e quarenta e dois passos (contados costumeiramente) desde a porta da casa de Jimmy; que ela descobrira a Natividade quando, com vontade de ser útil, havia acompanhado Rosalia, a mãe de Antonio, o companheiro de Jimmy, a uma missa dominical, porque os homens dormiam até tarde e Rosalia com frequência esquecia para onde devia ir; que Marion, cujo estado de espírito era como o altiplano na primavera — forte luz do sol encoberta por nuvens e voltando a brilhar, isso se repetindo o dia todo em longas alternâncias de reluzente calor de verão e sombrio frio de inverno —, abrira sua alma para cada coisa simples que encontrava porque nenhuma delas era uma ala psiquiátrica trancada, e que a presença e a majestade de Deus, reveladas numa igreja católica pequena como um útero onde a mãe senil do amante do tio recebia a comunhão, constituía por acaso uma dessas coisas; que Deus se tornara um amigo melhor do que os cigarros. Entristecida por saber que o jovem de orelhas grandes não ambicionava nada melhor do que atender numa lojinha, ela gostaria de enriquecer a noite dele partilhando alguma coisa do brilho do altiplano que, de repente, a estava fazendo se recordar de sua vida pré-Russ. Mas o balconista já tinha voltado às suas palavras cruzadas.

Sem se importar com a lama no sapato, atravessou a rua correndo e se abrigou debaixo da marquise de uma agência de viagens. Desperdiçou dois fósforos até conseguir acender um Lucky sem filtro. A primeira tragada a lembrou da perda de sua virgindade — dolorosa, horrível, maravilhosa. Sabia que os cigarros tinham matado sua irmã. Sabia também, pelas matérias no jornal, que o risco de câncer era proporcional ao total de exposição ao fumo durante a vida inteira. Shirley errara em não fazer uma parada de trinta anos. Marion não tencionava fumar para sempre, só tempo suficiente para recuperar o corpo da garota que oferecera sua virgindade a Bradley Grant.

Uma medida de sua perturbação foi que, embora se sentisse um pouco tonta, o Lucky não a deixou enjoada. Ele a fez, isto sim, desejar outro. Caminhou apenas dois quarteirões, dando um salto ao som de cada carro que passava, abalada e fustigada pela nevasca, depois foi se sentar num banco de frente para a prefeitura e acendeu outro cigarro. Eles sempre tinham sido tão deliciosos? Notou com satisfação que estava sem fome. Pensar nas almôndegas suecas de Doris Haefle — exatamente um ano antes ela se obrigara a contar quantas estava comendo, até perder a conta — lhe revirou o estômago. A neve derretida se infiltrava no tecido do casaco debaixo de seu traseiro. Os galhos das cicutas ornamentais diante do prédio da prefeitura estavam curvados sob suas pesadas cargas brancas. Ela fumava o segundo Lucky mais depressa que o primeiro; uma euforia havia muito perdida crescia em seu peito. Para dar vazão a esse sentimento, falou em voz alta uma palavra que achava não haver mais pronunciado desde a manhã em que a polícia a deteve em Los Angeles. Ela disse: "Foda-se!".

Ah, que coisa boa!

"Foda-se, Doris Haefle. Fodam-se as suas almôndegas."

Um transeunte de chapéu e pasta executiva na mão, cabeça abaixada para se proteger da neve cortante, parou na calçada a fim de olhar para ela. Marion ergueu a mão que segurava o Lucky e acenou para ele.

"Tudo bem?", o homem perguntou.

"Nunca esteve melhor, obrigada."

Ele seguiu andando. Alguma coisa nas passadas dele, a inclinação resoluta de seu corpo, a fez se lembrar de Bradley. Trazendo o Lucky aos lábios, viu que a chama estava prestes a queimar seus dedos. Jogou a guimba na neve com um gesto frenético.

Bradley teria sessenta e cinco anos agora. Velho, mas nem tanto. Não morando no sul da Califórnia, num clima que ajudava a conservá-lo. Será que ele ainda pensava nela? Ou, como Marion, tinha sepultado as lembranças e tentado se transformar numa pessoa diferente? Seria terrível se ele tivesse se esquecido dela. Mas pior se agora se lembrasse dela apenas como a garota que havia se comportado de modo imperdoável — se os meses de êxtase deles houvessem sido apagados pelo dia em que ela tinha ido à casa de Bradley e falado com a mulher dele. Por que ela foi fazer aquilo? Por que precisou magoar uma terceira parte inocente? Tudo teria sido perfeito se ela não tivesse feito isso.

Os fósforos estavam úmidos — ela queimou a ponta do dedo ao riscar um. A fim de ter um palpite sensato sobre qual versão dela Bradley guardara, se a boa podia ter suplantado a ruim, Marion invocou as recordações da paixão dele por ela. As lembranças não paravam, uma se fundia com a outra, mas ela tinha a impressão de haver inúmeras instâncias de paixão. Mesmo quando ela havia enlouquecido, Bradley precisou se esforçar para se manter longe dela. Mais tarde, sim, sem dúvida a odiara por ela ter ido procurar a mulher dele. Mas e daí? Ela também o odiara por ele tê-la rejeitado. O ódio logo se extinguiu. O que permaneceu na lembrança dela foi a certeza excitante de como era bom estar com ele. Quem sabe, com o passar do tempo, ele tivesse sentido a mesma coisa?

Ela se imaginou abandonando Russ antes que ele decidisse abandoná-la. Que *surpresa* seria! A fantasia de perder catorze quilos e dar um pontapé na bunda de Russ era tão gostosa que ela poderia continuar se deliciando com ela, sentada naquele banco, se não tivesse lhe ocorrido que na biblioteca havia uma coleção de catálogos telefônicos...

Com um peteleco, ela atirou a guimba de seu quarto cigarro na neve pisoteada do estacionamento atrás da biblioteca. Os acontecimentos da vida real haviam se harmonizado com seu estado de espírito. Agora ela tinha uma boa razão para esperar que Bradley estivesse vivo em Los Angeles: possuía um endereço e um número de telefone. Eletrizada pela nicotina, perguntou-se o que fazer a seguir com sua perturbação. Bem lá embaixo na lista de opções, estava sentindo o cheiro das almôndegas da pavorosa mulher de Dwight Haefle. Por um instante, se preocupou com a possibilidade de Becky estar em casa, esperando para ir à recepção; que seu senso de dever tivesse sido maior do que a necessidade de estar com Tanner Evans. Mas isso pareceu improvável, e se fosse o caso Becky poderia ir com Russ, que aliás ficaria mais feliz com esse arranjo. Ele se orgulhava da beleza de Becky e preferia exibi-la em público, todos as tardes de domingo, a ser visto com a esposa.

"Foda-se, Russ."

Recordando-se do que sentia quando desejava matar alguém, imaginou que ainda poderia se tornar uma defensora da libertação das mulheres. Mas não queria mais saber da psiquiatra gorducha. Nenhum progresso espetacular poderia deixá-la mais quebrada do que estava no momento. Para evitar qualquer tentação de se arrastar de novo até o consultório de Sophie, ocorreu-lhe ir para casa e pegar o dinheiro vivo que restava na gaveta de meias, a fim de comprar um presente extravagante para Perry. Mas todas as lojas já estavam fechando.

Viu o que precisava fazer em seguida. Precisava se confessar também com Perry. A confissão que fez a Sophie não havia passado de um treino, de um aquecimento. Alguém na família precisava saber o que ela tinha feito, e certamente esse alguém não era o merda do Russ. Perry era a pessoa mais parecida com ela, a pessoa que corria o risco de ter um distúrbio como o dela, a pessoa a quem ela devia alertar. Aonde quer que sua perturbação a conduzisse, se de volta aos braços de Bradley ou meramente a uma carreira de divorciada no teatro local, precisaria levar Perry consigo. Sua responsabilidade por ele a impediria de voar a altitudes muito perigosas. Essa seria a negociação feita com Deus.

Insulada por sua gordura, Marion contornou a lateral da biblioteca, atravessou um ponto falho na cerca viva e deixou suas pegadas no gramado da frente, onde nunca tinha visto ninguém pisar. New Prospect era encantadora sob a neve, mas não tão bonita quanto o Arizona porque já anunciava um amanhã de poças enlameadas, de pilhas de neve corroídas pelo sal e enegrecidas pela fumaça dos carros que aceleravam o motor enquanto as rodas giravam sem tração. No Arizona, a pureza branca perdurava por semanas.

Enquanto lutava para subir a ladeira da Maple Avenue contra o vento, ela se tornou consciente do efeito venenoso da nicotina no coração. Na esquina com a Highland, parou para recuperar o fôlego e para dar uma olhada no relógio. Quase sete horas. Com toda aquela neve, só agora Russ deveria estar chegando em casa. Ela sempre poderia lhe dizer: "Foda-se a recepção, eu não vou". Mas uma forma mais doce de puni-lo seria fazê-lo se perguntar por que ela não havia voltado para casa. Marion tinha a certeza de que ele mentira no café da manhã, certeza de que estava com sua amiga viúva. E havia, ela se deu conta, um modo fácil de se certificar disso. Kitty Reynolds, a suposta companheira dele na visita ao centro da cidade, morava numa das casinhas mais acima na Maple, perto da escola ginasial.

Como as decisões são fáceis para quem não teme as consequências, Marion atravessou a Highland e subiu a Maple contra o vento. Seus pés estavam congelando, os dedos da mão, quase. Não conseguiu visualizar bem a casa de Kitty, porém a reconheceu ao chegar lá. Havia luzes em todas as janelas do térreo, um carro esporte com placa do Michigan na frente da garagem, nenhuma decoração na porta, nenhuma luzinha nos arbustos. Marion enveredou pelo caminho que levava à porta da frente, notando que ele parecia ter sido limpo com uma pá talvez uma hora antes, e tocou a campainha. Por um instante aflitivo, ela confundiu o que estava fazendo com o que fizera com a mulher de Bradley, como se estivesse reencenando aquele ato. Sua situação agora era exatamente o oposto.

Um idoso com um cardigã grosso abriu a porta. Marion ficou com medo de ter errado de casa, mas ele se identificou como irmão de Kitty.

"Ela está acabando de escorrer o espaguete", ele disse.

"Ah, me desculpe importuná-los na hora do jantar."

"Quem devo dizer a ela que está aqui?"

"Eu... não é importante. Eu deveria ter passado aqui antes. Ela não estava aqui à tarde?"

"Estava, me dando uma surra nas Palavras Cruzadas. Dia perfeito para sentar junto à lareira. Quer entrar?"

"Não, eu... não", disse Marion, dando meia-volta. "Obrigada. Vejo a Kitty na igreja no domingo."

"Seu nome é...?"

Ela ergueu a mão e acenou enquanto se afastava. Tão logo ouviu a porta se fechar, pegou mais um Lucky. Uma de suas caixas de fósforos estava úmida, a outra ainda utilizável. Embora tivesse suspeitado que Russ havia mentido para ela, foi necessária uma prova cabal para deixá-la furiosa. Tinha sido uma mentira idiota, fácil de ser descoberta, a mentira de um garotinho — e isso a deixou ainda com mais raiva. Será que Russ pensava que *ela* era uma idiota? Provavelmente nem isso. Ela mal contava como pessoa. Vinha sendo pouco mais que um objeto inconveniente à mesa do café da manhã, uma jarra incômoda no caminho do açucareiro, não valendo nem que ele contasse uma mentira decente. Em breve, quando se livrasse da gordura, ela teria mais formas de fazê-lo pagar. Por enquanto, a punição mais doce seria não dizer nada, deixá-lo pensar que ela não sabia de nada, deixá-lo se desgraçar ainda mais contando outras mentiras.

Eram quase sete e meia da noite quando voltou à casa paroquial. Não havia sinal do carro, nenhuma marca de pneus na frente da garagem. Entrou pela porta dos fundos, tirou o sapato e o casaco, correu os dedos pelo cabelo úmido. No balcão da cozinha havia biscoitos açucarados cuja atração ela não conseguia mais entender. Tudo na cozinha parecia sem brilho e estranho. Poderia estar entrando na casa de alguém que falecera recentemente.

"Perry?", ela chamou. "Becky?"

Subindo a escada, chamou o nome deles outra vez. Será que os meninos tinham ido brincar com o trenó? O quarto deles estava às escuras, a porta escancarada. Acendeu a luz no quarto dela e de Russ. Ao pé da cama viu um bilhete na caligrafia artística de Perry.

Querida mamãe,
    Papai ficou preso no centro da cidade, por isso estou levando Jay à casa dos Haefle. Becky esperou por você. Eu disse a ela para ir ao concerto.
Perry

Sem aviso prévio, as lágrimas que ela não tinha vertido em sua confissão chegaram nesse instante. O que quer que Russ significasse ou não para ela, por pior que fosse o relacionamento entre seu marido e Perry, ele sempre seria a pessoa que Perry chamaria de *papai* — seria seu pai para sempre. E como ela havia sido injusta com Becky, imaginando que a filha não iria à recepção! Que comovente o esforço de Perry para se comportar como adulto, que generoso ele mencionar que a irmã havia esperado; como seus filhos eram queridos e reais, que sorte era tê-los; que diferença havia entre proclamar sua maldade à gorducha, um fato abstrato, e viver aquele relacionamento com seus filhos! Ela os tinha decepcionado. Becky aguardara obedientemente por ela, Perry tomara a melhor decisão que podia.

De modo descuidado, olhos marejados, tirou de qualquer jeito a roupa de ginástica e esfregou o cabelo numa toalha. Ela era realmente uma pessoa má porque, junto com o amor e o remorso, estava sentindo, também com muita força, pena de si mesma por ter sido arrancada de suas recordações e fantasias tão vívidas, além de rancor pela interrupção de seu distúrbio. E também ódio pelo vestido tipo saco que era forçada a usar para cobrir aquele corpo em forma de salsicha. No banheiro, depois de escovar o cabelo, obrigou-se a subir na balança enferrujada ao lado do vaso sanitário, a fim de estabelecer uma nova referência. Contando com as roupas, estava pesando sessenta e cinco quilos e quatrocentos gramas, quase o bastante para fazer alguém chorar de novo. Quando voltou à cozinha para pegar os cigarros, já vestida com seu bom casaco de inverno e sua boa bota forrada de pele, os biscoitos açucarados tinham recuperado seu poder de atração.

Comer biscoitos açucarados é uma reação interessante ao fato de você se sentir gorda.

"É mesmo?", ela perguntou em voz alta à gorducha em sua mente. "Essa merda é assim tão difícil de entender? Você nunca sentiu pena de si mesma?"

Depois de se fortalecer com um cigarro na varanda da frente, seguiu para a casa dos Haefle. Ainda nevava pesadamente, mas o sabor do ar se tornara canadense à medida que a frente fria passou a dominar. Seu único consolo por haver desapontado seus filhos era que Russ estava fazendo a mesma coisa, e ainda pior. Difícil saber quem ela tinha mais vontade de matar: ele ou a viúva magricela com quem estava preso no centro da cidade.

Ao se aproximar da casa dos Haefle, ela viu dois padres saindo de lá com casacos idênticos com gola de zibelina. Seu medo de padres do lado de fora de uma igreja, que datava de seus anos de devoção católica, estava relacionado com um temor atávico de todas as coisas monstruosas, até mesmo da monstruosidade ostensivamente risível de ser metade humano e metade ungido por Deus: de ser celibatário. Ocultou-se na calçada até os padres entrarem numa caminhonete. Só o fato de o veículo parecer novo em folha já era algo monstruoso.

Conhecia o casal suficientemente bem para entrar sem bater. Sentindo o cheiro das almôndegas e, misecordiosamente, também o de fumaça de cigarro, tirou o maço do bolso antes de pendurar o casaco no armário próximo da escada do porão. Lá de baixo veio o som de violinos de Hollywood e depois uma vozinha bem conhecida, a de Judson.

Na sala de jogos, ela o encontrou num sofá entre duas meninas em cujos rostos se podiam discernir os desafortunados traços de Doris Haefle. Os três assistiam a *Milagre na rua 34* num aparelho portátil da Zenith. Na tela, Kris

Kringle estava sentado na cama de uma menininha cuja mãe, como Marion se recordava, não via nada de errado em deixá-la sozinha com homens estranhos e seus pênis. Quando a câmara focalizou o rosto de Papai Noel, ela sentiu um aperto no peito. Não era seu filme predileto. Colocou-se atrás da televisão para evitá-lo.

"Oi, mãe", disse Judson.

"Oi, querido. Desculpe por eu ter me atrasado tanto. Você já jantou?"

"Já, mas agora estamos vendo esse filme."

"Sou a mãe de Judson", Marion explicou às meninas.

Elas resmungaram alguma saudação. Judson estava espichado para baixo no sofá, as meninas inclinadas uma na direção da outra, seus corpos tocando no dele. Embora Judson fosse em geral uma criança feliz, Marion se impressionou com sua expressão sonhadora, os olhos semicerrados. Parecia um gato em êxtase ao ser acariciado. Ela teve a sensação desagradável de que estava interrompendo alguma coisa.

"Bom, vou deixar vocês verem o filme", disse. "O Perry está lá em cima?"

Os olhos de Judson não desgrudaram da tela. "Acho que sim", ele respondeu.

Havia um quê de sarcasmo em sua voz, como se estivesse fazendo pose para as meninas. Marion subiu para o térreo sentindo que não era uma mãe melhor que a do filme. Judson tinha nove anos. Ela sabia que era hora de Becky ter um namorado, mais do que hora de Clem ter uma garota em sua vida, porém não estava nem remotamente preparada para Judson perder a inocência.

No corredor, de costas para a festa e enfiando um biscoito inteiro na boca, ela viu a esposa do pastor luterano — Jane. Definitivamente *Jane* Walsh, e não Janet. No seu prato de sobremesa havia mais quatro biscoitos, e ela era até mais pesada que Marion.

"Oi, Jane. Marion Hildebrandt — a mulher do Russ."

Um cumprimento feito, milhões pela frente.

"Esta festa é uma tradição linda", disse Jane, "mas os biscoitos de Doris *não* eram o que eu precisava a esta altura do ano. Parece que eu sempre exagero."

Marion preferia as almôndegas. Embora impecavelmente suecos, os biscoitos eram muito secos e sem gosto. Ela estava prestes a oferecer essa avaliação deles, com base na teoria de que chegava de se censurar, quando o burburinho amigável na sala de visitas cessou subitamente. Ela se perguntou se Dwight Haefle teria iniciado um pequeno discurso. Em vez disso, ouviu outra voz bem conhecida se elevando. Era Perry, gritando alguma coisa sobre... estar perdido?

Ela passou correndo por Jane Walsh e abriu caminho pelas beiradas da festa. Perry estava perto da lareira, o rosto extremamente vermelho, um Haefle de cada lado. Todos na sala os observavam.

"O que está acontecendo?", Marion perguntou.

Perry engoliu um soluço. "Mamãe, me desculpe."

"O que foi? O que está acontecendo?"

"Meu filho", disse Dwight Haefle, passando o braço pelo ombro de Perry. "Vamos... ah... Vamos dar uma volta."

Perry curvou a cabeça e se deixou levar. Marion tentou segui-los, mas Doris Haefle a deteve. Seu rosto brilhava com uma expressão de triunfo. "Seu filho está intoxicado."

"Sinto muito ouvir isso."

"Sim, é o que acontece quando as crianças não são supervisionadas. Você só chegou agora?"

"Há alguns minutos."

"Não é nada comum seus filhos virem sem você."

"Eu sei. O tempo lá fora está simplesmente... Perry tentou praticar uma boa ação."

"Você não disse para ele vir?"

"Meu Deus, não."

"Então está bem, querida." Doris deu um tapinha no ombro de Marion. "Você não fez nada de errado. Só precisa levá-lo para casa agora."

Como Doris Haefle tinha um senso de importância extremamente inflado sobre sua condição de esposa de pastor, reagindo com indignação a qualquer coisa que lhe parecesse um desrespeito a esse papel, ela vivia num estado de perpétuo ressentimento pelo mundo não compartilhar desse mesmo sentimento dela. Uma das cruzes que carregava era estar casada com um pastor que, ironicamente, depreciava seu próprio papel. Para Marion, a coisa mais triste era que ela também estava casada com um pastor e, portanto, na visão de Doris, merecia o máximo de consideração. Assim, via-se obrigada a suportar não apenas as sugestões não solicitadas de Doris sobre como se comportar, mas também a maneira infalivelmente gentil com que tais sugestões costumavam ser oferecidas. Era desagradável ser chamada de *querida* por uma pessoa a quem ela tinha vontade de chamar de *mulherzinha insuportável*.

Perry estava derreado numa cadeira da sala de jantar, o cabelo cobrindo seu rosto. Dwight se aproximou de Marion e falou em voz baixa: "Ele realmente parece ter bebido gløgg."

"Vou cuidar disso", ela disse. "Peço que me desculpe."

"Devemos nos preocupar com Russ?"

"Não, ele foi a um encontro com Frances Cottrell."

Os olhos esbugalhados de Dwight a divertiram.

"Estão entregando brinquedos e comida em lata no centro da cidade."

"Ah."

"Mas olhe", ela disse. "Judson está no porão vendo *Milagre na rua 34*. Importa-se que eu o deixe aqui e venha buscá-lo mais tarde?"

"De jeito nenhum", respondeu Dwight. "Se você não quiser voltar, posso levá-lo para casa."

Com que frequência um casamento consistia em juntar uma pessoa simpática com uma desagradável! Se os outros não viam o casamento dela dessa forma, era apenas porque nunca tinham conhecido a verdadeira Marion. Ela precisava descer e dizer a Judson que ia levar Perry para casa, mas a cena no porão lhe deixara um gosto perturbador, por isso pediu que Dwight fizesse isso. Quando ele saiu, Marion foi até Perry e se agachou ao lado dele.

"Querido", ela disse. "Você está muito bêbado ou nem tanto?"

"Não muito", ele disse, o rosto ainda escondido. "A reação da sra. Haefle foi exagerada."

A expressão *não muito* não surpreendeu Marion. Ela também tomara seu primeiro porre quando tinha a idade dele. Fácil de entender por que tinha dado no que deu.

"O que você estava pensando? Você trouxe Judson para cá. Você estava responsável por ele — não pensou nisso?"

"Mamãe, por favor. Desculpe, está bem?"

"Querido, olhe para mim. Vai olhar para mim? Não estou zangada com você. Só estou surpresa. Você é sempre tão atento com o Judson."

"Desculpe!"

Coitado do menino. Ela pegou as mãos dele e beijou sua cabeça.

"Jay estava bem", ele disse. "Estava jogando General, e eu não estava assim tão alto. Tudo vinha correndo bem até..."

"Você escolheu a casa da mulher errada para ficar bêbado."

Perry bufou. Seu filho conhecia a opinião dela sobre Doris Haefle. Ela lhe contava uma porção de coisas que não contava aos outros filhos. E agora tinha coisas novas para contar a ele. O calor das mãos de Perry e a realidade do garoto que ela amava de modo tão especial estavam queimando um buraco no tecido das suas fantasias sobre Bradley. "Vamos para casa", disse.

Quando ela voltou do armário com os casacos deles, Perry estava comendo algumas almôndegas. Elas eram tentadoras, mas os cigarros também eram. O velho ciclo de nicotina, fome, supressão da fome, ansiedade e alívio estava de volta. Deixando Perry pôr alguma coisa sólida no estômago, ela foi até a varanda da frente.

Estava no meio de seu Lucky quando Perry abriu a porta. Num impulso de culpa, Marion quase jogou o cigarro fora, porém era importante que ele a visse como ela realmente era.

Perry esbugalhou os olhos numa surpresa de desenho animado. "Pode me dizer o que você está fazendo?"

"Esta noite eu trouxe meu próprio contrabando."

"Você *fuma*?"

"Há muito tempo eu fumava. Mas é um hábito horrível, você nunca deve experimentar."

"Faça o que eu digo e não o que eu faço."

"Exatamente."

Ele fechou a porta e calçou a galocha.

"Mesmo assim, posso experimentar um?"

Ela se deu conta de seu erro tarde demais. Em algum momento, ela tinha certeza, Perry se valeria do fato de ela fumar como uma permissão para fumar também, e essa seria mais uma razão para ela se sentir culpada em relação a ele. A fim de amenizar a ansiedade, Marion tragou com força.

"Perry, me escuta. Há uma coisa que, se você fizer, eu não vou perdoar. Não vou perdoá-lo se você virar um fumante. Estamos entendidos?"

"Para ser sincero, não", ele disse, afivelando a galocha. "Não vejo você como uma pessoa hipócrita."

"Quando eu comecei a fumar, ninguém sabia como era perigoso. Você é inteligente demais para cometer o mesmo erro."

"E, apesar disso, aqui está você fumando."

"Bom, há uma razão para isso. Quer que eu conte?"

"Quero que você não *morra*."

"Não pretendo morrer, meu querido. Mas há algumas coisas que você precisa saber sobre mim. Como está se sentindo agora?"

"A bebedeira já passou. Não estou nem um pouco alto, não dá para ver?"

Na história que ela começou a lhe contar a caminho de casa, não havia Bradley Grant, nenhum homem exceto Russ. A neve, alta no chão e ainda caindo, dava à voz dela um curioso efeito de distanciamento ao mesmo tempo que abafava seu alcance, como se o mundo fosse uma ampliação do cérebro de Marion. Perry ouvia em silêncio, oferecendo-lhe, sem palavras, a mão onde a neve formara montículos. Até então, ela tinha mantido em segredo o suicídio do pai, e mesmo com Russ não falava sobre isso havia anos, por achar que o assustava ou embaraçava — como, aliás, tudo mais o que se referia ao âmago dela. Com o rosto de Perry oculto pelo capuz do anoraque, ela não soube como ele estava reagindo quando passou a descrever seu próprio distúrbio mental depois do suicídio — a dissociação, os episódios de derrapagem, os meses de insônia, as semanas de depressão catatônica.

Chegaram à casa paroquial antes que ela tivesse terminado. Na entrada da garagem, havia pegadas recentes, umas na direção da casa, outras na direção da rua. Imaginando que podiam ser de Clem, chamou seu nome tão logo ela e Perry entraram na cozinha, porém a casa estava obviamente vazia.

"Será que ele foi ao concerto?", ela disse. "Você provavelmente também quer ir. Podemos conversar mais amanhã cedo."

Perry comia um biscoito. "Se você tem mais para contar, vamos tratar de ouvir."

Ela pegou o maço de cigarros no casaco e abriu a porta dos fundos para ventilar a cozinha. "Desculpe, querido. Para mim é difícil fazer isso sem fumar."

Suas mãos tremiam demais, ela não conseguia manter o fósforo aceso. Perry pegou a caixa de fósforos e acendeu um para ela. Marion de algum modo estava se sentindo mais jovem que ele, mais filha do que mãe. Agradecida, deu uma tragada e tentou soprar a fumaça para fora de casa, mas o vento a empurrou de volta.

"Apaga isso", ele disse. "Tenho uma ideia melhor."

"A varanda da frente."

"Não. O terceiro andar."

Na semiobscuridade do vestíbulo, ela se surpreendeu ao ver duas malas grandes. Por um instante, como se num sonho, pensou que eram dela — que estava partindo naquela noite, talvez para Los Angeles. Depois entendeu que eram de Clem. Por que ele teria trazido tanta bagagem?

Perry havia subido a escada às pressas. Ofegante, com o coração envenenado, Marion o seguiu até o quarto de depósito no terceiro andar. Ali não havia culpas secretas enterradas. Ela chegara à casa de seu tio Jimmy com uma única mala e, antes de se casar com Russ, queimara seus diários na lareira do tio, destruindo a última prova da pessoa que ela tinha sido. As relíquias mais antigas eram de Indiana — um berço e uma cadeira alta usados pela última vez por Judson, um velho projetor cinematográfico, um baú de cedro cheio de colchas e lençóis que não valia a pena guardar, um armário com roupas que provavelmente nunca voltariam à moda, uma barraca mofada que pertencera ao exército e que Russ comprou imaginando, erroneamente, que a família poderia usá-la para acampar. Apenas um monte de tristezas.

Sem acender nenhuma lâmpada, Perry abriu a janela gradeada da lucarna. "A casa tem uma espécie de efeito chaminé", ele disse. "Mesmo com a porta fechada, há sempre uma corrente de ar para fora."

"Você parece conhecer isto aqui muito bem."

"Você pode usar o peitoril de fora como cinzeiro."

"Espera aí. Você está me dizendo que você fuma?"

"Termine a sua história. Achei que você tivesse mais coisas para contar."

Havia de fato uma corrente de ar que soprava para o exterior. Ela podia pôr a cabeça para fora da janela e ainda assim não passar frio — *na* neve, sentindo os flocos no rosto, mas sem fazer parte dela. Fumando, mas não envolta em fumaça.

"Então... muito bem", ela disse. "Acabei ficando louca. A polícia me pegou vagando pelas ruas numa manhã de Natal. Amanhã faz trinta anos que isso aconteceu. Me levaram para o hospital do condado e me internaram na ala de mulheres do Rancho Los Amigos, que é o tipo de lugar que você jamais vai querer estar. Claro que eles não podiam me deixar voltar para a rua, mas ficar trancada num lugar com barras de ferro nas janelas, cercada de mulheres que eram mais doidas que eu... Eu realmente ainda não consigo entender como eu melhorei. Os psiquiatras me disseram que meu cérebro ainda era o de uma adolescente. A palavra que usaram foi *neuroplasticidade*. Disseram que era possível que meus hormônios se assentassem — eu os havia estressado passando tempo demais sozinha e... outras coisas. Não acreditei realmente neles, mas havia uma lista de comportamentos que eu devia exibir antes de me deixarem ir embora, e eu estava tão desesperada para sair que, com o passar do tempo, exibi todos. E assim foi. Este é outro fato importante sobre mim. Fui internada com uma doença mental quando tinha vinte anos."

Marion apagou o cigarro amassando-o no peitoril externo.

"Entende por que eu fiquei tão preocupada com você na primavera? Somos muito parecidos — não somos como os outros. Sua dificuldade para dormir, suas mudanças bruscas de estado de espírito, acho que você herdou tudo isso de mim. Do lado da minha família. Me sinto horrível por causa disso, mas é uma coisa que você precisa saber. Não quero que passe nunca pelo que passei."

Foi difícil se afastar da janela, mas ela o fez. O aposento parecia agora mais claro depois que seus olhos haviam se adaptado. Perry estava sentado no baú de cedro, os olhos cravados no chão. Quando Marion se sentou na linha de visão dele, Perry enfiou o queixo no peito.

"Seu pai não sabe nada sobre isso. Nunca contei que estive internada num hospital... porque eu melhorei. Fazia alguns anos que eu já estava melhor, quando o conheci, e quero que você se lembre disso. Os psiquiatras tinham razão. Foi alguma coisa que ficou para trás depois que eu cresci."

Até certo ponto isso era mentira, por isso ela a repetiu.

"Você não precisa se preocupar comigo, querido. Mas eu me preocupo com você. Você ainda é um adolescente, e é muito precioso para mim. Você precisa me dizer o que vai dentro da sua cabeça. Se há um problema, podemos cuidar dele, mas você precisa ser sincero comigo. Vai fazer isso? Vai sempre me dizer o que está pensando?"

No hálito quente de Perry, Marion sentia o cheiro de álcool. Ter lhe dito em voz alta a coisa pela qual se sentia mais culpada fez aquilo crescer, se tornar mais real, aparentemente inescapável. Pensou em sua hesitação horas antes à porta do consultório da gorducha — a sensação de que só tinha duas opções: submeter-se à vontade de Deus e se dedicar a Perry ou desprezar o divino e se dedicar a si mesma. Era cruel como as escolhas pareciam mutuamente excludentes. No calor da respiração do filho, ela sentia sua euforia evaporando, seu desejo por Bradley escapando pelos dedos.

"Querido? Diga alguma coisa, por favor."

Com um som vindo do fundo da garganta, quase um riso, ele endireitou o corpo e olhou em volta como se não a visse a seus pés. "Dizer o quê? Não que isso seja uma grande surpresa."

"Como assim?"

Ele estava sorrindo. "Eu já sabia que estava perdido, não é mesmo?"

"Não, não, não."

"Não estou dizendo que é culpa sua. É simplesmente um fato. Há alguma coisa ruim na minha cabeça."

"Não, meu querido. Você só é inteligente e sensível. Isso não precisa ser uma coisa ruim. Também pode ser uma coisa muito boa."

"Não é verdade. Olha só, quer ver?"

Perry se pôs de pé com surpreendente energia e trepou no baú de cedro. Pegou uma caixa de sapato em cima do armário. Ele não estava reagindo de modo algum como Marion esperara. Nenhuma preocupação com ela nem consigo mesmo. Era como se uma chave houvesse sido acionada e ele não estivesse reagindo. Ela conhecia aquela chave. A pior punição era ver seu filho acioná-la.

Ele abriu a caixa de sapato e tirou de lá um saco de plástico transparente que parecia conter pedaços de uma planta. "Estas", ele disse, "são as sementes e as hastes do que eu fumei aqui em cima. Correspondem talvez a dez por cento do meu consumo total, contando com outros lugares." Perry remexeu na caixa. "Estes são os meus papéis. E este é o cachimbo que eu achei que ia ser ótimo, mas que não funcionou para mim. O fiel isqueiro Bic, claro. A pinça para segurar o baseado. Uma garrafinha de enxaguante bucal. E isto..." Perry ergueu um aparelho reluzente. "É bom que você saiba disto também. Isto aqui é uma espécie de balança de mão. Útil se a gente está metido com a venda de maconha."

"Virgem Maria!"

"Você pediu que eu fosse sincero com você."

Perry voltou a tampar a caixa. Puro negócio, zero emoção. Ocorreu a Marion que o Perry na cabeça dela tinha sido somente uma projeção sentimental, extrapolada do menininho que ele havia sido. Não conhecia o verdadeiro Perry mais do que Russ conhecia quem ela era de verdade.

"Como tudo isso aconteceu tão rápido?", ela perguntou, querendo se referir ao fato de que ele se tornara um estranho.

"Três anos não é rápido."

"Ah, não! Três anos? Eu devo ser muito burra e muito cega."

"Não necessariamente. Não é difícil esconder um vício em drogas se a pessoa é meticulosa nos protocolos."

"Pensei que tínhamos uma relação íntima."

"E temos, de certo modo. Não é que eu pensei que soubesse tudo sobre *você*. Na verdade, como estou vendo agora, eu não sabia."

"Mas se você está vendendo drogas, isso não é de jeito algum o mesmo tipo de coisa."

"Não me orgulho disso."

"Você não deve vender drogas."

"Para constar, saiba que eu parei de vender. Estou tentando virar a página. Pode agradecer à Becky por isso."

"*Becky*? A Becky sabe?"

"Não sobre a parte da venda, acho que não. Mas, quanto ao resto, sim, ela está bem informadinha."

Na paisagem que se abria com a imagem de seus filhos conspirando para excluí-la, Marion sentiu uma estonteante ressurgência de seu distúrbio. Evidentemente, ela era tudo menos a mãe indispensável e merecedora das confidências que imaginava ser. Havia tapeado Russ, mas não os filhos, e sua inteligência animal rapidamente reconheceu nisso uma espécie de permissão: caso um dia conseguisse ir embora, talvez não fizesse tanta falta.

"Vou fumar outro cigarro", ela disse.

"Permissão concedida."

Marion voltou à janela e acendeu um cigarro. Ainda havia alguma seiva dentro dela, os velhos órgãos do desejo continuavam a funcionar. Isso-aquilo, sim-não. Era quase cômico observar sua mente saltar para lá e para cá entre dois opostos irreconciliáveis: mãe temente a Deus, pecadora sem remorsos. Debruçou-se tão para fora da janela quanto ousou, tentando escapar ao calor que vazava da casa e sentir o ar do inverno na pele. Inclinando-se ainda mais, foi atingida por uma leve rajada de vento. Os flocos derretiam em seu rosto. Tudo era uma tremenda confusão — e uma maravilha.

"Opa, mãe, cuidado!", disse Perry.

As harmonias amplificadas de "Leaving on a Jet Plane", despidas de reverberação devido à plateia compacta no salão de festas, ultrapassavam as portas abertas. Duas jovens, usando luvas que deixavam seus dedos de fora e gorros com pompons, estavam sentadas diante de uma mesa no vestíbulo. Pediram-lhe três dólares.

"Não vim assistir ao concerto", disse Clem. "Estou procurando a Becky Hildebrandt."

"Ela está aqui. Mas não podemos deixar..."

"Não vou dar os três dólares."

Lá dentro, as silhuetas da cabeça dos frequentadores mais altos podiam ser vistas contra as luzes do palco. Sentados num semicírculo, com violões acústicos de caixa grande e atrás de microfones armados em estantes de metal, estavam os irmãos Isner e uma garota com um corpo escultural, Amy Jenner, cujo cabelo caía abaixo da cintura. Clem recordava-se bem dela. Dois anos antes, num exercício do Encruzilhadas, Amy lhe passara um bilhete que dizia: "Você é gostoso". A frase era tão absurda que ele a tomara como piada, mas, vendo-a agora e sabendo por Sharon de que substância o mundo era feito, ele entendeu aquilo de modo diferente. A beleza da voz de Amy, enquanto ela cantava sobre a raiva de ver seu amante partir, esfregou sal no ferimento que ele se infligira no quarto de Sharon.

No ônibus para Chicago, ele e o bebê no banco de trás por fim dormiram, mas não tinha valido o custo de despertar. Retomar a consciência de seus atos anteriores, que só ele conhecia, foi o oposto de acordar de um pesadelo. Depois de um esforço brutal para carregar as malas até a estação de trem, ele pegara o das 7h25 para New Prospect; ali um bom samaritano lhe oferecera uma carona. Ele deixou sua bagagem na casa paroquial e voltara a encarar a neve, forçando-se a seguir em frente. Estava determinado a não dormir até que pudesse acordar sabendo que não estava sozinho.

Misturou-se à multidão procurando por Becky, mas o concerto também era uma reunião. Foi imediatamente abordado por uma edição mais madura de Kelly Woehlke, uma garota que crescera com ele na Primeira Reformada. Nunca tinham sido amigos e, em qualquer outra noite, o abraço que ela lhe deu poderia parecer injustificado. Nessa noite, o toque de um corpo quente quase o fez chorar. Seus primeiros amigos no Encruzilhadas eram demasiado antissentimentais para se dar ao trabalho de comparecerem a uma reunião, mas outros ex-membros do grupo o cercavam e, por mais periférico que ele se sentisse no Encruzilhadas, por mais que não se entusiasmasse com os exercícios de construção de confiança e a retórica de crescimento pessoal, ele recebeu os abraços com gratidão, como se fossem condolências de familiares. Perguntou-se o que Sharon pensaria de todos aqueles abraços. Em seguida desejou não ter se perguntado, porque as lembranças de Sharon, embora inócuas, provocaram outra onda de culpa e sofrimento.

Quando acabou de circular pelo salão todo sem encontrar Becky, os irmãos Isner e Amy Jenner estavam cantando a plenos pulmões o que eles martelariam várias horas do dia. A energia de Clem estava exaurida, o barulhão se tornara infernal. Ele estava encalhado perto do palco, em frente a uma pilha de alto-falantes, quando Davy, o irmão menor de seu amigo John Goya, se aproximou. Davy não somente deixara de ser pequeno, como parecia estranhamente um homem de meia-idade. "Está procurando a Becky?", ele gritou.

"Estou. Ela está aqui?"

"Estou preocupado com ela. Becky voltou para casa?"

"Não", Clem gritou. "Acabei de vir de casa."

Davy franziu a testa.

"Aconteceu alguma coisa?", Clem berrou.

A cantoria cessou misericordiosamente, deixando apenas um leve zumbido nos alto-falantes.

"Não sei", disse Davy. "Ela deve estar deitada em algum lugar."

Aos ouvidos de Clem chegou a amplificada voz melíflua de Toby Isner, o mais velho dos dois irmãos musicais.

"Obrigado a todos. Obrigado. Infelizmente só temos tempo para uma música."

Toby fez uma pausa para aguardar as manifestações de frustração, e alguém na plateia educadamente soltou um lamento. Além de uma sinceridade untuosa de sujeito sensível, ele tinha uma maneira de sorrir cheia de autossatisfação ao cantar que sempre irritara Clem profundamente. Agora havia deixado crescer uma barba de dimensões bíblicas.

"Vocês sabem", Toby disse, "que é um prazer imenso estarmos todos juntos aqui nesta noite, tantas pessoas formidáveis, tantos amigos maravilhosos, tanto amor, tanto riso. Mas quero falar sério por um minuto. Podemos fazer isso? Quero que todo mundo se lembre de que ainda há uma guerra em curso. Agora mesmo, neste exato minuto, é de manhã no Vietnã. As pessoas ainda estão sendo mortas e, meus amigos, temos que fazer isso parar. Parar a guerra. Precisamos que os Estados Unidos saiam do Vietnã *agora mesmo*. Vocês estão comigo?"

Toby era um babaca tão presunçoso que Clem quase sentiu pena dele. No entanto, muita gente estava batendo palmas ou soltando urros de aprovação. Encorajado, Toby gritou: "Quero ouvir vocês, minha gente! Todos juntos agora! O que é que nós queremos?".

Pôs a mão em concha junto à orelha, e um punhado de vozes, na maioria de mulheres, obedeceu a seu chamamento: "Queremos paz!".

"Mais alto, pessoal! O que é que nós queremos?"

"*Queremos paz!*"

"O que é que nós queremos?"

"QUEREMOS PAZ!"

"Quando é que queremos isso?"

"AGORA MESMO!"

"Queremos paz!"

"AGORA MESMO!"

Embora Davy Goya, que Deus o abençoasse, estivesse examinando cuidadosamente suas unhas, Clem teve a impressão de que todas as demais pessoas no salão haviam se unido à gritaria. Ele participara de alguns desses cantos em várias manifestações antes de conhecer Sharon, mas aquele som agora era tão alienante que sentiu vergonha, vergonha de sua fraqueza ao abraçar outros ex-membros do grupo. Eles não apenas estavam a salvo e se sentindo moralmente justificados, como nem um pouco chocados com Toby Isner. Se no passado eles tinham sido companheiros de Clem, certamente não eram mais.

Toby baixou o punho, que vinha movimentando como um pistão ao ritmo da cantoria, e atacou as primeiras notas de "Blowin' in the Wind". A plateia urrou de alegria e Clem chegou ao seu limite. Abriu caminho entre as pessoas amontoadas e escapou para o corredor central da igreja, onde ficavam os banheiros. Abriu uma fresta na porta do banheiro das mulheres. "Becky?"

Nenhuma resposta. Verificou as outras salas ao longo do corredor — também vazias. Quando chegou à porta principal da igreja, ainda podia ouvir a voz de Toby Isner e visualizar o sorriso afetado naquela cara barbuda. Sentada no chão no lado de dentro, uma garota com um casaco de motociclista fumava um cigarro. Laura Dobrinsky.

"Oi, Laura, bom ver você. Será que você viu minha irmã?"

Laura deu uma tragada de lado, como se não o tivesse ouvido. Parecia ter chorado.

"Desculpe te incomodar", ele disse. "Só estou procurando a Becky."

Entre Clem e Laura havia a facilidade social de ter ficado claro fazia muito tempo que eles não simpatizavam um com o outro. Ela deu outra tragada de lado. "Na última vez em que eu a vi, ela estava com maconha até o cu."

"Ela estava... o quê?"

"Com maconha até o cu."

Sua vista escureceu, como se tivesse levado um soco. Agora entendia por que Davy Goya estava preocupado. Deixando Laura curtir suas infelicidades, ele subiu correndo dois lances de escadas até a sala de reunião do Encruzilhadas. Na semiobscuridade do lugar, viu da porta uma garota deitada num sofá debaixo de um rapaz magricela. Ambos estavam vestidos e, felizmente, a garota não era Becky.

"Desculpe. Um de vocês viu a Becky Hildebrandt?"

"Não", disse a garota. "Vá embora."

Enquanto descia a escada, a falta de sono o golpeou. Teria se sentado para fumar um cigarro se acreditasse que isso não o faria se sentir pior. Seus olhos estavam quentes, a cabeça cheia de porcaria, os ombros doloridos de carregar as malas, a boca amarga por causa dos biscoitos que havia pegado às pressas ao sair da casa paroquial — e a complicação de Becky tornava tudo quase insuportável. Sabia que Perry fumava maconha, mas Becky? Precisava que ela fosse seu alter ego reluzente e de cuca limpa. Precisava dela ao seu lado antes de contar aos pais o que havia feito.

O corredor do segundo andar estava às escuras, porém a porta da sala de Rick Ambrose estava totalmente aberta. Clem sempre apreciara a compreensão de Ambrose acerca de sua relação ambivalente com o Encruzilhadas, e agora o apreciava por não querer nada com o concerto. Diante da possibilidade de que sua irmã estivesse ali a salvo, Clem deu uma olhada na sala e viu Ambrose sentado na cadeira da escrivaninha, o corpo relaxado. Lia um livro e parecia sozinho.

Mais adiante no corredor que levava à nave da igreja, Clem notou uma fresta de luz sob a porta da sala do pastor assistente. Evidentemente, seu pai, que àquela hora devia estar na festa anual dos Haefle, havia se esquecido de apagar a luz. Ao passar pela porta, ouviu um riso que se assemelhava ao de Becky.

Parou. Será que ela tinha uma chave? Bateu à porta. "Becky?"

"Quem é?"

Sua pressão sanguínea deu um salto. Era a voz do pai. Clem não esperava vê-lo — havia contado em *não* vê-lo — antes de falar com Becky e receber a bênção dela.

"Sou eu", ele disse, "Clem. A Becky está aí?"

Houve um silêncio suficientemente longo para não ser natural. Depois a porta foi aberta por seu pai. Ele vestia o velho casaco do Arizona e estava estranhamente pálido. "Oi, Clem."

Não parecia nada feliz em ver o filho. Atrás dele, com um casaco de caçador e um boné no mesmo estilo, havia um rapaz de pele clara que, Clem se deu conta, na verdade era uma mulher de cabelo curto.

"A Becky está aqui?"

"Becky? Não. Não, ah, essa é uma de nossas paroquianas, a sra. Cottrell."

A mulher fez um pequeno aceno com a mão. Seu rosto era muito bonito.

"Esse é o meu filho Clem. A sra. Cottrell e eu estávamos justamente... hã... na verdade, talvez você possa nos ajudar. Quem limpou a neve do estacionamento bloqueou o carro dela. Precisamos tirá-lo de lá. Você se importaria em nos ajudar?"

A sra. Cottrell se aproximou e estendeu a mão para Clem. Era fria e firme.

"Frances, não esqueça os discos. Eu acho... ah, Clem, acho que vi umas duas pás perto da porta da frente. A sra. Cottrell e eu nos atrasamos... estávamos na igreja do Theo e... sim, tivemos um... hã... pequeno acidente."

O que quer que Clem tivesse interrompido, seu pai não podia estar mais nervoso.

"Não acho que eu esteja em condições de limpar a neve com uma pá neste momento."

"Você...? Vai ser rapidinho com nós dois. Vamos?" Russ apagou a luz e disse mais uma vez: "Não esqueça os discos".

"Se vai ser rapidinho com dois", disse Clem, "quanto tempo mais vai ser preciso só com um?"

"Clem, ela realmente precisa voltar para casa."

"Mas e se eu por acaso não tivesse batido na sua porta..."

"Estou lhe pedindo um favor. Desde quando você se importa em fazer uma forcinha?"

Seu pai segurou a porta para a sra. Cottrell, que saiu carregando uma pilha de discos antigos. Tudo nela era delicado, desejável, causando mal-estar em Clem. Muito embora houvesse advertido Becky de que homens como o pai deles, homens fracos cuja vaidade precisava ser alimentada, tinham grande probabilidade de trair a esposa, era horrível pensar que aquilo podia estar de fato acontecendo — que seu pai, não sendo tão legalzinho quanto Rick Ambrose, havia agarrado alguém mais próximo de sua idade. Será que ela não via como ele era fraco?

No estacionamento, com a nevada já menos intensa, grupos de ex-membros do Encruzilhadas aproveitavam o intervalo para fumar. Enquanto a sra. Cottrell limpava as janelas de seu carro, Clem e o pai atacaram o monte de neve à frente do veículo. A fim de que o carro vencesse a camada de lama congelada que eles haviam exposto, foi necessário empurrar o veículo — como nos velhos tempos, pai e filho trabalhando lado a lado —, enquanto a sra. Cottrell o fazia se mover para a frente e para trás com toques leves no acelerador. Quando o veículo finalmente conseguiu se desvencilhar, ela se afastou por alguns metros e abriu o vidro da janela.

Uma delicada mão surgiu na janela. Fez sinal com um dedo. Não um gesto típico de uma paroquiana para seu pastor. O dedo voltou a fazer um sinal.

"Ah... um segundo", disse Russ. Ele deu uma corridinha até o carro e se curvou diante da janela aberta. Clem não conseguia ouvir o que a sra. Cottrell estava dizendo, mas devia ser algo fascinante, porque seu pai pareceu esquecer que Clem estava ali.

Esperou por pelo menos um minuto, enojado com o espetáculo do tête-à-tête deles. Depois voltou para a igreja com as pás. Já havia notado a caminhonete da família estacionada em frente à entrada principal, porém só agora viu que a traseira estava avariada, sem o para-choque e com a lanterna quebrada. O para-choque estava dentro do carro.

Ouviu-se um guincho de pneus e seu pai chegou correndo atrás dele.

"Essa é outra coisa em que você pode me ajudar amanhã. Se conseguirmos tirar esse amassado, acho que dá para prender de novo o para-choque."

Clem examinou a avaria. Tinha o peito tão cheio de raiva que era difícil falar. "Por que você não está na festa dos Haefle?"

"Ah, bem, você está vendo a razão. Frances e... a sra. Cottrell e eu nos atrasamos muito no centro da cidade. Também tive que trocar um pneu."

Clem assentiu com a cabeça. Seu pescoço também estava rígido por causa da raiva. "Fico me perguntando", ele disse, "o que ela estava fazendo na sua sala. Se tinha tanta pressa de chegar em casa."

"Aha. Sim. Ela estava apenas pegando uns discos que eu tinha... pegando emprestados." Seu pai chocalhou as chaves do carro. "Poderíamos ir juntos para casa, mas imagino que você queira ficar para o concerto."

Sem para-choque, a traseira do Fury era um rosto sem boca.

"Ela não me deu a impressão de estar com nenhuma pressa de voltar para casa."

"Ela... você diz agora? Ela estava... era só um negócio sobre o círculo das terças-feiras."

"É, sem dúvida."

"Era mesmo."

"Babacada."

"Como é?"

Ouviu-se um grito de alegria vindo do salão de festas.

"Você está mentindo", disse Clem.

"Ei, espere um minuto…"

"Porque eu sei o que você é. Venho observando você a minha vida inteira e estou de saco cheio."

"Isso é… O que quer que você esteja me imputando é… não é correto."

Clem se voltou para o pai. O medo no rosto dele fez Clem rir. "Mentiroso."

"Não sei o que você está pensando, mas…"

"Estou pensando é que a mamãe está na casa dos Haefle e você aqui se babando todo por uma mulher que não é ela."

"Isso é… Não há nada de errado em um pastor cuidar de uma de suas paroquianas."

"Jesus! O fato de você ainda ter que dizer isso."

Do salão de festas veio uma introdução das congas, seguida de outra ovação. O último ex-membro do grupo apagou o cigarro para entrar. Como se a música resolvesse alguma coisa. Acabar com a guerra, cara. Fazer essa guerra terminar. O asco que Clem sentia daquela gente metida a hippie do Encruzilhadas intensificou o asco que sentia pelo pai. Sempre odiara os bullies, mas agora entendia como o medo que a outra pessoa sentia podia causar raiva. Como ver esse medo incitava a provocação. Incitava a violência.

Seu pai falou de novo, numa voz baixa e hesitante. "A sra. Cottrell e eu estávamos fazendo uma entrega na igreja do Theo. Saímos daqui um pouco atrasados e depois houve…"

"Está bem, quer saber? Foda-se. Não me interessa a sua historinha. Se quer trepar com outra mulher, vá em frente, este é um país livre. Se isso faz você se sentir melhor consigo mesmo, estou cagando e andando."

Seu pai o olhou horrorizado.

"Estou indo embora daqui mesmo", disse Clem. "Não ia contar a você esta noite, mas é melhor saber logo. Larguei a universidade. Já mandei uma carta para o setor de recrutamento. Vou para o Vietnã."

Clem largou as pás de neve no chão e se afastou com largos passos.

"Clem", seu pai gritou. "Volte aqui."

Clem ergueu o braço e fez um sinal obsceno ao entrar na igreja. O vestíbulo estava vazio. Laura Dobrinsky havia deixado duas guimbas e uma sujeirada de cinzas no assoalho. Ele parou para refletir sobre onde mais deveria procurar por Becky, e a porta se abriu com um repelão.

"Não se afaste de mim assim."

Clem subiu a escada às pressas. Ainda não tinha olhado na nave nem na sala contígua a ela. Estava no corredor, a meio caminho de lá, quando seu pai o alcançou e o agarrou pelo ombro. "Por que está fugindo de mim?"

"Tire as mãos de mim. Estou procurando a Becky."

"Ela está com a sua mãe na casa dos Haefle."

"Não, não está. A Becky também está cheia de você."

Seu pai olhou de relance para a porta aberta de Ambrose, abriu com a chave a porta de sua sala e baixou a voz. "Se você tem alguma coisa para me dizer, poderia fazer a delicadeza de não sair correndo antes de eu responder."

"Delicadeza?" Clem o seguiu para dentro da sala. "Você quer dizer: igual à delicadeza que você teve de deixar a mamãe na casa dos Haefle enquanto você se divertia com a sua amiguinha?"

Seu pai acendeu a luz e fechou a porta. "Se você se acalmar, eu ficaria muito feliz em explicar o que aconteceu esta noite."

"Está certo, mas olhe bem nos meus olhos, papai. Olhe nos meus olhos e veja se eu acredito numa única palavra."

"Já chega." Russ agora também estava irritado. "Você se comportou mal no feriado do Dia de Ação de Graças e muito mal agora."

"Porque eu estou puto com você de verdade."

"E eu com a sua falta de respeito."

"Você tem ideia de como é vexaminoso ser seu filho?"

"Já disse que chega!"

Clem teria gostado de uma briga. Não tinha dado um soco em ninguém desde os primeiros anos do ginásio. "Vai me bater? Quer ver o que é bom?"

"Não, Clem."

"O Senhor Antiviolência?"

Havia uma paciência cristã na forma como seu pai balançou a cabeça. Clem teria gostado muito de ao menos empurrá-lo contra a parede, mas isso apenas alimentaria sua vitimização cristã. A única coisa com que Clem podia golpeá-lo era com palavras.

"Você pelo menos ouviu o que eu disse no estacionamento? Larguei a universidade."

"Ouvi que você estava com raiva e tentava me provocar."

"Eu não estava sendo provocador. Estava comunicando um fato."

Seu pai afundou o corpo na cadeira giratória. Havia uma folha em branco na máquina de escrever. Ele a tirou e alisou. "É uma pena que tenhamos começado assim com o pé esquerdo. Espero que amanhã possamos ser mais educados um com o outro."

"Escrevi para o setor de recrutamento, papai. Pus a carta no correio hoje de manhã."

Russ sacudiu a cabeça, como se soubesse das coisas. "Pode me ameaçar o quanto quiser, mas você não vai para o Vietnã."

"Não vou o cacete."

"Temos nossos problemas, mas sei quem você é. Você não espera que eu acredite de verdade que pretende ser um soldado. Não faz o menor sentido."

O jeito pretensioso com que seu pai demonstrava sua certeza — a de que nenhum filho poderia ser qualquer coisa senão uma réplica dele — incendiou o bully que existia em Clem.

"Sei que é difícil para você imaginar isto, mas algumas pessoas de fato pagam um preço pelas coisas em que acreditam. Você e sua paroquianazinha podem ir tirar uma onda com os brancos simpáticos na igreja do Theo Crenshaw. Você pode arrancar algumas ervas daninhas em Englewood e se sentir bem consigo próprio. Pode participar de suas marchas e se vangloriar diante de uma congregação composta só de brancos. Mas, quando chega a hora da verdade, você não vê nenhum problema em que eu frequente uma universidade enquanto um rapaz negro luta por mim no Vietnã. Ou um rapaz branco lá dos montes Apalaches. Ou um pobre coitado navajo, como o filho do Keith Durochie. Você se acha melhor do que o Keith? Acha que a minha vida vale mais que a do Tommy Durochie? Acha que é certo eu ir para a universidade enquanto os rapazes navajos estão morrendo? É isso que faz sentido para você?"

O bully ficou satisfeito ao ver a confusão causada em seu pai quando se deu conta de que Clem falava a sério.

"Nenhum rapaz norte-americano deveria estar no Vietnã", Russ disse com voz serena. "Pensei que nós dois concordávamos com isso."

"Concordo. É uma guerra de merda. Mas isso não…"

"É uma guerra *imoral*. Todas as guerras são imorais, mas essa em especial. Quem quer que participe dela compartilha da imoralidade. Me surpreende que eu tenha que explicar isso a você."

"Sei, sei, eu não sou igual a você, papai. Caso não tenha reparado, não tive o luxo de ter nascido um menonita. Não acredito numa divindade metafísica cujos mandamentos eu deva obedecer. Preciso seguir minha própria ética e, se é que você não se lembra, meu número na loteria do recrutamento era dezenove."

"Claro que lembro. E você tem razão — foi um alívio imenso, para sua mãe e para mim, quando você recebeu a dispensa como estudante. Acho que me lembro de que você sentiu o mesmo."

"Só porque não tinha pensado bem na coisa."

"E agora pensou. Muito bem. Compreendo por que a dispensa como estudante lhe parece injusta — você levantou uma questão legítima. Também compreendo o sentimento de se sentir obrigado a servir ao país por causa do seu número na loteria do recrutamento. Mas ir lutar nessa guerra não faz o menor sentido."

"Talvez não para você. Para mim, não há alternativa."

"Você já esperou um ano, por que não esperar mais um semestre? A maioria dos soldados já terá voltado para casa. Daqui a seis meses duvido que estejam até mesmo falando em receber mais recrutas."

"Exatamente por isso estou indo agora."

"A troco de quê? Para mostrar seu posicionamento? Você poderia fazer isso abrindo mão da dispensa e se tornando um objetor de consciência. Filho de um objetor de consciência, de uma família de pastores — você teria bons argumentos."

"Certo. Foi o que *você* fez. Mas sabe de uma coisa? O homem que ficou no seu lugar em 1944 provavelmente era um branco de classe média. Esse é um luxo moral que eu não tenho."

"Luxo?" Seu pai socou o braço da cadeira. "Não foi um luxo moral. Foi uma *escolha* moral, e o fato de que a maioria dos cidadãos apoiava aquela guerra tornou a escolha mais difícil, e não mais fácil. Nos chamaram de traidores. Nos chamaram de covardes, tentaram expulsar nossos pais da cidade — alguns de nós até fomos presos. Todos pagamos um preço."

Recordando o orgulho que havia tido no passado pelos princípios do pai, Clem sentiu que as rédeas de sua argumentação se tornavam frouxas em suas mãos. Deu um repuxão forte nelas. "A sua sorte foi que muitos outros homens estavam prontos a lutar contra os fascistas."

"Essa foi a escolha moral deles. Admito que, naquelas circunstâncias, a escolha era defensável. Mas Vietnã? Não há defesa possível para o nosso envolvimento lá. É um morticínio sem propósito. Estamos matando rapazes mais jovens que você."

"Eles estão matando outros vietnamitas, papai. Você pode encarar isso com o sentimentalismo que quiser, mas os agressores são os vietnamitas do Norte. Eles entraram no exército para matar, e estão matando."

Seu pai fez uma careta. "Desde quando você repete como um papagaio o que o Lyndon Johnson diz?"

"LBJ foi uma fraude. Assinou a Lei dos Direitos Civis com uma das mãos e, com a outra, mandou os rapazes do gueto para o Vietnã. É disso que estou falando: hipocrisia moral."

Seu pai suspirou, como se fosse inútil continuar argumentando. "E você não liga para como eu possa me sentir na condição de pai. Não liga para como sua mãe possa se sentir com isso."

"Desde quando você liga para os sentimentos da minha mãe?"

"Ligo, e muito."

"Conversa-fiada. Ela é leal a você, e você a trata como um lixo. Pensa que eu não vejo? Pensa que a Becky não vê? Como você é frio com a mamãe? É como se você desejasse que ela não existisse."

Seu pai estremeceu. Sentiu o golpe. Clem esperou que ele dissesse mais alguma coisa, a fim de poder derrubá-la, mas seu pai apenas ficou lá sentado. Estava indefeso diante da maior capacidade de raciocínio de Clem, do conhecimento íntimo de seus defeitos. Em meio ao silêncio, através da porta veio o pulsar de um contrabaixo distante.

"Seja como for", disse Clem, "não há nada que você possa fazer para me impedir. Já mandei a carta."

"Tem razão", disse seu pai. "Do ponto de vista legal, você está livre para fazer o que bem quiser. Mas, emocionalmente, ainda é muito jovem. Muito jovem e, se é que posso dizer, muito egocêntrico. A única coisa que parece importante para você é a consistência moral."

"É um trabalho duro, mas alguém precisa fazer isso."

"Você parece acreditar que está pensando com clareza, mas o que estou ouvindo é uma pessoa que se esqueceu de como é escutar seu coração. Pensa que eu não o compreendo, mas sei como você ficaria devastado, totalmente arrasado, se visse uma criança queimada pelo napalm, uma aldeia bombardeada sem razão. Pode racionalizar quanto quiser, pode usar a razão para esconder seu coração, mas sei que ele está aí dentro de você. Venho observando ele crescer, meu Deus, por vinte anos. Você me fez muito orgulhoso de ser seu pai. Sua bondade... sua generosidade... sua lealdade... seu senso de justiça, sua *natureza boa*..."

Seu pai se interrompeu, emocionado. Até aquele momento não ocorrera a Clem que ele pudesse ser outra coisa senão um adversário do pai, não lhe ocorrera que sua animosidade com o pai talvez não fosse recíproca. Parecia injusto — intolerável — que seu pai ainda o amasse. Incapaz de pensar numa réplica, abriu a porta com um movimento brusco e saiu depressa para o corredor. A fim de aliviar o remorso que o invadia, sua mente buscou de forma automática a pessoa que validava seu raciocínio, que partilhava de suas convicções, que se dava a ele total e livremente. Mas pensar em Sharon só aumentou seu remorso, porque ele partira o coração dela naquele mesmo dia. Partira violentamente, com impiedosa racionalidade. Havia abatido Sharon com os próprios argumentos morais dela, e ela dissera com todas as letras: "Você está partindo o meu coração". Ouvia essas palavras com tamanha clareza, que ela poderia estar ali a seu lado.

Impossível dizer quanto tempo Becky teria ficado na nave da igreja refletindo sobre o que significava ter descoberto a religião, se desde a noite anterior ela tivesse comido algo mais do que biscoitos açucarados. A bondade de Deus, ao derrotar o mal da maconha, havia deixado apenas uma quentura fluida em seus olhos e peito, fiapos soltos de pensamentos estranhos, e ela se viu invadida pela imagem dos quitutes expostos na sala de reunião. Lembrava-se de um bolo de chocolate em camadas com uma cobertura úmida, um pão com queijo e cebolinha, praticamente uma refeição balanceada por si só, e uma bandeja de doces com creme de limão — ela reparara bem naqueles doces de limão. Estava tão esfomeada que por fim desistiu de rezar. Como forma de se desculpar, ficou de pé e beijou a cruz de bronze pendurada do teto.

"Agora sou sua", ela disse à cruz. "Prometo."

Ao ouvir suas próprias palavras, sentiu um terremoto em suas partes baixas, como se a promessa fosse romântica. Assemelhava-se ao tremor de êxtase com que havia contemplado a luz dourada dentro de si. Perguntou-se se a satisfação de aceitar Cristo, de se tornar sua namorada, permitiria que ela renunciasse aos prazeres mais mundanos, como beijar Tanner. O errado em beijá-lo antes de ele romper com Laura agora era claro para ela. Assim como seu comportamento na caverna de gelo da Kombi. Em vez de comemorar a notícia de que um agente viria ouvir a banda Bleu Notes, em vez de partilhar da alegria dele, ela o havia pressionado a romper com Laura, e agora Deus lhe mostrara o que fazer. Precisava se desculpar por tê-lo pressionado. Precisava lhe dizer que, caso ele desejasse ser apenas seu amigo, vê-la na igreja aos domingos, explorarem juntos o cristianismo, esquecer que tinham se beijado, ela apreciaria sua amizade e ficaria feliz.

Antes disso, contudo, precisava ir ver se havia sobrado alguma fatia do bolo de chocolate. Como eram quase nove e meia, os frequentadores do concerto estariam mortos de fome. Deixando que a porta da nave se fechasse às suas costas, ela parou no vestíbulo da frente para recuperar o controle. Ouvia o ruído do trator limpa-neve raspando o asfalto, havia um rasgão feio no bolso de seu amado casaco. Puxou os fiapos soltos, pensando se seria possível consertá-lo. Havia reentrado num ambiente mundano em que não seria tão fácil continuar conectada com Deus. Pela primeira vez entendeu por que alguém realmente esperava com alegria as cerimônias de domingo na igreja.

Ela ainda devia estar ligeiramente afetada, porque seu casaco rasgado absorveu sua atenção por um bom tempo, sem que ela chegasse a nenhuma conclusão. Nesse momento, ouviu passos na sala contígua e um homem mais velho entrou no vestíbulo, cabelo artificialmente cacheado e costeletas grossas. Usava um casaco de couro cor de damasco com golas largas. Seu rosto se iluminou como se a conhecesse.

"Oi", ele disse. "Boa noite."

"Posso ajudá-lo?"

"Não. Só estava dando uma olhada no lugar."

Ela esperou que o homem saísse, a fim de que ela pudesse ir atrás dos quitutes, porém ele se aproximou e estendeu a mão. "Gig Benedetti."

Seria grosseiro não apertar a mão dele.

"Desculpe, não peguei seu nome", ele disse.

"Becky."

"Prazer em conhecê-la, Becky."

Ele sorriu com ar de expectativa, como se não tivesse mais nada para fazer. Era de três a cinco centímetros mais baixo que ela.

"Você veio... para o concerto?", ela perguntou.

"Esse era o plano. Embora, numa noite como esta, é realmente de se perguntar. Já cancelaram o outro show que eu queria ver aqui perto."

Sem dúvida ela ainda estava um pouco fora de si. Havia um atraso em seu sistema de processamento. Então, um súbito clarão: "Você é um agente musical?".

"À minha maneira."

"Me diga, por favor, seu nome outra vez."

"É Gig — Guglielmo, para os mais audaciosos. Gig Benedetti."

"Você veio para ver os Bleu Notes."

Ele parecia encantado com ela. Seu olhar desceu pelo corpo de Becky e voltou ao rosto. "Ou você é muito boa de palpite, ou então é a pessoa que espero que seja."

"Quem é essa pessoa?"

"A da voz. Me disseram que era preciso ouvir para acreditar."

Houve outro atraso de compreensão, depois um medo de apertar o coração. A voz só podia ser a de Laura. Até aquele momento, Becky não pensara no encontro com Laura nos fundos da igreja. Era como um acidente de carro em que, bêbada, ela tivesse fugido do local e esquecido.

"Você deve estar se referindo à Laura", ela disse.

"Laura, é isso aí, acho que o nome é esse. E claro que, se você é Becky, não pode ser Laura."

"Definitivamente não sou a Laura."

"Por um instante minha esperança foi lá no alto. Há uns vinte e cinco centímetros monstruosos de neve lá fora. A única razão de eu estar esperando por aqui é ouvir essa garota cantar."

Agora não havia nenhum atraso na compreensão de Becky — ela se ofendeu imediatamente. Quem Gig devia estar esperando ouvir era Tanner, que era pelo menos tão talentoso quanto Laura e quem tinha ambição. Laura nem se importava em ter um agente.

"Na verdade é mais a banda do Tanner", ela disse.

"Tanner, certo. Falei com ele hoje à tarde. Cara simpático. Seu amigo?"

"Sim, um bom amigo."

Mais uma vez os olhos dele percorreram o corpo de Becky, demorando-se nos seios. Era uma coisa que homens mais velhos vinham fazendo com mais frequência, sobretudo no Grove. Asqueroso.

"Então, você é a namorada dele?", Gig perguntou de forma casual.

"Não exatamente."

"Ah, bom. O que você acha de tomar um drinque rápido comigo?"

"Não, obrigada."

"Pensei que, se eles estão tocando numa igreja, até que horas isso pode ir? Pensei em sair daqui lá pelas nove, nove e meia. Mas não, temos que ouvir Peter Paul e Betty Lou. Temos que ouvir Donny Osmond Santana e os Lilywhites. Não estou dando em cima de você, Becky. Ou, como você diz, não exatamente. Apenas reparei que há um barzinho aqui perto. Ainda pode demorar a droga de uma hora até que o grupo principal se apresente."

"Eu não bebo", ela disse, como se o problema fosse esse.

"Pena."

"Além disso, tenho uma relação bem próxima com Tanner."

"Muito bem. Já chegamos ao bem próximo. Mas essa é mais uma razão para você me conhecer. Estou rezando a Deus para que esses caras sejam... Espere. Você faz parte da banda?"

"Não."

"Pena mesmo. O negócio é que, se eu não conseguir contratar essa gente, terei sofrido à toa ouvindo Peter Paul e Betty Lou, além de ter dirigido treze quilômetros no meio de uma tempestade de neve. Já estou favoravelmente predisposto, se é que você me entende. E se, no fim, assinarmos um contrato, vou ver você por aí. Por que não pôr a bola em jogo com um drinquezinho?"

"Não posso. Na verdade, eu devia..."

"Próxima pergunta: por que você não está na banda?"

"Eu? Eu não sou do tipo musical."

"Todo mundo é do tipo musical. Já tentou o pandeiro?"

Ela o encarou. Havia um colar de ouro em seu pescoço.

"Estou perguntando, porque você tem uma aparência extremamente classuda. Eu gostaria muito de te ver no palco."

Becky tentou dissipar o nevoeiro em seu cérebro e calcular se o fato de se mostrar simpática com Gig o tornaria mais propenso a contratar os Bleu Notes, ou se ela devia mesmo querer que ele fosse o agente de Tanner, tendo em vista o caráter aparentemente nojento dele. E no fundo desse nevoeiro havia a notícia perturbadora de que ele estava lá para ouvir Laura.

"Olhe, me escute. Pode parecer que eu estou dando em cima de você, embora eu aposte que isso aconteça o tempo todo. Você é uma garota de uma beleza excepcional. Se me permite dizer, é bom ver que você se veste como quem sabe disso. Acho que nunca vi gente mais desmazelada do que quem está lá embaixo. Botas de camponês, macacões, roupas íntimas térmicas... isso é um troço religioso?"

"É apenas o estilo do grupo de jovens."

"Do qual você não quer participar. Entendo. Será que é por isso que está se escondendo?"

Na nave da igreja, Becky prometera a Jesus Cristo que viveria de acordo com seus ensinamentos e que não se eximiria de proclamar isso. Agora via quanta coragem seria necessária para se comportar como uma cristã no mundo real. "Não", ela respondeu, "eu vim aqui para rezar."

"Ulalá." Gig riu. "Acho que eu não devia me surpreender já que estamos numa igreja. Mas... desculpe minha ousadia. Não me dei conta."

"Tudo bem. Na verdade é a primeira vez que eu rezei para valer."

"Meu senso de oportunidade como sempre perfeito."

Era errado pedir desculpas por rezar, porém ela não queria prejudicar as chances da banda Bleu Notes. "É uma coisa só minha", ela disse. "A banda, sabe, não é religiosa nem nada."

"Não me interessa se eles são Hare Krishnas desde que se apresentem na hora marcada e toquem alguns sucessos do momento. Aliás, falei sério sobre o pandeiro. Você pode ser tão cristã quanto quiser por dentro — o importante é fazer as pessoas pedirem mais bebida. Esse é o triste segredinho do negócio em que estou metido. Alguma coisa para os ouvidos, alguma coisa para os olhos." Os dele voltaram a passear pelo corpo de Becky. "E então... 'Sim, vamos pedir outra rodada.'"

"Desculpe, mas estou morta de fome. Preciso comer alguma coisa."

Gig puxou para cima a manga de couro cor de damasco e expôs um enorme relógio de pulso. "Não acho que vai dar tempo de jantar, mas deve haver alguma comida salgada no barzinho."

"A banda está realmente excitada com sua presença, eu... nos vemos mais tarde, está bem?"

Ela saiu correndo, literalmente correndo, com medo de ser perseguida. Em New Prospect, um toque de seu desdém era o bastante para afugentar rapazes agressivos e, no Grove, sempre que um freguês mais velho tentava flertar com ela, Becky perguntava com frieza o que ele ia querer beber. Se ela acabasse ficando com Tanner, embora estivesse disposta a renunciar a ele, iria entrar num mundo de homens mais velhos, homens como Gig. Nem que fosse para ajudar Tanner profissionalmente, ela teria que aprender a jogar o jogo. Era perturbador pensar que sua aparência física poderia ser útil a ele. Quando via pessoas flertando, via pessoas querendo ter relações sexuais, e o sexo ainda lhe parecia mais do que repugnante; parecia... errado. À luz de sua experiência religiosa, mais errado ainda. Apesar de Tanner ser tão doce, era quase certo que ele tinha tido relações sexuais com Laura. Talvez fosse realmente melhor deixar os dois levarem sua vida e apenas ser amiga de Tanner.

No meio da escada central da igreja havia um patamar que levava ao estacionamento dos fundos. Do lado de fora da porta de vidro, alguém com um casaco de marinheiro fumava um cigarro enquanto a neve caía. Com um salto no coração, ela viu que era Clem.

Hesitou no patamar. Normalmente, ver Clem lhe causava uma felicidade imediata, mas seu sentimento agora era o oposto disso. O casaco novo de marinheiro dele a lembrou da caminhada que fizeram no feriado de Ação de Graças, ele se vangloriando de ter relações sexuais com sua colega, porém era mais que isso. Estava com medo do julgamento dele. Havia fumado maconha e, pior, andara rezando. Ele tinha tanto desprezo por religião que a faria sentir vergonha de ter encontrado Deus.

Preocupada com a possibilidade de que Clem só tivesse vindo à igreja para se encontrar com ela, continuou descendo a escada. Pensou estar a salvo, porém a porta às suas costas foi aberta ruidosamente e Clem chamou seu nome. Ela olhou para trás com ar culpado. "Oi!"

"Oi, oi, oi", ele disse, descendo às pressas em sua direção.

O casaco de marinheiro, quando ele a abraçou, cheirava a ar de inverno e cigarro, e ele não a largava. Becky precisou se encolher para ficar livre.

"Onde você estava?", ele a acusou. "Estou procurando você em toda parte."

"Eu estava apenas... Estou indo pegar alguma coisa para comer."

Ela começou a se encaminhar para a sala de reunião.

"Espere", disse Clem, agarrando-a pelo braço. "Precisamos conversar. Tenho que te contar uma coisa."

Ela desvencilhou o braço com um puxão.

"Estou realmente morta de fome."

"Becky..."

"Desculpe, está bem? Preciso comer."

A sala de reunião estava muito mais quente que o corredor. Erguendo os braços para passar com mais facilidade, ela penetrou num bosque úmido de corpos escuros. Palmas eram batidas ao ritmo de Biff Allard e suas congas, e Gig tinha razão: ele se parecia com Donny Osmond. A multidão era tão grande que pressionava as mesas de comida nos fundos da sala. Becky circundou a aglomeração, Clem atrás dela. A primeira mesa estava quase vazia, mas ainda havia um pedaço respeitável de um bolo com furo no meio, enfeitado com cerejas verdes e vermelhas. Ela pegou a carteira, comprou uma fatia e foi comê-la atrás da mesa.

"Onde é que você estava?", gritou Clem.

Com a boca cheia, ela gesticulou com a mão frouxa. Clem estava praticamente se roendo de tanta impaciência. Ela sentiu algum alívio ao ver Kim Perkins e David Goya aproximando-se.

"Aí está você…", Kim gritou. "Ficamos preocupados."

"Estou bem."

Kim esticou a mão para pegar um pedaço do bolo, e Becky levantou o prato de papel acima da cabeça. Kim tentou pegar pulando.

"Baixa a bola, menina", David gritou.

Do palco veio um final retumbante, todos os instrumentos no volume máximo. A plateia explodiu em aplausos.

"Obrigado!", gritou Biff Allard. "Ainda temos mais uma apresentação, nossos queridos Tanner Evans e Laura Dobrinsky, com a primeira e única Bleu Notes. Por isso, fiquem por aí, e boa noite!"

As luzes se acenderam. Becky comeu o último pedacinho do bolo, sentindo-se mais esfomeada, e não menos.

"Eu devia ter avisado você", David disse a Becky. "Aquela porra é matadora. Eles cultivam dentro de casa em Montreal." David deu um tapinha no braço de Becky, como se para ver se ela estava inteira, e fez um gesto de cabeça para Clem. "Obrigado por ter encontrado ela."

Clem os observava com um olhar tresloucadamente fixo, o rosto abatido.

"Preciso comer mais", ela disse.

"Tem alguém aqui morrendo de fome", disse Kim.

Como se movida por uma missão, Becky marchou para outra mesa. No centro dela, como numa visão sagrada, restavam dois terços de uma baguete de pão com queijo e cebolinha.

"Posso ficar com tudo?", ela perguntou ao garoto que recolhia o dinheiro das vendas.

"Claro. Que tal um dólar e cinquenta centavos?"

Era muito pouco, mas ela não ofereceu mais. Quando se afastou da mesa, agarrada ao pão como um esquilo, lá estava Kim para pegar um pedaço.

"Está bem, está bem", disse Becky, separando um naco.

David, com seu jeitão inofensivo, tinha atraído Clem para a discussão de algum assunto que o interessava, permitindo que ela aproveitasse para escapar entre os espectadores e chegasse ao corredor, onde havia um bebedouro. O pão estava delicioso, mas sua garganta muito seca. Enquanto se inclinava sobre o bebedouro, alguém se aproximou por trás dela. Temerosa de que fosse Clem, continuou a beber.

"Becky."

Era a voz de Tanner. Voltando-se, ela sentiu o choque de alegria que ter visto Clem não lhe causara. De algum modo, a intenção de renunciar a Tanner o havia tornado ainda mais bonito. Vestindo seu casaco de camurça com franja, era como um Jesus Cristo jovem. Sem dizer uma palavra, ele tomou a cabeça de Becky nas mãos e a beijou na boca com sofreguidão.

Ela ficou surpresa demais para retribuir. Os braços pendiam ao lado do corpo, o ridículo pão numa das mãos. Enquanto ela vencia a surpresa, Tanner a puxava para longe do bebedouro e a conduzia pelo corredor.

"Estamos fodidos", ele disse. "Laura foi embora. Foi para casa."

"Ela foi para casa?"

"Faz uma hora. Saiu da banda."

Becky ficou horrorizada. Foi como se ela estivesse sendo informada de que o acidente do qual fugira tinha sido fatal. E ia pelos ares os planos de Gig ouvir a voz que o trouxera até ali.

"Trate de tocar", ela disse corajosamente. "Vai ser um estouro. Vi o agente no andar de cima — ele está esperando para ouvir você."

Tanner parou no vestíbulo e olhou à volta, muito agitado. Quando seus olhos pousaram em Becky, foi como se estivesse procurando exatamente por ela. Voltou a tomar a cabeça dela nas mãos. "Fiz o que você me pediu que fizesse."

"Ah."

"Mas agora vou ter que refazer todo o repertório. Não sei se o Biff e o Darryl conhecem metade dele."

"Vai dar certo. Gig me disse que quer contratar você."

"Você falou com ele? Como é que ele é?"

"Sei lá. Simplesmente... um cara."

"Merda. Merda, merda, merda." Tanner a soltou e olhou para o salão de festas, onde o fracasso o aguardava. "Bem nesta noite... Eu realmente não... e agora... merda. Vai ser a maior droga."

"Me desculpe."

"Você não tem que se desculpar. Você estava certa. Tinha que ser feito."

"Está bem, mas..." Ela respirou fundo. "Uma coisa maravilhosa aconteceu há pouco comigo. Lá em cima, na nave. Tanner, foi incrível! Acho que vi Deus."

Isso atraiu a atenção dele.

"Quero ser uma cristã", ela disse. "Quero que me ajude a ser uma cristã de verdade. Mesmo se isso significar... sei lá o que pode significar. Quer dizer, para nós. Você vai me ajudar?"

"Você viu *Deus*?"

"Acho que sim. Eu estava rezando fazia um tempão. Eu sentia Deus em mim, sentia Jesus Cristo. Ele estava lá."

"Uau."

"Você já sentiu isso?"

Ele não respondeu. Parecia com um pouco de medo dela.

"Pode voltar para a Laura", ela disse. "Eu não devia ter pressionado você. Foi egoísmo meu, e eu queria te dizer isso. Quero ser uma pessoa melhor. Se quiser ser só meu amigo, ou coisa que o valha, realmente tudo bem. Me desculpe por ter pressionado você."

Ele a olhou fixamente.

"Não quer isto?"

"Não sei. Eu queria, mas... Estou dizendo que não há pressa. Aposto que se você voltar para ela agora... talvez você deva voltar para ela. Peça desculpas e veja se ela toca com você."

"Nós vamos começar daqui a dez minutos!"

"Você pode se atrasar um pouco, ninguém vai embora. Vá até lá. Apenas vá. Vá buscar a Laura."

Tanner pareceu confuso.

"Mas você criou o maior caso por causa disso."

"Me desculpe! Eu estava errada! Me desculpe!" Becky ergueu as mãos e percebeu que havia um pedaço de pão numa delas. Pôs o pão numa mesa na qual estavam expostos livros religiosos. Tanner abraçou-a de novo.

"É com você que eu quero ficar", ele disse. "Devia ter sido claro sobre isso. Sou louco por você. Vai ser um show realmente difícil, mas não estou chateado por não contar com a Laura."

Por cima do ombro de Tanner, Becky viu Clem a certa distância no corredor. Ele parecia... enlouquecido. Algumas horas atrás o que ela mais desejava era ser vista nos braços de Tanner e, agora que o obstáculo Laura havia sido removido, seu desejo se transformava em realidade. Mas a pessoa que a estava vendo era Clem.

Ela se desvencilhou de Tanner. "Você precisa ir buscar a Laura."

"De jeito nenhum."

"Bom, alguém tem que ir. Você precisa do som todo esta noite."

"Nem me importo. Tudo o que me interessa é você acreditar em mim."

"Eu acredito, mesmo assim você precisa ir buscar a Laura. Basta dizer... trate de dizer o que for preciso."

"Está dizendo que você não acredita em mim?"

"Não, eu acredito, mas..." Becky imaginou a frustração de Gig Benedetti, sua raiva, quando os Bleu Notes subissem ao palco sem a cantora que ele viera ouvir. Era tudo culpa dela, e precisava consertar as coisas. "Onde ela mora?"

"A esta altura, duvido até que ela abra a porta para mim."

"Estou dizendo para você *me* deixar ir. De qualquer forma, devo a ela um pedido de desculpas."

"Está brincando? A única pessoa, além de mim, com quem ela está mais furiosa é você."

"*Onde é que ela mora?*"

"No apartamento em cima da farmácia. Com Kay e Louise. Mas, Becky, é impossível."

Ela abotoou o casaco. Estava relutante em abandonar o pão com queijo e cebolinha, porém não era algo conveniente para carregar. Enquanto refletia sobre onde escondê-lo, Clem se aproximou.

"Clem," disse Tanner, nervoso. "Bem-vindo de volta."

"Preciso falar com a minha irmã."

Becky abriu um boletim da igreja e cobriu a cabeça com ele. Não a escondeu melhor que a manta de Tanner na noite anterior. Tanner enlaçou o pescoço dela com um braço e beijou seu rosto. "Não vá a lugar nenhum. Preciso saber que você está na plateia."

Ele saiu apressado para o salão de festas. O prazer do beijo dele tinha sido arruinado pelo desconforto de ter sido visto por Clem. Sem olhar para o irmão, ela correu para fora. Havia uma nova camada de neve na calçada que as pás tinham limpado, e Clem estava bem atrás dela.

"Pare de me seguir", ela disse.

"Por que não quer falar comigo? Está alterada por causa das drogas? Nunca vi você assim."

"Me deixe em paz!"

Ela escorregou no gelo subjacente e Clem a amparou, pegando em seu pulso.

"Me conta o que está acontecendo."

"Nada. Tenho que falar com a Laura."

"Dobrinsky? Por quê?"

Becky soltou o pulso com um repelão e seguiu em frente. "Porque Tanner precisa que a Laura toque e ela não quer fazer isso."

"Espere aí. Você e ele…"

"Sim! Está bem? Estou namorando o Tanner! Tudo bem?"

"Mas quando é que isso aconteceu?"

"Pare de me *seguir*."

"Só estou tentando… Você está namorando o Tanner?"

"Quantas vezes eu tenho que dizer isso?"

"Você só disse uma vez."

"Estou com o Tanner e ele está comigo. Alguma coisa de errado nisso?"

"Não. Só fiquei surpreso. Davy Goya disse… você agora também fuma maconha? É por causa do Tanner?"

Ela caminhou rente a uma parede de neve empilhada pelo trator na Pirsig Avenue. "Não teve nada a ver com o Tanner. Foi só um erro meu."

"Sempre tive minhas dúvidas se ele fumava maconha."

"Eu posso tomar minhas próprias decisões, Clem. Não preciso que você me diga o que é certo e o que é errado. O que eu preciso agora é que você não se meta nas minhas coisas."

Ela podia ver a farmácia à sua frente. Luzes no andar de cima.

"Ótimo", disse Clem com voz rouca. "Não vou me meter nas suas coisas. Embora eu deva dizer que…"

"Deve dizer o quê?"

"Sei lá. Só estou surpreso. Quer dizer… Tanner Evans? Ele é um bom sujeito. Muito simpático, mas… não é exatamente um fio desencapado. É mais ou menos minha definição de um cara passivo."

A sensação de odiar Clem era nova e avassaladora. Como um amor violentamente virado ao avesso.

"Vá para o inferno!", ela disse.

"Becky, escute. Não estou tentando dizer o que você deve fazer. É só que você tem muita coisa a seu favor. Daqui a pouco você vai para a universidade, tem toda a vida pela frente. E Tanner… não me surpreenderia se ele nunca saísse de New Prospect."

Ela parou e deu meia-volta. "Vai para o inferno! Estou por aqui com você! Estou por aqui com a sua mania de me julgar e julgar meus amigos! Você vem fazendo isso a minha vida inteira e eu não aguento mais! Não tenho mais seis anos! Você conseguiu uma vida nova e maravilhosa com a sua namoradinha que gosta de sexo… por que então não para de querer mandar em mim e vai dizer a *ela* o que *ela* deve fazer? Ou ela não é *passiva*?"

Becky mal sabia o que estava dizendo. Um espírito ruim a possuíra, e o choque de Clem era visível sob a luz do lampião. Ela se esforçou para recuperar suas coordenadas cristãs, porém o ódio era intenso demais. Deu-lhe as costas e saiu correndo em direção à farmácia.

Russ estava feliz com seu presente de Natal. Tinha tido mais de seis horas com Frances, o suficiente para sentir como se fosse um dia inteiro, e todos os aparentes reveses haviam sido transformados em vitórias. Tão logo ela revelou o caso com o cirurgião cardiovascular, o comparou de forma desfavorável com Russ; tão logo ameaçou participar da excursão ao Arizona, pressionou Russ a se juntar a ela; tão logo antagonizou Theo Crenshaw, pediu a orientação de Russ. Até mesmo o acidente na rua 59 havia sido uma dádiva. Ele lutara com o para-choque avariado do Fury e seus parafusos congelados, demonstrando força física e frieza mental; e, quando um grupo de adolescentes apareceu em meio à neve, fazendo-a agarrar o braço dele com o terror de quem morava num bairro rico, Frances aprendera uma importante lição sobre preconceito racial: os jovens estavam apenas oferecendo ajuda. O acidente atrasara tanto Russ que ele agora não tinha alternativa senão contar a Marion que havia estado com Frances, poupando-se assim da preocupação de que Perry contasse a ela. Frances dizia estar com pressa de voltar para casa, porém, quando ele propôs uma rápida parada num McDonald's, ela admitiu que estava morta de fome. E, ao regressarem por fim à Primeira Reformada, a relutância de Frances em entrar cedera, maliciosamente, à insistência dele.

Em sua sala, ele lhe mostrara os discos de blues um por um, contando o pouco que se sabia sobre Robert Johnson, falando da vida trágica de alcoolista de Tommy Johnson, do milagre que fora a Victor, a Paramount e a Vocalion terem gravado os grandes pioneiros. Como os discos de 78 rotações eram uns dos bens mais valiosos de Russ, ela os aceitou com a devida reverência. Estava sentada em cima da mesa dele, pernas descruzadas, a neve pingando dos pés suspensos. Bastava um pequeno passo para que ele se pusesse entre as pernas dela, se tivesse os nervos de um cirurgião cardiovascular.

"Vou direto para casa ouvir esses discos. Convidaria você para vir comigo, mas já tomei muito do seu tempo."

"De forma alguma", ele disse. "Foi um raro prazer."

"As outras senhoras vão ficar com ciúme. Mas sabe de uma coisa? Azar delas. A sorte favorece os audaciosos."

Ele julgou necessário limpar a garganta. "Não estou certo de que eu teria tempo de ouvir todos os dez discos, mas eu certamente poderia..."

"Não, não quero ser gananciosa. Você deve ir para casa."

"Não estou com pressa."

"Além disso, e se eu decidir ficar doidona com a maconha do Larry? Dizem que é ótimo para ouvir música, mas imagino que você não acharia essa uma *razão válida* para infringir a lei."

"Agora você está me provocando."

"Você é tão quadrado! É irresistível."

"Eu já lhe disse que estou pronto para experimentar na sua companhia."

"É, eu não sei o que fazer com isso." Ela riu. "A igreja alguma vez teve que excomungar alguém? Já me vejo como a primeira, se ficarem sabendo que eu atraí você para a loucura da maconha. Você me veria no supermercado usando uma letra vermelha."

"R de réproba", ele disse, tentando manter a peteca no ar.

"R de Russ. Podia também representar seu nome."

Ele não se lembrava de Frances já ter pronunciado o nome dele. Era até assombroso que ela soubesse seu nome, por conta da estonteante intimidade que isso parecia prometer.

"Estou pronto a me arriscar, se você também estiver."

"Está bem, registrado", ela disse, descendo da mesa num pulo. "Mas não esta noite. Tenho certeza de que a sua mulher está se perguntando por onde você anda."

"Não está. Deixei um bilhete com Perry."

O que ele queria devia ser óbvio para ela. Frances o encarou e fez uma careta, como se tivesse sentido um cheiro ruim e se perguntasse se ele também havia sentido.

"Isso já foi o bastante, não acha?

"Se é o que você pensa."

"Eu... você não pensa assim?"

"Não tenho nenhuma pressa de que esta noite acabe."

Ele não poderia ter sido mais claro, e viu que ela empalidecia. Depois Frances riu e tocou na ponta do nariz dele. "Gosto de você, reverendo Hildebrandt. Mas acho que é hora de eu ir."

O fato de Clem ter encontrado aquele exato momento para bater à porta, antes que o cataclisma de ela ter tocado em seu nariz se houvesse feito sentir por completo, consistiu em apenas um embaraço, não em um revés. Depois que ele e Clem desenterraram o Buick dela, houve ainda outra investida no estacionamento da igreja. Frances o chamou com um sinal do dedo e disse: "Provavelmente foi bom que ele chegasse quando chegou. As coisas estavam ficando um pouquinho tensas."

"Me desculpe eu ter insistido em retê-la. Eu devia estar agradecido por você ter doado tanto do seu tempo."

"Missão cumprida. Material entregue."

"Estou grato de verdade", ele disse, sincero.

"Ah, que bobagem. Também estou grata. Mas se você realmente quiser demonstrar sua gratidão..."

"Sim?"

"Você poderia ir conversar com o Rick. Tive a impressão de que ele ainda está na sala dele."

"Falar com ele agora?"

"Não há momento melhor que o presente."

A Russ parecia que qualquer outro momento seria melhor que o presente.

"Estou falando sério sobre ir ao Arizona, e não vai ser nem metade gostoso se você não estiver lá. Sei que soa egoísta, mas não estou sendo apenas egoísta. Odeio ver você amarrado a um ressentimento."

"Eu... eu vou ver o que posso fazer."

"Bom. Vou ficar esperando. Quero que você me telefone e me conte como foi."

"Telefonar?"

"Há outra maneira? Eu podia pedir que você fosse lá em casa, mas sabe lá que tipo de loucura maconheira você iria encontrar."

"Falando sério, Frances. Você não devia experimentar isso sozinha."

"Está bem, vou garantir que haja um pastor presente. Ia dizendo um pastor e um médico, mas talvez possamos dispensar o médico. Suspeito que ele não aprovaria... você."

Russ não soube o que dizer. Será que o cirurgião cardiovascular ainda era uma ameaça?

"De qualquer maneira", ela disse, "espero que você faça as pazes com Rick. Enquanto não fizer, não tem permissão de me chamar." Ela engatou a marcha. "Muito engraçado. Veja só, Frances dando ultimatos a um pastor. Quem ela pensa que é?"

E ela se foi.

Certa vez Russ devotara um sermão de domingo à perturbadora profecia que Jesus fez a Pedro na Última Ceia — quando predisse que seu discípulo mais fiel, antes que o galo cantasse, negaria três vezes que o conhecia. A conclusão que Russ tirou por Pedro haver cumprido a profecia e pelas lágrimas que verteu depois de ter traído seu Senhor era que a profecia tinha sido, na verdade, uma profunda dádiva de despedida. Com efeito, Jesus dissera a Pedro que sabia ser ele apenas humano, por isso temeroso de censuras mundanas e de castigos. A profecia era a garantia de que Ele ainda estaria em Pedro no momento em que o discípulo mais amargamente o traía, que sempre estaria lá, que sempre o entenderia, que sempre o amaria a despeito de sua fraqueza humana. Na interpretação de Russ, Pedro havia chorado não somente de remorso, mas de gratidão por aquela garantia.

Embora a comparação fosse profana, Russ se lembrou das negativas de Pedro quando negou a Clem, pelo menos três vezes, sentir atração sexual pela sra. Cottrell. Frances era sua alegria naquele período de festas — ela havia posto o dedo na ponta do nariz dele! —, e ele devia estar anunciando aos brados a boa nova do alto de cada telhado, porém as acusações de Clem o haviam apanhado com a guarda baixa. As acusações e, mais ainda, a conversa maluca sobre o Vietnã cheiravam ao absolutismo moral dos adolescentes. Clem era jovem demais para entender que, apesar da importância dos mandamentos, os apelos do coração constituíam uma lei superior. Essa havia sido a revisão que Cristo fizera da Aliança, sua mensagem de amor, e Russ lamentava não ter tido a coragem de ser sincero com o filho e dar como exemplo o chamamento de seu coração por Frances. Clem precisava se curar de seu absolutismo. Ao negar seus sentimentos, Russ prestara um desserviço não apenas a ele e Frances, mas certamente também a seu filho.

A sós na sala, ele se sentou diante de sua mesa e tentou clarear a mente, dizendo-se que Clem ainda poderia mudar de opinião ou não ser recrutado; nesse caso, com a infantaria norte-americana não mais combatendo, o risco de danos físicos seria baixo. Com isso, pôde devotar seus pensamentos de novo a Frances. A saída com ela não chegara a ir além de seus sonhos mais alucinados, porque não havia terminado com Frances enfiando a mão dentro do casaco de pele de carneiro dele e o olhando no fundo dos olhos, mas tinha chegado bem perto disso. Ela lhe dera uma dezena de razões para ele se sentir esperançoso, e a tensão a que aludiu no estacionamento era inquestionavelmente sexual.

A tensão ainda estava presente nele, palpável no ritmo acelerado de sua pulsação. Ele nunca conspurcara a igreja se masturbando em sua sala, mas agora estava tão profundamente enfeitiçado por Frances que teve a tentação de fazer isso naquele momento. Apagar a luz, abrir o zíper e declarar sua lealdade. Sob seus pés vibrava um ritmo de contrabaixo no salão de festas, tão indistinto e difratado que mais lembrava um zumbido aleatório. Por baixo de sua porta entrava a fumaça atenuada de incontáveis cigarros. A igreja já estava profanada, havia certa licenciosidade no ar. Mas ao pensar em Rick Ambrose, deteve sua mão.

Com o coração batendo de um modo menos agradável, ele se levantou e abriu a porta. Não pôde evitar o desejo de que Ambrose já tivesse ido para casa — poupando-o de tomar alguma atitude antes das festas. Mas a porta da sala continuava aberta, e até mesmo a luz que se derramava dali Russ achou odiosa. Na última vez em que pisara naquela sala, há três anos, tinha sido acusado de dar em cima de Sally Perkins, e Ambrose o apunhalara pelas costas.

Voltou a fechar sua porta e se sentou para rezar.

Pai Nosso, venho em busca de força para perdoar. Como o Senhor sabe, já violei Seus mandamentos ao seguir meu coração, e rezo para que me perdoe por desejar sentir mais alegria em Sua Criação — ter mais prazer na vida que me deu. O que preciso agora é encontrar o perdão dentro de mim. Mais cedo, esta noite, quando me senti motivado a fazer as pazes com meu inimigo, ouvi Seu filho falando em meu coração e me permiti ter a esperança de que Sua vontade estivesse se manifestando através de Frances. Mas agora esse impulso se foi, agora me preocupo com o fato de ter ouvido não o amor de Seu filho, mas simplesmente o desejo carnal por Frances — o desejo egoísta de estar com ela no Arizona. Agora temo que "fazer as pazes" sem amor em meu coração só implicará aumentar minhas ofensas ao Senhor. Estou só com minhas dúvidas e minha fraqueza e Lhe suplico, com toda a humildade, que instile em mim novamente o espírito do Natal. Por favor, me ajude a querer com sinceridade perdoar Rick.

Ele bem sabia que não era o caso de esperar uma resposta direta. A prece constituía uma inflexão da alma na direção de Deus, um movimento interno. A resposta de Deus, se viesse, lhe pareceria uma ideia dele próprio. A coisa a fazer era esperar tranquilamente e se tornar receptivo a ela.

As primeiras palavras que lhe vieram foram lancinantes. *Você tem ideia de como é vexaminoso ser seu filho?* Olhando para trás, de todas as injúrias que Clem fizera chover sobre ele aquela era a mais difícil de rechaçar porque parecia se referir a algo mais que a fraqueza de Russ por Frances. Era uma erupção explícita de um desrespeito que vinha crescendo dentro de Clem havia anos. Russ atribuíra tal desrespeito à adolescência, mas de repente lhe ocorreu que a humilhação que sofrera nas mãos de Rick Ambrose havia sido dolorosa não somente para ele. A humilhação devia ter sido dolorosa também para seu filho. Ele se preocupara demais com sua própria dor para perceber isso.

Na humilhante reunião do grupo, o Clem que se levantara para defendê-lo de Sally Perkins e Laura Dobrinsky ainda era o Clem que ele conhecia e amava. Mas desde então Clem se tornara cada vez mais irreconhecível. Havia ido longe demais nos feriados de Ação de Graças ao se intitular defensor de Becky, mandando Russ deixar que ela tomasse sua própria decisão acerca da herança. E agora queria ir para o Vietnã. O que tinha acontecido com o rapaz que marchava contra a imoralidade da guerra? Mesmo dando o desconto do absolutismo adolescente, mesmo reconhecendo a validade de seu argumento sobre as dispensas estudantis, fazia pouco sentido ele entrar no exército quando a guerra estava terminando: ele não iria salvar a vida de outro jovem, mas simplesmente prejudicar a sua. Como afirmação de princípio, não parava em pé. Ele estava claramente fazendo aquilo para agredir o pai.

Como devia ter sido horrível a vergonha que Russ lhe causara! Tudo bem ser alguém deplorável de forma privada, escondendo-se em sua sala, cultivando sua mágoa, atravessando sub-repticiamente o sótão com medo de se encontrar com Ambrose. Ele era capaz de suportar uma desonra privada, podia acertar as contas com Deus. Mas ser tão deplorável aos olhos do filho? Percebeu que, se pensasse apenas em Frances, jamais perdoaria Ambrose com sinceridade, porque o impulso era impuro, estava infelizmente entrelaçado com seu desejo de (na palavra chocante de Clem) *trepar* com ela. Mas e se ele praticasse o ato de perdão como um presente a Clem? Para se transformar num pai mais digno de respeito?

Mantendo os olhos semicerrados a fim de proteger sua frágil ideia, ele saiu de sua sala e seguiu pelo corredor até a porta odiosa. Com a volição de alguém, sua ou de Deus, bateu à porta. A resposta foi imediata e incisiva. "Entre."

Russ escancarou a porta. Ambrose, sentado à mesa, olhou por cima do ombro. A julgar por sua expressão, Russ poderia ser uma aparição coberta de sangue.

"Precisamos conversar", Russ disse.

"Hã... certo", disse Ambrose. "Entre."

Russ fechou a porta e se sentou no sofá em que os jovens recebiam os aconselhamentos. As molas estavam tão gastas que seus joelhos acabaram acima da cabeça. Procurou ajeitar-se na beirada do assento, tentando ganhar altura, porém o sofá insistiu em que Russ continuasse abaixo de Ambrose. E assim sem mais nem menos, apesar de suas intenções amorosas, ele se viu invadido pelo ódio. Invadido pelo sofrimento de ser obrigado a se sentir menor do que um homem com metade de sua idade. Havia boas razões para ter evitado Ambrose por três anos. Só mesmo sua loucura por Frances o fizera se esquecer disso. Ela não fazia ideia da enormidade do que lhe pedira.

"Suponho", ele disse formalmente, "que devo começar com um pedido de desculpa."

Ambrose estava de cara amarrada. "Pode pular essa parte."

"Não, preciso fazer isso. Já é mais do que tempo. Eu tenho sido... infantil, e peço desculpa por isso. Não espero que me perdoe, mas peço desculpa."

As palavras soaram totalmente vazias. Não apenas ele não esperava ser perdoado como nem desejava ser. Lutou para descobrir uma forma de contornar seu ódio, mas ele crescera muito naqueles três anos, e pensar em Clem não ajudou em nada.

"Muito bem", disse Ambrose. "Posso fazer alguma coisa por você?"

Russ inclinou-se para trás no sofá e olhou para o teto. Queria ir embora, mas achou que correr agora seria admitir que nunca teria Frances, que nunca recuperaria o respeito de Clem. Abriu a boca para ver o que poderia dizer. "O que você acha disso tudo?"

"Disso tudo o quê?"

"De você, de mim, da situação. Qual a sua opinião?"

Ambrose suspirou. "Acho uma infelicidade. Não vou fazer de conta que não o considero culpado, mas entendo que seu orgulho foi seriamente ferido. Lamento que eu possa ter tornado isso pior. Pedi desculpa a você na época, posso pedir desculpa outra vez, se você quiser."

"Não. Pode pular essa parte."

"Então me diga o que posso fazer por você."

As manifestações de amor e adulação na sala de Ambrose haviam proliferado desde a última vez em que Russ estivera lá. Sobre a escrivaninha viam-se poesias e mensagens em caligrafia feminina, escritas em páginas de caderno espiral. Centenas de fotos estavam presas com tachinhas, umas por cima das outras, rostos de adolescentes entrevistos nas camadas mais baixas. Pôsteres cobriam agora toda uma parede, até o teto. Penas, pedras, pedaços de madeira esculpidos e aquarelas ocupavam por completo duas prateleiras compridas. A taça de Ambrose transbordava.

"Nem sei como isto aconteceu", disse Russ. "Como passei a odiar tanto você. Vai muito além do orgulho, isso basicamente consumiu a minha vida, e não entendo como aconteceu. Como posso ser um servo de Deus e sentir isto. Só estar nesta sala é uma tortura. A única coisa que posso dizer em minha defesa é que não consigo controlar esse sentimento. Não consigo pensar em você por cinco segundos sem me sentir nauseado. Nem posso olhar para você agora, seu rosto me dá enjoo."

Ele soou como uma garotinha correndo para os pais ao se sentir maltratada. O Rick mauzinho pegou meu brinquedo.

"Se serve como consolo", disse Ambrose, "eu também não gosto de você. Eu tinha muito respeito por você, mas ele acabou faz tempo."

Sob os pés deles, as vibrações do contrabaixo cresceram e depois cessaram. O fato de Russ ouvir os aplausos da plateia apesar da distância sugeria que havia muita gente lá. Na verdade, saber que Ambrose também o odiava deveria ser um consolo, mas somente o fez se lembrar do desrespeito de Clem.

"Seja como for", Russ disse, "por causa da igreja não podemos continuar assim. É obsceno demais. Não sei qual a saída, mas temos que descobrir uma forma de sermos mais... civilizados."

"Foi corajoso de sua parte vir bater à minha porta. Dar esse passo."

"Ah, meu Deus." Russ fez um gesto como se lhe faltasse ar e cerrou os punhos. "Por falar das coisas que me dão enjoo... Esse leve tremor na sua voz quando você diz a alguém como ele é corajoso. Como se você fosse a maior autoridade mundial em coragem. Como se a sua opinião fosse de enorme importância."

Ambrose riu. "É preciso coragem para dizer isso."

"Eu gostava muito de você, Rick. Pensei que fôssemos amigos."

Outra vez a garotinha ferida.

"Foi bom enquanto durou", disse Ambrose.

"Não. Não acho. Creio que, em essência, foi sempre uma fraude. Eu não tinha que me meter a ser um pastor de jovens — nunca fui bom nisso. Então você veio para a minha igreja e... tem razão, foi um baque para o meu orgulho. Como você era bom naquilo! Foi idiotice minha ter inveja, porque sou bom em outras coisas — coisas em que você não é. Mas nenhuma delas pareceu importar."

"Fique sabendo que melhorei em carpintaria e encanamento."

"Nunca vai ser tão bom quanto eu. Tenho uma série de habilidades que me trazem satisfação. Mas basta pensar em você e nenhuma delas tem importância."

Russ olhou de relance para Ambrose e rapidamente desviou a vista ao se deparar com os olhos negros dele.

"Fico triste por você, Russ. Mas provavelmente você não quer ouvir isso."

"Claro que eu não quero ouvir esse tipo de merda. É mais fácil para mim se você for um babaca. O que, aliás, acredito que você seja. Acho você um tremendo egomaníaco. Acho que o Encruzilhadas para você é uma grande viagem, faz com que se sinta poderoso. Acho que você fica de pau duro ao saber que todas essas garotas bonitas estão fazendo fila do lado de fora da sua sala.

Você é uma fraude até maior do que eu fui, mas não faz mal, porque a garotada ainda ama você. E realmente você os ajuda, porque eles são suficientemente idiotas para não saber quem você é de fato. Por isso eu não odeio apenas você; odeio também a garotada por amar você."

"E se eu lhe dissesse que me preocupo com a mesma coisa? Que luto com essas questões o tempo todo?"

"Isso seria interessante. É interessante imaginá-lo como uma pessoa mais ou menos como eu, tentando ser bom, tentando servir a Deus, mas duvidando de si mesmo o tempo todo. Em termos racionais, eu devia me basear nisso para encontrar um modo de perdoá-lo. Mas, tão logo ponho seu rosto na pessoa que estou imaginando, o ódio me faz sentir náuseas. Tudo o que vejo é você se beneficiando de duas maneiras: ficando de pau duro por conta de seu poder e se achando bom porque isso o preocupa. Sendo um babaca e se congratulando com sua 'honestidade'. E talvez todo mundo faça isso. Talvez todo mundo encontre um meio de conviver bem com a sua pecaminosidade fundamental, mas isso não me faz odiá-lo menos. Ao contrário. Eu o odeio tanto que começo a odiar toda a humanidade, inclusive a mim mesmo. A ideia de que você e eu somos de alguma forma semelhantes é… asquerosa."

"Uau." Ambrose sacudiu a cabeça, como se pasmo. "Sabia que as coisas estavam ruins, mas não tinha ideia de quanto."

"Entende com o que eu venho lidando?"

"Eu deveria me sentir honrado de ocupar um espaço tão grande na sua imaginação."

"Mesmo? Pensei que você fosse a Segunda Vinda. Imaginei que estaria acostumado a ocupar espaços grandes assim."

"Mas o que você está me dizendo, a maneira como está falando comigo… nunca vi isso em você quando fazia parte do grupo. Há um grau de sinceridade, de vulnerabilidade em você. Se tivesse se aberto assim pelo menos uma vez… É meio incrível ver isso agora."

"É, que se foda. Que se foda você. Quer dizer então, Rick, meu Deus, que você aprova a minha sinceridade? *Quem é você para me aprovar?* Sou um pastor ordenado — tenho o *dobro* da sua idade! Será que devo ficar sentado aqui agradecendo porque um babaca de classe média alta, um idiota metido a besta, me aprova? Quando ele está cagando se *eu* o aprovo?"

"Você me interpretou mal."

"Tenho pensado em José e seus irmãos. Sei o que você acha de citar as Escrituras, mas deve se lembrar de que a Bíblia é muito clara sobre quem eram os maus sujeitos. Os irmãos mais velhos venderam José como escravo, e por quê? Porque tinham inveja. Porque o Senhor estava com José. Esse é o refrão no Gênesis: *O Senhor estava com José*. Ele era o menino prodígio, o filho predileto, a pessoa a quem todos procuravam com seus sonhos porque recebera a dádiva de Deus. Aonde quer que ele fosse, as pessoas o punham no comando, o incensavam e elogiavam. E, ora, ora, como a aprovação dele era importante para todos! Quando eu lia o Gênesis ainda jovem, me parecia claríssimo quem era bom e quem era mau. Mas sabe de uma coisa? Quando leio o livro agora, José me dá enjoo. Minhas simpatias estão totalmente com os irmãos, porque Deus não os escolheu. Estava tudo predeterminado, e eles eram os mal-aventurados. É incrível: odeio tanto você que comecei a odiar Deus!"

"Caramba."

"Me pergunto o que fiz para ofender o Senhor, que tipo de abominações cometi para merecer a maldição da sua vinda para esta igreja. Ou se apenas era Seu plano quando Ele me criou. Que eu fosse o sujeito mau. Como posso amar a Deus nessas condições?"

Ambrose inclinou-se para a frente, trazendo a cabeça mais perto da altura da de Russ.

"Tente pensar", disse. "Vamos tentar pensar os dois. Há alguma coisa que eu possa lhe dizer que não vai enfurecê-lo? Não posso expressar empatia, não posso dizer que o admiro, não posso me desculpar. Sem exagero, parece que você usará contra mim qualquer reação humana que eu possa ter."

"É a mais pura verdade."

"Então, por que você veio aqui? O que você quer?"

"Quero que você seja uma pessoa que nunca poderá ser."

"Que tipo de pessoa?"

Russ refletiu sobre a pergunta. Era um alívio finalmente expor seus sentimentos, mas estava seguindo um padrão já conhecido. Mais tarde — em breve — se sentiria mortificado por tudo o que havia dito. Para o bem ou para o mal, era isso o que ele era. Quando atinou com a resposta para Ambrose, foi em frente e a apresentou.

"Quero que você seja uma pessoa que necessite de alguma coisa. Que se importe com a minha aprovação. Você perguntou o que poderia dizer que não me enfurecesse. Bom, há uma coisa. Poderia me dizer que gosta muito de mim como eu costumava gostar de você."

Ambrose aprumou-se na cadeira.

"Não se preocupe", disse Russ. "Mesmo que você pudesse dizer, eu não acreditaria. Você nunca gostou muito de mim, nós dois sabemos disso."

Com medo de chorar como uma garotinha, Russ fechou os olhos. Achava injusto ter sido punido por gostar tanto de Ambrose. E punido também por amar Clem. Punido até por amar Marion, porque ela era a única pessoa que retribuía seu amor — e era exatamente a pessoa que ele parecia destinado a fazer sofrer. Será que sua capacidade de amar, que constituía a essência do evangelho de Jesus Cristo, não deveria ter lhe proporcionado um tantinho de crédito com Deus?

"Espere aqui", disse Ambrose.

Russ o ouviu se levantar e sair da sala. Mesmo em seus piores dias, sobretudo em seus piores dias, a infelicidade havia sido um portal para alcançar a misericórdia de Deus. Agora não conseguia ver nenhuma recompensa nela. Nem a recompensa de ter a permissão de telefonar para Frances, porque havia fracassado na tarefa de que ela o incumbira.

Ambrose voltou trazendo da nave uma vasilha de coleta de óbolos. Quando se acocorou e a pôs no chão, Russ viu que estava cheia de água. Ambrose desfez o laço dos cordões do sapato de trabalho de Russ. Ele tinha comprado na Sears.

"Levante o pé", disse Ambrose.

"Não faça isso."

Ambrose levantou o pé de Russ e tirou o sapato. Russ se contorceu, mas Ambrose segurou sua perna e tirou a meia. O ritual era sagrado demais, tinha associações bíblicas demais para que Russ resistisse afastando Ambrose com um pontapé.

"Rick. Realmente…"

Concentrado em seu trabalho, Ambrose tirou o outro sapato e a meia.

"Falando sério", disse Russ. "Você quer fazer o papel de Jesus?"

"De acordo com essa lógica, tudo o que fazemos para emular Jesus é grandioso."

"Não quero que lave meus pés."

"Não foi ele quem inventou o gesto. Tinha um significado mais amplo, como um ato de humildade."

A água na bandeja estava muito fria — devia ter sido pega no bebedouro. Russ observou, impotente, Ambrose, de joelhos, o cabelo negro caindo sobre os olhos, lavar um pé e depois o outro. Depois pegou uma camisa de flanela pendurada nas costas de sua cadeira e gentilmente secou os pés de Russ com ela. Por fim, inclinando-se para a frente, a cabeça curvada, pegou a mão de Russ.

"O que você está fazendo agora?"

"Estou rezando por você."

"Não quero suas preces."

"Então estou rezando por mim mesmo. Cale a porra dessa boca."

Russ sabia que de nada adiantava tentar fugir do ódio rezando — já havia feito isso uma centena de vezes, em vão. O que o comovia agora era a mão que pegava a sua. Ela era magra, com pelos negros, ainda jovem. Simplesmente uma mão humana, a de um jovem, e isso o fez se lembrar de Clem. Seu peito começou a agitar-se. Ambrose apertou mais a mão e Russ se rendeu à sua fraqueza.

Deve ter chorado por dez minutos, com Ambrose ajoelhado a seus pés. A bondade de Jesus Cristo e o significado do Natal estavam de novo dentro dele. Tinha se esquecido da doçura deles, porém agora se recordava. Recordava que, quando banhado na bondade de Deus, bastava permanecer lá, entregar-se ao prazer, não pensar em nada, simplesmente ficar ali. Quando Ambrose por fim soltou sua mão, Russ a agarrou. Não queria que aquele momento acabasse.

Ambrose saiu com a vasilha de óbolos, Russ calçou a meia e o sapato. Suas experiências anteriores de graça divina, a maioria na adolescência e nos seus vinte e poucos anos, haviam deixado sua mente num estado de clareza serena, numa espécie de tranquilidade matinal que a vida cotidiana em breve dissiparia. Agora, com igual clareza, aceitou que o Senhor estava com Ambrose.

"Estou me sentindo melhor", ele disse quando Ambrose voltou.

"Então não vou dizer nem mais uma palavra. Vamos tratar de não complicar as coisas."

Pondo-se de pé, Russ se deu conta de como sua nêmese era baixa. Ele parecia um garoto de cabelo comprido com um bigode artificial de bandido mexicano. Russ desconfiou de que seu ódio estivesse meramente subjugado, e não vencido, mas a clareza permanecia. Não sentiu a menor inveja das prateleiras com os presentes que os adolescentes tinham dado a Ambrose. Na mais baixa havia uma pena comprida, sem dúvida do Arizona, parte da cauda de um gavião. Ele a pegou e a girou entre os dedos. Era *melhor* não ter nada. Melhor ser como os navajos, os dinés, como eles chamavam a si próprios na Diné Bikéyah, entre as quatro montanhas sagradas. Os dinés não possuíam nada. Em seus *hogans*, viviam com quase nada. Mesmo nos tempos bons, antes da chegada dos europeus, nunca haviam possuído muita coisa. Mas espiritualmente eram o povo mais rico que ele conhecera.

"Quero ir ao Arizona", ele disse.

Becky estava literalmente seguindo as pegadas de Laura Dobrinsky. Atrás da farmácia, viu um conjunto de marcas profundas de passos que levavam a uma escada de madeira. No topo, diante de uma porta de madeira castigada pelas intempéries, ela olhou para baixo a fim de se certificar de que Clem não a seguira. Tinha muito medo de Laura, mas nenhum tempo a perder. Bateu à porta e esperou. Nada ouvindo no lado de dentro, voltou a bater e forçou a maçaneta. A porta não estava trancada.

Entrou numa quitinete e viu Laura ajoelhada no chão coberto com um tapete peludo cor de laranja. Ela estava usando sua jaqueta de motociclista e enfiava um saco de dormir num saco maior de náilon. Ao lado dele havia diversos artigos de toalete, uma pilha de livros e uma mochila grande de estilo militar com uma manga de suéter para fora. Um aquecedor elétrico dava ao ambiente um cheiro de poeira queimada.

"Laura?"

Laura ficou rígida, sem virar a cabeça.

"Sei que você não quer me ver", disse Becky, "mas isto não é sobre mim. É sobre a carreira de Tanner. Ele realmente precisa que você toque esta noite. Pode fazer isso, por favor?"

"Saia da porra da minha casa."

"Falei com o agente. Falei com Gig, e sabe por que ele está aqui? Por *sua* causa. Quer dizer, porque você é uma cantora espetacular. Sei que deve estar magoada, mas... Gig está doido para ouvir você."

"*Sei que deve estar magoada*", Laura a imitou, com voz de criança. Socou o resto do saco de dormir para dentro do saco de náilon e apertou o cordão.

"Me desculpe", disse Becky, movendo-se na direção dela. "Eu gostaria de apagar tudo. Gostaria de ter sabido ontem... que há um caminho certo. Uma maneira certa de viver. Eu estava no caminho errado."

"E graças a Jesus Cristo você viu o caminho."

Becky se esforçou para tolerar a resposta. "Só acho que você não devia descontar no Tanner. A culpa é minha, não dele. Será que não pode reservar uma hora para ajudá-lo, quando ele realmente precisa de você?"

"Negativo."

"Por que não?"

"Porque eu estou me mandando. Vou para San Francisco."

"Mas eu estou falando de você fazer isso agora."

"Agora mesmo é que estou indo embora."

"Agora? Tem mais ou menos uns trinta centímetros de neve lá fora."

"É a melhor hora para conseguir uma carona. Todo mundo quer ajudar um estranho."

Laura abriu o cordão de sua grande mochila e empurrou o saco de dormir para dentro. O próprio Tanner já havia dito: ela era radical.

"Só acho que", disse Becky, "se você se importava tanto com Tanner para estar com ele há sei lá quanto tempo..."

"Quatro anos, queridinha."

"Você ainda não quer o melhor para ele?"

Laura olhou Becky através de suas lentes cor-de-rosa.

"Você está maluca?"

"Não, eu entendo que você esteja com raiva. Entendo que fiz uma coisa errada. Mas nós duas amamos Tanner..."

"Ah, realmente. Você o ama."

"Eu... acho que sim."

"Ai, que coisa mais linda..."

Laura remexeu no monte de artigos de toalete e alguma coisa voou na direção do rosto de Becky. Ela pegou, defendendo-se. Era um tubo de pasta de dentes enrolado até o meio. Ao ver a palavra Gynol, deixou o tubo cair no chão. Não era pasta de dentes.

"Um presentinho para você", disse Laura. "A menos que... Meu Deus! Você deve tomar pílula."

Becky sentiu sua mão suja. Esfregou-a no casaco.

"Não que uma chefe de torcida vá se importar com isto, mas você entende como está se submetendo ao complexo industrial masculino? Bagunçando seus hormônios para dar prazer a eles? Não há nada que um pau goste mais do que um acesso sem problemas. Até o Tanner tentou me fazer tomar pílula. Você vai deixar ele triste de você ter tido todo este trabalho comigo."

O cômodo não estava bem aquecido, mas Becky suava. A sensação de aperto no peito era semelhante ao enjoo que sentia no carro quando criança, a perspectiva do sexo erguendo-se como uma montanha à sua frente. Uma centena de curvas adiante para torná-la ainda mais enjoada. Ela entrara no carro que significava pertencer a Tanner. Agora queria que ele seguisse mais devagar.

"O importante", Becky disse sem firmeza, "é que ele precisa que você toque esta noite."

"Mas espere. Espere." Os olhos por trás das lentes rosa se estreitaram. "Vocês ao menos *treparam*?"

"Se eu...?"

"Ah, meu Deus! Claro que não. Não, *por favor, não, a Bíblia diz que você não pode me tocar aí*." Laura riu. "Não que frequentar a igreja tenha feito nosso rapaz parar. Ele é um cristão muito travesso. Melhor você ir se preparando."

O suor frio do enjoo no carro.

"Ou não. Tomara que você não esteja pronta. Tomara que a única coisa que você deixe ele fazer com você é cantar hinos. Bem que ele merece."

"Por favor", disse Becky. "Precisamos ir agora. O agente está lá, ele veio ouvir você, e eu só acho... que devemos ir."

"Eu já disse para você sair da porra da minha casa."

"Por favor, Laura."

Laura pôs-se de pé num salto e se aproximou de Becky. Por que Becky caiu de joelhos, ela não saberia dizer. Talvez não quisesse ficar tão mais alta que Laura. Talvez fosse um gesto de súplica. No entanto, vendo-se de novo ajoelhada, ela curvou a cabeça e juntou as mãos em prece. *Por favor, ajude Laura*, ela rezou. *Por favor, me perdoe*.

Laura gritou: "Que *merda* é essa? Está querendo me sacanear?"

Becky manteve a cabeça curvada. De cima vieram resmungos e depois uma mão fria agarrou um punhado de seu cabelo, violando sua santidade física, tentando puxá-la para se levantar. Sentia alguns fios sendo arrancados pela raiz, mas nem assim se levantou. A mão a soltou. Um instante depois, ela levou um tapa na orelha. O golpe foi violento, os ossos do pulso tinham participado. Centelhas reluziram em seu campo de visão — estrelas. Ela viu estrelas. A pancada foi seguida por um puxão no pescoço, o cérebro sendo sacudido. Pior que a dor era o simples fato da violência. Ninguém nunca batera nela. Fechou os olhos bem fechados e tentou continuar rezando.

Agora Laura também estava ajoelhada. A ponta de seus dedos roçou a orelha de Becky, que parecia ter tido a pele arrancada e estava quente. "Becky, desculpe. Você está bem?"

Por favor, Deus. Por favor, Deus.

"Eu estou... merda. Não sou melhor do que o meu pai."

Diante da mudança na voz de Laura, que poderia ser uma resposta à sua prece, algo se agitou no âmago de Becky — a mesma abertura que sentira na nave da igreja. Deus ainda estava lá. Ela se concentrou, não querendo perder a conexão com Ele. Mas Laura falou de novo.

"Você sabe disso, não sabe? Tanner lhe contou?"

Becky sacudiu a cabeça.

"Não contou por que fui morar com ele? Com a família dele?"

Para Becky era novidade que Laura tivesse morado com os Evans. E não lhe ocorria o porquê disso.

"Eu sei o que é apanhar", disse Laura. "Desculpe ter feito isso com você."

"Está tudo bem. Eu também fiz uma coisa ruim com você."

"Era exatamente assim que meu pai me fazia sentir. Como se eu merecesse."

Laura tocou o ombro de Becky. "Você está bem mesmo?"

"Estou."

"Bater com a mão aberta pode fazer muito mal. Sou parcialmente surda de um ouvido. Foi a mãe de Tanner quem notou. Ela era minha professora de piano e agora é basicamente minha mãe. A outra — eu nem consigo ficar na mesma sala com ela. Ele ainda bate nela e ela ainda acha que merece."

Becky se sentiu agradecida — a Deus — por Laura estar falando com mais delicadeza, porém, junto com a gratidão surgia um começo de ressentimento contra Tanner. Ele não lhe contara que o pai de Laura batia nela; que Laura tinha morado com a família dele; que era praticamente sua irmã. Se Becky houvesse compreendido a profundidade daquilo em que estava se metendo, teria sido mais cuidadosa. O mal que causara era em parte culpa sua, mas lhe parecia que também era em parte culpa de Tanner.

"Sinto muito", Becky disse.

"Foi só no ouvido esquerdo."

"Não, quero dizer sobre tudo. Sinto muito por tudo. Estou pensando... talvez eu deva sair dessa. Deixar vocês dois em paz."

"Tarde demais. Ele está apaixonado por você."

De novo a imagem de enjoar no carro.

"Perguntei direto a ele", disse Laura. "E foi a resposta que ele me deu."

"Mas foi porque me joguei em cima dele. Se eu apenas me retirasse..."

"Não é assim que a coisa funciona."

"Mas sei que ele ainda gosta de você. Se eu apenas..."

"Mexer com as emoções dele e se afastar? Isso seria uma verdadeira putaria. Não que eu ache você incapaz de fazer isso."

Em um tom alto, ou irritado, assim pareceu, um telefone tocou. O aparelho ficava preso a uma parede da quitinete. Laura lançou um olhar desinteressado para ele.

"Eu é que vou me mandar", ela disse. "Devia ter feito isso há anos." Levantou-se e disse: "Desculpe por ter batido em você".

Ela se aproximou de sua mochila enquanto o telefone continuava tocando, irritado. Becky, que vinha de uma família onde ignorar um telefonema era impensável, se pôs de pé num salto e atendeu. Ouviu o barulho de uma multidão e Tanner gritando para se fazer ouvir.

"Becky? O que você está fazendo? Eu fiquei... o Gig está aqui... temos que tocar. O que você está fazendo?"

"Só um segundo, está bem?"

Ela apertou o fone contra o peito e foi até onde estava Laura. "É o Tanner", disse. "Eles precisam começar. Você vem comigo? Por favor?"

O fato de que, após um momento, Laura fez um gesto petulante de concordância com a mão; o fato de que jamais faria isso se não houvesse batido em Becky, o que não teria ocorrido se Becky não tivesse caído de joelhos para rezar, o que não teria ocorrido se o espírito de Cristo não a houvesse conduzido ao apartamento de Laura, o que não teria ocorrido se ela não tivesse encontrado Deus na nave da igreja, o que não teria ocorrido se ela não tivesse fumado maconha — tudo isso lhe pareceu, enquanto seguia Laura ao descerem a escada coberta de neve atrás da farmácia, a prova mais linda dos trabalhos misteriosos de Deus. Ela havia feito coisas ruins, aceitara sua punição e agora obtinha a recompensa. Sentia que começava uma vida nova, uma vida com fé.

"Isto é idiota demais", disse Laura enquanto caminhavam pela calçada. "Espero que você entenda o que isto está me custando."

O ar frio fez arder a orelha golpeada de Becky. Ela não ousava falar, com medo de que Laura mudasse de opinião.

A turba no salão de festas mostrava impaciência, o palco iluminado fracamente com luzes roxas. Laura seguiu direto para a porta que levava aos fundos do palco, enquanto Becky se deixou ficar nas proximidades do vestíbulo. Vendo as mesas de comida, agora totalmente vazias, percebeu como ainda estava muito doidona, quando pensou que tudo já tivesse passado. Lembrou-se, ainda, com desagrado de Clem.

Gig Benedetti se aproximava, sorrindo. "Voltamos a nos encontrar."

"É mesmo, oi."

"Não posso dizer que eu esteja adorando o nível de organização aqui. Por sinal, bastante precário."

"Laura não estava se sentindo bem."

Haveria algum mandamento na Bíblia sobre a mentira? Talvez não, mas a verdade sempre acabava aparecendo. Ela se perguntou se, tendo executado um feito extraordinário, poderia executar mais um.

"Acontece...", ela disse. "Na verdade, o negócio é o seguinte: Laura está saindo da banda."

Gig riu. "Está falando sério?"

"Estou, sim."

"O show que eu vim ver incluía uma vocalista."

"Eu sei. Mas já ouvi eles tocarem sem ela, e na verdade é melhor. Tanner realmente toma conta quando não tem que dividir o palco. A banda é dele, e não dela."

"É possível que você não seja a crítica mais objetiva?"

Por instinto, a mão de Becky procurou seu cabelo e o levantou acima da gola do casaco. Ela o sacudiu de um jeito exuberante, nada que Deus fosse condenar. Não tinha culpa se Gig a achava bonita.

"Se você quer mesmo saber", ela disse, "eu sou a razão da Laura querer sair. Vou ficar muito triste se você não contratar a banda por minha causa." Igualmente instintiva foi a nota de mágoa em sua voz. Sacudiu de novo o cabelo. "Sei que pode parecer que estou lhe pedindo um favor, mas Tanner é quem tem ambição. Laura não passa de uma amadora."

Gig semicerrou os olhos. "Qual é a sua?"

"O que você quer dizer?"

"Por que eu estou falando com você e não com ele?"

"Sei lá. É que... se você contratar a banda, vai me ver um bocado."

Para flertar de fato, ela deveria ter olhado no fundo dos olhos dele, mas não foi capaz de fazer isso.

"Isso é algo a pensar", ele disse.

Depois da nevasca, a noite gélida ficou estrelada. A casa paroquial estava às escuras, mas a neve na entrada da garagem tinha sido sulcada por novas marcas de pés. Ao segui-las em direção à porta dos fundos, Clem sentiu o cheiro de cigarro. Parou e farejou o ar. Ele estava sem cigarros, tinha esvaziado seu maço depois da briga com o pai. Tencionava parar de fumar em New Prospect, mas isso foi antes de Becky mandá-lo para o inferno.

A fumaça vinha da própria casa. Sentada na varanda da frente em cima da caixa de lenha, com um casaco grosso, ele viu... sua mãe? Ficou tentado a continuar andando, se esgueirar para dentro de casa e ir direto para a cama. Mas se deu conta de que seu pai estava certo: ele não havia levado em consideração os sentimentos da mãe ao escrever para o setor de recrutamento. Pior: viu que tinha que contar a ela, imediatamente, o que havia feito. Melhor saber por ele que pelo pai.

Fez o caminho de volta e, ao chegar à varanda, o cigarro de sua mãe desaparecera e ela estava de pé.

"Querido", ela disse. "Aí está você..."

Ele se inclinou e recebeu um beijo com cheiro de cigarro. Sabia que ela tinha fumado quando adolescente, mas havia sido há trinta anos.

"Sim", ela disse, "eu estava fumando um cigarro. Você me pegou."

"Na verdade... posso filar um?"

Ela riu. "Isto está ficando ridículo."

Clem não sabia a que ela se referia, mas um riso era melhor que uma lição de moral. "Vou largar", ele disse. "Amanhã. Mas... só um?"

"As coisas que eu não sabia..." Ela sacudiu a cabeça e enfiou a mão no bolso. "Com filtro? Sem filtro?"

A fim de acender o mais rápido possível, ele pegou um cigarro do maço já aberto: Lucky Strikes sem filtro. No ar extremamente gelado, a fumaça era abstrata, quase sem gosto. Mantendo os olhos fixos na rua branca, tornando-se também uma abstração, ele contou à mãe sobre a carta e por que a enviara.

Só quando já havia terminado é que Clem se voltou para ver como ela estava recebendo a notícia. Nas mãos dela havia uma xícara de café com guimbas de cigarro dentro. Como se acordada pelo silêncio de Clem, ela olhou para a xícara. Pareceu surpresa. Entregou-a para ele e disse: "Vou entrar".

Ele não sabia exatamente o que havia esperado, mas sem dúvida mais do que aquela falta de reação. Apagou seu Lucky e a seguiu. Suas malas se encontravam ao pé da escada, onde as tinha deixado. As luzes da árvore de Natal estavam apagadas.

Na cozinha, sua mãe se agachara junto a um armário raramente aberto.

"Mamãe, você está bem?"

Ela se levantou, trazendo na mão uma garrafa de J&B. "Por que você está perguntando? Há uma garrafa de bebida na minha mão? Ah, sim, claro que há." Ela riu e virou a garrafa em um copo. Mal saiu um dedo de uísque. Bebeu num gole. "Você quer que eu diga o quê? Que estou feliz porque meu filho quer lutar naquela guerra?"

"Eu não vou assumir uma posição moral babaca sobre ela."

Ela baixou o queixo e lançou a Clem um olhar dúbio, convidando-o a corrigir o que tinha dito. Quando ele não fez isso, Marion voltou a se agachar junto ao armário.

"Não posso lidar com isso", ela disse. "Não esta noite. Se você quer que eu me preocupe com você a cada hora dos próximos dois anos, a decisão é sua. Teria sido simpático ter havido um avisozinho prévio, mas... a decisão é sua."

Garrafas tilintaram enquanto ela examinava os rótulos desbotados.

"Isso vai devastar o seu pai", Marion acrescentou. "Imagino que você saiba disso."

"Eu sei, eu o vi na igreja. Ele está bem furioso."

"Ele está na igreja?"

A sra. Cottrell e o sinal feito com o dedo ainda estavam bem vívidos na mente de Clem, e ele não devia nada ao pai. A questão era se devia poupar os sentimentos da mãe.

"Ele estava com uma paroquiana", Clem disse cuidadosamente. "Tivemos que tirar o carro dela da neve."

"Deixe eu adivinhar: Frances Cottrell."

Era chocante ouvir sua mãe pronunciar o nome. Perguntou-se se ela estava fumando e bebendo porque sabia tudo sobre a sra. Cottrell. Talvez soubesse mais do que ele.

"Você quer alguma coisa?", ela perguntou. "Para comer? Beber? Ainda tem um pouco de bourbon aqui. E um vermute velho."

"Acho que vou querer um sanduíche."

Ela se pôs de pé com uma garrafa na mão e contemplou o que tinha sobrado no fundo. "Por que acontece isso? Por que será que, quando uma pessoa realmente precisa de um drinque, todas as merdas das garrafas estão vazias? Não pode ser por acaso. Se fosse por acaso, algumas estariam cheias."

Definitivamente havia alguma coisa de errado com ela.

"Na verdade, não", ela disse. "Desconfio de que seja seu irmão." Ela derramou o resto da bebida num copo. "Pensando bem, é de dar pena. Ele sempre volta e bebe um pouco mais, mas não pode deixar a garrafa vazia. Quanto ele pode tomar sem que ela fique oficialmente vazia? Não sei se rio ou se choro."

Era demais para Clem processar o estado em que ela se encontrava. No calor relativo da casa, agora que tinha contado aos pais o que fizera, sua exaustão era insuportável. Sentou-se à mesa da cozinha e descansou a cabeça sobre os braços. Pensou que poderia cair imediatamente no sono, porém ultrapassara esse ponto. A exaustão era tão dolorosa que o mantinha acordado. Ouviu a mãe se servindo de um terceiro drinque, abrindo a geladeira, mexendo em utensílios. Ouviu-a pôr um prato na mesa.

"Você precisa comer alguma coisa", ela disse.

Com um esforço supremo, ele levantou a cabeça. O sanduíche no prato era de pão de centeio com presunto e queijo. Estava grato à mãe por tê-lo preparado, cansado demais para querê-lo. Pensou na torrada com canela que

Sharon lhe oferecera naquela manhã, nos ovos mexidos de outras manhãs. Pensou em como ela havia ficado feliz ao vê-lo, quantos planos tinha para o futuro dos dois. A dor atrás de seus olhos se tornou insuportável.

"Ah, meu querido Clem, meu queridinho, o que foi? Por que você está chorando?"

Ele tinha muita tristeza para expressar e uma só maneira de fazê-lo. Quando a mãe passou o braço por seus ombros, Clem lutou para manter um mínimo de força e dignidade. Mas, de fato, não lhe sobrava nada.

Foi interessante notar que, quando as lágrimas cederam, o sanduíche deu a impressão de ser mais atraente. Ele queria também um cigarro. Eram os mesmos desejos que surgiam depois de um alívio sexual.

"Vai me dizer o que há de errado?", sua mãe perguntou. "No fundo você não quer ir para o exército?"

Alguém deixara um lenço de papel sobre a mesa. Ele assoou o nariz enquanto a mãe se sentava à sua frente. No copo dela havia um resto de vermute amarronzado.

"Podemos telefonar para o setor de recrutamento amanhã de manhã. Você pode dizer que mudou de opinião. Ninguém vai pensar mal de você por causa disso."

"Não. Eu só estou muito cansado."

"Mas isso pode afetar o seu raciocínio. Talvez, se você descansasse um pouco... isso é uma coisa muito doida."

"Não é doida. É a única coisa de que tenho certeza."

Pelo silêncio de sua mãe, ele depreendeu que ela estava desapontada. Seu jeito de ser como mãe era sempre oferecer sugestões, na esperança de que ele visse a sensatez delas, em vez de dizer a Clem o que fazer.

"Lembra o que você me disse uma vez? Que sexo sem compromisso era uma péssima ideia?"

"Algo assim, lembro."

"Pois bem, tenho andado com uma garota. Uma mulher. Tem sido uma coisa incrível."

Os olhos de sua mãe se arregalaram, como se Clem a tivesse espetado com uma agulha.

"Você tinha razão", ele disse. "Se não há um compromisso, as pessoas acabam se machucando. Foi exatamente o que aconteceu. Ela está terrivelmente machucada."

A tristeza o invadiu e sua mãe se curvou sobre a mesa para pegar a mão dele. Não querendo chorar de novo, Clem puxou a mão.

"Nós rompemos. Hoje de manhã. Ou eu rompi com ela. Ela não queria."

"Ah, meu querido."

"Eu tinha que… Estou largando a universidade."

"Não precisa largar a universidade."

"Fiz uma coisa terrivelmente cruel com ela."

A tristeza tomou conta dele. Enquanto lutava para controlá-la, sua mãe foi até o fogão. Ele ouviu o som de um fósforo sendo riscado e sentiu o cheiro de fumaça. A estranheza de vê-la fumando o fez com que se recompusesse.

"Não quer ir lá fora?"

"Não, esta aqui também é a minha casa."

"Por que você está fumando?"

"Desculpe. Hoje foi uma coisa depois da outra o dia inteiro. Fico triste que você esteja sofrendo. Fico triste pela… como ela se chama?"

"Sharon."

Sua mãe deu uma tragada forte. "É difícil entender. Se você estava feliz com ela, por que está largando a universidade?"

"Porque meu número na loteria do recrutamento era dezenove."

"Mas por que agora? Por que não esperar mais um semestre?"

"Porque eu estou muito louco por ela para conseguir manter boas notas. Enquanto eu estiver lá, só vou querer ficar com ela."

"Mas isso…" Sua mãe franziu a testa. "Você está largando a universidade para se afastar dela?"

"Estou me afastando de uma média medíocre. Não mereço uma dispensa estudantil."

"Não, não, não. Você não está pensando direito. Você ama essa garota?"

"Isso não importa."

"*Você ama essa garota?*"

"Sim. Quer dizer… sim. Mas não importa. É tarde demais."

Sua mãe foi até a pia e apagou o cigarro com um jato d'água.

"Nunca é tarde demais. Se você tem amor por ela e ela por você, não a abandone. É simples assim. Não fuja da pessoa que você ama."

"Eu sei, mas…"

Sua mãe rodou junto à pia. Uma luz estranha brilhava em seus olhos. "Não é certo! É a coisa mais terrível que você pode fazer!"

Ele nunca havia sentido medo dela. Ela sempre fora apenas sua mãe, pequena e fofa, presente o tempo todo, embora dispersiva. O medo aumentou quando ela foi até o telefone na parede da porta da sala de jantar e tirou o fone do gancho. Ela o empurrou na direção do rosto dele.

"Telefone para ela."

"Mamãe..."

"Meu querido, apenas faça isso. Você vai se sentir melhor. Quero que telefone para ela e que peça desculpa. Por favor. Ela vai aceitá-lo de volta."

O fone emitia o tom de discagem. A mão de sua mãe tremia.

"A Sharon está com a família dela? Ela também foi para casa?"

"Acho que amanhã."

"Então diga que quer ir lá vê-la. Não há problema para mim."

"Mamãe, é Natal."

"E daí? Tem minha permissão. Quero dizer, sinceramente... é aqui que você quer ficar? Aqui?" Ela fez um gesto amplo com o fone. "*Nisto* aqui?"

A repugnância em sua voz era chocante. No entanto, ela tinha razão. Ele de fato não queria ficar na casa paroquial, não depois do que Becky lhe dissera.

"Tarde demais para voltar", ele disse. "Ela vai sair de manhã."

O fone passou a emitir ruídos rápidos, indicando que estava fora do gancho havia muito tempo.

"Então vá para lá agora", disse sua mãe.

Por que Perry, tarde da noite, estava no lado pobre da cidade, naquela área sem perspectiva de New Prospect onde as ruas de casinhas miseráveis terminavam no barranco da estrada de ferro, era uma pergunta só respondível de uma forma estritamente pragmática. Indagar sobre um porquê mais amplo exigiria uma moldura de reflexão cuja inutilidade era agora evidente. Seguindo a passos rápidos pela Terminal Street, a neve rangendo sob os pés, ele se sentiu perseguido por uma cratera escura que não parava de se expandir. Antes que o alcançasse e o engolisse, ele precisava chegar à casa cuja porta esperara nunca mais transpor. À luz das circunstâncias, isso parecia desculpável.

A cratera surgira depois que ele havia confessado à mãe que tinha vendido drogas. Embora a confissão houvesse sido estratégica, visando assegurar a cumplicidade dela diante da fúria do pai caso sua atividade ilícita viesse à tona, Perry estava preparado para verter algumas lágrimas, como havia feito com notável sucesso no Encruzilhadas, a fim de ser perdoado. Mas sua mãe deu a impressão de não se importar. Não o havia repreendido nem feito perguntas. Depois que ele a deixou fumando um cigarro e foi para o andar de baixo, o efeito tinha sido torná-lo indefeso contra a cratera mental que se abriu.

Ele saíra em meio à nevasca para ir à casa de Ansel Roder. Com certeza, mesmo que só naquela noite, ele tinha permissão para ficar bem doidão. A chance de uma tragada após outra na confiável reclusão do depósito de ferramentas junto à piscina de Roder, a expectativa de um excesso maciço e deliberado, a iminência da confusão mental que eliminava o futuro, tudo isso o vinha fazendo ficar de pau duro, e mais duro ainda ao imaginar o prazer de manuseá-lo, enquanto bem doidão, no banheiro que Roder dividia com a irmã, uma garota magricela que não usava sutiã, quando ela vinha da universidade. Annette cursava o terceiro ano, tinha um humor seco e uma pele oleosa e firme que só aumentava seu poder de sedução. Em matéria de mulher, ela estava próxima do ideal de Perry, parecendo-lhe tão acessível quanto a galáxia de Andrômeda.

Para seu embaraço, a própria Annette abriu a porta depois que ele tocou a campainha da casa de Roder. Ele não a encarou e mal conseguiu encontrar voz para dizer que queria falar com Ansel. Com seu anoraque vagabundo, sua galocha idiota e seu notório desejo por drogas, ele era mesmo um vermezinho repugnante. Tudo o que Perry podia fazer era esperar que ela desse meia-volta. Sua vontade desesperada de ficar doidão e se trancar num banheiro estava ficando insuportável. Pela porta aberta, viu chamas cintilantes na lareira. A lareira era enorme, digna de uma mansão, e queimava toros compridos que ele jamais vira em outras casas.

Ao vir até a porta, Roder, descalço, parecia aborrecido.

"O que você quer?"

"Eu gostaria de entrar", disse Perry. "Se for possível."

"Não é uma boa hora. Estamos jogando canastra."

"Canastra?"

"É uma tradição nessa época das festas. Na verdade, é bem divertido."

"Você e a sua família estão jogando cartas?"

"Cantando velhas cantigas natalinas e tudo. Isso mesmo."

A família Roder era mais desunida que a dos Hildebrandt. Fazerem juntos alguma coisa divertida era incomum a ponto de parecer cosmicamente injusto. Mesmo sem olhar para trás, Perry sentia que a cratera escura se alargava na sua direção.

"Bom, então", ele disse, a garganta contraída pela frustração, "queria saber se você tem um segundo… Cometi um pequeno erro de avaliação hoje. Calculei errado."

"Estou falando sério, cara", disse Roder começando a fechar a porta. "Não é uma hora boa."

"Se você apenas pudesse pegar depressa um saquinho para mim... Ajudar um amigo."

"Estamos no meio de uma partida."

"Você já mencionou isso. Se quiser, posso dar um pouco de dinheiro a você."

Roder fez uma careta, como se enojado com um verme.

"Ansel, por favor. Quando é que eu vim aqui procurar você assim?"

"Qual é o problema?"

"Não devia ter falado em dinheiro. Foi um erro... me desculpe."

Roder fechou a porta na cara dele. Fora de alcance, a menos de quinze metros dali, numa gaveta do quarto de Roder havia oitenta e cinco gramas de maconha de baixa qualidade, coisa para pátio de escola, mas adequada às finalidades do momento. E ele nem podia culpar o cosmo; ele é quem tinha ofendido Roder. Ao propor um negócio naquela hora, tornara claríssimo um fato até então passível de não ser considerado enquanto estavam doidões: a generosidade de Roder e a capacidade de Perry ser divertido. O fato é que ele não gostava de Roder. Gostava de drogas.

Perseguido pela boca da cratera, foi até a Primeira Reformada. Dos amigos que poderiam ter algum material, só Roder não pertencia ao Encruzilhadas, por isso o concerto era a única chance que lhe restava. Sua mãe tinha pirado. Havia sido internada num hospício, o pai dela se afogado de propósito, *e ela tinha comunicado esses fatos a Perry* — dois acontecimentos que haviam se escondido atrás das portas da mente dele e que ele nunca se permitira abrir, nem mesmo nas noites de maior insônia. No entanto, como se por uma visão de raio X, uma inteligência telecinética, ele deve tê-los visto através das portas fechadas, porque nada que ela disse o surpreendeu. Tivera somente uma sensação de vago reconhecimento. Coisas feias, mas não chocantes: ele conhecia o rosto delas.

Não diria mais nada à mãe. Nem agora nem nunca. Em certo sentido, a cratera de que fugia era sua mãe.

Tinha a esperança de encontrar um grupo no estacionamento da igreja, mas chegara tarde demais — o lugar estava vazio. Nos fundos do salão de festas, um pouco afastadas da multidão, duas ex-integrantes do Encruzilhadas dançavam com uma desinibição bem-aventurada ao som instrumental da canção "Wooden Ships", executada por uma banda cujo nome Perry conhecia também por tê-lo desenhado nos pôsteres do concerto, os Bleu Notes. Pelos espaços ocasionais que se abriam entre os corpos dos espectadores, ele via de relance a famosa Laura Dobrinsky franzindo a testa curvada sobre um teclado eletrônico, cuidando de suas sincopações, um guitarrista alto e negro movendo vagamente os quadris ao ritmo do que dedilhava e Tanner Evans, que se comportava mais como um roqueiro de sucesso, sacudindo o cabelo e fazendo movimentos bruscos para a frente enquanto acompanhava a batida. Soavam, nota por nota, como Crosby, Stills e Nash em seu primeiro disco, e a multidão, infelizmente, estava fascinada. Exceto pelas duas garotas que dançavam, tudo o que ele conseguia ver eram cabeças balançando para a frente e para trás. A frustração crescia em sua garganta, quando alguém tocou em seu ombro.

De todas as pessoas inúteis que poderiam aparecer, era ninguém mais ninguém menos que Larry Cottrell. Larry tinha feito alguma coisa boba no cabelo, penteado demais, e o resultado era que tudo mais em Larry — jaqueta de jeans, calça de veludo cotelê, bota de caminhada — parecia igualmente exagerado. Abriu os braços como se, meu Deus, esperasse um abraço. Perry se voltou para o palco e esticou o pescoço, fingindo estar grandemente interessado na banda. Tendo admitido à mãe que havia sido um traficante e, portanto, se inoculado contra a descoberta paterna, não tinha mais nada a temer de Larry.

Estamos indo embora, veio o refrão do palco, *vocês não precisam de nós*.

Larry, impávido, gritou junto à orelha de Perry: "Onde você se meteu?".

Como num jogo de xadrez, Perry viu que, se não tomasse alguma atitude ousada, seu pequeno peão ficaria grudado nele o tempo todo, complicando a tarefa de encontrar drogas. Outra vez a sensação de injustiça cósmica. Outra vez o reconhecimento de que a culpa era toda sua. O que fazer?

Uma jogada audaciosa lhe veio à cabeça como costumava acontecer num tabuleiro de xadrez, causando um frisson por sua temeridade. Fez sinal para que Larry o seguisse, coisa que o outro fez prontamente, e os dois foram para o vestíbulo deserto.

"Tive uma ideia", Perry disse.

"O que foi, o que foi?", Larry perguntou.

"Precisamos tomar um porre."

Os dedos de Larry foram diretamente para os sebáceos nos lados de seu nariz.

"Está bem."

"Imagino que sua mãe tenha uma prateleira com bebidas, não tem?"

Os dedos esfregaram a pele. O nariz sentiu o cheiro de sebo. Os olhos se arregalaram.

"Quero que você vá lá agora", disse Perry. "Pegue alguma coisa que ela não vá notar, licor de laranja ou creme de menta. Qualquer garrafa que esteja mais ou menos cheia."

"Sei, hã... Mas e as Regras?"

"Você pode esconder a garrafa num monte de neve... não vai congelar. Faz isso por mim?"

Larry estava claramente apavorado. "Você tem que ir comigo."

"Não. Levanta muitas suspeitas. Você pode demorar quanto quiser... Eu espero."

"Não sei..."

Perry agarrou os braços de seu peão e olhou no fundo dos olhos dele. "Trate de fazer isso. Você vai me agradecer depois."

Observar seu poder sobre Larry fazia a boca da cratera recuar. Havia uma espécie de libertação em mandar pelos ares toda aquela ideia de ser uma boa pessoa. Da porta, viu Larry atravessar correndo o estacionamento.

Enquanto Laura Dobrinsky, agora sentada diante do piano da igreja, cantava a plenos pulmões uma música de Carole King, ele voltou para o salão e se enfiou entre os espectadores, parando para dar um abraço numa garota do Encruzilhadas que confessara ter ficado impressionadíssima com seu vocabulário, outro numa garota que o desafiara a ser mais aberto emocionalmente, outro mais numa garota com quem ele improvisara um esquete muito apreciado sobre os perigos da desonestidade, e mais um numa garota que lhe confidenciara num exercício em dupla que tivera a primeira menstruação antes dos onze anos. Erguendo o polegar, cumprimentou o garoto que o ajudara a preparar os pôsteres para o concerto e, com um aceno amistoso de cabeça, o eminente Ike Isner, cujo rosto ele havia apalpado enquanto usava uma venda nos olhos durante um exercício de confiança e cujos dedos cegos haviam depois tateado seu próprio rosto. Nenhuma daquelas pessoas era capaz de ver dentro de seu crânio, todos haviam sido tapeados ao aplaudir sua franqueza emocional e o impulsionaram coletivamente com uma espécie de leve ação pulsante do grupo, tal como cílios macroscópicos, rumo ao círculo dominante do Encruzilhadas. Os abraços, em especial, ainda eram agradáveis, mas a boca da cratera estava se aproximando de novo, agora tomando a forma de uma clássica pergunta depressiva: de que adiantava tudo aquilo? O círculo dominante não tinha poder efetivo. Era apenas um objetivo num jogo abstrato.

Perto da extremidade do palco, junto a uma bandeira dos Estados Unidos que a igreja por razões desconhecidas se achava obrigada a exibir num mastro, ele encontrou todos seus velhos amigos reunidos em um grupinho compacto. Lá estavam Bobby Jett e Keith Stratton com David Goya e Kim, sua namorada de rosto esquisito, além de Becky, ladeada por um homem mais velho que Perry não conhecia, de costeletas abundantes e com um casaco de couro cor de laranja cintado que poderia ter saído da série policial *Mod Squad*. Kim imediatamente abraçou Perry, que ficou feliz ao detectar um cheirinho de maconha no cabelo dela: onde havia aquele cheiro, havia esperança. Becky apenas acenou para ele, mas não de forma desagradável. Por algum motivo, ela lhe pareceu mais alta, com uma aparência radiante, como se para acentuar sua condição de patinho feio, sua galopante perturbação.

No palco, Tanner Evans empunhava um violão acústico e seu amigo negro um banjo, enquanto os Bleu Notes embarcavam numa balada teologicamente tendenciosa cuja letra Perry conhecia porque constituía o hino semioficial do Encruzilhadas, supostamente composto pelo próprio Tanner Evans e com frequência cantado ao final das reuniões das noites de domingo.

A canção está nas mudanças de acorde e não nas notas
Eu procurava por alguma coisa
Que não achava em mim
Até que encontrei alguém
E achei entre nós
É, a canção está nas mudanças e não nas notas.

Becky parecia fascinada pela performance, o gângster de costeletas possivelmente algo fascinado por Becky, mas David Goya, que gostava de corrigir o verso *E achei entre nós* para *E achei entre suas pernas*, contemplava a multidão como um velho surdo perplexo com a impressão visual de algum som. Perry o puxou pela manga e o levou até o corredor.

"Tem algum aí?", perguntou.

Na luz do corredor, os olhos de Goya estavam injetados de sangue, no rosto uma expressão melancólica.

"Infelizmente, não tenho nada."

"Então quem tem, se é que posso perguntar."

"A esta hora, tão tarde, não sei dizer. Mais cedo muita gente queria."

"David. Você achou que eu não vinha?"

"Como eu podia saber? As coisas foram acontecendo. E agora, sim, os pacotinhos estão vazios. Você devia ter estado aqui junto com a sua irmã."

"Minha *irmã*?"

"Algum problema? Não gostamos da Becky?"

Alguma coisa diabólica, a boca da cratera, mordiscava as solas do sapato de Perry. Evidentemente, apesar dos recentes progressos no relacionamento com a irmã, malgrado o cessar das hostilidades, o projeto maior dela de despojá-lo de tudo continuava em curso.

"Aliás", disse Goya, "sabia que ela está namorando o Tanner Evans? Você sabia e não contou nada para nós?"

Perry olhou fixamente para as maçanetas de bronze das portas do salão de festas, atrás das quais os Bleu Notes estavam tratando com mais dignidade a música "The Song Is in the Changes" do que costumavam fazer nas noites de domingo.

"Temos testemunhas que viram os dois agarrados", disse Goya. "Kim está… qual é a palavra… Kim está toda excitada com esse assunto."

Para baixo para baixo para baixo. Perry estava afundando.

"Podemos ir até sua casa?", ele perguntou. "Eu estava… quer dizer… Será que podemos renovar o suprimento?"

"Há uma conversa sobre panquecas", disse Goya. "Becky quer comer panquecas à meia-noite, e quem poderia criticá-la por isso? A Kim também vai. E aonde a Kim vai…"

"Podíamos encontrar com eles depois."

O tom desesperado na voz de Perry pareceu abalar a leveza de Goya. Seus olhos, embora injetados de sangue, ficaram alertas. "O que há com você?"

O cosmo era injusto. Ao ficar de bobeira conversando com sua mãe, Perry se atrasara para encontrar o alívio da perturbação que a própria conversa havia causado, enquanto, se houvesse dispensado aquela conversa e chegado mais cedo ao concerto, quando ainda havia drogas disponíveis, ele não estaria perturbado e poderia ter sustentado sua decisão.

"Eu simplesmente...", ele disse. "Eu, hã... quem vai?"

"Kim, Becky, eu. Tanner também. Talvez outras pessoas."

Perry teve uma ideia e se agarrou a ela. "A banda tem que guardar todo o equipamento. Se formos agorinha, podemos voltar com tempo de sobra."

A ideia era racional e facilmente realizável, porém Goya estava muito doidão ou era teimoso demais para entendê-la. "Há alguma coisa de errado com você?"

"Não. Não."

"Então não vamos fazer isso."

Uma tremenda ovação final veio do salão de festas. Goya deu meia-volta e foi de novo para lá, seguido, após certa hesitação, por Perry. Era de se esperar um bis, mas Laura Dobrinsky estava pulando do palco. Ela baixou a cabeça e arremeteu contra os espectadores, empurrando Perry para o lado ao passar às pressas em direção à porta. Por sobre o ombro, ele a viu correndo pelo corredor.

Todas as luzes foram acesas e Tanner Evans também desceu do palco, o cabelo úmido devido à entrega musical. Apertou a mão do gângster e passou os braços pelos ombros de Becky. Perry não conseguiu ver o rosto dela, mas viu o das poucas pessoas que o haviam abraçado e das muitas que não tinham feito isso. Todos olhavam para sua irmã, com os braços em volta de Tanner Evans. Ela fazia parte do Encruzilhadas havia menos de dois meses e, era evidente, já tinha saltado por cima de Perry e avançado para o centro do grupo.

Como a alma dela devia estar feliz com a pessoa em quem aterrissara por acaso!

Emergindo da resultante escuridão de sua cabeça, ele se viu na Pirsig Avenue, caminhando com aparente deliberação rumo ao posto da Shell. Tinha vinte e três dólares na carteira, destinados aos presentes de Natal de Becky, Clem e do Reverendo, mas o mundo não acabaria se gastasse apenas uns poucos dólares com cada um deles. Também tinha moedas na carteirinha de plástico transparente que Judson lhe dera de aniversário. Chegando ao posto, tirou dez centavos do porta-moedas e introduziu no gélido telefone público próximo aos banheiros. Atrás dele, em meio à neve, havia um reboque parado, com o motor ligado e as luzes do teto piscando, sem o motorista ao volante. O número do telefone, 241-7642, era facílimo de se lembrar, sendo o quarto algarismo a soma dos três primeiros, enquanto os dois últimos eram o produto dos dois algarismos anteriores.

O cara atendeu no sexto toque. Perry havia acabado de dizer seu nome e sobrenome, quando o cara o interrompeu: "Desculpe, cara. Fechado para as festas".

"É uma emergência."

O cara bateu o telefone.

A esta altura, Perry poderia sabiamente admitir a derrota, voltar à Primeira Reformada e se contentar com qualquer que fosse o conteúdo da garrafa roubada por Larry Cottrell, porém não havia nenhuma garantia que Larry fosse bem-sucedido; o mais provável era o contrário, e Perry tinha dinheiro, enquanto o cara tinha drogas — o que poderia ser mais simples?

Ele só fora uma vez à casa do sujeito, não para comprar, mas simplesmente para ser apresentado a ele por um antipático colega mais velho, Randy Toft, que havia sido o traficante de Keith Stratton. Os encontros subsequentes entre o cara e Perry ocorreram em meio a buracos no estacionamento abandonado atrás do velho A&P, que, embora fechado, ainda não fora demolido nem comprado por outro tipo de empreendimento. Isso significava longas esperas até que o anônimo Dodge branco do cara aparecesse, Perry furioso com a falta de pontualidade, porém nunca com coragem suficiente para falar do atraso quando o sujeito enfim chegava. Ambos sabiam quem tinha o poder e quem não tinha.

Foi fácil encontrar a casa de novo, porque ela ficava numa rua sem saída com o alegre nome de Felix e ostentava uma caixa de correio com um adesivo NIXON AGNEW desbotado, possivelmente uma piada, possivelmente uma pista falsa para a polícia local ou possivelmente, quem sabe, uma declaração sincera. Ao descer a rua chamada Felix em direção ao barranco da estrada de ferro, ele viu o Dodge branco na entrada da casa enterrado na neve ainda mais branca. Uma réstia de luz escapava sob a beirada irregular dos estores na janela da sala de visitas. A neve do caminho até a porta não havia sido retirada, ninguém entrara ou saíra.

Decidido: admitir a condição de mau confere poder.

O *que*, perguntou retoricamente o primeiro orador afirmativo, *distingue mais claramente a pessoa que precisa tomar a droga daquela que precisa vender? O comprador, afinal de contas, tem tanta liberdade de reter seu dinheiro quanto o vendedor de reter o produto.* Não decorre daí que a diferença de poder deve estar relacionada com a gravidade do ato ilícito? *Um aluno do curso ginasial que trafica não é pior do que o bico aspersor de uma mangueira, proporcionando bons momentos aos colegas e a si mesmo, enquanto o homem que faz disso uma profissão como mangueira escolheu enfrentar rigorosas leis federais. Como ele é moralmente muito pior que o jovem traficante, este último atura calado a falta de pontualidade do primeiro. Quanto mais fundo a pessoa mergulha na maldade, mais poderosa se torna.*

Mais poderoso devido à sacanagem que havia feito com Larry Cottrell, Perry abriu o portão gradeado do sujeito e atravessou a neve com dificuldade até alcançar a porta, através da qual ouviu música. Antes que pudesse bater à porta, chegou a seus ouvidos uma espécie de uivo estrangulado do cachorro do qual ele até então se esquecera, seguido por uma série de latidos ferozes em tom grave depois que o animal recuperou o fôlego perdido no uivo inicial. Na única visita anterior de Perry à casa, o cão havia permanecido na porta aberta, grande e de pelo curto, olhos contraídos de suspeita, os músculos da mandíbula se projetando grotescamente, enquanto o cara falava com ele e Randy Toft do lado de fora do portão e punha as mãos nos ombros dos dois, demonstrando uma amizade que o cão admitiu de mau grado. Agora os latidos fizeram a luz da varanda se acender. Através da porta ele ouviu o cara gritando.

"O que você está fazendo, cara, ele está descontrolado! O cachorro está descontrolado! É melhor dar o fora daqui, porra! Não chamei ninguém aqui!"

A porta tinha um olho mágico através do qual Perry tinha certeza de estar sendo observado. Mesmo dando um desconto para a compreensível paranoia de um distribuidor, a situação não parecia promissora; entretanto valia a pena tentar sinalizar sua impotência antes de desistir. Tirou a carteira do bolso, puxou a cédula de vinte dólares e a exibiu diante do olho mágico.

"O que é que você está fazendo aí?", o cara gritou mais alto que os latidos. "Errou de casa, cara! Vá embora!"

Para deixar sua intenção bem clara, Perry imitou uma tragada num baseado.

"Eu sei! Vá embora!"

Perry fez um gesto de súplica, e a luz da varanda se apagou. Parecia o fim, mas a porta se abriu de repente. O cara vestia apenas uma calça jeans com a braguilha aberta e, com os dedos enfiados por baixo da coleira, continha o cão furioso, que arranhava o ar com as patas dianteiras. "O que é que há?", ele disse. "O que você está fazendo aqui? Está pensando que eu sou o quê?"

Com um puxão, ele afastou da porta o cachorro, que se atirava para a frente. Uma corrente de ar muito quente escapava da casa.

"Fecha já a porra dessa porta!"

Tomando isso como um convite, Perry entrou e fechou a porta. O cara segurava o cão sob suas pernas, como se fosse um pônei canino, puxando-o para o interior da casa, enquanto Perry aguardava no capacho da entrada, a neve da galocha derretendo. A temperatura na casa era superior a trinta graus. A música, que vinha de um console estéreo de madeira, era da banda Vanilla Fudge. Perry não se lembrava do armário nem de nada da sala, em parte porque as paredes eram nuas e a mobília desinteressante, mas sobretudo porque estivera ali muito agitado, muito ansioso e envergonhado para prestar atenção. Naquela tarde de abril, o sujeito se apresentou como "Bill", mas a entonação irônica fez Perry supor que não era o seu verdadeiro nome. Ele tinha um bigode avermelhado grande demais para o seu rosto e uma das pernas alguns centímetros mais curta que a outra. Segundo Randy Toft, a perna o deixara fora do Vietnã, mas o cara não parecia ter muita coisa a seu favor. A falta de um nome falava da sua posição no mundo.

Uma porta bateu e o cão uivou mais desesperadamente. O sujeito voltou com a braguilha ainda aberta, o zíper torto devido à diferença de altura das pernas. O peito era quase tão sem pelos quanto o de Perry, mas ele tinha muito mais cabelo abaixo do umbigo. Com movimentos bruscos de cabeça, olhou para tudo em volta da sala, menos Perry, como se buscasse a fonte de alguma ameaça. Parecendo encontrá-la no equipamento estéreo, ergueu o braço do toca-discos com mão trêmula. Ouviu-se o som doloroso da agulha caindo e arranhando o vinil. Ele levantou o braço da agulha de novo e o pousou em seu lugar seguro. A cabeça continuava a balançar rapidamente enquanto ele avaliava o que tinha feito.

"Então", disse Perry com cuidado, pois era óbvio que o cara estava muito drogado, "peço desculpa por incomodá-lo..."

"Não posso, não posso, não posso", disse o sujeito, os olhos fixos no toca-discos. "Não tenho nada em casa, cara, eles me foderam, por que você veio aqui?"

"Eu tinha a esperança de que você pudesse me fornecer."

"Com certeza você não devia estar aqui... não gosto nada disto."

"Estou sabendo, e peço desculpa."

"Você não está me ouvindo. Estou dizendo que eu não gosto nada disto. Sabe o que eu estou dizendo? Eu não estou falando sobre a coisa, eu estou falando da coisa *por trás* da coisa, da coisa *por trás* da coisa *por trás* da coisa. Sabe do que eu estou falando?"

"Você não precisa se preocupar comigo", disse Perry. "Se você puder apenas me fornecer, estou pronto para pagar o preço de varejo e vou logo embora."

O cara continuou a balançar a cabeça. Ele se mostrara nervoso e confuso na última vez em que Perry o tinha visto, fazia seis semanas, nos fundos da A&P, mas nada parecido com aquilo. Perry percebeu que ele era viciado em anfetaminas. Tinha ouvido falar nelas, mas nunca havia visto nenhuma. Não queria ir embora, porque a cratera esperava por ele lá fora, mas o instinto de autopreservação estava se afirmando. Ele se voltou para a porta.

"Epa, epa, epa, aonde é que você vai?" O cara avançou rápido e pôs a mão na porta. Havia feridas feias na parte interna de seu braço, e vinha um cheiro muito azedo do sujeito. "O que é que você está fazendo comigo? Não posso lidar com as dimensões disso."

"Se não pode me ajudar..."

"Você está me fodendo. Vocês todos estão me fodendo. Não tenho nenhuma maconha, ouviu? Feliz Natal, feliz Ano-Novo... onde está o seu dinheiro?"

"Acho melhor eu ir embora."

"Não não não não não não. Você gosta das pílulas, gosta das ludes, ainda tenho delas."

"Infelizmente, não estou nesse mercado."

O cara sacudiu a cabeça vigorosamente. "Está bem, cara, ainda estamos certinhos. Só não vai embora, viu? Fica aí, não se mexe, tenho outra coisa para você."

Descalço, mancando, ele foi até os fundos da casa, onde o cão uivou de novo. Sua ansiedade, o deslocamento de poder que isso implicava, de certa forma aliviou o medo de Perry, que se perguntou o que poderia ser aquela outra coisa. O cara voltou sacudindo um vidro de amendoim como uma maraca, contendo centenas de pílulas, um volume tão grande que Perry entendeu não se tratar de algo valioso. Possivelmente anfetaminas. Não uma substância que ele já tivesse tido motivos para experimentar.

"Pega um punhado", o cara disse, "nunca é demais."

A tampa do vidro bateu no capacho com um tinido surdo e rolou para longe. O vidro aberto foi oferecido pela mão trêmula.

"O que é que tem aí?", perguntou Perry.

"Pega umas quatro e mastiga… você vai ver, nunca é demais, você vai esquecer a maconha. Mastiga e espera um minuto, vai bater firme. As primeiras quatro são por minha conta, porque, porra, é Natal, cara. Dou mais quarenta pelos vinte dólares, você vai esquecer a maconha, essa porra é uma bomba, pega pega pega. Se você gostar, e você vai gostar, posso fornecer uma porrada delas. Pega pega pega."

A cratera escura tinha aparecido na frente de Perry; estava tanto atrás dele quanto na frente, o que só podia significar que ele estava caindo nela. Ele estendeu a mão.

Tendo cumprido a tarefa que Frances havia lhe determinado, tendo garantido um lugar na excursão de primavera do Encruzilhadas ao Arizona, Russ voltou para a sua sala em estado de euforia. Na mesa onde uma dama se sentara com um boné de caçador e as pernas abertas, ele viu uma paisagem do Arizona se abrindo diante de seus olhos. Em sua cabeça, ele já penetrava profundamente naquela paisagem. Ficou tentado a telefonar de imediato para ela e relatar seu feito, porém durante a tarde toda e a noite toda ela é quem tinha comandado o espetáculo, provocando o ardor de Russ, detendo as recompensas, e isso precisava parar. Ele é quem tinha matado o dragão! Ele é quem tinha tido coragem de bater à porta de Ambrose! Era melhor, Russ pensou, deixá-la em suspense. Melhor deixar que ficasse na dúvida, até por fim se ver obrigada a perguntar. Então, como se fosse algo à toa, ele mencionaria ter perdoado Ambrose e que iria ao Arizona.

Trancou a sala e desceu para o estacionamento. Na neve que se acumulara na janela traseira de seu Fury, algum adolescente tinha inscrito a palavra OPA. Ouvindo a música que vinha do salão de festas, se lembrou de que ele e Frances não estariam sozinhos no Arizona, que lá estariam também jovens potencialmente hostis lotando dois ônibus. Percebeu que ainda estava com o casaco de pele de carneiro.

Movido pela culpa, teve o impulso de voltar à sala para pegar o outro, mas estava cansado de ser covarde. Podia usar a merda de casaco que bem entendesse. Não se importava mais se Marion sabia ou não que ele passara o dia com Frances. No futuro, sim, se iniciasse um caso e a coisa crescesse rumo a uma vida nova, a uma segunda oportunidade, as repercussões seriam assustadoras, mas por enquanto seu único crime perceptível era a mentirinha que havia contado no café da manhã. Se Marion fizesse alguma observação sobre o casaco, se fizesse a mais leve insinuação, ele a bombardearia com a notícia de que Perry fumava maconha. Melhor ainda, contaria sobre Ambrose. Durante três anos ela vinha falando mal de Rick, reforçando a mágoa de Russ contra ele; quando soubesse que Russ o perdoara unilateralmente, sem consultá-la, Marion com certeza se sentiria traída. Ela imaginava que estava sendo uma esposa fiel. Mas, de certo modo, ela o traíra primeiro. Se não tivesse apoiado tanto as fraquezas dele, Russ já poderia ter feito as pazes havia muito tempo. Frances tinha lhe devolvido sua coragem, seu vigor ao acreditar que ele podia ir mais longe.

Desconfiando de seus pneus na subida da Maple onde a neve não fora retirada, e sem nenhuma pressa de ver Marion, ele voltou para casa tomando o caminho mais longo pela Highland Street. Muitas vezes naquele dia, durante seis horas, olhara de relance para o rosto de sua companheira e gostara do que tinha visto. Era uma coisa muito simples, de uma leveza que muitos outros homens consideravam corriqueira, entrar num McDonald's com Frances e não sentir vergonha de ser visto com ela, mas para ele, comparado com o desapontamento diário de ver Marion, o alívio havia sido quase milagroso. Enquanto o cabelo de Frances, mesmo achatado pelo boné de caçador, a embelezava, todos os cortes que Marion havia tentado nos últimos anos tinham sido errados de modos diferentes, curtos demais ou longos demais, cada qual servindo para acentuar a vermelhidão de sua pele, o engrossamento do pescoço, a diminuição dos olhos pelo acúmulo de tecido adiposo e pela insônia. Ele sabia que era injusto se incomodar com isso. Era injusto que seus olhos se ofendessem mais dolorosamente por sua esposa do que pelas muitas outras mulheres objetivamente mais feias de New Prospect. Era injusto ter se aproveitado do corpo dela quando jovem e depois tê-la sobrecarregado com filhos e mil obrigações e agora se sentir infeliz sempre que precisava ser visto em público com ela e seu cabelo deplorável, a maquiagem que não ajudava, a escolha aparentemente masoquista de vestidos. Tinha pena dela por sua própria deslealdade, se sentia culpado. Mas não podia deixar de culpá-la também, porque sua falta de atratividade denunciava sua infelicidade. Às vezes, quando se mostrava especialmente desmazelada num jantar da igreja, ele sentia que Marion se aprazia em desagradá-lo, um desejo de fazê-lo sofrer junto com ela pelo que ele e o casamento lhe tinham causado; mas, na maior parte do tempo, a infelicidade dela o excluía. Odiar sua aparência era mais uma tarefa que ela, em silêncio e com competência, aceitava fazer por ele. Haveria alguma surpresa em ele se sentir solitário no casamento?

Quando por fim chegou à casa paroquial, um grande Oldsmobile, pertencente a Dwight Haefle, estava dando marcha a ré na entrada da garagem. Ele tentou contorná-lo, mas Dwight parou em meio à manobra e baixou o vidro. Russ não tinha alternativa senão baixar o seu.

"Sentimos sua falta na recepção", disse Dwight.

"É, me desculpe por não ter ido."

"Marion mencionou que você e a sra. Cottrell tiveram um problema no centro da cidade."

Na luz fraca, a expressão de Dwight era inescrutável. O que ele estava fazendo ali? Como Marion tinha sabido que Russ estava com Frances e não com Kitty Reynolds?

"Não, hã, ninguém se machucou", ele disse.

"Eu trouxe alguma coisa que sobrou da festa, caso esteja com fome."

"Muito simpático de sua parte."

"Não me agradeça, é coisa da Doris."

O vidro da janela de Dwight voltou a subir de forma rápida e silenciosa. O Oldsmobile, as janelas com motores elétricos, sua condição de novo e os acessórios modernos, tudo aquilo parecia emblemático da invulnerabilidade do pastor principal às tentações da carne. O Senhor estava com ele; mas Doris também estava. Russ era uma ruína ao volante de um calhambeque, mas tinha a sra. Cottrell.

Apenas depois de estacionar na entrada da garagem e desligar o carro, ele se lembrou de que Clem podia estar em casa. A vontade de vê-lo era tão pequena quanto a de ver Marion, porém ele sabia que precisava falar outra vez com o filho. Tinha que reexaminar o que dissera antes — correr o mesmo risco que correra com Ambrose e ser sincero, confessar as complicações de seu coração e perdoar, como fizera com Ambrose, as coisas injuriosas que o filho havia dito. Nada menos se exigia do homem em que ele estava se transformando.

Na cozinha, encontrou Marion e Judson sentados à mesa com uma caixa de Eggnog. Judson estava encostado no espaldar da cadeira segurando um copo com o resto do líquido viscoso que tentava despejar na boca aberta. Havia um leve cheiro de bacon no ar.

"Meu Deus", disse Marion. "Até que enfim."

"Oi, papai", disse Judson.

"Oi, rapaz. Acordado até esta hora?"

"Perry me levou à casa dos Haefle. Fiquei vendo um filme, era excelente. Passado em Nova York, havia uma loja de departamentos gigantesca, aquela que faz o desfile da Macy's…"

"Judson, meu querido", disse Marion, "por que você não corre lá para cima e escova os dentes? Depois eu subo e ponho você na cama."

"Eu queria ouvir mais sobre o filme", disse Russ com entusiasmo.

Sem dar a impressão de tê-lo ouvido, Judson se levantou e saiu da cozinha. Seus filhos só tinham ouvidos para Marion. Ele tirou o sapato de trabalho, cujos laços dos cadarços Ambrose mais cedo desfizera.

"Me desculpe ter perdido a recepção. Foi uma pena."

"Você deve estar bem chateado mesmo", ela disse. "Foi divertidíssima."

Pela frieza na voz de Marion, mesmo sem olhar para ela, Russ entendeu que a mentira no café da manhã não passara em brancas nuvens. Ficou tentado a explicar logo — dizer que a sra. Cottrell havia ido no lugar de Kitty inesperadamente. Mas esse teria sido o velho Russ.

"O Clem está em casa?"

"Não", ela disse.

"Ele está… você o viu?"

"Mandei ele de volta para Champaign."

Agora ele olhou para Marion. Como sempre o rosto vermelho, o cabelo em nada melhor, mas havia uma ponta de aço em seu olhar.

"Um de nós tinha que fazer alguma coisa", ela disse. "Deduzi que você fez menos que nada."

"Ele está voltando para Champaign? Agora?"

"Há um ônibus à meia-noite e aparentemente uma garota com quem ele está envolvido. Não sei se vai mudar de ideia, mas é um começo."

Russ afastou o olhar. "É pena. Tinha esperança de conversar de novo com ele."

"Se você não tivesse ficado retido..."

"Já pedi desculpa por me atrasar. Não me dei conta..."

"De que ele estava passando por uma grande crise?"

"Tentei raciocinar com ele."

"E como foi?"

"Eu... nada bem."

Marion riu dele. Riu, se pôs de pé e foi até os ganchos perto da porta, onde os casacos ficavam pendurados, tirando alguma coisa do bolso de um casaco e sacudindo-a. Embora pequeno, o objeto branco que ela extraiu com os lábios era tão estranho, tinha uma carga tão poderosa, que era como uma terceira presença na cozinha. O cheiro de bacon, ele percebeu, vinha de sua mulher.

"Que diabo você está fazendo?"

"Fumando", ela respondeu.

"Não na minha casa."

"Esta não é a sua casa, Russ. Trata-se de uma ideia idiota que você precisa esquecer. A casa pertence à igreja, e sou eu quem está dentro dela o tempo todo. Em que sentido ela é sua?"

A pergunta o deixou perplexo. "É parte da minha remuneração como pastor."

"Ah, querido." Ela riu de novo. "Quer *discutir* comigo? Eu não recomendaria."

Russ viu que ela estava com raiva, talvez demais, por causa da mentirinha dele. Marion acendeu uma das bocas do fogão e se debruçou sobre ela, afastando o cabelo das chamas.

"Apague isso", ele disse. "Não sei o que você pensa que está fazendo, mas apague isso."

Com ar divertido, ela soprou a fumaça na direção dele.

"Marion. O que é que há de errado com você?"

"Nada!"

"Se está aborrecida comigo porque não fui à recepção..."

"Na verdade, eu nem estava pensando em você."

"Tive um acidente na cidade. Aliás, acabei indo com a sra. Cottrell. Kitty não pôde, hã... Kitty não pôde ir. Ela, hã..."

Ele podia se sentir arrastado para baixo, pela inércia do casamento, rumo a um padrão bem conhecido de subterfúgios. Enquanto estivesse com Marion, nunca mudaria.

"Você e eu temos muita coisa a discutir", ele disse em tom ameaçador. "Não é só o Clem. Tem também um problema com o Perry que você precisa saber. E... fui ver o Ambrose. Achei que era..."

"Russ, realmente. Só estou fumando um cigarro."

A visão de Marion fumando, no meio da cozinha, era estranha. Se ela tivesse ficado nua e sacudido os peitos para ele, não teria sido tão estranho. Havia alguma coisa de sexual no barulho que ela fazia quando dava uma tragada no cigarro.

"Embora eu me pergunte", ela disse, "como você acha que iria funcionar. Mesmo no nível da fantasia, como você imagina que iria funcionar?"

"Como iria funcionar o quê?"

"Você ainda teria quatro filhos para sustentar. Ainda estaria ganhando sete mil dólares por ano. A ideia é ir viver da caridade dela? Me perdoe se pergunto o quanto você já pensou sobre a coisa."

"Não faço ideia do que você está falando."

Marion riu mais uma vez.

"Espero que ela seja boa em escrever sermões. Espero que ela goste de preparar a sua comida e lavar as suas cuecas. Espero que ela esteja pronta para ter um relacionamento com seus filhos, para os quais você se ocupa tanto em salvar o mundo. Espero que ela tenha condições de lidar com a sua insegurança todas as noites da semana. E sabe mais o quê? Espero que ela fique bem de olho em você."

Pela segunda vez em duas horas ele estava sendo incitado. Embora, do ponto de vista estrito da moralidade, ele merecesse, sentiu uma vontade física, mais forte até do que sentira com Clem, de bater em sua mulher. Teve gana de arrancar o cigarro dos dedos dela com um safanão e dar-lhe um tapa na cara para tirar aquele sorriso, tão grande era o contraste entre o desrespeito de sua família e as insinuações agradáveis de Frances.

"Eu não sabia", ele disse de um modo formal, "que você se ressentia de me ajudar com os sermões."

"Eu não me ressinto, Russ. A ajuda é dada de bom grado."

"No futuro, vou escrevê-los sozinho."

Ela deu outra tragada no cigarro. "Como quiser, querido."

"Quanto ao resto, não vou me dignar a responder. Tive um dia longo e vou para a cama. Eu só agradeceria se você não fumasse numa casa onde todos precisam dormir."

Em resposta, ela fez um O com os lábios e soprou um anel de fumaça. Sua boca permaneceu aberta.

"Porra, Marion."

"Sim, querido?"

"Não sei o que você está querendo provar…"

"Tenho certeza de que você não sabe. Você tem excelentes qualidades, mas imaginação nunca foi uma delas."

O insulto foi claro e o chocou. Muitas vezes, nos primeiros anos de casados, ele sentira Marion zangada com alguma coisa pequena ou grande que ele fizera ou deixara de fazer. Toda vez, tinha esperado uma explosão do tipo que sabia ocorrer em outros casamentos, e toda vez a raiva dela havia se traduzido numa reclamação feita em voz baixa; na pior das hipóteses, ficava amuada por um ou dois dias, até que por fim Russ entendeu que eles eram um casal que não brigava. Lembrava-se de se orgulhar disso. Agora aquilo parecia outro exemplo de como ela não significava mais nada para ele como esposa.

"Eu não precisaria imaginar", ele disse. "Se alguma coisa está incomodando você, a coisa responsável a fazer é me dizer do que se trata, em vez de fazer insinuações."

"Tome cuidado com o que está pedindo."

"Acha que eu não sou capaz de lidar com o que vier? Não há nada com que eu não possa lidar."

"Belas palavras."

"E são para valer. Se você tem alguma coisa para me dizer, diga logo."

"Muito bem." Ela levou o cigarro aos lábios, os olhos envesgando para focalizar a cinza. "Me chateia que você queira trepar com ela."

A cozinha pareceu girar sob os pés dele. Nunca tinha ouvido Marion dizer essa palavra.

"É realmente muito chato, e se você acha que é porque eu estou com ciúme é ainda mais chato. Quer dizer, realmente… eu? Com ciúme dessa coisa? Quem você pensa que eu sou? Com quem você pensa que se casou? Eu vi o rosto de Deus."

Russ a olhou fixamente. Uma paroquiana esquizofrênica certa vez lhe dissera a mesma coisa.

"Você tem sua religião liberal", ela disse, "tem sua sala no segundo andar, tem suas senhoras nas terças-feiras, mas não tem a menor ideia do que significa conhecer Deus. Nenhuma ideia do que seja a verdadeira crença. Você se acha uma dádiva de Deus, acha que merece mais do que tem, e, sim, muito bem, pois eu acho isso mais do que um pouco irritante. Não sei se você reparou, mas seus filhos são formidáveis — ao menos um deles é um gênio puro e simples. De onde você acha que isso veio? De onde veio o brilho intelectual desta família? Acha que veio de você? Ah... vá se foder!"

Ela sacudiu a mão e jogou fora o cigarro, que a havia queimado. Pegou-o do chão e pôs dentro da pia. Parecia estar tendo alguma espécie de colapso nervoso, o que deveria tê-lo preocupado, deveria tê-lo repelido, mas não foi o que aconteceu. Ele se lembrou de uma intensidade tão profundamente enterrada no passado que poderia ser um sonho, a intensidade que ela possuía aos vinte e cinco anos, a intensidade com a qual a quis. E ela ainda era sua esposa. Ainda legalmente sua. Provocado pela desinibição dela, Russ se aproximou por trás e pôs as mãos em seus seios. Por baixo da lã do vestido e das dobras de carne da meia-idade estava a garota excêntrica que o deixara louco no Arizona. O cheiro de fumaça em seu cabelo e uma coisa igualmente estranha, um cheiro de bebida alcoólica, atuavam como provocações adicionais. Era excitante tocar os seios de uma bêbada estranha.

Ele tentou virá-la de frente, mas Marion passou por baixo do cotovelo dele e se desvencilhou. Quando ele deu mais um passo em sua direção, ela recuou.

"Não ouse."

"Marion..."

"Você pensa que eu vou ser a sua segunda comidinha do dia?"

Ela nunca o rejeitava. Em matéria de sexo, era ele quem rejeitava.

"Ótimo", ele disse, zangado. "Eu apenas estava tentando..."

"Você e ela se merecem. Vá em frente e veja se eu me importo. Você tem a minha permissão."

O desdém em sua voz o impediu de se alegrar com a permissão dela. Marion realmente era mais esperta que ele. Embora estivesse agindo como uma louca, estava certa, e não importava se fosse atarracada e tivesse a cara vermelha, e não importava se ele matava dragões. Enquanto estivessem casados — e até quando não estivessem —, Marion sempre seria mais inteligente que ele.

"Você parece pensar que sou só eu", ele disse, tremendo, "mas não é verdade. Você tem tanta culpa quanto eu. Deu um jeito de parecer que só eu preciso de apoio. Você tem toda uma ladainha — apoio, apoio, apoio. Nenhuma alegria, nada de nada, só apoio. É de surpreender que eu esteja farto disso?"

"Você não pode estar nem metade farto do que eu estou."

"Mas foi você que quis isso."

"Isso?"

"Quis os filhos. Quis esta vida."

"Você não?"

"Se dependesse de mim, nós nos devotaríamos ao serviço. Você não seria uma dona de casa e eu não estaria fazendo a porra desses sermões para banqueiros e membros do clube de bridge."

"Você está dizendo que fui *eu* que puxei você para baixo? Que *você* foi quem se sacrificou? Que você está *me* fazendo um favor com esse casamento?"

"A esta altura? Sim. É o que eu penso. E se você quer saber por que, vá se olhar na merda de um espelho."

Era a coisa mais cruel que ele já havia dito na vida.

"Isso me machuca", ela disse em voz baixa, "mas não tanto quanto você gostaria."

"Eu... me desculpe."

"Você não tem a menor ideia de com quem se casou."

"Já que eu sou tão burro, talvez você deva ir em frente e me contar."

"Não. Você simplesmente vai ter que esperar para ver."

"O que isso significa?"

Marion se aproximou dele, ficou na ponta dos pés e curvou a cabeça na direção de Russ. Por um momento, ele pensou que ela fosse beijá-lo depois de tudo. Mas ela apenas soprou uma golfada de ar em cima dele. Fedia a tabaco e álcool.

"Espere para ver."

"Não se amontoem diante do portão. Se insistirem em ficar de pé, vou precisar que se organizem em fila. Não há motivo para se amontoarem diante do portão. Todos que têm um bilhete vão embarcar. Se for necessário um segundo ônibus, ele será disponibilizado e fará as mesmas paradas. Devido ao tempo rigoroso, temos atrasos em todo o sistema, mas há equipamento a caminho. Tudo o que vocês conseguem com esse empurra-empurra é se sentir infelizes. Não iniciaremos o embarque enquanto houver empurrões. Não, minha senhora, ainda não temos uma estimativa da hora da partida. Tão logo o equipamento chegar e houver uma fila organizada, o embarque terá início…"

A voz não cessava. Pertencia a uma senhora corpulenta de pele escura, cuja exaustão não poderia ser maior que a de Clem. No colo da jovem sentada a seu lado, um bebê dormia com os braços jogados para o lado, a cabeça pendendo na direção da coxa dela. Sessenta, setenta pessoas se encontravam nas proximidades do portão, a maioria negros, todos viajando rumo ao Sul, para St. Louis, Cairo, Jackson, New Orleans, na primeira hora cruel da véspera de Natal. O terminal estava razoavelmente bem aquecido, mas Clem ainda sentia frio nas entranhas. Sentado, se abraçava bem apertado, a mão agarrando o bilhete. Um quiosque da estação rodoviária vendia café, e ele observou a coisa que ele, Clem, verdadeiramente era, perguntando-se se essa coisa seria capaz de se levantar e ir até o quiosque. A exaustão tornava seu estado existencial, para além da razão, semelhante ao de Meursault em O *estrangeiro*.

Se o telefone não estivesse ocupado quando, da casa paroquial, ele ligou para a moradia dos hippies e se sua mãe, antes de mandá-lo embora com a mochila, não tivesse subido para o segundo andar e voltado com as dez notas de vinte dólares que lhe entregou; e, se depois, no trem suburbano, ele não tivesse tido tempo de revisitar a questão da liberdade, ele poderia ter cumprido o que Marion determinara. Ao voltar para New Prospect e se sentir amado por seu pai, odiado pela pessoa de quem mais gostava no mundo e confundido por sua mãe, ele perdera o rumo. Sua família o havia trazido de volta para os contornos costumeiros do eu do qual ele havia desejado escapar. Mas o trem para Chicago foi atrasado pela nevasca. Quando por fim chegou se arrastando à Union Station, Clem percebeu que não estava obrigado a descer do ônibus em Urbana, onde ficava a universidade; que ele não era uma agulha seguindo nos sulcos de um disco da família; que a liberdade radical ainda estava disponível. Ele tivera um mês de manhãs para acordar e reconsiderar sua decisão de abandonar os estudos. Será que uma decisão pensada durante tanto tempo e com tamanho cuidado não era mais importante que algumas horas com sua família numa noite em que estava destroçado pela falta de sono? Ele já tinha se libertado de Sharon. Se voltasse para ela agora, seu raciocínio anterior ainda seria válido. Ele não tinha força suficiente para enfrentar o desafio de uma mulher, ainda não era homem o bastante. Tudo o que resultaria de voltar para ela seria a dor de deixá-la outra vez. Por isso, ao chegar ao terminal de ônibus, comprou uma passagem para New Orleans. Nunca tinha estado em New Orleans. Possuía duzentos dólares e era bom pensar que estava sozinho.

PÁSCOA

Russ acordou numa casa estranha. O vento martelava nas janelas, pulverizando a neve nos galhos do lado de fora, e ninguém dormira no lado da cama que era ocupado por Marion. Assustado com a possibilidade de que ela não abrandasse sua postura com ele, assustado com a permissão que ela lhe dera, assustado também com o problema de Perry usar drogas, ele sentiu como havia passado a depender do apoio de Marion. Voltando-se em vez disso para Deus, rezou na cama até ser capaz de vestir um roupão e se aventurar no corredor. Por trás das portas fechadas, seus três filhos mais novos ainda dormiam. A porta e a cortina do quarto de Clem estavam totalmente abertas, sua ausência notável na luz da manhã. Na cozinha, havia um bule de café no fogão. Levou uma caneca para seu escritório e encontrou Marion lá. Ajoelhada em meio a presentes e fitas, ela nem olhou para ele. Vê-la com o mesmo vestido da noite passada trouxe à mente de Russ o choque de tê-la desejado, a vergonha de ser rechaçado. Da porta, sem preâmbulos, ele lhe disse que Perry havia vendido ou dado maconha para Larry Cottrell.

"Interessante", ela disse, "que essa seja a primeira coisa que você tem a me dizer hoje."

"Eu queria falar ontem. Precisamos cuidar disso imediatamente."

"Eu já cuidei. Ele me disse que vendeu maconha."

"Ele o quê? Quando?"

Com toda a calma ela cortou uma folha de papel de presente com a tesoura. Não importava o que Russ fizesse ou dissesse, ela parecia estar sempre um passo à frente dele.

"Ontem à noite", ela disse. "Ele está lutando, e acho que o fato de se abrir comigo... ele está melhor agora. No que me toca, são águas passadas."

"Ele infringiu a lei. Precisa entender que há consequências."

"Você quer puni-lo?"

"Quero."

"Acho que é um erro."

"Não me interessa o que você pensa. Vamos apresentar uma frente unida."

"Frente unida? Isso é alguma piada?"

O desdém dela era pior que a frieza. Ele sentiu vontade de quebrar aquela barreira, agarrar Marion, fazer valer sua vontade. A briga da noite anterior havia exposto dentro dele um reservatório desconhecido de raiva.

Ela embrulhou uma caixa com uma camisa. "Mais alguma coisa, querido?"

O ódio o silenciou. Regressando ao segundo andar, ouviu as vozes de Perry e Judson atrás da porta. Eram só sete e meia, estranhamente cedo para Perry estar acordado. Russ ficou perturbado ao pensar que seu filho de nove anos, com quem ele mantinha relações semiformais porém cordiais, como se fossem vizinhos de longa data, vinha dividindo o quarto com um traficante de drogas. Não se refletia bem no pai do menino de nove anos. Uma hora depois, enquanto canalizava sua raiva limpando com uma pá a neve na entrada da garagem, ele viu Perry e Judson saindo com seus trenós. Naquele momento, Perry parecia um garoto tão animado que Russ não teve coragem de confrontá-lo. Afinal de contas, era véspera do Natal.

À noite, durante o jantar — por tradição espaguete e almôndegas —, Perry estava encantador, e seu jeito com Becky tinha mudado. Nada mais do ar de superioridade dele, nada mais da atitude defensiva dela. Marion não olhava para Russ, tendo comido apenas salada e alguns fios de espaguete. Quando ela brincou com Becky sobre Tanner Evans, coube a Judson explicar a Russ que a filha dele tinha um *namorado*, e Russ não soube o que era mais incriminador, ele ser o último a receber a notícia ou não se importar muito com isso. Ele andava vivendo num mundo composto de Frances, Deus, Rick Ambrose e da mancha negativa de Marion. Dos filhos, o único com quem se sentia minimamente conectado era Clem, e lamentava que estava com uma namorada no feriado: isso o privava da oportunidade de reparar o embaraço que ele causara ao filho. Para aliviar sua solidão, deixou que seus pensamentos se dirigissem a Frances. Imaginou-se fumando maconha com ela, imaginou as inibições dos dois diminuindo. Depois se perguntou o que o fato de que a maconha em questão ter passado pelas mãos de Perry poderia dizer sobre as intenções de Deus.

Levantando-se abruptamente da mesa, ele disse que havia esquecido de dar um telefonema importante para um paroquiano. Ao sair da sala, a voz risonha de Marion o seguiu. "Diga que lhe desejei um Feliz Natal."

O terceiro andar cheirava à perturbação dela. No peitoril da janela do quarto de depósito, havia um cinzeiro cheio até a borda de pontas de cigarro, e isso não o incomodou. De algum modo ratificava a permissão que ela lhe dera. Valendo-se da permissão, ele pegou o telefone em seu escritório.

Frances, ao atender, dispensou seu pedido de desculpa por telefonar num feriado — ele era seu pastor! A intenção era fazê-la imaginar se ele havia ou não feito as pazes com Ambrose e ia para o Arizona, mas ele não foi capaz de se segurar e lhe contou prontamente.

"Hurra, hurra", ela disse. "Sabia que eu tinha razão."

"Você também tinha razão sobre o Perry. Ele realmente vendeu maconha."

"Claro que eu tinha razão. Não tenho sempre?"

"Bem, sendo assim, gostaria de um conselho. Você está, hã, sozinha?"

"Mais ou menos. Meus pais vieram jantar aqui."

"Ah, desculpe por ter interrompido."

"Eu estava tirando as coisas da mesa. Me diga como posso ajudar."

Dois andares abaixo, veio uma risada geral da família em que se destacava o arpégio da hilaridade de Perry. Russ se perguntou se, no ano seguinte, ele estaria jantando com Frances e os pais dela.

"Bom, aparentemente Perry limpou a barra. A esta altura, eu poderia apenas relevar, mas acho que cabe algum tipo de punição."

"Está perguntando para a pessoa errada. Lembre-se do que tenho na minha gaveta das meias."

"Eu lembro. E do fato... bem, do experimento sobre o qual conversamos. Complica as coisas para mim. Não posso punir Perry e depois... você sabe. Seria uma hipocrisia."

"Essa é fácil. Basta não fazer a segunda coisa."
"Mas eu quero. Quero fazer com você."
"Está bem, uau! Acho que eu devo desligar."
"Só me diga rapidinho se ainda está interessada em fazer aquilo."
"Definitivamente desligando..."
"Frances..."
"Não estou dizendo que não. Estou dizendo que preciso pensar sobre isso."
"Foi você quem sugeriu!"
"Hã, na verdade não. Essa parte 'só nós dois' foi ideia sua."

Russ não podia desejar uma indicação mais clara de que ela conhecia os desejos dele. Envolver-se numa conversa com implicações sexuais naquela casa fornecida pela igreja e num feriado de reunião das famílias, era vergonhoso e excitante.

"De qualquer modo", ela disse, "Feliz Natal. Vou vê-lo domingo na igreja."
"Você não vem para a cerimônia da meia-noite?"
"Não. Mas seu interesse foi registrado, reverendo Hildebrandt."

Tal como os primeiros cristãos acreditavam que logo iria se dar o regresso do Messias que havia caminhado pela Terra em tempos recentes — que o Dia do Juízo Final estava chegando —, Russ imaginou que sua relação com Frances, já tão carregada de implicações, tão prestes a desabrochar em êxtase, se resolveria em alguns dias. Enquanto esperava pela sentença dela, que parecia iminente, ele adiou uma confrontação com o filho e, quando entendeu que talvez tivesse que esperar por muito tempo, as transgressões de Perry haviam se tornado, como Marion dissera, águas passadas. Perry realmente parecia estar bem melhor. Não era mais um menino evasivo, que dormia até tarde, dava a impressão de estar mais magro e quem sabe até um pouco mais alto, exibindo sempre bom humor. Porque Marion passara a dormir no terceiro andar e ficava acordada até tarde, às vezes acontecia de Perry, que agora acordava antes de Russ, preparar o café da manhã para ele e Judson.

Começando pela velha sra. O'Dwyer, que sucumbiu à pneumonia, o novo ano trouxe uma série de enterros para os quais Russ contribuiu com todos os aconselhamentos e rituais, enquanto o casal Haefle desfrutava de férias na Flórida. Ele ainda mantinha as obrigações extraordinárias que Dwight lhe passara ao sair do Encruzilhadas e, agora que tinha voltado a pertencer ao grupo, se sentia obrigado a frequentar as reuniões das noites de domingo.

A fim de mostrar a Ambrose a sinceridade de seu arrependimento, embora evitando o risco de aconselhar adolescentes problemáticos, ele se ofereceu como voluntário para cuidar de toda a logística da excursão ao Arizona — contratar ônibus, rever a apólice de seguros da igreja, encomendar suprimentos para os projetos, fazer a coordenação junto aos navajos.

Atolado no trabalho, ele viu Marion passar na sua frente. Ela estava emagrecendo visivelmente graças ao fumo e a um programa puxado de caminhadas. Ele era incluído nos jantares que ela preparava em casa, mas agora Marion selecionava o que havia na cesta de roupas para lavar e separava as dele, continuando a cuidar das outras. Ele participava das atividades na igreja sem ela, gastava horas que não tinha de sobra em sermões que se recusavam a entrar em foco sem a ajuda de Marion, enquanto ela ia à biblioteca, a palestras da Sociedade Ética e ao teatro caindo aos pedaços que abrigava os Atores de New Prospect. A nova independência dela tinha um quê de libertação feminina, que ele aprovava como movimento social e que poderia ter aprovado em sua mulher caso ele estivesse fazendo avanços com Frances.

Mas o dia do juízo final continuava sendo adiado. Na primeira vez depois do Natal que o círculo das terças-feiras foi para o centro da cidade, Frances ficou tão grudada em Kitty Reynolds que ele não conseguiu trocar uma única palavra a sós com ela. Quando, dias depois, ele telefonou para sua casa a pretexto de uma preocupação pastoral rotineira, Frances disse que estava atrasada para uma aula e que qualquer tarde daquela semana passaria no escritório dele. Ele esperou — em vão — oito dias. Sentindo-se injustamente à mercê dela, buscando ganhar força, teve a inspiração de convidar uma seminarista solteira, Carolyn Polley, para participar da saída da terça-feira seguinte. Carolyn era amiga de Ambrose e conselheira no Encruzilhadas. Russ tinha esperança de que, insistindo em que ela fosse no carro dele, apresentando-a com algum espalhafato a Theo Crenshaw e mantendo-a a seu lado o dia todo, pudesse provocar algum ciúme em Frances. Em vez disso, provocou uma declaração de Carolyn, no estilo incomodamente explícito do Encruzilhadas, de que ela tinha um namorado em Minneapolis. Frances estava tão amiguinha de Kitty Reynolds, trocando tantos sussurros íntimos, que Russ, morrendo de ciúme, se perguntou se a fome dela por novas experiências se estenderia ao lesbianismo. Nem uma vez Frances o encarou. Foi como se aquela tensão entre os dois, aquelas insinuações na véspera do Natal nunca tivessem ocorrido.

Quando o círculo das terças-feiras regressou ao Primeira Reformada, nos últimos clarões do sol, Russ a alcançou antes que ela escapasse em seu carro. Repreendeu-a, gentilmente, por não ter ido ao escritório dele. "Espero que você não esteja me evitando por alguma razão."

Ela se afastou ligeiramente. Estava usando um anoraque bufante e um gorro, não o encantador conjunto de caça. "Na verdade, estou um pouquinho."

"E pode... me dizer por quê?"

"É horrível. Você vai me odiar."

O lusco-fusco em janeiro, a forma como se demorava no poente, prenunciava o começo da primavera, mas o ar ainda estava amargamente seco e com o gosto do sal jogado nas ruas.

"Eu estava me sentindo mal por não ter ouvido seus discos. Não queria falar com você até ouvir, por isso na semana passada, finalmente, espalhei todos na sala de visitas. Aí o telefone tocou, eu tive que ir fazer o jantar e me esqueci deles. Quando acendi a luz, não vi os discos no chão."

Ela soou vagamente aborrecida, como se a culpa fosse dos discos.

"Já entrei em contato com a loja de discos", ela disse. "Eles vão tentar encontrar discos substitutos. Só pisei em dois, mas parece que um desses está muito difícil de achar."

Foi como se ela tivesse pisado no coração de Russ.

"Não precisa repor os discos", ele conseguiu dizer. "Não passam de coisas materiais."

"Não, nem pensar."

"Você é que sabe."

"Está vendo? Você me odeia."

"Não, eu... simplesmente acho que posso ter interpretado mal alguma coisa. Pensei que você e eu íamos... pensei que eu podia ajudá-la em sua jornada."

"Eu sei. Eu devia ter dado uma resposta sobre isso."

"Tudo bem. Perry está muito melhor... não vou puni-lo."

"Mas eu pisei nos seus discos. O mínimo que eu posso fazer é lhe dar uma resposta."

"Como quiser."

"Só preciso confessar outra coisa. Eu já fiz, mais ou menos, o experimento sozinha. Não posso dizer que tenha sido algo que mudou minha vida. Foi mais como um resfriado que durou uma hora."

Russ afastou o rosto para ocultar seu desapontamento.

"Mas quero tentar de novo", ela disse, tocando no braço dele. "Eu tive... tem muita coisa acontecendo comigo. Mas vamos achar uma hora, está bem?"

"Tudo indica que você está indo muito bem sem mim."

"Não, nós vamos fazer. Só nós dois. A menos que queira convidar a Kitty."

"Não quero convidar a Kitty."

"Vai ser divertido", disse Frances.

Seu entusiasmo pareceu forçado e, quando ele telefonou para ela naquela noite, com o calendário na mão, a busca por uma data mutuamente conveniente teve o sabor de uma maçante obrigação. O experimento só podia acontecer num dia útil, enquanto os filhos dela estivessem na escola, e os deveres dele na igreja caíam exatamente nas datas disponíveis para Frances. Com certa dose de mau pressentimento, ele concordou em encontrá-la na Quarta-feira de Cinzas.

Os dias em que ficou aguardando o encontro tiveram um gosto prévio de cinzas. A esperança de que Clem reconsideraria a decisão de deixar a universidade já tinha sido abandonada no dia de Natal, quando ele telefonou a fim de anunciar que não fora se encontrar com a namorada em Urbana. Estava sozinho em New Orleans — preferia passar o Natal num quarto de hotel vagabundo a ficar com a sua família. Sabendo que era culpa sua, Russ quis escrever para Clem se desculpando e acertando as coisas, mas não havia um endereço para onde enviar a carta. Em janeiro, Clem telefonava periodicamente para perguntar a Marion se chegara alguma correspondência do setor de recrutamento. Em fevereiro, veio a notícia de que ele tinha feito contato com o setor e sabido que não pretendiam recrutá-lo. A notícia deveria ter constituído um grande alívio para Russ, como foi para Marion, porém ele ficou aborrecido por tê-la recebido de Becky, aborrecido por Clem ainda não ter dado a eles seu endereço, aborrecido porque seu filho não tinha planos de voltar para casa. De acordo com Becky, ele estava trabalhando numa loja da Kentucky Fried Chicken.

Um dos poucos pontos brilhantes na vida de Russ — o fato de Becky, contrariando todas as expectativas, haver encontrado o caminho para a fé cristã e dividido sua herança com os irmãos — foi empanado quando ela parou de frequentar a Primeira Reformada. Ela já havia recusado o convite para se juntar à turma de confirmação, e agora a notícia era que ela e Tanner Evans estavam avaliando outras igrejas em New Prospect. Quando Russ perguntou por que, ela disse que buscava alguma coisa mais inspiradora que os sermões de Dwight Haefle. "Será que ele *acredita* mesmo em Deus?", ela questionou. "É o mesmo que ouvir o Rod McKuen." Russ, que também tinha suas dúvidas sobre a fé de Dwight, respondeu que ele, Russ, acreditava de fato em Deus. "Então, talvez", disse Becky, "você possa falar mais sobre sua relação com Ele e menos sobre o noticiário da noite." A questão que ela suscitou era discutível, ele sentiu que a teologia não passava de pretexto; que a rejeição de Becky a ele era mais profunda e mais pessoal; que Clem fizera um trabalho completo em pô-la contra o pai. E talvez com razão. A pia do banheiro onde ele agora sistematicamente despejava seu sêmen, visualizando Frances Cottrell e bloqueando da mente todos os pensamentos sobre Deus, ficava a três passos do quarto da filha.

Até o Arizona se tornara uma possibilidade nebulosa. Um número de jovens suficiente para encher três ônibus havia se inscrito para a excursão da primavera, e Russ planejava deixar dois deles na base da Black Mesa, enquanto conduziria o terceiro grupo para a escola de Kitsillie. A Black Mesa ficava no coração da Diné Bikéyah. Em nenhum outro lugar mais do que ali, com sua atmosfera rarefeita, o sol do meio-dia que distorcia mentes e paisagens, o céu imenso a pressionar com o peso de um milhão de estrelas, ele se sentira mais conectado com o mundo espiritual navajo. As condições primitivas de Kitsillie seriam também uma oportunidade para mostrar a Frances como ele era capaz de lidar com a situação, que além do mais testaria o apetite dela por novas experiências. Se, ao contrário de Marion, ela demonstrasse gosto para acampar sem conforto, as possibilidades de outras aventuras seriam infinitas. Mas quando, depois de muitas tentativas, ele conseguiu falar com Keith Durochie ao telefone, Keith lhe disse incisivamente: "Não vá lá".

"A Kitsillie?"

"Não vá lá. A energia é ruim. Você não será bem-vindo."

"Até aí, nada de novo", disse Russ em tom brincalhão. "Também não fui bem-vindo na década de 1940. Lembra-se de que você nem me apertava a mão?"

Ele esperou Keith rir com a recordação, como no passado, mas não foi o que aconteceu.

"Você estará mais seguro em Many Farms", ele disse. "Temos muita coisa a fazer lá. O pessoal do altiplano está infeliz com o *bilagáana*."

"Bom, e eu sei algumas coisas sobre como construir pontes. Por que não vemos como as coisas estão quando eu chegar lá?"

Keith disse depois de alguns minutos de silêncio: "Você e eu somos velhos, Russ. As coisas não são mais as mesmas."

"Não sou tão velho. Nem você."

"Eu estou velho, sim. Vi minha morte outro dia. Estava no morro atrás da minha casa... bem perto."

"Não entendo dessas coisas", disse Russ, "mas estou feliz em pensar que vou vê-lo de novo."

Na Quarta-feira de Cinzas de manhã, ele deixou o carro no estacionamento da Primeira Reformada, para não levantar suspeitas caso ficasse parado por muito tempo na frente da casa de Frances, e subiu a colina caminhando pelas calçadas molhadas onde os flocos sujos de neve derretiam. A hora, nove da manhã, parecia mais apropriada para uma visita médica. A casa de Frances tinha sido pintada recentemente e era bem suntuosa, uma lembrança de quanto ela havia recebido da General Dynamics, e Russ tocou a campainha com um mau presságio que só podia rezar para que a maconha dispersasse.

"Lá se vai o meu pensamento", ela disse, levando-o para a cozinha, "de que você não apareceria."

"Não me quer aqui?"

"Só espero que não estejamos cometendo um grande erro."

Ela usava um vestido-suéter marrom com uma gola larga e uma meia grossa cinza. Vendo-a com a roupa de ficar em casa, e não com um de seus elegantes conjuntos dos domingos nem com as roupas um tanto masculinas das saídas das terças-feiras, ele sofreu um forte e perturbador impacto da *realidade* dela — de sua independência como mulher, seus pensamentos e suas escolhas sem a menor relação com ele. Ter um vislumbre de como Frances devia se sentir sendo ela, habitando sua própria vida durante o dia inteiro, era excitante, mas também intimidador. No balcão junto ao fogão ela havia deixado um cinzeiro e um cigarro de maconha mal enrolado.

"Vamos direto", ela disse, "ou antes precisamos conversar sobre isso até o dia acabar?"

"Não. Basta me garantir que você realmente topa fazer isso."

"Eu já fiz... mais ou menos. Acho que a dose não foi suficiente."

Ela esticou o braço e ligou o exaustor, fazendo Russ imaginar se haveria alguma roupa íntima sob o vestido-suéter. O vestido havia escorregado, deixando à vista o ombro nu, sem revelar a alça de um sutiã. A pele de Frances no alto das costas, que ele nunca tinha visto, era lisa e havia algumas sardas. Era também real, provocando nele uma pontada de saudade da segurança de suas fantasias. Ele vinha lidando bem com as fantasias; provavelmente poderia continuar com elas de forma indefinida. No entanto, recuar diante da realidade de Frances confirmaria a opinião depreciativa que Marion tinha dele. Ela lhe dera permissão porque não acreditava que ele fosse homem o bastante para usá-la.

"Vamos ver o que acontece", ele disse.

Curvaram-se para a frente, lado a lado, sob o exaustor. A fumaça da maconha era muito quente, e ele poderia ter parado depois da primeira tragada se Frances não tivesse insistido em que uma não era suficiente. Ela deu várias tragadas, segurando o pequeno cigarro como um dardo, e ele a imitou. Não pararam até que o que restou, de tão pequeno, já não podia ser passado de mão em mão. Ela foi até a pia, jogou a guimba no triturador de lixo e abriu uma janela. Os flocos de neve do lado de fora pareceram estranhos a Russ, artificiais, como se espalhados por alguém em cima do telhado. Frances esticou os braços bem alto, levantando a barra do vestido, suscitando com isso, mais uma vez, a questão da roupa íntima.

"Uau", ela disse, abrindo as mãos ainda erguidas acima da cabeça. "Isto é *muito* melhor. Talvez seja preciso fazer mais de uma vez para sentir todo o efeito."

Embora fosse a primeira vez de Russ, ele sem dúvida estava sentindo todo o efeito. Ele se deu conta, como se golpeado por uma bigorna, que fevereiro era época de gripe — um dos filhos dela poderia voltar doente para casa e encontrá-lo com a mãe. A possibilidade estava longe de ser mínima, na verdade era muito grande, e ele ficou apavorado de não ter pensado nisso até aquele momento. De repente, também pareceu que não era de manhã, e sim a hora em que acabavam as aulas — ele quase podia ouvir a campainha do final do período, o tumulto da garotada ao ser liberada, os filhos de Frances ali no meio. No clarão das luzes da cozinha, ele também percebeu que podia claramente ser visto pelos vizinhos ao lado. Olhando ao redor em busca de um interruptor, reparou que Frances tinha saído da cozinha.

Da frente da casa, num volume lancinantemente alto o suficiente para atrair a atenção dos vizinhos, senão da própria polícia, veio o som de Robert Johnson cantando "Cross Road Blues." Russ descobriu que havia apagado quase todas as luzes da cozinha, mas que a do teto continuava acesa. Enquanto procurava o interruptor, se deu conta de que podia simplesmente sair dali.

A sala de visitas estava misericordiosamente mal iluminada. Frances tinha se jogado num sofá e o vestido subira por suas pernas. Russ vislumbrou um fiapo da calcinha branca e desejou ardentemente não ter visto. Seu interesse pelo tema roupa de baixo era obsceno. A altura do som de Robert Johnson constituía uma emergência.

"O que você está achando?", ela perguntou alegremente. "Está sentindo alguma coisa?"

"Estou pensando", ele disse. Mas não era verdade, porque seja lá o que ele tivesse imaginado agora já tinha esquecido. Então, surpreendentemente, ele se lembrou. "Estou pensando que devíamos baixar o volume da música."

Mesmo enquanto falava, ele soube que estava sendo terrivelmente quadrado. Preparou-se para ser repreendido.

"Você precisa me contar tudo o que está sentindo", ela disse. "Nós combinamos isso. Na verdade, não combinamos nada, mas de que serve um experimento se não compararmos os resultados?"

Ele foi até o console do estéreo e baixou o volume — demais. Por isso voltou a aumentar — demais. Baixou de novo — demais.

"Vem sentar aqui comigo", Frances chamou do sofá. "Estou tendo uma consciência enorme da minha pele — entende o que estou dizendo? É como os Beatles, quero pegar sua mão. Estou tão... é como se eu estivesse aqui, mas meus pensamentos estivessem em todos os cantos da sala. Como se eu estivesse soprando uma bola gigantesca e o ar fosse meus pensamentos. Entende o que estou dizendo?"

Fui até a encruzilhada, meu bem, olhei para o Leste e para o Oeste
Meu Deus, não tinha nenhuma mulher amada, meu bem, na minha angústia

Diante do estéreo, Russ mergulhou no mundo sibilante e de baixa fidelidade de onde chegava a voz de Robert Johnson. Nunca se sentira mais invadido pela beleza do blues, pela dolorosa sublimidade da voz de Johnson, mas também nunca tão amaldiçoado por ela. De onde quer que Johnson estivesse cantando, Russ jamais poderia ter a esperança de chegar lá. Ele era um marginal, um parasita tardio — uma fraude. Ocorreu-lhe que *todos* os brancos eram fraudes, uma raça de espectros, e ele mais que ninguém. Ter emprestado seus discos a Frances, imaginando que alguma partícula de autenticidade poderia aderir a ele e redimi-lo, tinha sido o cúmulo da fraudulência.

"Ah, reverendo Hildebrandt", ela disse cantarolando, "quero saber o que está se passando nessa cabecinha!"

O rótulo do disco que girava abaixo dele não era o da Vocalion. Tratava-se de um LP, não de um disco de 78 rotações. Vagamente, em meio à sua confusão mental, receou que ela houvesse substituído a valiosa antiguidade dele por uma compilação moderna e barata; no entanto, em vez de ficar com raiva, sentiu uma espécie de ameaça. O vinil que girava era como um vórtice, um redemoinho escuro que o sugava para uma morte ainda mais escura. Deveria existir um lugar especial no Inferno para ele. Se o Inferno e suas chamas sulfurosas existissem mesmo. Se é que o Inferno já não fosse onde ele se encontrava, com sua fraudulência odiosa, naquele exato momento. Sentiu as costas se aquecerem com a proximidade de um corpo.

"Você parece", disse Frances atrás dele, "mais interessado na música do que em mim."

"Desculpe."

"Nada disso. Você pode sentir o que quiser. Só quero que me diga o que é."

"Desculpe", ele repetiu, lacerado pela repreensão dela, convencido de que era justa.

"Mas talvez não precisemos da música."

A rapidez com que ele aceitou a sua sugestão e levantou o braço do toca-discos revelou uma submissão demasiado ávida aos desejos de outra pessoa, uma falta de vontade própria. Quando o disco parou, Frances o abraçou por trás. Descansou a cabeça entre suas omoplatas.

"Isso pode, certo?", ela perguntou. "Um abraço de amigo?"

Seu calor penetrou no corpo dele e foi direto para o ventre.

"Está sendo tão melhor dessa vez! Será que é uma coisa social, que a gente precisa estar com outra pessoa para conseguir ter a experiência toda? O que você acha?"

Ele achava que o terror poderia fazer sua cabeça explodir. Ouviu-se dar uma risadinha, preliminar ao ato da fala. Era uma risadinha nojentamente falsa, uma geringonça rangente de tendões e músculos involuntariamente ativada pelo desejo medroso de agradar e se amoldar à situação — de fazer o papel de uma pessoa autêntica. Parecia-lhe que todas as palavras que pronunciara até então eram odientas, pegajosas por causa das maquinações egoístas dele, sua fatuidade audível por todos e deplorável para todos. Durante sua vida inteira, as pessoas haviam ocultado a real opinião que tinham dele — só Clem havia sido sincero. Dentro do peito, como uma enorme bolha de ar impossível de ser expelida pelos pulmões ou pelo estômago, cresceu a agonia de ter magoado seu filho. Inclinou-se para a frente e abriu a boca, tentando de algum modo expulsar a bolha. Percebeu como ele se parecia com os paroquianos cujos últimos momentos presenciara, o queixo abaixado devido à respiração agônica, a pele do rosto esticada sobre a cabeça do defunto que surgia. Não era claro como poderia sobreviver a nem mais um instante daquela agonia.

Quando Frances se afastou dele, Russ não sentiu alívio, apenas censura. Ela estava tendo uma experiência jubilosa, ele uma experiência abominável. Esse fato, a humilhação que representava, parecia iluminar a sala de visitas de uma forma desagradável.

"Há alguma coisa estranha com a luz", ela disse. "Parece que fica mudando a todo instante... estou na dúvida se é sempre assim. Será que a maconha deixa meus olhos mais sensíveis?"

Seu tom amistoso aumentou a tortura que ele sentia. O fato de Frances não estar se distanciando da feiura dele e de seu fracasso parecia impossivelmente misericordioso. Só ele, entre todas as pessoas do mundo, era falso, só ele um espectro sob a forma humana.

"Ela parece mesmo mais clara", ele se ouviu dizendo, ficando de imediato chocado com o acúmulo repugnante de saliva que sua boca exigia para produzir palavras.

"Você está bem?", Frances perguntou. "Li em algum lugar que a maconha causa paranoia em algumas pessoas."

Antes que pudesse se conter, ele admitiu que estava se sentindo paranoico. Imediatamente envergonhado, acrescentou, com sua coaxante falsidade: "Só um pouquinho... não muito".

"Venha sentar aqui comigo... vou segurar sua mão. Talvez você só precise se sentir seguro."

Chegar perto de Frances era impensável. O medo de ser apanhado pelos filhos dela voltara com força renovada — e a cozinha! Mesmo com o exaustor ligado, a cozinha certamente fedia a maconha. Era imprescindível ir embora antes que o descobrissem ali. Em sua mente, formou as palavras *me desculpe*, tentando avaliar o que mais elas poderiam revelar sobre sua excrescência nata. Se chegou mesmo a pronunciá-las ao deixar a sala e arrancar seu casaco do gancho, ele nunca soube.

Ao caminhar de volta para a igreja, incapaz de encontrar uma expressão facial que não denunciasse sua culpa, ele poderia ser uma aranha arrastando-se por uma parede branca. Era um milagre que ninguém o olhasse. Chegando a seu carro, se trancou lá dentro e se deitou no banco da frente, fora da vista de todos. Passado algum tempo, reparou que não estava mais psicótico, mas a verdade emocional da paranoia persistia. Quando voltou à casa paroquial, com a intenção de se esconder no escritório e rezar, foi levado a parar primeiro no quarto de depósito e esvaziar o cinzeiro de Marion nas mãos. Esfregou as cinzas no rosto, abriu a boca para recebê-las.

A Quaresma começara e nem tudo ia mal. A vergonha e a autodepreciação ainda eram seus portais para a mercê de Deus. O velho paradoxo — aquela fraqueza, sinceramente admitida, tornava a fé de um homem mais forte — ainda estava presente. Aceitando sua derrota com Frances, pediu que Kitty Reynolds comandasse o círculo na terça-feira seguinte sem ele. Em casa, se humilhou diante de Marion, dizendo que ela estava bonita, mostrando interesse. Quando ela comentou, com um ar frio e divertido, "Deduzo que você sofreu algum revés com sua amiguinha", ele ofereceu a outra face, dizendo: "Vá em frente e zombe de mim. Eu mereço". Os dias estavam ficando mais longos e, sempre que ele se sentava em seu escritório no lusco-fusco e labutava para expressar algum pensamento digno de constar do sermão, a ouvia limpando a garganta no aposento ao lado, aplicando suas habilidades linguísticas no trabalho de revisão de provas que vinha fazendo em casa para pagar pelas roupas novas e por um cabeleireiro melhor. Agora que ela estava mais magra, mais parecida com a garota intensa por quem ele se apaixonara, Russ se perguntou se, afinal, poderia haver alguma esperança para o casamento deles — se ainda seriam capazes de pensar em um arranjo novo.

Mas ela ainda estava dormindo no terceiro andar e o obrigava a lavar suas próprias roupas íntimas; e, apesar de seu renovado compromisso com

Deus, ele não conseguia afastar Frances de seus pensamentos. Embora a vergonha de seu comportamento na sala da casa dela fosse diminuindo enquanto ele repassava o tempo todo o que havia acontecido, ele se recordava com mais clareza do comportamento de Frances: que ela havia lhe pedido mais de uma vez para se darem as mãos; que o abraçara por trás num gesto supostamente amigável (abraços amigáveis não eram *frontais*?); e que, além de tudo, estava vestindo uma roupa que implorava para ser levantada acima dos quadris. Numa assustadora percepção tardia do que havia ocorrido, Russ viu que ela lhe oferecera exatamente a oportunidade com a qual ele tinha sonhado. E mesmo que ele a tivesse tido uma única vez, mesmo que ele fosse apenas uma sarna momentânea que ela teve vontade de coçar enquanto estava doidona, aquilo teria representado o mundo para ele.

Russ lamentava sua chance perdida quando a providência divina interveio. Embora sentisse que isto deixava Becky e Perry sem jeito, ele compareceu a todas as reuniões do Encruzilhadas no Ano Novo. Era tecnicamente um conselheiro, mas aceitara sem problema sua inferioridade em relação a Rick Ambrose e agia como um recém-chegado, lá presente para participar dos exercícios e explorar suas emoções, e não para estimular o crescimento dos jovens em Cristo. Na última noite de domingo de fevereiro, depois que Ambrose dividiu o grupo no salão de festas como se fosse o mar Vermelho, instruindo metade a escrever seus nomes em pedacinhos de papel para que a outra metade os tirasse, a fim de conhecer seus parceiros, Russ desdobrou o seu e viu quem Deus lhe destinara: o nome era *Larry Cottrell*.

"A instrução aqui é simples", Ambrose explicou ao grupo. "Cada um de nós conta ao parceiro uma coisa que realmente o está preocupando — na escola, em casa, num relacionamento. A ideia é ser honesto e que nosso parceiro pense com sinceridade em como pode ser útil. Lembrem-se de que às vezes a coisa mais útil a fazer é apenas estar presente e ouvir sem julgar."

Até então Russ tinha evitado Larry Cottrell, a ponto de nunca olhar para ele, e Larry não dava a impressão de estar nem satisfeito nem aborrecido de ser seu parceiro — era apenas mais um exercício. Enquanto as outras duplas se espalhavam pela igreja, Russ o levou para sua sala no andar de cima e perguntou o que o vinha preocupando.

Larry tocou em seu nariz. "É que meu pai morreu faz dois anos. Nós tínhamos uma fotografia dele, com o uniforme da Força Aérea, que ficava no hall do segundo andar, e aí, na semana passada, ela não estava mais lá. Perguntei à minha mãe por que tinha tirado dali e ela me disse... Ela me disse que estava cansada de olhar para o retrato."

A semimaturidade sebácea do rosto de Larry e a distorção dos traços de sua mãe por causa dos hormônios masculinos corrigiram a noção de Russ de que as feições de Frances tinham algo de menino. Nenhum rapaz se parecia com Frances.

"E aí", ele disse, "tem esse sujeito com quem ela tem saído. Quer dizer, ela deve estar se sentindo muito só, mas fica toda excitada quando sai com ele, e é como se o papai nunca tivesse existido. Ele foi um dos coronéis mais jovens da história da Força Aérea... ele era *meu* pai — e agora ela nem quer ver uma foto dele?"

Russ ficou assustado com a ambiguidade do *tem saído* — se o tempo do verbo englobava o presente ou se referia a um período passado.

"Quer dizer", Russ disse, "que sua mãe tem saído ou saiu no passado..."

"É, finalmente eu conheci o sujeito. Ela levou Amy e eu para almoçar com ele."

Russ limpou uma repentina secura na garganta. "Quando foi isso?"

"Sábado."

Dez dias depois do experimento com a maconha.

"Foi horrível", disse Larry. "Obviamente não vou gostar dele porque ele não é meu pai, mas ele é muito metido a besta, ficou se gabando de ter operado alguém durante dezesseis horas, se exibiu para o garçom, falou com a Amy como se ela tivesse três anos. É um merda, e a mamãe toda agitada e falsa com ele."

Russ voltou a limpar a garganta. "E você acha que isso pode... ser um relacionamento sério? Sua mãe e o... cirurgião? É isso que o está preocupando?"

"Pensei que ele já fosse carta fora do baralho, e agora de repente é só 'Philip' pra cá, 'Philip' pra lá."

"Desde... desde quando?"

"Sei lá. Nas últimas semanas."

"E... sua mãe sabe o que você acha dele?"

"Eu disse que achava ele um idiota metido a besta."

"E como ela reagiu?"

"Ficou maluca. Disse que eu estava sendo egoísta e que não tinha dado a 'Philip' a menor chance. Quer dizer, *eu* sou o egoísta? Ela ia ser conselheira na excursão da primavera, mas como ficou toda chateada porque eu não quis ficar na mesma turma que ela, agora disse que nem sabe se vai. 'Philip' quer levá-la para algum congresso médico de araque em Acapulco na mesma semana."

O rosto de Russ empalideceu, ele até sentiu.

"Às vezes eu queria saber... por que logo o meu pai é que foi morrer? Ele vivia gritando, mas pelo menos prestava atenção. Mamãe nem liga. Só se importa com ela."

Aquela era uma verdade reconhecível, mas não incomodou Russ. Já lhe bastava ser casado com uma cuidadora que se odiava.

"Talvez você devesse dizer a ela", sugeriu Russ, "que você quer que ela vá à excursão da primavera. Mostrar o quanto isso significaria para você."

"Não sei o que seria pior, ter que ficar perto dela ou saber que ela está com aquele bosta. É como se eu odiasse *todo mundo*."

"Olhe. É bom que você seja sincero sobre seus sentimentos. Esse é que é o sentido do Encruzilhadas. Espero que me considere alguém com quem pode se abrir."

Pela primeira vez Larry olhou para Russ como se ele fosse mais do que simplesmente um parceiro de exercício. "Posso dizer um troço esquisito?"

"O quê?"

"Ela está sempre falando de você. Fica me perguntando o que eu acho de você."

"Sim... bem. Ela e eu estamos juntos no círculo. Precisamos ser... amistosos."

"Aí eu digo: Mãe, ele é o pastor. É casado."

"Sei."

"Desculpe... foi esquisito eu dizer isso?"

Por um instante, Russ considerou a possibilidade de abrir o jogo com Larry, talvez para tentar obter sua ajuda, mas a lembrança de ter sido sincero com Sally Perkins afugentou essa ideia. As regras do exercício o obrigavam a agora apresentar sua história, mas tudo o que o perturbava de alguma forma se relacionava a Larry. Era óbvio que não podia falar de seu casamento ou do uso de drogas por Perry. A tentativa maluca de Clem de entrar para o exército também estava fora de cogitação porque Larry se orgulhava do serviço militar do pai. Na mesa de Russ havia uma cópia do relatório de engenharia a respeito do muro do lado sul da igreja, que corria o risco de desabar. Era razoável admitir que aquilo o preocupava.

Terminado o tempo do exercício, ele mandou Larry para o térreo e permaneceu em sua sala a fim de telefonar para Frances: não tinha mais nada a perder. Tão logo ouviu a voz dele, Frances ficou em silêncio. Sentindo que dera um passo em falso, Russ se apressou a pedir desculpa, mas foi interrompido: "Eu é quem deveria pedir desculpa".

"De jeito nenhum", ele disse. "Sabe-se lá por quê, tive uma reação ruim à... bom..."

"Eu sei. Foi engraçado como você ficou paranoico. Mas não havia nada que você pudesse fazer, e compreendo perfeitamente por que saiu correndo. Você fez a coisa certa — eu estava muito, muito fora dos trilhos. Por isso eu não quis ir ao círculo na semana passada. Estava envergonhada demais."

"Mas... envergonhada de quê?"

"Hã... por eu basicamente ter tentado pular em cima de você? Posso pôr a culpa naquele troço, mas de todo modo foi totalmente inadequado. Me desculpe tê-lo colocado naquela situação. Agora estou vendo as coisas com muito mais clareza. Fiz uma avaliação honesta e, bem, não precisa se preocupar comigo. Se puder me perdoar, prometo que não vai acontecer de novo."

Difícil julgar se as boas novas aqui suplantavam as ruins. Sua chance com ela tinha sido até melhor do que imaginara, seu fracasso em aproveitá-la mais definitivo do que temera.

"Espero que ainda possamos ser amigos", disse Frances.

Uma semana depois, ela telefonou para convidá-lo a assistir uma palestra de Buckminster Fuller no Instituto de Tecnologia de Illinois. Tão logo ele aceitou, na condição de amigo, Frances acrescentou que esse era o tipo de programa que Philip *odiava*. "Falei que estou vendo-o outra vez? Estou tentando ser uma boa moça, mas não é divertido estar numa plateia com ele. Fica muito agitado, como se não suportasse que as pessoas prestem atenção em alguém que não seja ele." Russ ficou desanimado por ela imaginar que pudesse interessá-lo ouvir falar de Philip, embora encorajado por Frances se queixar dele. Lembrando a si mesmo que ela se sentira atraída a ponto de "pular em cima" dele, apesar de ser um homem casado, vestiu para o encontro sua melhor camisa e, pela primeira vez, pôs um pouco da água de colônia que Becky lhe dera no Natal, tudo isso para descobrir, quando Frances foi buscá-lo na casa paroquial, que Kitty Reynolds estava no carro. Ela não mencionara que Kitty iria também, e Russ, sendo apenas seu amigo, não tinha por que objetar. Nem tinha grande interesse em Buckminster Fuller, conquanto tivesse tomado cuidado para não se mexer muito na poltrona.

O consolo por perder Frances para o cirurgião foi ela não ter evitado Russ quando foram ao centro da cidade na terça-feira seguinte. Evidentemente ela agora se sentia segura para ir outra vez no Fury, preferindo a companhia dele à de Kitty e se oferecendo como voluntária para trabalhar com ele na cozinha de uma idosa na Morgan Street, pintando com um rolo as paredes com uma cor chamada rosa-bailarina (produzida em quantidades excessivas e agora disponível por alguns trocados), enquanto ele fazia o acabamento das bordas. Era triste ser considerado alguém seguro, mas Russ ficou feliz em ver que ela ainda queria estar com ele, feliz em vê-la se relacionar amistosamente com Theo Crenshaw, feliz por tê-la ajudado a superar aquele problema.

Por isso o choque foi brutal quando, numa manhã cinzenta de março, ela foi à sala dele na igreja e anunciou que estava deixando o círculo das terças-feiras. Pode ter sido a luz mortiça, mas Frances parecia mais velha, mais frágil. Ele a convidou para se sentar.

"Não", ela disse. "Eu mesma queria lhe dizer, mas não posso ficar."

"Frances. Você não pode simplesmente jogar uma bomba dessas e ir embora. Aconteceu alguma coisa?"

Ela parecia prestes a chorar. Russ se levantou, fechou a porta e a fez sentar na poltrona das visitas. O cabelo dela também parecia mais velho — mais escuro, menos sedoso.

"É que eu não sou uma pessoa suficientemente boa", ela disse.

"Isso é ridículo. Você é uma pessoa maravilhosa."

"Não. Meus filhos não me respeitam, e você... sei que gosta de mim, mas não devia. Não acredito em Deus... não acredito em nada."

Ele se acocorou aos pés dela. "Vai me contar o que aconteceu?"

"Não adianta explicar... você não vai entender."

"Tente."

Ela fechou os olhos. "Philip disse que eu não posso mais ir com você. Sei que parece uma idiotice, e, se isso fosse tudo eu não... eu ainda poderia ir. Mas, com todo o resto, é mais fácil não ir."

A ideia de que o cirurgião poderia ter ciúme dele — tinha razões para ter ciúme dele — só fez crescer a sensação de derrota de Russ.

"Ele sabia", disse Frances, "que eu tinha me oferecido como voluntária para trabalhar no centro da cidade. Mas quando descobriu onde ficava a igreja disse que era perigoso demais. Tentei explicar que não era tão ruim, mas ele não quis me ouvir e... odeio ser submissa. Não é o que eu quero ser, mas nesse caso é simplesmente mais fácil, porque isto é o que eu realmente sou: uma pessoa que faz o que for mais fácil."

"Não é verdade. Já conversou com a Kitty sobre isso?"

"Não posso. A Kitty também não vai me respeitar. Quer dizer... eu sei, eu sei. Estou com outro idiota... eu sei. Larry quase nem fala mais comigo. Fiz ele ir almoçar com Philip, e Larry viu logo — qualquer um pode ver. Estou outra vez com um idiota. Na verdade, um idiota pior. Bobby pelo menos não era racista."

"Ninguém deveria ter permissão de dizer o que você pode ou não fazer."

"Eu sei e, como eu disse, se fosse só pelo Philip eu conseguiria encará-lo. Mas a questão é que, por dentro, eu sou igual a ele. Ainda acho que vou ser violentada ou assassinada toda vez que vou lá."

"São padrões profundos", disse Russ. "Leva tempo para desenvolver novos padrões."

"Eu sei, e eu venho tentando. Pedi desculpa ao Theo, como você me aconselhou, e você tinha razão — fez toda a diferença. Mas não consegui parar de pensar no Ronnie, em como ajudá-lo, por isso falei outra vez com o Theo. Segundo ele, o problema é que a mãe do Ronnie é viciada em heroína. Perguntei se eu podia conseguir um programa de tratamento para ela — me ofereci para pagar e deixar que ele dissesse que o dinheiro vinha da sua congregação."

"Essa não é uma atitude de uma pessoa que não é boa."

"Mas basicamente ele disse que era impossível. Acha que Clarice ia começar a tomar drogas de novo assim que saísse. Eu disse ao Theo que devia existir alguma família decente que aceitasse um menino tão doce. Me ofereci para falar com um assistente social e me certificar de que tudo estava bem. Mas o Theo disse que, se eu fizesse isso, o assistente social nunca mais deixaria Clarice chegar perto do Ronnie. Falei que poderia ser para o bem dele. Mas o Theo respondeu que o Ronnie é a única coisa que mantém Clarice viva e que um assistente social não entenderia, porque o Estado só se importa com o bem-estar da criança, não com o da mãe. Tentei lembrar o que você me falou, para eu não discutir com ele, mas deixei claro que ele está concordando com uma situação *com a qual nenhum assistente social concordaria*. Eu disse que cedo ou tarde alguma coisa terrível vai acontecer. O Theo se limitou a dar de ombros e disse: 'Está nas mãos de Deus'. Aí eu calei a minha boca. Não discuti com ele."

"Nada disso", Russ disse, "faz com que eu a valorize menos. Pelo contrário."

Frances pareceu não tê-lo ouvido. "Não sou como você", ela disse. "Não posso aceitar que Deus crie uma situação tão horrorosa que não haja nenhuma solução para ela. Para mim, é como se existisse uma porta e, atrás dela, estivesse o centro da cidade; para todo lado que se olhe, há uma situação tão horrível que ninguém é capaz de resolver. Cheguei a um ponto em que não consigo mais nem abrir essa porta. Só quero fechá-la e esquecer o que está atrás dela. Quando Philip disse que eu não podia ir de novo com você, tive uma pavorosa sensação de alívio."

"Gostaria que você tivesse me dito isso antes", disse Russ. "Nenhuma situação é tão desesperadora a ponto de não se poder fazer nada. Talvez, na próxima vez que formos lá, você, Theo e eu podemos trocar algumas ideias."

"Não. Não vou voltar lá — simplesmente aquilo não é para mim. Eu desejei que fosse. Olhei para você e disse a mim mesma: esse é o tipo de pessoa que eu quero ser. Era excitante estar com você, mas acho que confundi *estar* com você com *ser* como você. A realidade é que sou um ser humano de merda."

"Não, não, não."

"Aparentemente, sou chegada aos idiotas. Sou chegada ao dinheiro, a viagens a Acapulco, a ninguém me julgando, a ninguém me obrigando a abrir portas que não estou com vontade de abrir. A ideia de que eu poderia ser uma espécie de pessoa diferente não passou de uma ilusão."

"Há uma diferença entre ilusão e aspiração."

"Você não conhece minhas fantasias. Na verdade, viu uma delas — e ainda estou envergonhada por aquilo."

Russ sentiu que ela viera até ele desejando ser salva, mas sem saber como; estava chegando a um ponto de inflexão e precisava de um empurrão. Mas salva de quê? Da perda de fé ou do cirurgião?

"O que exatamente… foi aquilo?", ele perguntou. "A fantasia."

Ela enrubesceu. "Imaginei que você era alguém que não deixava o fato de ser casado impedir… imaginei que você podia ser um idiota." Ela estremeceu. "Vê o tipo de pessoa que eu sou? É como se eu precisasse puxar você para baixo, para o *meu* nível. Se você estivesse no meu nível, eu não teria que olhar para cima a fim de vê-lo e sentir que me faltava alguma coisa."

O dilema de Russ nunca tinha ficado tão claro. Frances gostava dele por ele ser uma pessoa boa, era o que tinha de melhor; e, por definição, ser uma boa pessoa significava não a ter.

"Não sou tão bom assim", ele disse. "Sou como você… fiz a coisa fácil. Casei, tive filhos, arranjei um emprego num bairro afluente e tudo isso só me fez infeliz. Meu casamento é um desastre, Marion dorme em outro quarto — praticamente não nos falamos — e meus filhos não me respeitam. Sou um fracasso pior como pai do que como marido. Sou mais idiota do que você imagina."

Frances balançou a cabeça. "Isso só me faz sentir pior."

"Como assim?"

Ela se levantou e se aproximou dele. "Eu nunca deveria ter flertado com você."

"Só me dê uma chance", ele disse, levantando-se de um salto. "Pelo menos vá ao Arizona. Há uma espiritualidade no ar, naquela gente. Mudou minha vida — pode mudar a sua também."

"É, esse foi outro erro. Tentar fazer você ir lá comigo."

"De jeito nenhum. Se não fosse você, eu talvez nunca fizesse as pazes com Rick. Você fez uma coisa excelente para mim. Tem sido uma estrela brilhante na minha vida — não sei o que aconteceu com você."

"Não aconteceu nada. Eu só estava temendo esta conversa, ter que desapontá-lo. Vou ficar ótima no momento em que eu fechar outra vez a porta."

À guisa de ilustração, ela se moveu em direção à porta, e Russ não conseguiu detê-la. Sentia-se impotente. De súbito foi tomado de um ódio tão intenso que seria capaz de estrangulá-la. Ela era insensível e se adorava, uma pisoteadora descuidada de discos, uma destruidora de corações despreocupada.

"Isso é uma grande besteira", ele disse. "Tudo o que você diz é bobagem. Você só está pulando fora porque é covarde demais para enfrentar o que há de bom no seu coração, covarde demais para assumir responsabilidades. Não acredito que, se distanciando do mundo, você vai ser feliz. Mas, se essa é a vida miserável que você quer, não precisamos de você no círculo, não precisamos de você no Arizona. Se não tem coragem de honrar seus compromissos, passar bem."

Sua emoção era autêntica, mas expressá-la assim tão diretamente era coisa do Encruzilhadas. Soava como Rick Ambrose numa confrontação.

"Estou falando sério", ele disse. "Saia da porra desta sala. Não quero vê-la outra vez."

"Acho que eu mereço isto."

"Que se foda o merecimento. Você é uma porcaria em matéria de falsa autocensura. Fico enojado."

"Uau, essa doeu."

"Vá embora. Você é realmente um desapontamento só."

Ele mal sabia o que estava dizendo, mas, ao falar como Ambrose, sentiu um pouco do poder que o outro devia sentir o tempo todo. Como se, ainda que momentaneamente, o Senhor estivesse com ele. Frances o encarou com um novo tipo de interesse.

"Gosto da sua sinceridade", ela disse.

"Estou cagando se você gosta ou não. Apenas, ao sair, aproveite para dizer ao Rick que você não vai mais ao Arizona."

"A menos que eu decida ir. Isso não seria uma surpresa?"

"Isso não é uma brincadeira. Ou você vai ou não vai."

"Bom, nesse caso..." Ela fez um passinho de dança para o lado. "Talvez eu vá. Que tal?"

Com a raiva que sentia, ele não se importava. As idas e vindas de Frances eram como agulhadas em seu cérebro. Deixou-se cair em sua cadeira e virou o rosto. "Faça o que bem entender."

Só depois que ela se foi, Russ se reconectou com seu desejo. De modo geral, pensou, o encontro não poderia ter transcorrido de forma melhor. A revelação foi a maneira positiva com que ela reagira à raiva dele e a maneira negativa com que reagira a seus apelos. Por acaso ele encontrara a chave para chegar a ela. Caso se mantivesse distante, se a deixasse acreditar que havia perdido a paciência com ela, Frances ainda poderia desafiar o cirurgião e ir ao Arizona.

Mas era um tormento não saber o que ela estava pensando. No domingo seguinte, durante o último encontro do Encruzilhadas antes da excursão da primavera, ele procurou Larry no grupo de adolescentes com a intenção de lhe perguntar quais os planos de sua mãe. Quando descobriu que Larry, por nenhum motivo conhecido, faltara ao encontro, o tormento de Russ se tornou agudo. Na manhã seguinte, Russ foi logo à sala de Ambrose e perguntou se ele tinha ouvido alguma coisa da sra. Cottrell.

Ambrose estava lendo a seção de esportes do *Tribune*. "Não", ele disse. "Por quê?"

"Quando a vi, na semana passada, tive a impressão de que ela poderia pular fora."

Ambrose deu de ombros. "Não é uma grande perda. Já temos Jim e Linda Stratton para a Many Farms. Dois pais lá é mais que suficiente."

Russ ficou perplexo. Um mês antes, quando ele e Ambrose tinham definido as tarefas dos conselheiros, ele se certificara de que Frances iria ficar em sua turma.

"Pensei...", ele disse. "Isso não está certo. Tínhamos determinado que a sra. Cottrell iria para Kitsillie."

"É. Mas eu tirei ela do seu grupo e a substituí pelo Ted Jernigan. Se ela quiser usar calça jeans e se misturar com a garotada, pode fazer isso em Many Farms. Nem sei ao certo por que ela está indo... ela mais ou menos me tapeou."

"Você a subestima. Ela faz parte do meu círculo das terças-feiras. Ela realmente trabalha duro."

"Então vamos ver como ela se comporta na Many Farms."

"Não. Ela precisa ir para Kitsillie."

Os olhos que se levantaram das páginas esportivas eram desagradavelmente argutos. "Por quê?"

"Porque eu venho trabalhando com ela. Quero que esteja na minha turma."

Ambrose assentiu com a cabeça como se alguma coisa estivesse fazendo sentido para ele. "Sabe, eu tinha minhas dúvidas. Lá atrás, em dezembro, eu me perguntei o que havia feito você me procurar. Foi só porque ela esteve na minha sala no mesmo dia. Ela estava decidida a ir ao Arizona, então lá veio você querendo ir ao Arizona. Não estou menosprezando a coragem que você teve — apenas eu tinha uma pontinha de dúvida. Eu nem teria pensado nisso se não fosse aquele seu negócio com a Sally Perkins."

"A sra. Cottrell tem trinta e sete anos."

"Não estou julgando você, Russ. Só dizendo que o conheço."

"Então me diga: por que a trocou pelo Ted Jernigan? Para implicar comigo?"

"Calminha. Não me interessa o que você faz na sua vida. Só não traga nada para dentro do Encruzilhadas."

"Você precisa pôr ela de volta em Kitsillie."

"Negativo."

"Por favor, Rick. Não estou exigindo — estou pedindo. Faça isso para mim, por favor"

Ambrose fez que não com a cabeça. "Não estou administrando um serviço de encontros amorosos."

Russ teve a impressão, como havia acontecido no inverno todo, de que qualquer notícia boa — no caso, Frances ainda claramente interessada em ir ao Arizona — vinha acompanhada de uma notícia ruim que a anulava. Ambrose tinha visto através dele, e não havia o que Russ pudesse fazer. Ele não tinha motivo para reclamar senão pela longa caminhada que imaginara fazer a sós com Frances, pelo passeio na floresta de pinheiros, pelo primeiro beijo no alto de uma colina varrida pelo vento — e esses não eram argumentos. O Senhor estava com Ambrose.

Quando Russ chegou em casa naquela noite, Becky o informou de que não participaria da excursão da primavera. Um dia antes ele se sentiria aliviado ao ouvir isso — ela e suas amigas estariam na turma de Kitsillie, onde Becky repararia na atenção que ele daria a Frances, mas agora só parecia mais um sinal do distanciamento entre os dois. Sob a influência de Tanner Evans, Becky estava ficando desafiadora e cada vez mais semelhante a uma hippie, voltando para casa altas horas da noite mesmo nos dias úteis. Quando ele tentou impor um toque de recolher durante a semana, ela correu para Marion, o que resultou num impasse decidido a favor de Becky.

"Pensei que você visse com agrado essa viagem", ele disse.

Becky estava esparramada no sofá da sala lendo a Bíblia. Em suas mãos, na militância de sua rejeição a ele, a Bíblia era estranhamente desagradável.

"É isso aí", ela disse. "Não está fazendo a minha cabeça."

A expressão hippie *não está fazendo a minha cabeça* também era desagradável. "A excursão? Ou o Encruzilhadas de modo geral?"

"Os dois. É como o Ambrose disse — é mais um experimento psicológico do que cristianismo. São dramas de relacionamento para adolescentes."

"Pelo que me lembro você ainda é uma adolescente."

"Essa é boa!"

"Eu estava esperando passar algum tempo com você no Arizona. A ideia é ficar sozinha aqui?"

"Sim, essa é a ideia."

"Espero que não ponha fogo na casa com alguma festa."

Ela lançou um olhar ofendido para Russ e reabriu a Bíblia. Ele não a compreendia mais, porém era verdade que a vida social dela agora se resumia a Tanner Evans. Como ela, Russ e Perry tinham planejado ir ao Arizona, Marion ia levar Judson a Los Angeles nas férias da primavera, iriam à Disneylândia, depois visitar seu tio Jimmy, que estava lá num asilo para idosos. A viagem era uma extravagância, mas Russ achou melhor não discutir, e a ausência de Marion só era um problema agora que Becky decidira ficar em casa. Muito provavelmente, Becky pretendia aproveitar a casa paroquial vazia para dormir com Tanner, o que era outro pensamento desagradável, somente mitigado pelo fato de que Russ gostava do rapaz. A despeito de sua nova religiosidade, Becky se vestia e se comportava como uma mulher sexualmente ativa — ele de fato não a entendia. Só sabia que nunca mais seria a sua menininha.

Bem cedo, na manhã seguinte, ele acordou com uma ideia tão óbvia que ficou surpreso de não ter atinado com ela antes: *Keith Durochie lhe havia dito para não ir a Kitsillie.* Keith tinha dito que havia muito trabalho a fazer em Many Farms, e quem Russ achava que era para argumentar com um maioral navajo? Mais relevante: *quem Ambrose achava que era?*

Com o caminho aberto para ter Frances junto de si por uma semana, Russ foi à sua sala na igreja e esperou até ser tarde o suficiente a fim de telefonar para a casa de Keith. A mulher que atendeu, depois da campainha tocar quinze ou vinte vezes, não foi a esposa de Keith.

"Ele está no hospital", ela disse. "Está doente."

Russ perguntou o que tinha acontecido, mas aparentemente a mulher havia dito tudo o que podia dizer. Preocupado, ele telefonou para o escritório do conselho tribal, do qual Keith era membro havia muito tempo, e soube por uma secretária que Keith sofrera um derrame cerebral. Russ não conseguiu saber qual a gravidade do derrame — os navajos tinham tabus com as enfermidades. Pondo de lado sua preocupação com Keith, ele disse que chegaria com três ônibus cheios de adolescentes no sábado à noite e precisava saber para onde ir. Através de uma ruidosa linha interna, a secretária o pôs em contato com uma administradora do conselho cujo primeiro nome era Wanda e cujo sobrenome ele não captou. Talvez por causa dos ruídos, ela tinha uma enunciação chorosa.

"Russ, não se preocupe. Sabemos que você está vindo. Não se preocupe, estaremos esperando vocês."

Vencendo os ruídos, Russ explicou que Keith havia sugerido que ele evitasse o altiplano e, em vez disso, fosse para Many Farms. Não houve nenhum comentário de Wanda, só os zumbidos.

"Wanda? Está me ouvindo?"

"Quero ser totalmente sincera e direta com você", ela disse com voz lamurienta. "Keith vem tendo problemas no altiplano, mas temos um mandado federal. Há trabalho para ser feito em Kitsillie de acordo com o mandado. Já entregamos cimento e madeira para a escola e ficaremos muito gratos com a sua ajuda."

"Ah... mandado?"

"É um mandado federal e temos material para vocês. Uma das mulheres da região concordou em cozinhar para a sua turma, como você pediu na carta. O nome dela é Daisy Benally."

"Sim, eu conheço a Daisy. Mas Keith deu a impressão de achar que estaríamos melhor em Many Farms."

"Sabemos que uma turma vem para Many Farms. Está tudo arranjado."

"Bem, então, talvez, se pudesse acomodar duas turmas lá, em vez de uma..."

"Russ, estou lhe falando com todo o nosso devido respeito. Não estamos esperando duas turmas em Many Farms. Eu vou pessoalmente recebê-los aqui no sábado e explicar o trabalho que esperamos seja feito por vocês em Kitsillie em conformidade com o mandado. Vai ser um prazer encontrá-lo."

Russ sentiu-se impotente diante do tom choramingento de Wanda, sobretudo por ser um *bilagáana*. Esperava que seria mais fácil falar com ela pessoalmente ou que Keith já estivesse suficientemente recuperado para se sobrepor a ela.

Na quinta-feira à noite, depois de um demorado esforço para dormir, ele sonhou que estava sozinho e perdido na Black Mesa, tentando descer uma montanha sem trilhas. Bem abaixo, via carneiros e cavalos num pasto coalhado de pedras, mas, a fim de atingir a trilha que descia, era necessário subir mais ainda, atravessando escarpas crescentemente pedregosas e íngremes. A área era inesperadamente vasta, e a direção que ele tomou para subir parecia a errada, porém tinha que seguir em frente para se certificar. Por fim, chegou a uma encosta impossível de ser escalada. Olhando para trás, se deu conta de que estava numa parede quase vertical, pela qual teria que descer. Vendo apenas rochedos nus e um espaço que mais e mais se escancarava, entendeu que ia morrer. Ao acordar no vazio de sua cama matrimonial, reconheceu sua situação. Nenhuma trilha que terminasse em alegria poderia ser tão árdua e complexa quanto se tornara alcançar Frances.

No entanto, esse foi um reconhecimento feito nas primeiras horas do dia. Quando os ônibus entraram no estacionamento da Primeira Reformada, doze horas depois, sua trilha parecia clara de novo. Se Frances aparecesse, ele poderia acertar as coisas em Many Farms. Soprava uma brisa fria de março, os narcisos brotavam junto aos muros de pedra da igreja, o sol brilhava, fazia frio. Usando seu velho casaco de pele de carneiro, uma prancheta na mão, Russ dirigia os seminaristas e os conselheiros que eram ex-membros do Encruzilhadas na distribuição de caixas de ferramentas, galões de tinta rosa-bailarina e amarelo-solar, caixotes de rolos de pintura, pincéis, lanternas. Um conselheiro que era pai, Ted Jernigan, parou perto de Russ com um Lincoln do último modelo e sugeriu que ele pusesse a carga nos ônibus mais próximos às portas da igreja. Ted apontou com a cabeça para uma seminarista, Carolyn Polley, que lutava com uma caixa de ferramentas. "Aquela mocinha vai se machucar."

Russ ergueu a prancheta a fim de indicar sua função de supervisor. "Fique à vontade se quiser ajudar."

Ted pareceu pouco inclinado a isso. Era um advogado especializado em questões imobiliárias, solista no coro da igreja, um parrudo ex-fuzileiro naval dos Estados Unidos que se achava maravilhoso.

"Estou preocupado com a água potável", ele disse. "Estamos levando água potável?"

"Não."

"Que tal eu dar um pulo no supermercado e comprar para nós uma caixa com garrafões de vinte litros? Darra disse que no ano passado alguns jovens tiveram diarreia."

"Duvido que tenha sido por causa da água."

"É bem simples levar alguma água."

"Cento e vinte jovens, oito dias... é um bocado de garrafas."

"Melhor prevenir do que remediar."

"A água da reserva vem de poços. Não é problema."

Ted assumiu a expressão de um homem pouco acostumado a aceitar a opinião dos outros. Era um erro, pensou Russ, levar a uma excursão um paroquiano do sexo masculino que ficaria subordinado a um assistente de pastor. Russ imaginava perfeitamente o conceito que Ted tinha dele e de sua impraticabilidade pastoral, de seu salário medíocre, de sua contribuição imperceptível ao bem público. Essa opinião estava habilidosamente implícita no oferecimento de Ted para ir comprar água — abrir sua gorda carteira de notas, exercer sem esforço seu poder de gastar. Pô-lo na turma de Russ tinha sido egoísmo de Ambrose, senão algo deliberadamente cruel.

Enquanto os carros despejavam jovens de calça jeans manchada de tinta e casacos muito sujos, com seus Frisbees e sacos de dormir, Russ só tinha olhos para um veículo. Em meio à dor de seu suspense, vislumbrou o alívio de ficar livre de Frances, de receber um não definitivo e seguir adiante, de estar em qualquer lugar onde ela não estivesse. Quando por fim viu o carro dela na Pirsig Avenue, sua infelicidade fez com que curiosamente, na hora da verdade — se ela iria participar ou apenas trazia Larry —, ele se sentisse levitar. *Seja feita a Vossa vontade.* Como se pela primeira vez, Russ apreciou a paz que essas palavras proporcionavam.

A paz durou até ela descer do carro com seu boné de caçador. Quando viu Larry abrir o porta-malas e tirar de lá não apenas uma mochila chique, adequada para caminhadas nos Alpes, mas também uma valise grande e feminina, ele foi invadido por um pressentimento voluptuoso. Aquilo varreu sua equanimidade, expôs sua falsidade, cortou sua respiração. Ele a teria.

Seguro de seu pressentimento, ele se ocupou com a prancheta, conferindo os nomes dos membros do Encruzilhadas na turma de Kitsillie. Ao contrário do que ocorrera três anos antes, os assentos nos ônibus agora eram definidos pela destinação, não pelas panelinhas. Alguém, supostamente Ambrose, havia riscado com uma linha grossa o nome de Becky. Russ ainda meio que esperava e meio que temia que Becky mudasse de ideia, porém, ao ver Perry e ela chegarem no Fury da família sem Marion para levar o carro de volta para casa, ele soube que Becky não iria. Ela nem saiu do Fury enquanto Perry pegava seu saco de lona.

O Fury saía do estacionamento quando Frances se aproximou de Russ. Ele fingiu consultar a prancheta. "Ah, oi", ele disse.

Os olhos dela reluziam com um toque dramático. "Você não achou que eu fosse fazer isto, não é? Não achou que eu fosse ter coragem. Parece que, afinal de contas, você está condenado a me aguentar e à minha falsa autocensura."

Ele se esforçou para não sorrir. "Isso ainda veremos."

"Como é que é?"

"Você não vai para Kitsillie. Rick quer você na turma de Many Farms."

Ela jogou a cabeça para trás. "Na turma do Larry? Você está brincando comigo?"

"Negativo."

"Larry não me quer perto dele. Por que o Rick fez isso?"

"Vai ter que perguntar para ele."

"Ele acha que eu não aguento as condições no altiplano?"

"Vai ter que perguntar para ele."

"Isso é extremamente irritante. Espero que *você* não tenha motivado a decisão dele."

Russ ganhara a luta contra o sorriso. "Não. Por que eu faria isso?"

"Porque está zangado comigo."

"A decisão foi do Rick, não minha. Discuta isso com ele se não está satisfeita."

"A única razão para eu vir foi estar com você no altiplano. Bem, não a única razão. Mas estou muito chateada."

Seu rosto mostrava o desapontamento de uma criança mimada, de uma VIP esnobada. Talvez estivesse pensando na viagem a Acapulco, a que tinha renunciado.

"Quem ficou no meu lugar? Quem vai com você?"

"Ted Jernigan, Judy Pinella. Craig Dilkes, Biff Allard. Carolyn Polley."

"Ah, que legal!" Ela olhou para o céu. Russ se perguntou se a jogada dele para provocar ciúme teria funcionado. Observando-a se afastar furiosa, as dificuldades da longa trilha à sua frente pareceram não ser nada. Ela queria estar com ele, e ele tinha conseguido esconder seu regozijo.

Ecos dos bongôs de Biff Allard repercutiam no talude do outro lado da rua, no ar fumaça de cigarro e Frisbees voando, um garoto usando uma bandana com o desenho de um cão negro arrastava estojos de violão e maletas de mão, jovens entrando e saindo às pressas da igreja em missões de urgência adolescente, mães se demorando para envergonhar com conselhos amorosos seus filhos de cabeleiras compridas, os três motoristas dos ônibus e um reserva conferindo a rota no atlas rodoviário, Rick Ambrose de jaqueta militar ao lado de Dwight Haefle, que viera para fora a fim de testemunhar a gloriosa ocasião. Quando Frances se aproximou dos dois, Russ desviou os olhos (*Seja feita a Vossa vontade*) e foi procurar os garotos de Kitsillie cujos nomes ainda não tinham sido registrados. Partiriam em dez minutos, às cinco da tarde, e os ônibus ainda estavam vazios. Havia corridas de último minuto à farmácia, despedidas trágicas de amigos que seguiriam em ônibus diferentes, a mala que precisava ser retirada dos fundos do depósito de bagagem, a marmita esquecida... e, como sempre, na experiência de Russ, um ou dois garotos atrasados.

"David Goya?", ele gritou. "Kim Perkins? Alguém viu esses dois?"

"Acho que estão lá em cima", alguém disse.

Dentro da igreja, quando subiu as escadas, ouviu vozes que silenciaram devido à sua aproximação. Sentados na sala de reunião do Encruzilhadas, em dois sofás sem pés, estavam David Goya, Kim Perkins, Keith Stratton e Bobby Jett. Todos os garotos "legais", todos amigos de Becky e Perry. Russ teve a impressão de que os havia surpreendido fazendo alguma coisa errada, mas não viu ou sentiu o cheiro de nada proibido.

"Gente, vamos descer", ele disse da porta. "Precisamos de vocês lá embaixo."

Eles trocaram olhares entre si. Kim, num macacão azul estalando de novo, se pôs de pé num salto e acenou para os outros. "Vamos, está bem? Vamos embora."

Keith e Bobby olharam para David como se coubesse a ele a decisão.

"Vão vocês", ele disse.

"O que está acontecendo?", Russ perguntou. "Têm alguma coisa a me dizer?"

"Não, não, não", disse Kim.

Ela passou por ele e saiu da sala. Keith e Bobby a seguiram, enquanto Russ esperou que David se explicasse. O rosto e o cabelo de David pareciam pertencer a alguém mais velho, talvez algum problema endócrino.

"Você viu o Perry?", David perguntou.

"Sim. Por quê?"

"Vou perguntar de outro modo. Você acha que o Perry está bem?"

Antes que a pergunta brotasse por completo dos lábios de David, Russ intuiu sua importância. O cenário que lhe veio à mente era completo e convincente: Perry conseguiria criar uma confusão no último minuto, e tudo estaria perdido com Frances.

"Vamos descer", ele disse a David. "Podemos conversar no ônibus."

"Você não notou nada? Ele não lhe pareceu estranho?"

Era verdade que Perry tinha sido muito pouco visto nas últimas semanas, parecendo mais aquele ser furtivo de antes, não acordando mais tão cedo, porém Russ não disse nada. Ele precisava manter o cenário ruim bem distante.

"Eu vi o Perry ontem à noite", disse David "e ele não estava fazendo o menor sentido. Às vezes, o cérebro dele trabalha rápido demais para a gente acompanhar, mas aquilo parecia diferente. Era mais como um problema de toda a fiação. Estou mencionando isso porque fiquei preocupado de ele estar violando as regras."

O tempo corria. As coisas que interessavam a Russ estavam acontecendo no estacionamento. Ele se forçou a se concentrar na questão em pauta. "Então você acha... que ele voltou a fumar maconha?"

"Que eu saiba, não. Para o bem ou para o mal, isso parece ser coisa do passado... imagino que ele fez algum tipo de promessa a você. Minha preocupação é que eu também violarei as regras se deixar de reportar uma violação a elas. Minha preocupação é que, mesmo agora, enquanto conversamos, ele ainda não esteja normal."

A merda do Perry! O cenário agora incluía um telefonema para Marion, explicando que ela não poderia ir a Los Angeles porque seu filho estava fazendo besteira outra vez, ao que ela talvez fizesse objeções, por já ter comprado as passagens de avião, ao que Russ diria que seu emprego o obrigava a liderar uma turma no Arizona, enquanto ela e Judson estavam indo a Los Angeles apenas a lazer, e que, além disso, ela é quem havia insistido em que Perry estava melhor.

David olhou para suas mãos longas e ossudas. "Aliás, não estou só livrando a minha cara. Há alguma coisa realmente errada com ele."

"Agradeço a sua sinceridade."

"Apesar de ter sido eu a mencionar esse fato, ficaria agradecido se a Kim, o Keith e o Bobby pudessem ser incluídos na imunidade."

"Vou falar com ele", disse Russ. "Trate de ir para o ônibus."

Seu medo, ao descer, era tanto novo quanto bem conhecido. Seu principal sentimento em relação a Perry sempre tinha sido o medo. De início, o medo de suas manhas dramáticas, depois de sua acuidade intelectual, usada em zombarias sutis demais para serem reconhecidas abertamente e punidas, as estocadas implícitas em todos os defeitos e fraquezas de Russ. Agora o medo se originava, mais existencialmente, de sua condição de pai. Ele e Marion haviam posto no mundo um ser de volições incontroláveis pelo qual, não obstante, ele era responsável.

No estacionamento, os jovens se espremiam para entrar nos ônibus, correndo para pegar os melhores lugares. Olhando em volta à procura de Perry, Russ viu a coisa mais maravilhosa: a mulher que ele desejava ao lado do ônibus para Kitsillie. O motorista estava pondo a mala dela no bagageiro. Com a mais deliciosa espécie de medo, Russ correu até Frances.

"Aqui estou eu", ela disse com agressividade. "Goste ou não."

"O que aconteceu?"

Ela deu de ombros. "Dwight salvou a situação. Perguntei a Rick por que eu não estava indo para o altiplano, e sabe o que ele disse? Que você ia precisar de mais um *homem* lá. Eu disse a ele que isso representava um menosprezo incrível à minha pessoa. Disse a ele que Larry está numa idade em que a última coisa que ele quer é sua mãe grudada nele. Eu disse que talvez *Rick* deveria ir dizer a Larry que havia arruinado a excursão dele. E você conhece o Dwight, sempre um diplomata. Perguntou ao Rick se havia alguém que pudesse trocar de lugar comigo. Coisa que a Judy Pinella está perfeitamente feliz em fazer. Não sei o que Rick estava pensando, mas se ele pensa que não me importo de viver toda a experiência lá no altiplano é porque ele não me conhece."

Ela estava toda cheia de si, empoderada, e Russ adorou cada palavra que ela pronunciou.

"Além do mais", ele sugeriu, "você e eu vamos estar juntos."

Ela fez uma expressão de falsa timidez. "Isso é uma coisa boa ou má?"

"É uma coisa boa."

"Será que, afinal de contas, você não me odeia tanto?"

Dessa vez não houve como reprimir o sorriso, mas não tinha importância — ela sabia muito bem como ele se sentia. Para Frances era inconcebível que alguém resistisse a seu charme. E isso, mais do que qualquer outra coisa, tinha feito Russ morder a isca. Russ adorava o fato de ela se adorar.

Invadido pela probabilidade da posse, da penetração carnal, de se fundir a ela, ele foi procurar Perry. Ao passar pelo ônibus que ia para Rough Rock, viu que Ambrose o olhava fixamente, os lábios crispados por uma impotente aversão. Não havia mais como fingir que não eram inimigos. Era algo assustador, mas também excitante, porque desta vez Russ ganhara.

Dentro do ônibus para Many Farms, os garotos se empilhavam em assentos já ocupados, pulando por cima dos encostos. Na porta estava Kevin Anderson, que cursava o segundo ano do seminário e tinha um basto bigode, além de olhos doces e castanhos dignos de um filhote de foca. Antes que Russ pudesse lhe perguntar se tinha visto Perry, Kevin lhe fez a mesma pergunta. Aparentemente Perry não tinha sido visto desde que chegara.

A intuição de Russ para sinais de alerta ignorados, para ações necessárias não realizadas, voltou com toda a força. O sol se pusera atrás do telhado da igreja, porém ainda brilhava no relógio, que mostrava oito minutos depois das cinco. Com exceção de Perry, os ônibus pareciam totalmente cheios. Os motores estavam sendo ligados, alguns pais mais determinados permaneciam para acenar um adeus. Ocorreu a Russ que eles poderiam simplesmente partir sem Perry — e que Marion lidasse com as consequências. Mas Kevin, cujo coração era tão doce quanto seus olhos, insistiu em que o procurassem no interior da igreja.

O ar cheirando a primavera os seguiu ao atravessarem as portas ainda abertas. Kevin correu para cima, gritando o nome de Perry, enquanto Russ verificava o térreo. Não somente o ar, mas o vazio do vestíbulo, que minutos antes fervilhava de atividade, tinham um sabor de Páscoa. Nos capítulos do meio dos Evangelhos, multidões seguiam Jesus por toda parte, reunindo-se a seu redor no Monte, recebendo peixes e pão que alimentaram cinco mil, quatro mil pessoas, sendo acolhido com ramos de palmeira na estrada para Jerusalém. Entretanto, nos capítulos finais o foco se estreita para cenas de despedidas individuais, dores particulares. A Última Ceia: clandestina e marcada pela morte. Pedro sozinho com suas traições, Judas indo embora para se enforcar. Jesus se sentindo abandonado na cruz. Maria Madalena chorando no sepulcro. As multidões haviam se dispersado, tudo terminara. A pior coisa na história humana havia acontecido com uma rapidez repugnante, e agora era outra manhã de domingo na Judeia, o primeiro dia da semana judaica, uma manhã de primavera específica com um cheiro específico de primavera no ar. Mesmo a verdade revelada naquela manhã — a verdade da divindade de Cristo e a ressurreição — era austera em sua transcendência de particularidade humana, era, a seu modo, melancólica. A primavera para Russ era uma estação mais de perda que de alegria.

No banheiro masculino do térreo, mesmo antes de ele ver os pés de Perry no compartimento mais distante, sentiu o ar parado, a atmosfera criada por um adolescente do sexo masculino ansioso para ser deixado em paz.

"Perry?"

A voz soou algo abafada. "Sim, papai. Um minuto."

"Você não está se sentindo bem?"

"Estou indo estou indo estou indo."

"Cento e quarenta pessoas estão esperando por você."

Na beira da pia viam-se os óculos de Perry com armação de arame, receitados recentemente para corrigir seu astigmatismo. A armação não era a mais barata nem a mais sólida que Marion poderia tê-lo deixado escolher, e na verdade Perry já a havia quebrado. Um arame mais fino estava enrolado em volta da ponte avariada.

A descarga trovejou e Perry saiu da cabine batendo a porta, caminhando até a pia, onde jogou água no rosto. A calça de veludo cotelê, embora com o cinto afivelado, estava caída nos quadris. Ele praticamente não tinha mais bunda, havia perdido muito peso.

"O que é que está acontecendo?", Russ perguntou.

Perry atacou violentamente o porta-toalhas de papel e arrancou uma folha de um metro. "Desculpe fazer você esperar. Está tudo cem por cento."

"Você não está me parecendo bem."

"É só nervosismo antes da viagem. Uma ligeira... você sabe o quê."

Mas não havia cheiro de diarreia no ar.

"Você está drogado?"

"Negativo." Perry pôs os óculos e pegou seu saco de lona no compartimento do banheiro. "Prontinho."

Russ o segurou pelo ombro magro. "Se está drogado, não posso deixar você subir no ônibus."

"Drogas, drogas, que tipo de drogas?"

"Não sei."

"Bom, lá vem você. Não estou drogado."

"Olhe nos meus olhos."

Perry olhou. Seu rosto tinha manchas vermelhas, um muco claro escorria do nariz. "Juro por Deus, papai. Estou barra limpa."

"Não parece."

"Barra limpinha e, sinceramente, querendo saber por que você está me perguntando isso."

"David Goya está preocupado com você."

"David devia se preocupar é com a dependência que ele tem da maconha. Na verdade, só fico imaginando o que uma busca na bagagem dele poderia revelar." Perry ergueu seu saco de lona. "Pode dar uma busca na minha. Vá em frente, pode me revistar. Se quiser, até tiro a calça se você não ficar muito envergonhado."

Um cheiro muito azedo de coisa mofada emanava dele. Russ nunca sentira tamanha repugnância de Perry, mas não tinha indícios suficientes para mandá-lo de volta para casa, para Marion. O tempo voava, a responsabilidade era dele. Obrigou-se a assumi-la.

"Quero você em Kitsillie comigo. Você pode ficar no lugar da Becky."

Uma risada escapou de Perry com a força de um espirro.

"O quê?", disse Russ.

"Existe *alguma coisa* que nós dois queremos menos do que isso?"

"Estou preocupado porque você não parece estar bem."

"Estou tentando ajudar você, papai. Não quer que eu o ajude?"

"O que você quer dizer?"

"Não meto o nariz no seu negócio se você não mete o nariz no meu."

"Meu negócio é o seu bem-estar."

"Então você deve estar...", Perry riu com escárnio, "muito ocupado." Pôs o saco nas costas e assoou o nariz.

"Perry, me ouça."

"Eu não vou para Kitsillie. Você tem o seu negócio, eu tenho o meu."

"Você não está falando coisa com coisa."

"Mesmo? Pensa que eu não sei por que você vai nessa excursão? Seria muito engraçado se eu soubesse e você não. Quer que eu explique? Ela é totalmente uma R-A-P-O-S-A. Não tão rara quanto um esotérico oxifluoreto de xenônio, embora, o que é muito interessante, eles sintetizaram alguns sais como esse, apesar de se supor que a camada mais externa de elétrons do xenônio supostamente fosse completa, o que você imaginaria que não podia acontecer — e, sim, estou divagando. Minha razão para mencionar a química é que não há razão para isso, mas você tem que admitir que é muito incrível. Todo mundo supunha que o xenônio era inerte, quer dizer, tem que se dar o devido crédito ao átomo de flúor, com seu poder oxidante. Não concorda que é incrível?"

Perry sorriu para Russ como se acreditasse que ele estava acompanhando aqueles disparates e se divertindo.

"Você precisa se acalmar", disse Russ. "Não estou muito certo de que você deveria ir conosco."

"Estou falando de uma valência de zero, papai. Se estamos comparando suas qualificações com as minhas, sabe pelo menos o que significa uma valência química?"

Russ fez um gesto de quem desistia.

"Acho que não."

Do lado de fora do banheiro, no corredor, Kevin Anderson chamava por Perry.

"Estou indo", Perry gritou em tom alegre.

Antes que Russ pudesse detê-lo, ele já saía pela porta.

Olhando de relance para o espelho acima da pia, Russ ficou desanimado ao ver um pai com responsabilidades. O que ele queria, mais que tudo, era não ter nada a ver com seu filho. A ideia de deixar que a perturbação de Perry e seu fedor de mofo passassem a ser problema de Kevin lhe causou um calor no ventre. Esse calor, que também se relacionava com Frances, lhe disse claramente que era uma ideia maligna. Mas qualquer outro cenário — envolver Ambrose, localizar Marion e obrigá-la a lidar com Perry, arrancá-lo à força do ônibus, deixar ele próprio de viajar ou arrastar o filho para Kitsillie — parecia pior que o anterior. Cada um deles atrasaria demais a partida do grupo, e Frances estava esperando no ônibus. Tê-la nem que fosse só uma vez parecia valer o preço que Deus quisesse que ele pagasse mais tarde.

* * *

Depois que Jesus voltou para se encontrar com seus amigos, fez o desjejum com eles e deixou que o tocassem, subiu aos céus e nunca mais pisou na Terra em carne e osso. O que se seguiu, tal como relatado nos Atos, foi uma insurgência radical. Os primeiros cristãos *tinham tudo em comum* — venderam suas posses, dividiam o que possuíssem — e eram militantes de sua contracultura. Nunca deixavam escapar uma oportunidade para lembrar aos fariseus a contribuição que haviam dado para pregar Cristo numa cruz. Seus líderes eram perseguidos e viviam fugindo, mas o número de seguidores continuava crescendo. Sem dúvida foi útil o fato de que Pedro e Paulo eram capazes de fazer milagres, porém mais importante foi a inspiração que Pedro teve de estender o sacerdócio aos gois. De um fogo que começara dentro da comunidade judaica e lá poderia ser facilmente contido, centelhas voaram na direção do vasto Império Romano. Paulo, que iniciara a carreira como o perseguidor mais entusiasta, apoiando a turba que matou Estêvão a pedradas, se transformou no mais incansável espalhador do fogo. Quando visto pela última vez nos Atos, ele chegara a Roma e ainda morava, sem ser incomodado, numa casa alugada. Não era incomodado, embora ainda fosse um marginal, um insurgente.

O que deu vantagem à nova religião foi sua inversão paradoxal da natureza humana, a exaltação da pobreza e a rejeição do poder mundano; mas uma religião baseada num paradoxo era inerentemente instável. Uma vez derrotadas as velhas religiões, os insurgentes se tornaram fariseus. Transformaram-se na Santa Igreja Romana e conduziram suas próprias perseguições, se espojaram na complacência e na corrupção, traíram o espírito de Cristo. Rechaçando o poder, o espírito se refugiou e se manifestou na oposição — nas renúncias gentis de são Francisco, na rebelião violenta da Reforma. A verdadeira fé cristã sempre queimou a partir das bordas.

E ninguém entendeu isso melhor que os anabatistas. Eles começaram como uma oposição à Reforma no norte da Europa, que havia preservado a prática do batismo infantil universal. Para os anabatistas, a escolha voluntária do batismo por um adulto era decisiva. O Livro dos Atos, o relato dos primeiros cristãos que em vários casos haviam convivido com Jesus, continha inúmeras histórias de adultos que viam a Luz e pediam para ser batizados. Os anabatistas eram radicais no sentido estrito da palavra, voltando às raízes de sua fé. Por isso mesmo, eram temidos pelas autoridades da Reforma, como Zuínglio, e cruelmente perseguidos — banidos, torturados, queimados em fogueiras públicas — na primeira metade do século XVI. O efeito foi confirmar o radicalismo dos anabatistas que sobreviveram. Na Bíblia, afinal de contas, ser cristão era sofrer alguma perseguição.

Quatro séculos depois, quando Russ era um menino, as recordações do martírio de anabatistas ainda eram vívidas. As histórias de Felix Manz, Michael Sattler e outros executados por suas crenças faziam parte da identidade de grupo da comunidade menonita de seus pais, parte do distanciamento dela numa região agrícola próxima a Lesser Hebron, no estado de Indiana. O reino dos céus nunca envolveria a Terra, mas era possível se aproximar dele nas comunidades rurais de pequena escala que praticavam a autossuficiência, viviam em rigorosa conformidade com a Palavra e deliberadamente se distanciavam da era moderna. Os menonitas escolheram ser os "silenciosos no campo". Aspirar a algo mais era se arriscar a perder tudo.

Os anabatistas de Lesser Hebron não pertenciam à Velha Ordem — usavam máquinas, os homens vestiam roupas comuns — e não eram tão comunistas quanto os huteritas, mas Russ, quando menino, tinha ouvido falar pouco do mundo lá fora e visto dinheiro poucas vezes. Aos doze anos, trabalhou de graça durante um longo verão para um casal que perdera o filho por causa da gripe, Fritz e Susanna Niedermayer, ordenhando as vacas deles e retirando o esterco com a certeza de que eles teriam feito o mesmo pelos Hildebrandt caso a situação fosse inversa. Suas irmãs mais velhas desapareciam durante meses, ajudando famílias com bebês e legando a Russ tarefas adicionais na pequena fazenda pertencente à mãe deles. Eles possuíam algumas vacas, um grande jardim e um pomar ainda maior, além de dez acres de cultivos que devem ter proporcionado alguma renda.

Como seu pai antes dele, o pai de Russ era o pastor da igreja de Lesser Hebron. Ao contrário de outros homens da comunidade, vestia um casaco comprido e sem gola, abotoado no pescoço. Na sala de visitas da casa da família na cidade, havia um armário que continha registros de nascimento e casamento, atas dos conselhos anabatistas de eras mais conflitivas e genealogias que remontavam à Europa. Pequenos grupos de homens podiam ser vistos nessa sala a qualquer hora do dia, consultando seu pai e aceitando de forma cortês fatias das tortas de sua mãe. Parecia não haver limite para a paciência dos dois em manter o distanciamento, a obediência não conformista à Palavra. Uma disputa entre vizinhos ou uma questão delicada de crença podia ocupá-los por semanas a fio até seu pai efetuar a reconciliação.

Benditos são os pacificadores: Russ tinha orgulho do pai, mas temia sua seriedade, seu casaco assustador, as vozes sóbrias dos homens na sala de visitas. Preferia a cozinha, lá se sentia mais próximo de Deus. Sua mãe trabalhava de catorze a dezesseis horas por dia, plácida em seu vestido simples, um lenço cobrindo seu cabelo. De acordo com as Escrituras, a vida terrena não passava de um momento, mas esse momento parecia vasto quando ele estava na companhia dela. No tempo em que levava para sua mãe ouvir com atenção, fazendo perguntas interessadas, qualquer história que Russ tinha para lhe contar sobre a escola ou a fazenda, ela conseguia preparar a massa para uma crosta de torta, abri-la, cortar as fatias das maçãs e montar a sobremesa. Depois, sem fazer uma pausa nem se apressar, iniciava outra tarefa. Ela fazia com que emular Cristo parecesse algo compensador e que não exigia esforço algum. Russ ficava horrorizado ao pensar que, quatrocentos anos antes, uma pessoa tão tranquilamente devota poderia ser executada; isso o enchia de comiseração pelos mártires.

Seu outro local predileto era a oficina de ferreiro do pai de sua mãe, Opa Clement, cujo trabalho incluía o conserto de carros e tratores. Clement mostrou a Russ como segurar uma ferradura incandescente com pinças, como usar retalhos de latas para fazer cortadores de biscoitos (um presente de Natal para sua mãe em 1936), como remontar um carburador, como reparar uma roda avariada com marteladas e verificar se estava bem redonda usando compassos. A esposa de Clement morrera antes de Russ nascer e, embora ele tivesse o mesmo jeito meditativo da filha ao trabalhar, a límpida eficácia dela com as coisas ao redor, ele havia se tornado excêntrico devido à solidão. Era assinante do *Saturday Evening Post*, desleixado para se barbear ou tomar banho e às vezes deixava de orar com seus irmãos de crença. Ao final de uma tarde em que Russ o havia ajudado, ele enfiava a mão no bolso de seu macacão listrado, retirava um punhado de moedas e convidava o menino a escolher, na mão enegrecida, alguma que contivesse prata. Mesmo quando jovem, Russ era inocente e devoto demais para gastar o dinheiro só com ele. Era impensável não levar alguma coisa para sua mãe, um pacote de biscoitos de gengibre, uma garrafa de extrato de hortelã.

Exceto por pagar impostos ao governo, como Jesus sensatamente aconselhara, a comunidade era firmemente antiestatal, sem fazer alarde disso. As crianças eram educadas por eles próprios, evitavam os locais de eleição e tribunais, se recusavam a jurar sobre a Bíblia caso convocados como testemunhas. A questão mais central da identidade deles era o pacifismo. Em poucos pontos os Evangelhos eram mais claros do que sobre a incompatibilidade entre violência e amor. Em 1917, como pastor da comunidade, o avô paterno de Russ havia enfrentado, de um lado, a raiva e o preconceito dos fazendeiros não menonitas — pedras atiradas nas janelas dos adoradores do Kaiser, um estábulo conspurcado com palavrões — e, de outro lado, as famílias de sua congregação que tinham permitido a seus filhos irem para a guerra. Duas dessas famílias acabaram abandonando a comunidade.

Russ tinha dezessete anos quando o país entrou na Segunda Guerra Mundial. Ele teria sido obrigado a logo providenciar uma declaração como objetor de consciência, se o presidente do setor local de recrutamento não houvesse sido criado numa fazenda contígua à dos Niedermayer. Cal Sanborn gostava dos menonitas e os admirava, fazendo o possível para proteger seus filhos. Russ foi um dos últimos a ser recrutado, em 1944, e àquela altura havia cursado cinco semestres no Goshen College. Também havia passado por sua primeira crise de fé, não em Jesus Cristo, mas em seus pais.

Ele tinha gostado das aulas no Goshen, mas seu único amigo íntimo também era filho de um pastor. Devido à sua altura desajeitada, bem como à seriedade herdada do pai, ele se sentia desconfortável com os rapazes mais grosseiros e atléticos, em especial quando começavam a falar das garotas. Seu pai lhe dissera que haveria moças na universidade e que ele não devia evitar o contato com elas, porém Russ não podia olhar para uma garota sem pensar em sua mãe. Até retribuir o sorriso amigável de uma delas implicava de algum modo ofender a pessoa que ele mais amava e reverenciava; aquilo o fazia se sentir fisicamente nauseado. A cura consistia em caminhar oito ou dez quilômetros no campo em volta da universidade, até que seu corpo estivesse exausto e a alma aberta à graça divina.

No terceiro semestre, ele estudou a história da Europa e ficou interessado em saber o que Clement, atento ao que se passava no mundo, tinha a dizer sobre a guerra. A oficina do ferreiro, com seus foles e forno barrigudo, era especialmente agradável na época do Natal. Russ conhecia cada ferramenta, cada uma delas evocava recordações de tardes em que as horas corriam mais lentas e se tornavam mais ricas por conta de um amor não declarado. Todo ano, no Natal, Russ também ganhava uma ferramenta nova: um martelo ou uma serra de corte, uma broca helicoidal ou um conjunto de talhadeiras. Sentia-se mal por não usar muito os presentes, porém Clement lhe assegurava que algum dia elas se provariam úteis. As experiências religiosas de Russ pareciam pressagiar um futuro como pastor, tal como seu pai, e a única ferramenta que ele sabia usar era o abridor de cartas; mas Russ imaginava que, quando estivesse com a vida arrumada, com uma esposa e filhos, poderia adotar a carpintaria como passatempo, uma pequena excentricidade pessoal.

Lesser Hebron estava enterrada na neve quando ele voltou para casa, vindo da universidade. Seu pai o levou até a sala de visitas, fechou a porta e lhe disse que Opa Clement não viria para a ceia de Natal e que Russ não deveria visitá-lo. "Clement é um beberrão e adúltero", seu pai explicou. "Decidimos evitá-lo na esperança de que se arrependa."

Extremamente perturbado, Russ foi até sua mãe para obter uma explicação mais completa e a permissão de ver o pai dela. Recebeu a explicação — Opa Clement se juntara a uma professora solteira, uma mulher com pouco mais de trinta anos, e estava bebendo uísque quando seus irmãos de crença tinham ido argumentar com ele —, mas não conseguiu a permissão. Embora a comunidade deles não praticasse o banimento estrito, disse sua mãe, um padrão mais rigoroso se aplicava à família de um pastor, e isso incluía Russ.

"Mas é Opa. Não posso voltar para casa no Natal e não encontrar Opa."

"Estamos rezando para que ele se arrependa", disse sua mãe de forma plácida. "Então poderemos ficar todos juntos outra vez."

A equanimidade dela era compatível com a primazia de Cristo em sua vida, a natureza secundária de tudo mais. O mandamento de honrar os pais vinha do Velho Testamento. No Novo Testamento, embora a alegria de recuperar um pecador fosse louvável, o pecador devia se arrepender antes. Pouco importava se o pai é quem estivesse cometendo o erro — a pessoa devia furar o próprio olho caso cometesse uma ofensa. Sua mãe era tão radical quanto os Evangelhos.

Na manhã do dia de Natal, na varanda polvilhada de neve da casa, Russ encontrou um pequeno baú de carvalho branco, do tamanho do caixão de uma criança. A madeira, bem aplainada, era lisa e cheirosa, os acessórios de latão pregados manualmente. Dentro havia uma nota: *Para Russell no Natal, imagino que você tenha um número suficiente de ferramentas para encher este baú. Com o amor do seu Opa.*

Chorando, Russ levou o baú para dentro. Voltou a chorar ainda naquela manhã, quando seu pai o instruiu a pegar um machado e transformar aquilo em lenha.

"Não", ele disse, "é um desperdício. Outra pessoa pode usá-lo."

"Faça o que estou mandando", disse o pai. "Quero que olhe para a lareira e o veja pegando fogo."

"Não acho que isso seja necessário", disse sua mãe com seu jeito manso. "Vamos simplesmente pôr o baú de lado por enquanto. Meu pai pode se arrepender."

"Ele não vai se arrepender", disse o pai de Russ. "Nada neste mundo é certo, mas conheço a cabeça dele melhor que você. Russell fará o que eu mandei."

"Não", disse Russ.

"Você vai me obedecer. Vá pegar um machado."

Russ vestiu o casaco, levou o baú para fora como se tencionasse obedecer e foi com ele pelas ruas de Lesser Hebron. Porque amava seu avô e o amor era a essência dos Evangelhos, não se sentiu desafiando os pais. Em vez disso, sentiu como se eles é que estivessem de alguma forma errados.

A oficina do ferreiro estava fechada, mas saía fumaça da chaminé dos aposentos baixos nos fundos. Russ tinha menos medo da ira de seu pai que de encontrar o avô com uma prostituta, porém Clement estava a sós em sua pequena cozinha, preparando café no fogão à lenha. Parecia um novo homem — bem barbeado e de cabelo recém-cortado, unhas limpas. Russ explicou o que tinha acontecido.

"Já estou em paz com essa situação", disse Clement. "Perdi sua mãe quando ela se casou, e é assim que deve ser. Não mais do que dizem as Escrituras."

"Ela está rezando por você. Quer que você... se arrependa."

"Não estou aborrecido com ela. Com seu pai, sim. Ela está mais próxima de Deus que qualquer um de nós. Se Estelle fosse batizada de novo e se casasse comigo, não tenho dúvida de que sua mãe a aceitaria. Mas muito em breve eu serei um velho doente. Não quero que Estelle sinta que precisa cuidar de mim. É uma bênção suficiente tê-la agora."

O verbo *tê-la*, o próprio nome Estelle, a carnalidade que evocavam, causaram repugnância em Russ.

"Se Deus puder me perdoar", disse Clement, "que assim seja. Mas quem pode dizer que seu pai conhece aquilo que Deus perdoa? Estive com Estelle na igreja luterana lá em Dobbsville. Boa gente, muito cristã — há muitas maneiras de tirar a pele de um gato. Não posso dizer que tentei todas elas, mas já tirei a pele de um guaxinim, e o provérbio está certo. Há maneiras diferentes de fazer a coisa."

Deixando o lindo baú a salvo com Clement, Russ voltou para casa e confessou à mãe o que havia feito. Ela o beijou e perdoou, mas seu pai nunca agiu desse modo, porque Russ fizera sua escolha. Quando ele foi para o Arizona e descobriu por si próprio as formas diferentes de tirar a pele de um gato, as únicas cartas reveladoras que escreveu foram para seu avô.

O campo de serviço alternativo ficava na floresta nacional próxima a Flagstaff, no lugar do antigo Corpo de Conservação Civil. Era administrado pelo American Friends Service Committee, mas um terço dos trabalhadores compartilhava da fé de Russ. Depois de trabalhar com pá, pintar mesas de piquenique e plantar árvores durante meses, o diretor do campo perguntou se ele sabia usar uma máquina de escrever. Embora só tivesse vinte anos, Russ era um dos trabalhadores mais velhos e já tinha concluído cinco semestres na universidade. O diretor, George Ginchy, o pôs na antessala de seu escritório diante de uma Remington de trinta centímetros de altura e teclas amareladas como se feitas de creme. Apesar de Ginchy ser um quacre da Pensilvânia, também era, havia muitos anos, treinador de futebol americano em universidades e líder de escoteiros. Em seu campo havia um corneteiro que começava o dia com o toque de alvorada e fechava com o de silêncio, um cozinheiro com o título de quartel-mestre e, agora, com Russ, um ajudante de campo. Ginchy gostava de tudo relativo à vida militar, com exceção da necessidade de matar.

Certa manhã, na primavera de 1945, o sol se ergueu iluminando a empoeirada relíquia negra de um caminhão parado na frente do escritório. Dentro dele, rijos e silenciosos, desde sabe-se lá que hora da madrugada estavam sentados quatro homens da tribo navajo com chapéu de feltro preto na cabeça. Eram líderes tribais de Tuba City e vinham fazer uma solicitação ao diretor do campo. George Ginchy os recebeu, arregalou os olhos para Russ e lhe pediu que trouxesse café. Ao levar o bule para a sala, Russ viu três dos quatro navajos de pé, encostados à parede de braços cruzados, enquanto o quarto estudava, num canto da sala, o mapa topológico emoldurado da região. Todos em silêncio.

Russ nunca tinha visto um índio e, com pouca experiência do mundo, não reconheceu a sensação em seu coração como amor à primeira vista. Achou que os rostos dos navajos o emocionaram por serem velhos. No entanto, caso lhe pedissem que descrevesse o chefe — de gravata de corda com um fecho azul-turquesa sob um casaco com gola de lã, dura de tão suja —, ele teria usado a palavra *bonito*.

Algo sem jeito, Ginchy perguntou: "Como posso ajudar os senhores?".

Um deles murmurou alguma coisa numa língua estranha. O chefe dirigiu-se a Ginchy. "O que vocês estão fazendo aqui?"

"Nós, hã... este é um campo de serviços para homens contrários à guerra."

"Sei. O que vocês estão fazendo?"

"Especificamente? Várias coisas. Estamos melhorando a floresta nacional."

Isso pareceu divertir os navajos. Ouviram-se risinhos, eles trocaram olhares. O chefe fez um sinal com a cabeça para os pinheiros lá fora e explicou: "É uma floresta".

"Uma terra de muitos usos", disse Ginchy. "Acredito que esse seja o lema do Serviço Florestal. Aqui se pega lenha, se caça, se pesca, se protegem as nascentes. Estamos melhorando a base de tudo isso. Meu palpite é que alguém conhecia as pessoas certas em Washington."

Fez-se silêncio. Russ ofereceu uma caneca de café ao chefe, que usava um anel largo de prata no polegar, e perguntou se ele queria açúcar.

"Sim. Cinco colheres."

Quando Russ voltou da antessala, o chefe explicava a Ginchy o que queria. O governo federal, através de seus agentes, havia empobrecido os navajos ao exigir uma substancial redução de seus rebanhos de gado, carneiros e cavalos, bem como ao se aliar aos hopis nas disputas de terra entre eles. Agora o país estava participando de uma guerra em que os navajos mandavam seus jovens para lutar, e as condições eram ruins na reserva — erosão das terras férteis, os rebanhos restantes impedidos de usar as boas pastagens, poucas pessoas capacitadas para fazer o trabalho de restauração.

"A guerra é ruim para todo mundo", Ginchy concordou.

"Vocês são o governo federal. Têm jovens fortes que não vão lutar. Por que ajudar uma floresta que não precisa de ajuda?"

"Simpatizo com suas ideias, mas na verdade não sou o governo federal."

"Nos mande cinquenta homens. Vocês fornecem a comida, nós cuidamos de abrigá-los."

"Sei, isso é... Temos regras aqui, chamadas diárias e coisas do gênero. Se eu mandar gente para sua reserva, eles ficariam fora da *minha* reserva, se é que entende o que estou dizendo."

"Então venha também. Mude seu campo de lugar. Não há nada a fazer aqui."

"Não tenho autoridade para isso. Se eu pedisse para ter essa autoridade, o governo se lembraria de que estou aqui. Prefiro que não se lembrem."

"Eles vão esquecer de novo", disse o chefe.

Já naqueles primeiros minutos de contato, por ter gostado instintivamente deles, Russ entendeu que os navajos não eram inferiores aos homens brancos, e sim apenas muito diferentes. Nas experiências posteriores que teve com eles, viu que eram invariavelmente sinceros sobre o que queriam. Não diziam "por favor", não se curvavam a convenções ou à autoridade. Desqualificações evidentes para os homens brancos não faziam sentido para eles. Os homens brancos atribuíam as frustrações de lidar com os navajos à sua teimosia e ignorância, porém Russ, naquela manhã, viu que não lhes faltava inteligência. Doía saber que tinham vindo da longínqua Tuba City, uma viagem de carro de muitas horas, e ficado dentro de um caminhão gelado por outras muitas horas, com uma ideia na cabeça que fazia sentido para eles. Doía pensar que voltariam de mãos abanando, num estado de espírito difícil de imaginar. Desapontamento? Raiva do governo? Vergonha por terem sido ingênuos? Ou simplesmente num estado de muda perplexidade? Russ tinha treze anos quando seu querido cão de fazenda, Skipper, adoeceu com aquilo que sua mãe chamou de câncer. A dor e a doença do cachorro logo chegaram a um ponto em que Russ precisou pedir a um vizinho que desse um tiro no cão e o enterrasse. Para Russ, a pior parte de dizer adeus tinha sido Skipper não entender o que ele estava fazendo nem por quê. Os líderes navajos eram o contrário de animais ignorantes, o que só tornava mais doloroso imaginar a perplexidade deles.

Quando o café açucarado acabou de ser bebido, Ginchy tomou nota do nome dos líderes e se ofereceu para lhes mandar um caminhão com alimentos e roupas. O chefe, que se chamava Charlie Durochie, não se emocionou nem agradeceu.

"Essa foi bem estranha", disse Ginchy depois que eles partiram.

"Mas eles têm razão", disse Russ. "O trabalho aqui é um faz de conta."

"Essa decisão é de outras pessoas. Você sabe que eu preciso ser cuidadoso. Roosevelt queria que o exército tomasse conta desses campos."

"Mas supunha-se que estaríamos aqui trabalhando, e não construindo mesas de piquenique."

"O serviço que eu presto é manter homens fora da guerra. Se para isso eu preciso construir mesas de piquenique…"

Russ pediu permissão para entregar os suprimentos em Tuba City.

"Eles não pareceram muito interessados em caridade", disse Ginchy.

"Eles não recusaram."

"Você tem um bom coração."

"O senhor também."

Na manhã seguinte, num caminhão dirigido pelo assistente do quartel-mestre e carregado de farinha de trigo, arroz, feijão e algumas roupas de trabalho deixadas para trás durante a Depressão, Russ seguiu rumo ao norte, para Tuba City. Em sua inocência, tinha visualizado tendas ou cabanas de madeira no território dos índios, árvores altas com cavalos presos a elas, riachos límpidos correndo sobre pedras com musgos; realmente ele visualizara pedras com musgos. Era inimaginável a árida desolação da paisagem em que penetrou depois de cruzar a Rota 66. O pó, suspenso no ar, cobria todas as pedras ao longo da estrada; colinas isoladas e sem vida reluziam à distância. Na planície ressequida, viam-se casinhas que mais pareciam montes de detritos do que moradias. Nos povoados havia casas de madeira cinza sem pintura, ruínas de casebres de barro sem teto, vastas áreas com areia escurecida por cinzas e coalhadas de latas enferrujadas e cacos de telhas. Algumas crianças menores, de cabelo negro e rosto redondo, faziam acenos hesitantes para o caminhão. Os demais — velhas de meia comprida sob a saia, velhos de boca desdentada, mulheres mais jovens que pareciam nascidas sem esperança — desviavam os olhos.

Tuba City era uma cidade de fato, com sombras proporcionadas por choupos, mas nem por isso menos desolada. Agora Russ entendia como a alta floresta e Lesser Hebron eram, comparativamente, locais paradisíacos. A água abundante nos riachos, o solo da floresta com uma camada dupla de neve e agulhas de pinheiros, tudo era úmido, branco e cheiroso — e os homens também, sem exceção, eram brancos. Entrar na reserva era se tornar consciente da brancura. Até pegar um trem para o Arizona, Russ nunca ficara distante mais de cem quilômetros de Lesser Hebron e, embora alguns fazendeiros não menonitas houvessem ido à falência por causa da Depressão, ele jamais tinha visto a verdadeira pobreza. Os navajos tinham sido deixados numa terra árida onde raramente chovia. Ao testemunhar como suportavam aquilo, ele teve uma curiosa sensação de inferioridade. Os navajos pareciam mais próximos de alguma coisa de que ele nunca soube estar tão distante. Sentiu-se, em sua condição de homem branco, um fariseu.

"Jesus Cristo, este lugar é deprimente", disse o assistente do quartel-mestre.

A casa para a qual foram encaminhados parecia inapropriadamente pequena para um chefe tribal, porém um caminhão negro que ele conhecia estava estacionado ali, a frente apoiada em pilhas de tijolos. Charlie Durochie observava um jovem martelando uma chave-inglesa presa ao chassi do caminhão. Um dos pneus estava junto a um cachorro muito magro que lambia seu pênis. Da porta da casa, aberta apesar do frio, uma menininha com um vestido de babados de tecido desbotado, olhava com atenção os homens brancos que chegavam em seu caminhão melhor. Russ saltou e se reapresentou a Durochie, que vestia as mesmas roupas do dia anterior.

"O que você trouxe?", Durochie perguntou.

"O que o sr. Ginchy prometeu. Comida, roupas."

Durochie concordou com a cabeça, como se a entrega fosse mais um ônus que uma ajuda. Sob o velho caminhão, veio um baque, um palavrão e uma chave-inglesa deslizando pela terra. Na oficina do avô de Russ, era um pecado bater em uma chave-inglesa com um martelo. É sempre melhor, dizia Clement, usar uma alavanca.

"Você tem uma chave maior?", Russ não pôde deixar de perguntar.

"Se eu tivesse uma chave maior", respondeu o jovem com frieza, "acha que eu estaria usando essa?"

Ele esticou o braço para pegar a chave e Russ ofereceu a mão para ser apertada. "Russ Hildebrandt."

O homem ignorou a mão e pegou a chave. Seus ombros eram largos na camisa de camurça, o cabelo preso num rabo de cavalo sem nenhum fio grisalho. Poderia ser quinze anos mais velho que Russ, porém era difícil dizer com base no rosto dos índios.

"Keith é o filho do meu irmão", observou Durochie.

Num saco de lona que havia na cabine do caminhão do campo, Russ encontrou uma chave-inglesa mais comprida. Keith a tomou de suas mãos como se estivesse esperando por aquilo. Russ perguntou a Charlie onde deviam pôr os suprimentos.

"Aqui", respondeu Charlie.

"No chão?"

Aparentemente sim. Enquanto Russ e seu companheiro descarregavam os sacos de alimentos e duas trouxas de roupas, Charlie desapareceu. A menininha agora estava sentada na terra, vendo Keith martelar uma alavanca de direção. "Como você se chama?", Russ perguntou a ela.

Ela olhou hesitante para Keith, que parou de martelar. "O nome dela é Stella."

"É um prazer conhecer você, Stella." Para Keith, Russ acrescentou: "Pode ficar com a chave".

"Está bem."

"Gostaria que houvesse alguma coisa mais para eu fazer."

Keith examinou a alavanca de direção, certificando-se de que tinha o formato certo. Já então ele possuía a presença marcante que mais tarde lhe serviria para sua atuação como político tribal, um carisma que convidava as pessoas a tocar nele, a confiar nele. Russ desejava apenas continuar olhando para Keith. O assistente do quartel-mestre estava no caminhão do campo, os dedos tamborilando no volante. O silêncio de um navajo podia durar indefinidamente — o dia inteiro.

"E se mandarmos um pessoal para cá?", perguntou Russ. "O que podíamos fazer?"

"Falei para o meu tio não perder tempo com vocês. Só o que ele arranjou foi quebrar o caminhão."

"Mas eu gostaria de ajudar."

"Meu tio vem de um tempo diferente. Tento ensinar a lição nova, mas ele não aprende."

"Que lição?"

"A ajuda de vocês é pior que nenhuma ajuda."

"Mas e se eu voltasse com um pessoal? O que ia acontecer exatamente?"

"Volte para casa, Chave Comprida. Não queremos sua ajuda."

Quando Russ regressou à reserva dois meses depois, Keith Durochie continuou a chamá-lo de Chave Comprida, possivelmente uma referência à sua altura, mais provavelmente ao fato de pensar que sabia das coisas. Receber um apelido era tradicional, porém ele não sabia disso quando foi embora naquele dia. Sentiu que não era bem-visto por alguém que ele desejava que gostasse dele. Nas semanas seguintes, sempre que tinha uma folga em Flagstaff, ia para a biblioteca e lia o que encontrava sobre os navajos. Apesar de serem intransigentes e de roubarem — a ponto de serem cercados e levados em massa para um campo de prisioneiros no Novo México —, a eles havia sido concedido um imenso território, cujas pastagens, segundo muitos autores, e ao contrário dos pacíficos hopis, que gostavam de viver em fazendas, eles tinham destruído com manadas de cavalos numerosas demais para terem alguma utilidade. Na visão do governo dos Estados Unidos, os navajos eram um problema a ser resolvido com o uso da força. Para Russ, perseguido pela visão do rosto deles, o que precisava ser resolvido era o mistério que eles representavam. Mais tarde teve o mesmo sentimento em relação a Marion.

Em junho, depois da rendição incondicional da Alemanha, quando era festivo o estado de espírito no campo, ele mais uma vez suscitou a questão dos navajos com Ginchy. "Devíamos estar lá, não aqui", disse. "Se eu pudesse lhe mostrar a reserva, saberia o que eu estou dizendo."

"Você quer voltar lá", disse Ginchy.

"Sim, senhor. Quero muito."

"Você é um sujeito estranho."

"Como assim?"

"Muitos homens matariam para ter o que você tem. As pessoas costumavam vir aqui de férias."

"Não me parece certo estar de férias quando outros homens estão morrendo."

"Você não sente que tem sorte. Não está feliz como meu ajudante de campo."

"Não, senhor. Sinto que tenho muita sorte. Mas preferia servir as pessoas que realmente necessitam."

"Isso diz bem quem você é. Mas infelizmente terá que esperar mais vinte meses."

O desapontamento de Russ deve ter sido óbvio. Uma hora mais tarde, enquanto ele datilografava um relatório sobre a higiene no campo, Ginchy se aproximou de sua mesa com uma carta garatujada à mão e pediu que ele a batesse à máquina. Ao lê-la, Russ sentiu um calor no peito. Era o amor fazendo milagres: nenhuma força no mundo era mais poderosa.

A quem interessar possa: Sou o diretor do etc. etc. Meu assistente, R.H., deseja conhecer as obras que precisam ser feitas na reserva dos navajos. Favor lhe prestar a assistência que se fizer necessária. Atenciosamente etc. etc.

"Ninguém se importa mais com o que eu faço", disse Ginchy. "Minha única preocupação é a sua segurança. Pode pegar o velho Willys, se conseguir fazê-lo andar. Mas você precisa ir com um companheiro."

Embora Russ tivesse uma relação amistosa com os homens de sua cabana, o favoritismo que Ginchy tinha por ele, como também o jeito sério de Russ, não o haviam tornado muito querido. Nesse sentido, o campo era como uma universidade.

"Prefiro ir sozinho, senhor."

"Essa é uma característica muito indígena sua, mas quem terá problemas sou eu, se lhe acontecer alguma coisa."

"Coisas podem acontecer com duas pessoas também."

"Não com tanta frequência."

"Não preciso de um companheiro. Pode confiar em mim."

"Isso também é uma característica indígena. Ofereço uma maçã e você quer a cesta toda. Por falar nisso... 'Obrigado'?"

"Obrigado, senhor."

"Vou querer, naturalmente, um relatório formal completo."

Para sua missão, depois de consertar o Willys, Russ levou um colchão, algumas roupas, sua Bíblia, um caderno de anotações, vinte dólares que poupara da mesada, um cantil, papel higiênico e uma caixa com comida. Ainda estava tão encantado com sua sorte que só a meio caminho na estrada da floresta, na manhã de 20 de junho, lhe ocorreu sentir medo. Ele podia ser roubado ou levar uma surra. O caminhão podia acabar caindo numa vala. Quando chegou a Tuba City, o corpo doía devido ao esforço de manter o Willys na estrada. Sua camisa estava empapada por causa do calor de junho.

Nem Charlie Durochie nem seu caminhão estavam na pequena casa da cidade. Quando Russ encontrou na rua uma mulher que falava inglês, ela disse que Charlie estava fora por todo o verão, e Keith tinha ido para o altiplano com sua mulher e a família dela. Ela fez um gesto com a cabeça na direção de onde só se via um clarão e um vazio poeirento, nenhuma elevação.

Russ ficou ainda mais temeroso de que a missão seria um fracasso porque, em toda a imensidão da reserva, ele só conhecia dois homens com quem podia falar. Dentro do quentíssimo Willys, fechou os olhos e rezou, pedindo força e orientação. Depois partiu na direção indicada pela mulher.

A estrada para o altiplano era quase intransitável em certos pontos, a região impiedosamente deserta, mas, não obstante, pontilhada de bosta de vaca esbranquiçada e ressequida. Os navajos que Russ encontrou, um deles aparando um pedaço de pau à sombra de um rochedo, dois outros dando de beber a seus cavalos num tanque abaixo de um moinho enferrujado, pareceram deduzir que um homem branco de vinte e um anos devia ter alguma razão para procurar gente de Fallen Rocks, que era como todos se referiam aos parentes da mulher de Keith Durochie. Os homens enfatizavam, num inglês precário, que a distância não era pequena.

Ele precisava parar a cada meia hora para sacudir as mãos doloridas por causa da cãibra. Quando o ar refrescou e as sombras se tornaram mais longas, Russ parou junto a um curral decrépito e a um tanque em que pingava água de um cano enferrujado. Pequenos pássaros, fantasmagóricos no lusco-fusco, bebiam onde corria o vazamento. A água era amarga, mas seu cantil estava vazio. Na estrada para o altiplano, no decorrer de seis horas, ele tinha visto duas mulheres numa motocicleta, um menino com um cão pastoreando carneiros, um velho dirigindo um caminhão com rolos de arame amarrados na carroceria, vários cavalos selvagens e nada que se parecesse com um povoado. Comeu carne de porco com feijão de uma lata ainda quente por causa do calor do dia. Depois, com medo dos escorpiões, dormiu dentro do Willys. Sentiu saudade de George Ginchy. Através do para-brisa, via o céu coalhado de estrelas e nébulas, mas estava com muita saudade do campo para sair e admirar a vista.

No frescor das primeiras horas da manhã, atravessou uma região que ia se elevando aos poucos, coberta de zimbros e pinheiros. Nas margens da estrada, em áreas tão secas que não podiam ser chamadas de várzeas, carneiros pastavam em meio a arbustos espinhosos. A região parecia entrecortada de magníficas rotas de fuga, caminhos sulcados que se afastavam da estrada rumo a destinações misteriosas, uma sensação de seres presentes mas ocultos. Dirigiu por vinte e cinco quilômetros até ver outra pessoa, porém não uma única, mas centenas.

Perto da estrada e junto a um curral, havia fogueiras para cozinhar, cavalos e alguns caminhões. Velhos e mulheres de todas as idades estavam de pé ou sentados em volta de uma estrutura feita com galhos de árvores enfeitados com pedaços de pano vermelho. Quando Russ parou e perguntou ao homem mais próximo, que selava um cavalo, onde podia encontrar o pessoal de Fallen Rocks, um cheiro de carneiro assado penetrou no Willys. O homem fez sinal que era mais adiante na estrada.

"No prédio da administração. Siga o ribeirão seco."

"Como é esse prédio?"

O homem apertou a cilha e não respondeu.

Bem mais adiante na estrada, Russ chegou a uma estrutura simples e sem nada que a identificasse, feita de lama e toras de madeira, ao lado de um riacho seco. Uma trilha próxima parecia transitável e ele seguiu por ela até um cânion pouco profundo, passando por rochas caídas do tamanho de montes de feno, um sinal encorajante. Num cânion lateral, ainda sombreado, deparou com uma casinha, um curral e um quintal com galinhas. Do outro lado do curral havia um *hogan* e mulheres cozinhando numa pequena fogueira. Na frente da casa, uma menininha, Stella, observava seu pai cortar lenha. Ao ver Keith Durochie, a tensão de Russ pela longa viagem se dissipou. Era como se chegasse em casa.

Keith aproximou-se do caminhão, seguido por uma tímida Stella. "Que diabo está fazendo aqui?"

"Estou de volta", disse Russ.

"Para quê?"

"Esqueci minha chave-inglesa." Houve um silêncio antes de Keith sorrir. Ele o levou para dentro da casa, que tinha dois quartos, um deles com uma cama, e lhe deu café adocicado e uma espécie de rosca fria sem açúcar. Quando Russ explicou que estava numa missão de reconhecimento, Keith disse que era preciso esperar — ele estava fazendo uma cantoria. Deixou Russ sozinho, e não pela última vez. A vida entre os navajos significava muita espera e pouca explicação.

O que era uma cantoria ele aprendeu mais tarde naquela manhã, quando uma nuvem de pó subiu do cânion. As pessoas por quem ele havia passado na estrada agora estavam montadas em cavalos enfeitados com fitas de cores vivas, seguidos de caminhões igualmente adornados e buzinando. O grupo passou pela casa e foi para o *hogan*, onde as mulheres cozinhavam. Nervoso mas curioso, Russ atravessou o quintal para ver melhor.

O cavaleiro que vinha na frente era um jovem de cabelo curto com o rosto pintado de preto e vermelho; em suas mãos carregava um bastão negro com borlas. Ele esperou na sela até que outros do grupo o ajudassem a apear. Mancando muito, levou o bastão negro para dentro do *hogan*. Crianças desciam dos caminhões e corriam para um barracão onde havia comida. Keith e as mulheres de sua família cumprimentaram silenciosamente os adultos. Ninguém prestou a menor atenção em Russ.

De dentro do *hogan*, uma voz masculina se elevou tremulamente num canto desafinado. Russ não compreendia as palavras, mas elas tocaram seu coração. A voz se assemelhava à de seu avô cantando hinos em Lesser Hebron; Clement também desafinava. Terminada a música, o *hogan* entrou em erupção como um pequeno vulcão, caixas de pipoca e amendoim caramelados sendo jogadas para fora pelo buraco da fumaça. Enquanto as crianças avançavam sobre as embalagens, os familiares de Keith distribuíram mantas para os convidados mais velhos, que entoavam outra cantiga.

he-ye ye ye ya ya
'eela do kwii-yi — na
kj go di ya — 'e — hya ya
he ye ye ye ya

Embora a linguagem fosse incompreensível, as vozes de uma congregação, elevando-se enquanto brilhava o sol da manhã, aumentaram a sensação de Russ de haver chegado em casa. O canto prosseguia quando Keith o convidou para se juntar ao grupo e comer carneiro com pão de milho.

Só as crianças, em especial Stella, olharam para ele, e por muito tempo Keith esteve ocupado como anfitrião. Russ poderia ter se entediado caso não estivesse tão fascinado pelos rostos. Quando a festa por fim terminou, as pessoas voltando a seus cavalos e caminhões, Keith se sentou e perguntou para onde Russ iria a seguir. Ele de novo mencionou a incumbência que George Ginchy lhe dera.

"Eu falei para você não se dar ao trabalho", disse Keith.

"Você falou que ia conversar comigo depois da cantoria."

"Ela só começou. Ainda faltam três dias."

"Três dias?"

"Agora é assim. Não fazemos mais as longas cantorias."

"O problema é que aqui eu só conheço você e seu tio."

"Você não vai conseguir chegar até onde o meu tio está com o caminhão."

"Bom, então..."

Keith se virou e, pela primeira vez, olhou para Russ. "O que você está fazendo aqui?"

"Para ser sincero, quero conhecer melhor a sua gente. O trabalho é só uma desculpa."

Keith concordou com a cabeça e disse: "Isso é melhor".

Ele foi ajudar seus parentes e Russ dormiu no chão. Acordou com o cheiro de gasolina. Keith enchia o tanque de um caminhão pequeno usando um funil com um filtro de musselina. Já sentadas na carroceria, estavam Stella e uma jovem esbelta carregando um bebê envolto em panos. "Você vem na frente comigo", disse Keith.

Deixar a mulher ir sentada atrás não pareceu correto para Russ, mas, para Keith, já estava decidido. O pequeno caminhão tinha uma suspensão bem apropriada para a esburacada estrada do cânion. Depois de um bom tempo, enquanto Keith dirigia, seu silêncio se tornou tão incômodo que Russ perguntou o que era uma cantoria.

"Estamos ajudando nosso amigo", disse Keith. "Ele voltou do Pacífico fora de esquadro. Está mancando por causa dos estilhaços e não dorme — o cheiro de carne queimada do inimigo ficou no seu nariz. O inimigo se parecia com a gente, não com o *bilagáana*, e seus espíritos entraram nele. Trouxe para casa a camisa de um inimigo, onde ele pode cheirar a guerra. Vai fazer parte da cantoria."

Apesar de não entender todos os detalhes, a cura comunal de um homem brutalizado pela guerra fez um sentido agudo para ele. Russ tinha muitas outras perguntas, mas obrigou-se a fazê-las aos poucos, à medida que o caminhão voltava pelo caminho que ele havia percorrido de manhã. Ficou sabendo que a mulher sentada na carroceria era a esposa de Keith, o bebê o filho deles de dois meses. O sogro de Keith, que ia à frente a cavalo, carregando o bastão cerimonial negro, era um pajé e amigo de Charlie Durochie desde que estiveram juntos num internato em Farmington, no Novo México. Keith frequentara essa mesma escola e havia trabalhado por alguns anos em plataformas de petróleo antes de se casar com uma integrante do clã de Fallen Rocks. Ele agora cuidava da fazenda da família da esposa no altiplano.

Cada fato que Keith oferecia era para Russ como uma pedra preciosa. Ele se sentia irremediavelmente inferior a Keith, como ocorria com os amantes, e relutava em tirar os olhos dele. O que Keith pensava de Russ era menos claro. Russ tinha a sensação de estar sendo mais do que apenas tolerado, de ao menos ser interessante por sua ignorância, porém Keith mostrava pouca curiosidade a seu respeito. A única pergunta que fez em todo o trajeto foi: "Você é cristão?".

"Sou", disse Russ prontamente. "Pertenço à crença dos menonitas."

Keith assentiu com a cabeça. "Conheço missionários dessa crença."

"Aqui? Na reserva?"

"Em Tuba City. Eram boa gente."

"E você... tem alguma religião?"

Keith sorriu para a estrada à frente. "Todo mundo toma café da marca Arbuckle. No mundo todo, café Arbuckle. Sua religião é parecida — deve ser um café muito bom."

"Não entendi."

"Não mandamos nosso café para o mundo todo. Você precisa nascer aqui para beber ele."

"Mas é isso o que mais gosto na Bíblia. Qualquer pessoa, em qualquer lugar, pode receber a Palavra — ela não é exclusiva."

"Agora você está falando como um missionário."

Russ surpreendeu-se por sentir vergonha.

Depois de percorrer muitos quilômetros pela estrada do altiplano, chegaram a um acampamento onde fogueiras estavam sendo armadas, mantas sendo abertas, pedaços de carne de carneiro crua distribuídos, uma bola de basquete murcha sendo chutada num pasto sem grama por garotos que gritavam.

Havia centenas de pessoas ali. Aquilo gerou uma pressão na cabeça de Russ, uma sensação de que mergulhava muito fundo cedo demais. Para aliviá-la, saiu andando sozinho pela estrada enquanto o sol se punha.

Um corvo crocitava, coelhos buscavam comida na sombra dos arbustos. Uma cobra, tão assustadora quanto assustada, chegou a dar um salto no ar para sair do meio da estrada. Tão logo o sol se pôs atrás de um morro, soprou uma brisa em todo o vale, trazendo o aroma de zimbros aquecidos e flores silvestres. Dando meia-volta, Russ avistou a fumaça de uma fogueira distante, as escarpas rosadas pelo arrebol. Viu que se enganara sobre a terra dos navajos. A beleza da floresta nacional era amigável e evidente. A beleza do altiplano era mais severa, porém cortava bem mais fundo.

A comilança já havia começado quando ele voltou ao acampamento. Como só tinha pensado em trazer a roupa do corpo, um canivete e a carteira de notas, Keith lhe deu algumas mantas, que pegou no caminhão. Mesmo se a mulher dele não estivesse amamentando, a timidez de Russ não lhe permitiria falar com ela, por ser esposa de Keith. Enquanto comia carne de carneiro, feijão e pão, canções vindas de outras fogueiras competiam entre si. Alguém tocava um tambor.

As danças começaram quando o céu escureceu de todo. Ao lado de Keith, Russ observou uma jovem circundar a fogueira acompanhando o ritmo do tambor, enquanto as pessoas batiam palmas e cantavam. Outras jovens se uniram a ela, e logo alguns homens mais velhos também dançavam. A pressão na cabeça de Russ dera lugar à euforia e à gratidão. Ele era o único homem branco ali com os índios, ouvindo as mulheres cantar. A resina dos zimbros explodia em centelhas cor de laranja, as estrelas reluziam com mais ou menos intensidade em razão da fumaça que revoluteava no ar, e ele se lembrou de agradecer a Deus.

Uma garota bem jovem se afastou da fogueira e se aproximou dele. Tocou na manga de sua camisa.

"Vem dançar", ela disse.

Alarmado, ele se voltou para Keith.

"Ela quer que você dance."

"Sim, eu entendi."

"Dance comigo", a garota insistiu.

Ela usava um xale volumoso e uma saia com pregas mexicanas, mas suas pernas abaixo do joelho estavam à vista e eram bem torneadas. Na experiência de Russ, aquela audácia era tão estranha que se assemelhava à ameaça de um animal — e ele não sabia dançar, coisa proibida em Lesser Hebron. Esperou que a jovem se fosse, mas ela continuou ali pacientemente, olhando para o chão. Não teria mais que dezesseis anos, e ele era um homem branco, alto, mais velho e desconhecido. Sentiu-se tocado pela coragem dela.

"Eu não sei dançar", ele disse, dando um passo na direção da fogueira, "mas posso tentar."

A moça sorriu, olhando para o chão.

"Você precisa dar algum dinheiro a ela", disse Keith.

Isso deixou Russ perplexo. Mas a jovem também parecia confusa. O sorriso dela, à luz das chamas, tinha um quê de desapontamento. Não desejando ofendê-la, ele tirou da carteira uma nota de um dólar. Ela a pegou num gesto brusco e escondeu na saia.

Ele não sabia o que fazer, porém se juntou ao círculo e deu seus passos o melhor que pôde, seguindo a garota, que sabia perfeitamente o que fazer. A finura das pernas dela e os meneios de quadris lhe causaram um pouco de náusea. Mas agora, na bruxuleante luz cor de laranja, ouvindo as batidas do tambor e o canto das vozes femininas, ele compreendeu que a náusea nada tinha a ver com pena ou repugnância. Era uma excitação que lhe acelerava o pulso. Sob o xale e a saia dela havia um corpo que um homem podia desejar; que o próprio Russ podia desejar. Um suspense que até então só existia em sonhos perturbadores, sonhos que se inchavam num calor apocalíptico e se rompiam na conspurcação de seus pijamas, invadira o mundo em que ele estava totalmente desperto. E o que tornava os sonhos tão perturbadores era como se revelava indolor, como era extraordinariamente agradável, ser consumido pelas chamas.

O interesse da jovem por Russ pareceu ter desaparecido quando ele lhe deu o dinheiro. Depois de um longo e educado espaço de tempo, ele deixou o círculo e foi se refugiar na escuridão. Assim que notou isso, a moça correu atrás dele. Sua expressão agora era próxima da raiva.

"Continue dançando ou lhe dê dinheiro", alguém, não Keith, lhe disse.

Ele não conseguia entender o que o dinheiro tinha a ver com a cura dos distúrbios mentais de um soldado, mas remexeu na carteira e lhe deu mais uma nota de um dólar. Satisfeita, ela o deixou em paz.

Acordou de manhã no chão, ao lado do caminhão de Keith, ainda excitado, ainda formigando com sua nova percepção, assustado com a perspectiva de um novo mergulho. Sentindo a necessidade de uma caminhada curativa, disse a Keith que voltaria para o rancho e o esperaria lá.

"Pegue um cavalo", disse Keith. "Você pode morrer de insolação."

"Prefiro andar."

A caminhada foi brutal, sete horas sob um sol ainda mais escaldante e mais claro. Keith lhe havia dado água num odre e um pedaço de pão envolto num pano, que ele havia consumido antes de chegar ao prédio da administração, onde dali deveria pegar o outro caminho. Àquela altura, no calor abrasador, a estrada deixara de ser uma linha que ligava racionalmente um ponto de partida a um destino. Transformara-se em sua mente na criadora de tudo o que não era uma estrada — escarpas pedregosas fervilhando de gafanhotos, bosques de coníferas mais negros devido à luz fortíssima, formações rochosas aparentemente próximas cujas respectivas posições o avanço de Russ se recusava a alterar. Ou por causa de seus ouvidos ou da qualidade do ar, cada passo produzia um barulho extremamente alto. Ele confundiu um falcão que sobrevoava a área com um anjo e depois viu que o falcão *era* um anjo sem qualquer ligação com o Deus que conhecera desde sempre: Cristo não tinha poder sobre o altiplano.

Quando chegou ao rancho, a caminhada desfizera todas as suas certezas, e a cura não havia funcionado. A própria coisa da qual vinha fugindo o esperava na pequena casa de Keith. O espírito da jovem com quem tinha dançado o precedera, correra mais que ele, até o quarto de dormir. Ressequido e queimado do sol como estava, se deitou na cama e abriu a calça para ver se o apocalipse sonhado poderia ser alcançado enquanto desperto. Descobriu que, friccionando um pouco, podia bem rápido. O prazer que o invadiu foi ainda mais glorioso por estar acordado, e não houve nenhum castigo: ele não ficou cego. Nem se envergonhou dos respingos. Ninguém podia vê-lo, nem Deus. Pelo resto de sua vida, ele associou o altiplano com a descoberta do prazer secreto e de sua permissão.

Quando Keith voltou com a família dois dias depois, deu tarefas para Russ no rancho. Às habilidades que já possuía em matéria de cuidar de uma fazenda, ele acrescentou outras. Aprendeu a laçar um bezerro, a pegar um cavalo num campo sem cercas, a obrigar uma vaca a andar de costas numa ravina estreita. Observou a infelicidade dos carneiros obrigados a entrar no banheiro de imersão e também de quem tocava no líquido nojento. O cunhado de Keith castrou um garanhão e jogou um testículo sanguinolento em cima de Russ, que o atirou de volta nele. Russ e Keith viajaram pelo cânion, acampando sob uma profusão leitosa de estrelas, Russ viu a silhueta silente de corujas que planavam, ouviu os espíritos assobiando nas fendas dos rochedos, comeu pinhões assados. Quando seu pior medo se concretizou, na forma de uma picada de escorpião no tornozelo, aprendeu que simplesmente doía para cacete.

Quanto mais tempo ele passava com os dinés, mais semelhança encontrava com sua própria comunidade em Indiana. Os dinés também preferiam viver separados e buscar harmonia, enquanto suas mulheres eram como a mãe de Russ, resolutas e pacientes, sendo-lhes permitido possuir suas próprias terras. Nas histórias mantidas vivas pelos pajés, a mãe divina original, a Mulher Mutante, que recebeu seu nome por causa das estações, havia se juntado ao Sol e parido dois gêmeos. Como a mãe de Russ, a Mãe Mutante estava associada com o produto da terra. Ela tinha criado os filhos e instilado neles a sabedoria prática, enquanto o pai solar, embora necessário para criar vida, permanecia distante. E assim como os menonitas relembravam seus mártires, os dinés cantavam sobre sua Longa Marcha para o campo de prisioneiros na década de 1860, sobre os anos de doenças e fome que lhes foram infligidas lá. Os dinés, igualmente, se definiam pela perseguição, e o território deles, próximo a nada, não acolhendo ninguém, sendo um deserto, era ainda mais divino que o estado de Indiana. Foi no deserto, afinal, que os israelitas receberam a Palavra de Deus, o Deus de toda a humanidade, e onde Jesus, enquanto buscava clareza para sua missão evangélica, rezou por quarenta dias e quarenta noites.

Ao longo dos quarenta dias que Russ passou em Diné Bikéyah, Keith o aconselhou a não apontar para estrelas cadentes, não assobiar à noite, não olhar nos olhos de um estranho, não perguntar o nome de um homem antes que ele se apresentasse. Quando um membro da tribo morria em seu *hogan*, a família tinha que queimar a morada e destruir tudo o que tocara nele. Num campo aberto do altiplano, Keith mostrou a Russ, com um gesto de cabeça, o esqueleto embranquecido pelo sol de um cavalo ainda com a sela uma década depois que o cavaleiro havia sido atingido por um raio, dizendo-lhe que se mantivesse longe daquilo. Keith explicou que a má sorte do homem permanecia no local, e Russ, naquele calor que fazia os objetos tremeluzir, no ar rarefeito, achou que isso fazia sentido. Enquanto o ser humano vivenciava o tempo como uma progressão, do passado ignoto a um futuro incognoscível, para Deus todo o curso da história estava eternamente presente. Para Deus, o lugar onde o raio caíra não era somente onde um homem havia morrido, mas o local onde ele morreria *mais tarde* e onde, no conhecimento perfeito de Deus, ele estava sempre morrendo. Estar no deserto fazia com que um mistério como esse se tornasse acessível.

Como Russ vinha trabalhando duro para pessoas que se valiam daquela ajuda, ele não se sentia culpado com sua missão oficial, embora George Ginchy houvesse dito que, caso Russ não voltasse em agosto, mandaria uma equipe de busca. Por isso, na primeira luz do dia 31 de julho, ele juntou suas coisas, abasteceu o Willys e se despediu de Keith e Stella, os únicos acordados naquela hora. Stella correu para ele e abraçou suas pernas. Russ a pegou no colo e acariciou sua cabeça.

"Vou voltar", ele disse. "Não sei quando, mas vou."

"Cuidado com o que promete, Chave Comprida."

"Eu não estava falando com você. Estava, Stella?"

Ela se encolheu timidamente. Russ a pôs no chão e ela foi até o pai. Como sempre sem uma gota de sentimentalismo, Keith já se afastava.

Russ praticamente ainda não sabia quase nada sobre os dinés, mas pelo menos sabia o quanto não sabia. O deserto só fortalecera sua fé em Deus, porém ele não tinha mais certeza de que sua crença ancestral fosse a versão mais verdadeira da única fé de verdade. Depois de regressar ao campo de serviço, onde Ginchy, não de forma punitiva, mas por razões práticas, encontrara outra pessoa para ser seu ajudante de campo, Russ começou a investigar as muitas maneiras de tirar a pele de um gato. Como agora ele trabalhava sob as ordens do quartel-mestre, quando ia a Flagstaff buscar suprimentos podia, sem problema, ficar ali por mais uma hora, lendo na biblioteca os livros sobre as religiões em todo o mundo, arquivados segundo o Sistema Decimal de Dewey. No campo, tentava participar do culto dos quacres com Ginchy nos domingos de manhã. O silêncio entre os dois, embora agradável, parecia mais superficial do que os silêncios dos navajos, menos enraizado numa forma geral de ser. Entretanto, Russ jamais seria um navajo: o café deles não era para ele beber.

Em novembro, num domingo de manhã, dando continuidade à sua investigação, ele pegou o velho Willys e foi até a igreja católica de Flagstaff. Num livro sobre são Francisco, ele havia detectado um espírito intransigente que o atraiu. De um banco nos fundos da igreja, em meio ao aroma dos círios e à luz tênue dos vitrais, Russ via as mantilhas e tranças grisalhas das velhas mexicanas, as roupas mais modernas de casais norte-americanos de meia-idade e a nuca pálida de uma mulher cuja cabeça estava muito curvada. O padre, já idoso e com um sério tremor, usava uma linguagem tão ininteligível quanto a dos navajos, e a cerimônia não foi breve. Os olhos de Russ voltavam seguidamente para o pescoço pálido à sua frente, o qual lhe causava uma sensação que antes confundia com náusea e que agora associava ao prazer em segredo. A mulher era baixa e delicada, de cabelo curto.

Em Lesser Hebron, a comunhão era um grande evento semestral de caráter coletivo, que utilizava o pão amassado e cozido na comunidade pelas mulheres. A comunhão católica parecia quase tão estranha a Russ quanto a cantoria dos navajos. A figura do padre convidava a uma comparação sacrílega com um médico e seu abaixador de língua, enquanto os membros da congregação com crianças em fila para almoçar. Só a mulher do pescoço bonito recebeu a hóstia com visível fervor. Ajoelhou-se com uma vulnerabilidade trêmula, reminiscência da fé intensa de sua mãe. Quando a mulher voltou ao banco, Russ viu que ela tinha lábios carnudos e olhos escuros, não sendo, provavelmente, mais velha que ele.

Depois da missa, Russ perguntou ao padre se ele poderia voltar e receber a comunhão como visitante. O padre explicou por que isso não seria possível, mas disse que Russ era bem-vindo para observar e orar. Ele voltou à igreja da Natividade no domingo seguinte, porém dessa vez foi derrotado pelo latim em que a cerimônia era conduzida. As paredes grossas da igreja, que uma semana antes haviam transmitido uma sensação de abrigo, agora o impressionavam como o monumento de uma fé havia muito morta, um espírito antes candente e agora congelado sob a forma de pedras frias pela passagem dos séculos. A moça de olhos escuros estava lá de novo, de novo sozinha, mas agora o fervor de sua fé parecia excluir Russ.

Abandonando seu experimento, voltou a fazer as orações com os menonitas no campo, porém não sentia grande afinidade com eles. O fato é que tinha saudade do altiplano, da imanência de Deus em cada rocha, em cada arbusto, em cada inseto. Passou a fazer caminhadas solitárias pela estrada da floresta nos domingos de manhã. Lá às vezes sentia a presença de Deus, mas ela era débil, como o sol encoberto pelas nuvens no inverno.

Numa tarde de março, ele estava na biblioteca de Flagstaff abusando de seus privilégios no campo, quando, folheando um livro com fotografias dos índios das planícies, uma garota se sentou do outro lado da mesa e abriu um manual de matemática. Ela estava com uma blusa preguada de caubói e tinha o cabelo coberto por um lenço, mesmo assim Russ a reconheceu. Na luz mais intensa da biblioteca, ela era de longe a mulher mais bonita que ele tinha visto desde que seus olhos haviam sido abertos por uma dançarina da tribo dos navajos. Sem jeito por estar vendo um livro de ilustrações, como se fosse analfabeto, ele se levantou para pegar outro qualquer.

"Eu o conheço", ela disse. "Vi você na Natividade."

Ele voltou atrás. "Isso mesmo."

"Só o vi duas vezes. Por quê?"

"Você quer saber por que apenas duas vezes ou por que eu fui lá?"

"As duas coisas."

"Eu não sou católico. Estava só… observando."

"Isso explica. Rapazes católicos são uma coisa rara. Reparei que você não voltou."

"Não sou católico."

"Você acabou de dizer isso. Se disser pela terceira vez, vou achar que é para se proteger de alguma maldição."

A perspicácia dela o surpreendeu, assim como a forma direta com que continuou fazendo perguntas. Tendo sentido uma semelhança com sua mãe, ele teria esperado brandura e modéstia. Enquanto foi informado apenas de seu nome, Marion, Russ lhe disse de onde viera, por que estava em Flagstaff e como os navajos o haviam levado a explorar outras crenças.

"Quer dizer que você pegou um caminhão e sumiu por um mês?"

"Um mês e meio. O diretor do campo foi muito generoso."

"E não teve medo de ir para lá sozinho?"

"Eu deveria ter tido mais medo. Por alguma razão não me ocorreu."

"Eu ficaria com medo."

"Bom, você é uma mulher."

O substantivo era inofensivo e de uso cotidiano, mas ele corou por tê-lo pronunciado. Nunca se envolvera numa conversa com uma mulher pela qual sentia, conscientemente, atração — nunca imaginou como seria penoso. O fato de que ela parecia impressionada com sua história tornou tudo ainda mais penoso. Por fim, sem jeito, ele disse que ia deixá-la continuar estudando.

Ela olhou com tristeza para o manual. "Difícil se concentrar."

"Eu sei. Às vezes também luto com a matemática."

"Não é uma luta, é só muito árido. Tenho fome de estar com Deus."

Seu tom era prático, como se Deus fosse um sanduíche.

"Eu também", disse Russ. "Quer dizer... sei do que você está falando. Sinto falta de estar com os navajos. Eles estão com Deus o dia inteiro todos os dias."

"Você devia voltar à Natividade. Pode encontrar o que procura. Eu nem sabia o que estava procurando até ir lá."

Outro homem poderia ter sido afugentado pela religiosidade dela, mas para Russ aquela qualidade nada mais era do que uma versão daquilo com que ele fora criado. Menos plácida, mas familiar. Ele não se perturbava mais porque uma garota o fazia lembrar da mãe. Havia entendido que sua mãe não era apenas sua mãe, que não era apenas uma figura merecedora de uma devoção sagrada. Era uma mulher de carne e osso que também já fora jovem.

Quando Russ voltou à igreja católica no domingo seguinte, Marion se sentou ao lado dele e sussurrou breves explicações sobre a liturgia. Ele tentou se conectar a *Christus*, que era como o padre o chamava, mas foi impedido pela proximidade da mulher a seu lado. Ela usava um casaco tingido de verde-brilhante com uma gola de pelúcia verde-escura. Algumas unhas estavam roídas, as cutículas mordidas mostrando o sangue coagulado. Ela apertava tanto os dedos ao rezar que os nós ficavam brancos, a respiração fazendo um leve ruído áspero ao sair da boca. Como a paixão de Marion era dirigida ao Todo-Poderoso, Russ se sentiu seguro em se excitar com aquilo.

Terminada a missa, se ofereceu para lhe dar uma carona no Willys.

"Obrigada", ela disse, "mas preciso andar."

"Eu também gosto de andar. É a minha diversão predileta."

"Mas eu tenho que contar os passos. Fiz isso uma vez, alguns anos atrás, e agora não posso parar porque... Não importa."

Duas senhoras vagarosas tinham saído da igreja falando espanhol. A Cherry Avenue estava tão tranquila que os pombos haviam se instalado no meio da rua.

"O que você ia dizer?"

"Nada. É complicado. Tenho que começar da porta da igreja e me certificar de que dou exatamente o mesmo número de passos toda vez, porque é assim que sei que Deus ainda está comigo. Se um dia eu contar um número maior de passos, ou menor…"

Ela estremeceu, talvez ao pensar nisso, talvez por estar envergonhada.

"Meu número de passos não seria igual", disse Russ, embora ela não o tivesse convidado para acompanhá-la.

"Certo, você é alto. Teria seu próprio número — só que você não deveria ter nenhum número. *Eu* não deveria ter nenhum número. Já sou muito supersticiosa."

"Os navajos têm um monte de superstições. Não tenho certeza de que estejam errados."

"É um insulto a Deus acreditar que contar os passos tem alguma importância."

"Não vejo mal nenhum. A Bíblia está cheia de sinais de Deus."

Ela ergueu os olhos escuros para encará-lo. "Você é uma pessoa bondosa."

"Ah… obrigado."

"Talvez você possa caminhar comigo e me distrair. Acho que, se eu conseguir andar mesmo que só uma vez sem contar, não vou precisar contar mais. A menos que…", ela riu, "eu caia morta porque não estava contando."

Ela era uma combinação misteriosa de perspicácia e estranheza. O formato delicado de seu pescoço, visível acima da gola de pelúcia, continuava a fasciná-lo. Em Lesser Hebron, assim como em Goshen, a nuca das mulheres ficava escondida por uma trança. Caminhando com ela para casa, soube que crescera em San Francisco e sonhara, tolamente, em ser uma estrela de Hollywood. Tinha trabalhado em Los Angeles como datilógrafa e estenógrafa antes de se mudar para Flagstaff a fim de morar com o tio. Por um breve período, pensara em ir para um convento, mas agora estava estudando para ser professora primária. Como ela era baixa, disse Marion, descobriu que as crianças confiavam nela como se fosse uma coleguinha delas. Contou que não havia sido criada como católica — seu pai fora um judeu não praticante, a mãe uma adepta fervorosa do uísque.

Cada revelação alargava a visão daquilo que Russ não sabia sobre os Estados Unidos. Embora, de acordo com seus cálculos, ela só tivesse vinte e cinco anos, o nome dos lugares que ela deixava escapar com tanta facilidade — San Francisco, Los Angeles — correspondia a experiências totêmicas mais variadas do que qualquer mulher de Lesser Hebron poderia esperar ter em toda a vida. Assim como acontecera com Keith Durochie, ele se sentia ignorante e inferior, e mais uma vez o sentimento era indistinguível da atração. Nunca passou por sua cabeça que Marion também pudesse sentir-se atraída por ele; que naquele estreito âmbito de Flagstaff, com a maioria dos homens jovens no exterior, o aparecimento dele em Natividade houvesse sido tão especial para ela quanto foi para ele. Mesmo que Marion não fosse significativamente mais velha, Russ não tinha nenhum conceito de si próprio como um objeto de desejo.

A casa do tio dela, nos confins da cidade, era baixa e decrépita, o quintal tomado de cactos. Na frente da garagem havia um caminhão Ford cuja pintura havia sido removida por abrasão pelas areias do Arizona. Marion foi até a porta da frente e bateu os pés no capacho, abriu os braços e ergueu o rosto para o céu muito azul. "Aqui estou", disse. "Pode me matar."

Ela olhou para Russ e riu. Tentando corresponder, ele conseguiu sorrir, mas agora Marion franzia a testa. Parte da estranheza dela estava em como suas expressões se alteravam de repente.

"Eu sou terrível", ela disse. "Este pode ser o momento em que o meu câncer fatal começou."

"Não creio que Deus se aborreça com uma brincadeira. Não se você O amar sinceramente."

Ainda séria, ela voltou para perto dele. "Obrigada por dizer isso. Acredito realmente que você me curou. Quer ficar para o almoço?"

Quando ele recusou — já tinha abusado, devido à duração da missa católica, e ainda tinha que ir buscar o Willys —, Marion insistiu em caminhar de volta à igreja com ele. O que havia de penoso em estar com ela se agravou à medida que refaziam o trajeto. Ela admirou seu pacifismo, admirou sua impaciência com o campo, admirou sua compaixão pelos navajos. Todas as vezes que Russ olhava para baixo, seus olhos castanhos brilhavam ao encará-lo. Ele nunca sentira um olhar tão incondicionalmente aprovador, e lhe faltava experiência para reconhecer a vontade que aquilo assinalava. Quando eles chegaram ao caminhão, a tensão lhe causara uma dor de cabeça. Ele se ofereceu para levá-la até a casa do tio, porém o rosto dela voltara a se anuviar.

"O que você disse antes... que não importa o que façamos desde que amemos a Deus. Você acha realmente que isso é verdade?"

"Não sei", ele respondeu. "Os navajos não aceitam Cristo, e não acho que estejam eternamente perdidos. Não pareceria justo que estivessem."

Ela baixou os olhos. "Não acredito na vida após a morte."

"Você... realmente?"

"Acho que a única coisa que importa é a condição da sua alma enquanto você está vivo."

"Isso é... um ensinamento católico?"

"De forma alguma. O padre Fergus e eu discutimos essa questão o tempo todo. Para mim, não existe nada mais real no mundo que Deus, e Satã não é menos real. O pecado é real e o perdão de Deus é real. Essa é a mensagem dos Evangelhos. Mas não há muito neles sobre a vida no Além — João é o único que fala sobre isso. E não lhe parece estranho que seja assim? Se a vida no Além é tão importante? Quando o jovem rico pergunta a Jesus como ele pode ter uma vida eterna, não recebe uma resposta clara. Jesus parece dizer que o céu é amar a Deus e obedecer a seus mandamentos, e o inferno é se perder no pecado — renegando Deus. O padre Fergus diz que eu preciso acreditar que Jesus está falando sobre um céu e um inferno literais, porque é isso que a Igreja ensina. Mas já li essas frases centenas de vezes. O homem jovem e rico pergunta sobre a eternidade e Jesus lhe diz para doar seu dinheiro. Diz o que fazer no *presente* — como se o *presente* fosse onde você encontra a eternidade —, e acho que está certo. A eternidade é um mistério para nós, assim como Deus é um mistério. Não precisa significar rejubilar-se no céu ou queimar no inferno. Podia ser um estado de graça ou um desespero infinito sem relação com o tempo. Acho que existe uma eternidade em cada segundo em que estamos vivos. Por isso tenho um problemão com o padre Fergus."

Russ olhou fixamente para aquela mulher baixinha de casaco verde. Talvez ele estivesse simplesmente se apaixonado por ela. Não era apenas a profundidade do envolvimento dela com uma questão premente para ele. Era ouvir, nas palavras de Marion, um pensamento que estivera latente nele sem que fosse capaz de articulá-lo. O sentimento de inferioridade dele se tornou agudo. Paradoxalmente, em vez de afastá-lo de Marion, fez com que desejasse mergulhar dentro dela.

"Preciso entrar e rezar", ela disse. "É péssimo se sentir tão perto de Deus e não ser uma católica melhor. Meu progresso foi interrompido já há algum tempo."

"Posso voltar na próxima semana?"

Ela deu um sorriso tristonho. "Espero que você não se aborreça que eu diga isto, mas você não é o candidato mais promissor, se acredita mesmo que Deus não se importa com uma brincadeira."

"Mas você mesma está lutando com sua fé."

"Tenho boas razões para isso."

"Que... razões?"

"Francamente, acho melhor... Você pensa em voltar algum dia para a reserva?"

"Algum dia, sim, sem a menor dúvida."

"Quem sabe você pode me levar. Eu gostaria de ver com meus próprios olhos."

A ideia de levá-la ao altiplano era como uma recompensa no céu, maravilhosa mas remota. No momento, pareceu mais uma repulsa. "Eu ficaria muito feliz de poder mostrar a você."

"Que bom", ela disse. "Alguma coisa para esperar no futuro." Afastou-se e acrescentou: "Você sabe onde me encontrar".

Será que ela quis dizer que Russ poderia encontrá-la sempre que quisesse ou só quando fosse voltar à reserva? Como as palavras de Jesus eram ambíguas, as dela também eram. Dois dias depois ele ainda lutava para esclarecer essa ambiguidade, quando um envelope, apenas com o carimbo do correio de Flagstaff e nenhum endereço do remetente, lhe foi entregue no campo. Russ levou-o para cabana e se sentou em seu beliche.

Caro Russell,

Fui relapsa em não lhe agradecer outra vez por me curar da minha superstição. Você foi muito simpático em me aguentar — senti como se o sol houvesse aparecido depois de um mês de dias encobertos. Espero que encontre tudo o que está buscando e ainda mais.

Sempre sua em Deus e na amizade,

Marion

Aqui também, no sabor de adeus da expressão *espero que encontre*, uma mente em dúvida poderia enxergar ambiguidade. Mas seu corpo sabia melhor. As emanações que o invadiram vindas das partes baixas eram uma sensação bem conhecida, mas totalmente nova ao se fundir com a emoção — com a esperança e a gratidão, com a imagem de uma pessoa, com os olhos comoventes de Marion, com sua mente complexa. Era inimaginável que alguém tão fascinante pudesse se sentir uma pessoa menor, no entanto lá estava, na própria caligrafia dela, sem qualquer ambiguidade: *me aguentar*. As palavras o excitaram tanto, como se ela as estivesse sussurrando no ouvido dele.

No dia seguinte, quando ele pediu permissão para sair à tarde, o quartel-mestre nem perguntou por quê. George Ginchy ainda se comprazia com suas chamadas e reuniões com todo o grupo, mas, desde que a guerra acabara, o campo apenas fazia de conta que os procedimentos eram seguidos; a missão de Ginchy no momento consistia em tentar obter o equipamento necessário para o time de futebol americano que havia montado. O velho Willys, sabe-se lá como, ainda andava, e Russ foi primeiro à biblioteca. Não encontrando Marion, foi até a casa do tio dela, a qual identificou pelos cactos. Curiosamente, não teve medo de bater à porta. Sabia que o casamento de homens e mulheres fazia parte do curso natural das coisas, assim prescrito por Deus, mas em sua mente o mundo já não estava cheio de mulheres que ele pudesse encontrar um dia — só havia uma mulher. Olhando para trás, o encontro casual deles na biblioteca tinha o selo de Deus. Bater à porta dela nada mais era do que Deus havia pretendido ao criar o homem e a mulher; isso significava que Russ agora tinha consciência de ser um homem.

Ela veio à porta vestida com um macacão e uma camisa branca grande demais, amarrada na cintura. O fato de estar de calça, como um homem, foi extraordinariamente incrível para ele.

"Sabia que era você", ela disse. "Acordei hoje com a sensação muito forte de que o veria."

A falta de surpresa que ela demonstrou o fez se lembrar mais uma vez da mãe, de sua serenidade. Se levasse em conta o pressentimento de Marion, aquilo sugeria que Russ ter ido até ela, o que lhe parecera um ato de vontade própria, não passava de parte dos desígnios de Deus. Através de uma sala de visitas com paredes cobertas de pinturas de paisagens, todas num estilo semelhante, ela o conduziu à cozinha com vista para uma montanha. Nos fundos do quintal, coalhado de formas de metal que talvez fossem esculturas, via-se uma estrutura com teto de folhas de zinco.

"Aquele é o estúdio do Jimmy", disse Marion. "Ele só volta na hora do jantar. Antonio está trabalhando e eu... estudando." Ela indicou um manual em cima da mesa. "Também temos dois gatos, que parecem ter desaparecido. Estavam aqui há um minuto."

Jimmy era seu tio, mas Russ se perguntou quem seria o outro homem. Um estranho sentimento novo, de posse, o invadiu.

"Quem é Antonio?"

"O companheiro de Jimmy. Eles são... você sabe." Marion olhou para ele. "Ou talvez não saiba."

Como ele poderia saber alguma coisa?

"Eles são como homem e mulher, só que Antonio é um homem. Que abominação...", e ela soltou um risinho irônico. "Está com fome? Posso preparar um sanduíche."

No campo havia dois rapazes quacres que os companheiros de cabana de Russ chamavam de *bichas*. Só agora ele entendeu que o termo poderia abarcar mais do que somente o jeito deles. Sentiu alguma náusea, não apenas pela abominação daquilo, mas pelo risinho de Marion.

"Desculpe", ela disse, como se sentisse o desconforto dele. "Esqueci de onde você vem. Estou tão acostumada com Antonio, que parece ridículo que alguém possa desaprovar."

"Então, você... hã... Que parte dos ensinamentos católicos você realmente aceita?"

"Ah, muita coisa. A Eucaristia, Cristo perdoar nossos pecados, a autoridade do padre Fergus. Jimmy e Antonio certamente teriam coisas para se arrepender se fossem católicos, mas não acho que isso seja assunto meu. Jesus diz que não devo jogar pedras."

A empatia de Russ com homossexuais começou com Marion. Ao se apaixonar por ela, tornou-se axiomático que todas as convicções dela mereciam ser seriamente consideradas com vistas a uma possível adoção. Juntamente com a vontade de mergulhar dentro dela, havia um desejo de que ela o preenchesse — sentir seu coração bombeando a essência dela, como se ele fosse uma borboleta saindo da crisálida, desdobrando suas asas ainda úmidas. Ela tinha vivido três anos e meio a mais que ele na Terra, tinha morado em San

Francisco e Los Angeles, era uma pensadora mais profunda e incisiva. Porque ela confiava em Roosevelt, Russ se registrou no Partido Democrata. Porque Marion lia literatura laica — Evelyn Waugh, Graham Greene, John Steinbeck —, ele lia também. O mesmo com jazz, o mesmo com arte moderna, o mesmo com roupas e o mesmo, especialmente, com sexo.

Na primeira visita dele a Marion, os dois ficaram conversando à mesa da cozinha sobre a alma e o colégio onde as professoras se formavam, a respeito do avô dele e das dúvidas de Russ sobre a crença de sua família. Na segunda visita, cinco dias depois, subiram tão alto na montanha atrás da casa de Jimmy que precisaram descer às pressas antes de o sol se pôr. Marion depois lhe enviou uma carta de pouca substância, apenas um relato perfunctório de seu dia, mas que ele não conseguia parar de ler. Cada detalhe — que um dos gatos havia vomitado uma bola de pelos na cama dela, que o tio havia pedido que ela preparasse costeletas de carneiro no aniversário dele, que talvez ele parasse no açougue ao voltar do correio, que achava que iria nevar outra vez — era magicamente mais interessante que o anterior. Ele se recordou de como lia várias vezes, avidamente, as primeiras cartas de sua mãe, também repletas de fatos cotidianos. Agora as cartas de sua mãe lhe causavam tamanho tédio, que ele mal passava os olhos por elas uma vez. Pouco lhe importava que ela pensasse que poderia nevar.

Sua mãe tinha passado a mencionar que uma ou outra garota da comunidade estava "realmente crescida", expressão em código de uma mensagem maior: ele devia terminar seu serviço, escolher uma esposa entre cerca de vinte famílias aceitáveis e se fixar em Lesser Hebron. O que ele podia escrever para a mãe sem revelar suas dúvidas se resumira tanto, que agora ele repetia, essencialmente *verbatim*, não apenas frases, mas parágrafos inteiros. Sobre seus dias com os navajos, Russ havia dito pouco mais além do fato de se tratar de um povo orgulhoso e generoso que tinha grande respeito pelos menonitas. Sobre Marion, nada escreveu. A sensação de que os dois haviam se encontrado em obediência a uma ordem divina só crescia, a comunidade de sua família não proibia o casamento com pessoas de fora, somente os desencorajava, porém Marion usava calça comprida, era em parte judia, em parte católica e morava com homossexuais. O mais seguro era ocultar sua existência e esperar pelo melhor.

A cada duas semanas, nas noites de sexta a maioria dos trabalhadores do campo se amontoava em caminhões e ia ao cinema de Flagstaff acompanhados pelo próprio George Ginchy. Na primeira vez em que foi com eles depois de perder sua religião no altiplano, Russ se impressionara com a janela que os filmes abriam para o mundo, passando a ir sempre. Numa sexta-feira de abril, quando o grupo entrou em massa no Orpheum, uma pequena figura de casaco verde o esperava sentada na última fileira, com base num arranjo prévio feito secretamente.

Logo depois, quase ao mesmo tempo em que as luzes se apagaram, quatro dedos macios buscaram a mão calejada de Russ. Segurar a mão de uma mulher era tão absorvente e notável que os gritos dos Três Patetas, no primeiro filme curto, se tornaram ininteligíveis para ele. Enquanto Marion parecia perfeitamente à vontade, rindo quando orelhas eram torcidas e uma escada desabava, Russ sentiu o espetáculo de violência como uma profanação daquele momento com ela: feriu seus olhos.

Quando o filme principal começou, uma história de Sherlock Holmes, ela perdeu o interesse pela tela e encostou a cabeça no ombro dele, estendendo um braço sobre o peito de Russ para ficar mais perto. Basil Rathbone, segurando o cachimbo, falava palavras sem nexo. Russ tentou não respirar, com medo de que ela se afastasse, mas Marion voltou a se mexer. A mão dela estava no pescoço dele e virou o rosto de Russ em sua direção. Na luz tremeluzente, um par de lábios veio à tona. Ah, como eram macios! A intimidade de beijá-los era tão intensa que o deixou ansioso, como um ser mortal diante da eternidade. Russ afastou o rosto, mas ela imediatamente o puxou de volta. Pouco a pouco, Russ entendeu a coisa. Os dois não estavam ali para assistir ao filme, nem um pouco. Estavam ali para beijar, beijar e beijar.

Quando os créditos apareceram, ela se levantou sem dizer uma palavra e foi embora do cinema. As luzes se acenderam num mundo totalmente transformado, mais vívido e expansivo, pela união de duas bocas. Sentindo-se loucamente conspícuo, e esperando não estar, ele se juntou a um grupo de trabalhadores que saíam do cinema. Marion não estava no vestíbulo, mas George Ginchy sim.

"Você nunca para de me surpreender", disse Ginchy.

"Como assim, senhor?"

"Pensei que você fosse um rapaz do campo, temente a Deus. Quase doía de tão puro."

"Vou enfrentar algum problema?"

"Não da minha parte."

Nas semanas seguintes, Marion o conduziu por uma longa e sinuosa escada, em que a subida era assustadora, mas uma delícia demorar-se em cada degrau — o primeiro *eu amo você* numa carta, o primeiro *eu amo você* falado, o primeiro beijo em público e à luz do dia, as horas transformadas em minutos pelos beijos na sala de visitas do tio, os amassos mais frenéticos à noite no banco do Willys, o incrível desabotoar de sua blusa, a descoberta de que mesmo a maciez infinita possuía gradações, *ainda mais macio, o mais macio* — até que por fim, numa tarde encoberta de maio, ela trancou a porta do quarto, se livrou do sapato e se deitou em sua pequena cama.

Através da cortina fina da janela, Russ via o estúdio do tio.

"É certo ficarmos aqui?", ele perguntou. "Seria desagradável se alguém..."

"Antonio está em Phoenix e Jimmy não toma conta de mim. Não é como se tivéssemos um lugar melhor."

"Mas podia ser desagradável."

"Está com medo de mim, meu querido? Você parece com medo de mim."

"Não. Não estou com medo de você. Mas..."

"Acordei sabendo que hoje seria o dia. Só tem que confiar em mim. Também estou com medo, mas... realmente acho que Deus quis que hoje fosse o dia."

Pareceu a Russ que Deus estava na luz mortiça do lado de fora, mas não dentro do quarto dela. Na escada que levava àquele momento, em algum ponto ele havia perdido a noção da importância de preservar sua pureza até que se casassem.

"Hoje também é bom por outros motivos", ela disse. "É um dia seguro."

"Jimmy não está em casa?"

"Não, está no estúdio. Estou dizendo que não posso ficar grávida."

Ele não gostava de se sentir sempre lento, sempre atrasado, mas amava Marion. Não era correto dizer que pensava nela noite e dia, porque era menos uma questão de pensar do que se sentir possuído por ela, possuído na forma incessante que imaginava uma pessoa mais verdadeiramente religiosa, um navajo no altiplano, se sentir possuído por Deus. E ela estava certa: se não fosse naquele dia, em seu quarto, quando e onde seria? Ele nunca queria parar de tocar nela, mas apenas tocar jamais era o bastante. Seu corpo vinha lhe dizendo, sem palavras, mas de forma muito insistente, que ele captara a mensagem, que a pressão da presença de Marion dentro dele só poderia ser aliviada ao liberá-la dentro dela.

Coisa que então fez. Na luz cinzenta, em cima da colcha de retalhos da cama dela. A liberação veio muito rapidamente e foi desapontadora por sua brusquidão, surpreendentemente menos satisfatória que suas fricções solitárias. Um ato não menos importante em sua vida do que ser batizado havia durado pouco mais tempo. Envergonhado com a desimportância do ato, a vergonha se estendeu a tudo mais. Suas proporções eram desajeitadas enquanto as dela eram ideais, seus ossos proeminentes uma ofensa à maciez dela, sua pele de um triste cinza em contraste com o branco cremoso da tez de Marion. Russ não podia acreditar que ela estivesse rindo para ele, não podia acreditar na aprovação contida em seu olhar.

"Trate de ficar parado aí um segundo", ela disse, acariciando o cabelo de Russ. "Só estamos começando."

Ele não sabia como ela sabia aquilo, mas estava certa mais uma vez. Tão logo ela falou *começando*, o corpo de Russ lhe disse que tinha razão. A própria palavra foi como um choque elétrico. O fato de que o ato crucial podia ser repetido depois de um brevíssimo intervalo nunca lhe ocorreria. Que pudesse ser repetido *quatro vezes* antes de a luz se apagar e ele ter que sair correndo era um assombro do qual, como já podia sentir enquanto encorajava o Willys a subir a estrada íngreme do campo, não haveria recuperação. O mandamento de Moisés contra o adultério, a indumentária simples das mulheres em Lesser Hebron, a proibição de dançar, a ocultação dos pescoços femininos: era como se dentro dele houvesse sido construído um antigo forte cujos parapeitos e canhões ficavam diante de campos pacíficos, confrontando um inimigo que ele nunca vira. Agora entendia por que as muralhas eram tão massivas.

Na outra vez em que pecaram no pequeno quarto dela, numa tarde incomumente calorenta e abafada, com um gato batendo na porta trancada, ele caiu de um pico de carnalidade num abismo de ansiedades morais. Confiava em Marion devido ao amor impossível de ser fingido que ela devotava a Deus, por ela se culpar pelo que tinha de bom. O que ela queria não era mais do que ele queria, e a ejaculação não era vergonhosa por si própria. A excitação e poluição ocorridas em sonhos, sem a intervenção da vontade, podiam ser apenas uma função natural do corpo. Mas lançar sua semente dentro de uma mulher com quem não era casado, perder-se em sua carne, espojar-se em seus aromas privados, era claramente diferente. Ele se afastou e, apesar do calor, se cobriu com a colcha.

"Você não se preocupa", ele perguntou, "por cometer um pecado mortal?"

Ela se pôs de joelhos rapidamente. A nudez de Marion, de uma beleza ofuscante, parecia nada representar para ela.

"Não preciso ser católica", ela disse. "Quero ser qualquer coisa que você seja. Se você quer ser navajo, vou ser navajo com você."

"Não existe essa possibilidade."

"Então o que você quiser. Precisei frequentar a Natividade porque... era uma coisa que eu precisava fazer. Precisava rezar e ser perdoada. Rezei e rezei, e então você apareceu — minha recompensa. Tenho permissão de dizer isso? Você é como a minha dádiva de Deus. É milagroso assim para mim."

"Mas então... não acha que devemos nos casar?"

"Sim! Boa ideia! Podemos fazer isso na semana que vem. Ou amanhã — que tal amanhã?"

Como se a bênção do matrimônio já tivesse sido concedida, ele a puxou para si e a beijou. Ela jogou a colcha para o lado e montou nele, manipulando-o com uma destreza que Russ não questionou; ela era naturalmente hábil em tudo. Somente nos gemidos que ela emitia no ritmo da cópula era possível detectar algum sinal de fraqueza. Ela gemia e pronunciava o nome dele, gemia e pronunciava o nome dele. Na mente de Russ, ela já era sua mulherzinha querida. Mas depois que o prazer culminante se desvaneceu ele voltou a ser um pecador suando debaixo de uma pecadora.

O estado de espírito dela também se modificara. Ela chorava, sem fazer nenhum ruído, muito infeliz.

"Alguma coisa errada? Machuquei você?"

Ela fez que não com a cabeça.

"Marion, me desculpe, meu Deus... machuquei você?"

"Não." Ela arfou em meio às lágrimas. "Você é maravilhoso. Você é meu... você é perfeito."

"Então o que foi? O que houve?"

Ela se afastou rolando o corpo e cobriu o rosto com as mãos. "Eu *não posso* ser católica."

"Por que não?"

"Porque isso me impediria de casar com você. Eu fui... ah, Russ." Ela soluçou. "Eu já fui casada!"

Revelação repugnante. Ciúme e sordidez, tanto física quanto moral, estavam reunidos na imagem de outro homem a possuindo como ele acabara de possuir. Uma mulher que julgara pura de corpo e de coração havia sido usada anteriormente — poluída. Ele se sentiu nauseado de desapontamento. A profundeza de sua frustração era a melhor medida da esperança que ela lhe dera.

"Foi em Los Angeles", ela disse. "Fiquei casada por seis meses e depois me divorciei. Devia ter dito logo a você. Foi terrível eu não ter feito isso. Você é tão bonito e eu... ah... sou tão... Deveria ter contado a você! Ah, Deus, ah, Deus, ah, Deus."

Ela se contorcia de infelicidade. Uma parte cruel dele achou que ela merecia todo aquele castigo emocional, mas a parte amorosa se comoveu. Queria matar o homem que a havia conspurcado.

"Quem era ele? Machucou você?"

"Foi só um erro. Eu ainda era uma menina... não sabia de nada. Achei que o esperado de mim... eu não sabia de nada."

A ideia do erro de uma garota inocente, pelo qual ela agora estava pateticamente cheia de remorso, amaciou mais o coração de Russ. Sua raiva e nojo, porém, tinham vida própria. Ele havia esbanjado sua virgindade com uma mulher que concedera a dela a outro homem, e agora a nudez dela era repelente, seu cheiro medonho. Ele desejou que Deus jamais o tivesse deixado sair de Lesser Hebron. Jogou as pernas para fora da cama e se vestiu de qualquer jeito.

"Por favor, não fique com raiva de mim", ela disse numa voz mais calma.

Ele estava irado demais para falar.

"Eu cometi um erro. Cometi muitos erros, mas não estou errada sobre nós. Tente, por favor, se puder, me perdoar. Quero me casar com você, Russ. Quero ser sua para sempre."

Ele queria dizer a mesma coisa. O desapontamento cresceu dentro dele e veio à tona num soluço.

"Meu querido, por favor", ela disse. "Sente-se ao meu lado, deixe que eu pegue sua mão. Me desculpe, me desculpe mesmo."

Ele ficou de pé, tremendo e chorando, dividido entre a aversão e a necessidade. A autocomiseração daquelas lágrimas era algo novo para Russ — como se nunca tivesse se dado conta, até o momento, que ele também era uma pessoa, uma pessoa com quem estava sempre junto, uma pessoa a quem ele podia amar e de quem podia sentir pena da mesma forma que amava a Deus e que sentia pena de outras pessoas. Sentindo compaixão por essa pessoa, que estava sofrendo e necessitava de seus cuidados, ele destrancou a porta do quarto e atravessou a casa correndo, pulou para dentro do Willys e dirigiu por alguns quarteirões. Parou debaixo de um cipreste e chorou por si próprio.

Marion lhe enviou duas cartas, em dias consecutivos, e ele não abriu nenhuma. A mulher que ele amava ainda estava lá, mas excluída de sua companhia, separada pelo que ela mesma fizera. Era como se a sua Marion estivesse aprisionada numa Marion que ele não conhecia de todo. Quase podia ouvir sua querida Marion o chamando de dentro da prisão. Ela precisava que ele fosse salvá-la, porém ele temia a outra Marion — temia descobrir que essa Marion havia escrito as cartas.

Desde que a conhecera, ele havia rezado muito pouco. Voltando agora às preces, apresentou a situação a Deus e Lhe perguntou qual era Sua vontade. A primeira intuição que lhe veio foi que Deus exigia que ele a perdoasse. Tentando explicar a Deus por que estava com tanta raiva, viu que a ofensa de Marion — ela havia sentido muita vergonha de mencionar antes seu casamento — era irrisória; que, na verdade, a maior ofensa era a própria falta de compaixão dele. Isso o levou à segunda intuição: apesar de todas as dúvidas, apesar de toda a sua libertação, ele era ainda um menonita. Em algum nível, havia imaginado levar Marion um dia para casa e que lá, embora talvez não se fixassem em Lesser Hebron, receberiam a bênção de sua família. Agora o divórcio dela havia eliminado qualquer chance de isso ocorrer. Seu extremo desapontamento não era com ela, e sim com seus pais, por Russ ainda não haver rompido de vez com eles. Estava irado porque o divórcio de Marion o compelia a fazer uma escolha difícil.

Incapaz de fazer isso, ainda temeroso de abrir as cartas dela, Russ escreveu para a única pessoa que poderia compreender seu dilema. O avô deve ter respondido à carta de Russ de imediato, porque a resposta chegou ao campo apenas oito dias depois. O conselho nela contido foi inesperado.

Você não precisa se casar com ela — estou aqui para lhe dizer que o sol ainda nascerá de manhã. Por que não desfrutar o momento e ver como se sente quando terminar seu serviço? Terá muito tempo para se casar se ainda sentir o mesmo, mas um jovem nem sempre conhece seu coração. Sua garota já cometeu o erro dela, e parece que sabe cuidar de si própria. Isso é ouro puro — para você ter prazer, se for cuidadoso. Desde que ela não fique grávida, não há razão para ter pressa.

Um ano antes, Russ talvez ficasse alarmado com a maneira cancerosa pela qual a depravação do avô consumira seus princípios morais. Agora, em vez disso, teve um sentimento de fraternidade. Pareceu-lhe que Clement estava certo em todos os aspectos, com exceção de um: Russ já conhecia seu coração, e ele pertencia a Marion. No entanto, havia mais.

Quanto a seus pais, acho que não o perdoarão por se casar com ela. Seu pai não olha para nosso Senhor, e sim para o que os outros homens pensam dele. Prega o amor, mas se apega a um rancor como ninguém. Conheço em primeira mão a vingança que existe em seu coração. Sua mãe é uma boa mulher, mas perdeu a mente para Jesus. Está mergulhada tão profundamente em sua fé que você pode gritar a plenos pulmões e ela não vai ouvir. Pensa que o ama quando reza por você, mas só ama o Jesus dela.

Russ não precisou reler a carta de Clement — naquele momento nem nunca. Uma leitura foi suficiente para gravar a fogo cada linha em sua memória.

O que a Bíblia quis dizer com *alegria*, e as palavras relacionadas a ela que aparecem com tanta frequência — *alegre, alegrar-se, alegremente* —, ele aprendeu na tarde seguinte, quando voltou à casa do tio de Marion. Havia alegria na rendição incondicional de Russ a ela — alegria no pedido de desculpa dele pela rigidez de seu coração, alegria no perdão dela, alegria na libertação de Russ da dúvida e da culpa. Quantas vezes ele lera a palavra *alegria* sem ter vivido o que ela significava? Havia alegria em fazer amor numa tarde de tempestade, assim como havia alegria em não fazer amor, alegria em simplesmente ficar deitado e contemplar os olhos escuros e insondáveis dela. Alegria na primeira viagem que fizeram juntos a Diné Bikéyah, alegria em ver Stella no colo de Marion, alegria na doçura com que ela tratava as crianças, alegria na ideia de lhe dar um filho, alegria pelo pôr do sol no deserto, alegria pelo céu abarrotado de estrelas, alegria até no guisado de carneiro. E alegria pelo convite de George Ginchy para um jantar a três, alegria em vê-la através dos olhos de Ginchy. Alegria pela primeira vez em que ela pôs o pênis de Russ na boca, alegria pela devassidão de Marion, alegria pela indignidade de sua própria gratidão, alegria porque aquilo selava a certeza de que jamais a deixaria. Alegria na ratificadora dor de estar longe dela, alegria ao se reunirem, alegria em fazer planos, alegria na perspectiva de terminar seus estudos e chegar ao nível dela, alegria no mistério do que poderia acontecer depois disso.

A alegria prosseguiu até o dia em que Russ terminou seu serviço e eles se casaram, com George e Jimmy como testemunhas, no juizado de Flagstaff. Eles haviam abandonado suas respectivas religiões e buscavam uma nova crença para compartilhar, mas as opções continuavam abertas e ainda não tinham uma igreja onde se casar. Russ sentiu-se obrigado a escrever para os pais no mesmo dia, e não dourou a pílula. Explicou que Marion havia sido casada e que ele não tinha nenhum interesse em se fixar na comunidade, mas que gostaria de levar sua esposa a Lesser Hebron a fim de apresentá-la à família.

A resposta de seu pai foi breve e amarga. Ele lamentava, sem muita surpresa, que Russ houvesse sido infectado pela pestilência que vinha de toda parte, com exceção de sua família, e que nem ele nem sua mãe tinha o menor desejo de conhecer Marion. A resposta da mãe de Russ foi mais longa e mais angustiada, basicamente um comentário sobre seus próprios reveses, mas a essência era a mesma: ela havia perdido o filho. Não o *rejeitado* (como Marion, sempre defendendo Russ, se apressou em assinalar), e sim *perdido*.

A rejeição confirmou como sua escolha havia sido correta — a vergonha e a culpa deviam recair sobre quem se recusava a conhecer a mulher mais maravilhosa do mundo —, ele adorava estar casado com Marion, adorava tê-la sempre a seu lado, sempre apoiando-o. No entanto, uma sombra se projetou no fundo de seu coração quando os pais o renegaram. A sombra não era nem dúvida nem culpa. Era mais uma sensação daquilo que perdera ao ganhar Marion. Não pertencia mais a Lesser Hebron, porém o lugar ainda o perseguia. Sentia saudade da fazendinha da mãe, da oficina do avô, da eternidade da mesmice dos dias que lá transcorriam, da pureza de uma comunidade radicalmente organizada em torno da Palavra. Compreendia os grandes defeitos de seu pai, cuja severidade compensava uma fraqueza subjacente, e que sua mãe na verdade tinha, de certo modo, perdido a cabeça. Porém não deixava secretamente de admirá-los. A fé dos dois tinha um vigor que a dele jamais teria.

Quatro anos depois, quando aceitou ser pastor numa área rural de Indiana, ele esperava recuperar um pouco do que havia perdido. Certamente ficou satisfeito em ver mais o avô, que, apesar de sua própria resistência inicial, havia se casado com Estelle e agora morava na cidade natal dela, duas horas ao norte de Russ. A sensação de perda, porém, era espiritual, não geográfica. Era portátil e se chamava Marion. À medida que a dependência que Russ tinha dela se tornou rotineira, suas habilidades simplesmente úteis para Russ, as relações sexuais devidamente procriadoras, as dúvidas sobre o primeiro casamento dela regressaram sob a forma de queixa. Ele começou a se perguntar por que havia decidido ignorar o conselho de Clement com tanta determinação e se casar com a primeira mulher que amou.

Em seus dias ruins, via-se como um homem simples de Indiana que havia sido laçado por uma jovem da cidade grande mais velha que ele — preso na armadilha sexual de uma mulher que desenvolvera seus truques com outro homem. Em seus piores dias, suspeitava de que Marion sempre soube muito bem que ele poderia ter conseguido coisa melhor. Ela devia ter sabido que, tão logo ele saísse do mundinho estreito de Flagstaff, encontraria mulheres mais novas que ele, mais altas que Marion, menos esquisitas, que admirassem mais as capacidades dele — e *que já não tivessem sido casadas*. Ela o seduzira para firmar um contrato antes que Russ conhecesse seu próprio valor no mercado.

Apesar disso, ainda assim ele teria aceitado de bom grado ter se casado com ela se Marion também tivesse sido virgem quando a conheceu. A queixa dele não era menos corrosiva por ser trivial e ímpia. A forma rígida e final que essa queixa tomou, depois que o sonho com Sally Perkins abriu seus olhos para a multidão de mulheres desejáveis, era que Marion havia tido prazer sexual com outra pessoa, e ele só com ela. Podia tolerar a superioridade dela em todos os aspectos, mas não nesse.

Ao subir no ônibus em New Prospect, ele ficou triste ao ver que Frances estava sentada no banco atrás do motorista junto com outro pai que seguia como conselheiro, Ted Jernigan. Ted era uma ameaça — todos os homens eram uma ameaça —, mas Russ aprendera a lição: melhor se conter do que infernizar. Melhor se esconder com a garotada nos fundos, ficar tocando numa bola de espuma para mantê-la no ar, cantar canções cuja maioria das letras ele agora conhecia, ouvir as instruções de como tocar um acorde de sol e um acorde de fá, competir num interminável jogo de placas de carros, e fazer Frances se sentir desprezada. A aceitação dele pelo grupo mais tranquilo de garotos, fruto da postura de laissez-faire que adotara no Encruzilhadas, era um contraste tão agradável com a viagem anterior ao Arizona, que ele quase poderia aceitá-la sem a complicação da presença de Marion.

Eles tinham entrado na Nação Navajo. Ao longo da estrada, na luz do entardecer, viam-se crianças vendendo colares de bagas de zimbro, cartazes anunciando MANTAS FEITAS À MÃO e JOIAS DE TURQUESA, uma loja de souvenires abarrotada de bugigangas genéricas, atrás dela um AUTÊNTICO HOGAN NAVAJO, um índio das planícies de madeira com cocar e tudo, uma tenda enorme. O último dos cinco violões do ônibus tinha silenciado. Carolyn Polley, no outro lado do corredor de Russ, lia Carlos Castañeda. Kim Perkins ensinava David Goya a fazer cama de gato com um barbante, algumas garotas jogavam cartas, alguns garotos uivavam vendo uma revista cômica de quadrinhos pornográficos que Keith Stratton havia comprado numa parada de caminhões em Tucumcari. Russ poderia tê-la confiscado, com algumas palavras sobre a depreciação das mulheres, mas estava cansado, e a rapaziada de sua turma era basicamente inofensiva. Roger Hangartner tinha fumado maconha num retiro do Encruzilhadas no ano anterior, Darcie Mandell precisava ser observado por causa do diabetes, Alice Raymond estava de luto por haver perdido a mãe recentemente e Gerri Kohl irritava com sua mania de gritar frases batidas ("Hora do almoço no zoológico", "Bórandar, minha gente"), mas não havia nenhum jovem problemático — Perry estava no ônibus de Kevin Anderson. Em Tucumcari, quando Russ perguntou a Kevin como Perry estava, Kevin disse que ele estava superexcitado, tinha falado sem parar a noite toda e não quis descer do ônibus. Russ poderia ter ido lá falar com Perry, mas agora ele era problema de Kevin e não seu.

Quando a torre da cisterna de Many Farms apareceu no horizonte, ele se aventurou a ir até a frente e pediu a Ted Jernigan que trocassem de lugar. Sentando-se no assento quente de Ted, ele perguntou a Frances se ela havia conseguido dormir um pouco.

Ela se recostou no banco, afastando-se dele com um olhar frio. "Você quer dizer, no intervalo entre ouvir como Ted teria agido no Vietcong e como eu paguei mais caro do que devia pela minha casa?"

Russ riu. Não podia se sentir mais feliz. "Fiquei esperando que você fosse se juntar a nós."

"Um de nós conhece todas as pessoas neste ônibus. A outra não conhece ninguém."

O sorriso dele morreu. "Desculpe."

"Quando você me disse que podia ser um idiota, não acreditei."

"Me desculpe de verdade."

Ela se virou para a janela e não olhou mais para ele.

O sol se pusera atrás da Black Mesa, dando início ao demorado lusco-fusco em Many Farms, a iluminação sombria das ruas largas demais, casas idênticas financiadas pelo governo, prédios escolares de estilo utilitário, armazéns empoeirados. Russ indicou ao motorista o caminho para o escritório do conselho e desceu do ônibus, enquanto os dois outros veículos paravam atrás do seu. O ar tinha um toque hibernal, a leveza que seu coração reconheceu de imediato. Enquanto se aproximava da porta do escritório, uma mulher jovem e robusta de jaqueta de lã vermelha saiu e foi ao encontro dele. "Você deve ser o Russ."

"Sou. Wanda?"

"Russ, me desculpe, mas estávamos esperando vocês antes." Também pessoalmente a voz dela era lamurienta. "Eu gostaria de conversar sobre seus planos com você."

"O, ah... mandado?"

Sacudidas enfáticas de cabeça acompanharam a voz de Wanda. "Temos o mandado, e você pode nos ajudar. Entretanto, como prefere ficar em Many Farms, estamos dispostos a acomodar uma segunda turma aqui. Falei com o diretor e ele concorda."

"Qual é o mandado?"

"Para obedecer ao mandado, precisamos fazer rampas para deficientes em Kitsillie. Uma rampa na frente e uma rampa na saída de incêndio. O banheiro também precisa oferecer acesso a deficientes. Mas posso ser totalmente franca com você? Acho que vai se sentir mais confortável em Many Farms."

Acima do ronronar dos motores dos três ônibus, chegou a eles o som de botas sobre o cascalho, os rosnados de Ambrose, um murmúrio de Kevin Anderson. Se a turma de Russ ficasse em Many Farms, ele estaria com Perry, e Frances com Larry. Rapidamente, antes que Ambrose interferisse, ele disse a Wanda que preferia manter o plano original. O assentimento enfático dela com a cabeça disse uma coisa, sua expressão preocupada disse outra.

"Você pode ir a Kitsillie", disse Wanda, "mas eu lhe pediria, com todo o respeito, que ficasse próximo à escola. Ninguém deve andar sozinho, ninguém deve ficar do lado de fora depois de escurecer."

"Tudo bem. Já tivemos essas mesmas regras no passado."

Ela se afastou para cumprimentar Ambrose e Kevin. Não pela primeira vez, Russ se impressionou com o jeito que Ambrose tinha de estabelecer uma conexão com estranhos, com sua expressão solidária que mostrava que a pessoa estava sendo vista como um indivíduo, levada a sério. Mantendo essa expressão como se nada no mundo fosse mais importante, ele perguntou a Wanda como estava Keith Durochie. Russ é quem devia ter feito a pergunta.

"Keith não está bem", disse Wanda, "mas está descansando em casa, com todo o conforto."

"É muito grave?", perguntou Russ.

"Ele está repousando confortavelmente, mas me disseram que está muito fraco."

Russ sentiu um nó de tristeza na garganta a respeito da brevidade da vida, de tristeza por aquela hora sem sol, de tristeza da Páscoa. Deus estava lhe dizendo muito claramente o que fazer: precisava permanecer em Many Farms, onde Keith morava desde 1960, a fim de visitá-lo e para ficar de olho em Perry. Diante do estado de Keith, seu desejo de fazer sexo com alguém que não fosse Marion parecia ainda mais trivial, e ele havia sido um louco de imaginar que pudesse acontecer no Arizona. Tinha feito questão de esquecer como a reserva era inóspita no fim do inverno, de como era árduo comandar um campo de trabalho.

No entanto, quando pensou em obedecer à vontade de Deus às custas da semana com Frances no altiplano, sentiu uma pena insuportável de si próprio. Estranho que a autocomiseração não constasse da lista de pecados capitais: nenhum era tão mortal.

O motorista reserva, um candidato magérrimo a ter câncer do pulmão chamado Ollie, havia assumido o volante do ônibus no trajeto para Kitsillie. Sentado ao lado de Frances, Russ lhe mostrou o caminho para Rough Rock e, de lá, como subir rumo ao altiplano. A estrada era pedregosa e estreita, ainda havia luz suficiente para ver como estavam perto da beirada, como uma queda seria fatal. Numa curva especialmente assustadora, Frances respirou fundo e disse: "Ai, Jesus, meu *Jesus*". Agarrou a mão de Russ, e de repente ele estava segurando as mãos dela. Frances mesmo havia dito: os idiotas a excitavam. Atrás do ônibus, começou a se ouvir uma buzina.

"Ah, certo, você quer que eu vá para onde?", disse Ollie.

As buzinadas prosseguiram até alcançar um trecho reto. Ollie desviou o ônibus, chegando a centímetros da beira do precipício, e uma caminhonete, ainda buzinando, passou em disparada por eles. Um adesivo num dos para-choques dizia CUSTER SE DEU MAL. O motorista pôs o braço para fora e levantou o dedo médio.

"Que simpático", disse Frances.

"Você está bem?"

Ela largou a mão de Russ. "Estou esperando ouvir que há uma estrada melhor para descer."

Como se vindos de um mundo diferente, o mundo mais delicado de New Prospect, os bongôs de Biff Allard começaram a soar, seguidos por um violão e depois outro, ouvindo-se por fim a voz esganiçada de Biff.

Motorista Ollie, motorista Ollie,
Leva o ônibus morro acima,
Leva o ônibus vale abaixo.
Tem quem goste de beber,
Tem quem goste de xingar,
Mas Ollie é louco por um ÔNIBUS DE DOZE TONELADAS.

Ouviu-se uma aclamação, e Ollie acenou com as mãos. Ele não sabia que Biff havia composto a canção para o motorista anterior, Bill.

Já no altiplano, enquanto o céu escurecia, o luar iluminava manchas de neve nas encostas voltadas para o Norte. Russ lutou para integrar suas recordações do altiplano e o triste estado de Keith na nova possibilidade representada pela mulher a seu lado. Sentiu-se aquecido não apenas pelo ombro dela, mas pelo triunfo de tê-la trazido, depois de tantas complicações, a um lugar que o havia formado. Perguntou-se se Frances amaria o local — se amaria Russ — e se ele envelheceria junto dela. Embora a estrada agora fosse plana, ele voltou a segurar as mãos dela. Frances a apertou ligeiramente, e ficaram de mãos dadas até que ele se levantou para falar com a turma.

"Muito bem, ouçam", ele disse. "Estamos indo direto ao prédio da administração, para ver se lá conseguimos alguma coisa para jantar. Não quero ver ninguém reclamando da comida. Estão me ouvindo? Vamos ver muito guisado de carneiro e pão frito — se não gostarem disso, vão ter que comer de qualquer maneira. Devemos nos lembrar o tempo todo que somos hóspedes da Nação Navajo. Devemos demonstrar nosso agradecimento. Chegamos com nossos privilégios, com as nossas coisas boas, e precisamos nos lembrar de como os navajos nos veem. Não deixem suas coisas largadas por aí, exceto no lugar onde vamos dormir. Não se afastem sozinhos da área da escola. Isso ficou bem claro para todo mundo? Quero ver grupos de quatro pessoas ou mais. E ninguém *nunca* pode sair da escola depois de escurecer. Entendido?"

Não havia eletricidade nem telefone em Kitsillie — apenas nos prédios da administração e da escola, este ainda inacabado após cinco anos de trabalho, não havia mesmo muita coisa —, mas, bendita Wanda, Daisy Benally e sua irmã esperavam pelo ônibus. Daisy, tia de Keith pelo casamento, já não era jovem quando Russ a conheceu em 1945; agora estava curvada e ressequida. Sua irmã, Ruth, era quase tão gorda quanto um hopi de porte médio. Na cozinha do prédio da administração, as duas haviam preparado um caldeirão de guisado de carneiro que cheirava a óleo quente, e começaram a fritar o pão à luz de uma lanterna, enquanto a turma do Encruzilhadas se instalava na sala de reunião. O frio da sala impregnava o chão de concreto, as cadeiras de metal amassadas e as mesas de aglomerado de madeira. Russ perguntou a Frances o que ela estava pensando.

"Estou pensando... credo! Você me disse que era primitivo, mas..."

"Ainda dá tempo de voltar a Many Farms. Ollie pode levá-la."

Ela se encrespou. "É isso que você pensa de mim? A madame que não aguenta o tranco?"

"De jeito nenhum."

"Mas não me importaria se eu achasse um banheiro."

"Prepare-se."

Enquanto refletia se devia sentar-se com Alice Raymond — se isso a faria mais consciente da morte da mãe, e se a preocupação em torná-la mais autoconsciente escondia um medo covarde da perda que ela sofrera —, Russ pensou em Ambrose, cujos instintos com os adolescentes eram impecáveis. Sentiu-se aliviado quando Carolyn Polley foi se sentar ao lado de Alice. Não precisava ser bom em tudo, só tinha que ser bom em atrair Frances. Jantou com ela e Ted Jernigan.

"Não querendo reclamar...", disse Ted, "mas há alguma coisa errada com o pão."

"Talvez o óleo esteja um pouco rançoso. É só o gosto — não vai fazer mal a você."

"Onde está o carneiro?", Frances perguntou, remexendo em sua tigela. "Aqui só tem nabos e batatas."

"Você pode pedir um pouco de carne a Daisy."

"Estou sonhando com as framboesas na minha mala."

Do lado de fora do prédio da administração, um veículo fez um barulhão ao reduzir a marcha. Russ não deu atenção a isso até acabar de jantar e sair. A temperatura caíra bruscamente, mas Ollie estava com camisa de mangas curtas, fumando um cigarro e olhando para a estrada de terra que levava à escola. Uns cem metros à frente, os faróis de uma caminhonete estavam dirigidos para baixo, na direção do ônibus. O som de seu motor era claro no ar parado e frio. Wanda havia prometido ir até lá ver como estava a turma, mas Russ não achou que fosse a caminhonete dela. Na esperança de que a explicação para aquilo fosse alguma coisa inofensiva, um bezerro perdido, um parente indo buscar Daisy e Ruth, ele fez todos subirem no ônibus.

À medida que Ollie avançou pela estrada, os faróis do ônibus permitiram que Russ reconhecesse a caminhonete que tinham visto antes. Ollie diminuiu a velocidade e deu uma buzinada, mas a caminhonete não saiu do lugar. Havia ameaça em seus faróis. Frances mais uma vez agarrou a mão de Russ.

"Fique aqui", ele disse.

Quando ele desceu e se aproximou da caminhonete, as portas se abriram e quatro figuras pularam para fora. Quatro homens jovens, três deles de chapéu. O quarto, com uma jaqueta jeans e cabelo solto chegando aos ombros, se adiantou e olhou direto, com insolência, no fundo dos olhos de Russ. "Ei, homem branco."

"Olá. Boa noite."

"O que vocês estão fazendo aqui em cima?"

"Somos um grupo de jovens cristãos. Estamos aqui para prestar serviços durante uma semana."

O sujeito, parecendo achar graça, olhou para seus companheiros, atrás dele. Alguma coisa em sua atitude fez Russ se lembrar de Laura Dobrinsky. *Os navajos mais jovens também não gostam de você.*

"Você se importa de nos deixar passar?"

"O que vocês estão fazendo aqui?"

"Em Kitsillie? Vamos ajudar a acabar de construir o prédio da escola."

"Não precisamos de vocês para isso."

A raiva tomou conta de Russ. Ele teve um pensamento irado e branco — que, ano após ano, a própria tribo pouco tinha feito para terminar a escola —, mas não falou isso. "Estamos aqui a convite do conselho tribal. Eles nos deram uma tarefa e eu pretendo cumpri-la."

O sujeito riu. "Foda-se o conselho. Eles podem até ser brancos."

"Os membros do conselho são eleitos. Se você tem algum problema com o fato de estarmos aqui, discuta isso com eles. Eu tenho aqui um ônibus cheio de garotos muito cansados que, se você não se importa, precisam dormir."

"De onde vocês são?"

"Somos de Chicago."

"Voltem para Chicago."

O sangue de Russ ferveu ainda mais. "Para seu governo", ele disse, "eu não sou simplesmente outro *bilagáana*. Sou amigo da reserva há vinte e sete anos. Conheço a Daisy Benally desde 1945. Keith Durochie é um velho amigo meu."

"Foda-se o Keith Durochie."

Russ respirou fundo para controlar a raiva. "Qual é exatamente sua queixa?"

"Foda-se o Keith Durochie. Essa é a minha queixa. Dá no pé e não me fode — essa é a minha queixa."

"Bom, sinto muito, mas esta terra pertence ao conselho e temos um convite para estar aqui. Vamos ficar na escola e iremos embora em uma semana."

"Vocês poluem tudo. Pode poluir Chicago, mas aqui não é Chicago. Não quero ver vocês aqui amanhã."

"Então você vai ter que olhar para outra direção. Nós não vamos embora."

O sujeito cuspiu no chão, não em Russ, mas perto. "Você foi avisado."

"Isso é uma ameaça?"

O sujeito deu meia-volta e caminhou na direção de seus companheiros. "Ei, *ei*", Russ gritou, "você está me ameaçando?"

Mais uma vez, por cima do ombro, o sinal obsceno com o dedo médio.

Russ não sentia tanta raiva desde a briga com Marion no Natal. Contornou o ônibus com passos fortes, voltou ao prédio da administração e encontrou Daisy encurvada, com uma expressão inescrutável no rosto à luz de uma lanterna. Quando a caminhonete passou por eles em velocidade, Russ perguntou quem era o homem jovem.

"Clyde", ela disse. "Ele tem um espírito raivoso."

"Você sabe qual é o problema dele com Keith?"

"Ele tem raiva do Keith."

"Isso eu vi. Mas por quê?"

Daisy sorriu em direção ao chão. "É coisa lá deles."

"Você acha que é seguro ficarmos aqui?"

"Fiquem perto da escola."

"Mas você acha que estaremos seguros?"

"Fiquem perto da escola. Vamos preparar o café da manhã para vocês."

A coisa sensata a fazer era admitir a derrota e recuar para Many Farms, mas o sangue de Russ estava inundado de testosterona. Ele se sentia injuriado e mal compreendido, e o progresso feito com Frances elevara seus níveis hormonais. Voltando ao ônibus e vendo o misto de preocupação e admiração no rosto dela, os hormônios o incitaram a resistir.

O dia seguinte, Domingo de Ramos, transcorreu sem sinal de Clyde. Russ estabeleceu um perímetro que abarcava a plataforma de terra onde a escola estava instalada, uma área mais baixa com um aro de basquete sem rede e a ravina nos fundos. Sendo domingo um dia de repouso, era difícil para a garotada estar numa região interessante e não poder explorá-la, mas eles tinham seus relacionamentos e bronzeados para cuidar, seus livros, baralhos e violões. Russ ficou grato por ver Carolyn Polley, que seria uma boa pastora cristã, apresentar Frances a várias garotas. Impressionou-o, como acontecera quando a levou pela primeira vez à igreja de Theo Crenshaw, que Frances se mostrasse insegura num ambiente desconhecido. Mais uma vez, isso o comoveu.

Ted Jernigan tinha um problema com o mandado. Enquanto Russ e o outro conselheiro que havia sido membro do Encruzilhadas, Craig Dilkes, inventariavam o material para construir as rampas, que havia sido deixado de qualquer maneira numa sala vazia, Ted comentou que o dinheiro poderia ser mais bem aproveitado para instalar um sistema de aquecimento central.

"O dinheiro do governo vem com mandados", disse Russ.

"E eu estou dizendo que é um mandado imbecil."

A testosterona se agitou em Russ. "Devo lembrar a você", ele disse, "que estamos aqui principalmente para o nosso próprio bem. O objetivo é o crescimento pessoal, individualmente e em grupo. Se os navajos querem rampas para deficientes, para mim está muito bem."

"Como é que um garoto numa cadeira de rodas sobe essa estrada? Como atravessa a vala? Estão planejando fazer ele chegar de helicóptero?"

"Você pode liderar o pessoal que vai construir as estantes de livros. Será que isso satisfaria seu padrão de utilidade?"

O sarcasmo produziu um franzir de testa em Ted. "Não entendo você."

"O que você não entende?"

"Tivemos um belo comitê de recepção ontem à noite. Estamos praticamente cercados... Não entendo por que você está tão decidido a ficar."

"Acabei de explicar a razão."

"Mas um lugar em que a garotada não pode nem tomar um banho de chuveiro? Onde obviamente não somos bem-vindos?"

"Se você não gosta daqui, posso arranjar quem o leve de volta para Many Farms."

"Está querendo me dizer que não acha isto aqui perigoso?"

"Kitsillie pode ser um lugar difícil", interveio Craig Dilke. Ele já era membro do Encruzilhadas havia dois anos, quando participou da primeira excursão ao Arizona. "Mas é a dificuldade que realmente cria uma coesão na turma — as pessoas cuidando umas das outras."

"Talvez", disse Ted. "Desde que ninguém se machuque. Se alguém se machucar, num lugar em que não deveríamos estar, a responsabilidade é do líder."

Ele saiu da sala e Craig levantou as sobrancelhas, mais louras que sua cabeleira avermelhada. "Não estou gostando das vibrações daqui."

Com Craig, Russ podia ser sincero. "Concordo", disse. "Keith me alertou sobre a situação."

"Tem isso, mas me referi ao Ted."

À noite, o grupo se reuniu em torno de uma única chama no aposento às escuras. A "cerimônia da vela" começou com o canto de duas músicas e a atribuição daquilo que Ambrose chamava de "nota dez" — nota dez para alguém que demonstrou um grande senso de humor, nota dez por trocar batatas pelos detestáveis nabos, nota dez por correr riscos num novo relacionamento, nota dez por ser inteligente, nota dez por deixar de bancar o inteligente e falar com franqueza, nota dez por dividir um doce, nota dez por ensinar alguém a amarrar uma bandana. A própria Frances falou e deu nota dez ao grupo por receber com carinho uma dona de casa de meia-idade. Kim Perkins, de quem Russ até então se mantivera afastado devido aos problemas com a irmã, o surpreendeu lhe dando nota dez por sua coragem ao enfrentar os quatro navajos enraivecidos. Ele se emocionou com a diferença entre aquele momento e a última cerimônia da vela que ele liderara no Arizona. Sem o veneno de Laura Dobrinsky e Sally Perkins, ali estavam quarenta jovens bons de meia grossa e roupa de baixo térmica, saco de dormir nos ombros, e sua mulher querida, de cabelo curto como o de um menino, sentada do outro lado do círculo e segurando a mão de duas garotas que acabara de conhecer. Como sua vida era melhor agora! Como era quase alegre outra vez!

Então Ted Jernigan suscitou a questão da segurança. "Não sei o que vocês acham, mas não sinto prazer em me sentir ameaçado cada vez que saio para fazer uma refeição. Importam-se se eu pedir uma votação? Mais alguém acha que estaríamos melhor mais perto da civilização?"

A lembrança que Russ tinha de sua expulsão três anos antes, o pedido traumático de votação, acionou nele uma reação de lutar ou fugir.

"Ted", ele disse com uma forte carga hormonal, "se você tem um problema com a minha liderança, deveria se dirigir a mim."

"Já fiz isso", disse Ted. "O que estou querendo agora é conhecer o sentimento do grupo. Mais alguém pensa como eu?"

Ele ergueu a mão e passou os olhos pelo círculo. Russ olhou de relance para Frances e viu que ela ria para ele, talvez transmitindo sua opinião sobre Ted, a mão dela abaixada. Entre os jovens, somente Gerri Kohl, a que gritava chavões, levantou a mão. Russ, sentindo a vitória, não perdeu tempo.

"Gerri, obrigado por sua sinceridade", ele disse, soando como Ambrose. "Você foi corajosa ao admitir isso, muito corajosa mesmo."

Gerri baixou a mão. "Deu só um voto", ela disse. "Posso acompanhar o resto do pessoal."

Embora Russ ficasse com pena dela, sabendo que não era muito querida pelos demais, sua impopularidade constituía uma vantagem a ser explorada. "Ted tem razão", ele disse. "A energia aqui está um pouco negativa. Tenciono descobrir o porquê e ver o que podemos fazer para consertar as coisas. Mas, se alguém sente o mesmo que a Gerri, agora é a hora de falar. Se querem voltar para Many Farms, poderemos da mesma forma continuar juntos lá."

"Tem água quente em Many Farms?", perguntou uma garota.

A discussão descambou para reclamações e risos provocados pelas reclamações, seguidos por uma última canção e pela prece final que Russ pediu que Carolyn Polley fizesse. Ele apagou a vela, reacendeu as lanternas Coleman e verificou o aquecedor a querosene. Houve uma corrida para o banheiro, cujo encanamento ele havia instalado três anos antes, gritinhos de falso horror, as brincadeiras noturnas do Encruzilhadas, um garoto em seu segundo ano como membro saltitando nas roupas de baixo e cantando "Let Me Entertain You", uma ovação para Darcie Mandell quando ela tirou o moletom, a descoberta aos urros de um escorpião de borracha, gemidos de tristeza ao se verificar que um colchão de ar estava furado, uma turma fazendo cócegas em Kim Perkins, David Goya tratando de defendê-la. Russ tentou trocar uma palavra a sós com Gerri Kohl, mas ela estava envergonhada por seu voto e não quis falar do assunto.

Ele era da velha escola de acampamento, desprezava o saco de dormir, preferia uma colcha. Na tênue iluminação proporcionada pelo luar, depois que as lanternas se apagaram e a sala ficou em silêncio, e ainda depois de alguém quebrar o silêncio com um comentário feito em voz alta aqui e ali, ele se pôs de pé com sua ceroula e seguiu pelo corredor para dar uma última urinada. Uma de suas centenas de preocupações era o abastecimento de água do banheiro. O tanque na colina mais acima da escola era enchido por um moinho, e ele não tinha como verificar se estava suficientemente cheio para durar aquela uma semana em que teriam que misturar concreto e limpar as ferramentas. Pedira à garotada que só acionasse a válvula quando houvesse material sólido, mas eles eram jovens e se esqueciam disso.

Afastando-se da privada sem acionar a válvula, ele abriu a porta e se surpreendeu com uma figura parada ali fora. Com suas peças de baixo térmicas e jaqueta de caçador, Frances o empurrou para dentro do banheiro e o abraçou. Russ percebeu que ela tremia, provavelmente de frio.

"Consegui passar pelo primeiro dia", ela sussurrou.

Ele puxou a cabeça delicada de Frances contra seu peito, enquanto a testosterona se manifestava nas ceroulas. Uma possibilidade que ele tinha sido obtuso demais para entender em sua excursão anterior ao Arizona, antes que Sally Perkins lhe aparecesse num sonho, uma possibilidade inerente na mistura noturna de sexos numa situação de grande proximidade, nas margens da civilização, agora se transformava em realidade.

"Eu me senti muito solitária no ônibus", Frances murmurou. "Desejei não ter vindo."

"Desculpe."

"Nem sei o que estou fazendo aqui. Só faz sentido com você."

Na intimidade do *você* que ela pronunciou, Russ detectou um convite para beijá-la. Mas ela baixou os braços e deu meia-volta.

"Por favor, simplesmente me inclua", ela disse. "Preciso saber que você está presente."

Na manhã seguinte, após um café da manhã em que o forte foi mingau de milho, ele começou a trabalhar nas rampas para deficientes. David Goya fez os cálculos matemáticos, enquanto Russ e Craig Dilkes selecionavam a madeira para as fôrmas e o resto da equipe preparava o terreno com pás. Nos anos anteriores, quando Keith Durochie participava, Russ havia mandado gente para os ranchos próximos. Agora, com quarenta jovens encurralados na escola, onde o único outro trabalho consistia em construir estantes para livros, ele ficou com excesso de mão de obra e ao mesmo tempo preocupado que a tarefa de construir as rampas fosse grande demais para ser concluída em cinco dias. De camiseta sob o sol cada vez mais quente, ele trabalhou com o foco herdado de sua mãe e de seu avô, e a longa manhã pareceu durar dez minutos. Na hora do almoço, perguntou mais uma vez a Daisy Benally o que Clyde tinha contra Keith, mas de novo ela se recusou a discutir o assunto. Ele se recriminou por ter sido desatento e não ter procurado saber da história com Wanda, quando teve oportunidade. Agora só podia esperar que Wanda aparecesse e explicasse tudo.

No final da tarde, quando a turma jantava ele ouviu um veículo na estrada da escola e, por instantes, teve a esperança de que fosse Wanda, mas não parou para se perguntar aonde o veículo estaria indo. Só depois que ele desceu a colina velozmente é que Russ foi lá fora e viu a caminhonete de Clyde virar na estrada principal.

Somente ele a tinha visto. O nível de diversão da turma era alto, um nabo havia sido arremessado. Depois do jantar, ele levou o grupo colina acima e precisou fingir surpresa quando se depararam com a porta da escola, que ele havia trancado com cuidado, totalmente aberta. O batente tinha sido arrebentado, o ferrolho estava pendurado na fechadura.

David Goya, falando por todos, disse: "Caramba".

Em silêncio, à luz errante das lanternas, o grupo entrou e inspecionou o aposento em que todos dormiam. Malas e sacos de lona tinham sido esvaziados e seu conteúdo espalhado no chão. Sacos de dormir estavam jogados para todo lado, uma caixa de talco atirada contra a parede, mas a valiosa câmera de Bobby Jett permanecia onde ele a deixara. Frances pegou o braço de Russ. Ele sentiu que ela o olhava, mas ele não queria olhar para ninguém. A culpa era claramente sua.

"Onde está meu violão?", disse Darcie Mandell.

"Você não está encontrando seu violão?", Russ perguntou com a voz estrangulada.

"É, isso aí."

"Pegaram o meu também", disse uma garota do outro lado da sala. "Com certeza aqui não está. Os safados roubaram o meu Martin!"

Detectando uma nota de histeria, Russ se afastou de Frances e reencontrou sua voz. "Muito bem, ah… ouçam. Isso obviamente não é bom, mas precisamos manter a calma. Vamos pegar todas as lanternas e fazer um inventário cuidadoso. Se qualquer coisa estiver quebrada, se qualquer coisa estiver faltando, quero que me digam direitinho."

"Meu violão sumiu", Darcie Mandell reportou secamente.

"Sim, parece que faltam dois violões, mas vamos ver se há mais alguma coisa faltando. Estamos num lugar de gente carente e coisas assim às vezes acontecem. O importante é que somos um grupo. Estamos seguros desde que fiquemos juntos."

"Eu não estou me sentindo especialmente seguro", disse Darcie, "apesar de estarmos juntos."

"Vamos arrumar tudo e ver o que falta."

Ainda incapaz de olhar para Frances, ele acendeu duas lanternas e verificou seus próprios pertences. Não estava com raiva, lutava para não chorar. A tristeza vinha de tudo — a dureza da vida na reserva, os medos e a sensibilidade ferida de quarenta jovens bons, o abismo cultural e econômico entre New Prospect e Kitsillie —, mas sobretudo de sua própria vaidade. Ele se imaginara amigo dos navajos e um construtor de pontes, imaginara que sabia melhor das coisas do que as pessoas que o alertaram para não ir lá. Odiava pensar o que Deus achava dele.

Apenas dois violões tinham sido roubados. O maior dano estava na violação do espaço deles, na frieza que a agressão de Clyde impunha à camaradagem deles. Quando voltaram a se reunir em torno da vela, o contraste com a noite anterior não podia ser mais evidente. Infelicidade ou medo estavam estampados em quase todos os rostos.

"Então, encontramos nossa primeira adversidade", disse Russ. "A adversidade pode nos fortalecer como grupo, mas é importante que eu ouça cada um de vocês esta noite. Vamos percorrer todo o círculo e ouvir o que cada um está sentindo. Falando por mim, estou muito triste — triste por nós e triste por quem roubou. Pode ser que decidamos não continuar aqui, mas eu me inclino a ficar e a enfrentar a situação, e não a fugir dela. Em termos práticos, pelo menos um conselheiro de agora em diante vai permanecer no prédio o tempo todo, e amanhã de manhã vou tratar desse problema. Vou tentar recuperar os violões de Darcie e Katie."

"Que tal simplesmente chamar a polícia?", disse Ted Jernigan num tom desagradável.

"Podemos denunciar à polícia da tribo, mas eu gostaria de entender melhor por que isso aconteceu. Vamos ver o que conseguimos ouvir antes de chamar a polícia."

Levou mais de uma hora para o círculo ser percorrido, e Russ não era Ambrose. Não tinha uma paciência ilimitada com as reações dramáticas dos adolescentes, com o encorajamento que o Encruzilhadas dava para que meros arranhões emocionais se transformassem em traumas dignos da emergência de uma ambulância. Ele próprio estava perturbado, porém seu erro lhe dava esse direito; e, embora houvesse pedido para ouvir cada um, porque assim se fazia no Encruzilhadas, era um teste para sua paciência estar sentado num mundo de tantas injustiças sociais e tantos sofrimentos verdadeiros assistindo àquele dramalhão sobre o roubo de dois violões, facilmente substituíveis pelos pais de seus proprietários. A efusão de apoio a Darcie e Katie foi comparável à que Alice Raymond recebera quando sua mãe morreu. De todos os sentimentos manifestados durante a longa cerimônia da vela, o único que Russ respeitou foi a frustração do grupo por estarem em uma quarentena que os impedia de interagir com os navajos. Ele compartilhava essa frustração.

No fim, votaram para ficar ao menos mais um dia. Todos os conselheiros, exceto Ted Jernigan, foram a favor de permanecer. Mais tarde, enquanto a garotada se preparava para dormir, os ânimos serenados, Russ saiu para contemplar o céu. Tinha a esperança de se reconectar com Deus, mas a porta foi aberta atrás dele. Frances o seguira.

"Achei que você conduziu a coisa muito bem", ela disse.

"Me sinto mal pela garotada, especialmente pelos do segundo ano. É a primeira experiência deles aqui."

"Eles respeitam você, eu vi isso. Não sei por que você pensou que não podia ser pastor de jovens."

Os olhos de Russ se encheram de gratidão. "Agora sou eu quem precisa de um abraço."

Ela lhe deu o abraço. A bênção de seu toque, a realidade palpável da mulher em seus braços, o fazia acreditar em si próprio. Era como se ansiasse conhecer Deus sem na verdade acreditar que Ele existia. Agora sentia que, ao contrário de ter tido esperanças demais, talvez houvesse subestimado suas chances — que a decisão de Frances de ir ao Arizona tinha sido de fato uma decisão sobre ele.

"Estamos tendo uma experiência por inteiro", ela disse.

Atrás deles a porta voltou a ser aberta com um pequeno ruído.

"Opa", disse uma garota.

Como se excitada por ser flagrada com ele, Frances o apertou ainda mais, e novamente ele pensou em beijá-la. Deixar-se ver como o homem que ela escolhera, cristalizar seu status com um beijo público valia o custo do que Becky saberia através das amigas, do que Ambrose iria dizer. Mas fazê-lo numa noite em que o grupo estava em crise poderia transmitir uma mensagem ruim. Ele se contentou em soprar seu agradecimento no cabelo dela.

Na manhã seguinte, bem cedo, depois de uma noite praticamente insone, ele saiu sem ser visto da escola e desceu a estrada a pé. O sol não tinha ultrapassado o topo da cordilheira, mas um bando de azulões da montanha estava desperto, catando o que comer entre touceiras já bicadas, as aves pousadas em postes de cercas polvilhados de geada. Daisy Benally cortava cebolas na cozinha do prédio da administração, sua irmã ainda dormia. Quando Russ contou a Daisy o que tinha acontecido, ela se limitou a balançar a cabeça. Ele perguntou onde podia encontrar Clyde.

"Não vá lá", ela disse.

"Mas onde é que ele está?"

"Você conhece o lugar. Lá no cânion onde Keith morava."

"Está me dizendo que Clyde é um Fallen Rocks?"

"Não, ele é um Jackson. Você não deve ir lá."

Russ explicou por que ele não tinha alternativa. Daisy, que chegara a uma idade em que recebia com resignação qualquer coisa feita pelo mundo, admitiu que ele podia pegar a caminhonete de Ruth. Ele gostaria de ir naquela mesma hora, antes que tivesse tempo de ficar com medo, mas esperou até que o pessoal descesse para o café da manhã. Os cabelos de todos estavam sujos e grudados no crânio, todos de olhos vermelhos após uma noite passada no chão duro. Com o intuito de fazer as pazes, Russ pediu a Ted Jernigan, sentado ao lado de Frances, que assumisse o comando da turma durante a manhã.

Frances também dava a impressão de estar suja e de ter dormido mal. "Você não vai sozinho", ela disse.

"Está tudo bem. Eu sei me cuidar."

"Ela tem razão", disse Ted. "Por que não vamos nós dois?"

"Porque eu preciso que você fique aqui com a rapaziada."

"Vou com você", disse Frances.

"Não acho uma boa ideia."

"Não me interessa o que você acha."

Os olhos dela estavam cravados na mesa, a expressão carrancuda. Russ perguntou-se o que fizera para aborrecê-la.

"Tem certeza de que quer fazer isso?"

"Tenho, quero fazer isso", ela respondeu, irritada.

Russ teve a impressão de que ela estava envergonhada. Envergonhada por estar com medo pela segurança dele, envergonhada pela necessidade de ficar perto dele.

A caminhonete de Ruth Benally mal permitia que ele se ajeitasse atrás do volante. A crer no marcador de combustível, contava com meio tanque. Seguindo pela velha estrada paralela ao riacho seco, ele contou a Frances sobre a primeira vez em que havia dirigido por lá, a cerimônia de cantoria em que se metera por acaso. Desde então a estrada fora alargada, mas a superfície não era melhor. Desviando-se dos sulcos e das pedras, demorou a reparar que Frances não estava ouvindo. Tinha os olhos fixos no para-brisa, a boca bem fechada. Russ perguntou o que ela estava pensando.

"Estou pensando que seria mais fácil eu mesma comprar dois violões com o meu próprio dinheiro."

"Quer voltar?"

Não recebendo uma resposta, Russ parou a caminhonete. "Estou falando sério, posso facilmente levá-la de volta."

Ela cerrou os olhos. "Não sei se você notou, Russ, mas eu sou uma pessoa medrosa."

"Outra pessoa podia ter vindo comigo. Não precisava ser você."

"Siga em frente."

Ele fez menção de tocá-la, mas ela se afastou com um gesto brusco. "Só trate de seguir em frente."

Ele não a entendia. Não conseguia atinar com o misto de confiança e medo, de egoísmo e autorrecriminação dela. A seu jeito, Frances era tão esquisita quanto Marion. Será que todas as mulheres eram esquisitas? Ou só aquelas por quem ele se sentia atraído?

Quanto mais avançava pelo vale, menos o reconhecia. A terra sempre tinha sido árida, mas não se lembrava de ser tão completamente nua. Não se viam mais carneiros e vacas, não se via mais uma só planta comestível, nem mesmo se viam as cercas de arame farpado. Tudo o que restavam eram postes malfeitos e encostas erodidas. Se as rochas fossem vermelhas, e não brancas, poderia ser uma paisagem marciana. Até o céu tinha uma névoa estranha, entre amarelada e cinzenta, tênue demais para ser a fumaça de um incêndio ou uma tempestade de poeira — não havia vento. Era mais o tipo de atmosfera vista em Gary, em Indiana, ou num dia claro de Chicago.

O estranhamento cresceu quando ele passou diante das últimas pedras caídas e viu, à distância, o velho rancho de Keith. Tinha imaginado encontrar gente lá, talvez o próprio Clyde, mas não havia nada. Nenhum capim, nenhum jardim, nenhum animal, apenas zimbros retorcidos e choupos mortos, seus galhos cor de prata quebrados e sem casca. Em sua mente, a fazendinha permanecera inalterada, viva com Keith e todos os seus familiares, galinhas e bodes. Ver o que o tempo fizera com aquilo era tornar-se consciente de como estava velho.

"Por incrível que pareça, eu passei um verão aqui."

Frances não estava ouvindo. Ou estava, mas tensa demais para falar.

Na pequena casa, onde ele tivera sua revelação sexual, as portas, as janelas e o telhado haviam sido arrancados, restando apenas as paredes. A luz do sol que batia nelas era brilhante, porém não tão brilhante quanto deveria ser. À medida que Russ avançou pela estrada, atravessando o cânion e subindo a elevação do lado oposto ao rancho, a névoa se tornou mais pronunciada.

Atingindo o topo da elevação, ele viu de onde ela vinha. No centro da vasta planície que se descortinava dali de cima, a terra havia sido rasgada — estava sendo rasgada. O pó subia de um corte que poderia ter um quilômetro e meio de largura. Estruturas industriais e uma nova estrada se estendiam do local dessa abertura rumo ao norte. Russ foi invadido por um sentimento de traição, nascido da lealdade ao altiplano primitivo de suas recordações. Keith mencionara que o conselho tribal tinha permitido a exploração de carvão na reserva, mas Russ até então não havia tido nenhum motivo para ir até ali ver. Não imaginara que a mina era tão próxima da terra dos Fallen Rocks — tão próxima, na verdade, da própria Kitsillie — ou que a operação fosse daquela grandeza.

Cerca de oitocentos metros mais abaixo na estrada, ele viu a caminhonete de Clyde. Numa clareira em meio a alguns pinheiros atrofiados, havia dois trailers servindo de moradia, uma estrutura feita de galhos e lona, uma pilha de lenha e um caminhão grande e enferrujado com uma caixa d'água na carroceria, tudo encoberto pela camada de poeira da estrada. Russ parou atrás da caminhonete e desligou o motor. Um segundo adesivo no para-choque dizia: O CRAZY HORSE NÃO ERA LOUCO.

"Muito bem", ele disse para Frances. "Talvez você deva ficar aqui."

Ela ainda olhava através do para-brisa. "O que foi que eu lhe pedi?"

"Como assim?"

"Qual foi a única coisa que lhe pedi?"

Era interessante que o medo dela se expressasse sob a forma de raiva, como se fosse culpa de Russ que ela necessitasse que ele a incluísse.

"Então vamos", ele disse, abrindo a porta.

Ao se aproximarem dos trailers, a frágil porta de trás de um deles se abriu de repente. Clyde saiu descalço, vestindo apenas uma calça jeans marrom e uma jaqueta de brim desabotoada com bordas de lã. Seu peito era liso, sem pelos. "E aí, homem branco?"

"Olá, bom dia."

"Essa é a sua mulher?"

Frances tinha parado um passo atrás de Russ.

"Não. É uma conselheira da nossa organização."

"Ei, muito bonita." Mais uma vez a insolência risonha. "O que traz vocês aqui?"

"O que você acha?", Russ perguntou.

"Acho que não receberam a mensagem."

"Recebi a mensagem, mas não entendi."

"Dar o fora daqui? Pra mim a porra da mensagem parece bem clara."

"Mas por quê? Não estamos incomodando você."

Clyde sorriu para o céu, como se seu divertimento fosse cósmico. Era um homem bonito, do tipo que tem testa larga, bonito e forte. "Se eu entrasse na sua casa em Chicago e você dissesse: 'Oi, pele vermelha, dá o fora daqui, não gosto de vocês', eu ia entender a mensagem."

Russ poderia ter argumentado que a sua turma não estava na casa de Clyde. Mas o lar de um navajo está na terra, não nos prédios, e o homem branco certamente lhes havia dado razões de sobra para serem odiados. Apenas por sorte Russ lidara até então com navajos que não os odiavam. Ele olhou para Frances. Ela parecia inteiramente ocupada em gerenciar seu medo.

"Você está certo", ele disse. "Se não nos quer aqui, não deveríamos ficar."

"Assim é melhor."

"Mas primeiro quero que me ouça como pessoa. Não como um homem branco — como pessoa. Também quero ouvir você. Não vim até aqui para discutirmos, vim para ouvir."

Clyde riu. "Veio porra nenhuma. Sei por que você está aqui."

"Se está se referindo aos violões, então, sim, precisamos deles de volta. Não vamos embora do altiplano sem eles."

"Vocês são todos iguais."

"Não, não somos."

"Suas posses, seu dinheiro. Você se acha diferente, mas são todos iguais."

"Você não me conhece", disse Russ com raiva. "Estou me lixando para as posses. Me importo é com duas garotas a quem você fez mal ao roubar coisas delas."

"De quantos violões vocês precisam? Deixei lá três."

"De quantos *você* precisa?"

"Já dei os violões para os meus companheiros. Essa é a diferença entre você e eu."

"Isso é besteira. A diferença entre nós é que você rouba de meninas adolescentes."

O sorriso de Clyde se tornou doloroso. Ele olhou para os pinheiros e depois, balançando a cabeça, caminhou até o outro trailer. Do céu degradado veio um tênue suspiro industrial, das árvores o crocitar de um corvo. Os olhos de Frances estavam fixos em Clyde, como se esperasse que ele tivesse ido pegar uma arma.

"Estamos seguros", disse Russ delicadamente.

Os olhos de Frances se moveram na direção dele sem aparentemente vê-lo. Clyde saiu do outro trailer com dois estojos de violão e os pôs no chão.

"Agora dá o fora daqui", disse.

"Não."

"Estou falando sério, homem branco. Você já tem o que veio buscar."

Clyde entrou em seu trailer, e Frances agarrou o braço de Russ. "Devemos ir."

"Não."

"Por favor. Pelo amor de Deus."

A raiva de Russ se transformara em pesar. Havia beleza na ira justa de um homem jovem e nenhum prazer em subjugá-la — nenhuma satisfação em fazer com que os direitos de um homem branco a dobrassem, afirmando a posse do branco, exigindo a devolução de seus bens de um homem que nada possuía. A vitória moral era de Clyde. Pensando no que lhe custara, Russ se sentiu triste por ele.

Foi até o trailer e bateu à porta. Bateu de novo.

"Me ouça", ele disse para a porta. "Quero convidá-lo para ir à escola e falar com o nosso grupo. Pode fazer isso para mim?"

"Não sou seu boneco navajo", veio a voz de dentro da caravana.

"Porra, estou lhe mostrando meu respeito. Peço que faça o mesmo comigo."

Após um silêncio, o trailer balançou por causa de algum movimento lá dentro. A porta se abriu ligeiramente. "Você é amigo do Keith Durochie?"

"Sou, sim."

"Então não tenho respeito por você."

A porta se fechou. Russ a abriu. No interior do trailer havia desordem e os cheiros típicos de um homem solitário. "Viemos aqui para ouvir", ele disse.

"A madame olha para mim como se eu fosse uma cascavel."

"E você acha que é culpa dela? Você faz ameaças, arromba a escola..."

"Mas você não tem medo de mim."

"Não. Não tenho."

Clyde crispou os lábios e sacudiu a cabeça como se o gesto fosse dirigido a si mesmo. "Está bem. Vou lhe mostrar quem é o seu amigo."

Enfiou uma bota, enquanto Russ dava um sorriso tranquilizador para Frances. Ela parecia furiosa com o que Russ vinha lhe impondo, mas, quando Clyde saiu e o levou a uma trilha arenosa, que descia entre os pinheiros, ela os seguiu.

A trilha era curta e terminava num rochedo do qual se avistava todo o vale devastado. O pó continuava a subir da mina a céu aberto, e nas encostas não havia uma só árvore, estavam mortas, sem água, usadas excessivamente como pastos. Clyde chegou tão perto da beira do despenhadeiro que o ânus de Russ se contraiu.

"Olhar para isso", Clyde disse, "é como ver minha mãe sendo violentada."

"É péssimo", Russ concordou.

"É uma terra sagrada, mas cheia de carvão. Está vendo aquela fumaça?" Ele apontou para o Norte. "É eletricidade para as cidades de vocês. Não é para nós — não há eletricidade no altiplano."

"Você quer eletricidade?"

Clyde olhou para Russ por cima do ombro. "Não sou nenhum imbecil."

"Só estou tentando entender. O problema é a mina de carvão ou vocês não terem eletricidade?"

"O problema é o conselho tribal. Seu amigo acha que essa merda aí é uma coisa boa. Economia moderna, cara. Temos que nos entender com o *bilagáana*, são coisas da vida, não podemos viver sem eles. É isso que seu amigo diz."

"Keith se importa com as pessoas. Não gosto do que estou vendo aqui mais do que você e não acredito que o Keith goste. Mas o dinheiro tem que vir de algum lugar."

"Keith não precisa ver isso. Ele mora em Many Farms."

"Ele não está bem, você sabe. Teve um derrame cerebral na semana passada."

Clyde deu de ombros. "Que outros chorem por isso. Ele fodeu minha família, e não fomos os únicos. As concessões rendem uma merda e duram para sempre. Devíamos estar recebendo duas ou três vezes mais. E os empregos? Meus amigos estão lá embaixo agora mesmo, comendo pó de carvão. Esse é o novo navajo — a porra da companhia de carvão Peabody."

Frances sacudia levemente a cabeça, com uma expressão nem assustada nem zangada, apenas tristonha, como se aquela fosse outra porta que ela lamentava ter sido aberta.

"O que o Keith fez à sua família?", Russ perguntou.

"Ele tinha a licença para usar toda essa encosta como pasto. Sua mulher tinha a licença para a parte de trás também. Sabíamos que a parte de trás não era boa, você provavelmente viu como era ao chegar. Mas esse lado ainda era bom. Keith foi embora e nos vendeu a licença, e aí, claro, um ano depois o conselho assinou a transação com a Peabody. Ele sabia o que ia acontecer — nós não. Tínhamos rebanhos saudáveis, o número máximo permitido, e agora... é só olhar. Tem algum gado lá embaixo?"

Não havia um animal à vista, nem mesmo um corvo. Da direção da mina veio o som abafado de uma explosão.

"A mina chupa a água", disse Clyde. "Mesmo se a Peabody fechasse tudo isso amanhã, a água não voltaria antes de vinte anos. E você acha que o Keith não sabia disso? Ele leu as concessões, e elas falavam do direito às águas. Ele sabia exatamente o que estava fazendo."

Russ não queria acreditar — tinha que haver outro lado na história. No entanto, o que ele sabia de fato sobre Keith Durochie? Lembrava-se de ter se impressionado demais com ele, lembrava-se da satisfação de ser aceito por

Keith, do orgulho que tivera de ser amigo de um navajo autêntico. Do que ele não se lembrava, agora que pensava nisto sob a nuvem de poeira da mina a céu aberto, era de qualquer demonstração de calor humano de Keith — nenhuma verdadeira curiosidade ou sentimento.

"Esse é o seu amigo", disse Clyde com amargura. "Esse é o seu conselho tribal."

"Sinto muito por vocês", disse Russ.

"Ah, é? Sabe o Sierra Club? São uns *bilagáana* doidos que impediram o governo de inundar o Grand Canyon. Fomos até eles para tentar impedir a abertura da mina. Dissemos que não queríamos uma usina elétrica na nossa terra sagrada, e eles reagiram exatamente como você. Disseram que sentiam muito, e não fizeram merda nenhuma por nós. Eles só se importam em salvar os lugares dos brancos."

"E o que é que nós podemos fazer?", Frances perguntou de repente.

Clyde pareceu surpreso de que ela tivesse a capacidade da fala.

"Se nós somos os bandidos", ela disse, "se tudo o que fazemos é automaticamente ruim, se vocês nos enxergam assim, por que devemos tentar fazer algo?"

"Simplesmente vão se foder e fiquem longe daqui", disse Clyde. "É isso o que vocês podem fazer."

"Para que vocês possam continuar nos odiando", ela disse. "Para que possam continuar pensando que são melhores do que os brancos. Se aparece alguém como o Russ, alguém que se importa de verdade, alguém que dedica seu tempo a ouvir você, alguém que é *bom*, isso estraga toda a sua história."

"Quem é Russ?"

"Eu sou o Russ."

"Não odeio o seu amigo", Clyde disse a Frances. "Ele ao menos veio aqui — respeito isso."

"Mesmo assim devemos nos foder e ir embora", ela disse. "É essa a ideia?"

Falar com uma mulher pareceu deixar Clyde sem jeito. Ele chutou uns pedregulhos ribanceira abaixo. "Não me interessa o que vocês vão fazer ou não. Podem ficar a semana toda."

"Não", disse Russ. "Isso não basta. Quero que você desça e fale para o nosso grupo. Pode fazer isso esta noite. Leve seus companheiros."

"Você está dizendo a *mim* o que eu devo fazer?"

"Não vai mudar nada. Você ainda vai ter esse pesadelo no altiplano... nada vai mudar isso. Fico enojado de ver o que aconteceu. Mas, se você está com raiva suficiente para nos roubar, temos o direito de ouvir por que está tão furioso. Prometo que a rapaziada vai ouvir você."

"Para terem uma experienciazinha dos navajos."

"Sim. Não nego isso. Mas você também vai ver quem somos nós."

Clyde riu. "A coisa sobre as promessas de vocês? Há sempre alguma coisa que não nos contaram."

"Isso é besteira", disse Russ. "É uma autocomiseração babaca. Se continuam a ser tapeados, precisam ser mais espertos. Se acha mesmo que enganamos vocês, vá em frente e diga isso — nós vamos ouvir. Para mim, o problema é saber se você tem coragem de aguentar um diálogo sincero. Pelo que estou vendo, você só é bom mesmo em dizer 'foda-se' e se afastar. Eu odiaria descobrir que você não passa de um bully e ladrão."

Será que as palavras expressam a emoção ou, na realidade, a criam? O ato de falar havia desnudado um amor no coração de Russ, um amor relacionado a Clem, e ele soube, pela risadinha indecisa de Clyde, que suas palavras tinham provocado algum efeito. Mas as consequências do efeito eram problemáticas. O próprio ato de se importar era uma espécie de privilégio, mais uma arma no arsenal do homem branco. Não havia como escapar ao desequilíbrio de poder.

"Desculpe", disse Russ. "Não precisa falar para nós."

"Você acha que tenho medo de vocês?"

"Não. Acho que você está com raiva, e tem boas razões para estar. Você não tem nenhuma obrigação de nos poupar do desconforto da sua raiva."

Cada palavra que ele pronunciava parecia agravar o desequilíbrio. Chegara a hora de engolir seu amor e calar a boca.

"Obrigado por nos devolver os violões", ele disse.

Russ fez sinal para que Frances fosse na frente pela trilha em meio aos pinheiros. Seguindo-a e olhando para trás, viu um sorriso obscuro.

"Foda-se", disse Clyde.

Russ riu e prosseguiu pela trilha. No meio do caminho, Frances parou e o abraçou. "Você é incrível", disse.

"Não estou sabendo disso."

"Meu Deus, como admiro você. Sabe disso? Sabe quanto eu o admiro?"

Ela o apertou ainda mais, e lá estava a alegria. Depois de todos os anos sombrios, a alegria dele estava brilhando novamente.

Voltando ao local dos trailers, pegaram os dois violões e os puseram na carroceria da caminhonete de Ruth. O sol agora estava branco, o clarão intenso na estrada que percorria a parte "de trás" da cordilheira. (Para Russ, quando tinha ficado lá com Keith, havia sido a parte "da frente".) Pendurado no espelho retrovisor, havia um pequeno Snoopy de plástico, não necessariamente uma indicação de que Ruth gostava de ler o *Peanuts*. Todo tipo de bugiganga aparecia na reserva.

"Me desculpe por hoje de manhã", disse Frances.

"Esquece. É muita coragem sua simplesmente estar aqui."

"É um sentimento que toma conta de mim e não consigo controlar. Não sei se tem a ver com o Bobby — a maneira como ele morreu. Não me lembro de ter sentido tanto medo até hoje."

"O importante é que você aguentou firme. Estava com medo, mas aguentou."

"Posso dizer outra coisa?"

Russ concordou com a cabeça, esperando receber um elogio em retribuição.

"Preciso desesperadamente fazer xixi."

O cânion não tinha arbustos atrás dos quais se pudesse fazer xixi, mas o velho rancho estava perto. Russ aumentou a velocidade, Frances contorcendo-se a cada solavanco. Quando ele chegou ao antigo quintal de Keith, ela já tinha aberto a porta antes da caminhonete parar de todo. Foi mancando até atrás das ruínas da pequena casa, enquanto ele se aliviava ao pé de um choupo. Vendo o tronco escurecer com sua urina, pensou no chão nu escurecendo com a dela, a calcinha abaixada até os tornozelos. No sol e no ar rarefeito, se sentiu tonto.

Voltando à caminhonete, viu Frances dentro da casa sem teto e foi até lá. O quarto de dormir ainda existia, mas a porta e os batentes haviam desaparecido, o chão agora coberto pela areia soprada pelo vento. Quase trinta anos haviam se passado desde que ele se deitara no quarto e visualizara a dançarina navajo. Mesmo agora, quando era suficientemente sensato para deplorar a concupiscência de um homem branco por uma ameríndia de quinze anos, a ideia o excitava.

"Não sei o que pensar", ele disse.

"Sobre o quê?"

"Sobre tudo. Sobre Keith. Odeio imaginar que ele enganou de propósito a família de Clyde. Mas esse é o problema com outras culturas — alguém de fora nunca entende realmente o que está acontecendo."

"É por isso que você tem sua própria cultura", disse Frances. "É por isso que você me tem. Eu sou fácil de entender."

"Não tenho muita certeza disso."

"Quer apostar?"

Com dois passos rápidos, ela pressionou o corpo contra o dele. Suas mãos entraram bem fundo no casaco de pele de carneiro de Russ, seu pescoço se esticou para cima em busca de um beijo. Ele deu o beijo, hesitante.

Ela não foi nada hesitante. Deu um pulinho, e ele a levantou do chão. Frances beijava com determinação, lábios mais duros que os de Marion, mais agressivos, e cabia inteiramente a ele mantê-la suspensa. Como era aguda a descontinuidade entre fantasia e realidade! Como era desorientador o passo entre a generalidade do desejo e a especificidade do estilo dela de beijar, as poucas dezenas de quilos que ele mantinha no ar. Quando a pôs de novo no chão, ela recuou até a parede e o puxou para si. Seus quadris eram tão agressivos quanto a boca, brim roçando em brim, e ele pensou no cirurgião cardíaco. Pensou naquele apartamento do arranha-céu à beira do lago em que, Russ agora tinha certeza, Frances fizera com o cirurgião exatamente o que estava fazendo com ele. Longe de desanimá-lo, o pensamento o ajudou a entendê-la: era uma viúva que queria sexo; era boa naquilo; tinha praticado recentemente.

Ela fez uma pausa e olhou para ele. "Isso é correto?"

Parecia genuinamente preocupada que não fosse. Ele a amou mais por isso.

"Sim, sim, sim", ele disse.

"São os anos 1970?"

"Sim, sim, sim."

Com um suspiro, Frances fechou os olhos e pôs a mão entre as pernas dele. Seus ombros relaxaram, como se sentir o pênis de Russ a deixasse sonolenta. "Lá vamos nós."

Talvez fosse o momento mais extraordinário da vida dele.

"Mas precisamos voltar", ela disse. "Não acha? Devem estar querendo saber o que aconteceu conosco."

Ela tinha razão. Mas agora, sendo apalpado por ela, Russ perdeu a cabeça. Cobriu a boca de Frances com a dele, desabotoou a jaqueta, puxou a blusa dela para cima, enfiou a mão por baixo. O tamanho reduzido de seus seios, comparado ao dos seios de Marion, era extraordinário. Tudo era extraordinário — ele havia perdido a cabeça, e ela não recuava. Não estava dizendo que precisavam voltar. O sol aquecia a cabeça dele e fazia escapar da parede um cheiro de fumaça antiga, mas os sons haviam se ausentado dali. Nenhum veículo passara na estrada, nenhum crocitar de corvo trouxe notícias de uma realidade maior que a dos dois juntos. Em sua loucura, com as costas da mão roçando no zíper aberto da calça dela, ele ousou abrir caminho entre os pelos pubianos de Frances. Ela ficou tensa e disse: "Ah, meu Deus".

A loucura de Russ o fez audacioso. "Me deixa."

"Não, tudo bem. É só que… ai. Não devíamos voltar?"

Sem dúvida deviam voltar, mas ele estava tocando na vagina de Frances Cottrell a alguns passos do local onde entrara no mundo do prazer consciente, e não havia como parar. Ele tinha ido longe demais e esperado tempo demais. Abriu a braguilha.

"Ah, uau, está bem." Ela olhou para baixo, vendo aquilo que estava pressionando seu ventre e, depois, o buraco na parede da frente onde antes havia uma janela. "Será que esta é a melhor hora?"

A voz de Russ já não era a dele; estava fora de controle. "Não posso esperar mais."

"É verdade. Eu realmente fiz você esperar."

"Você me torturou e me torturou."

Ela assentiu com a cabeça, e ele tentou baixar sua calcinha. Frances olhou ao redor, mais nervosa. "Mesmo?"

"Sim, por favor."

"Eu não fazia ideia de que você era assim."

"Estou completamente apaixonado por você. Não sabia disso?"

"Não, acho que não tinha certeza."

Quando ele tentou baixar sua calcinha de novo, ela o empurrou com delicadeza. "Será que pelo menos não podemos ficar num lugar menos visível?"

Nos instantes que levou para conduzi-la até onde tinha sido o quarto de dormir da casa, tirar o casaco e abri-lo no chão, a natureza de sua loucura mudou — tornou-se menos do corpo e mais da cabeça. Agora tudo tinha como centro o ato e seus aspectos práticos. Sentada no casaco, ela tirou o sapato e a calcinha. "Estou tomando a pílula", ela disse, "caso queira saber."

Russ desejou perguntar se Frances queria de verdade o que ele queria, porém havia uma chance de que faltasse entusiasmo na anuência dela, uma chance de que a pergunta levasse a uma conversa. O ar ainda estava suficientemente frio para que ela continuasse com a jaqueta de caça. Ao vê-la deitada de jaqueta, mas nua da cintura para baixo, ele pensou que poderia ejacular de tão excitado. Antes que ela mudasse de ideia — antes que ele perdesse a louca determinação de fazer a coisa, antes que começasse a pensar como a hora e o local não eram os ideais —, ele tirou às pressas a calça e se ajoelhou entre as pernas dela.

"Meu Deus, reverendo Hildebrandt. Você é bem grande."

Se *grande* significava *comparativamente grande*, aquela era uma comparação que ninguém ainda tinha feito. A "nota dez" (ah, que expressão sugestiva Ambrose havia criado) o fez ficar ainda maior. Para seu espanto, descobriu que aquela grandeza era uma dificuldade.

"Desculpe", ela disse. "Você é grande e eu estou... tensa."

Claramente ele estava cometendo um erro. A cada minuto que passasse, a tensão dela só aumentaria. Mas ele simplesmente não conseguia esperar mais. Como se o tempo fosse alguma coisa que ele pudesse agarrar em seus braços e entortar como bem quisesse, ele a beijou e a tocou com uma tranquilizadora falta de pressa. As reações de Frances foram ambíguas, indicando possivelmente excitação, possivelmente tensão. De um modo ou de outro, sua agressividade se desvanecera.

"Podemos esperar", ele admitiu.

"Não, tente de novo. É só ir devagar. Não sei por que estou tão contraída."

Quão depressa, uma vez livres das roupas, aquilo que era loucamente inominável acabava se tornando discutível muito rápido! Era como ser levado, num segundo, para outro planeta. Ele tinha a sensação de haver aprendido mais sobre Frances em uma hora do que aprendera em seis meses. Misericordiosamente, o coração de Russ ainda a reconhecia; seu reservatório de compaixão ainda estava lá para ser acionado. Ele amou que uma mulher tão confiante de sua capacidade de ser desejada tivesse problemas em se entregar a ele por inteiro. Mas, juntamente com a especificidade dela como pessoa, a pessoa docemente imperfeita em quem ele havia depositado tanta esperança e tanto desejo, vinha a necessidade de estar, quando nada uma vez, dentro de uma mulher que não fosse Marion. Que necessidade absurda, e como era cômica e humana a contração que a impedia, os sessenta milímetros de fora para cada cento e vinte milímetros mais fundo, a dobra do casaco de pele de carneiro que estava assassinando o cotovelo dele! No final, ele não a penetrou de todo e sua satisfação foi menor. Mas, graças a Deus, estava marcando pontos, e isso com certeza era positivo. Finalmente livre do peso de sua inferioridade, seu coração voltou para Frances. Ele estremeceu de gratidão pela mulher cujos favores o haviam salvado.

"Então, número um", ela disse, "preciso fazer xixi de novo. Número dois, temos realmente que voltar."

Ela lhe deu um beijo desajeitado, o prazer disso ampliado por estarem unidos, as bocas representando gêmeos ou substitutos de outras partes úmidas. Ele não queria deixá-la. Não queria sentir que havia tido, de longe, a melhor parte da experiência. Queria também satisfazê-la. Mas o desejo que nele crescera ao domar Clyde agora parecia extinto. Frances pôs-se de pé com agilidade e vestiu a calça. Dois minutos depois, estavam na caminhonete.

"Então…", ele disse.

"Certo."

"Amo você. É o que eu estou sentindo."

"Gosto de saber disso."

Ele ligou o motor e dirigiu em silêncio por algum tempo. Não havia sentido em repetir que a amava — já tinha dito duas vezes.

"É estranho", ela disse por fim. "A coisa que me atrai tanto em você é o que faz ser errado para mim querer você."

"Eu não sou tão bom. Acho que já lhe disse isso."

"Mas você é bom. É um homem bonito. É tudo muito confuso para mim."

"Está arrependida do que fizemos?"

"Não. Pelo menos ainda não. É simplesmente confuso."

"Eu estou fantasticamente feliz. Não tenho nenhuma razão para me lamentar."

Era quase meio-dia, e ele dirigia o mais rápido que ousava, atento demais aos obstáculos na estrada para manter uma conversa, mesmo que Frances estivesse inclinada a falar mais. Ao se aproximarem do prédio da administração, ele viu um grande caminhão Chevrolet e uma figura de jaqueta vermelha, Wanda, de pé ao lado de Ted Jernigan e de outro homem, Rick Ambrose, este de cara amarrada, a fim de registrar o atraso culposo de Russ e Frances. Todos os esperavam com o único tipo de notícia que poderia haver trazido Ambrose ao altiplano — uma má notícia. E as últimas palavras que Russ havia dito eram que ele não tinha nenhuma razão para se lamentar.

No começo, só havia uma partícula de matéria escura num universo de luz, um pontinho negro no olho de Deus. Era a esses pontinhos que Perry devia a descoberta, quando menino, de que sua visão não constituía uma revelação direta do mundo, e sim o produto de dois órgãos esféricos em sua cabeça. Ele se deitara contemplando um brilhante céu azul e tentara focalizar um pontinho, tentara determinar as particularidades de seu formato e tamanho. Mas o perdia, voltando a vislumbrá-lo numa localização diferente. Para fixá-lo, precisava operar com os dois olhos em paralelo, mas um pontinho volante num olho era *ipso facto* invisível no outro: como um cachorro correndo atrás do rabo. O mesmo ocorria com a partícula de matéria escura. A partícula era fugidia, porém persistente. Podia vislumbrá-la mesmo à noite porque seu tom escuro era mais profundo que a simples escuridão óptica. A partícula residia em sua mente, e sua mente agora cintilava com racionalidade ao longo de todas as horas do dia e da noite.

Na cama de cima do beliche, Larry Cottrell limpou a garganta. Uma vantagem de Many Farms era que o pessoal dormia em quartos e não num único aposento onde qualquer uma das quarenta pessoas teria notado a ausência de Perry. A desvantagem estava em seu companheiro de quarto. Larry era um adulador sem noção, sendo útil para Perry na medida em que a companhia dele impedia a de outros que poderiam ficar emputecidos com sua efervescência, mas Larry era pouco confiável em termos de sono. Na noite anterior, ao voltar ao quarto às duas da manhã e encontrar Larry acordado, Perry havia explicado que o pão frito no jantar tinha lhe causado gases e que ele havia escapado para um sofá na recepção a fim de poupar o amigo do cheiro de seus peidos. A mesma mentira estaria disponível nesta noite, mas primeiro ele precisava escapar sem ser notado, e Larry, acima dele no escuro, continuava limpando a garganta.

Entre as opções de que Perry dispunha, estava estrangular Larry (possibilidade atraente naquele momento, porém repleta de sequelas); levantar-se ousadamente e anunciar que estava outra vez com gases e que iria ficar na recepção (nesse caso, a vantagem era a consistência da história; a desvantagem, que Larry poderia insistir em lhe fazer companhia); e simplesmente esperar que Larry, cujos ossos estariam certamente cansados depois de um dia raspando tinta, pegasse no sono. Perry ainda tinha uma hora de sobra, mas lamentava que sua mente fosse sequestrada por trivialidades. Sua racionalidade era flamejante, incansável e onisciente. E o problema que Larry representava tornava Perry sensível ao custo daquela incessante ardência, a necessidade que o corpo tinha de um pequeno estímulo. A mais vazia de suas duas latinhas de alumínio, ex-embalagens de filmes fotográficos, estava no bolso de sua calça. Ele podia esfregar o reforço nas gengivas sem fazer nenhum barulho, mas as incógnitas o atormentavam, por exemplo, se o saco de dormir abafaria suficientemente o barulho da tampa sendo aberta. Se conseguiria abrir a latinha no escuro sem derrubar nada. (Até mesmo um micrograma desperdiçado seria inaceitável.) Se seria uma boa ideia servir-se de uma latinha já tão vazia. Se não deveria esperar até poder se presentear com um estímulo nasal mais relevante. Se, pensando melhor, não seria uma boa ideia estrangular aquela pessoa cujo interminável limpar da garganta estava se interpondo entre ele e o estímulo...

Ah! O se se se pertencia ao corpo e a seus arranjos, à negociação paralela com o pó. Inteiramente à parte do corpo, cintilando na mente mesmo então, estava a chave para milênios de especulação inútil. O fato é que, muito recentemente, havia menos de uma semana, ele tinha solucionado o enigma da persistente preocupação do mundo com Deus. A solução é que ele, Perry, era Deus. Essa percepção o assustara, mas foi seguida de outra percepção: se um aluno da décima série da escola de New Prospect, um aluno delinquente e viciado em drogas, era Deus, *então qualquer um podia ser Deus*. Essa era a chave assombrosa. O assombro, na verdade, é que ele não tivesse percebido isso antes. A verdade estava escancarada diante dele no verão anterior, quando havia rasurado as *menções a Deus* na revista religiosa do reverendo e substituído a palavra por *Steve*. Como ele podia não ter visto, naquele dia, uma chave tão extraordinariamente simples? A chave era que Steve podia ser Deus. E o mesmo se aplicaria a qualquer Tom, Dick, Harry — bastava que qualquer um deles abrisse os olhos e enxergasse sua divindade. No instante em que uma pessoa conhecesse as capacidades de fato ilimitadas da mente, a existência de Deus se tornava o oposto de absurda. Tornava-se absurdamente autoevidente.

A revelação ocorrera na Maple Avenue, minutos depois de ele ter sacado 2825 dólares da poupança de seu irmão no Banco do Condado de Cook. A bancária tinha contado as notas e recontado em voz alta, *vinte e sete, vinte e oito, vinte e cinco*, e enfiado o maço num elegante envelope pardo. A sensação de sucesso foi tão titânica que ele imaginou uma ejaculação cobrindo o céu. Uma sabedoria tão perfeita só podia ser de Deus; e como ele, Perry, a possuía, então isso o tornava quem? Em suas investigações anteriores sobre o banco na hora do almoço, tinha verificado que o caixa mais velho, de cabelo grisalho, que já o atendera, nunca era visto às 12h15. Em vez disso, do outro lado do balcão ficava uma senhorita de cabelo crespo que ainda usava aparelho de ortodontia e, por isso, indubitavelmente (sem a menor dúvida!) *nova demais no banco para conhecer Clem*. A mão de unhas escarlates que havia recebido a caderneta de poupança era maravilhosamente inexperiente.

"É um bocado de dinheiro vivo. Tem certeza de que não prefere um cheque administrativo?"

"Estou comprando um barco a vela."

"Uau! Isso é emocionante."

"É uma beleza. Economizei durante três anos."

"Você tem um documento de identificação?"

Ela não poderia ter feito uma pergunta mais perfeitamente aguardada. Tudo fora previsto: sacar um valor inocentemente preciso; usar um cardigã de palerma e o disfarce de seus novos óculos; não apenas copiar e plastificar um documento de identidade como aluno da Universidade de Illinois, mas arranhá-lo e sujá-lo meticulosamente com lixa e carvão, tarefas executadas a pouca distância de seu pequeno irmão mais novo, que dormia a sono solto, e patrocinadas por seu pó, que também ajudava a manter a concentração e aumentava a precisão manual. Ele tinha investido uma porção de pequenos estímulos naquele projeto, mas o investimento se mostraria insignificante à luz da avalanche de dividendos que ele previa com perfeição. Quando a bancária de boca metálica devolveu o documento de identidade sem praticamente examiná-lo, o investimento já havia rendido lucros expressivos. Contando o tempo gasto na preparação do documento e na imitação da assinatura de Clem, menos os gastos secundários com drogas, ele ganhara 236,25 dólares por hora. Nada mal. Mas ainda assim bem longe do que haveria de ganhar — mesmo levando em consideração as horas adicionais de trabalho no Arizona e a devolução do dinheiro de Clem — depois que suas transações se realizassem da forma prevista.

Não havia cocaína, nem um só dedal, em Chicago.

Milhares de hippies na cidade desesperados para experimentar.

Só uma pessoa no mundo havia identificado a demanda e se posicionado para satisfazê-la.

Ele devia a elaboração dessa construção lógica a um insight anterior: por três anos vinha tratando uma condição errada. Acreditara que sua mente era enferma, necessitada de paliativos químicos, quando de fato o problema era somático. Era seu corpo, seus músculos exauríveis, seus nervos irritáveis, não sua mente, que precisavam de apoio. Assim que aquele cara o apresentou à dexedrina, e ele aprendeu que a função adequada de um Quaalude consistia em fazer seu corpo descansar, Perry tinha entrado numa fase sem precedentes em matéria de excelência e serenidade. Todo dia o mundo era como um fliperama jogado em câmera lenta. Sua coordenação com as barbatanas tinha um milissegundo de precisão, ele era capaz de atingir pontuações arbitrariamente elevadas. Também sabia com exatidão quando parar, quando permitir que a bola escorresse para o buraco, e ingerir suas pílulas. Tudo o que ele fez no início de janeiro teve uma perfeição que controlava o mundo à sua volta. Por exemplo: no mesmo dia em que ele acabou com seu suprimento de dexedrina, *no mesmo dia*, três mil dólares apareceram em sua caderneta de poupança, uma cortesia da irmã. Por exemplo: seu banco não exigia autorização dos pais para os saques. Por exemplo: o cara não apenas estava em casa e não apenas *compos mentis*, mais ou menos, mas disposto a abrir mão de todo o conteúdo restante do seu vidro de amendoim. Passou pela cabeça de Perry que ele estava pagando a mais. Porém o preço combinado era uma pequena fração dos três mil dólares, e o cara se atirou em cima das notas de vinte dólares de Perry com uma avidez comovente, típica de alguém que tinha seriamente chegado ao fim da linha. Enquanto Perry desceu correndo a rua Felix mastigando as pílulas, o mundo pareceu ainda mais certo. Seu dinheiro havia trazido grande felicidade para ele e para o cara. A transação, em princípio um exercício de soma zero, de algum modo dobrara o valor do dinheiro.

Por mais algum tempo, tudo foi um mar de rosas, mas quando Bear pronunciou seu veredicto sobre as anfetaminas, Perry estava pronto para ouvi-lo. O que havia parecido no momento da compra um número virtualmente inesgotável de pílulas tinha se reduzido com inesperada rapidez e, embora elas tivessem uma função somática, ele estava sentindo efeitos mentais colaterais nada saudáveis. Jay, em especial, agora o deixava intoleravelmente impaciente, o fato de dividirem um quarto se tornara um suplício. A mesma coisa com os toques carinhosos de sua mãe. A mesma coisa com qualquer atividade do Encruzilhadas que exigisse contato físico. A lentidão do mundo passara a ser mais exasperante do que uma vantagem, enquanto seu corpo dizia sem parar: "Por favor, mais". Seu corpo criara um problema. Perry o odiava por causa de seus avanços no estoque cada vez menor, odiava a sobrecarga do peso do corpo atrapalhando os voos de sua mente. Num estado de monumental irritação, quando as pílulas acabaram, Perry voltou à pequena casa do cara na rua Felix, mas dessa vez não havia nenhum cão uivando para ele. Os degraus da frente estavam cobertos de anúncios semidestruídos pela chuva. Grudado à porta havia um aviso da polícia num papel amarelo reluzente, que ele não ousou chegar perto o bastante para ler.

"Não me surpreende", disse Bear. "Aquela merda é o mais puro horror."

O fato de Perry gostar de Bear era irrelevante. O fato de Bear gostar de Perry, permitindo que fosse à sua casa, era uma bênção que pressagiava uma nova fase de bem-estar. Bear, que também tinha vendido para Ansel Roder, não possuía um único atributo pessoal em comum com o cara da rua Felix. Era corpulento e calmo, aparentemente sem medo da lei e, fator de tranquilização, bem relacionado com vários ex-membros do Encruzilhadas, como Laura Dobrinsky. Sua casa, trinta minutos a pé da Casa Paroquial de Merda, pertencia a uma avó que agora se encontrava num asilo de idosos. Perry nunca tivera uma avó, mas reconhecia o cheiro de uma avó nas paredes, a mão de uma avó nos bordados das cortinas transparentes na sala de visitas onde Bear, às tardes, bebia Löwenbräu e lia as revistas que assinava. Claramente, a chave para a longevidade como traficante era ser como Bear. Ele só mexia com substâncias derivadas da natureza, sobretudo maconha e haxixe, mas também, como Perry soube ao explicar suas exigências em matéria de energia, alguma cocaína, a fim de satisfazer os músicos de sua clientela.

Na primeira vez em que foi vê-lo, Perry saiu com uma amostra de quarenta dólares. Alguém falou em amor à primeira cheirada? Dois dias depois ele voltou. Dessa vez, Bear estava acompanhado de uma figura simpática com uma minissaia de couro e que também bebia Löwenbräu, e Perry temeu que sua chegada fosse inoportuna. Mas Bear foi gentil e sua amiga, ao saber a razão de Perry estar ali, ficou toda agitada, como se acabasse de se lembrar que era feriado. Já então, depois de apenas dois dias, Perry se perguntou como era possível que alguém que só conhecesse mesmo que ligeiramente a cocaína não pensasse, por um momento sequer, se haveria alguma por perto — como essa ideia não tinha passado pela cabeça dela. Com seu coração ainda mais acelerado, enquanto Bear os tratava com grande amabilidade, havia a excitação de ser único (Perry desconhecia que alguém no Ginásio de New Prospect já tivesse usado a legendária droga de Casey Jones) e o fato de ser aceito por duas pessoas sofisticadas com mais de vinte anos. Entre os tópicos da animada conversa que tiveram, constava a droga mais interessante que já haviam usado, a droga que mais desejavam experimentar ("peiote", declarou Bear), a estrela da sorte à qual Perry devia agradecer por não ter sido roubado por um maluco que usava seringas, o contrastante caráter benigno do alcaloide derivado de uma planta que não transformava seus usuários em maníacos paranoicos, as experiências do dr. Sigmund Freud, a distinção hipócrita entre remédios com prescrição médica e drogas compradas nas ruas, os rumores de que os Beatles voltariam a tocar juntos, a irritante importância que se davam os membros da banda Grand Funk Railroad. Perry estava muito alegre, e sua alegria serviu aos propósitos daquela racionalidade que nunca dormia. Sua necessidade número um era que Bear gostasse dele, confiasse nele. Sua necessidade número dois era desviar a atenção da patente diferença entre ele e Bear, a saber, que Bear era suave. Uma cheirada tornou Bear ainda mais feliz e foi suficiente. Perry, o extremo oposto da suavidade, lutou duramente para controlar seus globos oculares que só queriam seguir a cocaína.

Como se viu depois, a suavidade de Bear ocultava uma grande teimosia. Suas vendas de cocaína eram um negócio marginal, sujeito à disponibilidade no atacado, e seus outros compradores, embora poucos e irregulares, eram leais a ele. Na condição de recém-chegado, Perry só fazia jus a meio grama. Quando se ofereceu para pagar um valor extra, Bear fingiu não ouvir. Bear estava sendo irracional — era cansativo e arriscado fazer Perry vir em busca do material com tanta frequência —, mas Perry, guiado pela racionalidade, concedeu mais algumas semanas para que o relacionamento dos dois se firmasse e ele fizesse sua proposta.

Bear assoviou. "Isso é uma tremenda cagada."

"Fico mais do que feliz de lhe pagar antecipadamente pelo trabalho que vai ter."

"O custo não é a questão."

"Por mais que eu tenha prazer nas nossas conversinhas, seria melhor que as tivéssemos com menos frequência. Não acha?"

"Está falando sério? Acho que você vai cheirar tudo o que levar e aparecer de novo aqui em uma semana."

"Não é verdade!"

"Não estou gostando do rumo desta conversa."

"Mas… você vai ver… é… barra limpa. Só me dê uma chance."

Talvez tenha sido a visão das vinte notas de cinquenta dólares, novinhas em folha, agradáveis de folhear, que viraram o jogo a favor de Perry. Bear pegou o dinheiro resmungando e o mandou embora com sua porção quase insignificante. Na quinzena seguinte, Perry foi vê-lo mais duas vezes, sem receber o material equivalente a seus mil dólares. Será que houve uma noite em que ele concentrou todo o poder de sua mente para criar, através da imaginação — para *fazer existir como produto de sua força de vontade* —, uma carreira do pó que até havia pouco existira com toda a sua brancura, mas que agora, devido a uma improvidência traidora do corpo, havia terminado? Houve mais de uma noite dessas. E será que chegou o dia em que Bear atendeu à campainha da porta e apenas lhe entregou um pedaço de papel?

"O nome dele é Eddie. Ele tem o que você pagou."

"Posso entrar?"

"Não. Desculpe. Você é um bom menino, mas não posso mais vê-lo."

A porta foi fechada. Por várias razões, e talvez a principal delas a mais pura exaustão física, Perry caiu no choro. Teria sido neste momento que surgiu a primeira partícula da matéria escura? Mesmo sabendo que o conhecia havia pouco tempo, ele sentiu que amava Bear mais do que já amara qualquer pessoa. A perda da afeição de Bear foi um golpe tão devastador que afugentou de sua mente todos os pensamentos sobre o pó branco. Somente quando voltou para casa, depois de chorar até não poder mais, ele relembrou o que os sete algarismos no pedaço de papel representavam. Sua mente explodiu como se ele houvesse inalado tudo aquilo.

Ele não amou Eddie, e Eddie não o amou. O primeiro encontro dos dois teve um sabor de rua Felix, e a única transação subsequente, absorvendo mais do que a totalidade dos fundos que Becky havia lhe transferido, o deixou furioso de ódio com Eddie, pois ele estava absolutamente certo de ter sido enganado. Mais uma vez, só depois é que ele se lembrou da porra da quantidade de droga que, mesmo roubado, ele passara a ter. Três latinhas de filme cheias até a borda: era algo de respeito. Nunca mais, ou pelo menos não por um período extremamente longo, ele se veria morrendo por falta de material.

No entanto, se três latinhas era algo excelente, quão mais excelente seriam seis latinhas? Ou doze? Ou vinte e quatro? Haveria um múltiplo de três de brancura suficientemente grande para tranquilizar de vez sua mente? A partícula escura, o pontinho mental, lá estava de novo. O dinheiro gasto não parecia mais trazer um benefício duplo. O dinheiro gasto era apenas o dinheiro que se fora. Em sua caderneta de poupança, perigosamente exposta aos olhares bisbilhoteiros dos pais, restava a triste quantia de 188,85 dólares, e até mesmo a genialidade tinha limites. Ele não via como cento e oitenta e nove dólares poderiam ser rapidamente transformados em três mil e quinhentos...

Larry roncava. O som correspondia tão perfeitamente à forma platônica de "ronco", que Perry se perguntou se seria fingido. Ficou imóvel, o volume dos roncos aumentou. Mais adiante, terminaram num arquejo agônico, seguido dos ruídos farfalhantes de Larry mudando de posição. Os roncos mais tênues ouvidos depois eram sem dúvida autênticos. Perry então ousou — uma coisa de cada vez: primeiro dar um refresco a seus nervos — abrir a latinha e enfiar dentro dela um dedo úmido. Deu uma pequena batida com o dedo na beira da latinha, com muito cuidado, e o enfiou na boca. Mergulhou o dedo de novo na latinha e o empurrou bem fundo numa das narinas; retirou o dedo, respirou fundo, o chupou até ficar limpo e usou a língua como um cotonete nas gengivas. O entorpecimento localizado era metonímico de uma interrupção mais geral das hostilidades de seu sistema nervoso contra a mente. Embora o barato estivesse ultimamente sendo fraco, ele ao menos não estava mais em conflito consigo próprio. Fechou a latinha e se sentou devagar. A bota estava perto da porta, o dinheiro em um dos pés dela, no local dos dedos, tudo perfeitamente previsto. O bater agora ensurdecedor de seu coração também servia para ensurdecer Larry, porque tinha que ser daquele jeito: o som vinha de Deus. Assim como se diz que as batidas do coração materno tranquilizam os bebês no útero, as batidas cósmicas de Deus embalavam todos os Seus filhos. Ah, como Ele os amava! Sentia poder matar todos ou salvar todos por um mero impulso de Sua vontade, tão poderosas eram as batidas de Seu coração induzidas pela cocaína quando abriu devagarinho a porta do quarto.

Um aviso de saída brilhava no corredor às escuras. Mais adiante, a luz de uma lâmpada fluorescente escapava fracamente da recepção. Era difícil voltar à cronologia humana e ver sentido no que seu relógio mostrava. Mas entendeu que ainda dispunha de trinta e cinco minutos. Embolsou o dinheiro, calçou a bota e passou silenciosamente diante da porta dos outros quartos invadidos pelo Encruzilhadas. De um deles, vinham os guinchos abafados de vozes femininas, garotas aflitivamente despertas. O que precisava ser feito sobre elas deveria ser autoevidente, porque Perry se viu, aparentemente um instante depois, sentado num dos compartimentos do banheiro e enfiando no fundo da narina, com o polegar, uma dose grande e bem espalhada na ponta do dedo. Era muito curioso. Como uma entidade onisciente podia se ver sentada numa privada sem saber como havia chegado lá? Fazendo com que os olhos de sua mente revisassem os minutos anteriores, encontrou uma oclusão. A partícula de matéria escura agora parecia maior, na verdade já não podia ser chamada de partícula. Talvez fosse mais bem descrita como uma incômoda semitransparência, uma mancha mal demarcada. Ele não podia fixá-la para um exame mais detido, mas sentia sua saturação maligna com um conhecimento que contradizia o dele. Era incrível! Incrível que o próprio Deus tivesse um pontinho negro em Seus olhos! Deus era muito, muito irado. Sua ira, não tendo onde mais se manifestar, tomou a forma de outras três cargas massivas em rápida sucessão. Se o excesso tresloucado matava o corpo, que assim fosse.

Baixou a calça no momento exato. O corpo, em vez de morrer, estava defecando como um vulcão de cabeça para baixo. Em meio ao fedor e ao piscar de luzes alienígenas, a um martelar apocalíptico no peito, se fez presente uma percepção abençoadamente racional: era isto que acontecia quando alguém se excedia. No entanto, contemplar esse pensamento era perceber sua irrelevância. O abuso havia estilhaçado sua cintilante racionalidade em milhares de cacos, cada qual consistindo num insight não relacionado com o outro, cada qual refletindo a brancura de uma estrela incandescente reluzindo em seu estômago. Pensou que fosse vomitar. Em vez disso defecou de novo, e nada tinha sido previsto. Se o conhecimento prévio dessa digressão supremamente desagradável no banheiro tivesse sido registrado em algum lugar, o seria na mancha nebulosa de matéria escura, não em sua mente.

Limpando a bunda no compartimento apertado do banheiro navajo, com as pernas tolhidas pela calça abaixada e com a atenção tomada pelos clarões de mil estilhaços, pela inchação asfixiante de sua carótida, ele esqueceu onde havia colocado sua latinha. Tão logo se lembrou dela, previu confiantemente que a havia tampado e posto de lado. Mas não. Ah, não não não não não! Tinha deixado cair no chão. O conteúdo disperso absorvia avidamente um filete de água que vazava da privada. Formava-se assim uma pasta aquosa que ele agora não tinha alternativa senão empurrar, com a lateral do dedo, para dentro da latinha, mesmo ao custo de molhar o pó que restava lá. Nada fazia nenhum sentido. A clarividência implantada num corpo que havia transitado pelo corredor rumo à execução de seu golpe de mestre agora estava recolhendo, com pedaços de papel higiênico, um alcaloide esbranquiçado que fora contaminado com bactérias fecais e até mesmo, possivelmente, com aquelas causadoras da tuberculose, conspurcando-se com a questão de saber se o alcaloide possuía propriedades antissépticas, se o papel higiênico podia depois ser esfregado nas gengivas sem que ele engolisse patógenos e se, embora ainda estivesse prestes a vomitar, seria melhor lamber o chão do que deixar que se perdesse um só miligrama.

Uma ânsia de vômito o dissuadiu de lamber. Enfiou o papel higiênico saturado na latinha e atarraxou a tampa. E de repente — numa onda de euforia n-dimensional, num contínuo orgasmo pancelular — ele se recordou que o objeto de seu golpe de mestre era garantir uma abundância da droga medida em quilogramas e não em miligramas. De repente, ele emergiu de uma turbulência que ameaçava sua vida para o mais tranquilo voo de grande altitude, e tudo voltou a fazer sentido. Como ele podia ter questionado a correção de seus atos? Como imaginou que havia abusado? Deus não errava! Ele era soberbo! Soberbo! Vencera os limites do corpo para alcançar os mais altos domínios do ser. A partícula de matéria escura se reduzira a ponto de desaparecer, era de novo tão minúscula que Deus poderia amá-la, ela era querida, não ameaçadora e, afinal, não sabia nada, ou talvez alguma coisinha insignificante...

agora você viu não seria melhor só vai levar um minuto

Recebendo a mensagem da partícula — de que naquela noite poderia haver um momento em que ele se sentiria um pouquinho menos soberbo, coisa que não se poderia permitir que acontecesse —, Perry voltou pelo corredor e se esgueirou para o quarto. Outra latinha, a que estava cheia e seca, se encontrava dentro de uma bola de meias no saco de lona. Ele a trouxera sem nenhuma intenção de usar. Uma paranoia de última hora o motivara, um medo aparentemente irracional de deixar toda a sua reserva no porão da casa paroquial, bem escondida atrás do aquecedor a óleo, mas desprotegida. Viu agora que, no fim, isso não havia sido nada irracional. Fora uma previsão perfeita.

"Perry?"

No escuro, a voz soou como a de Larry, o que não significava que ele estivesse acordado. Ser Deus também consistia em ouvir as vozes dos pensamentos de Seus filhos. Até então, as vozes haviam sido muito baixas para ser inteligíveis; eram mais como um murmúrio aleatório na gare central de Chicago. Perry desfez a bola de meias e guardou a latinha maravilhosamente pesada no bolso da perna de sua calça de pintor. Fluidos, entre doces e cáusticos, continuavam a escorrer atrás de seu septo.

"O que você está fazendo?"

Se a visão de Perry estivesse verdadeiramente perfeita, e não maculada pela partícula escura, ele teria conseguido eliminar Larry. O poder de matar por meio do pensamento era divino. A falha em seu poder era como uma nódoa na lente de um telescópio infinitamente potente.

"Perry?"

"Trate de dormir."

"O que você está fazendo?"

"Estou indo para a recepção. Enfie o nariz no banheiro, se não acredita em mim."

"Estou tendo o problema oposto. Uma prisão de ventre total."

Perry se levantou e caminhou em direção à porta. Já se sentia um pouquinho menos que soberbo.

"Podemos conversar um instante?"

"Não", respondeu Perry.

"Por que não quer conversar comigo?"

"Só o que eu faço é conversar com você. Estamos juntos o tempo todo."

"Eu sei, mas..." Larry sentou-se na cama. "Não sinto realmente que estou com você. É como se você estivesse numa espécie de... em outro lugar. Entende o que estou dizendo? Você nem tomou banho desde que chegamos."

Se Larry não conseguia ver o absurdo que era tomar banho, se não sentia a intensa repugnância de uma divindade por aquilo, era inútil explicar.

"Estou tentando ser sincero", disse Larry. "Estou falando de como você está me parecendo. E uma coisa que eu acho é que você realmente precisa tomar um banho."

"Entendido. Durma bem."

"Não sou só eu. O pessoal está achando você muito esquisito."

Perry sentiu então uma aliança entre Larry e a partícula de matéria escura, uma posse similar de conhecimento contraditório.

"Eu só quero que você me conte o que está acontecendo com você", disse Larry. "Sou seu amigo, estamos no Encruzilhadas. Você pode falar o que quiser."

"Acho que você é o mal", disse Perry. A justiça desse veredicto era excitante. "Acho que as forças das trevas estão em você."

Um som emotivo escapou de Larry. "Isso é... uma brincadeira, não é?"

"Longe disso. Acho que você quer foder sua mãe."

"Meu Deus, Perry."

"Meu pai também quer... sei disso por uma boa fonte. Você precisa cuidar da sua vida. Todos vocês, apenas fiquem fodidamente fora do meu caminho. Pode fazer isso para mim?"

Houve um silêncio tornado imperfeito pelo som distante do motor muito acelerado de algum veículo navajo. O rosto pálido de Larry, na obscuridade mais acima, era semelhante ao de um cadáver. Ocorreu a Perry que o poder infinito era infinitamente terrível. Como Deus suportava todos os castigos que era obrigado a infligir? Com o poder infinito vinha a pena infinita.

Larry girou as pernas para fora da cama. "Vou chamar o Kevin."

"Não faça isso. Eu fui... minha piada foi de mau gosto. Peço desculpa."

"Você realmente está me deixando assustado."

"Não chame o Kevin. O que nós dois precisamos é de uma boa noite de sono. Se eu prometer que tomo um banho, você volta a dormir?"

"Não posso. Estou preocupado com você."

Como ele eliminaria Larry, se com os golpes de um objeto maciço ou mãos estranguladoras, inevitavelmente haveria uma comoção passível de ser ouvida fora dali.

"Deixe eu só ir ao banheiro outra vez. Minha barriga está em ebulição. Uma fábrica de gás industrial. Mas fique aqui, está bem? Volto num instante."

Sem esperar por uma resposta, Perry saiu em disparada do quarto e voou pelo corredor com as asas do pó. Como se houvesse saltado de um despenhadeiro, atingiu uma velocidade fabulosa antes que uma forte barreira, sob a forma de limites coronários tornados mais rigorosos pelo baixo nível de oxigênio na atmosfera, o fizesse parar de estalo. Ele se virou para trás, ofegante, a fim de ver se a criatura maligna saíra do quarto. Nem um som!

As portas do dormitório ficavam trancadas à noite, mas da janela da recepção para o pavimento era um pulo (ou uma subida, como seria o caso depois) de apenas um metro e meio. Do lado de fora, no ar gélido, ele parou para tocar no dinheiro em sua jaqueta e nas latinhas na calça. Mais um rápido estímulo: aconselhável? Embora estivesse talvez dois pontos abaixo do barato mais sensacional já alcançado, o frio era terrível. Havia um gosto de sangue em sua laringe, e ele não tinha se livrado de todo da vontade de vomitar. Adiante, senhor. Adiante.

Os jovens navajos que ele conhecera na noite anterior esperavam por ele no posto de gasolina sem bandeira conhecida que ficava na beira da estrada mais além do dormitório Ele encontrou os dois jogando basquete debaixo da placa de publicidade de um hotel cujas luzes iluminavam um aro e uma tabela precária que havia sido aparafusada a um dos suportes do cartaz. O navajo mais novo tinha uma cicatriz profunda e irregular que ia do nariz até o queixo. O mais velho era mais arrumadinho, cabelo comprido e calça de veludo cotelê boca de sino com uma grande fivela prateada no cinto. Atendendo ao convite deles, Perry demonstrou sua patética falta de habilidade com uma bola e, submetendo-se à zombaria dos dois, rindo também, assegurou a confiança da dupla. Ao tocar no assunto crucial, a risada dos dois atingiu volumes ainda mais altos.

"Mas estou falando sério", Perry disse.

A hilaridade deles prosseguia. "Você quer experimentar *peiote*?"

"Não", ele respondeu. "Quer dizer... sem querer ofender ninguém... não é para meu uso. Estou querendo obter um grande volume. Talvez meio quilo ou mais. Tenho dinheiro."

De tudo o que ele havia dito, isso aparentemente foi o mais engraçado, de fazer xixi nas calças. Sua capacidade de previsão dera margem a lançar muitos anzóis para fisgar um peixe, e ele avaliou que era hora de tentar outro lago. Afastou-se.

"Ei, espera, cara, aonde é que você vai?"

"Foi um prazer conhecer vocês dois."

"Você falou em dinheiro. Que dinheiro é o seu?"

"Se é moeda corrente?"

"Quanto você tem? Vinte?"

Ofendido, Perry voltou para perto deles. "Meio quilo de peiote por vinte dólares? Tenho cento e cinquenta vezes mais que isso."

Essa revelação acabou com a hilaridade. O navajo mais arrumadinho lhe perguntou, franzindo a testa, o que ele sabia sobre o peiote.

"Sei que é um poderoso alucinógeno empregado nas cerimônias dos navajos."

"Errado. O peiote não é coisa dos navajos."

Nenhuma palavra no mundo machucava mais que *errado*. Durante toda a sua vida, ela tinha feito Perry querer chorar.

"Que frustrante", ele disse.

"Peiote não é coisa nossa", disse o arrumadinho. "É só para gente na Igreja."

"Eles tomam aquilo e suam", disse o amigo dele.

"Nem cresce aqui. Vem do Texas."

"Entendo", disse Perry.

Da imperfeição agora exposta de seu conhecimento, veio um cansaço agravado por muitas semanas de noites insones, um cansaço tão imenso que ele suspeitou que quantidade nenhuma de estímulo poderia superá-lo. Fechou os olhos e viu a partícula escura contra o pano de fundo negro de suas pálpebras cerradas. Os dois navajos trocavam palavras que ele estava fascinantemente perto de entender. A distância entre não conhecer nem uma palavra de navajo e conhecer todas as palavras de navajo parecia não maior que um micrômetro. Não fosse pela partícula, pelo cansaço, ele poderia ter vencido sem esforço aquela distância.

"Mas tem um cara", o arrumadinho disse a Perry. "Um cara chamado Flint."

"Flint, *isso*!" O mais moço pareceu excitado ao se lembrar dele. "Flint Stone."

"Ele mora no Novo México, logo depois da fronteira."

"Logo depois da fronteira. Conheço o lugar."

"Quem é Flint?", Perry perguntou.

"É o cara. O que tem o que você precisa. Ele traz peiote do Texas."

"É um navajo?"

"Não acabei de dizer isso? Ele é da Igreja e tudo mais." O arrumadinho se virou para o amigo com a cicatriz no rosto. "Lembra daquela vez em que fomos lá?"

"Isso mesmo! Aquela vez em que fomos lá."

"Ele tinha um saco do troço na cabana. Era como um saco de café de dois quilos e meio, peiote puro."

"Não era café?"

"Não, cara. Eu vi. Ele abriu o saco, me mostrou. Era tudo peiote. Recebe o troço para a Igreja."

Flint Stone era um nome tirado de um desenho animado. As dúvidas de Perry acerca da história, que eram substanciais, emanavam todas da partícula. A essência da partícula consistia em que tudo era inútil, e ele estava mortalmente cansado. Por um instante, na luz refletida pela placa de publicidade, ele mergulhou ainda mais fundo no desânimo. Mas então — Oh, criaturas sem fé! — sua racionalidade resplandeceu. O desânimo era, ele próprio, a prova de que não podia ir mais longe; não tinha forças para abordar outros navajos desconhecidos. *Por definição*, se não podia ir mais longe, era por ter alcançado um término lógico. À luz da mais perfeita lógica, o saco de café transbordando de peiote se tornou incontestavelmente real. A garantia era o saldo de 13,85 dólares em sua caderneta de poupança, quantia somente um pouco maior na de Clem. A única maneira de reabastecer aquelas contas, e ao mesmo tempo obter um lucro suficiente para sustentar suas necessidades ancilares de drogas, era comprar um grande volume de peiote e revender por um preço cinco vezes maior em Chicago. *Ergo*, tinha que existir um homem com o nome improvável de Flint Stone, o homem tinha que vender peiote ao preço reduzido da reserva, e as primeiras pessoas que Perry havia abordado tinham que conhecê-lo. Tinham que! Não poderia ser diferente porque Deus só tinha um plano.

Flutuando no ar com sua lógica efervescente, ele havia combinado voltar em vinte e quatro horas. Na pequena eternidade dessas horas, o saco de peiote se tornara ainda mais real, tão real que ele era capaz de sentir seu peso significativo, era capaz de sentir o cheiro de fungo e de terra. O peso e o cheiro geravam um tesão que persistiu ao longo de uma manhã em que raspou tinta da parede de uma sala de reunião tribal, uma tarde em que explicou a Larry a estrutura atômica da matéria, a criação da matéria num Big Bang que ainda hoje fazia com que o universo se expandisse, o papel crucial das estrelas variáveis Cefeidas na descoberta dessa expansão, a circunstância incrivelmente providencial (tinha que ser!) de que o período de variação de uma Cefeida era proporcional à sua luminosidade absoluta, permitindo assim a medição precisa das distâncias intergalácticas onde uma mente capaz de tudo ver podia circular à vontade, aproximar-se para contemplar mais de perto os quasares e as nébulas criados por Ele, inspecionar os sombrios limites exteriores da existência material...

Ao longo da estrada deserta que levava ao posto de gasolina, havia lâmpadas de vapor de mercúrio que pareciam mais fracas que as de New Prospect, como se a pobreza dos navajos se estendesse até a amperagem. O ar tinha o aroma acre de óleo de aquecimento queimado, mas o único ponto de calor se encontrava em sua cabeça. Ele considerou a possibilidade de haver cometido um erro em não vestir suas ceroulas e um segundo suéter, mas depois descartou esse pensamento, por ser incompatível com uma capacidade perfeita de previsão. Seu nariz e sua boca estavam tão dormentes que só depois ele reparou que seu muco nasal havia descido até o queixo. Empurrou-o para dentro da boca e saboreou o eterno frescor da substância derivada da natureza nele dissolvida. Era concebível que houvesse cheirado mais de meio grama...

O posto estava fechado. Do lado de fora do escritório às escuras, estavam o sujeito com a cicatriz no rosto e, fumando um cigarro, uma figura desgrenhada que Perry não reconheceu. *Sr. Stone?* A figura parecia muito mais jovem do que ele imaginava que Flint era.

"Esse é o meu primo", disse o sujeito da cicatriz. "Ele vai dirigir."

O primo tinha um pescoço grosso e irradiava boçalidade. Gente daquele tipo atormentava os colegas no vestiário de qualquer escola ginasial.

"Onde está seu outro amigo?", perguntou Perry.

"Ele não vem."

"Que pena."

O primo jogou o cigarro na direção das bombas de gasolina, como se as provocasse para pegar fogo (imbecil), e caminhou até uma caminhonete coberta de pó, estacionada num local mais escuro. Quando Perry viu que ela era da mesma marca e do mesmo modelo que a do reverendo, e igualmente decrépita, sentiu um formigamento no couro cabeludo. Tudo o que havia da mais pura bondade e correção o invadiu, varrendo o último resquício de dúvida insuflada pela partícula. O carro do primo *tinha que* ser um Plymouth Fury. Como foi no começo, é agora e sempre será!

Ele não imaginava a velocidade que um Fury podia atingir. Na estrada estadual, sentado no banco de trás, ele viu o velocímetro penetrar em regiões que relembravam seus excessos no banheiro. Mas não houve excessos, nem o primo era um idiota. Pelo contrário, tinha uma profunda inteligência em matéria de condução de veículos. Luzes solitárias brilhavam como as galáxias que Deus vislumbrava em suas inspeções. Sobrenaturalmente invisível, esparramado atrás da silhueta da cabeça de dois índios como formações rochosas num deserto iluminado por faróis, ele enfiou o dedo na latinha corrompida e o esfregou nas gengivas e narinas. Respirou fundo o ar doce, fungou repetidamente.

"Podem confiar totalmente em mim", ele disse. "Eu não podia ser mais indiferente às particularidades da origem do nosso material. Não me interessa saber se o último elo na cadeia de posse foi rigorosamente legal. Na verdade, pode-se argumentar que o furto, sendo proibido, implica um nível de risco passível de ser considerado um trabalho duro, merecendo assim uma recompensa como qualquer outro trabalho."

Perry deu uma risadinha, divinamente satisfeito consigo próprio.

"O argumento contrário seria que o furto priva uma segunda parte dos frutos de seu próprio trabalho duro, o que dá origem a uma interessante questão econômica — como o valor é criado e como ele é perdido. Se tivéssemos tempo e vocês possuíssem um conhecimento básico de álgebra, poderíamos examinar a matemática do roubo — se é de fato um jogo de soma zero ou se existe algum fator X que não estamos levando em conta, algum déficit oculto na parte roubada. Embora, mais uma vez, para os fins limitados da nossa transação, isso não me importa. Pela mesma razão, se existe um elo na cadeia que vocês não…"

"Cara, o que é que você está falando?"

"Estou dizendo que, por mais que seja legítimo, ou talvez menos que legítimo…"

"Por que você não para de falar? Cala a boca."

Seu amigão com a cicatriz no rosto! Perry soltou uma risadinha ao pensar como o amava. Que Deus havia escolhido favorecer em especial um navajo com o rosto desfigurado, cuja educação provavelmente terminara na oitava série: todos os anjos no céu estavam rindo com Ele.

"Qual é a graça? Está rindo do quê?"

"Para de rir", disse o primo. "Cala a boca."

Perry continuou rindo, mas num comprimento de onda baixo demais para ser ouvido, um comprimento de onda, de rádio ou telepático, que penetrava em cada coração, estando a pessoa dormindo ou acordada, no mundo todo, trazendo um alívio que a razão humana era incapaz de explicar. Em seu próprio raio de audição, chegou uma multidão de vozes, um burburinho coletivo de gratidão e contentamento. Uma voz, elevando-se acima do murmúrio geral, disse claramente: "Isso é uma babaquice".

A voz era insidiosamente próxima e fez cessar o riso silencioso. Soava como Rick Ambrose, e o sentimento era esquisito. Babaquice como brincadeirinha ou idiotice séria? As duas interpretações eram válidas.

"Brincadeirinha, não", a voz esclareceu. E acrescentou — melhor dizendo, rosnou — algo numa língua (navajo?) que seria inteligível se pronunciado mais devagar. Ouvir uma linguagem estrangeira na cabeça era quase tão assustador quanto reconhecer sua própria condição divina, porém do mesmo modo vinha seguido de uma percepção tranquilizadora: a mente capaz de falar todos os idiomas humanos sem tê-los estudado só podia pertencer a Deus. *Quod erat demonstrandum.*

Como uma inversão do excesso, a marcha suave do Fury deu lugar a uma turbulência capaz de demolir colunas vertebrais. Numa estradinha estreita de terra, cujas crateras eram buracos negros à luz dos faróis, o primo manteve uma velocidade que sugeria ser imperativo reavaliar sua inteligência. Eram necessárias duas mãos para se estabilizar e três outras mãos para se assegurar de que as duas latinhas de filme e o envelope dobrado de dinheiro não caíssem dos bolsos. Um pó com gosto de giz encheu o compartimento de passageiros, e a estrada não terminava nunca. A única esperança era estarem correndo para se encontrar com um vendedor impaciente em alguma hora aprazada; e que a volta se faria numa velocidade mais baixa. Sob a dor física de ser golpeado pelo descanso de braço e pela porta, além de seus próprios membros desgovernados, uma espécie mais profunda de dor começou a crescer, porém as acelerações e desacelerações eram tão imprevisíveis e violentas que abrir uma latinha estava fora de questão...

O Fury parou.

Não mais seu melhor amigo, o sujeito com a cicatriz no rosto se voltou e pousou o cotovelo no encosto do banco. "Me dá o dinheiro e espera aqui."

"Se você não se importa, eu quero ir junto."

"Espera aqui. Ele não conhece você."

Isso fez sentido suficiente para ser entendido como uma necessidade pré-determinada. O sujeito pegou o envelope de dinheiro enquanto o primo desligava o motor e os faróis. A lua estava encoberta. Depois que a porta do carro se abriu e se fechou, a única iluminação vinha da lanterna do sujeito. Antes que se perdesse de todo, o feixe de luz, claramente definido pela poeira que o carro levantara, mostrou uma cerca de arame farpado, um mata-burro enferrujado e ervas daninhas descoradas ao longo de um caminho com pedras. O primo acendeu um cigarro e deu uma tragada como uma rajada de vento. Havia muito a dizer e nada que pudesse ser dito. Embora a partícula de matéria escura fosse maligna, sua escuridão era tentadora. O clarão da mente podia se tornar tão cansativo...

O feixe de luz da lanterna voltou bamboleando. A porta de trás do carro foi aberta.

"Ele tem o peiote, mas quer falar com você."

Por mais frio que estivesse em Many Farms, o ar era duas vezes mais frio nas trevas daquele lugar no meio do nada. O feixe de luz gentilmente indicou pedras e buracos a serem evitados no caminho. À frente, tornou visível uma estrutura de pedra, uma cerca de madeira que o sol embranquecera e a parte de trás do esqueleto de um caminhão. O sujeito abriu com um pontapé um portão quase despencando. "Entra", disse.

Era difícil falar com as mandíbulas contraídas para evitar que o queixo batesse. "Me dá o dinheiro."

"Já está com o Cliff. Ele está contando."

"Quem é Cliff?"

"Flint. Ele quer falar com você."

Uma dor profunda e um frio brutal, um tremor nos músculos do peito. No calor do carro ele ainda havia se mantido inteligente. Sempre tinha contado com sua inteligência, mas agora ela o abandonara. O frio fizera dele um imbecil.

"Vai. Pega a lanterna."

Perry pegou a lanterna e passou pelo portão. A imbecilidade o reduzira à condição de esperar pelo melhor. A esperança era o refúgio dos imbecis. Um cacto de pera espinhosa surgiu adiante, um monte de latas oblongas carcomidas pela ferrugem, placas irregulares de um material de construção não identificável, um toco de árvore queimado. Os sinais de abandono eram inquestionáveis, mas ele contornou a estrutura de pedra.

Não havia uma parte de trás, somente as bordas de uma parede que se transformara em entulho.

Ouviu um som tão bem conhecido quanto a voz de seu pai, o guincho e o ronco do motor de uma caminhonete Fury sendo ligado. Ouviu as rodas girar, a transmissão automática engrenando as marchas.

Sentia frio demais para ter raiva, as pernas tremiam demais para ele correr.

A partícula de matéria escura só havia sido diminuta na dimensão espacial. Constituía o negativo de um ponto de luz que dera origem ao universo. Agora, em sua expansão explosiva e consumindo a luz, a hiperdensidade da partícula se tornou aparente: nada era mais denso que a morte. E como ele estava cansado de correr dela! Tudo o que precisava fazer era se deitar no chão e aguardar. Estava muito mal alimentado e exausto, o frio faria o resto — ele sabia disso, podia sentir isso. O negativo escuro que substituíra sua racionalidade era igualmente racional, tudo igualmente claro em sua antítese da luz.

Mas o corpo não era racional. O que o sistema nervoso do corpo desejava absurdamente naquele instante era mais droga. Seu dinheiro tinha sido roubado, mas não as latinhas.

Ele ficou pulando no mesmo lugar para se aquecer, fez exercícios de agachamento até perder o fôlego, depois, desajeitadamente, com os dedos enrijecidos, conseguiu abrir uma latinha e revestiu as gengivas com o papel higiênico saturado.

Embora maligno e enjoativo, o estímulo exerceu efeito. Embora tudo estivesse invertido, sua racionalidade agora reduzida a um pontinho negro contra o pano de fundo das trevas infinitas da morte, a luz não escapara por inteiro de sua mente. Tropeçando, caindo, deixando tombar a lanterna, pegando-a de novo, chegou à estradinha de terra.

Quando antes tinha tido mil pensamentos ao dar um só passo, agora precisava dar mil passos para completar um pensamento.

Seus primeiros mil passos produziram o pensamento de que estava andando apenas para se aquecer.

Mil passos depois, achou que o aquecimento restauraria o suficiente de sua habilidade manual para poder dar uma cheirada decente com o pó no polegar.

Mais adiante na estrada, pensou que estava em apuros.

Mais tarde, ao chegar a uma encruzilhada e aleatoriamente seguir pela direita, compreendeu que não poderia denunciar o roubo do dinheiro sem revelar que o tirara de Clem.

Passado algum tempo, percebeu que só estava sentindo gosto de papel higiênico, que era melhor cuspi-lo.

No momento em que parou para cuspir, seu peito foi tomado por calafrios. Ele não estava mais se aquecendo, e as pilhas da lanterna tinham praticamente se esgotado, a ponto de não enxergar menos com ela desligada.

Esse foi um pensamento, e o derradeiro dele. Sua mente se apagou junto com a lanterna, só restando depois uma escuridão frígida que tinha como únicas características um céu ligeiramente menos negro e uma passagem à frente correspondentemente menos negra. A passagem dava a impressão de ser eterna, mas pouco a pouco se transformou numa subida. Lá no alto, o céu clareou e revelou uma massa em forma de caixa à distância, mais escura que a estrada, mais elevada que o horizonte.

Ele ainda marchava com passos pesados em direção àquela massa depois que as chamas a engolfaram.

Ele ainda não estava lá quando já estivera por algum tempo. Mesmo ao se manter a salvo daquele inferno e se aquecer agradavelmente, ainda estava a caminho de lá.

Uma coisa que ainda não havia acontecido já tinha acontecido. Uma grande construção de madeira com telhado de metal e portas largas havia sido arrombada. O metal gélido dos tratores que ela guardava e a friagem intensa do chão de concreto tornavam o interior mais frio que o lado de fora, mas a totalidade das trevas tornou útil uma lanterna fraca, e lá havia uma caixa de fósforos. Havia também uma pilha de páletes de madeira. Gasolina. Uns respingos de gasolina, só o bastante para pôr fogo num pálete e produzir algum calor. Depois uma chama azul serpenteando com terrível velocidade.

Um pássaro com plumas de um amarelo-brilhante, um papa-figo, cantava no alto de uma palmeira. Nos fundos, em torno da piscina do conjunto de apartamentos, ela podia ouvir o chilrear de passarinhos menores, o estalido da poda de cercas vivas, os suspiros da megalópole. Em algum momento durante a noite, sua terceira em Los Angeles, ela havia recuperado uma acuidade auditiva que não se dera conta de ter perdido. Coisa semelhante acontecera ao final de sua internação no Rancho Los Amigos. Uma volta de sua presença cotidiana.

Da cidade que guardava na memória, só restavam o tempo ameno e as palmeiras. A leste de Santa Monica, onde o bonde passava, havia agora uma autoestrada com dez pistas, uma imensidade suspensa de reflexos metálicos. Ao sair do aeroporto dirigindo, ela tinha sido levemente abalroada por um carro que vinha atrás, levado fechadas, ouvido buzinadas insistentes. As montanhas que outrora proporcionavam orientação haviam desaparecido numa mistura claustrofóbica de fumaça e neblina. Os edifícios que surgiam em meio ao nevoeiro, quilômetro após quilômetro, eram como competidores em um jogo canceroso de tentar ser o maior. A cidade não convidava mais sua mente a refletir a imensidão do céu. Ela não passava de uma turista em frangalhos de Chicago, uma mãe comum que tinha a sorte de o filho saber decifrar um mapa rodoviário.

Não era tão ruim ser comum. Era agradável rever os passarinhos. Agradável não se sentir envergonhada num maiô, já próxima de seu peso desejado. Como teria sido agradável passar o dia em Pasadena, ver Jimmy outra vez no asilo e deixar Antonio, que se tornara um grande chef de cozinha, fazer o jantar. Como era inesperadamente triste ter que pegar seu carro alugado e seguir por autoestradas.

Ela calculara mal a urgência de ver Bradley. Por três meses, consumida por essa urgência, concentrada em perder peso e ir a Los Angeles, tinha devotado pouco tempo a pensar concretamente no que aconteceria quando chegasse lá. Bastara imaginar uma profunda troca de olhares, o reflorescimento delirante da paixão. Quando Bradley, em sua segunda carta, se ofereceu para encontrá-la em Pasadena, ela não previu o horror de dirigir nas autoestradas. Insistira em ir à casa dele porque o apartamento de Antonio em Pasadena, com Judson a tiracolo, não era obviamente um local adequado à paixão.

"Mamãe, olha pra mim."

Judson, na cadeira reclinável ao lado da de Marion, vestindo seu novo calção largo de banho, apontava a câmera em sua direção. Ouviu-se o ruído do filme rodando.

"Querido, por que você não está na água?"

"Estou ocupado."

"Você tem uma piscina toda para você."

"Não estou com vontade de me molhar."

Alguma coisa se alterou dentro dela, um estremecimento de medo ou culpa — uma lembrança. A moça que ela fora no Rancho Los Amigos tinha fobia de água em sua pele.

"Quero ver você dar um mergulho. Pode me mostrar como mergulha?"

"Não."

Ele se curvou sobre a câmera e ajustou um indicador. A câmera parecia complicada demais para um garoto de nove anos, e ela tentara dissuadi-lo de trazê-la na viagem. No voo de Chicago, em vez de ler um livro, Judson ficou mexendo o tempo todo no aparelho, acionando e girando tudo o que podia ser movimentado. Fizera a mesma coisa na Disneylândia. Ele só tinha três minutos de filme e estava ansioso, visivelmente estressado, com receio de usar mal aquilo — erguia a câmera e hesitava, retocando os controles, franzindo a testa. Ela própria estava ansiosa, por causa da autoestrada, e precisava de mais cigarros do que achava que podia fumar na frente dele. Eram só três e meia da tarde quando ele usou todo o filme. O dinheiro havia sido gasto, ainda não tinham visitado a Frontierland, porém Judson disse que já vira o suficiente. No estacionamento do parque, antes de voltar a Pasadena, ela tinha fumado dois cigarros.

"Largue essa câmera. Você já brincou bastante com ela."

Ele obedeceu com um suspiro teatral.

"Você está triste com alguma coisa?"

Judson disse que não com a cabeça.

"É comigo? Meus cigarros? Peço desculpa por estar fumando."

O papa-figo voltou a cantar, tão amarelo! Ele deu uma olhada na direção do pássaro, fez menção de pegar a câmera e parou.

"Querido, o que é? Você não está do jeito que costuma ser."

A expressão dele ficou mais sombria. Com a volta da audição normal, veio uma agudização generalizada dos sentidos de Marion.

"Vai me dizer o que está chateando você?"

"Nada. É só que... nada."

"O que foi?"

"Perry me odeia."

Ela teve outro estremecimento de culpa, mais pronunciado.

"Isso não é verdade. De forma alguma. Não há ninguém de quem Perry goste mais do que você. É o queridinho dele."

A boca de Judson se dobrou para dentro como se ele fosse chorar. Ela se esticou até a cadeira reclinável dele e puxou o rosto de Judson contra seu peito. Judson era tão magrinho e carente de hormônios, que ela poderia tê-lo engolido, mas sentiu sua resistência. O antigo maiô agora sobrava em cima e dava a seus seios uma latitude indecente. Marion deixou que ele se afastasse.

"Perry já tem dezesseis anos. Os adolescentes dizem qualquer bobagem sem pensar. Não tem nada a ver com quanto seu irmão gosta de você. Tenho certeza."

A expressão de Judson não se alterou.

"Aconteceu alguma coisa? Ele disse alguma coisa que aborreceu você?"

"Disse para eu deixar ele em paz. Usou uma palavra feia."

"Tenho certeza de que não foi para valer."

"Disse que estava enjoado de me ver. Usou uma palavra muito feia mesmo."

"Ah, querido, sinto muito."

Ela o abraçou de novo, dessa vez acomodando a cabeça dele no ombro. "Não preciso ver meu amigo hoje. Posso ficar aqui com você e com o Antonio. Você gostaria?"

Ele se desvencilhou dos braços dela. "Não faz mal. Eu também odeio ele."

"Não, não odeia. Nunca diga isso."

Ele pegou a câmera e clicou alguma coisa. Clicou. Clicou. Ela nunca tinha se preocupado com Judson, mas sua fixação na câmera a lembrou de suas próprias fixações doentias. De repente, uma imagem muito vívida a invadiu e ela chegou a estremecer, uma imagem de seu companheiro de alma em cima dela, avassalador diante do quanto Marion se abrira para ele. O maiô estava largo — havia perdido catorze quilos, e para ele — uma loucura. Ah, o alívio de ser obcecada, o abençoado banimento da culpa. A chave ainda se encontrava lá para ser acionada.

"Judson", ela disse, seu coração martelando, "me desculpe se não tenho sido a pessoa que costumo ser. Sinto muito se Perry magoou você. Tem certeza de que não quer que eu fique aqui com você?"

"Antonio disse que vai jogar Monopólio comigo."

"Não quer que eu fique?"

Ele deu de ombros, o gesto exagerado de uma criança. A coisa certa seria ficar com ele, mas uma tarde jogando Monopólio passaria bem depressa, e Antonio havia prometido fazer tacos crocantes. Nada que ela pudesse fazer hoje era tão urgente que não pudesse ser feito amanhã, exceto encontrar-se com Bradley.

"Então vamos entrar. Quem sabe Antonio prepara uma vitamina para você?"

"Já vou num minuto."

"Não leu o aviso? Nenhuma criança desacompanhada com menos de doze anos."

Antonio havia ensinado a Judson o conceito de vitamina, uma espécie de milk-shake misturado com banana. Antonio tinha se aposentado do emprego que o trouxera com Jimmy para Los Angeles, mas ainda era vigoroso, o cabelo esplendidamente branco, o rosto mais bonito que antes. Poderia facilmente ter tido outro amante, mas, em vez disso, todas as manhãs e noites ia ao asilo onde Jimmy estava acamado. Ela se deu conta de que, em seu preconceito juvenil, por Antonio ser mexicano, tinha entendido erroneamente a relação dele com seu tio. Antonio, e não Jimmy, sempre fora o homem da casa. A arte de Jimmy nunca tivera compradores, e agora ele não passava de um saco de ossos, suas vértebras tão avariadas que até uma cadeira de rodas era desconfortável. Tudo o que lhe restava era o humor. Quando Marion perguntou do irmão dele, Roy, Jimmy mencionou que o primeiro neto do irmão tinha nascido no dia em que Nixon foi eleito. "Adivinhe", ele tinha dito, "qual desses dois acontecimentos deixou o Roy mais feliz."

Não era fácil aplicar delineador com a mão trêmula. O espelho do quarto de hóspedes mostrava outra vez alguém com maçãs de rosto proeminentes, mas a pele estava marcada por rugas finas antes escondidas pela gordura; era preciso uma iluminação precária para que ela se visse como a garota que desejava ser. Ao menos seu vestido novo cabia na garota. Ela havia pedido à costureira da Pirsig Avenue alguma coisa que lembrasse o verão, alguma coisa do tipo que Sophie Serafimides dizia que *levantava o moral de um homem*, e atrasara a última prova como um incentivo para perder um pouco mais de peso. A costureira, declarando que ela estava encantadora, recebera o dinheiro que Marion tinha ganhado lendo as provas de um guia de leitura para as obras de Sófocles.

Depois de consumir o dinheiro roubado da herança da irmã e de sobrecarregar tanto quanto podia ousar o cartão de crédito da família, ela havia perguntado aos frequentadores da igreja sobre algum trabalho adequado a uma pessoa com boa formação educacional que nunca tinha tido um emprego, e uma paroquiana a havia posto em contato com uma mulher que estava de licença-maternidade na Fundação de Grandes Livros. O trabalho de revisão de textos, apesar de tedioso, era conciliável com os frequentes cigarros de Marion. Mantinha sua mente longe da comida e limitava ainda mais suas interações com Russ e os filhos. Em quatro semanas, tinha faturado quase quatrocentos dólares, suficientes para pagar o débito do cartão de crédito, cobrir o custo de um carro alugado e da Disneylândia, e comprar algumas coisas, como os rolos de filme que Judson queria para a viagem. O próprio Bradley certa vez havia dito num soneto: ela era eficiente.

Antes de se despedir de Judson, foi até o pátio do quarto de hóspedes com sua bolsa. Depois de fumar, demorou um pouco a perceber que já estava atravessando o gramado rumo ao estacionamento, em vez de ter ido para o interior da casa. Não seria necessário dizer até logo?

Estava aterrorizada demais para avaliar. Seu cérebro parecia uma banana num liquidificador. Pouco claro se a fonte do terror era a perspectiva da autoestrada ou simplesmente a chegada do *momento* — o momento em que passado e presente se uniriam e os trinta anos intervenientes iriam desaparecer. Embora tivesse estado obcecada em criar esse momento, a chegada dele a pegou de surpresa.

Ela não era eficiente. Havia memorizado as instruções que Bradley lhe enviara. Tinha se testado repetindo-as tim-tim por tim-tim. E agora não conseguia lembrar uma única palavra. Trazia a última carta dele na bolsa, mas não podia ler e dirigir ao mesmo tempo.

Ligou o carro, que tostava ao sol, e deixou o ar-condicionado no nível mais baixo. O tecido de seu vestido tinha apliques de cachemira verde contra um fundo de linho cru, e eles iriam revelar seu suor, que já era considerável. Teria que falar com o sr. Shen, da lavanderia a seco de New Prospect. O sr. Shen sempre se dizia pessimista quando ela mostrava uma mancha feia e sempre realizava o milagre de removê-la. Lembrar do sr. Shen fez com que ela regressasse à realidade do dia a dia. A pior das hipóteses — que ela estaria de volta a Pasadena em quatro horas, podendo nadar na piscina, sem nenhuma fobia, uma pessoa comum — não era tão ruim. Pequenos confortos, carro com ar-condicionado, um drinque à beira da piscina, um cigarro depois do jantar, podiam ajudar qualquer um a seguir vivendo. Antecipar pequenos confortos era uma habilidade que Sophie Serafimides tinha elogiado nela. Era estranho que se sentisse compelida a infligir tais terrores a si mesma.

Outra máxima da gorducha: *é melhor funcionar do que não funcionar*. Uma vez na autoestrada, ela descobriu que se lembrava das indicações perfeitamente. A experiência da autoestrada era, ela própria, uma obsessão útil, um estado mental tão exigente que o mundo exterior mal existia. Tudo o que tinha a fazer era se manter na pista mais à direita e observar as placas de sinalização. Dos milhões de pessoas que dirigiam em Los Angeles todos os dias, poucos eram mortos. Quando passou pelo San Diego Freeway sem morrer, lhe veio o pensamento de que, caso acabasse se mudando para lá, quem sabe até viria a gostar de dirigir.

Foi um erro pensar isso. Por sorte, emergiu de suas fantasias a tempo de pegar a saída para Palos Verdes. Empurrada o tempo todo pelos carros atrás dela, seguiu até o Crenshaw Boulevard até conseguir parar e se recompor. Dirigiu uma ventoinha de ar frio na direção do rosto, que sentia estar vermelho, e apalpou as axilas com um lenço de papel que tirou da bolsa. A névoa do lado de fora tinha um toque marítimo, com uma cor mais pálida que a mistura de fumaça e neblina, tornando a paisagem apenas menos nítida, sem apagá-la. Num toldo próximo estava escrito PERRY EVOCA REALIDADE.

As palavras flutuaram diante de seus olhos.

As palavras reemergirem como PERRY SIMMONS IMOBILIÁRIA não diminuíram seu medo. Não querendo que seu vestido fedesse a fumaça de cigarro, saiu do carro. O ar tinha o frescor do oceano e o cheiro intenso do asfalto de um conserto em andamento do outro lado da rua. As palavras no toldo eram muito estranhas, muito precisas para serem outra coisa senão um sinal de Deus. Mas o que significavam?

Marion não tinha conversado de verdade com Perry desde a noite de seu aniversário de dezesseis anos, três semanas antes. Ela o reteve na cozinha depois do jantar e lhe deu, sem que ninguém visse, duzentos dólares, a mesma quantia que dera a Clem no Natal. Depois que Perry agradeceu, ela notou que uma das fatias de bolo mal tinha sido tocada, e ele admitiu ser a sua. *Não gosta mais de bolo de chocolate?* "Não, está delicioso." *Então por que não comeu?* "Minha bunda está gorda." *Sua bunda não tem nada de gorda!* "Você é que faz esse programa louco de perda de peso." *Eu estou só tentando voltar ao peso certo.* "Estou fazendo a mesma coisa. Não precisa se preocupar comigo." *Está dormindo bem?* "Dormindo bem, obrigado." *E não está mais...* "Vendendo maconha? Eu falei que não ia vender mais." *Você ainda fuma maconha?* "Negativo." *E... lembra o que me prometeu?* "Confie em mim, mamãe. Se eu notar qualquer coisa esquisita, você vai ser a primeira a saber." *Mas você dá a impressão de estar um pouco... agitado.* "Olha quem fala!" *O que está querendo dizer com isso?* "Sua própria saúde mental não me parece das melhores." *É só... um problema entre mim e seu pai. A questão é que um rapaz em fase de crescimento precisa comer.* "Que tipo de 'problema'?" *Só... nada. O tipo de problema que os casais têm às vezes.* "Ele tem um nome? Se chama sra. Cottrell?" *O que faz você... por que perguntou isso?* "Coisas que eu ouvi. Coisas que eu vi." *Bem... sim. Já que você foi bastante enxerido para perguntar... sim.*

E, bem, sim foi muito desagradável. Se não pareço a mesma ultimamente, a razão é essa. Mas a questão... "A questão, mamãe, é que você deveria se preocupar com a sua vida, não comigo."

Com a ajuda de dois cigarros na calçada, ela entendeu que o prédio com o toldo não passava de uma imobiliária comum. Olhando em volta, viu asfalto comum, postes de iluminação comuns, uma encosta coberta lindamente com urzes do litoral. Desembrulhou um Trident e voltou para o carro.

Palos Verdes era um desses incontáveis bairros que ela não tivera razão para conhecer quando jovem. Não havia pedestres nas ruas, as casas eram mais insípidas e homogêneas que as de West Los Angeles. Na névoa marinha, que tornava tudo menos distinto, o lugar parecia abandonado e melancólico. Tendo achado a rua chamada Via Rivera, descobriu que estava dez minutos adiantada.

A casa de Bradley, longe de ser imponente, não tinha a vista para o mar que ela imaginara; um Cadillac bordô estava na entrada da garagem. Ela parou o carro bem antes da casa e tirou a goma de mascar da boca. Será que o fato de ela fumar o repeliria? Ou o cheiro de seus Luckies o faria voltar, como havia acontecido com ela na cama retrátil de Westlake?

A primeira carta dele, que havia chegado uma semana depois que Marion lhe escrevera, continha frases de um inesgotável interesse — *impossível dizer com que frequência pensei em você, com que frequência me perguntei onde estaria, como me preocupei com a possibilidade de que alguma coisa terrível houvesse acontecido com você* — e muitos itens de menor interesse, tais como ele não estar casado. Havia se divorciado de Isabelle depois que o filho mais novo deles terminou o secundário, e uma segunda vez, mais recentemente, de *uma mulher com quem eu devia ter sabido muito bem que não era para me casar*. Também de interesse era a sua excelente saúde e algumas sugestões de riqueza. Ele agora estava no negócio das vitaminas, não como vendedor, e sim como dono de uma companhia, sediada em Torrance, que empregava mais de quarenta pessoas. Embora as informações sobre os filhos dele não fossem de interesse, Marion estudara todos os detalhes e os pusera numa gaveta mental que também guardava o nome de todos os membros da Primeira Reformada. Ela era esposa de um pastor, com a capacidade de se recordar cortesmente, não mais uma pessoa assustada — e queria que Bradley soubesse disso.

Um minuto depois do meio-dia e meia, ela tocou a campainha.

O homem que abriu a porta guardava certa semelhança com Bradley, porém tinha mais papadas, menos cabelo, quadris maiores. Vestia uma calça larga de linho e uma espécie de camisa de toureiro azul-clara de um tamanho grande demais para ele e desabotoada até o meio. E também uma sandália pavorosa.

"Meu Deus", ele disse. "É você mesma."

Ocorreram a ela dois pensamentos relacionados. O primeiro é que de alguma forma havia projetado a altura de seu marido na lembrança que tinha de Bradley, que de fato nunca havia sido alto. O outro é que Russ, além de ser alto, tinha de longe uma aparência melhor. O homem à porta era desmazelado, com as unhas dos pés amareladas. Mesmo que ela tivesse devaneado por cem anos, não o teria imaginado de sandália. Isso levou a um terceiro e muito surpreendente pensamento: ela é quem lhe fazia um favor em vê-lo, e não o contrário.

"Fiquei com medo de que você não conseguisse me encontrar", ele disse, fazendo-a entrar. "Como estava a autoestrada? Geralmente não é ruim a esta hora."

Ele fechou a porta e fez menção de abraçá-la. Marion deu um passo para o lado. A casa tinha dois andares e cheirava ligeiramente a alguém idoso. Os objetos de decoração e a mobília obedeciam a um pálido estilo oriental.

"Que casa bonita!"

"É, preciso agradecer a essa loucura por vitaminas. Entre, entre, vou lhe mostrar tudo. Pensei que podíamos almoçar no pátio, mas está um pouquinho frio demais, não acha?"

"Foi simpático você preparar um almoço."

"Meu Deus, Marion. Marion! Não acredito que você esteja aqui."

"Nem eu."

"Sua aparência… você está como sempre foi. Um pouco mais velha, um pouco mais grisalha, mas… ótima!"

"Também é bom ver você."

Mais corpulento, mancando aparentemente por causa de um quadril dolorido, ele a conduziu à sala de visitas, de onde se via uma cerca viva alta e um jardim. Seu vestido suado, marca de seu terror, agora lhe parecia triste. Numa parede coberta de estantes, reparou num Mailer recente, num Updike recente.

"Estou vendo que você ainda lê."

"Meu Deus, claro que sim. Mais do que nunca. Ainda trabalho, mas a companhia mais ou menos anda sozinha. Um bom número de dias nem vou ao escritório."

"Eu não leio mais como antes."

"Com uma casa cheia de crianças isso não surpreende."

O quarto pensamento de Marion foi terrível: ela havia matado o bebê do qual ele fora pai. Nem uma vez nos últimos três meses lhe ocorrera que ela poderia mencionar isso a ele. Perguntou-se se devia fazê-lo naquele instante. Toda a história dos dois estava enrolada firmemente na cabeça dela. Se a pusesse para fora, poderia obliterar a realidade de como ele a via, o triste cheiro de sua casa. Mas seria esse um favor que ela sentia vontade de fazer? Era perturbador reconhecer o *quanto* ela tinha em comparação com ele. Não apenas muito mais anos de vida, mas pleno conhecimento da história deles. A história habitava a cabeça *dela*, não a dele, e Marion sentia uma curiosa relutância em compartilhá-la, porque era sua única autora. Ele não passara de um leitor.

Bradley a observava com um sorriso quase imbecil. Na evidente fascinação que exercia sobre ele, Marion sentiu um quê do papel que havia desempenhado outrora, o papel da louca perigosa, o fato de falar sem rodeios qualquer coisa que lhe vinha à cabeça.

"Você morou aqui com sua segunda mulher?"

Ele deu a impressão de não ter ouvido. "Não consigo acreditar que estou vendo você. Faz quantos anos?"

"Mais de trinta."

"Meu Deus!"

Ele se aproximou de novo e ela escapou para as janelas dos fundos. Ele se apressou a abrir uma porta de vidro.

"Vou lhe mostrar o jardim. Adoro a privacidade que ele proporciona."

Em outras palavras, Bradley não tinha vista para o mar.

"Peguei a mania da jardinagem", ele disse, seguindo-a para o lado de fora. "Isso chega, religiosamente, quando a gente faz sessenta anos. Sempre odiei mexer no quintal, e agora nunca é o bastante."

Havia um canteiro grande de rosas. O céu estava azul-acinzentado por conta da névoa, tornando indistintas as sombras do mobiliário do pátio. Um pássaro, talvez uma cambaxirra, zumbia na cerca viva. Ela a ouvia claramente.

"Sua segunda mulher. Ela morou aqui com você?"

Ele riu. "Tinha esquecido de como você é direta."

"Mesmo? Esqueceu?"

Era uma coisa injusta de se dizer. Ela também havia esquecido, por muitos anos.

"Quero saber de tudo", ele disse. "Quero saber dos seus filhos. Quero saber do... seu marido. Da sua vida em Chicago. Quero saber de tudo."

"Só estou curiosa sobre sua segunda mulher. Como ela era?"

Ele fechou a cara. "Foi doloroso. Um erro."

"Ela abandonou você?"

"Marion, foram trinta anos. Será que não podemos apenas..." Ele fez um gesto frouxo.

"Está bem. Me mostra o jardim."

A cambaxirra zumbiu de novo nos arbustos, tão desinteressada quanto ela na jardinagem de Bradley. Enquanto ele dissertava sobre pulgões e ciclos de poda, sol da manhã versus sol da tarde, a misteriosa morte do limoeiro, a idealização que Marion fizera dele desmoronou. A rigidez de suas juntas, quando ele se agachou para lhe mostrar um botão virginal de hidrângea, prenunciava um futuro próximo em que, ao contrário de Jimmy, Bradley não teria um companheiro leal dedicado a cuidar dele — a menos que se casasse pela terceira vez. E por que deveria Marion, que já tinha um marido até mesmo mais jovem que ela, fazer esse favor a um homem idoso e desleixado? E se de fato não ia se casar com ele, por que afinal tinha vindo à sua casa?

Verdade que, em outro local de sua mente, o encontro deles transcorria como ela imaginara, roupas sendo tiradas e abandonadas ao longo de um corredor, o almoço esquecido no frenesi da cópula. Pelas olhadelas de Bradley para seu corpo, pelos toques em seu ombro ao conduzi-la em meio às plantas, ela achou que ele imaginara a mesma coisa. Mas agora Marion via, como nunca antes — como se Deus estivesse lhe dizendo —, que aquele local obsessivo de sua mente sempre existiria; que ela jamais deixaria de desejar o que havia possuído e perdido.

A cambaxirra disparou a cantar de repente uma melodia fluida e dolorosamente clara. Pareceu-lhe que Deus, em Sua piedade, falava através do passarinho. Os olhos de Marion ficaram marejados.

"Ah, Bradley", ela disse. "Você faz ideia do que significou para mim?"

Marion referia-se a alguma coisa definitivamente do passado. No presente, ele segurava algumas ervas daninhas que arrancara, talvez inconscientemente.

"Você foi bom para mim", ela continuou. "Sinto muito pelo que fiz você passar."

Ele olhou para as ervas daninhas em sua mão, deixou que caíssem no caminho de cascalho e a abraçou. Os dois se encaixaram tão bem quanto antes. Contra o rosto dela, a camisa entreaberta expunha um peito ainda quase sem pelos. Os olhos de Marion encheram-se de lágrimas com pena de Bradley, pena por ele ter envelhecido. Apertou-o com mais força. Quando Bradley tentou levantar o queixo dela, Marion desviou o rosto. "Só me abrace."

"Você continua tão bonita quanto era para mim."

"Não como nada há três meses."

"Marion... Marion..."

Ele tentou beijá-la.

"O que estou dizendo", ela disse, se desvencilhando, "é que estou com fome."

"Quer almoçar?"

"Quero, por favor."

O biombo cafona na sala de jantar a entristeceu. A revelação de que Bradley se tornara vegetariano e havia parado de beber a entristeceu. As pílulas de vitaminas que ele engoliu com o chá gelado a entristeceram. O montinho de salada de ovos com uma base de alface a entristeceu tanto que ela não conseguiu tocar na comida. O peito de Marion estava obstruído pelo erro de ela simplesmente estar lá. O fato de que havia imaginado *foder* — porque era disso que se tratava, essa era a verdade, era por isso que se matara de fome e inventara um pretexto para ir a Los Angeles — lhe pareceu tão absurdo que desejou nunca ter feito sexo com Bradley. Desejou nunca ter feito com ninguém. Viver num convento com seus cinquenta anos, levantar todas as manhãs e ouvir os doces passarinhos, dedicar-se a amar a Deus... se *essa* houvesse sido sua vida em vez desta...

"Pensei que você estivesse com fome", disse Bradley.

"Me desculpe. A salada está com uma cara ótima. Só estou... se importa se eu fumar um cigarro antes?"

A expressão no rosto dele deixou claro que Bradley se importava. Ele realmente se tornara um fanático em matéria de saúde.

"Posso dar um pulo no pátio."

"Não, tudo bem. Tenho um cinzeiro por aqui, em algum lugar."

"Eu sei", ela admitiu. "Ainda sou a mesma porcaria. Tinha esperança de enganar você."

Uma suspeita pareceu se acender dentro dele. "Você... você tem mesmo uma família?"

"Ah, meu Deus, tenho. Tudo isso é verdade. Trouxe fotografias para mostrar a você. Aqui..."

Ela se levantou de um salto e foi até o hall de entrada. Lá, em cima de sua bolsa, estavam seus Lucky Strikes. Um cigarro não iria destruir as cortinas dele. Voltando para a sala de jantar, cigarro aceso, viu que era impossível prever o que mais poderia fazer. A intenção de ser *fodida*, aquela maldita obsessãozinha, embora absurda, persistia.

Deixar cair uma pilha de fotos em cima da mesa a fez recuperar a razão. Invisível em meio aos rostos sorridentes de seus filhos, estava o feto que abortara. Também Bradley não parecia mais tão certo de que a queria em sua casa. Chegou a ponto de espantar com a mão a fumaça para longe de seu nariz. As fotografias ficaram na mesa, sem serem vistas. Ela perguntou se ele acreditava em Deus.

"Deus?" Bradley fez uma careta. "Não. Por que está perguntando isso?"

"Deus salvou a minha vida."

"Está certo. Você se casou com um pastor. Engraçado que isso não me ocorreu."

"Que eu tenho uma relação com Deus?"

"Não, faz sentido. Você sempre foi..."

"Maluca?"

Ele se pôs de pé com um suspiro e foi até a cozinha. Ela não tinha razão para continuar se matando de fome, mas os cigarros haviam se tornado parte de sua autonomia. Bradley voltou com um cinzeiro de cerâmica amarelo. Na lateral aparecem as palavras LERNER MOTORS.

Ela sorriu. "O que aconteceu com a Lerner Motors?"

"Ele vendeu depois da guerra. As revendedoras estavam saindo do centro da cidade e as pessoas já não queriam acessórios especiais. E esse sempre foi o negócio mais lucrativo do Harry."

Ela bateu o cigarro no cinzeiro. "Dedico estas cinzas à memória do Harry."

A tristeza fazia Bradley parecer ainda mais velho. Falar de qualquer assunto que não fosse eles próprios foi o que bastou — o que sempre havia bastado — para iluminar a incompatibilidade deles. Bradley não havia aproveitado o que havia de melhor e de mais essencial em Marion. O inverso talvez também fosse verdade. Ela havia estado perturbada demais em Los Angeles para até mesmo saber o que era o amor. O amor genuíno viera depois, no Arizona, e ela agora se sentia invadida pela saudade de New Prospect. De sua querida casa paroquial e seus estalidos. Narcisos amarelos no quintal, Becky deixando o banheiro cheio de vapor, Russ escovando o sapato para um enterro. Valia a pena, afinal, ter envelhecido trinta anos. Valia a pena ter dado aqueles passos árduos até a casa de Bradley, porque a recompensa era a clareza: Deus lhe havia oferecido uma forma de ser. Deus lhe dera quatro filhos, um papel que ela desempenhava muito bem, um marido que compartilhava de sua fé. Com Bradley, só tinha havido mesmo as fodas.

Ela apagou o cigarro e deu uma garfada na salada. Bradley pegou seu próprio garfo.

Somente quando Marion estava saindo, uma hora e meia depois, alguma coisa poderia ter acontecido. Ela lhe mostrara poucas fotos, reparando como Bradley havia se demorado vendo uma fotografia recente de Becky na escola, e padecera enquanto ele lhe mostrava uma série interminável de fotos de sua família. Marion ficaria feliz em passar mais uma hora no jardim se com isso fosse poupada de ver um minuto de fotos do neto dele: seu enfado era tão agressivo que chegava às raias da aversão. Mas desempenhou o papel de esposa de pastor, fascinada com os descendentes de Bradley, e não disse nada que pudesse provocá-lo.

Na porta da frente, ao sair, ele tentou reavivar o interesse dela. Em resposta ao abraço indiferente que Marion lhe deu, agarrou-a pelas nádegas e a puxou com força.

"Bradley."

"Me beije, por favor."

Ela lhe deu um beijinho rápido, e as mãos dele se moveram por todo o seu corpo. Havia uma cegueira na forma como a apalpava, esfregando o nariz em sua garganta, apertando seus seios, e foi assim que ela teve absoluta certeza. Sentiu-se invisível, em nada excitada. Deu uns tapinhas na cabeça dele e disse que precisava ir, Judson a esperava.

"Não pode ficar mais uma hora?"

"Não."

Não era verdade. Tinha dito a Antonio que talvez ficasse fora a noite toda. Bradley segurou sua cabeça e a fez olhar para ele.

"Nunca deixei de querer você", ele disse. "Mesmo quando você era maluca, nunca deixei de querer você."

"Bom. Talvez agora seja o momento certo."

"Por que você me escreveu? Por que veio aqui?"

"Acho…" Ela riu. Tudo era luz. O mundo estava cheio de luz. "Acho que eu queria finalmente dar a coisa por acabada. Nem sabia o que estava fazendo. Foi um plano de Deus, não meu."

Ao ouvir o nome de Deus, Bradley a soltou. Passou a mão pelo que restava de seu cabelo.

"Desculpe", ela disse.

"Não é… Tenho uma amiga muitíssimo simpática no escritório. Melhor do que eu mereço."

"Ah."

"Só que… ela não é você."

"Bem, suponho que ninguém seja, exceto eu."

"A família dela é japonesa. Essa amiga cuida da nossa contabilidade."

"Fico muito agradecida de você ter mencionado isso." Ela pegou a bolsa e a fechou com um clique. "Odeio imaginar você sozinho."

Afastar-se da casa dele sem ter se rendido — banhar-se na aprovação de Deus; saber, uma única vez, que a merecia — era incomensuravelmente melhor do que render-se. Marion sentiu-se tão eufórica que quase flutuou até onde estava o carro. E reconheceu essa euforia. O mesmo sentimento a invadira trinta anos atrás, depois que Bradley, num drive-in da Carpenter, pôs fim ao caso deles. Verdade que a euforia anterior só intensificara sua obsessão, transformando-a em loucura, o fazer e o se desfazer de um bebê. Mas dessa vez ela é quem comandara o fim. Dessa vez, a euforia era de Deus, e ela estava certa de que Ele a manteria a salvo.

Para sobreviver aos netos, se prometera um cigarro, mas agora viu que não precisava fumar. Deus tomava e tomava, mas Ele também dava e dava. Livre do fantasma de Bradley, livre da mórbida urgência de fazer dieta, ela também podia se livrar dos cigarros. Sua euforia durou até o norte do centro da cidade, quando o trânsito na autoestrada parou de vez. Como ela queria voltar a Pasadena a tempo de nadar antes de jantarem, ser envolvida pela água, o engarrafamento a enfureceu. Verificou-se, afinal de contas, que ela precisava fumar. E havia outra coisa, uma excitação incômoda. Com uma olhada para o carro à esquerda, ela pôs a mão entre as pernas. Era chocante como o avanço de Bradley, que na hora a deixara insensível, agora a excitava. Teria sido realmente tão ruim lhe dar o que ele queria? Levando em conta as partes pudendas dela, que três meses de desejo haviam atiçado e preparado, sentiu pena em não ter dado. Uma fumaça subia do lado do motorista do carro à sua frente. Ela abriu a janela e pressionou o isqueiro no painel.

O apartamento de Antonio, quando por fim ela chegou, cheirava a cebolas fritas. A caixa do Monopólio estava na mesa de centro da sala de visitas, prova de uma tarde de diversão. Tão logo a ouviu, Antonio veio correndo da cozinha.

"Russ telefonou. Você precisa ligar para ele."

Marion se perguntou se Russ, de alguma forma, tinha sentido, através de Deus, a escolha que ela fizera: se também tivera saudade dela. Mas um mau pressentimento lhe disse que não. Deus dava e Deus tomava. Não havia serviço telefônico em Kitsillie.

"Ele disse sobre o que era?"

"Só para você telefonar imediatamente. Deixou três números diferentes."

"Onde está o Judson?"

"Ralando queijo. Deixei os números ao lado do telefone do quarto."

E assim começou o resto de sua vida. Nas portas de vidro do quarto principal, brilhava uma adorável luz com matizes de mel, no jardim pipilavam passarinhos, da piscina subiam os gritos de crianças, da cozinha um cheiro de cebola e bife, acima da cômoda sem enfeites de Jimmy a pintura que ele fizera da antiga agência de correios de Flagstaff, em cima da outra cômoda uma fotografia em tom sépia da mãe de Antonio numa moldura adornada com filigranas: as primeiras impressões eram as que ficavam para sempre.

A voz de Russ estava tristemente embargada. Ele estava em um hospital em Farmington, no Novo México, e Perry... estava dormindo. Tinha sido sedado pesadamente. A tentativa... ele havia tentado... meu Deus, ele havia tentado se ferir. Ele tinha sido trazido para o hospital, sua cabeça estava enfaixada, ele estava sob forte sedação. Graças a Deus, graças a Deus, o serviço de menores não quis recebê-lo, e pelo menos os policiais foram suficientemente inteligentes para tirar os cadarços da bota dele. Tudo o que Perry conseguiu fazer... tudo o que ele tinha era um machucado feio na testa. Mas a razão... o que tinha acontecido... ele havia posto fogo num prédio de fazenda da reserva. E havia o crime de posse de drogas. Crime... dois crimes. O advogado... era um problemão... eram crimes federais, mas Perry não estava em plena posse de suas faculdades mentais. Iam levá-lo para Albuquerque de manhã porque ninguém em Farmington queria se responsabilizar por ele. Os policiais não queriam, o comissário não queria, o hospital não queria, as autoridades que cuidavam dos jovens certamente não queriam... Havia um lugar para menores com problemas mentais em Albuquerque. Se Marion pudesse pegar um avião para Albuquerque, ele a encontraria no aeroporto.

Cada fato que Russ comunicava preenchia um espaço que parecia estar lá o tempo todo. Sem perceber, ela estava segurando um cigarro aceso no pátio externo do quarto, a base do telefone a seus pés, o fio estendido até o limite. Embora o sol ainda pintasse de dourado o poente, sua luz parecia escura numa dimensão mais profunda, porém isso não significava que Deus a havia abandonado. Com a nova escuridão veio um sentimento de paz. Banhar-se em Sua luz, sentir a euforia daquilo era um privilégio a ser conquistado, um privilégio que causava ansiedade perder. Agora que começara seu castigo, já devido havia bastante tempo, Marion não precisava lutar ou sentir-se ansiosa. Certa do julgamento de Deus, podia simplesmente dar-Lhe as boas-vindas em seu coração.

"Marion? Está me ouvindo?"

"Sim, Russ. Estou ouvindo."

"Isso é terrível. A pior coisa que já aconteceu."

"Eu sei. É culpa minha."

"Não, a culpa é minha. Eu sou o..."

"Não", ela disse com firmeza. "Não é culpa sua. Quero que você se certifique de que Perry está sendo bem tratado. Se ele estiver, quero que você trate de dormir. Peça um sonífero a alguma enfermeira."

Mais além do ruído sibilante da linha interurbana, ela ouviu um som molhado, sufocante.

"Russ. Meu querido. Tente dormir um pouco. Faz isso para mim?"

"Marion, não posso..."

"Agora só fique calado. Amanhã estarei aí."

Ela nunca tinha sentido nada semelhante àquela calmaria, que parecia atingir o mais fundo de sua alma. Em tudo o que fez a seguir — levar o telefone para o quarto, encontrar sua passagem aérea e telefonar para a companhia, falar outra vez, rapidamente, com Russ, chamar Becky e então explicar a mudança de planos em relação a Judson, assegurando-se de que a filha o esperaria no aeroporto de Chicago; e finalmente se sentar e comer sem pressa e com prazer três tacos crocantes, dos quais escorria uma montanha de molho quente de carne — ela sentiu seus pés bem plantados no chão. Não tinha medo do que viria pela frente, não tinha medo de ver Perry e de lidar com as consequências, porque seus pés tinham encontrado o fundo, e abaixo deles estava Deus. Ao chegar ao fim, sua vida também tivera início. *Dentro de você uma calma eficiência* — como era engraçado que Bradley, em seu soneto, fosse quem tinha observado isso. Ela desejou que essa calma tivesse baixado no dia anterior, antes de ela ir à casa dele. Poderia lhe ter dito tudo, em vez de quase nada, embora quem sabe, por não conhecer Deus, ele não se interessaria em ouvir.

De manhã, no aeroporto, depois de Marion ter conversado com o funcionário encarregado do embarque e com uma aeromoça, Judson perguntou por que não podia ter ficado com Antonio pelo resto da semana. Ele estava com os olhos inchados e de mau humor depois de uma noite maldormida. Ela, por outro lado, tinha dormido incrivelmente bem, não acordando uma única vez. O pior já havia acontecido — ela não precisava temer mais nada.

"Você vai se divertir com a Becky. Aposto que ela vai levar você para comer pizza."

"Becky não se interessa por mim."

"Claro que se interessa. Vai ser uma oportunidade para você passar um tempo sozinho com ela."

Ele olhou para a câmera. "Quando é que o Perry volta para casa?"

"Não sei, querido. Ele teve uma espécie de colapso nervoso. Pode demorar um pouco para você vê-lo."

"Não sei o que é um 'colapso nervoso'."

"Significa que alguma coisa ficou muito ruim na cabeça dele. É assustador, mas tem um lado bom. Qualquer coisa ruim que ele tenha dito para você, não era ele mesmo. Agora que você sabe que não era ele mesmo, não precisa ficar triste."

"Isso não é um lado bom."

"Talvez consolo seja uma palavra melhor."

"Não quero consolo. Quero Perry de volta."

As ondas do mal se ampliavam: dali em diante, Judson seria um menino cujo irmão tinha uma doença mental. As primeiras impressões dele, o som das ligações telefônicas que ela deu na noite anterior, a mistura de neblina e fumaça pela manhã na autoestrada, o avião em que teria de voar sozinho, tudo aquilo ficaria para sempre com ele. Mas Deus havia feito Judson saudável e forte. Ela podia sentir no amor dele por Perry e na diferença entre os dois: Perry nunca, que ela tivesse ouvido, se mostrara preocupado com o irmão. O mal que os pecados dela tinham causado era imenso, porém apenas em Perry eles eram potencialmente irreparáveis. Judson ficou bravo quando ela se ofereceu para entrar no avião com ele e ajudá-lo a se instalar. Disse que não era nenhum bebê.

Antes de embarcar em seu avião, ela comprou um livro de bolso, *A primavera da srta. Jean Brodie*. Não esperava que fosse conseguir se concentrar num romance — fazia anos que não se sentia suficientemente calma para ler ficção —, mas foi capturada de imediato. Leu até Phoenix e depois, em outro avião, até Albuquerque. Não chegou a terminar o livro, mas não tinha importância. O sonho de um romance era mais resistente que outros tipos de sonho. Podia ser interrompido no meio de uma frase e retomado depois.

Sua leitura transformara a manhã na Califórnia num fim de tarde em Albuquerque. Russ esperava junto ao portão com seu casaco de pele de carneiro. Estava pálido e parecia não ter dormido. Quando o abraçou, sentiu que ele tremia. Como uma gentileza, ela o soltou.

"Então", ele disse. "Não o transferiram."

"Você o viu?"

"Não. Podemos ir juntos de manhã."

Em sua saudade de casa, ela perdera de vista os problemas do casamento deles. Ver Russ em carne e osso, tão alto, tão jovem, era relembrar a crueldade que ela impunha a ele e ao desejo dele pela tal Cottrell. Embora achasse que a mulherzinha tinha pulado fora, muitas outras estavam disponíveis para distraí-lo do horror de ter um filho com uma doença mental. Na esteira dessa calamidade, parecia ainda mais provável que Russ acabaria por abandoná-la. E ela merecia ser abandonada; sentia-se capaz de aceitar o divórcio como se sentia capaz de qualquer outra coisa. Mas essa possibilidade a fez lembrar que não havia fumado um só cigarro desde que deixara Pasadena.

Quando acendeu um cigarro na área de recuperação de bagagens, ele soltou um suspiro desgostoso.

"Desculpe."

"Faça o que quiser."

"Vou largar. Só que não... hoje."

"Por mim tudo bem. Também me sinto tentado a fumar."

Ela lhe ofereceu o maço. "Quer um?"

Ele fez uma careta. "Não, não quero."

"Você disse que se sentia tentado."

"Deus me livre, foi só força de expressão."

Até mesmo sua rispidez era agradável para Marion. Ela e Bradley jamais tinham chegado perto de ser ríspidos um com o outro. Isso exigia anos de convívio.

"Precisamos alugar um carro", ele disse. "Kevin Anderson me trouxe — ele está voltando para Many Farms. Você está com o cartão de crédito?"

"Estou."

"Não gastou tudo em Los Angeles?"

"Não, Russ. Não gastei tudo."

No carro alugado, que convenientemente já fedia a fumaça de cigarro, ele a inteirou sobre a dimensão financeira da calamidade. Uma administradora do conselho tribal, Wanda, havia recomendado um advogado de Aztec, com o estranho nome de Clark Lawless, que Russ encontrara na véspera e que o impressionara. Por ser o melhor, Lawless era caro, e Perry havia cometido dois crimes no estado do Novo México. Como um menor mentalmente incapaz, ele seria acusado do crime de "delinquência", cuja pena normal era o confinamento num sanatório para doentes mentais, seguido por pelo menos dois anos num reformatório. Mas Perry residia em Illinois. Desde que seus pais concordassem em tratar a doença mental dele e assumir o custo desse tratamento, Lawless estava quase certo de que o juiz lhes concederia a custódia. Lawless era benquisto no tribunal do distrito.

"Isso é uma bênção", ela disse.

"Você não viu o Perry. Ele não disse uma palavra coerente desde que o apanhamos. Simplesmente ficou gemendo e cobrindo o rosto. Dou muito valor à polícia de Farmington. Puseram Perry na cela mais próxima da recepção. Se não estivessem atentos, ele poderia ter fraturado o crânio. Meu palpite é que ele é… quer dizer, baseado na minha experiência em aconselhar as pessoas… suspeito que ele seja maníaco-depressivo."

Ela não conteve um suspiro ao ouvir a hifenizada palavra maligna. Fora do carro se via uma área devastada de Albuquerque, placas empenadas de madeira compensada cobrindo as vitrines, garrafas quebradas nas sarjetas. O pai dela, malignamente afetado, tocando música de ragtime às três da manhã antes do amargo fim.

"Tem certeza de que não foram as drogas? Que drogas ele estava usando?"

"Cocaína."

"*Cocaína*? Nunca ouvi falar de uma coisa dessa."

"Nem eu. Nem Ambrose. Onde ele arranjou isso, por que estava com uma quantidade tão grande — ninguém faz a menor ideia."

"Bom, então não pode ser isso que causou a crise? Se ele estava deixando de usar…"

"Não", disse Russ. "Desculpe, mas não é isso. É culpa minha, Marion — eu sabia que ele não estava bem. David Goya me disse que ele não estava bem. Claramente não estava bem, e agora… aconteceu outra coisa na noite passada. Hoje cedinho. Quando ele saiu da sedação, tiveram que contê-lo de novo. Está com uma depressão psicótica."

Duas mãos se agitavam aleatoriamente diante dela. Marion as conduziu até onde estavam os cigarros em sua bolsa. Era bom lhes dar alguma ocupação.

"De qualquer forma", disse Russ, "temos uma longa recuperação pela frente. Não sei se vão nos cobrar por este lugar aqui, mas Lawless vai nos custar pelo menos quinhentos dólares, provavelmente muito mais. E depois sabe-se lá quantas semanas ou meses num hospital particular, e mais tarde o tratamento. Tem certeza de que quer ouvir isso agora?"

Ela acendeu um cigarro. Ajudou um pouco.

"Sim, quero saber tudo."

"Também vamos ter que pagar pelo celeiro que ele incendiou. Estava num terreno tribal, e seria uma surpresa imensa se os donos tivessem algum tipo de seguro. Imagino que lá dentro havia tratores e outros equipamentos, mais o próprio prédio. Não sei quantos milhares de dólares, mas estamos falando de milhares. Telefonei para o escritório da igreja enquanto esperava por você, e a Phyllis verificou minha apólice — não vai ajudar em nada. Temos três mil dólares que Becky deu a Perry. Também podemos pedir emprestado uma parte do dinheiro que ela deu ao Clem e ao Judson. Mas vamos precisar de muito mais."

"Vou arranjar um trabalho em tempo integral."

"Não. Isso é responsabilidade minha. O problema é se eu vou conseguir um empréstimo suficientemente grande."

"Vou trabalhar até os oitenta anos, se for necessário."

Russ manobrou para a direita e freou de repente para poder encará-la. "Precisamos deixar uma coisa bem claro. Isso é da minha total responsabilidade. Estamos entendidos?"

Ela fez que não com a cabeça, enfaticamente.

"Eu não ouvi você um ano atrás, quando quis mandar o Perry a um psiquiatra. Eu não ouvi. Há cinco dias, de novo, eu não ouvi. Ele praticamente me disse que estava mal da cabeça. E... meu Deus, eu não ouvi!"

Ela tragou com força. "Não é culpa sua."

"E eu estou dizendo que é. Não quero mais ouvir uma palavra sobre isso."

Através do para-brisa ela viu um garoto muito magro e não muito mais velho que Perry sair cambaleante de uma loja onde se vendiam bebidas alcoólicas, a camisa para fora da calça que mal se mantinha acima dos quadris. Na mão, uma garrafa dentro de um saco de papel.

"Para onde estamos indo? Já estou enjoada deste carro."

"A culpa é toda minha, assunto encerrado."

"Não me interessa de quem é a culpa, só me tire deste carro. Estou tendo um ataque de pânico."

"Talvez você não devesse fumar."

"*Para onde estamos indo? Por que paramos aqui?*"

Com um suspiro fundo, Russ ligou o motor de novo.

Minutos depois ela se deu conta de estarem no estacionamento de um Ramada Inn, e seu desespero de sair do carro havia passado. O carro agora lhe parecia relativamente seguro. Fechou os olhos enquanto Russ foi se registrar.

Era estranho, considerando a eterna presença de Deus dentro de Marion, como raramente ela se sentia inclinada a rezar. No Arizona, cheia de culpa, ela rezava o tempo todo, mas parou depois de se casar com Russ, assim como deixou de manter um diário. Somente após o nascimento dos filhos, pelo qual era preciso obviamente agradecer, ela se lembrava de ter rezado. As orações que fazia todas as semanas na igreja eram mais laterais do que verticais, mais sobre pertencer a uma congregação. Deus já sabia o que Marion estava pensando, por isso ela não precisava Lhe dizer nada, e achava uma bobagem incomodar um Ser infinito pedindo pequenos favores. Mas o favor de que precisava agora era dos grandes.

Meu Deus querido, aceito sua vontade, pois me deu mais do que mereço. Mas por favor que seja de sua vontade que Perry melhore, da mesma maneira que no passado o senhor me deixou melhorar. Por favor, que também seja sua vontade que eu não volte a enlouquecer. Quero ser quem eu sou, quero estar totalmente presente para Russ, e sabe o quanto amo o senhor. Se mantiver minha mente clara o bastante para reconhecer sua vontade, ficarei muitíssimo agradecida. O que quer que sua vontade exija de mim, estarei pronta para fazer.

Ao abrir os olhos, viu dois pardais, um com cores mais ousadas que o outro, ciscando o que comer em meio à sujeira na base de um bloco de concreto do estacionamento. Sentia-se mais calma por haver pedido a Deus. Era o pedir que importava, não a resposta. Decidiu que, pelo resto da vida, rezaria todos os dias. Num mundo impregnado de Deus, rezar devia ser algo tão habitual quanto respirar.

Alegrada por esse insight, saiu do carro com a bolsa. Russ vinha pelo estacionamento com a chave do quarto. Ela correu até ele e disse: "Você rezou?".

"Hã, não."

"Vamos fazer isso. Podemos pegar a bagagem depois."

Ele pareceu preocupado com ela, mas Marion não teve vontade de parar para explicar. O quarto deles ficava na extremidade do térreo. Ela correu à frente enquanto ele seguia com a chave.

O quarto estava abafado, o sol de fim de tarde aquecendo as cortinas. Ela se ajoelhou imediatamente no chão. "Aqui, em qualquer lugar. Não importa. Vai se ajoelhar ao meu lado?"

"Hã."

"Vamos rezar, depois podemos conversar."

Ele ainda parecia preocupado, mas se ajoelhou ao lado dela e juntou as mãos.

Oh, Deus, ela rezou. *Por favor tenha piedade dele. Por favor deixe ele saber que o senhor está presente.*

Isso era tudo o que ela tinha a dizer, porém Russ aparentemente tinha mais. Passaram-se uns cinco minutos, então ele se pôs de pé e ligou o ar-condicionado.

"Sei que é uma coisa pessoal", ela disse, "mas... você O encontrou?"

"Não sei."

"Se vamos vencer isso, precisamos ficar conectados."

"Eu não sou como você. Você sempre foi... sempre foi fácil entre você e Deus. Não é tão fácil para mim."

Ele fez com que o acesso de Marion a Deus soasse como uma coisa de puta, como o talento dela para ter orgasmos rápidos. Ela se juntou a Russ onde o ventinho fresco que saía do ar-condicionado estava mais forte. Havia muito tempo que os dois não ficavam a sós num quarto de hotel, quase tanto tempo desde que tinha feito isso com Bradley. Será que ela já estivera sozinha com um homem num quarto de hotel sem fazer sexo? Possivelmente não.

"Normalmente ajuda quando estou com algum problema", disse Russ. "Mas agora a situação é tão ruim que..."

Seus ombros começaram a tremer e ele cobriu o rosto. Quando Marion tentou consolá-lo, Russ estremeceu.

"Russ. Querido. Me ouça. Eu também ignorei coisas. Eu via que Perry não estava bem e deixei passar. Não é culpa sua."

"Você não tem ideia do que está falando."

"Acho que tenho."

"Você não tem ideia do que eu fiz! Nenhuma ideia!" Ele olhou ao redor muito agitado. "Vou pegar as malas."

Ela levou a bolsa para o banheiro e desembrulhou um copo. A magreza da mulher no espelho era uma surpresa contínua. Russ agora ficaria preso àquela mulher para sempre, e ela se perguntou se ainda a desejava. Por mais que ela merecesse o castigo de Deus, com certeza ainda devia ter a permissão de desfrutar de algum prazer. Ela se perguntou se o fato de haver se preparado para Bradley, mas ter voltado para Russ excitada e insatisfeita teria sido parte do plano de Deus. Retocou o batom na boca.

Russ estava sentado na beira da cama, o rosto coberto pelas mãos, como se replicando o estado de Perry. Ela se sentou ao lado dele e o tocou. Quando ele estremeceu, uma suspeita a invadiu lentamente.

"E então?", ela disse. "O que é que você acha que fez?"

Russ balançou o corpo, sem responder.

"Você disse que eu não fazia ideia. Talvez se sinta melhor se me contar."

"É tudo culpa minha."

"Você continua insistindo nisso."

"Eu... ah. Dizer o quê? Deus me disse o que fazer e não ouvi. Depois Ambrose..."

"Ambrose?"

"Ele estava me esperando. Kevin deu o alerta de que Perry tinha desaparecido e o xerife já havia feito circular um aviso, por isso Kevin foi direto para Farmington, mas Wanda e Ambrose ficaram me esperando em Kitsillie. Esperaram por uma hora. Uma *hora*." Ele estremeceu. "Acho que não contei a você... não contei que um dos conselheiros em Kitsillie era... Por isso Larry Cottrell estava em Many Farms e sua mãe no altiplano. E tivemos um problema. Quer dizer, o grupo. Um dos navajos invadiu a escola e eu tive que... nós tivemos... quer dizer, eu e... hã..."

"A mãe do Larry."

"É."

"Frances Cottrell estava com você em Kitsillie."

"Estava."

Agora, por fim, ela viu a totalidade da punição que Deus lhe reservara. Desde a briga deles no Natal, Russ tinha feito inúmeros gestos apaziguadores, os quais ela rechaçara um por um. Por causa desses gestos e do habitual desânimo dele, Marion deduzira que a tal Cottrell não tinha querido iniciar um romance; Marion até havia chegado a rir dele por causa disso. Agora, num lampejo, ela entendeu por que ele tinha voltado para o Encruzilhadas. Muito tempo atrás, Russ a engabelara com a conversa sobre os navajos e, como aquilo tinha funcionado, ele tentou outra vez com a Cottrell, e a coisa funcionou de novo. Essa Cottrell era uma idiota. Ela própria era uma idiota. Não havia ninguém para Marion culpar a não ser a si mesma.

"E agora você está aqui comigo", ela disse. "Deve ser muito estranho para você. Que tenhamos que cuidar disso juntos. Que ainda estejamos casados."

Ele não deu nenhum sinal de que a ouvia.

"Quero que me deixe aqui sozinha", ela disse. "Deixe que eu assuma a responsabilidade. Quero que você vá embora e seja tão feliz quanto puder. Não lhe compete lidar com esse problema."

Russ batia em sua própria cabeça com a palma das mãos. Entregue à infelicidade como um garotinho, ela não conseguiu odiá-lo. Ele era o pequeno menino grande que Deus entregara a seus cuidados, e ela o forçara a se afastar. Marion agarrou uma das mãos de Russ, mas ele continuou a se bater com a outra.

"Querido, pare. Não me importa o que você tenha feito."

"Eu cometi adultério."

"Era o que eu pensava. Por favor, pare de se bater."

"Eu estava sendo adúltero enquanto nosso filho tentava se matar!"

"Ah, meu querido. Sinto muito."

"*Você* sente muito? O que há de errado com você?"

O chão estava firme sob os pés dela. Estava garantida na punição de Deus.

"Eu apenas estou pensando como deve ser terrível sentir isso. Se as duas coisas realmente aconteceram ao mesmo tempo... foi uma falta de sorte horrível. Ninguém merece isso."

"Terrível?" Ele se pôs de pé com dificuldade. "É para lá de terrível. Não há redenção possível. Não adianta rezar... eu sou uma fraude."

"Russ, Russ. Fui eu quem lhe deu permissão. Não lembra?"

"Pare de me olhar! Não suporto você me olhando!"

Ela não tinha certeza, mas Russ parecia estar dizendo que ainda se importava com o que Marion pensava sobre ele, que de certa maneira ainda a amava. Para poupá-lo de seu olhar, ela saiu do quarto levando a bolsa.

O sol estava baixo, as montanhas longínquas sulcadas por sombras profundas. Na extremidade do estacionamento, no resto seco de uma poça, um pardal tomava um banho de poeira. O ar tinha o mesmo cheiro de Flagstaff e esfriava rápido, como nos anos em que àquela hora ela saía da Igreja da Natividade e voltava a pé para casa contando os passos. Acendeu um cigarro e observou o pardal. Ele se arrastava de barriga, prostrando-se, erguendo o bico para o céu, levantando a poeira com as asas, limpando-se na sujeira. Marion viu o que ela precisava fazer.

Apagou o cigarro e voltou para o quarto. Russ estava derreado na beira da cama.

"Você está apaixonado por ela? Pode dizer a verdade — isso não vai me matar."

"A verdade", ele disse com amargor. "O que é a verdade? Quando uma pessoa é totalmente fraudulenta, o que até mesmo o amor significa? Como ela pode avaliar?"

"Vou aceitar isso como um sim qualificado. E ela? Acha que ela ama você?"

"Cometi um erro."

"Todos nós cometemos erros. Estou simplesmente tentando pensar de forma prática. Se você a ama e acha que ela o ama, não quero atrapalhar. Pode deixar Perry sob minha responsabilidade."

"Nunca mais quero nem pôr os olhos nela."

"Estou dizendo que libero você. É a sua chance de ir embora, e estou avisando. É neste minuto que você tem que pegar ou largar."

"Mesmo que ela me amasse, o que eu duvido, a coisa toda é indigna demais."

"Isso é só porque você está se sentindo culpado. No momento em que voltar a vê-la, vai se lembrar de que a ama."

"Não. Está envenenado. Eu tendo que ficar naquele caminhão com Ambrose por três horas…"

"O que o Rick tem a ver com isso?"

Russ estremeceu em seu casaco de pele de carneiro. Marion o havia comprado para ele em Flagstaff.

"Você sabe o que fiz a você?", ele perguntou. "Três anos atrás? Marion, você sabe o que eu fiz? Eu disse a uma garota de dezessete anos que havia perdido o interesse sexual por você."

Sentindo frio de repente, ela foi buscar um suéter na mala. O vestido de verão estava em cima de tudo. Ela não teve forças para pegar nele.

"E sabe o que mais? Nunca lhe contei a verdadeira razão de o grupo ter me expulsado. Foi porque eu estava babando por aquela garota. Eu nem sabia que estava, mas ela viu. E Rick — Rick também estava lá. Ele sabe quem eu sou, e… meu Deus, *meu Deus*."

Uma voz baixa falou, a dela própria. "Você tocou na garota?"

"Em Sally? Não! De jeito nenhum — não. Nunca. Só estava perdido na minha vaidade."

Marion tinha sua própria vaidade. Não sentia mais vontade de retribuir a confissão dele com a dela mesma.

"E nem era verdade", ele disse. "Quando vi você saindo do avião... O que eu disse àquela garota simplesmente não era verdade. Você me atrai muito, muito mesmo."

"É, espere só eu engordar de novo."

"Não espero que você me perdoe. Não mereço ser perdoado. Só quero que saiba..."

"Que você me humilhou?"

"Que eu preciso de você. Que ficaria totalmente perdido sem você."

"Muito bonito. Talvez você devesse me *foder* enquanto falamos disso. Parece que é o seu negócio."

Isso o fez se calar.

"Melhor fazer enquanto pode. Comecei a comer de novo." Ela se colocou no campo de visão dele e passou as mãos pelos flancos do corpo. "Esses quadris não vão durar."

"Sei que você está magoada. Sei que está com raiva."

"O que isso tem a ver com foder?"

"Quero dizer, sim, se você pudesse me perdoar, se pudéssemos reencontrar nosso caminho... então, sim. Eu gostaria muito de... reencontrar nosso caminho. Mas agora mesmo..."

"Agora mesmo", ela assinalou, "estamos sozinhos num quarto de hotel."

"E o nosso filho está numa enfermaria a três quarteirões daqui."

"Não sou eu quem está falando sem parar sobre quem fodeu. Ou sobre quem não pôde foder, mas que de fato queria."

Ele tapou os ouvidos. O peito dela subia e descia, mas não só de raiva. Ao provocá-lo com a palavra mais suja, num quarto de hotel, ela acabara ficando excitada. Havia uma excitação a ser mitigada, e de fato parecia que tudo mais poderia esperar. Ela separou os joelhos de Russ e se ajoelhou na frente dele.

"Marion..."

"Cale a boca", ela disse, abrindo o cinto de Russ. "Você não tem direito a nada aqui."

Marion desceu o zíper, e lá estava ela. A coisa linda e odiosa. Interessada em garotas de dezessete anos, interessada em destruidoras de lares de quarenta anos, aparentemente até um tanto interessada na esposa dele. Marion baixou o rosto em direção a ela e... meu Deus: Russ não tinha tomado banho.

O cheiro de Cottrell deveria tê-la tornado mais sensata, mas de algum modo tudo era intercambiável. Como se, em vez de rechaçar a investida que provocara em Bradley, ela houvesse se rendido a ela e estivesse sentindo um sopro das consequências. Embora ainda coubesse cuidar da questão da garota de dezessete anos, o assunto Cottrell parecia encerrado. Negar sua boca seria punição suficiente. Ela o empurrou de costas na cama e se deitou sobre ele.

"Com um beijo", ela disse, "eu perdoo a ti."

"Você não parece estar bem."

"Sugiro que aceite o beijo enquanto pode."

"Marion?"

Ela o beijou, e tudo era intercambiável. Não apenas ele e o outro homem, não apenas ela e a outra mulher, mas passado e presente. Eles não tinham relações sexuais havia tanto tempo, que poderiam até ser vinte e cinco anos. Ela, com seu corpo mais jovem, ele tirando o casaco que ela havia comprado, o ar tão seco e rarefeito como no Arizona, a luz que se apagava como uma luz de montanha. E como tinha sido fácil no Arizona! Além de uma mente defeituosa e de um coração crente, Deus havia lhe dado uma sexualidade tão excessiva e exigente que ela podia aliviá-la numa biblioteca pública sem atrair a atenção de ninguém. E como era fácil outra vez! Aproveitando um contato incidental e se apropriando dele, Marion logo teve seus espasmos. Abriu os olhos e viu, brilhando nos olhos de Russ, uma lembrança daquela garota orgástica. Ele havia gostado daquela garota, ah, sim, havia mesmo. A dádiva que tinha sido dada a ela o fizera sentir-se poderoso. Embora Marion não soubesse onde a havia deixado no pântano da maternidade, e a tivesse perdido de vez no deserto da depressão ansiosa, o ato de reencontrá-la fez Russ se sentir novamente poderoso. As arremetidas fortes dele machucavam nas bordas, e ela pagaria por isso mais tarde, mas a excitação dele a excitava. Ela o incitou, ela se incitou. Ouviu um som quase de latido, um riso longo de surpresa, até que outros espasmos a silenciaram. Ele redobrou os esforços, mas então, de novo, o passado se fez presente. Como no Arizona, uma vez saciada, ela relembrou a culpa.

Quando ele terminou, descansou todo o peso sobre Marion, os pelos de sua bochecha arranhando o pescoço dela.

"Nada mal", ela disse. "Certo?"

"Não quero tirar."

"Tudo bem, não há pressa."

A única luz que restava vinha do despertador na mesinha de cabeceira, o único som, dos carros à distância. Russ beijou o pescoço dela.

"Estar com você assim… eu tinha esquecido."

"Eu sei", ela disse.

"É uma dádiva tão simples!"

"Shh."

O som de um carro passando foi como uma onda se quebrando. A culpa mais uma vez esvoaçou dentro dela.

"Girando, girando", ele disse. "'Até que, girando e girando, damos a volta inteira.' É assim que isso me faz sentir. Como se eu viesse girando, girando…"

Era uma canção religiosa, mas ela sabia o que ele queria dizer. *Não nos envergonharemos de fazer uma reverência e de nos curvarmos.* Nas palavras simples da canção havia uma alegria tão profunda que suas raízes eram inseparáveis das raízes do sofrimento, e a expressão do sofrimento era até mais doce que a outra forma de expressão. O sofrimento pertencia ao coração, e Marion se entregou a ele. Enquanto chorava, sentiu Russ endurecer dentro dela. Aquilo a fez chorar ainda mais. Ela voltara a ser dele.

Ele secou suas lágrimas com a ponta dos dedos. "Nunca mais quero sair de cima de você."

"Isso é bom", ela disse, fungando. "Mas provavelmente eu precisaria ir ao banheiro."

"Não sou bom para este mundo. Nunca deveríamos ter saído de Indiana. Deveríamos ter passado a vida toda lá, só nós dois e as crianças, uma comunidade de crentes…"

Ela se moveu debaixo dele, sugerindo a necessidade de ir ao banheiro, mas ele não a deixou ir.

"Tudo o que eu quero é uma família para sustentar. Um Senhor para idolatrar. E uma esposa que… Marion, juro: se você me perdoar, dádivas simples serão suficientes."

"Shh."

"Você sempre sabe a coisa certa a fazer. Como soube que nós deveríamos… essa é a última coisa que eu imaginei que aconteceria. Mas você tinha razão. Sempre tem razão. Tinha razão sobre…"

"Shh. Só me deixa ir fazer um xixi."

Com cuidado para não dar uma topada, ela foi tateando até o banheiro e se sentou na privada. Havia um truque de mágica a ser executado, um estalar de dedos que faria o remorso de Russ desaparecer. A confissão dele havia sido dolorosamente sincera, como a de um menininho, e chegara a hora de ela fazer sua própria confissão. O pardal lhe dissera que a hora era essa.

No entanto... e se não fizesse? Que ganho exatamente haveria se arrastasse Russ para Bradley Grant, Satã e o aborto, até chegar ao Rancho Los Amigos? Ela podia limpar sua consciência espojando-se na sujeira, mas seria realmente uma atitude bondosa com seu marido? Agora que a calamidade com Perry trouxera Russ de volta para ela, não seria melhor simplesmente amá-lo e servi-lo? Ele era como um menino, e um menino precisava de uma estrutura na vida, e o remorso não era um tipo de estrutura? Marion nunca seria simples, porém poderia lhe oferecer a dádiva de pensar que ele tinha sido mais desonesto com ela do que ela com ele. Isso não seria mais bondoso do que despejar sobre ele suas complexidades?

Talvez fosse Satã fazendo essa pergunta, mas ela achava que não, porque a tentação não parecia ser maligna. Tinha mais o sabor de punição. Não confessar seus pecados a Russ — renunciar à sua oportunidade de ser severamente censurada, talvez tratada com comiseração, até quem sabe perdoada — significaria carregar o fardo pelo resto da vida. O fardo infinito de estar sozinha com o que sabia.

Estou precisando de ajuda agora. Qualquer sinal será bem-vindo.

Ela aguardou, tremendo, sentada na privada. Se Deus estava ouvindo, não deu a menor indicação disso, e, enquanto Marion aguardava, algo se alterou dentro dela. Embora sempre pudesse perguntar a Ele mais tarde, tomou sua decisão.

Russ tinha afastado a colcha e se coberto com um lençol. Marion juntou-se a ele sob o lençol. "Tenho uma coisa para lhe contar e quero que ouça."

Ele pôs uma das mãos no seio dela. Marion a afastou delicadamente.

"Como você sabe", ela disse, "meu pai era maníaco-depressivo..."

"Eu não sabia."

"Bom, você sabia que ele se suicidou. Mas nunca lhe contei sobre meus próprios problemas. Nunca lhe contei como eu era perturbada na idade do Perry. Tive medo de afugentá-lo, não podia suportar a ideia de perder você. Russ, meu querido, eu não podia suportar. Eu o amava muito, não podia suportar."

"Eu sabia que você era um pouco maluca."

"Era mais do que um pouco. Você tinha direito de saber antes de se casar comigo. Eu sabia qual era o perigo e não contei a você. Por isso não quero ouvir essa história de que é culpa sua."

"É culpa minha. Eu fui…"

"Shh. Trate de ouvir. Você está misturando duas coisas diferentes. Está se sentindo mal por causa do seu… mau passo. E mesmo sobre isso você não deve se sentir mal. Eu lhe dei permissão."

"Isso não significa que eu deveria tê-la usado."

"Você estava magoado. Magoei você porque você tinha me magoado — essas coisas acontecem num casamento. A questão é que você deu azar. Está envergonhado pelo que aconteceu em Kitsillie, sente-se culpado por isso, e eu compreendo. Mas agora chega. Não precisa se sentir culpado também por causa de Perry. Os problemas dele vêm todos de mim."

"Eu sabia muito bem o que Deus queria de mim."

"Querido, eu também não O ouvi. De agora em diante, temos que tentar ser melhores. É por isso que quero que rezemos juntos todos os dias. Quero que a gente mude. Quero que fiquemos mais próximos. Quero que a gente sinta a alegria de Deus juntos."

Ele estremeceu.

"Aconteceu uma coisa terrível, mas ainda existe alegria. Eu estava vendo os passarinhos lá fora — não podemos continuar sentindo alegria na Criação? Não podemos sentir alegria na companhia um do outro?"

Ele soltou um grito de dor.

"Shh, shh."

"Eu não mereço você!"

"Shh. Eu estou aqui agora. Não vou a lugar nenhum."

"Não mereço a alegria!"

"Ninguém merece. É uma dádiva de Deus."

E Becky tinha estado tão feliz! Finalmente faltando apenas um semestre para se formar, convivendo com pessoas das séries anteriores, mas movida por um espírito maior de camaradagem com o pessoal da classe de 1972, ela fazia questão, a cada dia, de ser amistosa com pelo menos um colega com quem ela nunca havia falado, um garoto da oficina de trabalhos manuais, e uma garota da igreja batista que ela e Tanner haviam frequentado. Era uma espécie de serviço cristão diário, até que, no fim de semana, se eles tinham tempo, ela e Tanner iam a uma festa aprovada por Jeannie Cross e lá ficavam por meia hora, sem beber, simplesmente dando seu endosso às atividades, e depois eles escapavam para um reino que ficava fora do raio de ação da escola.

Em fins de março, ela havia recebido uma carta de aceitação do Lake Forest College e possibilidades realistas da Lawrence e da Beloit. A expectativa do clima de Wisconsin, que exigia o uso de suéter, de um quarto no dormitório com vista para a praça principal do campus e para o gramado pontilhado de folhas mortas, de um novo espírito escolar a ser desenvolvido, de novos picos sociais a serem escalados, era quase um excesso de bênçãos, porque ela já tinha no radar uma viagem à Europa. Mais cedo naquele mês, num show em Chicago ao qual ela não havia comparecido, Tanner conhecera um jovem casal da Dinamarca que havia adorado a apresentação dele e que por acaso eram os organizadores de um festival de música folclórica em Aarhus. Música folclórica norte-americana estava em alta na Europa, um circuito de festivais de verão propiciava oportunidades para artistas norte-americanos, e uma apresentação solo em Aarhus, *que o casal de dinamarqueses tinha oferecido a Tanner*, poderia abrir portas para todo mundo. Tanner havia regressado do show mais excitado do que Becky jamais o vira. Não seria maravilhoso, ele disse, viverem uma experiência na Europa juntos, fazerem parte do cenário de artistas conhecidos, encontrar gente como Donovan, quem sabe o próprio Richie Havens?

Becky não tinha pensado nem um minuto na Europa. Depois do Natal, a fim de cumprir as promessas feitas a Jesus, ela havia dividido sua herança com os irmãos. Não podia mais bancar um grande giro pela Europa com a mãe e, tendo em vista como Marion vinha se comportando, fumando, só prestando atenção em si própria, ela tranquilamente decidira ficar em casa com Tanner. Mas viajar à Europa *com* ele? Rodopiar em seus braços pela Champs-Élysées? Cruzar os Alpes juntos num vagão-dormitório? Jogar moedas na Fontana di Trevi e formular desejos um para o outro? Tudo o que ela precisava era economizar dinheiro e desconvidar a mãe.

Devido a algum desentendimento conjugal de que Becky só soubera o suficiente para se indignar com o pai, Marion havia se instalado no quarto da bagunça do terceiro andar da casa, arrumado uma cama no canto onde o teto era mais baixo e colocado uma escrivaninha velha sob a janela. Quando Becky se aventurou a ir ao terceiro andar, depois de um dia inútil na escola por causa de suas divagações sobre a Europa, sua mãe estava sentada à escrivaninha envolta em uma nuvem tóxica de fumaça de cigarro. Em vez de fumar, ela ficou girando uma lapiseira enquanto Becky expunha seu plano.

"Eu não preciso ir à Europa", disse sua mãe. "Mas não tenho certeza de que você ir com Tanner seja uma boa ideia."

"Você não confia em mim."

"Não duvido do seu bom senso. Fiquei impressionada com a decisão que você tomou sobre o dinheiro — foi uma coisa muito amorosa. Mas meu entendimento era de que você estava poupando a sua parte para a universidade."

"Eu praticamente só preciso pagar a passagem aérea. Se Tanner participar de outros festivais, vão cobrir nossas despesas."

"E se ele não participar?"

"Ainda tenho o bastante para dois anos de universidade. Depois vou trabalhar no verão e posso conseguir uma ajuda financeira."

Sua mãe continuava girando a lapiseira. Havia perdido tanto peso que surgira uma semelhança com a tia Shirley. Não devia ser saudável perder tanto peso tão rapidamente.

"Não quis perguntar", ela disse, "porque eu sei que é desconfortável para você. Mas... você e Tanner tiveram relações sexuais?"

Becky sentiu que seu rosto ardia.

"Não estou querendo deixar você sem jeito", disse sua mãe. "Basta um simples sim ou não."

"É complicado."

"Está bem."

"Quer dizer... não. Não tivemos."

"Tudo bem, querida. É mais do que bom — é ótimo. Tenho orgulho de você. Mas, se quer ir para a Europa com o seu namorado, preciso saber que estará bem protegida."

Becky voltou a enrubescer. Todos os seus amigos supunham que ela e Tanner estavam tendo relações sexuais, e ela nada fizera para dissuadi-los. Gostava do segredo que os dois compartilhavam, o segredo de sua castidade, e o sentimento de poder e retidão que isso lhe trazia. Mas ouvir sua mãe supor a mesma coisa era estranhamente desagradável.

"Você se protege?", sua mãe perguntou.

"Você *quer* que eu tenha relações sexuais?"

"Meu Deus, não. Por que você acha isso?"

"Eu sou capaz de cuidar de mim mesma."

"Querida, eu sei que você é capaz. É só que... eu também sei como as coisas podem acontecer."

"Afinal, o que você está fazendo aqui em cima?"

Sua mãe suspirou. "Estou revisando as provas da Fundação de Grandes Livros."

"Não, por que está dormindo aqui em cima? Se escondendo aqui."

"Seu pai e eu estamos infelizes um com o outro."

"É? Que surpresa!"

"Eu sei. Sei que é chato para vocês. Peço desculpa por isso."

"A vida é sua. Só não sinto vontade de ouvir seus conselhos."

Sua mãe pôs a lapiseira na mesa. "Não é conselho. Se você quer ir para a Europa com o Tanner, é uma exigência. Na verdade, acho que você devia consultar um médico imediatamente. Posso marcar uma consulta?"

"Posso marcar minhas próprias consultas."

"Como preferir."

"Vou fazer isso agora. Quer ouvir pelo telefone do papai? Ter certeza de que marquei a consulta?"

"Becky..."

Havia três portas para bater a caminho de seu quarto, e ela bateu as três. O mundo lhe parecia de cabeça para baixo. Sexo antes do casamento era supostamente algo errado, mas Tanner já tinha feito com outra pessoa, seus amigos esperavam que ela fizesse, Clem esperava que ela fizesse, até sua mãe esperava isso dela. Provavelmente Judson também, se alguém lhe perguntasse!

Ela não era pudica. Gostava de amassos, de agarração — e de gozar. Houve momentos em que foi levada a querer Tanner dentro de si, momentos em que o sexo parecia uma bênção que Deus desejava que ela desfrutasse. O que a salvara, todas as vezes, foi a hesitação de Tanner. Ao determinar com firmeza seus limites desde o começo, ela tornara sua virgindade uma coisa pela qual ambos eram responsáveis, uma joia que guardavam de forma igualitária, de tal modo que, quando ela se abandonava, Tanner estava lá para contê-la. Se isso não era como um amor verdadeiro funcionava, então ela não sabia o que era um amor verdadeiro.

A contragosto, como se obrigada a executar tarefas enquanto suas amigas estavam na piscina, ela foi ao ginecologista de sua mãe e se submeteu aos procedimentos para receber um diafragma, aprendendo também a inseri-lo. Ganhou um tubo de gel como o que Laura Dobrinsky certa vez atirara em seu rosto. O material que trouxe para casa reduziu o amor a alguma coisa médica. Aquilo a conectava, sordidamente, com todas as outras garotas de New Prospect que tinham apetrechos similares em suas gavetas.

Entretanto, não era errado sentir-se superior a essas garotas? Apesar de muitas orações e leituras dos Evangelhos, ela ainda não havia resgatado o êxtase espiritual que sentira depois de fumar maconha, o desejo corporal de servir a Cristo, ainda que a essência de sua revelação tivesse permanecido: ela era pecaminosamente orgulhosa e precisava se arrepender. Desde aquela revelação, começando pela partilha de sua herança, procurara ser uma boa cristã, mas o paradoxo de praticar uma boa ação é que isso a fazia se sentir ainda mais orgulhosa de si. Era como se, embora as condições fossem outras, ela ainda estivesse atrás de superioridade. Nos Evangelhos, Jesus dava mais atenção aos pobres e enfermos, aos maus e aos desprezados, do que aos justos e privilegiados. Agora que ela havia tomado providências contra a concepção, será que a recusa em se entregar ao homem que amava não poderia constituir uma espécie de vaidade? Deus não havia se revelado a ela exatamente em seu momento mais indigno? Será que, paradoxalmente, não seria *mais* cristão humilhar-se, aceitar que ela também era uma dessas garotas, e ceder sua joia?

Tão logo teve esse pensamento, ela soube o que queria. Queria cair e, ao cair, aprofundar seu relacionamento com Tanner e Jesus. E sabia precisamente como iria acontecer.

O fervor dela pelo Encruzilhadas havia esfriado quando seu pai voltou ao grupo, e ela tinha estado ocupada demais com Tanner para acumular as "horas" de que precisava a fim de se tornar elegível ao Arizona. Kim Perkins e David Goya a pressionaram a fazer uma maratona de última hora, de modo a estar com eles em Kitsillie, porém, quando foi anunciada a lista dos que iriam para lá, ela viu o nome não apenas de seu pai como também de *Frances Cottrell*. Embora Kim e David ainda esperassem que Becky fosse com eles, ela agora tinha um plano melhor para os feriados da Páscoa. Não se entregaria a Tanner na Kombi dele. Faria isso com a devida cerimônia na privacidade de sua casa sem outros ocupantes.

Suas únicas apreensões tinham a ver com a família. Sentia nojo do pai, porque tinha razões para acreditar que ele estava enganando sua mãe, cometendo adultério com a sra. Cottrell. Embora Becky não fosse trair ninguém quando se entregasse a Tanner, de certa forma desceria ao nível do pai. Pior. Desceria ao nível de Clem, e sentia-se muito mal por dar essa satisfação a ele.

Becky não sentira falta de Clem no Natal, nem um pouco. O modo como insultara Tanner, o uso da palavra *passivo*, continuava a fustigar seu coração, e tinha certeza de que ele também iria ridicularizar sua descoberta de Deus. A mera visão do quarto vazio dele, a lembrança de que, altas horas da noite, ela muitas vezes se deitara em sua cama para fazer confidências a incomodava, era vagamente repugnante. A aversão era tão forte que se estendia ao quarto de Tanner na casa dos pais dele. Quando Tanner o mostrou a ela nos feriados de Natal, Becky deu uma olhada da porta, sem entrar. O quarto fedia a Laura, que tinha sido uma espécie de irmã adotiva dele, uma irmã com a qual ele fazia sexo, e Becky não queria ter nada a ver com aquele lugar.

Quando, durante o jantar do Natal, e num raro momento de conciliação, os pais dela haviam lamentado a traição de Clem ao pacifismo da família, Becky não pronunciou uma só palavra em defesa do irmão. Quando Tanner, para surpresa dela, declarou-se muito impressionado com a coragem das convicções morais de Clem, ela insistiu em que o irmão só estava sendo um tremendo babaca. Quando Clem lhe mandou uma carta desculpando-se por não estar presente nos feriados e expondo suas razões para abandonar a universidade, Becky a amassou e jogou na cesta de papéis, já que ele não se desculpara por ter insultado Tanner; e quando Clem começou a deixar mensagens telefônicas com a mãe, pedindo que Becky lhe telefonasse em tais e tais horas de tais e tais dias, ela as ignorou.

Na noite anterior ao dia em que Clem a fisgou, em fevereiro, Becky tinha acompanhado os Bleu Notes a um bar surpreendentemente mais cheio de gente do que o de janeiro. Grupos de mulheres mais velhas haviam ocupado as mesas próximas da banda, e elas claramente estavam lá — bebendo, gastando dinheiro — por causa de Tanner. No meio da segunda apresentação, Gig Benedetti apareceu e se juntou a ela numa mesa dos fundos. Gig era empresário de muitas bandas, e Becky ficou satisfeita ao pensar que, por ela permitir que ele admirasse sua aparência e tocasse em seu cotovelo, deixando-o acreditar que tinham um entrosamento particular, isso aumentava a atenção dele por Tanner. "É doloroso confessar", disse Gig, "mas você tinha razão. Ele ganha muito sem aquela sei lá como se chama. Ele está atraindo as senhoras, e isso é dinamite!" Ser cumprimentada por sua inteligência, ver as expressões de adoração das fãs de Tanner, ouvir seus uivos algo inebriados quando ele empunhava o violão de doze cordas, saber que ela era a garota que ficava sozinha com ele: tudo isso a fazia se sentir feliz demais com sua vida para poder até respirar.

Voltou para casa, bem beijada e bem acariciada, às duas da manhã. Não muitas horas depois, foi acordada por um telefone tocando, sua mãe batendo à porta do quarto. A luz na janela ainda era cinzenta.

"Me deixe em paz", ela disse. "Estou dormindo."

"Seu irmão quer falar com você."

"Diga que eu telefono depois da igreja."

"Diga você mesma. Já estou cansada de transmitir mensagens."

A intensidade da irritação de Becky varreu o sono de sua cabeça. Vestiu às pressas seu robe japonês e passou pisando forte pelas portas do pai e dos irmãos menores, que ainda dormiam. Na cozinha, teve dificuldade em empunhar o aparelho, apertou o plástico frio contra a orelha e ouviu sua mãe desligar no terceiro andar.

"Desculpe acordar você", disse Clem. "Não sabia mais o que fazer."

"Que tal telefonar numa hora decente?"

"Já tentei, sei lá, umas oito vezes."

"Me dê o seu número. Eu telefono depois da igreja."

"Eu tenho um emprego, Becky. Não posso simplesmente falar quando é mais conveniente para você — que aparentemente é nunca."

"Tenho andado muito ocupada mesmo."

"Certo. Embora, de algum modo, você esteja livre todas as noites para o seu namorado."

"E daí?"

"Eu só não entendo por que está me evitando."

Ele parecia achar que era o dono dela. Becky ferveu com uma irritação silenciosa.

"É aquilo que eu falei do Tanner? Desculpe ter dito aquilo. Tanner é ótimo. Um cara cem por cento decente."

"Cala a boca!"

"Não posso nem pedir desculpa?"

"Estou cansada de você se meter na minha vida."

"Não estou me metendo na sua vida."

"Então por que telefonou? Por que me acordou?"

Pela linha telefônica, de algum quarto impossível de visualizar em New Orleans, veio um suspiro fundo. "Estou telefonando", disse Clem, "porque tudo virou merda, e pensei que você pudesse se solidarizar comigo. Estou telefonando porque estou fodido. O setor de recrutamento me fodeu."

"O que você quer dizer com isso?"

"Que não me querem. A cota era pequena e já a preencheram. Teoricamente, ainda posso ser convocado, mas não para o Vietnã. Todo mundo que estava lá está voltando para casa."

Longe de se solidarizar, ela estava maldosamente satisfeita de que o plano dele houvesse fracassado. "Você é provavelmente a única pessoa nos Estados Unidos que está triste porque não vai para o Vietnã."

"Não estou triste, só frustrado. Pensei que a esta altura estaria fazendo o treinamento básico."

"Então talvez devesse se apresentar como voluntário. Se matar gente é tão importante para você."

Outro suspiro em New Orleans, mais condescendente. "Você pelo menos leu minha carta? Não é sobre querer lutar. É uma questão de justiça social."

"Eu já falei: se é tão importante para você, por que não se apresenta como voluntário? Ou você simplesmente vai ficar passivo e fazer tudo o que o setor de recrutamento disser?"

"Eu agi, Becky."

"É, marcou um ponto. Pena que não valeu."

Esticando o fio do telefone, ela encheu um copo de água na torneira da pia.

"Cometi um erro", disse Clem. "Deveria ter largado a universidade há um ano. Acha que estou feliz com isso?"

A água estava deliciosamente fria, o frio de fevereiro.

"Não", ela respondeu. "Tenho certeza de que é muito frustrante. Quando foi que você já cometeu algum erro?"

"Telefonei para você porque estava pensando em voltar para casa durante algum tempo. Você não está me fazendo exatamente querer voltar."

"O que você espera às sete da manhã?"

"Como eu iria poder falar com você se não fosse assim?"

"Eu realmente ando ocupada. Está bem? Não me importo se você vai voltar ou não para casa, não faça isso por mim."

"Becky."

"O quê?"

"Não entendo o que está acontecendo com você."

"Não está acontecendo nada. Eu estou realmente feliz. Ou pelo menos estava até você me acordar."

"Virei as costas um minuto, e é como se você fosse uma pessoa diferente. Quero dizer... igreja batista? Sério? Você está indo mesmo a uma igreja batista? Distribuindo sua herança?"

Então Becky entendeu por que ele vinha tentando falar com ela por telefone: não havia outra maneira de ele controlá-la estando em outra cidade. Becky ficou além disso ressentida com sua mãe, por contar coisas sobre ela.

"Não sou mais a sua irmãzinha menor", ela disse. "Posso pensar por minha conta."

"Não lembra que conversamos sobre isso? Não lembra como eu briguei com o papai por causa disso? Você disse que ia guardar o dinheiro. Disse que queria ir para uma grande universidade."

"Era o que *você* queria para mim."

"E você não quer?"

"Não que seja da sua conta, mas ainda tenho dinheiro suficiente para dois anos na Lawrence ou na Beloit. Posso fazer o resto com ajuda financeira."

"Mas eu não *quero* o seu dinheiro."

"Se você não entende a caridade cristã, não há como explicar."

"Ah, lá vamos nós. Isso é alguma coisa que o Tanner convenceu você a fazer?"

"Você quer dizer: porque eu sou burra demais para pensar por conta própria?"

"Estou falando de fanatismo religioso. Ele sempre foi chegado a esse negócio de Jesus Cristo."

Ela se sentiu invadida pelo mais puro ódio. Clem conseguira, com um simples sopro, insultar sua inteligência, seu namorado e sua fé.

"Para seu governo", ela disse com frieza, "Tanner adora a Primeira Reformada. Eu é que não gosto."

"E ele concorda? 'Legal, querida, como você achar melhor'?"

E lá se foi o pedido de desculpa de Perry por ter chamado Tanner de passivo.

"Tanner me aceita como eu sou", ela disse. "Isso é mais do que eu posso dizer de você."

"Ele aceita o quê? Que você acredite em anjos, demônios e espíritos santos? Que eu vou direto para o inferno porque não acredito em contos de fadas? Me desculpe por achar que você era mais inteligente que isso."

"Você tem ideia do quanto eu já estou farta de ouvir isso?"

"Ouvir o quê?"

"'Você é inteligente demais para isso, você é inteligente demais para aquilo.' Você vem dizendo isso minha vida toda, e sabe de uma coisa? Talvez eu esteja farta de você me fazer sentir que eu sou burra."

"Ah, sei. E aposto que com o Tanner você não precisa se preocupar com isso."

Ela estava injuriada demais para falar.

"Talvez você deva ir em frente e se casar com ele. Faça um filho, esquece a universidade, entra para a igreja batista. Ninguém vai esperar que você seja inteligente lá. E eu vou estar sendo assado no inferno, por isso nem precisa se preocupar comigo."

"Foi para isso que você me acordou? Precisava me insultar?"

Ouviu-se um ruído na ponta da linha de Clem. "Eu estava chateado", ele disse, "por você não responder aos meus telefonemas. Mas tem razão — já entendi. Se eu fosse você, também estaria trepando com um astro do rock. Ele tem uma Kombi tão bacana!"

"Jesus. Você está bêbado?"

"Estou cagando para quem está trepando com quem. Você tem seu astro do rock, papai sua paroquianazinha…"

"Do que é que você está *falando*?"

"Estou falando de pênis e vagina. Será que preciso explicar?"

Ela estava horrorizada de ter feito confidências a ele no passado, horrorizada de tê-lo admirado.

"Que paroquiana?", ela perguntou.

"Você não sabia? Ele e a sra. Cottrell? Por que você acha que a mamãe está fazendo greve?"

Becky estremeceu de repugnância. "Não sei nada sobre isso. Mas agradeceria que não fizesse suposições falsas sobre *mim*."

"Uau. Sério? Suposições falsas?"

"É, isso mesmo."

"Você, o quê… é batista demais para ir até o fim? Ou apenas gosta de controlar o Tanner?"

"Vá se foder!"

"Desculpe, mas é patético. Se você nem está fazendo sexo, sinceramente não vejo o que você ganha com isso. O mínimo que podia fazer era aprender um pouco sobre si mesma."

O ódio de Becky entrara numa nova dimensão — Clem parecia completamente maligno para ela. A antipatia dele por Deus e seu desprezo por qualquer proibição haviam destruído sua alma. A mão de Becky tremia tanto que ela mal conseguia segurar o telefone.

"Você é que é patético", ela disse, tremendo. "Pensa que é muito superior e racional, mas a sua alma está morta."

"Minha *alma*? Esse é outro conto de fadas."

"Não sei o que aconteceu com você. Não sei o que sua namorada fez com você, mas não o reconheço."

"Sou a mesma pessoa que sempre fui, Becky."

"Então talvez seja eu quem tenha mudado. Talvez eu já tenha idade o suficiente para ver como nós dois somos totalmente diferentes."

"Não somos tão diferentes."

"Totalmente diferentes! Você me dá nojo!"

Ela bateu o telefone. Depois o pegou o fone de novo e pôs no chão, para impedir que ele ligasse outra vez, e zanzou pela cozinha, enojada de ódio. Tentou voltar para a cama, mas seu ódio não a deixava dormir. Quando Tanner a pegou para irem à igreja, duas horas depois, ela relutou em olhar para ele, com medo de poluí-lo com a imagem de Clem. Na igreja batista, cantou os hinos e ouviu o sermão com ódio no coração.

Apenas no final do culto, durante a última prece, ela se reconectou com Jesus. Visualizando o rosto de seu Senhor, a infinita sabedoria e tristeza em seu olhar, foi tomada de compaixão pelo irmão. Nunca entenderia por que ele havia tentado ir para o Vietnã, mas isso era o que ele tinha desejado e anunciado a todos que estava fazendo. Além de desapontamento, ele devia ter se sentido *envergonhado* quando seu plano desmoronou. Infeliz em New Orleans, possivelmente sem amigos, trabalhando na chapa de fritura de uma Kentucky Fried Chicken, ele havia deixado reiteradas mensagens para a irmã, que no passado sempre estivera lá para ouvi-lo; e, quando por fim havia conseguido falar com ela por telefone, Becky o rejeitara. Com seu pecaminoso orgulho, com sua vaidade ofendida, ela atacara uma pessoa que a havia amado e protegido a vida inteira. Se ele também a havia atacado, era apenas por estar ferido e envergonhado.

Becky voltou para a casa paroquial com a intenção de telefonar para ele e se desculpar, porém, ao subir e ver o quarto vazio de Clem, a repulsa voltou a invadi-la. Uma aversão visceral, reforçada pelo desprezo de Perry por tudo o que era importante para ela, superou seu sentimentalismo. Clem a havia atacado de forma efetiva, ela apenas se defendera. Cabia a ele, não a ela, desculpar-se primeiro. Pelo restante do dia, e por muitos dias depois, ela esperou que Clem telefonasse. Mesmo um pequeno gesto de arrependimento, se oferecido com sinceridade, poderia ter aberto a porta para o que havia de melhor nela. Mas aparentemente Clem também tinha seu orgulho.

Em sua abundante felicidade, quando fevereiro deu lugar a março a briga entre os dois desapareceu de sua mente. Tanner tinha enviado cartas a mais de uma dúzia de festivais na Europa, com cópias de um tape gravado em seu porão e no qual aparecia sozinho, assim como recortes de uma resenha de jornal sobre os Bleu Notes. Becky o ajudara com a carta, reescrevendo-a de forma mais assertiva, e eles agora viviam em estados paralelos de expectativa, Tanner esperando uma resposta da Europa, ela da Lawrence e da Beloit. Depois de uma exaustiva conversa no melhor estilo do Encruzilhadas sobre sua disposição de se entregar a ele, os dois também compartilhavam a expectativa de uma semana a sós na casa paroquial.

Seja lá o que Clem pensasse, ela não era burra. Embora dividir a herança com os irmãos houvesse aquecido seu coração e intensificado sua fé, ela ficara com um valor suficiente para frequentar uma universidade cara, cercada de gente tão ambiciosa quanto sua tia Shirley a encorajara a ser. Ela havia encorajado Tanner a ser igualmente ambicioso e, caso ele conseguisse um bom contrato para gravar e começasse a circular pelo país, ela já se via dando um tempo na universidade a fim de participar daquilo tudo. No entanto, acompanhá-lo aos shows a fez consciente de quantos outros músicos tinham ambições idênticas, de quanta competição até mesmo um grande talento precisava enfrentar. Ela não gostava de imaginar Tanner definhando em New Prospect enquanto ela adentrava em novas esferas sociais no Wisconsin: não era um bom prognóstico para o futuro deles como casal. Seu futuro pessoal, porém, guardava duas possibilidades igualmente luminosas: o encanto do mundo musical ou os privilégios da universidade, e ela estava muito feliz.

Na sexta-feira anterior ao Domingo de Ramos, ao voltar a pé para casa depois da escola, seu coração disparou. As férias da Páscoa tinham começado, o momento de sua queda de repente estava bem próximo. Ela e Tanner haviam escolhido segunda-feira como *a noite*. Ela desejava fazer alguma coisa especial e europeia para ele no jantar, possivelmente um suflê de queijo, mas depois de consultar sua mãe, que sabia cozinhar de verdade, ela se decidira por um bife *bourguignon*. Já havia comprado duas velas longas para a mesa e, ousadamente, na loja de bebidas, uma garrafa de vinho tinto Mouton Cadet. Para a noite ser perfeita, era preciso ser mais que apenas sexo.

Chegou a uma casa em processo de se esvaziar para ela e Tanner. Seu pai tinha ido para a Primeira Reformada e o saco de lona de Perry estava arrumado e esperando junto à porta. O único sinal da mãe era um bilhete pedindo que Becky levasse Perry de carro à escola. No andar de cima, encontrou Judson fazendo cuidadosamente sua mala para a viagem à Disneylândia. Ele não sabia onde estava Perry. Voltando à cozinha, ela ouviu um som metálico no porão. Abriu a porta e olhou na escuridão. "Perry?"

Nenhuma resposta. Acendeu a luz e se aventurou escada abaixo. Da extremidade mais distante do porão, onde ficava o aquecedor a óleo, chegou a seus ouvidos um estranho bufar e outro som metálico.

"Oi, Perry, você está pronto?"

"Sim, estou pronto, será que uma pessoa não pode ficar sozinha?"

"Se quer que eu leve você à igreja, é para já que estou oferecendo."

Ele saiu saltitando de trás do aquecedor. "Pronto."

"O que você está fazendo aqui embaixo?"

"A pergunta parece mais apropriada para você, que supostamente é um ser de luz. Por que não está brilhando no mundo ao qual pertence?"

Ele passou rápido por ela e subiu a escada. Becky não sentiu cheiro de maconha, porém se perguntou se ele não estaria usando drogas de novo. Por um breve período, no Natal, ela gostara da novidade da companhia dele, mas a "amizade" dos dois não havia decolado. Desde que começara a fazer mais um turno no Grove, a fim de juntar dinheiro para a Europa, mal havia falado com Perry.

Ao emergir do porão, ela o viu levando o saco de lona para o banheiro.

"O que você está fazendo?"

"Um minuto de privacidade, minha irmã, se me faz esse favorzinho. Poderia me conceder esse gentil obséquio?"

Ele trancou a porta do banheiro.

"Oi, escute", ela disse através da porta. "Você está parecendo esquisito. Tudo bem com você?"

Ela o ouviu bufando, ouviu o som de um zíper de grande porte.

"Se você está usando drogas de novo, precisa se abrir comigo. Lembra do que falamos sobre distanciamento? Eu não sou o inimigo."

Nenhuma confissão veio. Atrás dela, na cozinha, o telefone tocou.

Ela esperava que a chamada fosse de Jeannie Cross, mas era Gig Benedetti querendo falar com Becky. Ela nem sabia que Gig tinha seu número.

"Sou eu, Becky."

"Oi, não reconheci sua voz. Como vai a nossa linda garota hoje?"

"Ela vai bem, obrigada."

"Tem um segundo?"

"Na verdade, seria melhor se me telefonasse um pouco mais tarde."

"Estou telefonando porque... Tanner me disse que vai para a Europa com você. Está sabendo desse plano? Você sabia desse plano e não me contou?"

Ela sentiu um aperto no coração. Aparentemente ela tinha traído o entendimento especial que havia entre os dois.

"Falei com ele hoje de manhã", disse Gig. "Tenho me matado para arranjar que ele entre no circuito da Holiday Inn, e o que eu descubro? Que ele está largando a banda e levando você para a Dinamarca!"

"Bom... sim."

"Você entende que bosta é a Europa profissionalmente? Sabe por que seus amiguinhos dinamarqueses estão tão felizes de ele ir para Aarfoda-se? Porque qualquer artista com dois neurônios consegue ver que é uma puta perda de tempo! Pensei que você e eu estivéssemos na mesma sintonia!"

Ele estava gritando e Becky queria dizer para ele parar. Não suportava que gritassem com ela.

"Estamos na mesma sintonia", ela disse. "Será só por um verão."

"Só um verão... essa é boa. Só um verão! E Quincy e Mike? Enquanto os pombinhos saem em lua de mel, Quincy e Mike fazem o quê? Ficam girando os polegares e esperando que vocês mandem um cartão-postal? Tanner vai levar pelo menos quatro meses para montar outra banda e fazer funcionar. De repente, estamos em 1973 e ninguém se lembra mais dele. Isso lhe parece um plano sensato? Pensei que você fosse *inteligente*."

"Existe um público enorme para música folclórica na Europa", ela disse sem muita convicção.

"Esquece. Se estamos falando do Reino Unido, ainda faz algum sentido — as gravadoras continuam de olho em Londres. Mas no continente? Está me gozando? Você pode me dar o nome de algum artista que ficou entre os quarenta primeiros do topo, vindo da França ou da Alemanha?"

"Mas não é só uma questão das gravadoras, certo? Trata-se de criar um público."

"Certíssimo. E como se faz isso? Você toca na Holiday Inn de Rockford e de lá vai para a de Rock Island. Depois de se apresentar em um número suficiente de pequenas grandes cidades, você começa a ganhar nome, e é isso que os olheiros das gravadoras estão procurando. Você tem que confiar em mim nessa matéria, Becky. Seu amigo faz muito melhor tocando em Decatur, em Illinois, do que em Paris. Arranjei para um pessoal tocar em Decatur há oito meses, e eles acabaram de ser contratados por uma grande gravadora. Não estou mentindo para você."

"Mas ele ainda pode fazer isso — quer dizer, o circuito das Holiday Inns. Vai voltar ainda melhor, com novos contatos."

"Escute, querida. Seu amigo é bacana. Admito que mais ou menos o contratei como um favor, porque gosto de você e do seu estilo, mas agora não estou mais com ele como um favor. Ele é um profissional, aceita meus conselhos, faz sucesso com as madames, todo mundo está ganhando dinheiro. Mas quer minha opinião sincera? Não morro de amores pelo material original dele, e o público também não. O tempo dirá se o Tanner terá capacidade de compor músicas melhores, mas no nível dele existe um milhão de shows. A melhor coisa que ele tem a seu favor é ser jovem e bonitão, e você sabe o que dizem sobre o negócio dos discos: o vampiro tem sede de juventude e beleza. A última coisa de que seu amigo precisa é ficar na prateleira durante um ano."

"Está bem", ela disse numa vozinha muito débil.

"Eu disse para ele: se você quer que eu o represente, tem que mandar esse troço da Europa para o lugar dele e puxar a descarga. Ele não quis me ouvir, mas ouvirá você. Você precisa pegar Tanner pela mão e dar as ordens. Promete fazer isso?"

"Não sei."

"Você é o cérebro da banda. Ele vai fazer o que você disser."

Quando ela desligou, o sol ainda brilhava forte nas janelas, mas a cozinha parecia estar na penumbra, como o que a tivesse iluminado não fosse o sol, e sim o sonho da Europa. Ela se sentiu punida, culpada, desapontada; com pena de Tanner, e com mais pena de si própria. Ignorando a conversa estranha de Perry, o levou mecanicamente até a igreja e mecanicamente voltou para casa. Nunca havia sentido tão pouca vontade de trabalhar no turno da noite das sextas-feiras como agora.

Ignorar o conselho de Gig, sob pena de ele dispensar Tanner, seria obviamente o cúmulo do egoísmo. Mas Shirley havia morrido imaginando a sobrinha num grande giro pela Europa, Becky já tinha dado nove mil dólares do dinheiro dela e as alternativas à Europa eram sombrias: ou mais um verão com os pais, trabalhando de garçonete no Grove, ou uma série interminável de milharais e cidadezinhas deprimentes, o banho de vapor de julho no Meio-Oeste. Ela entendia que a realidade do meio musical era essa, mas a ideia de ir à Europa *e* fazer a carreira de Tanner progredir era perfeita demais para ser derrotada pela realidade. Becky não via como abrir mão dela.

O problema ainda permanecia de manhã, quando Becky levou sua mãe e Judson ao aeroporto O'Hare. Tinha imaginado se sentir livre com a ausência da família, mas a avaliação que Gig fizera de Tanner, ecoando a de Clem, esvaziara o clima romântico da semana seguinte. Ao ver Judson correndo à frente da mãe com sua malinha, os dois a caminho de uma cidade com palmeiras e estrelas de cinema, Becky se sentiu desolada.

Do aeroporto, ela foi direto ao Grove. A primeira providência de Gig como agente de Tanner tinha sido acabar com os shows das sextas-feiras à noite lá, e Becky, tendo agora visto lugares melhores na cidade, entendeu o porquê. A decoração em tons cor de terra e as plantas nos vasos do Grove eram antiquadas, e não modernas, a acústica do salão pavorosa, os fregueses avarentos e apoiadores de Nixon. Terminado seu trabalho, ela se sentia tão exausta que telefonou para a casa de Tanner e deixou um recado com sua mãe, desculpando-se por não comparecer à apresentação em Winnetka. Curiosamente, Tanner não telefonou depois para ela.

Na manhã seguinte, contudo, sua Kombi chegou à casa paroquial na hora de sempre aos domingos. Por razões que não compreendeu de imediato, ela não apenas pôs seu melhor vestido de primavera como também carregou na maquiagem. O rosto no espelho do banheiro não era de modo algum o de uma garota, e talvez essa fosse a ideia. Talvez ela desejasse se colocar num futuro do qual poderia olhar para trás e ver a si mesma.

Tanner também estava elegante. Na luz enevoada da manhã, vestindo o terno que comprara para o enterro da avó, cabelo volumoso brilhando sobre os ombros, os cílios se abrindo e fechando ao ver Becky na maior elegância, ele estava absurdamente bonito. Acontecesse o que acontecesse, ela nunca cansaria de olhar para ele, e ela era a mulher cuja boca ele então beijou. O beijo, estimulando seus nervos nos lugares de praxe, fez seu problema parecer menos significativo.

"Eu estava pensando…", ele disse. "Quer ir para a Primeira Reformada?"

"É o que você quer?"

"Sei lá — é Domingo de Ramos, talvez seja agradável estarmos num lugar que conhecemos bem."

"Eu adoraria." Voltou a beijá-lo. "É uma grande ideia. Obrigada por sugerir."

Ela estava feliz por ele haver explicitado claramente um desejo. E feliz, afinal, por voltar à Primeira Reformada num domingo em que seu pai não estava lá. Feliz de ver as expressões de surpresa quando ela e Tanner entraram, feliz de receber uma folha de palma dos anfitriões, Tom e Betsy Devereaux, feliz de ocupar o banco que havia compartilhado com Tanner na primeira cerimônia de que participaram juntos. Era estranho relembrar que naquele dia ela havia imaginado os dois ali como um casal; era estranho como ansiar por uma vida futura e realmente vivê-la tornava o tempo irreal. Ao sentar-se agora ao lado dele e receber a palavra de Deus, abafada porém não derrotada pela intermediação de Dwight Haefle, ela se perguntou qual era o propósito da vida de uma pessoa. Quase tudo na vida era vaidade — sucesso uma vaidade, privilégio uma vaidade, Europa uma vaidade, beleza uma vaidade. Quando se removia o verniz da vaidade e se ficava a sós diante de Deus, o que sobrava? Apenas amar o próximo como a si mesmo. Apenas cultuar a Deus domingo após domingo. Mesmo que a pessoa vivesse oitenta anos, a duração de uma vida era infinitesimal, seus oitenta anos de domingos terminavam num piscar de olhos. A vida não tinha comprimento; apenas em sua profundidade havia salvação.

E assim aconteceu. Quase no fim da cerimônia, quando se pôs de pé com Tanner para cantar a doxologia e ouviu a voz de tenor dele se destacando, enquanto sua própria voz trêmula tentava se manter em harmonia com a dele, a luz dourada voltou a penetrar nela. Dessa vez, não estando toldada pela maconha, foi até mais brilhante. Dessa vez, para vê-la, Becky não precisou olhar para dentro de si. Pôde senti-la subindo dentro de si e se derramando — a bondade de Deus, a simplicidade da resposta à sua pergunta —, e o paroxismo que experimentou foi tão poderoso, que cortou a respiração da voz que cantava. A resposta era seu Salvador, Jesus Cristo.

Não encontrara a resposta nas outras igrejas onde a tinha ido buscar. Encontrou-a onde havia começado. Isso lhe pareceu um fato crucial.

A manhã de primavera na qual ela e Tanner emergiram depois de serem paparicados no vestíbulo, admirados por matronas de olhos marejados, era a mais quente do ano até então. Na esteira de seu paroxismo, os sentidos de Becky estavam atentos à brisa acariciante, à fragrância das flores e da terra primaveril, ao clarão dos cornisos junto ao prédio do banco, ao canto de passarinhos invisíveis, às exigências da primavera de seu próprio corpo. Como a visita de Deus as havia despertado, elas não lhe pareceram nem um pouco erradas. Eram apenas parte da criatura do Senhor que ela era.

"Vamos dar uma caminhada", ela disse.

"Você vai machucar os pés com esse sapato."

"O dia está tão bonito, vou andar descalça."

A calçada da Maple Avenue ainda guardava o frio do inverno, um contraste excitante com o calor do sol. Becky não conseguia se lembrar da última vez que andara descalça. A menina de oito anos que ela tinha sido estava agora com dezoito, e um dia teria oitenta. A memória que a primavera gravara em seus sentidos só confirmava a percepção que havia tido na igreja: o tempo era uma ilusão.

"Simplesmente aconteceu de novo", ela disse a Tanner. "O que aconteceu no Natal — aconteceu outra vez enquanto cantávamos a doxologia. Eu vi Deus."

"Você... realmente? Isso é uma doideira."

"O estranho é que ontem foi exatamente o oposto. Ontem me senti tão morta, e agora estou tão viva. Ontem eu não tinha ideia do que fazer, e hoje a resposta é muito clara para mim!"

"Como assim?"

Em poucas palavras, ela relatou a conversa com Gig. Em consideração aos sentimentos de Tanner, omitiu as avaliações que o empresário fizera, mesmo assim ele ficou furioso. Embora entendesse que Laura era quem dava os gritos na banda, Becky só tinha visto Tanner bravo de verdade uma vez, quando Quincy acabou atrasando o grupo para uma apresentação na cidade.

"Que porra é essa? Ele telefonou para a sua casa? Pelas minhas costas?"

"Você não deu meu número para ele?"

"Para aquele cara? Nem pensar. Se ele tem alguma coisa a me dizer, que fale comigo. Você lhe disse isso? Disse que ele devia falar comigo e não com você?"

"Tudo o que eu fiz foi atender o telefone."

"Meu Deus, eu estou de saco cheio desse cara. Ele é bom para arranjar apresentações, mas é um safado. Está dando em cima de você desde o primeiro dia. Não acredito que ele telefonou para você pelas minhas costas!"

A explosão de Tanner, a assertividade dela, agradou demais Becky.

"Acho que ele pensou que eu estava forçando você a ir para a Europa."

"Eu já *disse* a ele por que estou indo. Falei que vou arrumar outro agente se ele não estiver de acordo com a viagem."

"É, mas tem uma coisa. Tanner, tem uma coisa. Talvez não devêssemos ir."

Ele parou subitamente na calçada. "Você não quer ir?"

"Não, eu quero, mas... é pura vaidade. Ontem eu não via isso, mas agora vejo. Quero o melhor para você, não para mim. E Gig diz que o melhor é não ir."

"Claro que ele diz isso. Ele só pensa em dinheiro... se eu estiver na Europa, ele não vai ganhar comissão."

"Mas e se ele estiver certo? E se for um erro para sua carreira?"

"Gig não conhece nada sobre o negócio lá. Ele mesmo falou: 'Não sei porra nenhuma'."

"Mas ele conhece o negócio aqui. Se você quer um contrato para gravar e quer realmente ser famoso, não acha que deve ouvir o que ele diz?"

Tanner a olhou fixamente. "O que ele falou para você?"

"O que eu acabei de dizer."

"Pensei que a Europa fosse uma coisa que estávamos fazendo juntos. Que não tinha a ver só com música — achei que queríamos ter uma experiência juntos."

"É o que eu quero também. Mas... talvez não precise ser neste verão."

"Becky. Você não quer estar comigo?"

Havia lágrimas nos olhos dele. E as lágrimas a fizeram querer estar com ele.

"Claro que eu quero. Estou apaixonada por você."

"Então que se foda. Vamos para a Europa."

"Mas, querido..."

"E daí se for um 'erro para a minha carreira'? As únicas coisas que me importam é estar com você e celebrar a vida com música. Desde que eu esteja com você... Becky. Desde que eu esteja com você não existe erro nenhum."

Do outro lado da rua, num quintal pontilhado de erupções verdes irregulares, um homem ligou um cortador de grama. O aparelho tossiu e produziu uma nuvem de fumaça azul. O dia estava ficando mais quente a cada minuto, e a casa paroquial era bem pertinho. Vendo as lágrimas nos olhos de Tanner, ouvindo-o manifestar espontaneamente o mesmo pensamento que ela havia tido na igreja — que só o amor e a adoração importavam —, Becky sentiu como se seu corpo pudesse flutuar e subir ao céu. Pegou a mão dele e a apertou contra o quadril.

"Vamos para a minha casa."

Ele entendeu de imediato o que ela estava dizendo. "Agora?"

"Sim, agora. Estou mais do que pronta."

"Tenho ensaio à uma e meia."

"Você é o líder da banda. Pode dizer aos outros que foi cancelado."

Em Roma, no começo de setembro, no apartamento em que moravam de favor, conheceram um casal de alemães de vinte e poucos anos que estava indo para uma fazenda na Toscana que pertencia ao pai da mulher; Becky se agarrou ao convite para ir com eles, embora tecnicamente não fosse ela a convidada, e sim Tanner, depois que o ouviram tocar. Os esforços de Becky para que o casal os convidasse, seu fingimento de ter desejado a vida toda ver a paisagem rural da Toscana, o êxtase não fingido diante da descrição da fazenda, tudo isso passou despercebido, o que era irônico, porque Tanner dava mais importância às pessoas que aos lugares, nada tendo contra Roma. Becky era quem não via a hora de sair dali. O calor em Roma era sufocante, e o apartamento onde estavam alojados, apesar de enorme e bem situado, pertinho do Campo de Fiori, praticamente não possuía mobília — aposento após aposento, assoalhos de madeira danificados pelo sol e nenhuma mesa, nenhuma cadeira. Ela e Tanner estavam acampados no canto daquilo que outrora poderia ter sido um salão de baile, debaixo de uma janela que se abria para o cheiro de legumes podres. Na outra extremidade, ficava um jovem casal pouco amistoso, supostamente vindo do outro lado da Cortina de Ferro, ambos circulando nus e copulando ruidosamente no único móvel do salão, um sofá dourado com quase quatro metros de comprimento. Uns seis outros viajantes de cabelo comprido desfrutavam da hospitalidade de um homem chamado Edoardo, um italiano com jeito de duende que usava uma calça branca apertada e mocassim de sola fina, sem meia, que morava em dois cômodos impecavelmente mobiliados atrás da cozinha. Becky e Tanner tinham conhecido Edoardo numa rua secundária onde Tanner estava tocando para ganhar alguns trocados, enquanto Becky, sentada no meio-fio, escrevia em seu diário de viagem. Quando Edoardo deixou cair uma nota de cinco mil liras no estojo do violão de Tanner e os convidou para se instalar no apartamento com ele, não foi preciso convidar duas vezes. Na noite anterior, no pequeno quarto de hotel perto da estação ferroviária, eles haviam descoberto uma bola de lenços de papel endurecida que não estava lá de manhã.

O festival de música folclórica de Roma tinha sido realizado nos últimos dias de agosto, e os organizadores, embora tivessem recusado o pedido de inclusão de Tanner, lhe disseram que às vezes surgem chances de apresentação no último minuto. Apegados a essa esperança, e sobretudo porque tia Shirley adorava Roma, e porque também as passagens deles do Eurail estavam prestes a expirar, os dois tinham vindo de Heidelberg quatro dias antes. Em Heidelberg, onde Tanner havia tocado como convidado oficial, embora às onze da manhã e diante de uma plateia decepcionante, eles tinham comido de graça, dormido em camas alemãs com lençóis limpos e evitado usar os cheques de viagem que ainda restavam.

Em Roma, eles sobreviviam comendo em *tavolas caldas*, e pensavam duas vezes antes de comprar um *gelato*. Havia mil pontos turísticos a visitar, mas o único lugar seguro onde Becky podia ficar enquanto Tanner tocava na rua era ao lado dele ou no apartamento escaldante e sem móveis; não podia andar sozinha sem ser assediada por italianos. Embora Edoardo os houvesse incentivado a ficar por quanto tempo quisessem, eles estavam acampados num assoalho de madeira tendo apenas os sacos de dormir como acolchoamento. A imagem de uma fazenda toscana, compartilhada com dois alemães que respeitavam a privacidade alheia, era como sonhar com uma trégua.

O calor romano havia esfrangalhado os nervos de Becky, nenhuma chance aparecera para Tanner no festival, e eles tinham uma semana para matar antes de pegarem carona até Paris para um concerto ao ar livre sobre o qual as pessoas vinham falando o verão todo e no qual as principais atrações seriam a banda The Who e Country Joe McDonald. Outra coisa também era o atraso da menstruação de Becky. Eram só alguns dias de atraso, mas ela estava preocupada que seu tubo de gel, que estava acabando e cujo uso Becky tinha entendido ser redundante e por isso ainda não o havia substituído, fosse mais importante do que ela imaginara.

O voo noturno de Chicago para Amsterdam, as tempestades frias de verão na Dinamarca, a calorosa recepção a Tanner em Aarhus eram agora recordações tão distantes que poderiam pertencer a outra pessoa. De acordo com as breves anotações em seu diário de viagem, ela e Tanner tiveram relações sexuais três vezes em Aarhus e quarenta e seis vezes desde então. Todos os dias, estivesse vendo os girassóis de Van Gogh ou simplesmente batendo papo com músicos norte-americanos, estivesse fazendo um piquenique em alguma encosta verdejante dos Alpes ou se sentindo perplexa com um chuveiro sem cortina nem muretinha no chão, espalhando água por todo o banheiro, ela se sentia maravilhada por estar na Europa, mas todas as noites voltava-lhe uma amargura, da qual ser amada e possuída por Tanner era a única via de escape.

A delicadeza de Tanner com ela e com todas as pessoas com quem se encontravam era algo fora do comum. Mesmo quando ela estava sangrando e se comportando de forma desagradável, ele não se aborrecia com ela. Quando corriam para pegar um trem e o viam se afastar da estação, ele se limitava a dar de ombros e dizer que não era para ser. Quando Becky teve uma gastrenterite em Utrecht e suplicou que Tanner fosse sozinho ao evento principal, ele não apenas se recusou a deixá-la, como também disse que amava até o som que ela fazia ao vomitar. Quando se pegava desejando que ele fosse mais assertivo, bastava pensar na desarmada curiosidade dele, em sua disposição de se mostrar encantado, em seus elogios sinceros a cantores de carreira mais longeva, seu ar divertido ao balançar a cabeça quando alguém insistia em se fazer de idiota, seu jeito lindo de entrar de mansinho numa jam session — como ele ia tocando sem chamar a atenção, observando os outros músicos, até que, no momento certo, entrava com tudo, exibindo sua musicalidade superior, mostrando-se sempre feliz em explicar, caso indagado, como havia tocado algum fraseado musical difícil. As últimas páginas do diário de viagem de Becky estavam cheias de endereços de europeus que esperavam vê-lo outra vez e que se haviam oferecido para hospedá-los. O cenário musical europeu, com seus valores de compartilhamento, poderia sustentá-los até bem depois que seus cheques de viagem terminassem. Embora Roma, seu calor e todos aqueles babacas de motocicleta não fizessem seu gênero, e embora Tanner possivelmente tivesse que recomeçar a carreira nos Estados Unidos, ela não estava com a menor pressa de voltar para casa.

Com exceção de Judson, que ainda era muito novo para ser relevante, a família a havia abandonado. Não ouvira uma palavra de Clem desde a briga deles em fevereiro, Perry havia passado quatro meses em tratamento psiquiátrico a um custo medonho, e os pais fizeram o possível para arruinar a vida dela. Não somente seu pai a expropriara, praticamente sem qualquer pedido de desculpa, como a mãe, em vez de ficar do seu lado ou mostrar compreensão, concordara com a postura de Russ sem um murmúrio de resistência. Nunca em sua vida os pais tinham se mostrado tão unidos contra ela ou de forma tão enjoativa coligados. Voltaram de Albuquerque, depois da Páscoa, como recém-casados — tapinhas no traseiro, beijos molhados, palavras de carinho melosas, o pai mimando a mãe, a mãe ofegante e submissa. Igualmente irritante era a nova religiosidade dos dois. O pai agora começava toda refeição com uma longa prece, aplaudida pela mãe com trêmulos améns. Embora Becky tivesse sua própria fé, sabia muito bem que não cabia impor a pessoas que estavam à espera de comer. Apesar de ser responsabilizada por trocar carinhos e beijos em público, ela tinha a excelente desculpa de não ser mãe de filhos crescidos.

Mais uma vez, como ocorrera ao receber a herança, houve uma convocação ao escritório do pai. O terceiro andar recendia a cigarros — sua mãe voltara à cama de casal, mas não havia parado de fumar — quando Becky subiu a escada. A escrivaninha do pai estava coberta de contas e de documentos jurídicos. Ele olhava para eles o tempo todo, os reorganizava, enquanto explicava seus problemas financeiros e a mãe o observava com expressão de apoio. Em resumo, para cobrir as reparações aos navajos cujo celeiro Perry incendiara, ele queria "emprestado" o dinheiro de Becky para a universidade.

"Eu acho", ela disse, "que Perry é quem deveria pagar por isso."

"Infelizmente, não há nenhum dinheiro na conta de Perry."

"Estou falando do dinheiro que *eu* dei para ele."

"Sumiu, querida", disse a mãe. "Ele gastou tudo comprando drogas."

"Eram três mil dólares!"

"Eu sei. É uma coisa terrível, mas sumiu."

A notícia era ao mesmo tempo repugnante e confirmadora. Havia muito Becky suspeitava que Perry não tinha alma e era amoral. Pelo menos podia parar de fingir que desejava se relacionar com ele.

"E o Jay? E o Clem?"

"Estamos pegando emprestado o dinheiro que você deu ao Judson", disse seu pai. "Também consegui um empréstimo da igreja, que vai ajudar com as despesas jurídicas e médicas. Mas continuamos com um grande déficit."

"E o Clem? Pelo jeito ele nem queria meu dinheiro."

O pai suspirou e olhou para Marion.

"Perry tem uma doença mental muito grave", disse a mãe. "Em algum momento, no curso da doença, ele também zerou a conta de Clem."

Becky a olhou fixamente. Ela era a vítima, e sua mãe nem tinha coragem de encará-la.

"Zerou", Becky disse. "Você quer dizer *roubou*?"

"Sei que é difícil para você entender", disse a mãe, os olhos cravados no chão, "mas Perry estava perturbado demais para saber o que fazia."

"Como é que alguém rouba sem saber o que está fazendo?"

Russ lhe lançou um olhar de advertência. "Nossa família tem uma necessidade urgente de recursos. Sei que é duro para você, mas você faz parte da família. Se a situação fosse inversa..."

"Quer dizer, se eu fosse uma ladra e viciada em drogas?"

"Se você tivesse uma doença grave — e, não se engane, Perry tem uma doença muito grave —, então, sim, acho que seus irmãos fariam o sacrifício que lhes pedíssemos."

"Mas nem é para o tratamento dele. É apenas para os navajos."

"A perda do equipamento da fazenda foi devastadora. Não é culpa dos navajos que seu irmão o destruiu."

"Certo. E também não é culpa dele que está tão gravemente doente. Pelo jeito a culpa é *minha*."

"Obviamente", disse seu pai, "não é culpa sua, e sei como deve lhe parecer injusto. Mas só estamos pedindo um empréstimo, não um presente. Sua mãe vai procurar emprego, eu vou procurar um cargo mais bem remunerado. No ano que vem, nessa época, talvez sejamos capazes de lhe restituir alguma parte do que pedimos emprestado. Também nos tornaremos mais elegíveis para conseguir ajuda financeira na universidade."

"É só por um tempinho, querida", disse sua mãe. "Só estamos lhe pedindo que nos empreste o que a Shirley deu a você."

"Caso tenha se esquecido, Shirley me deu *treze* mil dólares."

"Você ainda terá suas economias. Se quiser começar a universidade no outono, pode ir para a Universidade de Illinois por um ano ou dois. Depois se transfere para onde quiser."

Becky havia recebido a carta de aceitação da Beloit três dias antes. A ideia de ser transferida e perder a experiência do primeiro ano, entrando numa turma cuja ordem social já se cristalizara havia muito tempo, parecia pior do que nem ir para lá. Dos treze mil dólares que herdara, tinha cedido nove, com a garantia de que os quatro remanescentes eram só seus, pois ainda tinha a expectativa de que coisas especiais iriam acontecer em sua vida. Mas seus pais haviam reprovado a herança desde o começo. Não gostavam de Shirley e agora conseguiam o que sempre quiseram: que Becky não tivesse nada. Era como se estivessem cumpliciados com o próprio Deus, que, sabedor de tudo, sabia que sob o verniz da caridade cristã havia em Becky um pequeno núcleo duro de egoísmo. Seu rosto incendiou-se de ódio pelos pais por o terem tornado visível.

"Ótimo", ela disse. "Podem ficar com tudo. São cinco mil e duzentos dólares — fiquem com tudo."

"Querida", disse a mãe. "Não queremos o que você mesma poupou."

"Por que não? O que eu tenho não é mesmo suficiente para me ajudar em nada."

"Não é verdade. Você ainda pode ir para a Universidade de Illinois."

"Desde que eu não vá para a Europa. Certo?"

Sua mãe, sabendo o que a Europa significava para ela, poderia ao menos manifestar alguma solidariedade. Em vez disso, dobrou-se ao marido.

"Infelizmente, sim", ele disse. "Se você for para a Universidade de Illinois, vai precisar de dinheiro para alojamento e alimentação. Sei que deseja ir à Europa, mas achamos melhor que adie esse plano."

"Vocês dois. É isso que vocês dois decidiram."

"Isso é difícil para todos nós", disse Marion. "Estamos todos tendo que abrir mão de coisas que desejávamos."

Não havia mais nada a dizer. Quando Becky voltou a seu quarto, nem teve vontade de chorar. A amargura penetrara em seu coração e lá ficara. Podia perdoar o insulto de ser expropriada de sua parte da herança, porque Jesus prometia uma recompensa àqueles que tudo davam e o seguiam, mas a ofensa disso só se tornou mais profunda: seus pais se importavam mais com seu irmão amoral, mais um com o outro, mais até mesmo com os benditos navajos, do que com ela. No dia em que Becky transferiu seus quatro mil dólares, quando seu pai, no jantar, agradeceu a Deus pela dádiva da família e pela dádiva de sua filha bíblica, Rebecca, a amargura de Becky foi tão intensa que ela nem conseguiu provar a comida. Embora a mãe tivesse a delicadeza de lhe agradecer diretamente, não disse que se orgulhava dela, como costumava fazer com frequência. Sabia muito bem o que havia tirado da filha, a injustiça da qual participara; seria obsceno falar em orgulho. Somente em Tanner havia alívio para a amargura. Ele era bondoso demais para se unir a Becky no ódio à família dela, mas a entendia como ninguém. Entendia tanto a bondade quanto o egoísmo que existiam nela. Tendo cedido a última porção de sua herança, ela havia perdido a Beloit e o futuro que aquilo representava, confrontava a perspectiva de um ano como garçonete em tempo integral ou um quartinho de merda no dormitório de um arranha-céu em Champaign — e Tanner havia entendido por que Becky precisava ir à Europa.

Como todos os hóspedes de Edoardo (tratava-se evidentemente de um requisito), os dois alemães, Renata e Volker, eram notavelmente bonitos. Volker, que se parecia com um Charles Manson louro, tinha morado no Marrocos e viajado até a Índia, explorando formas não ocidentais de vida. Renata possuía incríveis olhos azuis e um estilo que Becky invejava. Em lugar nenhum dos Estados Unidos havia calças e blusas como as de Renata, com um corte simples e prático sem ser masculinas, com tecidos desbotados mas duráveis, ou sandálias de couro tão elegantes e nitidamente confortáveis. Becky tinha ficado farta de seus próprios tênis e sandálias Dr. Scholl.

Na noite anterior à partida para a Toscana, Tanner ficou até tarde com Edoardo e os alemães, enquanto ela foi para o sufocante salão de baile. Pior que o cheiro de mofo, eram as vozes entrando pela janela, rapazes gritando em italiano talvez as mesmas vulgaridades que lhe dirigiam em inglês. Mesmo o som mais débil de Tanner na cozinha, cantando "Cross Road Blues", era opressivo no estado em que ela se encontrava. Tapando os ouvidos com os dedos, suando no saco de dormir, ela se concentrou totalmente no desejo de menstruar.

Era como desejar que uma onda de calor se desfizesse. Ela acordou num dia ainda mais quente, com uma sensação de operações menstruais firmemente suspensas, ou seja, com uma ausência de sensações encorajadoras. Seu corpo sempre cumprira os deveres sem ser solicitado, e agora a outra face da moeda era sua perfeita indiferença às súplicas de Becky. Depois de ela e Tanner se servirem de alguns *cornetti* rançosos na cozinha, fizeram as malas e foram se encontrar com os alemães num aposento mais escuro que o deles, perceptivelmente menos quente. O casal enrolava colchões de ar, outra coisa a invejar.

Na rua escaldante, dobrando a esquina do prédio de Edoardo, Volker os levou até um Mercedes baixo e comprido, estacionado com duas rodas na calçada, e abriu o porta-malas.

"Este é o seu carro?", Becky perguntou.

Volker se ofereceu para pegar a mochila dela. "Estava esperando o quê?"

"Sei lá, uma caminhonete ou coisa assim. Achei que vocês eram mais... sei lá. Pobres."

"Adoramos o Edoardo", disse Renata. "Ele descobre gente tão interessante... como vocês."

"E vocês não se importam de não haver móveis lá?"

"É a terceira vez que o visitamos", disse Volker. "Ele é realmente um grande sujeito."

"Não entendo por que ele não tem móveis."

"Porque ele é o Edoardo!"

O banco de trás do Mercedes era tão espaçoso que ela pôde esticar as pernas e Tanner abrir o estojo do violão. Ele começou a tocar imediatamente, porque era o que fazia dia e noite. Becky estava tão acostumada com o som de seu Guild que só prestava atenção quando outras pessoas ouviam, como Renata naquele momento, no banco da frente, o corpo ligeiramente virado para ele, os olhos azuis mais resplandecentes do que Becky gostaria de ver. Enquanto o assédio que sofrera em Roma era estritamente sobre ela como objeto sexual, o fascínio que Tanner provocava nas mulheres parecia mais romântico, e ela passara a se magoar por outras mulheres se sentirem à vontade para imaginar um romance com seu namorado. Ocorreu-lhe que Renata havia convidado Tanner para ir à Toscana por estar na dele.

Pendurado no espelho retrovisor, balançando e girando com as freadas bruscas de Volker para se defender dos grosseiros motoristas italianos, havia um Buda de plástico. Ao longo das ruas estreitas, viam-se diminutas trattorias, convidativas mas financeiramente inacessíveis, e bares com garrafas coloridas duplicadas pelos espelhos atrás delas, bem como muros compridos e sem pintura raspados por caminhões e cobertos de pôsteres anunciando um circo, um show de automóveis, o FOLKAROMA, 29-31 agosto. Avenidas mais largas ofereciam vislumbres de igrejas, ruínas e monumentos, em cores pastel na neblina, que Becky poderia ter visitado com Shirley ou com a sua mãe, mas que não tinha visitado com Tanner porque a viagem deles não era desse tipo.

Seguiu-se uma Roma mais feia, mais extensa que a Roma bonita. Passaram por enxames barulhentos de vinte ou mais motocicletas, blocos de apartamentos enfeitados de roupas secando ao sol, pirâmides de pneus, postos de gasolina após postos de gasolina. Tanner estava improvisando, os alemães falando em alemão, Renata consultando um mapa, Becky monitorando seu estado. Por quatro anos e meio, seu ciclo menstrual chegara com a pontualidade das tempestades de raios e trovões que encerravam um dia sufocante no Meio-Oeste. Ela não sentia nada no ventre, nenhuma mudança, a imobilidade era ameaçadora. Mesmo antes que desaparecesse o último vestígio da Roma feia e eles alcançassem a autoestrada, um medo enorme tomou conta dela.

A aceleração de Volker empurrou suas costas contra o banco de couro. Ele dirigia tão depressa que os caminhões ultrapassados pareciam estacionários. Ela viu o ponteiro do velocímetro tremelicar nos duzentos quilômetros por hora, e subir. O calor tornava o céu branco, o ar que entrava pelas janelas abaixadas rugia tão alto que Becky só conseguia ouvir as notas mais agudas de Tanner. Ele continuava imerso em sua música, Renata mais uma vez o observando, Volker sereno ao volante. A cordinha do Buda se contraiu e se inclinou quando ele freou para deixar passar um carro que seguia não apenas a uma velocidade imprudente, mas de todo insana.

Dura de medo, mal podendo levantar o braço, Becky tocou no ombro de Tanner. Ele sorriu e sacudiu a cabeça no ritmo do que vinha dedilhando. Ela estava apavorada demais para voltar a se mover ou falar. Mais além do Buda de plástico pendente, outro carro quase estacionário pareceu crescer para atingi-los. Volker piscou os faróis, o Buda sorriu e o pavor de Becky se espalhou em todas as direções. O que ela sabia de Volker a não ser que ele se parecia com Charles Manson? Será que ele acreditava na reencarnação budista? Estaria tentando provocar um acidente, para que eles fossem para um plano superior, mais além da brancura do céu? E a esquisitice de Edoardo, sua queda por hóspedes bonitos, o vazio de seu apartamento — seriam todos eles tarados? Por isso Volker e Renata ficavam lá? Será que pagavam a Edoardo para circular pelas ruas e encontrar carne nova? Seria a fazenda na Toscana apenas uma isca para norte-americanos ingênuos? Ela pusera a si própria e a Tanner nas mãos de pessoas de *quem não sabia nada*. Queria pedir a Volker para ir mais devagar, porém suas mandíbulas estavam travadas, os músculos do peito paralisados. O Mercedes voava à velocidade de um avião, de um meteoro. Criava uma visão telescópica das árvores e dos sinais de trânsito pelos quais passavam, embolando-os numa grande mancha de violência. Será que era assim que ela ia morrer? Podia ver sua morte tão claramente como se já houvesse acontecido. Aquilo a encheu de tristeza, mas ao menos havia tido uma chance de viver no mundo, ao menos havia sentido o amor verdadeiro e visto a luz de Deus. A alma ainda por nascer dentro dela nunca tinha visto nem a luz.

Querido Deus, ela rezou, *se este é o teste final, eu o aceito. Se chegou minha hora, vou morrer na alegria de tê-lo junto a mim. Mas, por favor, que sua vontade seja que eu viva. Se sua vontade for que eu viva, prometo que sempre o servirei. Se é sua vontade que eu fique grávida, prometo que nunca farei mal a meu bebê, vou amá-lo, cuidar dele com carinho e o ensinar a também amá-lo, eu prometo, eu prometo, eu prometo, se ao menos me deixar viver. Por favor, Deus, me deixe viver.*

Clem conheceu Felipe Cuéllar num canteiro de obras onde o trabalho consistia em encher de areia um carrinho de mão, sob o céu cor de areia de Lima, e empurrá-lo em cima de tábuas estreitas. Durante um mês, eles dividiram um barracão feito com folhas de zinco perto da estação de tratamento de água, compartilharam comida e cerveja, acordaram sentindo o cheiro do peido um do outro. Como outros rapazes dos altiplanos, Felipe viera para a cidade no inverno a fim de ganhar algum dinheiro. Chegada a hora de voltar para casa, em novembro, Clem se ofereceu para ir com ele e trabalhar para a família de Felipe em troca de comida e alojamento. As condições climáticas imutáveis de Lima, o céu pintado identicamente de bege todos os dias, o oprimiam; além disso, nos meses passados no Peru, ele tinha visto os Andes a leste, o sol refletido em seus cumes, sem se aproximar das montanhas. Clem sabia tão pouco sobre o trabalho numa fazenda que não lhe ocorreu que a época do plantio coincidia com a chegada das chuvas.

Ele acreditava que sabia o que era trabalho duro. Tinha carregado toneladas de manta asfáltica em rolos de quarenta e cinco quilos até o sexto andar de uma construção em Guaiaquil, tinha se plantado em esgotos nas cercanias de Chiclayo usando uma pá por dez horas, tinha alisado asfalto quente sob o sol do meio-dia, mas só ficou seguro de sua força quando escorregou e rastejou na lama dos Andes sob uma névoa frígida e chuva de granizo, arrancando pedras com dedos rachados e inchados, escavando a terra com uma ferramenta sem corte, a altitude como uma lâmina afiada rasgando seu cérebro, o sangue de capilares rompidos correndo em sua garganta.

Ao partir de New Orleans um ano e meio antes, seu único plano consistia em não ter planos. Com algumas centenas de dólares e o espanhol que aprendera sozinho enquanto esperava pelo passaporte, havia cruzado a fronteira com o México em Matamoros e rumara para o Sul com a intenção de ficar lá por dois anos, o mesmo tempo em que serviria no exército. Tendo gastado o dinheiro restante numa passagem de navio para Guaiaquil, tornou-se um diarista itinerante, sem qualquer motivação além da necessidade de trabalhar. Se Clem via um ônibus lotado de trabalhadores, se enfiava nele sem se importar para onde estava indo, não porque desejava compreender o mundo daquela gente sem privilégios, mas simplesmente porque, se não trabalhasse, não comeria.

Sem ter ido em busca de nenhuma motivação maior, ele se surpreendeu ao encontrar uma no altiplano. A equação fundamental da existência humana — solo + água + plantas + trabalho = comida — era a ciência mais bem aplicada, sem qualquer resquício filosófico; era a maneira de os agricultores andinos lidar com suas sementes e seus tubérculos, sua luta por sustento, aproveitando-se de margens mínimas de cultivo, era o ponto mais alto da fisiologia e genética das plantas, da química física e atmosférica, dos ciclos de nitrogênio, da magia negra da clorofila, coisas que ele havia estudado na escola e na universidade sem apreciar sua relevância. E isso o fez traçar um plano. Ficaria durante a colheita da batata, completaria seus dois anos e voltaria para Illinois a fim de estudar a ciência impura da agronomia.

O povoado onde morava a família Cuéllar ficava uma hora a pé da cidadezinha de Tres Fuentes. Uma vez por semana, depois do plantio, Clem descia por uma trilha lamacenta em meio à *puna*, passando por bolsões de floresta de árvores que forneciam madeira de lei, mas onde as encostas íngremes tornavam árdua a coleta de lenha. Lá havia uma agência de correios possivelmente da época colonial. Diferentemente dos Cuéllar, cuja língua materna era o quéchua, o funcionário da agência falava um espanhol perfeito. Era a única conexão de Clem com o mundo mais além do altiplano, o calendário dele dos jogos de futebol o único registro da cronologia daquele mundo. Todas as semanas Clem voltava e via mais uma linha de dias riscada com xis.

Uma tarde, quando os xis haviam consumido metade de fevereiro, o funcionário tinha um pequeno embrulho para ele. Clem o levou para fora e foi se sentar na beirada de uma fonte seca e arruinada. O ar tinha o aroma de fogões a lenha, o sol se escondia atrás de um teto de nuvens pálidas através do qual ele podia sentir seu calor. No pacote havia três meias de lã e uma carta de sua mãe.

Existiam dois tipos de carta: as que você abria avidamente e as que precisava se forçar a ler: as de sua mãe eram do segundo tipo. Outras que ela lhe enviara, em Guaiaquil e Lima, o haviam enfurecido, sobretudo por causa de Becky. Se Becky não estivesse tão imersa em sua cruzada religiosa pelo bem, Perry não teria tido como jogar pela janela seis mil dólares e ela poderia ter ido para uma universidade, em vez de ficar grávida e se casar, com dezenove anos, com um afável peso-leve. Mas não havia nada que ele pudesse fazer da América do Sul, e sua raiva se transformara numa luta cotidiana por pão, contra a disenteria que o rondava, contra o roubo repetido das roupas que não estava vestindo, contra a chateação de comprar roupas novas sem ele próprio recorrer ao roubo. A experiência lhe ensinara a viver sem nada de valor com exceção de seu passaporte, e isso se aplicava às notícias sobre o colapso de Perry, às escolhas desastrosas de Becky, aos sofrimentos de sua mãe: era melhor viajar com pouca bagagem.

26 de janeiro de 1974

Querido Clem,

Seu pai e eu tivemos a graça de receber sua carta de Tres Fuentes comunicando que você está bem e seguro aí. Mesmo que esteja trabalhando duro, deve ser um alívio encontrar-se nos belos Andes depois de tanto tempo nas cidades, e fico muito feliz de contar com um endereço em que tenho certeza de que uma carta minha o alcançará. (Como você não mencionou a segunda carta que enviei para a agência de correios em Lima, suponho que não a recebeu.) Deve ser difícil resumir tantas experiências interessantes numa carta breve para casa, tantos pensamentos e impressões, e entendo que você não pode escrever todas as semanas, mas saiba, por favor, que cada palavra que nos escreve é preciosa.

Apreciamos seus comentários sobre a ciência agrícola, mas, é claro, estou especialmente curiosa em relação às pessoas com quem você convive. Alegra meu coração saber do seu apego pela família de Felipe, da sua disposição de compartilhar os sofrimentos deles — e acho que seu pai fica um pouquinho invejoso disso. Se nossas vidas tivessem tomado um rumo diferente, ele gostaria de ser um missionário — tem profunda empatia pelas pessoas cuja existência é uma luta. Sentimos mais e mais saudades de você a cada dia que passa, mas nos conforta saber que está desenvolvendo sua própria empatia. Não posso imaginar melhor recompensa por seus dois anos de "serviço".

A grande notícia aqui é que seu pai aceitou um novo cargo e vamos nos mudar... para Indiana! A cidade é Hadleysburg, a cerca de uma hora de Indianapolis, e a igreja de lá tem uma congregação muito ativa. O pastor interino sai no fim de junho e faremos a mudança tão logo Judson termine o ano escolar. Hadleysburg é atraente por muitas razões. O custo de vida é mais baixo, Russ finalmente terá outra vez sua própria igreja e seus deveres pastorais serão mais leves, permitindo que tenha outra ocupação remunerada. A segunda estada de Perry em Cedar Hill foi um golpe financeiro terrível, nos impedindo de devolver o dinheiro que emprestamos de sua irmã, sem falar do seu, que foi perdido. Seu pai tinha falado em voltar para Lesser Hebron (!) e solicitar aos irmãos que o aceitassem de novo na comunidade, porque deseja ter uma vida mais simples, porém isso deixou de ser uma opção financeiramente, e Hadleysburg é bem simples para mim. Judson pode frequentar uma escola comum e eu posso beber uma taça de vinho sem ser excomungada, mas é uma comunidade pequena e coesa, com menores tentações para Perry. Ele jura que não tem mais drogas escondidas, mas, depois de sua recaída, não creio que eu possa mais confiar nele, e não vou ficar triste em ir embora desta casa — tudo o que vejo são lugares onde ele pode esconder drogas.

Perry é cordial conosco e parece apreciar nossa ajuda, mas está sem energia e tem pouca capacidade emocional. Ele diz que os choques elétricos afetaram sua memória e odeia os efeitos colaterais da nova medicação. Mesmo que ele pudesse terminar o curso ginasial (não completou nenhum curso em quase dois anos), ainda não vejo como poderia ir para uma universidade. Por enquanto acho que não há nada a fazer senão observá-lo com cuidado e rezar para que ele melhore com os novos remédios. Querido Clem, sei o que você pensa sobre a eficácia das orações, mas, se puder encontrar em seu coração a vontade de fazer uma pequena prece por seu irmão, mesmo achando que ela não muda nada, isso significaria muito para sua mãe e também para seu pai.

Judson continua a ser uma alegria. Está atuando no "musical" da sexta série e lendo no nível da décima série. Ele tem pena de Perry e compreende quão sobrecarregados seu pai e eu estamos, mas não dá a impressão de pensar muito nisso. Quando Perry sofreu aquela fatalidade, me preocupei de que aquilo roubasse a infância de Judson e sua inocente capacidade de desfrutar das coisas. Não tenho palavras para dizer como é uma bênção, quando estou num dia ruim (não vou entediá-lo com isso), vê-lo brincando lá fora com as meninas dos Erickson, assistindo ao noticiário com seu pai (ele está gravando tudo sobre Watergate para um trabalho de estudos sociais) ou simplesmente jantando com vontade. Perry diz que a medicação faz com que tudo tenha o mesmo gosto para ele, então, se há alguma coisa de que Judson goste em especial, Perry passa seu prato para o Judson e deixa o irmão pegar mais. Desde que voltou de Cedar Hill, os únicos lampejos do antigo Perry que vi foram quando ele está com Judson. David Goya veio aqui duas vezes no Natal (ele está no segundo ano da Rice) e Larry Cottrell, Deus o guarde, vem todas as semanas (a mãe dele deixou a igreja, embora ele ainda frequente o Encruzilhadas), mas Perry não parece ligar para nada disso. O medo de que ele venha a se ferir outra vez está comigo dia e noite, e temo que estará para sempre.

Continuamos a ver sua irmã e Tanner na igreja. Eles se sentam nos fundos para o caso de Gracie começar a chorar e Becky precisar sair. Faço um esforço para falar com ela depois da cerimônia, mas é como falar com uma porta trancada — ela não tira os olhos de Gracie. Acho que contei que eles agora têm seu próprio apartamento, em cima da loja de discos, e me ofereci para levar algumas coisas, lençóis velhos, cobertores de bebê e brinquedos, porque sei que o dinheiro lá anda curto. Becky não deu bola, apenas sorriu e disse obrigada, não precisamos de nada. Tudo é feito com um sorriso — declinar meus convites para jantar, desculpar-se por não estar conosco nos feriados, rejeitar meus oferecimentos para segurar o bebê (e depois, quando me viro, vejo uma paroquiana com Gracie no colo). Deus sabe que ela tem razões para sentir raiva de mim, mas sua frieza faz meu coração doer. Tanner, simpático como sempre, fica nervoso quando Becky o vê conversando comigo — ela finge que está ocupada com Gracie, mas não tira os olhos dele. Ela diz que está muito feliz, e talvez esteja. Imagino que ficará ainda mais feliz quando formos para Indiana.

Criaram um comitê para escolher o novo pastor assistente, e ouvimos falar que Ambrose é o primeiro da lista. Se ele ficar com o cargo, acho que isso vai ajudar seu pai a encerrar de vez o capítulo de New Prospect. Ele mudou muito depois do que aconteceu com o Perry, está muito diminuído e humilhado! Sinceramente eu acho que seu pai poderia ter desejado boa sorte a Rick se ele não tivesse oficiado o casamento de Becky. (Foi uma escolha dela, mas, realmente, o que Rick estava pensando?) Minha esperança é que, tendo sua própria igreja, sem nenhum Rick por perto, seu pai vai ter um novo começo, porque ele ainda tem muito a dar. Envio junto com esta carta um sermão que ele fez, depois que Keith Durochie morreu, sobre a mineração de carvão na reserva dos navajos. Ficou tão bom que mandei para a revista *The Other Side*, e agora seu pai tem um artigo publicado. Ele não gostou de eu ter mandado para a revista sem consultá-lo, mas acho que não ficará aborrecido de eu mandar para você.

Querido Clem, não é verdade que seu pai não escreve porque não pensa em você. Ele pensa em você o tempo todo, e você precisava ver como ele fala de você — sacudindo a cabeça com admiração! Implorei para que ele escrevesse e o fizesse saber como tem orgulho de você, mas ele está convencido de que o decepcionou como pai e teme que uma carta não seja bem-vinda. Não quero sobrecarregar você com outro pedido, mas, se tiver disposição, faça seu pai saber que você gostaria de receber uma palavra dele.

Faz frio e já está tarde, e quero pôr esta carta no correio pela manhã. Seu pai acaba de subir para se deitar e me pediu que eu lhe dissesse que o ama. Não precisa se preocupar conosco — Deus nunca pede mais do que podemos dar. Saiba apenas que nada no mundo nos traria mais alegria do que vê-lo de novo. Por favor, tenha muito, muito cuidado nas montanhas.

Com todo o meu amor,

A mãe

P.S. Agora que tenho um endereço seguro seu, mando um presentinho de Natal muito atrasado e o que sobrou do dinheiro da sua caderneta de poupança, que pode ajudá-lo na volta para casa (sabe dizer quando isso acontecerá?).

Talvez tenham sido as notas de vinte dólares no envelope, o regresso iminente que elas representavam, ou talvez a imagem de seu pai alquebrado e arrependido, sua fraqueza simplesmente digna de pena e não embaraçosa, mas a carta não enraiveceu Clem. Ela o deixou ansioso. Era um sentimento semelhante ao de um sonho, a sensação de pânico de quem está sonhando e sabe que deveria estar em outro lugar, de ter se atrasado para um exame importante, de haver esquecido que tinha que pegar um trem. Que absurdo ele ter pensado que precisava provar que era mais forte que o pai! Vinha lutando uma batalha vencida há muito tempo num setor irrelevante da terra dos sonhos.

Não importa como Becky estivesse, feliz ou infeliz, ela sempre havia sido direta — sincera a ponto de ser ingênua. Difícil imaginar uma pessoa tão naturalmente franca calculando como apunhalar os pais sem deixar suas digitais na faca. Desde que soubera de seu casamento com o peso-leve, Clem se esforçara para não pensar nela; um bebê era um bebê, e não havia nada a fazer. Ele havia se decepcionado com ela, porém lhe faltara empatia para imaginar a própria decepção de Becky. Como ela devia ter se sentido infeliz, para ter se tornado tão cruel com alguém tão inofensivo como a mãe deles! E isso, sim, era a causa da ansiedade dele, o evento para o qual estava atrasado, esta era a questão fundamental de que se esquecera: ele amava Becky.

Clem voltou à agência de correios e separou algumas moedas. De pé na extremidade do balcão, com uma caneta emprestada pelo funcionário, preencheu um aerograma com uma caligrafia miúda. Pediu perdão a Becky por tê-la criticado, descreveu sua vida cotidiana no povoado, depois fez uma pausa. Viu-se na mesma posição do pai, temeroso de que uma declaração de amor não fosse bem recebida. Como aquilo poderia parecer exagerado para Becky depois de um silêncio tão longo, ele rodeou o assunto. Usando termos em que esperava o amor estivesse implícito — ela era uma pessoa forte, de coração limpo, uma estrela refulgente —, pediu que levasse em conta a encrenca em que seus pais estavam metidos, que considerasse as muitas vantagens que ela tinha, que tentasse ser um pouco mais bondosa. Sem reler a carta, escreveu o endereço dos pais e FAVOR ENCAMINHAR no aerograma, entregando-o ao funcionário. Depois calçou uma nova meia (muito necessária) e subiu a pé o vale.

Era generoso da parte de sua mãe supor que ele houvesse desenvolvido uma empatia maior na América do Sul. A empatia era um luxo que qualquer trabalhador diarista não tinha condições de sustentar. Quando um caminhão parava de madrugada e cinquenta homens lutavam para encontrar um espaço dentro dele, mostrar empatia com alguém que tentava arrancá-lo da traseira do veículo poderia resultar em não ter o que comer naquele dia. Se Clem havia desenvolvido alguma coisa em Tres Fuentes, era simplesmente sua admiração pelos homens que aravam a impiedosa *puna*, pelas mulheres que acordavam na hora mais fria da madrugada para ferver o *mote* e o mate que todos consumiriam. Clem não precisava sentir empatia por Felipe Cuéllar. Bastava saber que ele era firme e confiável.

Tendo tomado uma atitude contra a ansiedade, Clem voltou à sua existência elementar. Acordava e trabalhava, bebia *chicha* e dormia num barracão com o burro dos Cuéllar. O mês de março trouxe um tempo melhor, crescimento dos feijões com intensa fixação de nitrogênio nas encostas, alpacas engordando com um incessante mastigar. Na falta de maiores habilidades agrícolas, ele fazia jus a seu sustento reconstruindo um curral para o gado da povoação, consertando muros de pedras e coletando lenha. O burro era velho e tolerante, e Clem lhe fazia o favor de puxá-lo até a floresta em vez de ir montado nele. Achava um assombro aquelas árvores de madeira de lei sobreviverem em tais altitudes, bem acima do limite das zonas temperadas, e sentia pena de golpeá-las com um facão. Elas tinham folhas pequenas e prateadas, ramos incrustados com líquens, galhos cobertos de epífitos e com ângulos tortuosos, como se em cada ângulo houvessem sido retorcidos pela severidade do meio ambiente. Ele suspeitava que as árvores cresciam devagar demais para atender a demanda por lenha, mas o povoado não possuía outra fonte de combustível. Ele tentava cortar criteriosamente, retirando só os galhos mortos, mas cada um deles parecia metade morto e metade vivo. Mesmo quando a casca era retirada, o xilema exposto conseguia fazer chegar nutrientes a um ou outro posto avançado de folhas novas. Cada árvore, na verdade, era como uma miniatura do altiplano. Os galhos lembravam as trilhas antigas e sinuosas que levavam às verdejantes áreas de terra arável que se espalhavam pelos campos de pedras e pântanos de águas paradas e taninosas. As árvores semimortas também lembravam povoações humanas: para cada moradia em bom estado de conservação, havia diversas em ruínas, algumas não mais do que pilhas de pedras, possivelmente datando da época dos incas; os pássaros que ele afugentava das árvores eram como os ponchos das mulheres do povoado, dourados e azuis, pretos e encarnados. Tendo cortado tanta lenha quanto podiam levar nas costas, ele e o burro desciam por uma encosta já despida de árvores. Ele notava que o solo estava muito erodido, retendo menos água do que a argila na floresta, mas as noites lá eram frígidas e o *almuerzo* que o esperava na casa dos Cuéllar, uma sopa grossa da qual ele nunca se cansava, não poderia ser preparada sem a lenha.

Quando olhava para trás, ele gostaria de ter ido para os Andes no ano anterior, em vez de ter desperdiçado meses e meses em cidades. No entanto, talvez tivesse sido para o seu bem. Talvez precisasse servir como trabalhador braçal, lavar a vergonha de seu erro com o setor de recrutamento, punir-se pela dor que causara inutilmente a Sharon e aos pais a fim de receber sua recompensa no altiplano. O trabalho ali era até mais duro, mas ele se sentiu restituído à pessoa que havia perdido de vista por tanto tempo que até se esquecera de sua existência, restituído a um mundo de terra, plantas e animais, restituído à sua curiosidade e à ambição de fazer alguma coisa com ela. A excitação de voltar à universidade e seguir uma carreira na área científica o impelia ao longo dos dias e o mantinha acordado à noite. Havia muito não desejava algo mais que sua próxima refeição.

Na tarde em que recebeu a carta de Becky em Tres Fuentes, a folha do calendário do funcionário da agência de correios estava prenhe de xis. Era o dia vinte e sete de março. Clem foi até a fonte seca e rasgou o envelope com avidez.

Querido Clem,

Obrigada por seu pedido de desculpa, obrigada por me colocar a par de suas viagens (tudo parece muito interessante), mas, por favor, não me diga o que fazer. Você escolheu não estar aqui, e é bem tarde para de repente se fazer de pacificador. Você partiu em sua aventura, não sabe o que mamãe e papai fizeram comigo, não sabe como estão obcecados por Perry (sei que ele está doente, mas é incrivelmente egoísta e enganador, tendo lhes custado muito mais que dez mil dólares sem que se veja o fim da linha), você não faz ideia de como eles estão insuportáveis, não teve seu próprio estômago embrulhado. Já esqueci a dívida financeira que eles têm comigo, não quero nem espero **nada** deles; e, diga o que a mamãe disser a você, sou sempre amigável com eles. Não quero nada de mal para os dois, simplesmente não tenho prazer em estar na companhia deles. A Bíblia não diz que devemos **gostar** do nosso próximo, porque uma pessoa não pode controlar de quem ela gosta. Me esforço para honrar meus pais, mas, para ser justa, eles não ajudam muito. Papai está ridiculamente cada vez mais inseguro, a igreja toda sabe que ele teve um caso com uma paroquiana (a mamãe contou que ele quase foi posto para fora por causa disso?), deixou crescer um cavanhaque que parece pentelho, e a mamãe se comporta como se ele fosse uma dádiva especial de Deus ao mundo. Tente honrar isso. Sou cordial com eles, mas não, não os convido para a minha casa, e não, não vou à casa deles nos feriados, porque A) também faço parte da família de Tanner e B) quero que a Gracie cresça num ambiente de paz e harmonia, e tenho medo do que poderia acontecer se eu passasse mais de quinze minutos com eles. Estou casada com um homem maravilhoso, talentoso e generoso, tenho o bebê mais lindo do mundo, estou absolutamente encantada com tudo o que Deus me deu, acordo todas as manhãs com uma canção no coração, e lhe peço que não me culpe por tentar manter as coisas assim. Algumas pessoas têm a sorte de gostar de seus pais, mas não sou uma delas.

Eu, de minha parte, lhe devo desculpas por dizer coisas odiosas quando você não pôde ir para o Vietnã. Foi errado, peço perdão, mas havia algo esquisito no modo como costumávamos ficar juntos, e talvez precisássemos nos separar, cada qual criando sua identidade à parte. Eu gostava de conversar com você sobre qualquer coisa que houvesse na face da Terra, e às vezes sinto falta de um irmão a quem eu possa admirar e falar o que me vem na cabeça. Se você um dia voltar para casa, talvez possamos tentar de novo. No instante em que conhecer a Gracie, vai entender por que sou tão louca por ela. E quero que conheça o Tanner como ele realmente é. Você nunca lhe deu uma chance, mas se você se importa comigo deveria se importar com a pessoa na minha vida que é a melhor comigo, a melhor para mim, a melhor em tudo. Não tenho a intenção de estabelecer regras, mas, se quiser voltar a fazer parte da minha vida, acho que há mesmo algumas regras a seguir. A primeira é **respeitar meus sentimentos sobre mamãe e papai**. Essa é inegociável. Mas também, quando você conhecer a situação com Perry e o que os dois são atualmente, vai entender melhor por que sinto o que sinto. Tenho pena de que eles estejam infelizes, mas não posso tornar nada melhor para eles, mesmo que eu quisesse, porque não sou suficientemente importante para os dois. Eles fizeram suas escolhas, você fez as suas, eu fiz as minhas. Ao menos um de nós está feliz com as próprias escolhas.

Beijos,

Becky

A carta foi como um fósforo aceso no escuro. À luz dele, Clem viu seu velho quarto na casa paroquial. Era lá que Becky o procurava tarde da noite. Contava histórias e, mais de uma vez, graças à sua forma espontânea de ser, dormia na cama dele. Por que Clem não a acordava? Por que não lhe dizia para ir dormir em sua própria cama? Porque Becky significava muito para ele. Saber que ela preferia seu quarto, que o preferia aos demais membros da família, valia o desconforto de dormir no chão. E, caso ela ficasse sem jeito ao acordar ao vê-lo deitado no tapete, caso se desculpasse por ter se apossado da cama dele, ou se isso tivesse ocorrido apenas uma vez, não teria sido *esquisito*. Mas como havia acontecido diversas vezes — ela ter deixado Clem dormir no chão sem constrangimento ou um pedido de desculpa —, os termos do arranjo entre os dois tinham ficado claros: ele faria qualquer coisa por ela, e ela deixaria que isso acontecesse. Para as outras pessoas, poderia parecer que Becky estava sendo egoísta. Só ele entendia o amor que significava ela consentir em ser amada daquele jeito.

Então Clem tinha ido para a universidade e conhecido Sharon, que só queria ser amada da mesma forma; e, com sua lamentável sinceridade, ele havia admitido que não a amava no grau que sabia que seu coração era capaz de amar. À luz do fósforo que a carta acendera, viu que seu coração ainda pertencia a Becky, que essa era a verdadeira razão por ele não ter ficado com Sharon. Mas, enquanto tivera relações sexuais com Sharon, os termos haviam mudado, Becky não precisava mais dele e, tentando agarrar-se a ela, tentando fazê-la lembrar-se do arranjo entre os dois, tentando interferir nas decisões dela, Clem perdera por completo seu amor. Ela ficara com tanta raiva dele, o ódio de Becky lhe foi tão insuportável, que Clem havia tomado um ônibus para o México sem nenhum plano. À luz do fósforo, viu que tinha tentado substituir uma dor por outra, a dor de perdê-la pela dor do trabalho duro, e esta era a coisa terrível sobre a carta: nada mudara.

Caminhando pela trilha rumo ao povoado, a carta incendiária no bolso, ele alcançou Felipe Cuéllar, que carregava no ombro uma enxada de cabo grosso. Felipe era magro e uma cabeça mais baixo que Clem, porém não havia trabalho físico que não executasse com menos esforço. Seguindo-o trilha acima, e mantendo distância da enxada, Clem perguntou quando as batatas seriam colhidas.

Quando estiverem prontas, disse Felipe.

Sim, disse Clem, mas daqui a quanto tempo?

Sempre em maio. É um trabalho bem duro.

Não mais duro que plantar na chuva.

Sim, é mais duro. Você vai ver.

Caminharam em silêncio por algum tempo. As nuvens acumulavam-se atrás das montanhas na extremidade superior do vale, umidade amazônica, mas ultimamente as chuvas não chegavam ao povoado. A trilha através da *puna* estava secando.

Tenho uma pergunta, disse Clem. Se eu tiver que ir embora agora — em breve —, posso voltar depois? Queria ficar para a colheita, mas acho que preciso ir ver minha família.

Felipe parou e se virou com a enxada, a testa franzida.

Você recebeu más notícias? Alguém está doente?

Sim. Bem... está.

Então volte imediatamente, disse Felipe. Nada é mais importante que a família.

Sua última carona, de Bloomington para Aurora, bem cedo no sábado anterior à Páscoa, foi com um vendedor de fertilizantes divorciado duas vezes, chamado Morton, que dirigia um lustroso Buick Riviera e que queria conversar sobre Deus. Morton havia encostado no meio-fio de uma rampa perto da parada de caminhões onde Clem tranquilamente tinha pegado e comido o que fora deixado numa mesa do restaurante, tomado um banho e dormido por algumas horas nos fundos do estacionamento. Com o dinheiro que sua mãe enviara, comprou uma passagem de avião para a Cidade do Panamá e uma de ônibus para o México, mas dali em diante ele tinha recorrido a caronas, sobretudo de caminhoneiros de longo percurso. Quando Morton soube que ele não comia uma refeição decente havia cinco dias, pegou uma saída que levava a um restaurante de beira de estrada e comprou uma pilha de panquecas com ovos fritos e bacon para Clem. Morton tinha o rosto encovado, a pele manchada e o corpo aparentemente reconstruído de um ex--alcoolista. Parecia lhe dar prazer observar Clem comendo.

"Sabe por que eu parei para você?", ele perguntou. "Quando o vi com o polegar levantado... a razão de eu ter parado foi porque pensei que você podia ser um anjo."

Clem havia mesmo se perguntado sobre a razão. Ele era a antítese de um hippie, mas, com um suéter peruano de capuz, barba e cabelo comprido, se assemelhava a um deles. Foi uma surpresa quando o Riviera parou no acostamento.

"Eu sei o que você está pensando", disse Morton, "mas eles existem. Os anjos. Parecem pessoas comuns, mas, depois que vão embora, você se dá conta de que eram anjos do Senhor."

Clem ainda estava se acostumando a falar inglês, ao fato notável de que conseguia fazer isso. "Tenho certeza absoluta de que eu não sou um anjo."

"Mas é assim que Deus funciona. É desse jeito que Ele toma conta de nós, fazendo um cuidar do outro. Quando você se recusa a ajudar um estranho necessitado, pode estar recusando ajuda a um anjo. Sabe o dia em que eu recebi a mensagem? Foi o dia vinte e sete de junho, há quatro anos. Eu estava na pior, minha segunda mulher tinha acabado de me deixar, eu tinha perdido o emprego no colégio ginasial, meu carro quebrou durante uma tempestade com raios e trovões. Na verdade, não foi muito longe daqui. Era uma estradinha rural, a chuva caindo aos cântaros, e o alternador pifou. Eu estava muito por baixo, como nunca tinha estado em toda a minha vida. Fiquei lá sentado no carro, me sentindo infeliz, molhado até os ossos, e bem atrás de mim, pelo espelho retrovisor, eu vejo uma figura se aproximando a pé. Você vai achar que eu estou inventando, mas era um cara jovem, talvez da sua idade, vestido de branco. Eu abaixei o vidro do carro e ele me perguntou qual era o problema. Estava tão encharcado quanto eu, mas olhou debaixo do capô e me disse para tentar a ignição. E não é que a porra do carro pegou imediatamente? Eu quero cair duro aqui na sua frente, se não foi isso. Deixei o motor ligado por uns segundos e depois saí para agradecer, talvez dar algum dinheiro para ele, mas o cara tinha desaparecido. Estávamos no meio do milharal, um terreno plano como uma mesa de bilhar, e... nada do cara! E aí de repente a chuva parou. Você vai achar que eu estou inventando tudo isso, mas... havia alguma coisa escrita no céu e deu para eu ver que eram *números*. Números de um lado a outro do horizonte. Compreendi que havia um número para cada dia da minha vida, passado e futuro. E então, numa fração de segundo, os números se alinharam numa formação perfeita, e eu vi. Eu vi a vida eterna de Jesus Cristo. Eu não pisava numa igreja fazia anos, mas me ajoelhei ali mesmo na estrada e entreguei meu coração a Jesus. Esse foi o dia em que a minha nova vida começou."

Não havia como negar a bondade cristã de Morton, não havia o que argumentar diante de panquecas, xarope de maple e manteiga, e ele havia contado sua história com uma convicção impressionante, embora ela não resistisse ao menor escrutínio objetivo. No Peru, Clem havia trabalhado com homens que tinham todo tipo de superstições. Havia um crucifixo na cabana dos Cuéllar, e ele tinha visto o próprio Felipe fazer o sinal da cruz em frente da igreja e do cemitério em Tres Fuentes. Mas eles eram trabalhadores simples. Morton era um cidadão norte-americano de boa formação educacional, a crer no que ele disse, ele era o melhor vendedor da sua área, dono de um Buick fabricado com base em princípios científicos comprovados. Mais estranho ainda, os outros adultos na própria família de Clem, seu pai e sua mãe, e agora Becky, pessoas modernas e de elevada inteligência, falavam de Deus como se a palavra se referisse a alguma coisa real. Ser descrente no meio de crentes era ainda mais solitário do que ser um gringo em Tres Fuentes. Um gringo só era diferente na superfície, e podia buscar um terreno em comum. Ciência e fantasia não tinham um terreno em comum.

Morton o levaria a New Prospect se não tivesse que pegar a filha em Aurora às dez horas. Deixou Clem na estação de trem e lhe deu uma nota de cinco dólares. Inclinando-se para abrir o porta-luvas, entregou-lhe um cartão densamente coberto de material religioso.

"Você foi incrivelmente generoso", disse Clem, pegando o cartão. Na frente, havia um Jesus em meios-tons, na parte de trás um paraíso também em meios-tons.

"Espero que você tenha uma Páscoa abençoada com sua família."

Sozinho na plataforma da estação ferroviária, Clem jogou o cartão numa lata de lixo. Aproveitando o embalo, jogou fora sua mochila imunda de malha, que levava no ombro, e as roupas sujas dentro dela, guardando apenas o passaporte. Hoje era o dia em que a sua vida nova iria começar. Um trem o aguardava com as portas abertas.

Reconhecer New Prospect, sentir-se parte dela, reconhecer os prédios e o nome das ruas parecia tão surpreendente quanto seu domínio do inglês. Na estrada poderia ter telefonado para os pais, a fim de informá-los de que estava voltando, mas os desconfortos de pegar carona eram mais suportáveis quando não se olhava para a frente — e, de qualquer forma, seus pais não eram a razão de ele ter deixado Tres Fuentes.

O ar na Pirsig Avenue era primaveril ao extremo, um cheiro bem diferente de tudo no Peru. Na vitrine da Aeolian Records viam-se álbuns de jazz e de música sinfônica avariados pelo sol, aparentemente intocados desde a última vez em que ele estivera na cidade. Dentro da loja, sob o olhar desconfiado do dono, dois rapazes de cabelo comprido repassavam os discos nas caixas de rock. Clem deu a volta para chegar à travessa atrás da loja. Hesitou ao pé da escada para o apartamento do segundo andar. Recordou-se de haver hesitado de modo igual no patamar da escada abaixo do quarto de Sharon na casa dos hippies.

Pregado na porta do apartamento, no alto da escada, havia um cartão em que alguém, certamente Becky, tinha escrito *Tanner e Becky Evans* com letras cursivas caprichadas e desenhado florezinhas nos dois lados. Com os olhos marejados, Clem bateu à porta. Não conseguia se lembrar se Becky brincava de casinha e bonecas quando pequena. Em Indiana, onde a tinha só para si, ela o seguia aonde quer que ele fosse. Clem a ensinara a lançar uma bola de beisebol, a ensinara a pegá-la com a luva (a luva dele, a única que possuíam) quando ele a jogava de volta. Uma vez ela havia corrido atrás dele com um pedaço de cocô de cachorro, gritando: "Titica petrificada! Titica petrificada!". E a alegre selvageria das torturas que ela inventou para um coelho de pelúcia de que deixara de gostar, a crueldade risonha com que enumerava suas transgressões. Desde quando aquela garota tinha sentido vontade de brincar de casinha?

Bateu de novo. Ninguém em casa.

Sentindo de repente o peso de todos os quilômetros que percorrera, voltou para a rua. Queria ver Becky antes de ver os pais, a fim de deixar claro que ela era a razão de ele ter voltado, mas agora só conseguia pensar em sua cama na casa paroquial. Fazia calor, o sol perto de seu ponto mais alto. Dormir numa cama de verdade seria delicioso. Já semiadormecido, caminhou rumo à casa, passando pela livraria, pela farmácia, pelo agente de seguros.

Despertou com um choque ao chegar diante da Treble Clef. Do outro lado da vitrine, Tanner Evans mostrava um violão elétrico a uma cliente de meia-idade, a mãe de alguém. Clem parou na calçada, hesitante. Tanner o viu de relance e voltou a se concentrar na mulher. Depois olhou de novo, os olhos arregalados, e veio correndo para fora. "Mas... que diabo!"

"Voltei", disse Clem.

"Eu pensei: será que eu conheço aquele cara?"

Tanner, de seu lado, parecia não ter mudado nada. Talvez ficasse assim para sempre. Abriu os braços, como fazia tão prontamente no Encruzilhadas, e Clem deu um passo à frente para receber o abraço.

"Isto é fantástico", disse Tanner. "Becky vai ficar tão feliz!"

"Será que vai?"

O rosto de Tanner se anuviou até onde sua radiosa personalidade permitiu. "Quer dizer... vai, vai sim. Sem dúvida. Ela sente sua falta."

"Parabéns por tudo. Casamento, paternidade. Parabéns."

"Obrigado, tem sido incrível."

"Quero saber de tudo, mas... onde ela está?"

"Provavelmente no Scofield, com a Gracie. Jeannie Cross está na cidade."

Depois de um segundo abraço do homem que agora era seu cunhado, Clem foi para o Scofield Park. As árvores de New Prospect estavam cem por cento vivas, ciumentamente envoltas por suas cascas imaculadas, e todas as casas pareciam palácios. A grama úmida e de um verde-esmeralda que um homem retirava do saco de um cortador, jogando fora como lixo, seria a mais doce refeição para uma alpaca. Clem parou para tirar o suéter e amarrá-lo pelas mangas acima dos quadris, provocando um olhar de suspeita do homem com o cortador de grama. Talvez ele intuísse as comparações que Clem estava fazendo, a crítica implícita, ou talvez somente odiasse os hippies.

Becky não estava com as mães no playground do Scofield, não estava nas mesas de piquenique. Mais para os fundos do parque havia um campo esportivo com uma cerca de proteção para os espectadores. Vários rapazes, muitos sem camisa, jogavam softball. O rebatedor, que mandou a bola bem acima da cabeça do campista esquerdo, era um sujeito detestável que Clem reconheceu como Kent Carducci, seu colega do ginasial. Ele fez um gesto de vitória e soltou um urro ao passar pela primeira base.

As garotas — onde havia rapazes desse tipo, haveria garotas — estavam agrupadas perto da linha da primeira base, num conjunto de arquibancadas de alumínio. Becky estava sentada no primeiro degrau ao lado de Jeannie Cross. Mais alta que as demais, com sua velha aura intacta, Becky podia ser uma rainha com suas cortesãs. As jovens de Lesser estavam sentadas na grama de pernas cruzadas, abaixo dela, e uma segurava pelos braços um bebê que conseguira se pôr de pé.

Jeannie Cross foi quem viu Clem primeiro. Agarrou o ombro de Becky, que então o viu também. Por um instante, sua expressão foi de perplexidade. Depois ela correu por trás da linha da primeira base para se encontrar com ele. Clem abriu os braços, mas ela parou antes de chegar à distância de um abraço. Vestia uma jaqueta de veludo cotelê que tinha sido dele. Seu sorriso era talvez mais incrédulo que alegre.

"O que você está fazendo aqui?"

"Vim ver você."

"Uau!"

"Tudo bem se eu lhe der um abraço?"

Pelo jeito ela não se lembrou da piada, mas se aproximou de Clem e passou um braço em volta dele, rapidamente, depois recuou. "Todo mundo voltou para casa por causa da Páscoa", ela disse. "Você também, não é?"

"Eu não estava pensando na Páscoa. Só voltei para ver você."

Kent Carducci gritou um palavrão no campo.

"Então venha conhecer a Gracie", disse Becky, correndo à frente de Clem e pegando a menininha no colo. "Gracie, quero que você conheça seu tio Clem."

A criança escondeu o rosto no pescoço de Becky. Provavelmente Clem lhe pareceu um monstro cabeludo. Ele se deu conta de que até aquele momento não havia acreditado de verdade que sua irmã tinha procriado. A criança era bem formada, cabelo fino e esparso no alto da cabeça e mais abundante nas laterais: uma pessoazinha nova, *ex nihilo*, com uma mãe que não estava tão longe da infância. Ele quase se lembrava de Becky com um ano. Seus olhos ficaram marejados outra vez.

"Tome, pode segurar", disse Becky. "Ela não vai quebrar."

Observado pelas amigas de Becky, ele pegou a criança. Gracie irradiava calor na blusa de algodão dela, contorcendo-se com energia vital, tentando voltar para os braços da mãe. Ele não se recordava de pegar um bebê no colo desde que Judson deixara de ser portátil. Balançou levemente a sobrinha, tentando adiar o choro inevitável, mas o olhar e o sorriso de Becky estavam fixados nela, como se a lembrasse de onde preferiria estar. Gracie soltou um uivo e Becky a pegou.

O ambiente do encontro dos dois nada tinha a ver com o que ele imaginara: um campo de esportes cheio de sujeitos cujos músculos haviam se desenvolvido com atividades atléticas, e não com trabalho duro, oito sabores de belas garotas em exposição na arquibancada, algumas do Encruzilhadas (Carol Pinella, irmã mais nova de Sally Perkins), outras da equipe de animadoras de torcida, a maioria vinda da universidade, ao menos uma ainda morando na cidade e nenhuma delas nem remotamente capaz de imaginar o mundo em que ele vivera por dois anos. Sua camisa fedia, a calça de algodão estava suja da lama andina, as afinidades de Clem eram com o povoado dos Cuéllar. New Prospect continuava sendo New Prospect, e era evidente que Becky ainda se situava no centro social da cidade, enquanto ele, que sempre estivera longe desse centro, tinha se afastado radicalmente ainda para mais longe. Gostaria de conversar com Jeannie Cross, que estava sensacionalmente mais atraente do que nunca, porém o distanciamento dele era tão extremo que Clem só conseguia permanecer atrás da grade de proteção observando gente de quem não gostava jogando softball, à espera de que Becky tivesse alguns minutos para ele.

Gracie tinha adormecido no frágil carrinho de bebê que Becky havia empurrado até a cerca. "Alguém precisa trocar a fralda", ela disse. "Quer ir lá em casa conosco?"

"O que você acha que eu quero?"

"Sei lá."

"Você é a razão de eu estar aqui. Vim logo depois que recebi sua carta."

"Certo, tudo bem."

Ela empurrou o carrinho para a calçada mais próxima e ele a seguiu.

"Fico feliz de ver que você ainda usa essa jaqueta."

"É mesmo", ela disse, "era sua. Já tenho há tanto tempo que esqueci."

Chegando à calçada, ela se curvou e inspecionou seu bebê.

"Ela é muito bonita", ele observou.

"Obrigada. Você não imagina como eu amo a Gracie."

Ela estava bem na frente dele, a pessoa que Clem mais amava, ainda correspondendo à imagem que fazia dela, mas o aparecimento repentino dele parecia não ter causado grande interesse em Becky. Quando ela saiu do parque empurrando o carrinho e olhando para o bebê, Clem temeu haver cometido outro erro grave: deveria ter permanecido em Tres Fuentes para a colheita das batatas.

"Becky", ele disse por fim.

"Sim?"

"Desculpe eu ter tentado dizer a você o que fazer."

"Tudo bem. Está desculpado."

"Não quero interferir na sua vida. Só estou pedindo uma chance de fazer parte dela outra vez."

Becky não deu a impressão de tê-lo ouvido, ela só voltou a falar quando atravessavam a Highland Street. Dali ele já via à distância o carvalho mais alto da casa paroquial. Clem não se sentiu desculpado.

"Você já esteve lá na casa?", ela perguntou.

"Não. Queria ver você primeiro."

Ela agradeceu essa deferência com uma ligeira inclinação de cabeça. "Mamãe apareceu na minha porta outro dia. Não avisou antes, apareceu de repente. Queria que fôssemos jantar lá amanhã. Tentou montar uma armadilha de culpa para mim, por ser a última Páscoa de papai em New Prospect."

"Bom, sobre isso ela em razão."

"Eu já tinha convidado os pais de Tanner para ir lá em casa. É a primeira Páscoa de Gracie. Comprei um presunto."

Clem sentiu que estava sendo testado — sendo provocado a argumentar que, ao contrário de seus pais, uma criança de um ano não saberia distinguir um domingo de Páscoa de outro dia qualquer.

"Então, há... Por que não convida a mamãe e o papai?"

"Porque isso significa levar Perry, o que não combina com a ideia que eu tenho de um feriado. Ele consome todo o ar do ambiente, mesmo que só fique sentado num canto. Se alguém começa a falar de alguma coisa que não seja ele, Perry faz algum comentário de como está se sentindo uma merda, ou então diz alguma coisa totalmente aleatória, qualquer coisa que volte a atrair atenção para ele, e os dois caem nessa o tempo todo."

"Ele está doente, Becky."

"É, obviamente. Entendo que é por isso que precisam cuidar dele. Mas não é justo que os pais de Tanner aturem a doença dele a noite inteira."

"A mamãe e o papai têm que viver com ela todas as noites da semana."

"Eu sei. Tenho certeza de que é uma dureza para eles. Mas é o filho deles, não o meu, e já dei minha contribuição como irmã. Acho que tenho o direito de não lidar com a doença dele num feriado."

Clem conteve o impulso de falar mais. Obedecer à primeira regra de Becky, respeitando os sentimentos dela sobre os pais, ia ser uma luta. Pelo menos não havia uma regra que o impedisse de ser bondoso com eles.

Como se ela adivinhasse o pensamento de Clem, Becky parou na calçada e se voltou para ele.

"Então", disse, "quer jantar conosco?"

"Hoje?"

"Não, amanhã. Na Páscoa. Estou convidando você."

O coração de Clem deu um salto por causa do convite; impossível evitar isso. Mas pulara dentro de uma armadilha. Ele tinha estado longe de casa por tanto tempo que seria cruel deixar seus pais sozinhos na Páscoa — e Becky sabia disso.

"Não sei", ele respondeu.

Ela olhou para longe com uma expressão de quem não se importava. Tudo o que ele pedira era uma chance com ela, e Becky estava lhe oferecendo essa chance. Se ela o desejava de verdade em sua vida ou se apenas testava a lealdade de Clem, isso ele ainda não seria capaz de dizer. Porém estava claro que, em sua ausência, longe de haver se retraído, como Clem supusera, Becky se tornara uma força dominante. Tinha a filha, tinha um marido totalmente leal, tinha seu carisma e sua popularidade — não precisava dele nem dos pais. Em nada. Cabia a ela estabelecer as condições.

"Deixe eu pensar sobre isso", ele disse, embora já soubesse o que iria fazer.